Papierfresserchens MTM-Verlag

Bibliografische Information der Deutschen Nationalbibliothek:
Die Deutsche Nationalbibliothek verzeichnet diese Publikation in der Deutschen Nationalbibliografie; detaillierte bibliografische Daten sind im Internet über http://dnb.d-nb.de abrufbar.

Titelbild: Christian Lachenit
Lektorat: Alexandra Oswald
Satz: Sandy Penner

1. Auflage 2011
ISBN: 978-3-86196-049-2

Das Werk einschließlich aller seiner Teile ist urheberrechtlich geschützt.

Copyright (©) 2011 by Papierfresserchens MTM-Verlag GbR
Heimholzer Straße 2, 88138 Sigmarszell, Deutschland

www.papierfresserchen.de
info@papierfresserchen.de

Claudius Proissl

MELRADIN

1

„Na Kleiner, was machst du denn hier?" Die Stimme eines alten Mannes durchbrach unvermittelt die Stille des Waldes.

Der kleine Junge schreckte auf. Er hatte den Alten nicht kommen hören. Seine großen glasigen Augen starrten einem bärtigen Gesicht entgegen, das ihn gütig anlächelte. Die zerzausten Haare des Alten waren grau, hier und da ein paar weiße Fussel, aber ansonsten liefen sie übergangslos in die Farbe der grauen Kutte über, die der Fremde anhatte. Der Junge machte keine Anstalten, etwas zu erwidern.

„Willkommen in meiner bescheidenen Welt, kleiner Mann. Du hast es übrigens zu tun mit ...", er machte eine betonende Geste, „FLERENDUS, dem gefürchteten Magier. Oder ...", seine aufbrausende Haltung sackte in sich zusammen und er kratzte sich am Kopf. „Nein, das ist nicht gut. Flerendus pff, meine spontanen sprachschöpferischen Fähigkeiten haben wahrscheinlich schon ihre besten Tage gesehen. Ach, nenn mich, wie du willst. Wie steht's mit dir? Wie willst du heißen?"

Der Junge sah ihn zunächst nur vollkommen baff an. Ein verrückter alter Mann mitten im Wald. Er war sich unschlüssig, ob es ihm Sorgen bereiten sollte, dass er offenbar etwas mit diesem Verwirrten gemeinsam hatte, da sich ihre Wege an diesem verlassenen Ort kreuzten. Doch dann fiel ihm ein, dass er ganz offensichtlich etwas mit ihm gemeinsam hatte. Denn er war ebenfalls verwirrt, wenn auch – hoffentlich – auf eine andere Weise.

„Hast du dich auch verlaufen?" Dieses Mal war es eine piepsige Stimme. Für einen Moment sprang die Verwunderung auf den Alten über. Er machte ein Gesicht wie ein Verrückter, der feststellte, dass seine Kommode ja wirklich sprechen konnte.

„Ich mich verlaufen? Hier?" Der Alte lachte. „Du hast gerade meiner kleinen Welt das schönste Kompliment gemacht, das sie jemals bekommen hat. Außer meiner Hütte und ein paar Bäumen gibt's hier nicht viel. Ja, ich weiß, der Wald blufft ein bisschen. Ist wie ein Mann, der versucht, seine Glatze zu verbergen. Du kannst aber da lang, da lang, da lang oder da lang", er zeigte in vier verschiedene Richtungen. „Und jedes Mal würdest du vor meiner Hütte stehen."

Der Junge spähte durch die umliegenden Baumreihen. Er konnte nichts von einem Waldrand erkennen. Wo in Gottes Namen, war er überhaupt? Wenigstens in etwa?

Keine Ahnung.

Er war einfach hier aufgewacht, auf diesem Stein sitzend. Alles, was er bei sich trug, war seine verfranzte Kleidung und diese Blume in seiner Hand. Sie sah etwas mitgenommen aus, so als hätte sie eine beschwerliche Reise hinter sich. Eine Reise, an die sich der Junge nicht mehr erinnern konnte. Er konnte sich allgemein an relativ wenig erinnern. Um ehrlich zu sein, fiel ihm spontan überhaupt nichts ein. Es war ein seltsames Gefühl, so als würden seine Erinnerungen wie Sand durch seine Hände rinnen, so als hätte er sich für eine Weile angeregt unterhalten und würde plötzlich innehalten und merken, dass er nicht mehr wusste, wie man spricht.

Sein Blick fiel auf die Blume in seiner Hand. Sie hatte kleine weiße Blätter und wirkte irgendwie verängstigt in seinen Klauen. Für sie musste er eine Bestie sein, dachte der Junge. Aus irgendeinem Grund spendete sie ihm Trost. Vielleicht weil er glaubte, sich so ähnlich zu fühlen wie sie.

„Na, was hast du denn da Schönes?" Auch der Alte war auf die Blume aufmerksam geworden. Der Junge zog unwillkürlich die Blume aus dessen Sichtfeld. Irgendwie hatte er das Gefühl, sie vor ihm beschützen zu müssen.

„Ich hab auch Blumen hier, aber ich glaube, sie sind lang nicht so schön wie diese." Er trat näher zu dem Jungen hin. Beklemmung machte sich in dem Kind breit. Der Alte lächelte Vertrauen heischend. „Was hältst du davon, wenn wir der Blume eine Vase suchen und ihr ein bisschen zu Trinken geben, damit sie wieder zu Kräften kommt? Sieh doch, wie sie ihr Köpfchen hängen lässt."

Einen Moment lang wog der Junge diesen Vorschlag ab, dann schüttelte er den Kopf. „Sie hat keinen Durst. Sie hat sich nur verlaufen."

obachtete Melradin, wie Alice es in die Hand nahm und sich in den Mund steckte.

„So, ich würde sagen, wir brechen auf. Bereit für deine zweite Reise, Melradin?" Er kramte den alten Schuh hervor. „Wir nehmen uns alle bei den Händen." Melradin nahm die Hand des Alten.

„Hier. Geh du voraus." Der Alte gab ihm den Schuh. Melradin schloss die Augen und konzentrierte sich auf den Gegenstand in seiner Hand. Finsternis umgarnte ihn. Und das Spiel ging von vorne los.

Wüstenlandschaft schoss an ihm vorbei, dann plötzlich ein gleißendes Licht.

3

Melradin fand sich in der Hütte wieder. Dieses Mal war kein Gelächter als Empfang zu hören. Er hatte extra darauf geachtet, möglichst gelassen zu wirken, auch wenn sein Herz in einem Adrenalinrausch wild durch seinen Körper gehüpft war. Noch immer glühte die Asche im Kamin und eine winzigkleine Flamme züngelte auf einem verkohlten Stück Holz. Die Sonne machte sich bereits daran, wieder vom Antlitz des Himmels zu verschwinden und hatte ihren hohen Thron verlassen, um im Verlauf des Abends hinter den Baumwipfeln zu versinken.

Melradin stellte die Blume in den einfallenden Sonnenstrahl. Sie schien sich ein wenig erholt zu haben, auch wenn sie noch immer niedergeschlagen ihr Köpfchen hängen ließ. Verwundert betrachtete er die kleine Hand, die die kleine Vase verschoben hatte. Er befand sich wieder in dem Körper des Jungen. Neben ihm inspizierte der Alte, mit Alice an der Hand, flüchtig seine Kleidung und führte das Mädchen daraufhin, scheinbar zufrieden, zum Bett.

„Warum bin ich jetzt wieder ein Junge?", wollte Melradin wissen.

Der Alte sah verwundert zu ihm auf. „Oh, Verzeihung. Ich dachte nur, so fällt es dir leichter, dumme Fragen zu stellen. Und du kannst dich ungeniert um die Blume kümmern." Er versuchte sich in einem Lächeln. „Du willst doch dumme Fragen stellen, oder?"

Melradin dachte nach. „Weshalb brennt da Feuer im Kamin?"

„Ah, sehr gut. Das ist die Flamme meiner Welt. Streng vertrauliche Information, fühl dich geehrt." Er ließ sich auf einen Stuhl sinken. „Du siehst ja jedes Mal das magische Licht, wenn du eine neue Welt betrittst. Dieses helle Leuchten. Jedes magische Licht versteckt in seinem Innern ein zweites Licht, ein Feuer. Sozusagen als Spiegelbild, verstehst du?"

Melradin war sich nicht ganz sicher.

und da ragten tatsächlich vereinzelte Mauerreste hervor wie das Gerippe eines schon fast zu Staub zerfallenen Ungeheuers. Aber eine Burg? Wenn diese vereinzelten Steinhaufen tatsächlich einmal eine Burg ergeben hatten, dann hatte die allerdings bereits ihre besten Tage gesehen. Doch noch versperrte Melradin eine letzte Anhöhe die Sicht. Etwas behutsamer setzte er seinen Weg fort.

Als er ganz oben angelangt war, entdeckte er, dass der Hügel noch größer war, als er zunächst angenommen hatte. Die Spitze wirkte wie von einer riesigen Faust platt gedrückt und erstreckte sich flach einige Hundert Meter bis zum gegenüberliegenden Abhang. Die Grundrisse zerfallener Gebäude waren zu erkennen. Gelegentlich sogar in ruinenwürdigem Zustand.

Plötzlich weiteten sich Melradins umherschweifende Augen. Eine Schrecksekunde später duckte er sich ins Gras. Da war jemand! Auf einem der Mauerreste war eine Gestalt gesessen. Und sie hatte zu ihm hinüber gesehen.

„Verdammt!" Melradins Herz raste. Er atmete tief ein und aus. Er brauchte einen klaren Kopf. Was nun? Er sah an sich hinab. In seinen Händen befanden sich noch immer der Schuh und der Stein. Zur Not konnte er sich wehren. Immerhin war er ein kräftiger junger Mann. Dagegen hatte die Gestalt eher klein gewirkt. Fast wie ein Kind ...

Vorsichtig versuchte Melradin, über das Gras zu schielen. Da! Da war sie. Konnte sie ihn sehen? Die Frage erübrigte sich, als die Gestalt einen Moment später den Arm hob und ihm zuwinkte. Perplex wurde sich Melradin seiner lächerlichen Situation bewusst. Blamiert gab er seine Deckung auf.

Verunsichert erwiderte er den Blick der Gestalt. Sie schien zu wollen, dass er zu ihr kam. „Also gut", dachte er sich. Den Stein ein wenig fester in der Hand haltend schritt Melradin auf sie zu.

Zu Melradins Trost war es doch kein Kind, das dort auf den Mauerüberresten saß. Es war ein kleiner alter Mann mit großer runder Brille und Ziegenbart. Seine Vorsicht war also absolut berechtigt gewesen.

„Hallo!", begrüßte ihn eine piepsige Stimme. „Woher kommst du?"

Melradin zögerte. „Ich komme von einer kleinen Welt mit einem Wäldchen, einem Bach und einer Hütte." Mit seiner erwachsenen Stimme klang diese Antwort irgendwie minderbemittelt.

Der Mann auf der Mauer lachte. Passend zu seiner Statur wirkte es kindlich. „Du kommst also nicht aus dem Land hinter dem Wald?"

Melradins Augen weiteten sich. „Es gibt ein Land hinter dem Wald?"

Das Männchen kicherte. „Natürlich. Was denkst du denn?"

„Aber …", stammelte Melradin. „Aber der Wald ist riesig!"

Diese Worte schienen etwas in seinem Gegenüber ausgelöst zu haben, denn sein Grinsen verblasste und sein Blick schweifte in die Ferne. „Allerdings." Das Männchen seufzte. Sein Blick wanderte wieder zu Melradin. Auf seine Lippen trat ein tapferes Lächeln. „Komm, setz dich zu mir, dann können wir gemeinsam den Sonnenuntergang beobachten. Ich hatte schon lange nicht mehr das Vergnügen von Gesellschaft."

Melradin gehorchte.

„Siehst du die kleine Wolke ganz dort hinten am Horizont?" Melradin sah sie. „Da irgendwo war mal mein zu Hause", erklärte das Männchen ihm sehnsüchtig.

„Warum jetzt nicht mehr?"

Wieder seufzte es. „Sieh doch, was aus allem geworden ist. Ruinen. Man hat mir alles genommen."

„Ist das denn deine Welt?"

Das Männchen lächelte verbittert. „Wie könnte es meine Welt sein? Würde ich sie so verwahrlosen lassen? Nein. Aber sie ist meine Heimat. Ich bin hier geboren und ich lernte hier das Fliegen. Ja, tatsächlich. Ob du es glaubst oder nicht: Ich war einmal ein Drachenjäger Falmallondars! Ich war ein Kämpfer, einer der drei Drachenwelten." Die Überreste zerbrochenen Stolzes lagen in den Worten, die so betont waren, als würden sie eine gewaltige Bombe platzen lassen.

Doch Melradin begriff nicht und der Beifall blieb aus.

„Aha." Einen Moment überlegte sich Melradin, ob er es wagen sollte, zu fragen. Es schien eine verdammt dumme Frage zu sein. Warum war er nicht als Kind hergekommen? Andererseits würde er dann wohl noch immer durch das Gras irren, das so groß gewesen wäre wie er. „Äh." Er räusperte sich. „Was sind die drei Drachenwelten?"

Das Männchen beäugte ihn ungläubig durch seine runden Brillengläser. „Du kennst nicht die …?" Es lachte. „Ach du meine Güte. Du kommst nicht aus Lethuriel, hab ich recht?"

„Ähm … vermutlich nicht." Melradin lächelte verlegen.

„Ach ja, hab ganz vergessen, dass die Menschen dort nicht reisen."

Grashüpfer da auf dem Stein? Ich hab's in seinem Blick gesehen. Ha! Er ist es, er muss es sein!"

Skeptisch betrachtete Melradin das Tierchen unweit von ihnen entfernt. Er hob eine Augenbraue. Auf den ersten Blick schien der Grashüpfer eher harmlos.

„Hallo, du! Na, wie ist es so als neuer Herrscher Falmallondars?"

Melradin spürte, dass plötzlich gefährlich viele Emotionen im Spiel waren.

„Hast von deinem Boss den Auftrag bekommen, mich den ganzen Tag als Grashüpfer zu beschatten, was? Musst aber in der Hierarchie ganz schön weit oben stehen, meine Herren!"

Unbeeindruckt der Worte starrte der Grashüpfer sie an. Wenn seine Deckung soeben tatsächlich aufgeflogen war, bewies er starke Nerven.

„Komm schon, du Mächtigster der Mächtigen, lass uns spüren, wie viel in dir steckt!" Die piepsige Stimme des Männchens überschlug sich. „Was ist? Lass doch Feuer vom Himmel regnen und stopf mir mein vorlautes Maul!"

Der Grashüpfer tippelte ein Stück zur Seite. Unwillkürlich wanderte Melradins Blick zum Himmel. Das Tier schien ihnen gnädig gestimmt. Noch hatte der Winzling kein Armageddon heraufbeschworen. Dennoch war es wohl nun der richtige Zeitpunkt, um einzugreifen. Er räusperte sich. „Warum glaubst du denn, dass der neue Weltenherrscher es nötig hätte, dich als Grashüpfer zu beschatten?"

„Weil er mich für dumm hält, ganz einfach. Er glaubt, ich würde irgendwie versuchen, an Hilfe zu gelangen. Will mich im Glauben lassen, hier allein zu verrotten, bis ich ganz freiwillig einen zweiten Schlüssel zu Lethuriel hierher locke. Aber das kann er vergessen. Zumal ich sowieso keine Möglichkeit hätte, mit jemandem Kontakt aufzunehmen. Die Schlüssel sind alle am anderen Ende dieser Welt irgendwo hinter dem Wald. Er müsste mir schon einen Drachen schicken, damit er darauf hoffen könnte, noch vor Ende dieses Jahrhunderts sein Ziel zu erreichen."

Melradin kratzte sich am Kopf. Seine bescheidene Skizze der ganzen Geschichten wurde allmählich zu einer hoffnungslos unübersichtlichen Kritzelei. „Aber ... aber ich dachte, der Wärter hätte bereits einen Schlüssel zu Lethuriel?"

Das Männlein grinste hämisch. „Ja, das schon. Nur hat er nicht gerade den Schlüssel zum Haupteingang, sondern eher zum obersten Dachfenster, wenn du verstehst, was ich meine. Man kann sich's nämlich nicht aussuchen, wo man landet. So ein Schlüssel führt dich immer dorthin, wo er selbst die Welt verlassen hat. Benutzt der Wärter seinen, landet er mitten im hohen Gebirge, ganz im Osten. Von dort aus lässt sich keine noch so schwarze Invasion führen. Das ist der Grund, weshalb wir alle überhaupt noch existieren. Denn eine Sache sollte dir klar sein: Sobald Lethuriel fällt, sind wir alle verloren, ganz egal, ob wir nun in Falmallondar gefangen sind oder im weltfremdesten Kaff irgendwo am letzten Zipfel des Schattenreichs leben. Oder, na ja, ich will kein Pessimist sein. Wer bis jetzt noch nicht mal etwas von der Schwarzen Invasion gehört hat, der sollte nicht aufhören zu hoffen. Vielleicht reicht es bei ihm noch für ein unbeschwertes Leben, wenn er sich damit beeilt."

Melradin nickte abwesend. Seine Aufmerksamkeit war in die Ferne gerichtet, wo in diesem Augenblick die letzten Strahlen der Sonne hinter dem Wald zu verschwinden drohten. Die Dunkelheit hatte sich an sie herangeschlichen, ohne dass es Melradin wirklich aufgefallen war. Nun bedeckte sie in langen Schatten die endlosen Weiten und brachte allmählich das Gestirn zum Vorschein. Der Mond war bereits so frei gewesen und hatte auf dem Himmelsthron Platz genommen, bevor sein Vorgänger überhaupt den Raum verlassen hatte.

„Um ehrlich zu sein, bin ich mir gar nicht so sicher, ob ich noch nie etwas von der Schwarzen Invasion gehört habe", durchbrach Melradin schließlich das gedankenverlorene Schweigen. Seine Stimme klang unnatürlich laut.

„Aha." Das Männlein schien skeptisch. „Du ziehst es also in Erwägung, vom großen Schrecken bereits gehört, ihn dann aber vor lauter Fürchten wieder vergessen zu haben?"

Melradin lächelte. „Vielleicht. Aber dann habe ich vor lauter Fürchten nicht nur den Grund dafür vergessen, sondern auch den Rest. Ich kann mich an nichts mehr erinnern."

„Oh. Das erklärt einiges. Einfach so Gedächtnisschwund?"

Melradin wusste nicht recht, was er darauf erwidern sollte. „Ich, ähm, ich hab keine Ahnung, was passiert ist, wie genau ich mein Gedächtnis verloren habe. Es ist eben nicht nur so, dass ich hier und da dung. Silentium est aureum. Schweigen ist Gold. Das ist der einzige Satz, den ich einem klugen Menschen erwidern könnte. Mehr Latein ist nicht drin. Oder kennst du noch einen?" Er sah sie auffordernd an. „Ja, irgendwas mit veni, genau. Mehr fällt mir aber auch nicht ein. Meinst du, veni ist ein besonders schlaues Wort? Silentium est aureum veni. Hört sich doch ganz gut an. Was sagst du dazu? Nicht schlau genug? Hmm …" Er kratzte sich am Kinn. „Ah, alea iacta est. Die Würfel sind gefallen. Verdammt, das ist fast schon zu schlau. Wir, ja, wir könnten es jetzt natürlich übertreiben und den anderen Satz noch dranhängen. Wäre eigentlich fast vernünftig, wenn man uns zwei so anschaut. Da gehört schon einiges dazu, aus uns zwei clevere Menschen zu machen."

Er hielt kurz inne.

„Also stell dir vor, ein schlauer Mensch kommt des Weges und faselt ein paar schlaue Floskeln an uns ran." Melradin versuchte sich in untermalenden Gesten. „Wir verstehen kein Wort, aber das ist egal, denn alles, was wir darauf erwidern müssen, um mindestens ebenso schlau zu sein, und was bei solchen Anlässen auch immer passt, ist: Silentium est aureum etenim alea iacta est. Veni. Schweigen ist Gold, denn die Würfel sind gefallen. Verdammt schlau, oder? Wenn jetzt veni so etwas heißt wie hinfort oder so, dann wäre das natürlich perfekt. Ansonsten ist das einfach künstlerische Freiheit. Wir müssen ja auch noch Platz für Interpretationen lassen. Oder wir ersetzen das veni mit Amen."

Er sah zu Alice auf. Nun saß sie da wie ein Kind, das jemandem gespannt beim Geschichtenerzählen zuhorchte. Jedes einzelne Wort schien direkt von Melradins Lippen verschlungen zu werden. Aus irgendeinem Grund kam in Melradin der Zweifel auf, ob er dieser ungeteilten Aufmerksamkeit mit seinem Geschwafel gerecht wurde.

„Na ja, vielleicht wäre Schweigen doch die klügere Entscheidung. Hätte eigentlich mindestens genauso viel Stil. Einfach nichts sagen. Wie du merkst, eine Weisheit, die meinen Horizont übersteigt." Er lächelte verlegen.

Jetzt geschah das Wunder: Sie lachte! Fast wäre Melradin zurückgeschreckt, als sich plötzlich ihre Mundwinkel nach oben bogen und stoßweise Laute aus ihrem Hals drangen.

Für einen Moment starrte Melradin sie lediglich wie vom Schlag getroffen an. „Du … du kannst lachen?", fragte er unbeholfen. Er lachte auf. „Du lachst! Aber ...", ihm fehlten die Worte. „Ich dachte, du seist die schlaue Alice, die den unvollkommenen Worten das Schweigen vorzieht. Oder fällt da Lachen nicht rein?"

Jetzt starrte sie ihn wieder mit großen Augen an.

„Komm, sag doch auch was dazu."

Keine Reaktion.

Sein Hunger hielt ihn davon ab, länger zu betteln. „Also gut. Die schlaue Alice wimmelt den weniger schlauen Melradin mit einem geringschätzigen Lachen ab. Heute lasse ich mir das noch gefallen. Aber morgen kram ich mein Lateinwörterbuch raus, da wird dir dein erhabenes Schweigen auch nicht mehr helfen."

Er nahm einen Bissen von dem Salamibrot. Nach einigem Herumprobieren hatte er dann auch den Dreh raus, wie sich Alice füttern ließ. Gemeinsam ließen sie es sich schmecken, während die Sonne sich am Horizont allmählich den Himmel hinaufhievte.

Keine Spur von dem Alten. Melradin konnte die kleine Welt so oft umrunden, wie er wollte. Das verwirrende Phänomen, ständig dieselbe Lichtung zu betreten, hatte ihn eine Weile bei Laune gehalten, doch nun trat er verdrossen den Rückweg zur Hütte an.

Auf einem wackligen Stuhl Platz genommen, verlor sich sein Blick in der winzigen Flamme im Kamin. Was geschah wohl, wenn er sie ausblies? Die Neugier kämpfte einen Moment lang einen aussichtslosen Kampf gegen die Vernunft.

Alice lag noch immer im Bett und umklammerte das Kissen. Sie konnte Melradins bedrückendes Gefühl der Einsamkeit nicht beseitigen. Sein Blick fiel auf die Haufen der verschiedensten Weltenschlüssel. Die Muschel fiel ihm ins Auge. Was hatte der Alte doch gleich ihr bezüglich gesagt? Sie beiße? Einen wirklichen Sinn konnte sich Melradin daraus nicht erschließen.

Er trat zu ihr hin und begutachtete sie näher. Sie war einen Spalt weit geöffnet und ihre Oberfläche bedeckten wellenförmige Muster. Vorsichtig stupste er sie mit dem Zeigefinger an.

Nichts passierte.

Auch beim zweiten Mal nicht. Schließlich nahm er sie in die Hand. Sie schien vollkommen ungefährlich wie eine schöne Muschel eben.

Einen Augenblick zögerte Melradin, dann griff er nach dem alten

Schuh und schloss die Augen. Seine Sinne konzentrierten sich auf das Gefühl der Muschel in seiner Hand. Das Sonnenlicht, das sich durch seine Lider kämpfte, verschwand und hinterließ die mittlerweile wohlbekannte Dunkelheit. Es war eine Schwärze wie ein leeres Blatt Papier, auf das nun die flinke Hand eines Zeichners die karge Landschaft einer Wüste aus Felsen und Geröll zauberte, erleuchtet von geisterhaftem, weißem Licht. Die feindselige Leblosigkeit, die aus diesem Bildnis sprach, erschien Melradin noch beunruhigender als sonst und er war erleichtert, als sie wenige Augenblicke später unter seinen Füßen davon fegte und in der Geschwindigkeit verschwamm.

Das Geräusch eines rauschenden Wasserfalls drang an seine Ohren, als er in das helle weiße Licht eingetreten war und das Schattenreich verlassen hatte. Er hatte versucht, sich etwas anderes zum Anziehen zu wünschen als eine unbequeme braune Kutte. Aber der Gedanke war ihm erst spät gekommen und nun war er sich nicht ganz sicher, ob seine hastig angestellten Überlegungen nicht eher Unheil angerichtet hatten.

Ein Blick an sich hinab bestätigte seine Befürchtungen. Er hatte es tatsächlich geschafft, die Kutte wegzuwünschen. Doch hatte es für die neue Bekleidung offensichtlich nur noch bedingt gereicht, weshalb er nun halb nackt in einem merkwürdigen Tanga dastand, der ihn irgendwie an Tarzan erinnerte.

Melradins Lippen entwich ein leises Fluchen. Widerwillig hob er den Blick, atmete dann aber erleichtert auf, als er sich von Bäumen umgeben wieder fand. Er stand in einem Wald in der Nähe einer Lichtung, die man durch die Stämme hindurch unweit entfernt erkennen konnte. Der Spiegel eines Sees glitzerte im Sonnenlicht.

Melradin trat vorsichtig näher. Das Rauschen wurde lauter. Er strich einen Ast zur Seite, um freie Sicht auf den See zu bekommen. Der Wasserfall kam zum Vorschein, der einen haushohen Abhang hinunterrauschte. In der Mitte des überschaubaren Sees befand sich eine kleine Insel, möglicherweise die Spitze eines herausragenden Felsen.

Als Melradin ihn bemerkte, stockte ihm der Atem. Auf dem Felsen befand sich eine Gestalt. Es war eine Frau mit einer Flosse statt Füßen.

Eine Meerjungfrau!

Und sie war splitterfasernackt!

Etwas unbeholfen stand Melradin da und starrte auf die Mitte des

Sees. Sie döste ungestört auf dem Stein und ließ sich von der Sonne bescheinen. Offenbar hatte sie ihn noch nicht bemerkt.

Was sollte er also tun? Mit einem Streifblick den Waldrand entlang vergewisserte sich Melradin, dass er der einzige Gaffer war.

Eine wunderschöne Meerjungfrau und er – vollkommen allein. Er schluckte. Er spürte, wie sein Verstand angesichts dieser Anmut freiwillig kapitulierte und den männlichen Instinkten den Vortritt ließ.

„Jetzt komm schon", sagte er zu sich selbst. „Das ist eine Welt, die von einem Mann erschaffen worden ist. Ihr Zweck ist eindeutig." Etwas widerwillig gehorchte er sich selbst und trat aus dem Gebüsch.

Er räusperte sich. „H–hallo!", stotterte er. Zitternd hob er die Hand zur Begrüßung, entschied sich dann anders und ließ es wie eine etwas unbeholfene Frisurkorrektur aussehen.

Die Meerjungfrau schreckte hoch.

„Ich, äh, ich kam zufällig so des Weges und hab dich da liegen sehen." Sein rechter Mundwinkel zuckte, so als regte er sich darüber auf, nicht schon längst zu einem gewinnenden Lächeln geformt worden zu sein. Melradin kratzte sich verlegen am Kopf. Er hatte keine Ahnung, was er eigentlich sagen sollte. „Und da dachte ich mir ...", seine Stimme machte einen peinlichen Abstecher nach oben, als er versuchte, das Rauschen zu übertönen, „ich überlegte mir, ob ich dir vielleicht irgendwie behilflich sein kann?"

Für einen Moment herrschte tonnenschweres Schweigen. Die Meerjungfrau sah ihn vollkommen perplex von ihrem Stein aus an. Wie dumm.

Melradin spürte, wie das Blut durch seine Adern ins Gesicht schoss. War es wirklich er gewesen, der gerade, nur mit einem Urwaldtanga bekleidet und einem alten Schuh in seiner Hand, aus dem Gebüsch getreten war? Ein Blick an sich hinab ließ keinen Zweifel gegenüber der bitteren Wahrheit zu. Und was hatte er doch gleich von sich gehaspelt? Es mussten Worte voller Weisheit gewesen sein, denn nun, als die Schrecksekunde ihr Ende fand, erntete er reichlich anerkennendes Lachen dafür.

Zum ersten Mal, soweit er das überblicken konnte, wünschte sich Melradin, der Boden sollte doch so freundlich sein und ihn auf der Stelle verschlucken. Hilfe suchend wandte er sich zu den Bäumen am Waldrand um. Sollte er seinen kurzen Auftritt beenden und wieder im

Gebüsch verschwinden? Wäre er nicht fieberhaft damit beschäftig gewesen, nach einem Ausweg aus diesem Dilemma zu suchen, hätte er wahrscheinlich selbst bei dieser Vorstellung lachen müssen. Eine Frauenstimme riss seine Aufmerksamkeit wieder auf die Mitte des Sees.

„Zufällig hier vorbeigekommen also." Die Meerjungfrau war nach ihrem anfänglichen Lachanfall noch etwas außer Atem. „Wo kommst du denn her? Hast du dich in den letzten Jahren in den Baumkronen versteckt oder warum hab ich dich dann noch nie gesehen?"

Melradin konnte sich nicht helfen; die Stimme klang unglaublich verführerisch. Einen Moment lang stand er wie gebannt da, bis er bemerkte, dass nun er an der Reihe war, etwas zu sagen. Sein Mund öffnete sich, um etwas zu erwidern, doch irgendwie brachte er die Silben durcheinander. Zumindest ergaben die einzelnen Laute, die den Weg ins Freie fanden, keine sinnvollen Worte.

„Mein Käfig ist ziemlich klein, musst du wissen. Wäre seltsam, wenn ich da bisher einen leicht bekleideten Jüngling übersehen hätte", fuhr die Meerjungfrau fort, die sich offensichtlich über Melradins unbeholfener Art amüsierte.

„Ja, ähm", Melradin zwang sich, sich zusammenzureißen. „Du hast recht, ich komme nicht von hier."

Die Meerjungfrau hatte sich aufgestützt und blickte ihm nun entgegen. Ihr blondes Haar hing ihr an den Schultern hinab und umfuhr ihre nackten Brüste. Melradin hielt tapfer Augenkontakt.

„Ah ja, und woher kommst du dann?"

Melradin zögerte. Diese Frage lief ihm jetzt schon das zweite Mal über den Weg. Doch im Grunde genommen wusste er selbst keine Antwort darauf. „Meine Welt ist nicht viel größer als deine. Ich glaube, sie hat keinen Namen. Und wenn, dann würdest du ihn wahrscheinlich nicht kennen."

„Das heißt, du bist auch in einem Käfig gefangen?" Dieses Mal hatte die Stimme der Meerjungfrau keinen höhnischen Unterton.

„Nein, meine Welt ist kein Käfig", sagte Melradin. „Ich habe ja schließlich deine Muschel dort gefunden."

„Toll. Dann hast du damit den Schlüssel zu einem anderen Käfig."

„Ich kann dir von meiner Welt erzählen, wenn du willst. Aber warum kommst du nicht her? Dann könnten wir uns besser unterhalten."

Melradin gratulierte sich im Stillen zu seinem beiläufigen Tonfall.

Die Meerjungfrau kicherte. „Unterhalten. Mein Volk ist dafür bekannt, dass man mit ihm so gut plaudern kann, richtig. Ich bin zwar allein hier, aber ich sollte dennoch an den Bräuchen festhalten." Und einen Moment später war sie auch schon im Wasser verschwunden.

Melradin konnte es gerade noch verhindern, erschrocken zusammenzuzucken, als der Kopf der Meerjungfrau plötzlich keine vier Schritte von ihm entfernt am Ufer zum Vorschein kam. Sie strich sich das nasse Haar aus dem Gesicht.

„Komm her und massier mich, während du mir von deinem Käfig erzählst." Sie schwamm direkt an den Uferrand und streckte ihm ihren Rücken zu.

Melradin gehorchte und kniete sich hinter sie. Die Heerscharen an Hormonen, die in diesem Augenblick gebannt vor den Bildschirmen saßen, jubelten begeistert, als seine Hände ihre makellose Haut berührten. „Sind Meerjungfrauen nicht normalerweise menschenscheu?", versuchte er das Gespräch fortzuführen.

„Ich bin ja auch keine Meerjungfrau, sondern eher eine … Teichjungfrau. Und außerdem bin ich allein und sehne mich nach Gesellschaft. Das kannst du doch nachvollziehen, oder?", erwiderte sie in mitleiderregendem Ton.

„Natürlich." Er hätte gern mehr gesagt, doch momentan war seine Aufmerksamkeit darauf gerichtet, seinen vergrabenen Massiermeister in sich wieder zum Vorschein zu bringen. Er war zuversichtlich, dass es den einmal gegeben hatte, auch wenn sich die Suche nach ihm als hürdenreich herausstellte.

Trotzdem schnurrte die Meerjungfrau zufrieden. „Genau da. Du machst das gut." Ein jubelndes Grinsen trat auf Melradins Lippen. Sie stöhnte. „Endlich mal einer, der weiß, wie man jemanden wie mich zu behandeln hat."

Für einen Moment funkte Melradins Verstand dazwischen und brachte leise Zweifel zur Ansprache, ob er das Lob tatsächlich verdient hatte. Doch war dieser Moment auch schon wieder vorbei, als eine Hand nach der Seinen griff und sie langsam nach unten zog.

„Warum kommst du nicht zu mir ins Wasser? Dann könnte ich mich für deine Sanftheit revanchieren."

Melradin wollte gerade seinen begeisterten Zuspruch erwidern, als plötzlich der Griff der Meerjungfrau fester wurde und ihn mit erstaunlicher Kraft ins Wasser zog. Erschrocken stockte ihm der Atem, ehe er untertauchte und eiskalte Nässe seinen Körper umschloss. Die Hoffnung, dass es sich bloß um gewöhnungsbedürftigen Humor einer einsamen Meerjungfrau handelte, erlosch, als ein brennender Schmerz sich in Melradins linken Arm bohrte. Sie hatte ihn gebissen.

„Verdammt", Melradin ging ein Licht auf. Verzweifelt japsend kämpfte sich Melradin an die Wasseroberfläche. Er spürte, wie eine Hand ihn wieder hinabzuzerren versuchte. Panisch griff er nach dem Ufer, konnte es jedoch nicht erreichen. Wieder tauchte er unter. Seine aufgerissenen Augen erblickten das Gesicht der Meerjungfrau vor sich, das sich nun zu einer Fratze des Hasses verzogen hatte. Mit all seiner Kraft versuchte Melradin, sie mit seiner Faust zu treffen, doch verkümmerte der Schlag durch den Wasserwiderstand zu nicht viel mehr als einem freundschaftlichen Klaps. Eine Hand griff nach seinem Gesicht. Verbissen wehrte er sie ab und stieß sich von dem fremden Körper fort. Sein Rücken prallte unsanft gegen einen Stein. Vergebens suchten seine Füße nach Halt.

Hektisch versuchte Melradin, sich wieder an Land zu ziehen. Doch wurde er gewaltsam wieder vom Ufer gezerrt, sodass er nicht mehr als ein paar Grashalme und einen losen Gegenstand hatte ergreifen können. Jetzt ging es abwärts. Ohne dass er etwas dagegen tun konnte, zog ihn die Meerjungfrau tiefer unter die Wasseroberfläche. Der wachsende Druck machte Melradin benommen. Verzweifelt strampelte er mit seinen Füßen, doch es war zwecklos. Er schlug mit dem Gegenstand auf die fremde Hand ein, doch sie ließ nicht locker. Eine zweite Hand versuchte, ihm seine Waffe zu entreißen. Eine Sohle traf ihn hart ins Gesicht.

Der Gegenstand in seiner Hand war der Schuh! Er konnte sein Glück kaum fassen. So fest er konnte, klammerte er sich an das durchnässte Stück Leder und schloss die Augen. Seine Fähigkeit zu reisen wurde nun auf eine harte Probe gestellt.

„Konzentrier dich!"

Der Drang, nach Luft zu schnappen bäumte sich in ihm auf. Die Dunkelheit war schon einmal da. Doch wo blieb das Schattenreich, verdammt? Der Schmerz und der Luftmangel zerrten ihn zurück in seinen Körper.

Einen letzten Versuch hatte er noch. Er entspannte seinen Körper und verzichtete auf jede Gegenwehr. Die fremde Hand hatte von dem Schuh abgelassen, sodass er nun selbst seinen verkrampften Griff lockern konnte.

Es gelang. Das Schattenreich öffnete dem verzweifelt Hämmernden das Tor. Vollkommen entkräftet landete Melradin auf dem Holzboden der Hütte.

5

Melradin war nicht mehr nass, doch zu seiner Enttäuschung war der Schmerz in seinem linken Arm nicht verschwunden. Mit zusammengebissenen Zähnen betrachtete er die Wunde. Man konnte den Zahnabdruck noch gut erkennen. Warum, verdammt noch mal, verschwanden Wunden nicht, wenn man den Körper wechselte? Er hätte sich in einen einarmigen Bettler verwandeln sollen, dachte sich Melradin, als er sich aus der Hütte schleppte und zum Bach schritt. Vorsichtig wusch er die Wunde aus, zerriss dann sein Hemd und verband sie mit einem Stück Stoff.

Zurück in der Hütte ließ er sich erschöpft auf einen Stuhl sinken. Alice saß auf dem Bett und sah ihn mit großen Augen an. Er versuchte sich in einem Lächeln, doch wirkte es eher wie ein Zähnefletschen. Sein Blick fiel auf die leere Stelle auf dem Kamin. Er hatte die Muschel am Ufer des Sees zurücklassen müssen. Aus irgendeinem Grund konnte Melradin dafür kein Bedauern aufbringen. Seine einzige Sorge war die Reaktion des Alten, wenn er bei seiner Heimkehr erfuhr, dass er eines seiner Sammlerstücke verloren hatte.

Spätestens heute Abend, hatte er gesagt, wollte er zurück sein. Bisher gab es keine Spur von ihm. Und irgendwie hatte Melradin das Gefühl, dass sich das auch im Laufe des Tages nicht ändern würde. Glücklicherweise ließ ihn der Schmerz in sentimentaler Hinsicht ein wenig abstumpfen, weshalb er sich weder Sorgen machte, noch sich in seiner Einsamkeit verlor. Immerhin war der Alte wissentlich das Risiko eingegangen, dass er von einer tollwütigen Meerjungfrau zerfleischt wurde.

Melradin zog eine Grimasse, als der Schmerz von Neuem zu stechen begann. Ein Arzt. Wenn der Alte einen Schlüssel zu einem Italiener besaß, dann war es doch gar nicht mal so unwahrscheinlich, dass sich auch eine Arztpraxis unter den Welten befand, oder?

Melradin stand auf und durchforstete ziellos den einen oder anderen Gerümpelhaufen. Wenn er wenigstens wüsste, wonach er genau suchen musste ...

Da war eine Rolle Faden, ein unbenutztes Taschentuch mit zierlichen Mustern, eine abgebrochene Speerspitze, ein kleines Holzschild, eine verrostete Schere, eine löchrige Fahne, aber kein Verbandszeug, Skalpell oder so etwas. Als Letztes hielt Melradin eine etwas mitgenommen aussehende Fahne in Händen. Überreste eines Wappens waren darauf zu erkennen: ein stolzes Pferd mit wehender Mähne. Dort, wo vielleicht noch ein Reiter auf dem Rücken sitzen sollte, klaffte nun ein Loch. Er hegte zwar kaum die Hoffnung, dass er dort einen Arzt finden würde, doch irgendwie weckte das Stück Stoff sein Interesse. Er hielt es sich an die Nase. Der muffige Geruch regte seine Fantasie an. Vielleicht stammte die Fahne ja aus einem Königreich, das der Schwarzen Invasion zum Opfer gefallen war.

Die Schwarze Invasion ... Melradin wusste nicht recht, was er von dem, was das Männchen ihm erzählt hatte, halten sollte. Es drängte ihn danach, den Alten darüber auszufragen. Doch bis dahin blieb ihm nichts anderes übrig, als auf eigene Faust zu ermitteln. Sollte er denn schon wieder die Gefahren einer Reise auf sich nehmen? Der Alte hatte gemeint, dass er nichts zu meiden brauchte. Doch darüber, was das hieß, war sich Melradin nach den jüngsten Ereignissen etwas uneins.

Sein Blick wanderte zu Alice, die noch immer nichts weiter tat, als auf dem Bett zu sitzen und ihn neugierig zu beäugen. Sie tat ihm leid, doch sie mitzunehmen war zu riskant. Er schenkte ihr ein diesmal gelungenes aufmunterndes Lächeln. Glücklicherweise war der alte Schuh ebenfalls getrocknet, auch wenn er noch mitgenommener aussah als zu Anfang. Seine nächste Reise konnte beginnen. Fast schon routiniert schloss Melradin die Augen.

Eine Speerspitze berührte seine Nase, als er erschrocken die Lider aufschlug. Ein großer, schlaksiger Mann in Rüstung und grimmigem Gesicht stand vor ihm. In seiner Hand hielt er einen Speer, der die letzten Zweifel darüber beseitige, wie sehr Melradin willkommen war.

„Wer bist du?" Dem Mann war es anzusehen, dass er sich Mühe gab, möglichst Respekt einflößend dreinzusehen. Melradins Meinung nach ging dies eher nach hinten los.

„Ich bin in friedlicher Absicht hier", versuchte er sich so ernst wie möglich zu erklären. „Wirklich, du kannst deine Waffe wieder wegnehmen."

Der Mann schien einen Moment seine Worte abzuwägen. „Ich ... ich glaube dir nicht! Mein Auftrag ist es, das Land Xentropolis vor Eindringlingen zu beschützen. Deshalb musst du jetzt wieder dorthin zurück, wo du hergekommen bist!"

Melradin verkniff sich ein Grinsen. Die pflichtgetreue Art des Soldaten wirkte fast schon niedlich. „Richtig. Du erfüllst deinen Auftrag gewissenhaft. Doch ich bin kein Fremder, der in dein Land eindringen möchte. Ich bitte lediglich um Hilfe. Ich bin verletzt."

Der Mann war sichtlich verunsichert. Die Speerspitze zitterte. Dann hob er sie etwas unentschlossen. „Du bist verletzt? Wo?"

Melradin krempelte den Ärmel seiner Kutte hoch und zeigte ihm die Wunde. Dummerweise war sie jetzt nicht mehr verbunden. „Mich hat jemand gebissen", erklärte er knapp.

Der Mann verzog mitleidig das Gesicht. „Oh. Tut's arg weh?"

„Es geht, danke. Nur wenn die Wunde sich entzündet, könnte das Ganze noch üble Folgen haben."

Der Soldat nickte verständnisvoll. „Ich kann dir helfen. Hab oben im Turm 'ne Salbe. Für Notfälle, weißt du?" Er wandte sich um und bedeutete ihm zu folgen.

Melradin ließ seinen Blick durch die Umgebung schweifen. Sie befanden sich auf einer schmalen Straße, die mit Kies ausgelegt war. Unweit vom Wegesrand erhob sich ein einsamer Wachturm, umgeben von endlosen Wiesen und vereinzelten Bäumen. Die Landschaft war malerisch und vermittelte das beflügelnde Gefühl von Grenzenlosigkeit. Doch irgendwie hatte man zugleich auch den Eindruck, der einzige Mensch auf Erden zu sein, verlor sich der Blick am Horizont. Relativ verlassener Posten, der dem tapferen Soldaten da zugeteilt worden war, dachte sich Melradin und trottete ihm hinterher.

Am Eingang des Turmes hing ein rotes Banner und wog sich im sanften Wind. Ein Pferd mit wehender Mähne war darauf zu sehen – ohne Reiter. Die Spitze des Turms reichte ein Stück weit über die Krone einer nahestehenden Eiche, die wahrscheinlich schon länger dastand als alle Kieselsteine auf dem Weg zusammen.

„Lebt sonst noch jemand in dem Turm?", wollte Melradin wissen.

„Nee, nur ich und Schorsch. Aber der ist vor ein paar Jahren gegangen und nicht mehr zurückgekommen. Hat sich wahrscheinlich verlaufen, der Arme. Kommt davon, wenn man bis ans Ende der Straße gehen möchte."

Der Soldat zückte einen Schlüssel und ließ das hölzerne Tor aufschwingen. Ein stöhnendes Quietschen ertönte. Sie betraten einen karg eingerichteten Raum. Den meisten Platz nahm eine steinerne Treppe ein, die sich über ihren Köpfen zu höheren Stockwerken hinauf schlängelte.

Als das Tor hinter ihnen zu schwang, umschloss sie Düsternis. Das einzige Licht drang aus winzigen Gucklöchern, die hier und da an der Treppe die Sicht nach draußen freigaben. Wortlos stapfte der Soldat die Stufen hinauf, seinen Speer wie einen Gehstock in der Hand.

„Wie ist eigentlich dein Name?", fragte Melradin, während er sich darum bemühte, mit den großen Schritten des Soldaten mitzuhalten.

„Och, ich bin der Eduard, aber eigentlich nennen mich alle nur Ede."

„Alle? Kommen hier oft Leute vorbei?"

„Nee, ich meine, früher die Leute im Dorf. Hierher kommt keiner, ich pass ja auf", meinte er stolz. „Und wie heißt du?"

Melradin zögerte. „Melradin." Er versuchte, seinen Namen so harmlos wie möglich auszusprechen. Doch erwies sich seine Vorsicht als überflüssig.

„Aha. Komischer Name. Was dagegen, wenn ich dich Mele nenne?"

Melradin musste lachen. „Nein, Mele ist gut."

Sie erreichten den ersten Stock. Ein Tisch, zwei Stühle und zwei Betten standen da, wobei das eine Bett sichtlich Überlänge hatte. An der Wand befand sich noch ein Regal, das bis auf ein einsames Buch leer war. Eine Leiter daneben führte zum nächsten Stock.

„Hier wohn ich", kommentierte Eduard und stellte den Speer an die Wand. „Schau mal, ham extra ein längeres Bett für mich gebaut, die Leute vom Dorf. Als Geschenk, als ich meinen Dienst angetreten hab, sozusagen."

„Wo ist denn dein Dorf?" Melradins Blick war an einem Fenster hängen geblieben, das die Sicht auf das weite Weideland freigab. Ganz in der Ferne waren die ersten Wipfel eines Waldes zu erkennen.

„Man muss einfach die Straße entlang bis zum Horizont. Nur ist, glaub ich, Schorsch in die falsche Richtung los. Der Ärmste hatte Heimweh." Ede beugte sich unter sein Bett und angelte etwas hervor. „Da ham wir's." Er zeigte ihm eine Schachtel mit verkrustetem, zermanschten Grünzeug. Ein intensiver Geruch stieg Melradin in die Nase. „Ist leider schon ein bisschen alt. Hab's nie gebraucht, zum Glück."

Melradin versuchte seine Skepsis gegenüber der seltsamen Kräuterpaste zu verbergen und lächelte dankbar. „Besser als nichts", dachte er sich und legte den Schuh und die löchrige Fahne beiseite.

„Musst halt aufpassen, dass du es nicht verschmierst." Vorsichtig tupfte Ede ihm ein wenig auf die Wunde. Es brannte grässlich. „Willst du mal ganz rauf?", fragte er ihn schließlich und sah ihn dabei wie ein Kind an, das seinem besten Freund sein Lieblingsspielzeug zeigen wollte.

Melradin willigte ein.

Wieder nahm Eduard die Schlüssel und öffnete die Falltür an der Decke. „Aber sei vorsichtig. Mit deiner Verletzung da hochzusteigen ist gefährlich."

Tatsächlich war die drei Meter lange Leiter mit Schmerzen verbunden, doch waren die schnell vergessen, als Melradin sich aufrichtete und die grenzenlose Landschaft erblickte. Seinen Lippen entfuhr ein Staunen. Es würde noch eine Weile dauern, bis er sich an solche Weiten gewöhnen würde.

Diesmal unterließ er es zu fragen, ob das alles echt war. Wiesen und Wälder, so weit das Auge reichte. Ein Bach schlängelte sich in einiger Entfernung durch die Weiden und verschwand schließlich im angrenzenden Wald. Ein erfrischender Wind blies Melradin durchs Haar und ließ es wie das Gras in seinem Verlauf wehen.

„Xentropolis. Die Heimat der Pferde. Wunderschön, nicht wahr?"

Melradin nickte sprachlos. Er trat vor bis zu den Schießscharten.

„Wo kommst du eigentlich her? Ich hab dich erst gar nicht kommen sehen."

„Ich ...", Melradin entschied sich dafür, die Wahrheit zu sagen, „ich komme gar nicht von hier. Meine Heimat ist eine viel kleinere Welt."

Eduard machte große Augen. „Du bist durch das Schattenreich gereist?"

Melradin nickte. „Reist man hier denn nicht?"

„Ich ähm … doch, schon. Aber ich durfte erst einmal. Als kleines Kind."

„Wohin bist du gereist?"

„Zu meinem neunten Geburtstag durfte ich die Drachen sehen." Edes Stimme wurde zu einem ehrfürchtigen Flüstern. „In Vlandoran, einer der drei Drachenwelten."

„Oh", entfuhr Melradin, als ihm klar wurde, was das bedeutete. „Diese Welt befindet sich gerade im Krieg mit der Schwarzen Invasion, stimmt das?"

Ede nickte betrübt. „Ja. Seit das mit der Schwarzen Invasion so richtig angefangen hat, sind Xentropolis' stolze Pferde verschwunden. Ich habe sie schon seit einer Ewigkeit nicht mehr gesehen. Es gab einmal eine Zeit, da sie regelmäßig bei Neumond hier vorbei galoppiert sind. Aber die ist vorbei. Sie sind einfach verschwunden."

„Aha. Das tut mir leid." Es war nicht schwer sich vorzustellen, was mit ihnen geschehen war. „Ist Melgor denn auch hier eingefallen?"

„Ich weiß nicht." Die Frage schien Eduard zu beunruhigen. „Nicht hier. Ich passe ja auf." All zu überzeugt klang das nicht. „Glaubst du", er hielt inne, „glaubst du, sie haben Schorsch erwischt?"

„Ich weiß nicht." Eilig suchte Melradin nach tröstenden Worten. „Vielleicht ist er ja auch nach Lethuriel gereist, um dort gegen das Böse zu kämpfen." Selbst in seinen Ohren klang das mehr als abwegig. Dennoch schien es Ede ein wenig zu beruhigen.

„Ja, vielleicht. Er ist schon immer der Kämpfertyp von uns beiden gewesen. Wehe denen, die sich ihm in den Weg gestellt haben." Ein leises Lächeln huschte über seine traurige Miene. „Aber es fehlte ihm ein wenig an Disziplin. Schließlich muss auch dieser Weg hier bewacht werden. Was bringen uns die dicksten Bollwerke, wenn nebenan die Türen offen stehen? Na ja, das hat ihn nicht hier behalten. Er musste fort."

Der einsame Soldat tat Melradin leid. „Sehnst du dich nie nach deinem Zuhause? Nach anderen Menschen?"

„Doch schon." Ede senkte den Blick. „Aber Xentropolis braucht mich hier. Ich darf meinen Posten nicht verlassen. Aber irgendwann", seine Stimme festigte sich und klang mit einem Mal zuversichtlich, „irgendwann, wenn die nächste Generation aus meinem Dorf kommt, um mich abzulösen, dann kehre ich heim und kaufe mir von meinem Sold ein Pferd." Er lächelte. „So ein großes Feuriges, wie sie früher immer an meinem Turm vorbei galoppiert sind."

Melradin wünschte es ihm. „Mal was anderes", sagte er dann. „Glaubst du, das Zeug hier bleibt, wenn ich in meine Welt zurückreise?"

Eduard schien verdutzt. „Natürlich. Warum denn nicht?"

„Nun", erwiderte Melradin achselzuckend. „Ich hab mir vorhin in meiner eigenen Welt etwas umgebunden, was auf dem Weg hierher wieder verschwunden ist. Und als ich einmal in der einen Welt nass gewesen bin, war ich in der anderen wieder trocken. Ich verstehe nicht, was jetzt bleibt und was nicht."

„Hm." Auch Ede war ratlos. „Ich kenn mich da nicht so aus, aber vielleicht hast du dich ja trocken gewünscht, ohne dir darüber bewusst zu sein. Oder der Weltenherrscher wollte nicht, dass du nass seine Welt betrittst. Aber warum dein Verband verschwunden ist, hab ich keine Ahnung."

„Vielleicht liegt's ja an der Kleidung, die ich aus Versehen gewechselt habe. Oder hat Xentropolis einen Herrscher?"

„Nein." Ede schüttelte betrübt den Kopf. „Der ist schon zu der Zeit gestorben, als Lethuriel sich von Melgor losgerissen hat. Ziemlich alte Geschichte. Xentropolis ist nämlich eine der ältesten Welten. Und eine der größten", erzählte Eduard stolz. „Gemeinsam mit Xentropolis' Reitern und den Drachen gelang es Lethuriel ja erst, der dunklen Macht zu entfliehen." Ede schmunzelte. „Waren ein Paar, die beiden. Doaed und Yelldan meine ich. Zumindest hieß es so in den Geschichten früher am Lagerfeuer."

„Yelldan?", fragte Melradin.

„Na, der Herrscher von Xentropolis."

„Die Herrscherin von Lethuriel und Yelldan waren also ein Paar? Aber ich dachte, Doaed wäre allein aus dem Turm geflohen?"

„Ja, manche lassen Yelldan gern weg. Aber die im Dorf haben gemeint, dass Doaed nur deswegen fliehen musste, weil sie ihren Geliebten aus der finsteren Welt hat retten wollen. Ist 'ne ziemliche Liebestragödie, die Geschichte. Der Wärter wollte die schöne Doaed für sich, aber die hatte nur Augen für Yelldan. Gemeinsam mit ihm floh sie dann ins Schattenreich. Doch blöderweise kam Yelldan im Kampf gegen Melgors Streitmacht um. Das ist wahrscheinlich der Grund, weshalb sich die Ärmste danach zurückgezogen hat und die Menschen von Lethuriel von den übrigen Welten abgegrenzt wurden."

Melradin kratzte sich nachdenklich am Kopf. „Aber warum war es dann so schwierig für den Wärter, einen Zugang für Lethuriel zu bekommen?"

Ede sah ihn fragend an. „Wie meinst du das?"

„Ich meine, wenn er schon mal einen Krieg gegen Lethuriel geführt hat, dann wird er doch genug Zugänge gehabt haben, oder nicht?"

„Aber die Schlachten wurden doch gar nicht in Lethuriel geführt! Das hat sich alles im Schattenreich abgespielt."

„Im Schattenreich?" Melradin verstand gar nichts mehr.

„Ja, Doaed und Yelldan mussten schließlich verhindern, dass sie und ihre Lichter entdeckt werden würden. Deshalb stellten sie sich dem Wärter in einer Schlacht."

„Aber wie kommt man denn überhaupt ins Schattenreich?"

Ede nickte. „Das ham wir uns auch jedes Mal beim Geschichtenerzählen am Lagerfeuer gefragt. Es gibt einen ganz geheimen Weg, der ins Schattenreich führt. Und zwar durch einen magischen Gegenstand. Ist ziemlich verworren, die Geschichte um dieses Ding. Hab sie auch nicht mehr so richtig im Kopf. Der eine sagt, es sei vom Wärter selbst geschmiedet, der andere meint sogar, es sei von so 'ner Göttin. Kapiert im Endeffekt keiner mehr. Zumindest war dieser Gegenstand ein Geschenk des Wärters an Doaed, damit diese zu ihm ins Schattenreich gelangen konnte. Und sie hat ihn dann dazu benutzt, erst Yelldan aus Melgor zu befreien und dann eine ganze Armee aus Lethuriel und Xentropolis ins Schattenreich zu führen. Das war eine einmalige Sache in der Geschichte. Heute leben nur noch der Wärter und ein paar schaurige Kreaturen im Schattenreich. Vor allem seitdem dieser Gegenstand mit Doaed verschollen ist."

„Aha." Melradin versuchte, sich aus dem Ganzen einen Reim zu machen. „Melgor ist also schon Mal besiegt worden?"

„Hm, eher vertrieben, aber so wirklich besiegt ham sie Melgor eigentlich nicht. War vielmehr als Ablenkungsmanöver gedacht. Ziemlich schlau, die Leute damals. Ham Melgors Streitmacht an 'ner völlig anderen Stelle bekämpft, als ihre Lichter tatsächlich versteckt waren."

„Ach so. Du kennst dich aber ganz schön aus."

Ede grinste stolz. „Ja logo. Hab schließlich früher beim alten Bruno aufgepasst, wenn er seine Geschichten erzählt hat. Und manches steht auch in dem Buch drin, das mir meine Mutti zum Abschied mitgegeben hat. Glaube ich zumindest. Bin leider nicht der beste Leser. Aber die Bilder sind schön."

Melradin lächelte bei der Vorstellung, wie der gutmütige Soldat versuchte, die vielen Buchstaben zu entziffern. „Aber die Flamme von Xentropolis brennt ja offensichtlich noch", meinte er und wechselte abrupt das Thema. „Also kann Melgor noch gar nicht hier eingefallen sein."

„Hm." Ede schien nicht überzeugt. „Das ist nur ein Zeichen dafür, dass der edle Gaul noch nicht tot ist."

Melradin sah ihn fragend an.

„Das brennende Einhorn, noch nie davon gehört?"

Er schüttelte den Kopf.

„Das ist ein Einhorn, das in Flammen steht", erklärte Ede überflüssigerweise. „Wurden schon viele Kriege um dieses Tier geführt. Wenn man lang genug dem Weg da folgt, dann kommt man, glaub ich, irgendwann zu 'ner großen Stadt. Und sogar zu 'ner Burg! Ist das Land von Telmora. Ich durfte nie mit, wenn jemand aus dem Dorf da hin geritten ist. Ist 'ne verdammt weite Reise, weißt du? Aber was die, die dort gewesen waren, davon erzählt haben, war toll." Er trat neben Melradin. „Ganz weit dahinten, dort müsste es sein." Er wies in eine Richtung, wo der Weg sich durch das Land schlängelte, bis er sich hinter Hügeln verlor. „Und da", er wies in die entgegengesetzte Richtung, „da liegt das Land von Jaedor. Ist aber noch weiter weg. Der König in Telmora darf das Einhorn reiten. Hat Jaedor im letzten Krieg besiegt. War aber schon vor meiner Zeit. Ich bin sozusagen dafür verantwortlich, dass der König sein Tier behalten darf und niemand von Jaedor kommt, um ihn von seinem Sattel zu schmeißen."

Ede gluckste. „Der König in Telmora tut also so, als wäre er der Herrscher von Xentropolis. Aber das Feuer ist ja eigentlich gar nicht von ihm. Und löschen könnte er es sowieso nicht. Muss sich wohl damit begnügen, darauf zu reiten."

„Man kann auf einem brennenden Einhorn reiten?", wunderte sich Melradin.

„Öhm." Die Frage brachte Ede aus dem Konzept. „Ich denke schon. Yelldan konnte das zumindest. Hab 'n tolles Bild von ihm auf dem Gaul.

Aber du hast recht, hab's noch nie mit eigenen Augen gesehen. Aber Xentropolis' Herrscher kommt auch recht selten an meinem Posten vorbei", meinte er ohne jeden Sarkasmus.

„Ist Yelldan denn mit dem Einhorn ins Schattenreich?" Melradin war verwirrt.

„Ja, denke schon, warum?"

„Aber dann hat ja die Flamme selbst die eigene Welt verlassen."

„Ja, scheint so. Ach, ich kenne mich da nicht so aus. Vielleicht hab ich das im Buch auch falsch verstanden."

Melradins Blick wanderte zum Himmel. Bog man sich die eine oder andere Kleinigkeit noch etwas zurecht, konnte man behaupten, die Sonne sei dem Westen schon wieder gefährlich nahe. Melradin konnte es kaum noch abwarten, den Alten mit Fragen zu durchlöchern. Vielleicht wartete er ja bereits in der Hütte auf ihn. Oder er verpasste ihn schon wieder und würde seine Fragen den belegten Broten stellen müssen.

„Du, Ede, ich muss leider wieder gehen", sagte er unvermittelt.

„Och." Eduard sah ihn traurig an. „Jetzt schon? Du hast ja noch fast nichts gesehen. Wenn die Sonne untergeht, ist es am schönsten. Bleib doch wenigstens noch so lang."

Melradin schüttelte den Kopf und machte ein wehmütiges Gesicht. „Nein, ich kann nicht. Tut mir leid, aber ich werde zu Hause erwartet." Hoffentlich ...

„Na dann. Wenn du mal wieder an meinem Posten vorbeikommst, ich hab noch 'n Bett frei. Kannst gerne 'ne Nacht drin schlafen."

Melradin lächelte dankbar. „Ja, würde mich freuen." Stöhnend trat er den Abstieg an.

„Geht's?" Ede blieb oben stehen und lugte durch die Falltür.

„Ja ja, danke." Den letzten Meter sparte er sich und landete unter dem Stöhnen der Holzbretter etwas unsanft auf dem Boden. Er verabschiedete sich ein letztes Mal und bedankte sich für das Verarzten, dann nahm er den Schuh und die Flagge und verließ die Welt.

Schon wieder ein defekter Schlüssel? Verbitterung stieg in Melradin auf. Er fühlte sich von allem Glück verlassen, hilflos wie eine Marionette seines offenbar gelangweilten Schicksals.

Achtsam schielte Melradin um sich. Offensichtlich hatte er den einzigen Reiseunfall im Umkreis. Alles schien tot. Nichts rührte sich.

Ein plötzlicher Windstoß ließ es Melradin kalt den Rücken hinunterfahren. Erschrocken sog er die Luft ein. Furcht ergriff ihn. Er musste von hier verschwinden. Hastig schnürte er den Beutel auf und ließ ein wenig Sand in seine Handfläche rieseln.

Er atmete auf, als der Wüstenboden wieder die übliche Distanz annahm und er auf ein helles weißes Licht zuraste.

8

Zurück in der unerträglich heißen Wüste schlug sich Melradin zu allererst schmerzhaft den Kopf an. Er war ungeschickterweise direkt unter dem Felsen gelandet. Fluchend hielt er seine Hand an die pochende Stelle. Entkräftet ließ er sich zu Boden sinken, die gnadenlose Sonne hoch am Himmel.

Der unerbittliche Mittag neigte sich dem Ende zu, als Melradin von den ersten Halluzinationen heimgesucht wurde. Zunächst waren sie noch relativ harmlos. Faustgroße Gnome schossen in einiger Entfernung aus dem Sand und purzelten die Dünen hinab. Ihr Kreischen und Kichern vertrieben die Stille der Wüste. Melradin runzelte die Stirn. Allerdings nicht, weil er sich sonderlich wunderte – in seiner Trägheit schienen ein paar Gnome angesichts dieser Massen an Sand nur plausibel. Vielmehr war er verärgert über die Ruhestörung. Es folgte ein großer schlaksiger Kerl mit einem zotteligen Vollbart und einem enorm langen Zylinder auf dem Kopf. Scheinbar mühelos fuhr er auf einem viel zu kleinen Dreirad von Düne zu Düne und grüßte beim Vorbeiradeln den haarlosen Kopf eines knochigen alten Manns, der herrenlos aus dem Sand ragte. Der alte Mann, beziehungsweise der Kopf des Manns, rauchte genüsslich eine Pfeife. Trotz dieser absurden Gestalten um ihn herum, schlief Melradin in diesem Augenblick endgültig ein.

Irgendetwas rüttelte ihn und weckte ihn unsanft aus seinen wirren Träumen. Orientierungslos blinzelte Melradin in die Sonne. Jemand stand über ihm. „Hallo?", krächzte er und musste husten.

Die Gestalt ließ von ihm ab und wich einen Schritt zurück. „Ich ... ich dachte schon, du seiest tot. Tu-tut mir leid, wenn ich dir wehgetan habe", stotterte der Fremde. Es war eine männliche Stimme, etwa in Melradins Alter, schätzte er.

„Schon gut. Kannst es mit einem Schluck Wasser wieder gut machen." Melradin wollte gerade über seinen eigenen Witz lachen, als plötzlich ein Beutel an seinen Mund geführt wurde und lauwarmes Wasser seine Lippen berührte. Fast hätte er vor Schreck das wertvolle Gut wieder ausgehustet. „Wo hast du das her?", fragte Melradin, als er spürte, wie sich allmählich seine Sinne klärten.

„Ist noch mein Vorrat von meiner Heimat."

Schwerfällig setzte sich Melradin auf. „Wer auch immer du bist, zu deiner Information: Dich schickt der Himmel."

„Aha." Der Fremde lachte zögerlich.

Melradin musterte ihn von oben bis unten. Er hatte lockige braune Haare, kurz geschnitten. Sein Kopf wirkte etwas zu groß, genauso wie seine Augen. Aus seinem Blick sprach ein wacher Verstand, auch wenn er ein wenig schüchtern drein sah. Der Fremde war klein gewachsen, etwa einen halben Kopf kleiner als er selbst. Insgesamt machte er einen schmächtigen Eindruck. Gekleidet war er jedoch eindeutig besser als Melradin. Er trug eine luftige braune Hose und ein weißes Hemd – zum starken Kontrast seines vor Hitze tomatenroten Gesichts.

„Wie heißt du?", fragte Melradin dann.

„Naphtanael", war die brave Antwort. Die Gegenfrage blieb aus.

„Gut, ich heiße Melradin", ergriff er schließlich selbst die Initiative. „Warum bist du an diesem gottverdammten Ort? Ich meine, du bist doch nicht freiwillig hier, oder?"

„Ich ..." Naphtanael zögerte, so als suchte er nach einer plausiblen Antwort. „Ich hab mich verlaufen und den Schlüssel für den Heimweg liegen lassen."

„Oh." Seine Hoffnung, nun endlich einen Ausweg aus seinem Dilemma gefunden zu haben, schwand. „Aber immerhin hast du in mir einen Leidensgenossen gefunden. Sitze hier nämlich auch fest."

„Warum?"

„Ich war neugierig, wohin mich ein Sack voll Sand bringen würde und wurde hier von einem Sandsturm überrascht. Jetzt ist mein Schlüssel zurück verschollen."

„Oh", war auch seine erste Reaktion.

„Bist du schon lang in dieser Wüste?", fragte Melradin.

„Nein. Ich bin erst vorhin hier in der Gegend gelandet. Zum Glück liegst du hier unter dem wohl einzigen Felsen weit und breit."

Melradin nickte. „Glück gehabt." Er grinste zynisch. „Warum setzt du dich nicht zu mir? Ist doch sicher unangenehm da in der prallen Sonne zu stehen."

Zögernd willigte Naphtanael ein.

„Du hast nicht zufällig einen alten Schuh im Sand liegen sehen, oder?", versuchte Melradin das Gespräch am Leben zu erhalten.

Naphtanael schüttelte verunsichert den Kopf.

„Ich meine nur. Irgendwo hier müsste mein Schlüssel liegen."

„Woher kommst du?", fragte ihn Naphtanael.

„Ich komme aus einer kleinen Lichtung mit einem guten Dutzend Bäume drum herum, einem Bach und einer Hütte. Und einem ziemlich großen Stein, wohlgemerkt. Fast schon ein Fels. Dürfte das Wahrzeichen meiner Heimat sein", meinte Melradin recht trocken.

„Aha." Naphtanael war offensichtlich verdutzt.

„Sag bloß, du kennst diese Welt nicht." Melradin versuchte es mit einem Lächeln und zu seinem Erstaunen spiegelte es sich in seinem Gegenüber wider.

„Hat sie denn einen Namen?"

Melradin zuckte mit den Schultern. „Ich hab ihr noch keinen gegeben. Hast du einen Vorschlag?"

„Dunnador", antwortete Naphtanael erstaunlich schnell. Melradin schmunzelte. „Dunnador, die berühmt-berüchtigte Lichtung mit dem großen Stein. Der Name gefällt mir. Also heißt meine Heimat ab sofort Dunnador. Braucht deine Welt auch noch einen Namen?"

„Nein." Naphtanael lächelte. „Ich komme aus der Feenwelt."

„Aha. Und sie heißt einfach Feenwelt?"

„Genau. Noch nie von ihr gehört?"

„Nein. Ich wohne hinterm Mond, tut mir leid." Aus irgendeinem Grund wollte er es vermeiden, über seinen Gedächtnisverlust zu reden.

„Erstaunlich, dass es so was gibt. Ich war noch nie in so einer kleinen Welt."

„Reist du denn viel?"

„Nein, da hast du auch wieder recht." Naphtaaels Finger fummelten nervös an dem Wasserbeutel herum.

„Bist du dann eigentlich so etwas wie eine Fee?", fragte Melradin, dem dieser Zusammenhang jetzt erst dämmerte.

„Ähm ja." Naphtanael lächelte verlegen. „Eine männliche Fee, das stimmt."

„Hm." Melradin konnte seine Skepsis nicht verbergen. „Um ehrlich zu sein, hab ich mir Feen immer anders vorgestellt."

Naphtanael lachte. „Kein Wunder. Ich reise ja auch in menschlicher Gestalt."

„Ach so. Ähm, hat das einen bestimmten Grund?"

„Na ja, es gibt eben nur in der Feenwelt Feen und außerdem, glaube ich, wäre der Körper einer Fee in einer fremden Welt ohnehin nicht sonderlich praktisch."

„Aha." Vergeblich wartete Melradin auf die Erläuterung. „Wieso?"

„Weil man nur in der Feenwelt mit ihm fliegen kann. Genauso wie ein Zauberer nur in der Zaubererwelt zaubern kann. Okay, da gibt es zugegebenermaßen Ausnahmen."

„Du meinst also, diese übergroßen Schmetterlingsflügel könnten eine Fee normalerweise gar nicht in die Luft bekommen?"

„Richtig. Aber ich meine, was heißt schon normalerweise? Das stammt alles noch von Lethuriel, die Schwerkraft und so Zeug und die haben's wahrscheinlich von Melgor. Wurde einfach nur so übernommen. Viele Welten haben da ihre Ausnahmen. Genau wie die Feenwelt. Du würdest den Unterschied wahrscheinlich gar nicht merken, aber dort kann ich fliegen und hier nicht."

„Erstaunlich."

Sie saßen eine Weile schweigend nebeneinander.

„Darf ich fragen, wie du an einen Zugang zu dieser Welt geraten bist?", fragte Melradin schließlich.

„Ich …" Wieder zögerte Naphtanael, so als suchte er nach einer passenden Ausrede. „Ich …" Ihm schien beim besten Willen nichts einzufallen.

Melradin winkte ab. „Hör mal, Naphtanael, wenn es dir unangenehm ist, brauchst du es mir nicht zu erzählen."

Naphtanael sank in sich zusammen. „Die Wahrheit ist, ich wurde verstoßen."

„Du wurdest verstoßen?" Melradin sah ihn ungläubig an.

„Ja." Naphtanaels Augen wanderten über den Sand, nicht fähig, den Blickkontakt zu halten.

„Aus deiner Heimat?"

„Ja!" Der Schmerz, den es bedeutete darüber zu reden, zeichnete sich auf Naphtanaels Gesicht ab.

„Aber warum denn?" Melradins Stirn furchte sich und in seinem Magen spürte er einen Kloß vom Mitgefühl.

Naphtanael atmete tief ein und aus. „Ich habe etwas sehr Dummes getan. Etwas Verbotenes. Und dafür wurde ich von der Feenältesten in die Xin-Yang-Wüste verbannt. Hierher."

„Ach herrje. Willst du darüber reden?" Insgeheim konnte Melradin seine Neugier nur mit Mühe zurückhalten.

„Es ist mir peinlich", gab Naphtanael kleinlaut zu.

„Ist es denn arg schlimm?", versuchte sich Melradin der Sache anzunähern.

„Es ist vor allem eine unerträgliche Schande."

„Ach so." Melradin wog kurz ab, wie weit er mit seinem Drängen gehen sollte. Letztendlich hatte seine Neugier das Sagen. „Was versteht man denn in der Feenwelt unter einer unerträglichen Schande?"

Naphtanael zögerte. „Wenn man den Ruf der Familie in den Dreck zieht", meinte er schließlich.

Melradin seufzte. „Und wie schafft man das? Diebstahl?"

Naphtanael riss die Augen auf. „Aber nein! Ich bin doch kein Dieb! Ich hab doch nur ..."

„Was?", stocherte Melradin.

Noch mal holte Naphtanael tief Luft. Dann würgte er, als wäre die Luft in seinem Hals verstopft. „I-ich habe den wa-weiblichen Feen beim B-b-baden zugesehen", presste er schließlich stotternd hervor.

„Du hast ..." Melradin konnte sich das Lachen nicht verkneifen. „Und das ist alles?"

„Ja." Naphtanael war rot angelaufen – soweit das überhaupt noch möglich gewesen war.

„Aber dafür wird man doch nicht verstoßen!"

„Du hast ja keine Ahnung!" Eine Last schien von ihm gefallen. „Der Badesee der Feen im geheimen Hain ist heilig. Wer es wagt, dort unbefugt einzudringen, hat sein Leben verwirkt."

„Mannomann! Dass dich das nicht aufgehalten hat, spricht allerdings für die Schönheit der Feen."

Naphtanael lachte zögerlich. „Ich habe es nur wegen der einen getan. Ich musste ihr nahe sein, aber jetzt ... jetzt bin ich so weit weg von ihr wie noch nie zuvor. Na ja, nun hasst sie mich wahrscheinlich sowieso." Niedergeschlagen senkte er den Kopf.

„Hm." Melradin wusste darauf nichts zu erwidern.

Naphtanael räusperte sich. „Es ist so ... Ich habe vorhin gelogen. Du kannst aus der Wüste entkommen." Er kramte etwas aus seiner Hosentasche. „Hier. Damit kommst du in die Feenwelt. Haben sie versäumt, mir abzunehmen." Naphtanael reichte ihm einen kleinen Gegenstand.

„Ein Medaillon", stellte Melradin fest, als er ihn in seiner Hand genauer betrachtete. Es schien aus Silber mit kunstvollen Verzierungen aus hauchdünnen schwarzen Linien. Die Kette fehlte.

„Ja. Ich wollte es ihr schenken, doch dazu ist es dann nicht mehr gekommen. Ist das einzige Wertvolle, das ich besitze. Noch von meiner Urgroßmutter."

„Es ist wirklich wunderschön." Melradin sah wieder auf. „Aber wie der Zufall will, ist es nicht das erste Schmuckstück, das ich in dieser Wüste zu Gesicht bekomme." Er holte das Amulett hervor und reichte es Naphtanael. „Ganz seltsames Ding. Hat mich nirgendwo hingeführt. Genauso wie der Beutel da." Er wies auf das achtlos in den Sand geworfene Säckchen. „Kannst du dir das erklären?"

Achselzuckend betrachtete Naphtanael das Amulett. „Vielleicht stammen sie ja aus dieser Wüste."

Melradin schüttelte den Kopf. „Nein, es ist nicht so, dass ich das Amulett hier gefunden hätte. Ich bin durch den Sand in dem Säckchen ja erst hierher geraten. Und als ich hier verzweifelt versucht habe, wieder in eine andere Welt zu gelangen, habe ich dieses Ding in dem Beutel entdeckt. Nur hat der Beutel mich bereits in meiner Heimat nirgends hingeführt."

„Ach so." Naphtanael kratzte sich am Kopf. „Vielleicht hindert dich der Herrscher dieser Welt, sie zu betreten."

„Ah." Melradin dachte darüber nach. „Das ist natürlich möglich. Oder kann es sein, dass manche Welten schwieriger zu erreichen sind?"

Wieder zuckte Naphtanael mit den Schultern. „Vielleicht. Das Amulett hat ja schon etwas Geheimnisvolles. Würde mich wirklich interessieren, woher es stammt."

„Probier du es doch mal", schlug Melradin vor.

Naphtanael schüttelte überraschend energisch den Kopf, so als müsste er sich selbst davon überzeugen, dass das auf keinen Fall eine gute Idee war. „Ich kann nicht. Ich muss hier bleiben. Sonst erwartet mich ein noch furchtbareres Ende."

„Wie meinst du das?"

„Na, Gumgumba ist zornig auf mich, der große Feenbaum. Wenn ich jetzt meine Strafe akzeptiere, vergibt er mir vielleicht und mein Feenstaub findet wieder zu einer Mondscheinknospe. Ansonsten schwirre ich im nächsten Leben als Nachtfalter umher."

„Aha. Gumgumba ist sozusagen euer Feengott?"

Naphtanael nickte.

„Ist ja interessant. Und was genau sind Mondscheinknospen?"

„So heißen die Puppen, aus denen wir Feen schlüpfen", erklärte Naphtanael. „Sie sehen aus wie riesige Perlen und liegen auf dem Grund des smaragdgrünen Sees. Feen schlüpfen bei Vollmond. Dann beginnen die Knospen ganz leicht rot zu glühen und breiten sich aus wie die Blüte einer Rose. Es ist wunderschön."

„Hm, das klingt toll", murmelte Melradin. „Aber ... du willst doch jetzt noch nicht sterben! Dann siehst du deine Fee vielleicht nie wieder."

Naphtanael zögerte mit seiner Antwort. Seine Hände fuhren zitternd durch den Sand. Als er den Kopf hob, machte er einen armseligen Eindruck. „Es gibt wichtigere Dinge als die Liebe." Seine Stimme zitterte. „Zeitlose Dinge."

Melradin zog die Stirn kraus. „Sag nicht so was. Ich kann dich unmöglich hier zurücklassen."

Naphtanael sah ihn fragend an.

„Na, wie stellst du dir das vor? Du rettest mein Leben, ich bedanke mich recht herzlich und fertig? Du würdest mich dazu zwingen, mein Gewissen zu erwürgen. Mindestens so schlimm, wie Feen beim Baden zuzusehen."

„Oh." Naphtanael nahm das silberne Schmuckstück in seine Hand und betrachtete es einen Moment abwägend. „Aber ich kann nicht."

„Du vielleicht nicht." Melradin grinste geheimnistuerisch. „Aber was ist mit einem *Hinterweltler* wie mir in Begleitung eines kleinen Jungen?"

Naphtanael sah ihn verwirrt an. „Du meinst, ich soll als kleiner Junge in meine Heimat zurück?"

Melradin schüttelte den Kopf. „Nein. Du verwandelst dich in mich und ich bin der kleine Junge. Hab da schon ein Bild vor mir."

„Aber das klappt niemals! Die Feenälteste durchschaut mich sofort."

„Ach, ist die Feenälteste denn die Herrscherin der Feenwelt?", fragte Melradin, der plötzlich selber Zweifel an seinem Plan bekam.

„Nein, das nicht, aber ..."

„Dann sorgen wir einfach dafür, dass sie uns nicht erwischt, während ich irgendwie versuche, Kontakt zu meiner Heimatwelt aufzunehmen." Was vollkommen unmöglich war, gestand sich Melradin ein.

„Ich weiß nicht. Wenn wir auffliegen, haben wir beide ein gewaltiges Problem."

„Komm schon. Dann hättest du auch die Gelegenheit, deiner Angebeteten das Geschenk zu überreichen. Als Bote. Du erzählst ihr von ihrem Verehrer und schilderst ihr, wie tapfer er im Moment in der Wüste sein hartes Schicksal bestreitet."

Naphtaanel musste herzlich lachen. „Aber wir befinden uns gerade in der Xin-Yang-Wüste! Hier gibt es keinen Liebesboten-Service."

Sie lachten beide.

„Wir könnten ja behaupten, wir hätten dich zufällig hier getroffen und erfüllten dir hiermit deinen letzten ehrenvollen Wunsch", meinte Melradin scherzhalber.

„Jaah." Naphtanael grinste. „Dummerweise kann diese Fee eins und eins zusammenzählen."

„Oh Mann. Ich verstehe immer noch nicht, weshalb du so hart bestraft wurdest", meinte Melradin Kopf schüttelnd. „Ich dachte immer, ihr wärt diese verspielten Fabelwesen, die nichts weiter als Lebenslust im Sinn haben."

Naphtanael lächelte matt. „Manchmal sind wir das auch. Aber auch in unserem Leben gibt es ein paar Regeln. Ein paar sehr empfindliche Regeln, die ich unglücklicherweise gebrochen habe."

„Ich verstehe." Melradins Blick wanderte, an den endlosen Sanddünen entlang, in die Ferne. Die brütende Hitze des Mittags fand allmählich ihr Ende, doch machte die Sonne noch keine erkennbaren Anstalten, in nächster Zeit vom Antlitz des Himmels zu verschwinden.

Melradin schielte zu dem Wasserbeutel neben Naphtanael. Er wirkte auf beunruhigende Weise in sich zusammengefallen. Wenn er sich recht erinnern konnte, dann hatte er ihn in seiner Gier fast vollständig geleert.

„Warum haben sie dir eigentlich zu trinken mitgegeben?", fragte Melradin schließlich mit zusammengezogenen Brauen.

„Soll mir noch Zeit geben, mich zu besinnen", erläuterte Naphtanael kurz.

„Ah. Und ...", er kratzte sich unwillkürlich am Kopf, „und wohin würde er uns führen? Als Weltenschlüssel, meine ich."

Naphtanael zuckte mit den Schultern. „Wahrscheinlich nach Melgor, so wie ich die Feenälteste einschätze."

„Aber das Wasser wird doch aus der Feenwelt sein, oder?", hakte Melradin weiter nach.

Naphtanael schüttelte den Kopf. „Niemals. Ich weiß nicht, woher es stammt. Aber ich glaube, ich sollte es besser auch nicht herausfinden."

„Erstaunlich. Da waren deine Artgenossen aber ganz schön gründlich."

„Allerdings." Naphtanael nickte betrübt.

„Wie hast du's dann eigentlich fertiggebracht das Medaillon hier einzuschleusen?"

Naphtanael räusperte sich verlegen. „Da du es bereits in Händen gehalten hast, ist es, glaube ich, besser, wenn du es nicht weißt."

„Aha." Melradin schmunzelte. Er glaubte zu verstehen. „Es deiner Geliebten in diesem Zustand zu schenken, wäre natürlich fahrlässig." Ein Husten schüttelte Melradin durch. „Verdammt, ich sollte so langsam aufbrechen", keuchte er. „Bist du bereit?"

„Ich hab dir doch gesagt, dass ..."

„Ich dir doch auch, dachte ich", unterbrach ihn Melradin bestimmt. „Ich kann dich hier unmöglich zurücklassen. Das heißt, du musst wohl oder übel mit mir mitkommen. Ob du dann in deiner Welt bleibst oder nicht, ist deine Entscheidung. Du könntest mir ja dabei helfen, meine Heimat zu finden. Das gefällt deinem Gumgum-Baum bestimmt."

Naphtanael seufzte. „Wahrscheinlich unterhalte ich mich gerade mit einem Dämon."

„Ja. Ich bin die Feenälteste persönlich, die versucht, dich vom rechten Weg abzubringen."

Naphtanael grinste. „Zuzutrauen wäre es ihr sogar."

„Und was hält dich dann davon ab, mir zu glauben?" Melradin gratulierte sich im Stillen zu seinem gelungenen ernsten Ton.

„Na ja" Naphtanael kratzte sich verlegen am Kopf. „Auch wenn man es ihr in ihrem furchtbar hohen Alter kaum noch ansieht, es würde mich doch sehr wundern, wenn sich herausstellte, dass wir die ganze Zeit einen Mann als Anführerin hatten. Oder", er lacht auf, „willst du mir erzählen, dass du gerade eine Frau darstellen möchtest?"

Melradin schmunzelte. „Okay, ich gebe es zu. Ich bin nicht die Feenälteste. Und soweit ich das beurteilen kann, auch kein Dämon. Eigentlich sollte eher ich mir Sorgen machen. Immerhin war ich es, der am Verdursten war und aus heiterem Himmel Hilfe von einem verstoßenen Feenrich bekommen hat. Mitten in der Dingens-Wüste."

„Xin-Yang-Wüste", belehrte ihn Naphtanael.

„Genau. Wahrscheinlich liege ich gerade in der prallen Sonne und halluziniere, während ich, von aller Welt verlassen, gerade diesen Satz vor mich her fasele."

„Vielleicht."

„Aber jetzt lass uns aufbrechen", drängte Melradin.

„Hm." Naphtanaels Gewissen focht einen kurzen Kampf. „Und du bist dir sicher, dass ich in deinem Körper in die Feenwelt soll?"

Melradin atmete erleichtert auf. „Ja! Ich meine, nur, wenn das kein Problem für dich ist."

„Nein, nein", meinte Naphtanael lächelnd. „Sieh mich doch an. Ich bin das hässliche Entlein unter den Feen." Sein Lächeln blieb tapfer bestehen.

„Du bist vor allem die Fee unter den Feen, die Melradin vor dem Tod gerettet hat. Vielleicht ist das ja irgendwann noch was wert."

„Ja, ganz bestimmt sogar. Ich muss diesem Melradin nämlich von nun an hinterherlaufen, da er mich dazu gezwungen hat, meinen Platz in der Welt aufzugeben."

„Nur in einer Welt. Glücklicherweise gibt es davon ja recht viele."

9

Melradin sah skeptisch zu der Gestalt neben ihm auf. Sie hatte gewisse Ähnlichkeiten mit ihm. Eine relativ große Nase, braunes Haar, blaue Augen. Trotzdem war Melradin mit seinem Klon nicht recht zufrieden.

„Sehe ich wirklich so schmächtig aus?", fragte eine Jungenstimme unsicher.

Sein Klon lachte verlegen. „Bestimmt habe ich mich ein wenig verschätzt." Zumindest seine Stimme wirkte täuschend echt. Plötzlich von sich selbst eine Antwort zu bekommen, verwirrte ihn etwas.

„Das glaube ich auch. Ich habe nämlich ein schmaleres Gesicht und nicht so verdammt harmlose Gesichtszüge. Damit hätte ich ja schon Schwierigkeiten einem Teenie-Melgorianer Respekt einzuflößen."

Wieder lachte Naphtanael. „Sei doch froh, dann unterschätzen sie dich und du kannst ihnen eine saftige Lehre erteilen."

„Hm." Plötzlich betreten sah Melradin zu Boden. „Ich hoffe, das täten sie überhaupt. Mich unterschätzen, meine ich."

Sein Doppelgänger verdrehte die Augen. „Und ich dachte, ich hätte ein schlechtes Selbstbewusstsein. Wer aussieht wie du, kann doch sicher zaubern, oder?"

„Zaubern?" Melradin sah verwundert auf. „Nein, natürlich nicht."

„Natürlich? Jeder kann zaubern. Nur die meisten bekommen in ihrem Leben nie mehr als ein mickriges Funkensprühen zusammen. Komm, probier es aus! Hier in der Feenwelt sind die Funken besonders schön."

Feenwelt. Melradin ließ seinen Blick durch die Gegend schweifen. Wieder einmal war er in einer fremden Welt von Bäumen umgeben. Sie standen auf einer Lichtung; das Gras reichte seinen kleinen Beinen nicht viel höher als bis zu den Knöcheln.

Die Natur wirkte hier auf eine Weise verspielt, die sein Herz leichter werden ließ und ein mattes Lächeln auf seine Lippen zauberte. Bunte Blumen aller Farben ragten aus dem Boden und schienen dabei einen Wettstreit in der Ausgefallenheit ihres Aussehens auszutragen. Bei keiner von ihnen hatte Melradin den Eindruck, Ähnliches irgendwo schon einmal gesehen zu haben. Angefangen bei Blumen, die aussahen wie Minisonnenschirme, ging es weiter über ein sonnenblumenartiges Gewächs mit einem Dutzend verschiedener Blütenblätterfarben bis hin zu der, auf den ersten Blick, kuriosesten Variation: einer Blume mit langen rosa Blättern, die in ihrer Blüte blau blinkte.

Naphtanael bemerkte seinen verwunderten Gesichtsausdruck. „Ja, ich weiß. Wer auch immer vor unzähligen Jahren die Feenwelt erschaffen hat, er hat ganz schön innovatives Denken bewiesen. Hat nicht nur kopiert, sondern sich auch mal was Neues einfallen lassen. Wobei, ich muss zugeben, das eine oder andere Mal ist das etwas nach hinten losgegangen." Sein Blick war an der blinkenden Blume hängen geblieben.

Melradin grinste. „Mir gefällt's."

Auch die angrenzenden Bäume schienen fremder Natur. Das waren keine Fichten, Eichen oder Buchen, sondern hatten ihre ganz eigene Form. Krumme und pummelige Stämme säumten den Waldrand. Die Form der Blätter variierte von riesigen Seerosenblättern bis hin zu winzigen haarähnlichen Auswüchsen, die den Baum wie einen gewaltigen Wuschelkopf erscheinen ließen.

„Schade, dass grade keine Blütezeit ist. Dann ist erst richtig was los, sag ich dir", hörte Melradin seine Stimme erzählen. „Wusstest du eigentlich, dass es keine drei, sondern vier Drachenwelten gibt?"

Melradin sah verwundert auf. „Nein, noch nie davon gehört."

Sein Doppelgänger lächelte stolz. „Die Feenwelt ist streng genommen nämlich auch eine. Nur war unser Erschaffer in dieser Richtung wohl zu eigensinnig. Niemand wollte die riesigen Schmetterlinge als Drachen anerkennen. Wir nennen sie Feendrachen. Die Einzigen wirklich friedlichen ihrer Sorte."

Melradins Blick wanderte unwillkürlich zum Himmel. Doch waren nichts als Blau und vereinzelte weiße Wolken zu erkennen.

„Nein, hier sieht man keine", meinte Naphtanael, der aufmerksam Melradins Blick beobachtete. „Erstaunlich, dass der Erschaffer den Himmel blau gelassen hat, oder?"

Melradin schmunzelte. „Weiß denn keiner, wer es war?"

„Keiner." Naphtanael nickte eifrig. Eine Geste, die dem Körper nicht so recht stand. „Man erzählt sich, es sei ein Künstler aus Lethuriel gewesen, der unentdeckt bleiben wollte und sofort seine eigene Welt wieder verlassen hat."

„Aha."

„Ich weiß, bei der Geschichte fehlt eindeutig die Spannungskurve. Wie wär's mit der Version: Yelldan persönlich ist nach dem Kampf gegen Melgor aus seinem Grab gestiegen und hat als sein letztes Werk die Feenwelt erschaffen."

Melradin lachte. „Du kennst Yelldan? Ich dachte, an den glauben nur die Leute in Xentropolis."

Sein Klon machte eine wegwerfende Bewegung. „Tss, du kennst die Feenwelt nicht. Mehr getratscht wird in keiner anderen Welt. Gibt es hier eine Sage nicht, dann gibt es sie nirgends. Wenn du es darauf anlegen würdest, könntest du sicher an die hundert verschiedene Geschichten über die Entstehung dieser Welt erfahren. Da muss auch Yelldan mal herhalten. Aber jetzt hast du mich abgelenkt. Komm, versuch mal zu zaubern!"

„Ähm." Der kleine Junge sah verunsichert zu dem Mann neben ihm auf.

„Mach schon! Hier findet uns erst mal keiner", drängte ihn dieser. „Vorausgesetzt es hat sich nicht noch mal jemand unbefugt Zugang in den geheimen Hain verschafft."

„Ach, hier bist du verstoßen worden?", hakte Melradin nach.

„Ja, kurz und schmerzlos." Naphtanael Stimme klang gelungen beiläufig. „Ein relativ abgeschiedenes Plätzchen, hier. Wir können froh sein, dass kein all zu großes Tamtam darum gemacht worden ist, sonst wären wir jetzt wahrscheinlich mitten in die Aufräumarbeiten geplatzt."

Melradin lächelte. „Es ist nur so, ich habe keine Ahnung, wie man zaubert."

„Ach so, ja. Schau her, ich mach es dir vor." Naphtanael streckte seinen rechten Zeigefinger vor. Einen Moment später glitzerten wie aus dem Nichts kleine goldene Fünkchen darum herum.

Melradins Mund öffnete sich vor Staunen. „Geht das denn überall?"

„Nur hier in der Feenwelt geht es so schön", erwiderte Naphtanael.

zerzausten Haar, umgeben von dem einen oder anderen ausgefallenen Blatt. Eine kleine Schürfwunde zierte seine Backe.

Melradin seufzte. „Wir haben uns also verlaufen", stellte er sachlich fest und ließ sich auf einem umgefallenen Baumstamm nieder.

„Ja. Hoffnungslos." Naphtanael setzte sich daneben.

„Okay und was jetzt?" Melradin strich sich durchs Haar und stellte fest, dass er wohl ähnlich aussehen musste wie sein Nebensitzer.

„Wieso fragst du mich das ständig?", erwiderte Naphtanael grantig. „Ich habe keine Ahnung! Ich weiß nur, dass ich verdammt noch mal einen Bärenhunger habe, aber leider nicht den blassesten Schimmer, wo wir uns gerade im Dunklen Wald befinden."

Ein Grinsen huschte über Melradins Lippen. „Ja, beruhig dich. Mir geht es genauso."

Für einen Moment schwiegen sie so vor sich hin.

„Das ist also der Dunkle Wald", ergriff schließlich Melradin wieder das Wort.

„Ja", war die knappe Antwort.

„Und wie groß ist dieser Dunkle Wald?"

Naphtanael strich sich erschöpft durch das Gesicht. „Frag nicht."

„Sehr groß?"

„Zu groß. Viel zu groß. So groß, dass keiner behaupten kann, ihn wirklich zu kennen. Drücken wirs mal so aus: Am anderen Ende könnte Melgor liegen, ohne dass das jemals jemandem aufgefallen wäre."

„Oh." Das sprach Bände. „Ich habe eine Idee", versuchte sich Melradin in einem einigermaßen hoffnungsvollen Ton. „Ich steige auf einen Baum und sehe nach, ob da irgendwo der Waldrand in Sicht ist."

Naphtanael willigte ein und zum ersten Mal erwies sich der federleichte Körper des Jungen als ganz nützlich. Sie suchten sich einen möglichst hohen Baum aus, Naphtanael hievte ihn zu den untersten Ästen und von dort aus kraxelte er vorsichtig hinauf bis zur Spitze des Wipfels. Achtsam balancierte er schließlich auf einem bereits bedrohlich dünnen Ast, während eine Hand sich am Stamm abzustützen versuchte. Sein Blick begutachtete die erkämpfte Aussicht.

„Wo ist Norden?", rief er zu der Gestalt am Boden.

„Rechts von der Sonne!", war die Antwort.

Melradin tippelte auf die andere Seite des Baumes. Dort war am Horizont das Rot der untergehenden Sonne zu erkennen. Neunzig Grad rechts davon befand sich leider nur Wald – so weit das Auge reichte. „Sieht nicht gut aus", meinte er enttäuscht. Vom Boden kam nur wortloses Rascheln. Ein Meer von Baumkronen war zu erkennen, grenzenlos, wohin man auch blickte. Melradin versuchte es in alle Richtungen. Doch der Waldrand war nirgends zu entdecken.

„Sag mal, wie seid ihr überhaupt zu dieser Lichtung geko..." Er brach ab. Etwas war unweit von ihm aus den Wipfeln gestiegen. Melradin stockte der Atem. Ein Riesen-Schmetterling! Er sah zwar nicht exakt so aus wie die hundertfache Vergrößerung seines Verwandten, aber einige Ähnlichkeiten waren dennoch unverkennbar. Hauchdünne Flügel in schillernden Farben trugen ihn über die Bäume. Doch wirkten sie durchsichtig wie gefärbtes Glas und die Flugbewegung war wellenförmig und ganz ruhig, so als sei das Tier ohnehin schwerelos.

Ansonsten konnte Melradin keine Abweichungen erkennen. Vorne zwei Fühler und ein paar spinnenartige Beine waren zu erkennen. Staunend begaffte er das riesige Tier. Ganz gemächlich bewegte es sich über die Bäume.

„Was ist denn da oben los?", riss ihn Naphtanael aus seiner Bewunderung.

„Ein ... ein Feendrache!", stammelte Melradin.

„Ein was?", kam es ungläubig zurück.

„Ein Feendrache!", rief Melradin lauter.

„Wo?"

„Da! Keine fünfzig Schritte von uns entfernt!", gab Melradin mit überschlagender Stimme zur Antwort.

„Das ist ..." Naphtanael schien nicht weniger aufgeregt als er. „Aber das ist unsere Rettung!" Wieder raschelte es. „Schnell, hilf mir hoch!"

Melradin stieg eilig die Äste hinab. Keuchend kam ihm Naphtanael bereits entgegen.

„Vielleicht kann ich ihn rufen", erklärte er ächzend, während er sich etwas unbeholfen die Äste hinaufangelte.

Melradin sah ihm verwundert hinterher. Als Naphtanael die Baumspitze erreicht hatte – was weit turbulenter erfolgt war als mit Melradins Körper – stieß er einen hellen Pfiff aus, der weit durch das Geäst drang.

„Verdammt, er ist schon zu weit weg. Er hört mich nicht." Er pfiff noch mal.

„Können Schmetterlinge überhaupt hören?", wunderte sich Melradin.

„Ja. Zumindest Feendrachen." Naphtanael machte sich wieder an den Abstieg. „Komm, wenn wir uns beeilen, holen wir ihn ein!"

Einen Baum so schnell wie möglich wieder zu verlassen hielt gewisse Schmerzen bereit, die Melradin mit zusammengebissenen Zähnen ertragen musste. Mit aufgeschürften Händen und Armen rannten sie, so schnell es der Wald erlaubte, durch das Unterholz.

„Wo ist er?" Melradin versuchte den Himmel durch die Baumkronen abzusuchen, konnte aber nichts entdecken.

„Folg mir!" Naphtanael hechtete ohne Rücksicht auf sich selbst durch das Geäst. Kleine Kinderfüße sprinteten hinter ihm her.

„Bist du dir überhaupt sicher, dass diese Tiere nicht", Melradin rang nach Luft, „nicht menschenscheu sind?"

„Keine Ahnung", keuchte es zurück. „Bleibt uns wohl nichts anderes übrig, als es auszuprobieren."

Sie rannten weiter, dem gemächlich dahin ziehenden Schatten hinterher. Ein Ast schlug Melradin hart ins Gesicht. Fluchend stieß er ihn beiseite. Naphtanael versuchte zu pfeifen, doch fehlte ihm der Atem.

Jetzt waren die schillernden Farben des Drachens zwischen den Baumkronen zu erkennen.

„Hey, Drache! Hier sind wir! Komm her!" Melradin wedelte wild mit den Armen.

„Psst, du verjagst ihn!" Naphtanael blieb stehen und legte die Finger an den Mund. Ein helles Pfeifen ertönte. Gespannt sahen sie zu dem großen Tier über ihnen. Merkwürdige Geräusche kamen zur Antwort, die Melradin irgendwie an Wale erinnerte. Erst ein tiefes Brummen und dann ein ganz hohes Fiepen, dass es fast die Luft zerriss.

„Okay, sie hat uns gehört." Naphtanael lächelte erleichtert.

„Sie?", fragte Melradin verwundert.

„Ja, es ist ein Weibchen. Männchen sind kleiner und scheu", erklärte sein Klon.

„Ach so."

Wieder brummte und fiepte es. Melradin sah fragend zu Naphtanael, der konzentriert hinaufblickte.

„Sie kann hier nicht landen", erklärte er ihm. „Sie sucht sich eine günstige Stelle. Wir sollen ihr folgen", übersetzte er die Geräusche.

Diesmal nicht ganz so hektisch setzten sie also ihre Verfolgung fort. Melradin spürte den Schweiß seine Stirn hinab laufen. In der einbrechenden Dunkelheit kaum sichtbares Geäst versperrte ihnen den Weg. Irgendeine Pflanze, die Melradin übersehen hatte, hatte ihm als Abschiedsgeschenk einen furchtbaren Juckreiz am linken Arm beschert. Die exotische Vielfalt der Natur war offenbar doch nicht ganz so ungefährlich, wie es zunächst den Anschein gehabt hatte. Er war heilfroh, als Naphtanaels Schatten endlich langsamer wurde und schließlich anhielt.

„Da ist sie", sagte Naphtanael mit gedämpfter Stimme. Vorsichtig trat Melradin näher. Sie standen am Rand einer kleinen Lichtung, in deren Mitte sich der Feendrache niedergelassen hatte. Mit angewinkelten Flügeln schien er sie abwägend anzuglubschen.

„Ist sie nicht wunderschön?", flüsterte Naphtanael verträumt.

„Doch, das ist sie." Auch Melradin war von dem Anblick gefesselt. „Kann sie uns denn zum Waldrand fliegen?"

Naphtanael nickte. „Ja, sie hat sich bereit erklärt, weil sie weiß, dass der Dunkle Wald nachts gefährlich für uns werden könnte." Er schritt auf den Feendrachen zu. Behutsam berührte er dessen Kopf. Ein Brummen ertönte, das Melradin als Schnurren interpretierte.

„Komm!", forderte ihn Naphtanael auf.

Weit scheuer trat Melradin neben ihn. Unwohl betrachtete er die riesigen Fühler des Tiers.

„Setz dich hinter mich und halte dich gut an mir fest", hörte er Naphtanael sagen.

Der Riesenschmetterling breitete seine Flügel aus und signalisierte ihnen, dass sie aufsitzen konnten. Vorsichtig hockte sich Naphtanael hinter den Kopf des Insekts und reichte Melradin die Hand. Zitternd ergriff er sie und setzte sich mit etwas starrem Blick hinter Naphtanael. Er spürte, wie sein Herz wild gegen seine Brust klopfte. Keinen Moment später, nachdem er sich an Naphtanael festgehalten hatte, begannen die Flügel des Drachens zu flattern, sodass sie den Waldboden verließen und sich über den Baumwipfeln wieder fanden.

Mit angehaltenem Atem musste Melradin feststellen, dass dieses Tier auch ganz anders konnte, als es plötzlich mit einem Affenzahn über den Wald schoss.

„Wooooooohooo", hörte er Naphtanael vor sich ausgelassen rufen, während er darum bemüht war, dass sein Griff sich nicht zu sehr verkrampfte und er endlich aufhörte zu zittern.

„Alles klar, dahinten?"

Melradin versuchte, sich zusammenzureißen. „J-Ja ja", schlotterte er. Naphtanael lachte. „Glaub mir, beim ersten Mal geht es allen so. Aber irgendwann wirst du es lieben!", schrie er durch den Wind.

Ja, daran hatte Melradin absolut keine Zweifel. Irgendwann ... Aber im Augenblick stand er Todesängste aus. Er versuchte, sich dazu zu zwingen, auf Naphtanaels Hinterkopf zu starren, aber hin und wieder verirrte sich sein Blick dennoch nach unten, wo sich der Wald wie ein riesiger Teppich unter ihnen ausbreitete. Endlos viele winzige Baumspitzen waren im letzten Rot der Sonne zu erkennen.

Der Sonnenuntergang. Das war das Einzige, was es für einen Moment fertigbrachte, ihn seine Ängste vergessen zu lassen. Die blutroten Farbspiele in den weißen Wolken wirkten traumhaft schön und erweckten selbst sein Staunen. Der Wald fegte unter ihnen hinweg, während Melradin sich fragte, wie zur Hölle sie das alles zu Fuß hätten schaffen sollen.

„Nur bis zum Abend also", brachte er mühevoll hervor und wurde zu seiner eigenen Verwunderung sogar verstanden.

„Ja." Naphtanael lachte verlegen. „Hab mich wohl ein wenig verschätzt. Wir sind auch hergeflogen, musst du wissen. Und da hatte ich anderes im Kopf, als auf die Landschaft zu achten."

„Sein Volk musste ihn echt hassen", dachte sich Melradin bei dem Anblick, wie sehr abseits der Welt sie ihn verstoßen hatten. Er wollte gar nicht daran denken, wie das noch hätte enden können.

Ganz allmählich beruhigte sich Melradins Herzschlag und es gelang ihm, seine gegenwärtige Situation zu akzeptieren und ohne gehetzte Panik im Blick sich ein wenig umzuschauen.

Das Weiß des Mondes war am Himmel hervorgetreten. Wenn er sich nicht irrte, war der Fast-Vollmond bereits wieder am abnehmen. Nicht ganz so weit in der Ferne ragte ein eindrucksvoller Berg aus dem Wald hervor. Ganz einsam stand er da wie ein gigantischer Fels. Seine luftige Spitze reichte bis über ihre Köpfe und war von Wolken verhangen. Im Schatten der Nacht wirkte er auf eine Weise geheimnisvoll, die Melradins Aufmerksamkeit fesselte, bis er komplett von der Dunkelheit verschlungen wurde.

Melradin seufzte erleichtert, als er spürte, wie die Anspannung allmählich von ihm glitt und er wieder frei atmen konnte. Auch wenn er es zu Anfang nicht für möglich gehalten hätte, man gewöhnte sich daran, dass keine zwei Schritte neben ihnen geduldig der Tod mit durch die Wolken flitzte.

Kurze Zeit später, als die Sterne sich bereits vollzählig am Himmel versammelt hatten, wurde der Feendrache langsamer und verlor spürbar an Höhe. Sie hatten den Waldrand erreicht.

10

Etwas unsicher auf den Füßen stand Melradin da und beobachtete Naphtanael, wie er dem Riesenschmetterling etwas zuflüsterte. Matt schillerten die Farben der Flügel im Mondschein, so als hätten sie die Gabe, das weiße Licht um ein Vielfaches stärker zu reflektieren.

Von Schatten durchzogen wurde Naphtanaels Gesicht von diesem Farbspiel erhellt. Der Feendrache brummte und fiepte etwas zur Antwort, dann trat Melradins Doppelgänger zurück und das Tier erhob sich in den Nachthimmel.

„Irgendwas muss in Lillipunda vor sich gehen", meinte Naphtanael in besorgtem Ton, als er sich schließlich zu ihm wandte.

„Wie kommst du darauf?" Sein junges Stimmchen wirkte in etwa so wackelig wie seine Beine.

„Der Feendrache hat gemeint, die Feen würden sich aus ihren Wäldern begeben, um in die Stadt zu kommen. Aber er wusste auch nicht weshalb. Ist echt komisch. Der Geburtstag der Feenältesten war doch erst." Auch wenn Melradin es in der Dunkelheit nicht sehen konnte, so konnte er es sich doch bildhaft vorstellen, wie die Sorgenfalten sein Möchtegernklongesicht durchzogen.

„Du glaubst doch nicht, dass", er wagte es kaum auszusprechen, „dass Melgor dahinter steckt, oder?"

Er hatte auf ein wegwerfendes Lächeln gehofft, doch Naphtanael zögerte. „Irgendwann, ja. Irgendwann wird es soweit sein, dass die Feenwelt gegen Melgor in den Krieg ziehen muss. Aber solange Lethuriel standhält … Ich glaube nicht, dass Melgor unserer Welt schon vorher Aufmerksamkeit schenken würde." Er wirkte nicht sehr überzeugt.

„Was sollen wir jetzt also tun?", fragte Melradin.

„Wir sehen nach, was los ist", war die überraschend bestimmte Antwort.

„Okay!" Melradin rieb sich tatenfroh die Hände. Er war erleichtert, nicht schon wieder ratlos dazustehen. „Wo geht's lang?"

Naphtanael lächelte. „Wirst du denn niemals müde? Ich schlage vor, wir warten bis morgen früh. Dann finden wir auch den Weg."

„Gute Idee", gab Melradin schmunzelnd zu. „Ist es denn weit?"

„Nicht sehr. Bis morgen Abend sind wir da."

„Ah ja, alles klar."

Als Melradin am nächsten Morgen aufwachte, tat ihm alles weh. Nun konnte er nur noch müde darüber lächeln, dass er es einmal als hart empfunden hatte, in der Hälfte eines baufälligen Bettes schlafen zu müssen. In der Wildnis zu übernachten war noch mal ein ganz anderes Kaliber.

Um genau zu sein, hatten sie sich einfach nur hingelegt und versucht zu schlafen. Kein Lager, kein Feuer, kein gar nichts. Die Faulheit hatte ihr Übriges dazu beigetragen, dass sie auch auf das Wacheschieben gepfiffen hatten. Würde sich schon kein wildes Tier aus dem Wald wagen. Und sonst war die Feenwelt ja relativ friedlich.

Als Melradin sich schließlich dazu zwang aufzustehen, entdeckte er Naphtanael bereits wach im Gras sitzend. Seine trübe Miene sprach Melradin aus der Seele. Wortlos reichte er ihm etwas, das so aussah wie eine hoffnungslos verkrüppelte Möhre.

„Iss", meinte er schließlich knapp, als Melradin ihn fragend angesehen hatte.

Unsicher betrachtete er die Wurzel – oder worum es sich dabei auch immer handeln mochte – in seiner Hand. Ein wohlschmeckendes Frühstück sah anders aus. Doch hatte Melradins knurrender Magen an diesem Morgen die besseren Argumente, sodass das etwas bitter schmeckende Mahl dennoch rasch verspeist wurde.

„Gut geschlafen?", fragte Melradin mit noch vollem Mund.

Naphtanael lächelte matt. „So wie du aussiehst, immer noch besser als du."

Melradin fuhr sich durchs Haar und fummelte den einen oder anderen Grashalm heraus. Er musste aussehen wie eine Vogelscheuche. „Da könntest du recht haben." Er grinste. „Wo hast du das her?"

„Die Skwab-Wurzel meinst du?"

Melradin nickte.

„Da musst du dich einfach nur bücken und sie aus dem Boden ziehen. Die gibt's überall. Sozusagen als Überlebenshilfe für obdachlose Feen." Er versuchte sich in einem Lächeln. „Verdammt lecker, nicht wahr?"

Melradin lachte. „Ja, diese Skwab-Dinger haben sich echt Mühe gegeben, dass sie auch wirklich für die Hilfsbedürftigen übrig bleiben."

Naphtanael lachte mit. „Wir sollten aufbrechen", meinte er dann mit einem etwas wehklagenden Blick. „Auf noch so eine Nacht in der Wildnis kann ich ehrlich gesagt gern verzichten."

Melradin stimmte ihm zu und so machten sie sich stöhnend auf. Weg von dem Dunklen Wald, hin zu scheinbar endlosem Weideland.

Die wunderschöne Landschaft ließ Melradin aufatmen. Hügeliges Grasland kreuzte ihren Weg. Artgenossen der wundervollen Blumen aus der Lichtung ragten hier und da aus dem Grün hervor. An einem Bach machten sie Halt und stillten ihren Durst.

Als Melradin sein Gesicht nass gespritzt hatte und wieder aufsah, wäre er vor Schreck beinahe ins Wasser gefallen. Über dem sprudelnden Strom schwirrte etwas, das aussah wie eine Minifee. Aufgeregt rüttelte er an Naphtanaels Schulter.

„Ach das. Die nennen wir Pumms", erklärte er ihm nüchtern, als er endlich begriffen hatte, was Melradin meinte. „Sehen aus, wie die winzige Ausgabe von uns, ich weiß. Aber sie können nichts weiter als herumzufliegen und wie blöd zu kichern. Die kriegst du nicht still. Können einem manchmal ganz schön auf die Nerven gehen, kann ich dir sagen."

Melradin sah wie bezaubert zu dem Pumm und beobachtete fasziniert, wie er einen glitzernden Schweif hinter sich über das Wasser zog. Als das kleine Wesen seinen Bewunderer bemerkte, kam es näher herangeschwirrt und umkreiste ein paar Mal seinen Kopf. Das helle Kichern drang neben dem Plätschern des Wassers an sein Ohr, ehe der Pumm wieder davonzischte und im Gras verschwand. Mit offenem Mund sah Melradin ihm hinterher.

Weiter führte sie ihr Weg, vorbei an kleinen seltsam aussehenden Felsformationen, die hier und da mit einem Mal aus den Wiesen ragten.

„Das sind die Steinriesen", erklärte ihm Naphtanael. „Wenn man genau hinsieht, erkennt man noch ihre Gesichter. Sind eines Tages aus dem Dunklen Wald gekommen und wollten die Feenwelt erobern. Zumindest erzählt man sich das."

„Aha." Melradin musterte die Steine genauer. Mit etwas Fantasie konnte man tatsächlich an manchen Stellen riesenartige Konturen in den Felsen entdecken. Da ein Ohr, hier eine Nase, dort eine Hand und da ... ein gewaltiger Pickel – anders ließ sich der hässlich herausragende Stein da eigentlich nicht erklären. Obwohl, aus der neuen Perspektive, ein paar Schritte weiter, erschien das Gesicht eher wie ein Fuß. Vielleicht steckte der Riese ja kopfüber im Boden, überlegte sich Melradin.

Auf ihrem Weg begegneten ihnen noch ein paar weitere Pumms sowie Schmetterlinge in Originalgröße und ein bussardähnliches Tier, das am Himmel seine Kreise zog. Die aufregendste Entdeckung kam aber, als plötzlich der Boden unter ihren Füßen vibrierte.

„Ein Brummbär", erklärte Naphtanael furchtlos, als ein riesiges zottiges Wesen hinter einem Hügel auftauchte. Das Fell des Brummbären war braun, und obwohl er selbst mit seinem Buckel weit über Melradins Kopf ragte, hielt er beim Dahintrotten auf allen vieren den Kopf nur dicht über dem Gras.

Bloß beim Vorbeigehen streckte er ihn etwas höher und zeigte ihnen seine erstaunlichen Zahnreihen. Doch wirkte es nicht wie ein Fletschen, sondern – Melradin konnte sich nicht helfen – wie ein munteres Grinsen. Wäre Melradin bei diesem Anblick nicht total baff gewesen, hätte er wahrscheinlich laut auflachen müssen.

Ein tiefes Brummen drang aus dem gewaltigen Leib des Bären und Naphtanael nickte ihm grüßend zu.

„Selbst die Bären sind hier harmlos", meinte Melradin kopfschüttelnd, als der Bär wieder hinter einer Senke verschwunden war. Doch stahl sich bei diesen Worten ein Lächeln auf seine Lippen. „Ein riesiger Streichelzoo, die Feenwelt."

Naphtanael schüttelte ernst den Kopf. „Nur weil wir als Menschen hier sind. Brummbären hassen Feen. Gibt jedes Mal ein Massaker, wenn einer den Weg nach Lillipunda findet."

Ungläubig sah Melradin auf. „Oh", stammelte er.

„War ein Scherz." Naphtanael lachte ausgelassen. „Du hast recht. Es gibt nichts Harmloseres als Brummbären. Aber dafür stinken die gewaltigen Kothaufen von denen nur umso brutaler. Vegetarier eben."

Sie legten eine Pause ein, als die hohe Mittagssonne allmählich ihren Abstieg antrat. Im Schatten eines großen eichenähnlichen Baumes machten sie es sich gemütlich. Er stand ganz einsam auf der Spitze eines Hügels, so als wachte er in majestätischer Würde über die friedlich daliegende Landschaft.

Melradin ließ seinen Blick am Horizont entlang wandern. Ein Fluss war zu erkennen, der sie von nun an auf ihrem Weg begleiten würde. Naphtanael hatte ihm erzählt, dass er direkt durch Lillipunda führte, von dem leider noch keine Spur zu entdecken war.

Melradin seufzte. Alles wirkte so friedlich. Das hügelige Weideland mit den vereinzelten Bäumen war einfach wunderschön. Erfrischender Wind durchfuhr sein Haar. Tief sog er die Luft in sich ein und schloss dabei die Augen.

Jemand klopfte an seine Schulter. Er sah auf. Naphtanael hielt ihm wieder eine von diesen Wurzeln hin, deren Namen Melradin schon wieder vergessen hatte. Dankend nahm er sie entgegen.

Seine Augen richteten sich auf den Baum, unter dem sie lagen. Er wirkte uralt. Sein Stamm war so dick, dass Melradins kleine Arme nicht mal halb drum herum gereicht hätten. Das Geäst ächzte im Wind.

„Gibt es hier eigentlich sprechende Bäume?", wollte er wissen, als sein Blick an einer merkwürdigen Auswölbung am Stamm hängen geblieben war.

Naphtanael folgte abwägend seinen Augen. „Hm, keine Ahnung. Sprich ihn doch mal an."

Verunsichert sah Melradin zu ihm auf. Er schien es sogar ernst zu meinen. Achselzuckend stand Melradin auf und trat näher zu dem Stamm. „Ähh", räusperte er sich. „Hallo, Baum." Er hörte Naphtanaels Grinsen in seinem Rücken. „Kannst du sprechen?"

Für einen Moment stand er da und wartete ab. Zunächst antwortete ihm nur das Rauschen der Blätter im säuselnden Wind. Doch dann plötzlich: „Ich bin der uralte Baum auf dem Hügel. Wer wagt es, mich aus meinem Schlaf zu wecken?", ertönte eine tiefe, aber allzu bekannte Stimme.

Entnervt drehte sich Melradin um. „Wirklich sehr witzig."

Naphtanael kugelte sich im Gras vor Lachen.

„Kannst du sprechen?", äffte er ihn nach, als er wieder zu Atem gekommen war. „Wirklich weise Worte, Melradin. Gratuliere."

Melradin verdrehte die Augen. „Versuch du mal 'nen Baum anzusprechen."

Doch Naphtanael achtete schon gar nicht mehr auf seine Worte. Mit aufgerissenen Augen blickte er den Hang hinab. „Duck dich!" Die Hände seines Doppelgängers drückten ihn ins Gras.

„Was ist denn los?", flüsterte Melradin verärgert, als er sich prustend die Grashalme aus seinem Mund gefuselt hatte.

„Feen!", gab Naphtanael mit aufgeregter Stimme zurück.

„Was?" Melradin robbte ein Stück vor, um besser sehen zu können.

Drei kleine Gestalten waren am Fuß des Hügels zu erkennen. Feen – kein Zweifel. Ein Stück über dem Gras flogen sie, mit flatternden Schmetterlingsflügeln, über die Wiesen. Feen waren offensichtlich ein ganzes Stück kleiner als Menschen. So wirkten sie fast wie Kinder, deren Faschingsverkleidung plötzlich zum Leben erwacht war. Melradin spürte einen spontanen Kloß im Hals. Die drei flatternden Dinger machten zwar nicht den Eindruck, sie bereits entdeckt zu haben, aber sie waren drauf und dran gemächlich den Hang hinauf zu schweben, wo sie unweigerlich früher oder später über zwei stumm daliegende Menschen stolpern würden.

„Was machen wir denn jetzt?", flüsterte Melradin, der sich von Naphtanaels Aufregung hatte anstecken lassen.

„Woher soll ich das wissen?" In seiner Stimme lag der Anflug von Panik.

„Sollen wir es riskieren, uns zu zeigen? Ist vielleicht besser, als wenn sie uns entdecken, während wir hier im Gras liegen."

„Ich weiß nicht", Naphtanaels Stimme zitterte. „Irgendwie traue ich unserer Verkleidung nicht. Ich meine, normalerweise kommen die Menschen nur, um kurz in Lillipunda vorbeizuschauen. Die spazieren eigentlich nicht hier durch die Gegend."

„Mhm." Hektisch ging Melradin ihre sonstigen Optionen durch. „Sollen wir dann wegrennen?"

„Wenn sie uns da entdecken, haben wir keine Chance", murmelte Naphtanael. „Man sieht es ihnen vielleicht nicht gerade an, aber wenn es sein muss, können Feen verdammt schnell fliegen."

„Verstehe." Abwägend wanderte Melradins Blick hinauf zur Baumkrone. „Dann vielleicht ..."

Kurze Zeit später robbten sie durch das Gras zum Stamm.

„Okay, von hier aus können sie uns, glaube ich, nicht sehen", flüsterte Naphtanael. „Du zuerst."

Mit seiner Hilfe schaffte es Melradin geradeso, die untersten Äste zu erreichen. Ächzend zog er sich hoch und hielt Ausschau nach einem passenden Versteck. Naphtanael folgte mit einem sportlichen Klimmzug.

„Weiter hoch", flüsterte er ihm zu.

Hastig kletterten sie so weit wie möglich hinauf, doch die Äste wirkten schon bald morsch und sie mussten sich etwa in der Mitte der Baumkrone mit der Höhe zufriedengeben.

Skeptisch blickte Melradin zu Boden. Man würde sie wahrscheinlich nicht entdecken, solange niemand auf die Idee kam, an den Stamm zu treten und das Geäst nach sich versteckenden Menschen zu durchsuchen. Dennoch spürte er, wie sein Herz aufgeregt gegen seine Brust klopfte, als die Feen durch die Blätter am Hang erschienen.

„Tja, muss verdammt ernst um Lethuriel stehen, wenn sie jetzt schon uns Feen darum bitten, an ihrer Seite zu kämpfen", ertönte eine Stimme, die auf eine männliche, jugendliche Fee schließen ließ.

Melradin und Naphtanael warfen sich besorgte Blicke zu.

„Allerdings", stimmte ihm ein weiterer Feenrich zu. „Ich meine, haben die denn schon mal einen von uns kämpfen sehen? Wir können meinetwegen aus dem Nichts erscheinen und die Melgorianer mit unserer Drei-Wünsche-frei-Nummer ablenken, aber selbst die Schwerter ergreifen? Ich habe keine Lust, als Kanonenfutter zu enden."

Er erntete zustimmendes Gemurmel von dem Ersten.

„Ach, ihr seid doch dumme Feiglinge", schaltete sich eine dritte Stimme ein. Diesmal weiblich.

Naphtanaels Miene verkrampfte sich.

„Ihr sollt doch nicht als Feen für Lethuriel kämpfen, sondern als Menschen. Verwandeln, schon mal was davon gehört?"

„Tss, das wäre ja noch mal schöner", meinte einer der beiden anderen. „Die können uns doch nicht ernsthaft dazu auffordern, in so einen plumpen Körper zu steigen."

„Falls es dir noch nicht aufgefallen ist: Diese plumpen Körper sind der Grund dafür, warum wir hier noch ungestört leben können", erwiderte die Fee erhitzt.

Die drei hatten die Spitze des Hügels erreicht.

„Jetzt streitet euch nicht schon wieder", seufzte der Dritte. „Vorhin schon wegen des Typen im Hain und jetzt auch noch wegen der Menschen in Lillipunda."

„Ja, ist es denn meine Schuld, wenn so ein Perverser in den geheimen Hain eindringt und SIE ihn dann auch noch in Schutz nimmt?", erwiderte der andere gereizt.

„Ich habe doch nur gesagt, dass ich eine Verbannung für überzogen halte", rechtfertigte sich die Fee.

Ungläubig warf Melradin einen Blick zu Naphtanael. Mit aschfahlem Gesicht saß er neben ihm, den Ast mit zitternden Händen umklammert.

„Das ist sie doch nicht, oder?", flüsterte er ihm ohne viel Hoffnung zu. Naphtanael aber war unfähig zu antworten.

Betroffen sah Melradin wieder hinab zu den Feen. Das nannte man also Schicksal. Man befand sich mitten in der Pampa und einen Moment später begegnete man genau den Leuten, denen man eigentlich gerne aus dem Weg gegangen wäre.

„Hey, was haltet ihr von einer kurzen Pause unter dem Baum da?", schlug der Streitschlichter vor.

Keiner widersprach.

Melradin konnte es nicht fassen, wie dreist ihm gerade sein Schicksal ins Gesicht lachte.

„Und dabei war der Typ auch noch hinter DEINER Schwester her", nahm der andere den Faden des Streits wieder auf. „Wie kannst du da überhaupt einen Gedanken daran verschwenden, dass eine Verbannung überzogen sein könnte? Es ist deine Pflicht als Familienangehörige, ihn schlachten zu wollen!"

„Ach ja?", erwiderte die Fee desinteressiert. Sie ließen sich unweit vom Stamm ins Gras sinken. „Wenn ich mich recht erinnere, dann bist du weder Familienangehöriger noch sonst irgendetwas und trotzdem führst du dich auf, als habe sich jemand an deiner eigenen Mutter vergangen."

Der Dritte kicherte.

Sie hob die Hand und schnitt ihrem Widersacher das Wort ab, der schon wieder den Mund aufgerissen hatte. „Außerdem kenne ich Laila wohl besser als du und sie sieht sich ganz bestimmt nicht als Opfer. Sie kannte den Perversen und ist sich sicher, dass er nichts Böses wollte."

Melradin schielte besorgt zu seinem Doppelgänger, der damit begonnen hatte, gefährlich auf seinem Ast zu schwanken. Der Angstschweiß kullerte ihm die Stirn hinab. „Jetzt bloß nicht das Bewusstsein verlieren, Junge", feuerte Melradin ihn in Gedanken an.

„Dass er nichts Böses wollte, pff." Der Feenrich schien ernsthaft beleidigt. „Er ist in den geheimen Hain, also wollte er etwas Böses. Da kann auch deine Schwester nichts dran drehen. Schließlich betrifft es alle Feen, die dort waren."

„Ja, es betrifft alle, nur dich nicht", gab die Fee giftig zurück. „Und ich kann dir versichern, dass keine von ihnen deswegen zur Feenältesten geflattert wäre. Sein Pech war nur, dass er ihr direkt in die Arme geflogen ist, als sie auf dem Weg war, ein Bad zu nehmen."

Die beiden anderen prusteten los. „Er ist was?"

Naphtanael lief puterrot an.

„Ach, er ist scheinbar, als er durch den Wald geschlichen ist, der Feenältesten über den Weg gestolpert", meinte die Fee, die sich offenbar schon wieder darüber ärgerte, zu viel erzählt zu haben.

Der Streithahn lachte ausgelassen. „So ein Versager."

Die Fee warf ihm einen giftigen Blick zu. „Immerhin hat er alles zugegeben und die Verbannung akzeptiert. Soviel Mumm würdest DU nicht aufbringen."

„Ich habe es ja auch nicht nötig, in den geheimen Hain zu schleichen", war die kühle Antwort.

„So, Leute, jetzt reicht's. Ich hör mir das mit euch nicht länger an. Ich fliege wieder nach Hause", meinte der Dritte und stand auf.

„Du hast recht. Ich habe sowieso keine Lust mehr." Die Fee tat es ihm gleich.

„Ach, jetzt kommt schon. Wir wollten uns doch die ..." Er hielt inne.

Mit panischem Blick sah Melradin zu Naphtanael, der nach vorne gekippt war und sich gerade noch an einem dünnen Ast vor dem schmerzhaften Sturz hatte bewahren können. Leider war dabei die Baumkrone ein wenig ins Wackeln geraten, weshalb nun das eine oder andere ausgefallene Blatt auf die Feen nieder rieselte.

Sprachlos starrten die Feen sie an.

„Ha-hallo", stotterte Melradin und hob zitternd die Hand. „Wir haben uns in eurer Welt verlaufen und ..." Seine Gedanken rasten. „Und mussten uns vor einem riesigen Bären hier oben verstecken."

In den Gesichtern der Feen konnte er erkennen, dass seine Ausrede nicht gerade für ein „Ach sooo, sagt's doch gleich" ausreichen würde. Eilig werkelte er ein wenig an seiner Mimik, um drein zu sehen wie ein verängstigtes Kerlchen mit untertassengroßen Augen.

„Da kamt ihr und wir wussten nicht, ob wir in eurer Welt willkommen sind. Also sind wir gleich hier oben geblieben."

„G-G-Genau", pflichtete ihm Naphtanael mit eifrigem Kopfnicken bei, der sich immer noch wie ein Schiffsbrüchiger an dem Ast festklammerte.

„Ich glaube, mich trifft der Schlag", meinte einer der Feenriche. „Jetzt hängen die Menschen auch schon in unseren Bäumen rum."

„Meinen die etwa einen Brummbären?", fragte der andere ungläubig.

„Ich glaube schon."

„Aber wie kann man denn vor einem Brummbären Angst haben?"

„Wenn man noch nie einen gesehen hat", wandte die Fee ein. „Wo kommt ihr denn her?"

„Äh, Dunnador", brachte Melradin hervor.

„Hm, kenn ich nicht. Ihr etwa?" Die beiden anderen Feen schüttelten den Kopf. „Kommt runter! Wir bringen euch zur Feenältesten. Die wird schon wissen, wie man euch helfen kann."

„Das geht nicht!", platzte es aus Naphtanael hervor.

Melradin verdrehte die Augen.

„Wieso nicht?" In den Augen der Feen nahm offenes Misstrauen Platz.

„Nun, es ist so", versuchte Melradin den Schaden wieder gut zu machen. „Wir müssen so schnell wie möglich wieder in unsere Heimat zurück, da alles danach aussieht, dass Melgor drauf und dran ist, uns anzugreifen. Dummerweise haben wir den Zugang zurück nach Dunnador verloren, als der Bär uns überrascht hat. Es ist nur ein kleiner Ring. Er muss meinem Freund vom Finger gerutscht sein."

„Ach, ist Dunnador ein Teil von Lethuriel?", glaubte die Fee nun zu begreifen.

Für einen Moment dachte Melradin darüber nach, ob er darauf eingehen sollte, schüttelte dann aber etwas zögerlich den Kopf. „Wie kommst du darauf?"

„Habt ihr beiden denn noch nicht davon erfahren?", schaltete sich einer der beiden anderen dazwischen. „Die Schwarze Invasion formiert sich vor Lethuriels Toren."

Melradin runzelte die Stirn, zumindest soweit das bei einem Kind möglich war. „Ich dachte, sie kämen nicht aus dem Gebirge raus."

„Ja, das taten sie auch nicht", meinte der Dritte. „Aber offenbar sind sie in den Besitz eines neuen Schlüssels gelangt."

„Aber das ist ja furchtbar!" Melradin war schockiert. Für einen Moment vergaß er sogar die Brenzligkeit seiner eigenen Situation. „Wie könnt ihr dann noch untätig herumstehen? Wir müssen Lethuriel zu Hilfe kommen!"

Der Streithahn lächelte verächtlich. „Sehr rühmlich, aber ..."

„Nein, er hat recht!", unterbrach ihn die Fee. „Wir können nicht einfach hier bleiben und so tun, als sei alles bestens. Sobald Lethuriel gefallen ist, ist es nur noch eine Frage der Zeit, bis ..."

„Bis was?", schnitt er ihr bissig das Wort ab. „Bis unsere Welt ebenfalls ein Teil von Melgor wird? Aber was ist, wenn wir jetzt alle nach Lethuriel hetzen und bei unserer Heimkehr dann feststellen müssen, dass von der Feenwelt nur noch ein Haufen Asche übrig ist? Schon Mal daran gedacht?"

„Oh Mann." Die Fee war mit den Nerven sichtlich am Ende. „Glaubst du denn wirklich, daran könnten wir Feen irgendetwas ändern? Sobald Melgor auf uns aufmerksam wird, sind wir geliefert."

„Wie kannst du das einfach so sagen?" Der Feenrich schnappte entsetzt nach Luft. „Und wenn wir nichts daran ändern könnten, es wäre unsere Pflicht ..."

„Halt!" Der Dritte hatte die Hand gehoben. „Komm uns bitte nicht schon wieder mit deinen Pflichten. Dass du ein Patriot bist, haben wir mittlerweile verstanden. Das ändert allerdings nichts daran, dass Ellen recht hat. Unser Leben sinnlos für die Ehre herzugeben ist eben ... sinnlos. Und außerdem, stell dir mal vor, Lethuriel würde tatsächlich fallen, bevor auch nur ein Melgorianer unser Land betreten hat. Was wäre das denn für ein erbärmlicher Abgang, wenn wir dann so als letztes verbliebenes Übel kurz weggefegt werden würden?"

Der Streithahn ließ die Schultern hängen. „Uns würden sie doch sowieso nicht nach Lethuriel lassen. Wir sind viel zu jung."

Sie sahen auf, als Melradin neben ihnen ins Gras sprang. „Geht doch einfach als Menschen, dann lassen sie euch bestimmt", schlug er ihnen vor. Hinter ihm krabbelte mit wackligen Füßen Naphtanael vom Baum.

Melradins Blick wanderte musternd über die Feen. Jetzt aus nächster Nähe war erst richtig zu erkennen, wie zierlich die Züge dieser Wesen waren. Stupsnasen, große, runde Augen. Ellen war ein bisschen pummeliger und hatte sogar rosa Pausbäckchen. Derjenige, der sich mit ihr gestritten hatte, war dagegen etwas mager, hatte aber durch seine glücklich platzierten Wangenknochen ein annehmliches Gesicht. Der Dritte, ruhigere erinnerte Melradin ein wenig an Naphtanael. Zwar hatte er schwarzes Haar, doch war es ähnlich gelockt, wie er es von Naphtanael in Erinnerung hatte. Die zwei Jungs waren kaum größer als ein Kind. Das Mädchen allerdings war tatsächlich genauso klein wie er.

„Als Menschen", meinte der Magere skeptisch und mit einem angewiderten Unterton.

„Wieso machen wir uns nicht einfach als Feen ein wenig älter?", schlug der Lockige vor.

„Weil die in Lillipunda nicht dumm sind. Die kennen uns doch alle", wandte Ellen ein. „Wie heißt ihr beiden denn überhaupt?", fragte sie zu Melradin gewandt.

„Ich bin Melradin und das ist Na..." Verdammt! Wie konnte er nur so dumm sein? „Na..." Ihm wollte nichts einfallen. „Nalala." Naphtanael sah ihn verdutzt an, blieb aber ruhig.

„Nalala?", wunderte sich Ellen mit hochgezogenen Augenbrauen, machte aber zu Melradins Verwunderung nicht den Anschein, jeden Augenblick loszuprusten. „Das ist aber ein schöner Name."

Melradin konnte sich gerade noch so ein Grinsen verkneifen.

Der Magere schüttelte verständnislos den Kopf. „Die in Dunnador müssen ja seltsame Menschen sein. Das ist doch ein Mädchenname."

„Ist es nicht!" Ellen stupste ihn mit dem Ellenbogen an die Seite. „Wenn ich ein Mann wäre, würde ich gerne so heißen."

Der Magere verdrehte die Augen, blieb aber ruhig.

„Und wie heißt ihr?", fragte Melradin.

„Ich bin Ellen", ergriff sie die Initiative. „Und das sind Tyleîn und Franz." Sie wies zuerst auf den Mageren und dann auf den Lockenkopf.

„Franz!" Tyleîn klopfte sich lachend auf den Oberschenkel. „Ich muss jedes Mal lachen, wenn ich deinen richtigen Namen höre."

„Was kann ich für meinen Namen?", rechtfertigte sich Franz sichtlich genervt. „Und außerdem ist Tyleîn ja wohl auch nicht gerade der Hauptgewinn."

„Tyleîn ist ein Name mit Ehre", widersprach ihm der Magere aufbrausend. „So wie es sich für einen Verwandten der Feenältesten nun mal geziemt."

„Na ja, wir nennen Franz alle nur Ullumullu", erklärte Ellen. „Gefällt ihm besser."

„Verstehe", meinte Melradin und nahm sich vor, sich von nun an besser über gar nichts mehr zu wundern.

„Was machen wir jetzt also?", fragte Ullumullu.

„Wir ziehen in den Krieg. Als Menschen", meinte überraschenderweise Tyleîn todernst, der sich offenbar bereits mit dieser Tatsache angefreundet hatte.

„Und wie?", fragte Ullumullu weiter. „Ich meine, wie sollen wir jetzt auf die Schnelle zu Menschen werden?"

Fragend sahen sie alle drei zu Melradin, so als sei er für die Planung verantwortlich.

„Ähm." Melradin kratzte sich am Kopf. „Ihr könntet das hier nehmen." Er kramte das goldene Amulett hervor. „Ich weiß zwar nicht, wohin es führt, aber ihr müsst ja nur kurz die Feenwelt verlassen."

Staunend betrachteten die Feen das Schmuckstück.

„Woher hast du das?", fragte Tyleîn mit einem etwas neidischen Blick.

„Stammt aus den Reichtümern Dunnadors", antwortete Melradin mit dem Anflug eines Grinsens.

„Wahnsinn!", staunte Ullumullu mit glitzernden Augen. „Das muss ja eine wundervolle Welt sein."

Ellen war die Erste, die sich von dem Anblick des Schmuckstücks wieder losreißen konnte. „Also, wir sollten keine Zeit verlieren. Sonst kehren die Menschen in Lillipunda ohne uns nach Lethuriel zurück."

Die anderen beiden stimmten ihr zu. Sie rissen ein paar Grashalme aus dem Boden, umklammerten dann das Amulett und schlossen die Augen. Wenig später standen nunmehr fünf Menschen auf dem Hügel des einsamen Baumes.

11

"Wirklich seltsames Ding." Ellen reichte Melradin das Schmuckstück zurück. „Das führt ja überhaupt nirgends hin."
„Ja, ich weiß", meinte Melradin, der gewissermaßen erleichtert darüber war, dass es nicht nur ihm so ergangen war.
Er begutachtete die zu Menschen gewordenen Feen. Ellen sah verboten gut aus. Als junge Frau stand sie nun vor ihnen: mit verspieltem frechen Gesicht und schulterlangen braunen Haaren. Bei der Figur hatte sie zugegebenermaßen ein wenig geschummelt. Der Speck war verschwunden und an dessen Stelle Traummaße getreten. Bei dem Anblick brachte es Melradin allerdings nicht übers Herz, ihr die Untreue an sich selbst zu verübeln.
Tyleîn sah eigentlich als Mensch exakt so aus wie als Fee, nur dass die Flügel verschwunden waren und er ein wenig größer und älter geworden war. So war kaum zu übersehen, dass er von Natur aus kein Mensch war, sondern – ja, eben eine Fee, die sich in einen Menschen verwandelt hatte. Aber vielleicht würde er als Elf durchgehen, auch wenn Melradin keine Ahnung hatte, wie Elfen genau aussahen.
Mit der üblichen Spur Unmut im Blick betrachtete Tyleîn Ellens Modelfigur. „Kannst du mir mal verraten, wie du so kämpfen willst?"
Ellen sah herablassend zu ihm auf. „Ganz einfach, ich wickle die Melgorianer um meinen Finger." Sie lächelte und drehte ihren Zeigefinger in den Haaren. Ihr neuer Körper schien ihr durchaus zu gefallen.
„Tss, du hast ja keine Ahnung, was es bedeutet, um Leben und Tod zu kämpfen", meinte Tyleîn schroff. „Da gibt es kein *Aua, hör auf! Ich bin doch ein Mädchen!*"
„Ja, ich werde dich daran erinnern, wenn ich dir dann auf dem Schlachtfeld das Leben rette", erwiderte Ellen kalt.
Ullumullu räusperte sich. Noch immer bedeckten schwarze Locken

seinen Kopf, doch sein Gesicht erinnerte kaum noch an sein vorheriges Aussehen. Der Ansatz eines Bartes ragte aus seinen Wangen und nichts mehr deutete auf die stupsige Anmut der Feen hin. Vielleicht hatte er es mit den Muskeln ein wenig übertrieben, überlegte sich Melradin und musterte die Pakete, die sich unter dem hautengen Hemd hervorquetschten. Aber immerhin war der Körper ganz gut für einen Krieger geeignet.

„Wir sollten los", meinte Ullumullu und schritt ohne auf eine Erwiderung zu warten den Hügel hinab. Einer nach dem anderen folgten sie ihm widerspruchslos.

Melradin warf von Zeit zu Zeit besorgte Blicke zu Naphtanael, der, noch immer kreidebleich, etwas wackelig auf den Füßen stand.

„Wir sollten uns vielleicht andere Namen zulegen", brach Ellen schließlich das Schweigen. „Wobei ich nicht weiß, ob das bei dir hilft, Tyleîn", fügte sie mit kalter Stimme hinzu. „Ich glaube, selbst der blinde Umpo wird deine Verkleidung durchschauen."

Ullumullu lachte.

„Ach!" Tyleîn verzog missmutig die Miene. „Ich habe erst eine Handvoll Menschen gesehen. Da war es gar nicht so einfach, sich in so einen zu verwandeln."

„Willst du noch mal das Amulett?", fragte Melradin und kramte es aus seinem Hemd hervor.

„Nein." Tyleîn winkte ab. „Das muss jetzt so gehen. Außerdem bin ich der Älteste von uns. Ich brauche mich gar nicht zu verkleiden."

„Dann kannst du auch gleich deinen tollen Namen behalten", meinte Ullumullu.

„Ja, du aber auch." Tyleîn grinste. „Franz steht dir jetzt gar nicht mal so schlecht."

„Gut, dann belasse ich es eben auch bei Ellen", gab sie ihre Idee schulterzuckend wieder auf. „Wird schon nicht so wichtig sein."

Ullumullu schmunzelte. „Ist vielleicht ein bisschen auffällig. Tyleîn geht mit uns zwei raus auf die Hügel und kommt als Möchtegernmensch in Begleitung von vier kampfeswilligen Menschen wieder zurück, die er zufällig auf seinem Weg aufgegabelt hat. Wobei Ellen und Franz leider spurlos verschwunden sind. Aber, hey! Ob ihr es glaubt oder nicht, die zwei da heißen zufällig auch Ellen und Franz!"

Sie lachten.

„Ich glaube nicht, dass es der Feenältesten sonderlich gefallen wird, wenn sie erfährt, dass Minderjährige mit in den Krieg gezogen sind", gab Ullumullu dann in nüchternem Ton zu bedenken.

„Was soll's. Wir überleben es wahrscheinlich sowieso nicht. Und wenn doch, dann wird selbst der Feenältesten nichts anderes übrig bleiben, als uns als Kriegshelden zu feiern", gab Tyleîn seine lieblose Logik von sich.

„Irgendwo hat er recht", stimmte ihm Ellen etwas widerwillig zu. „Ich mache mir vor allem darum Sorgen, dass wir vorher entdeckt werden."

„Ach, das kriegen wir schon irgendwie hin", sagte Ullumullu leichthin. „Schließlich sind wir heute ausnahmsweise keinesfalls die einzigen Menschen in Lillipunda. Und nahezu alle Feen im Umkreis haben sich dort versammelt. Da fallen wir fünf in dem Trubel schon nicht auf."

„Und außerdem haben wir ja tatsächlich zwei echte Menschen mit dabei", fügte Tyleîn hinzu.

Melradin lächelte. „Nein, eigentlich nur einen", dachte er sich.

Bei dem Trubel, den Ullumullu – oder von nun an Franz – angesprochen hatte, handelte es sich zu Melradins Überraschung um eine kleine Menschen- und Feentraube, die sich auf einer Art Versammlungsplatz zusammengefunden hatte.

Insgesamt wirkte die Hauptstadt der Feen recht überschaubar. Um genau zu sein, war sie für einen Laien kaum sichtbar. Denn Lillipunda bestand im Großen und Ganzen aus einer Ansammlung von majestätisch großen Bäumen. Hohlen Bäumen, wie sich bei näherer Betrachtung herausstellte. Hier und da befanden sich Löcher in den Stämmen.

Als die fünf ebenfalls den Versammlungsplatz erreicht hatten, flüsterte ihm Ellen zu, dass im Grunde das gesamte Geäst hinter dem Blattwerk zu Wohnplätzen der Feen umgebaut worden war. Staunend ging Melradin mit dem Kopf im Nacken durch die … sagen wir Lichtung.

Tatsächlich: Wenn man genau hinsah, konnte man hinter den Blättern der Bäume so etwas wie Terrassen entdecken, die auf luftige Baumhäuser schließen ließen. „Wahrscheinlich waren sie nur für Wesen mit Flügeln zugänglich", dachte sich Melradin, als er sich vorstellte, was es für ein Kribbeln im Bauch sein musste, ganz am Rand solch einer Terrasse zu stehen. Diese Bäume waren echt riesig! Vor allem für so einen winzigen Knirps wie ihn. Sie waren etwa ein Dutzend an der Zahl. Und weil es die Natur offenbar gut mit den Feen gemeint hatte, waren sie in einem geschickten Kreis gewachsen, mit einem besonders großen Exemplar in ihrer Mitte. Melradin vermutete dort das Baumhaus der Feenältesten.

Ein Bach plätscherte fröhlich an dem Wald mit dem Dutzend Bäumen vorbei und verschwand weiter in der Ferne in einer entschieden größeren Baumansammlung. Im Feenwald, hatten die drei ihnen erzählt, als er am Horizont aufgetaucht war. Dort sollte es sogar Einhörner geben, hatte Tyleîn stolz berichtet. Nur hatte leider keiner von ihnen jemals das Glück gehabt, eines zu Gesicht zu bekommen.

Allmählich war in Naphtanaels Gesicht wieder Farbe gekommen und hier und da hatte er sogar ein paar knappe Sätze von sich gegeben.

Doch als sie nun Lillipunda erreicht hatten, war die Aufregung verständlicherweise wieder zurückgekehrt. Zwar konnte es Melradin ihm ansehen, wie er tapfer versuchte, seine Nervosität zu verbergen, dennoch wirkte sein Blick ein wenig gehetzt und an seiner Stirn kullerte eine Schweißperle hinab.

Neben dem Baum in der Mitte stand ein kunstvoll bearbeiteter Felsen, der nun offenbar als Rednerpult verwendet wurde. Ein ziemlich schmächtiger Mensch hatte sich diesen Platz erkämpft und hob nun hinter dem steinernen Geländer beschwichtigend die Arme.

„Nein, nein! Ihr habt die Lage missverstanden", versuchte er das Rumoren der Menge zu übertönen. „Lethuriel sieht die Feenwelt als einen wichtigen Partner und ehrenhaften Mitkämpfer an."

Etwas abseits blieben die fünf stehen.

„Und warum schickt man uns dann nichts weiter als einen Fähnrich?", war die verärgerte Antwort aus der Menge.

Zustimmendes Gemurmel ertönte.

Der Mann auf dem Pult fuhr sich entnervt über das Gesicht. Er war es offensichtlich leid, sich mit den Feen herumzuschlagen.

„Ein Fähnrich hat nun mal die wichtige Aufgabe, die Flagge der Heimat hinauszutragen, um Beistand bei den Verbündeten zu ersuchen", versuchte er sich so sachlich wie möglich zu rechtfertigen.

„Und was ist mit eurem König?", fragte ein anderer. „Wenn er unsere Hilfe will, warum ist er dann nicht hergekommen?"

„Weil unser König Wichtigeres zu tun hat, als ein paar hochnäsige

Feen um Beistand zu bitten!", ertönte eine aufgebrachte tiefe Stimme. Ein Muskelprotz von einem Menschen trat neben den überforderten Fähnrich. Blondes Haar hing ihm zusammengebunden bis zu den breiten Schultern. In seinem Blick lag ein beängstigender Anflug von Raserei.

„Komm, lass gut sein", versuchte ihn der Fähnrich zu beruhigen.

„Nichts lass ich jetzt! Ich habe verdammt noch mal lange genug gewartet", gab er wütend und mit geballten Fäusten zurück. „Wer von euch ist bereit, an unserer Seite in den Kampf zu ziehen, um Melgor davon abzuhalten ALLE Welten an sich zu reißen?", brüllte er der Menge entgegen.

Zunächst folgte lediglich beklommenes Schweigen.

Doch dann.

„Ich." Eine einsame Hand ragte aus der Traube.

Melradin sah, wie Naphtanael zusammenzuckte. „L-l-l-laila", hauchte er kreidebleich.

„Tritt vor", forderte der Fähnrich sie auf.

Eine Fee flog über die Köpfe ihrer Artgenossen vor das Pult. Ein Blick genügte, um sie als Ellens Schwester zu identifizieren. Sie hatte dieselben frechen Gesichtszüge, auch wenn sie um einiges schlanker war als ihre Schwester in den Originalmaßen. Und sie wirkte ein wenig älter.

„Laila, nein!", ertönte eine entsetzte Stimme aus der Menge.

Sie wandte sich um. „Mutter, es tut mir leid. Aber ich kann nicht hier bleiben, während in Lethuriel möglicherweise das Schicksal unserer Welt besiegelt wird."

Die Mutter brach in Tränen aus.

„Wir danken dir, Laila", sagte der Fähnrich in feierlichem Ton. „Es wird uns eine Ehre sein, an deiner Seite zu kämpfen."

„Ist denn sonst niemand bereit, für sein eigenes Leben zu kämpfen?", brüllte der Muskelprotz.

„Doch, wir!"

Melradin zuckte zusammen, als sich nun alle zu ihnen umwandten, um zu sehen, wer da gerufen hatte.

Es war Ellen gewesen. Sie trat einen Schritt vor. „Wir wollen mit in den Kampf ziehen." Ihre tapfere Stimme wackelte ein wenig.

Melradin sah in die Gesichter der vielen verschiedenen Gestalten auf dem Platz. Da waren junge und alte Feen, kleine und sehr kleine, verspielte und ernste. Aber alle waren auf ihre Weise zierlich mit ihren übergroßen Schmetterlingsflügeln auf dem Rücken und ihren putzigen Schühchen, Mäntelchen und Hütchen.

Er konnte drei Menschen unter den vielleicht zwei Dutzend Feen entdecken. Zwei davon standen auf dem Pult. Ein Dritter hatte sich wenige Schritte daneben mit missmutigem Gesicht ins Gras gesetzt. Seine roten Pausbäckchen erinnerten Melradin ein wenig an Ellen, auch wenn er noch mal ein ganzes Stück dicker war als sie.

Trotz der schlechten Laune hatte er ein gutmütiges Gesicht. Seine Hände umarmten seinen runden Bauch, sodass sich gerade noch die Fingerspitzen berühren konnten. Ungeduldig ließ er seinen Blick durch die Baumreihe wandern und war somit der Einzige, der nun nicht verwundert zu den fünf Menschen mehr oder weniger aufsah.

„Wer seid ihr?", rief der Fähnrich zu ihnen hinüber.

Ellen zögerte.

„Wir sind Kämpfer aus dem Lande Dunnador!", hörte Melradin erschrocken seine eigene Stimme sagen. Naphtanael hatte doch tatsächlich das Wort ergriffen. „Und diese tapfere Fee überbrachte uns die Botschaft, dass hier in dieser Welt Lethuriel Beistand erbittet." Er wies auf Tyleîn.

Vollkommen baff blickte Melradin zu Naphtanael auf. Wie hatte er es nur geschafft, so schnell seine Fassung wiederzuerlangen? Gerade eben hatte er doch noch Lailas Namen dahergebibbert und jetzt brachte er es zustande, mit mehr oder weniger fester Stimme, zur ganzen Menge zu sprechen.

Der Fähnrich flüsterte ein paar Worte zu dem Muskelprotz, der jedoch lediglich unschlüssig mit den Schultern zuckte. „Nun denn", erwiderte der Fähnrich etwas verunsichert. „Wir freuen uns, an eurer Seite kämpfen zu dürfen, Menschen aus ... aus Dundora. Bitte tretet vor!"

„Halt!", ertönte eine schrille, krächzende Stimme. Missmutig bahnte sich eine Fee den Weg zu den fünf. „Erklär mir das, Tyleîn!" Eine verschrumpelte alte Fee stellte sich mit in die Hüfte gestemmten Armen vor sie hin. Selbst ihre Flügel waren bereits ergraut. Es gab keinen Zweifel, um wen es sich bei dieser Fee handelte.

Melradin verdrehte die Augen. Die Feenälteste hatte ihnen gerade noch gefehlt.

„Ich, äh, ich habe vor, in den Krieg zu ziehen, Großmutter", stammelte Tylein sichtlich eingeschüchtert.

„Ja, das hab ich mittlerweile auch begriffen!" Sie machte eine wegwerfende Geste. „Aber woher kommen die da bitte?" Ihre schrumpelige Hand wies auf die restlichen vier.

„Ich ... äh ... ich." Hilfe suchend schielte er zu den anderen.

Melradins Gedanken rasten. „Er hat mich gefunden", piepste er. „Hab mich in eure Welt verlaufen und da hat er mich gefunden."

Abschätzend wanderte der Blick der Feenältesten an ihm hinab. „Wie ist dein Name, Kleiner?"

„Melradin." Den Bruchteil eines Augenblicks später hätte er am liebsten diese drei Silben wieder zurück in seinen Mund gestopft. Er hatte ganz vergessen, was sein Name für Gelehrte bedeutete. Aber die Feenälteste schien sich nicht sonderlich für Melgors Sprache zu interessieren. Zumindest ließ sie es sich nicht anmerken.

„Und was machst du immer noch hier? Du wirst doch wohl nicht glauben, dass Lethuriel Kinder in den Krieg schickt?" Sie fixierte ihn so sehr mit ihrem Blick, dass es ihm ganz flau in den Beinen wurde.

„Ich ..." Er stieß unmerklich mit der Hand gegen Naphtanaels Bein. Der jedoch machte nun mehr denn je den Eindruck, jeden Augenblick das Zeitliche zu segnen. Die direkte Konfrontation mit der griesgrämigen alten Dame schien ihm absolut nicht zu bekommen.

Zu Melradins Erleichterung ergriff Franz die Initiative. „Er gehört zu mir." Er stellte sich neben ihn und legte ihm den Arm um die Schultern. „Ich bin sein Va... äh Cousin!", korrigierte er hastig, als er nach kurzem Überschlagen bemerkte, dass er wohl doch noch etwas zu jung für die Vaterrolle war.

„Unsere Familie ist bei einem Putsch ums Leben gekommen. Er hat nur noch mich, deshalb kommt er mit mir. Dies hier sind die letzten Vertrauten, die uns noch geblieben sind." Er wies auf Ellen und Naphtanael. „Da wir in unserer Heimat nicht mehr sicher sind, haben wir uns dazu entschlossen, unser Leben für den Kampf gegen das Böse zu geben."

Die nach Melradins Geschmack etwas weit hergeholte Lüge hätte angesichts Franz' todernster Miene dennoch erstaunlich glaubwürdig gewirkt, wäre da nicht der anfängliche Patzer gewesen. Melradin versuchte eilig sich seiner neuen Rolle anzupassen und drein zu sehen wie ein traumatisiertes Kind. Schüchtern klammerte er sich an Franz' Bein.

„Nun gut." Etwas widerwillig machte die kleine alte Fee den Weg frei. „Ihr könnt von mir aus euren Tod finden. Tyleîn, du bleibst hier!"

Der etwas misslungene Mensch zuckte zusammen. „Aber Großmutter! Ich habe mich dazu entschlossen, für uns alle in den Krieg zu ziehen", versuchte er sie umzustimmen.

„Nichts wirst du! Was, wenn du umkommst. Was ist dann mit dieser Welt? Ich brauche Nachfahren, sonst endet das hier noch im Chaos."

„Wenn sie erlauben, Lady", schaltete sich der Fähnrich vorsichtig dazwischen. „Diese Welt wird keinen neuen Anführer mehr brauchen, wenn sie nicht bereit ist, sich gegen Melgor zur Wehr zu setzen."

„Pah! Krieg war schon immer Menschensache. Diese Welt ist friedlich und das wird sie auch bleiben. Kein einziger Melgorianer wird jemals den Fuß auf die Feenwelt setzen."

Wutentbrannt schrie der Muskelprotz auf. „Diese verdammte Ignorantin geht mir langsam auf den Sack! Der Wärter will alle Lichter wieder zu seinem Turm zurückbringen. A-L-L-E! Verstanden? Und wenn du schon nicht bereit bist, für deine Welt zu kämpfen, dann lass es wenigstens deinen Enkel tun, denn der scheint noch Ehrgefühl in seinem Blut zu haben."

Der Fähnrich hatte bereits die Flucht ergriffen und war von dem Pult gehüpft, um nun hastig etwas aus einem Beutel hervorzukramen. „Alle, die mit nach Lethuriel wollen, schnell hier her!", haspelte er und hielt einen silbern aussehenden Gegenstand in der Hand.

„Niemand verlässt diese Welt!", schrie die Feenälteste hysterisch, deren Gesicht tomatenrot angelaufen war.

Melradin wurde von Franz mitgerissen, der so schnell er konnte, zu dem Fähnrich rannte. „Beeil dich, sonst holt sie noch die Harpien!", zischte er ihm zu.

Als Erster erreichte den schmächtigen Mann Naphtanael, der, nachdem er aus seiner Starre erwacht war, um sein Leben und vielleicht auch um noch mehr gerannt war. Alles ging so schnell, dass die meisten Feen nichts weiter taten, als verdattert das Geschehen zu beobachten. Nur wenige versuchten, sich ihnen ernsthaft in den Weg zu stellen. Darunter befand sich die Feenälteste, bei der mittlerweile offensichtlich alle Sicherungen durchgebrannt waren und die sich nun an Tyleîns Bein klammerte.

„Schüttle sie ab!", rief ihm der Fähnrich zu.
Verzweifelt versuchte Tyleîn, dem Rat Folge zu leisten. Mit entsetztem Gesicht schlug er sein Bein ein paar Mal gegen den Boden, bis die alte Fee endlich nachgab und im Gras liegen blieb.
„Tut mir leid, Großmutter", rief Tyleîn noch wehmütig, dann ergriff er die Hand des dicken Menschen und alle schlossen sie die Augen.

12

Lethuriel war die größte Welt von allen, abgesehen vielleicht von Melgor selbst. Melradin hatte sie tatsächlich betreten. Staunend blickte er sich um.

Sie befanden sich in einer großen steinernen Halle. Lebensgroße Statuen standen an den Wänden, bei denen es sich wohl um irgendwelche berühmten Menschen handelte. Ließ man seinen Blick an ihnen entlang wandern, so entdeckte man schließlich zwei besondere Exemplare am Ende der Halle. Sie standen sich neben einem kunstvoll gefertigten hölzernen Tor gegenüber und streckten je einen Arm aus, sodass sich ihre Fingerspitzen berührten und sie somit einen Bogen bildeten. Das Besondere an ihnen war ihre Größe, denn sie überragten ihre lebendigen Artgenossen um einige Meter. Melradin kam sich bei ihrem gigantischen Anblick winzig klein vor.

Ähnliches geschah allerdings auch, als er mit verrenktem Hals ganz hinaufzublicken versuchte, wo eine gigantische gewölbte Decke den Blick auf den Himmel versperrte.

„Hätte sicher nicht mehr viel gefehlt und man hätte das Blau des Himmels mit eingebaut", dachte sich Melradin staunend, musste dann aber wieder von der Decke ablassen. Denn zum einen hatte sich dabei ein flaues Gefühl in seinen Beinen breitgemacht – fast so etwas wie Höhenangst, auch wenn Melradin nicht glaubte, dass Lethuriel eine von diesen Welten war, wo sich plötzliche die Schwerkraft umpolte – zum anderen hatte aber auch soeben der Fähnrich das Wort ergriffen.

„So, willkommen in Lethuriel!", meinte er sichtlich erleichtert darüber, die Feenwelt wieder verlassen zu haben. „Ach ja, ich habe in der Eile ja vollkommen vergessen zu erwähnen, dass ihr besser die Gestalt eines Menschen annehmen solltet. Das würde Missverständnisse bei den Einwohnern hier vermeiden. Aber wie ich sehe, habt ihr im Großen und Ganzen schon selbst daran gedacht." Sein Blick war bei Tyleîn hängen geblieben, der sich noch immer nicht von seinem elfenartigen Körper hatte trennen können. „Ich danke euch aus tiefstem Herzen, dass ihr Lethuriel in dem Kampf gegen Melgor zur Seite steht. Leider muss ich jetzt gleich zur nächsten Welt. Die Zeit drängt, ihr versteht das sicher. Bodo? Weist du sie ein?"

Der Dicke fühlte sich angesprochen. Er kratzte sich zögerlich am Bauch. „Is' gut", gab er kleinlaut bei.

„Schön. Dann verabschieden wir uns nun von euch. Vielleicht sieht man sich ja in besseren Tagen wieder." Der Fähnrich hob die Hand zum Abschied und eilte dann mit dem Muskelprotz davon.

„Soo." Der Dicke räusperte sich, als sie die Halle verlassen hatten und das Echo ihrer Schritte verklungen war. „Ich bin Bodo. Bin in 'nem kleinen Dorf 'ne ganz schöne Strecke von hier aufgewachsen." Er ließ seinen Blick etwas verunsichert durch ihre Reihe wandern.

Mit derselben Verunsicherung lauschten sie stumm seinen Worten.

„Ich kann die Feen bei euch zu Hause gut verstehen. Keiner will in den Krieg und glaubt mir, ich am allerwenigsten. Aber dafür erfüllt es mich umso mehr mit Stolz, dass ihr euch dazu bereit erklärt habt, trotzdem hier herzukommen."

Er blickte sich in der nun außer ihnen menschenleeren Halle um. „Das hier is' so 'ne Art Ruhmeshalle. Grenzt direkt an den Palast von Asilithin", erklärte er ihnen, wobei er Schwierigkeiten hatte, den kunstvollen Namen richtig auszusprechen. „Der prächtigsten Stadt in ganz Lethuriel, wenn ihr mich fragt." Wieder sah er sie an, in der Hoffnung, einer von ihnen würde ihm das Wort abnehmen. Zögerlich fuhr er fort. „Von hier aus sind die ganzen Leute los, um die vielen Welten um Hilfe zu bitten. Grade is' keiner da", bemerkte er überflüssigerweise. „Das heißt, die haben's auch nicht leichter als wir. Oder wir sind einfach schon zu spät. Kann auch sein." Sein dicker Körper setzte sich in Bewegung. „Folgt mir!"

Sie entfernten sich von den beiden großen Statuen und schritten auf ein verschlossenes schwarzes Tor am anderen Ende der Halle zu.

„Normalerweise würde ich euch jetzt ja gern die Stadt zeigen. Das Feuer von Lethuriel is' hier. Ganz oben als brennende Krone der Königsstatue. Wahnsinnig schön. Aber die Zeit drängt leider", fügte er angesichts der fragenden Blicke hinzu.

„Wo sind die Melgorianer denn im Augenblick?", fragte Tyleîn besorgt, so als wollte er sichergehen, dass er diese Halle gefahrlos verlassen konnte.

„Im Gorgath-Tal", erwiderte Bodo mit trübsinniger Miene. „Keine Ahnung, wie die an einen Schlüssel dorthin gekommen sind. Irgendjemand von denen muss es geschafft haben, aus dem Gebirge zu entkommen."

„Aha." Tyleîn räusperte sich nervös. „Und wo ist dieses Tal?"

Bodo sah sie wehleidig an. „Das is' es ja gerade, was die Sache so bedrohlich macht. Das Gorgath-Tal is' praktisch direkt vor unserer Haustür. Nich' mehr lange und wir haben 'ne Belagerung."

„Was ist mit Vlandoran?", meldete sich Melradin schüchtern. „Die Drachenwelt", fügte er überflüssigerweise hinzu.

„Ja, haha." Bodo lächelte bitter. „Wären die nicht da, hätten wir schon längst das Zeitliche gesegnet. Werdet sie gleich sehen, die Drachen. Patrouillieren über der Stadt." Mit diesen Worten öffnete er das schwarze Tor und trat aus der Halle.

Staunend blieben seine Schützlinge stehen.

Ein Meer aus Zinnen und Dächern breitete sich unter ihren Füßen aus. Endlose Reihen dicht an dicht gebauter Häuser schlängelten sich wie Betrunkene, die sich aneinander festhalten mussten, an den schmalen Straßen entlang. Zahllose Menschen wuselten umeinander und sorgten für regen Verkehr. Hier und da rannten ein paar bewaffnete Soldaten zu den weiter entfernten Stadttoren am Fuß des buckligen Hügels, auf dem die Stadt errichtet war.

„Aslithin", meinte Bodo stolz und atmete die kühle Abendluft ein.

Ellen stutzte. „Was denn jetzt? Aslithin oder Asilithin?"

„Äh, mein ich ja. Asilithin." Bodo kratzte sich verlegen am Kopf. „Diese vielen I's bringen mich jedes Mal durcheinander." Er grinste Ellen mit erröteten Backen an. „Komm nicht von hier, versteht ihr? Aber gut aufgepasst, junge Dame."

Ellen lächelte.

„Wie heißt ihr denn eigentlich alle?"

Ellen ergriff glücklicherweise die Initiative, sodass es nicht weiter auffiel, dass Melradin gar nicht zuhörte. Er war ja schließlich auch noch immer ein Kind. Da gehörte Unaufmerksamkeit gewissermaßen zu seiner Rolle dazu. Seine Aufmerksamkeit hatte etwas anderes gefesselt, etwas, das hoch am Himmel seine Bahnen zog: Drachen. Da waren sie wirklich. Im matten Rot der aufkommenden Abenddämmerung konnte er drei von ihnen entdecken, die hoch über ihren Köpfen eine riesige Statue umkreisten.

Das musste die Königsstatue sein, schloss Melradin aus dem, was er von Bodo noch mitbekommen hatte. Sie stellte einen aufrecht stehenden Mann mit Bart dar, der in luftiger Höhe sein Land überblickte und eine Hand am Schwertknauf hatte. Auf seinem Kopf brannte ein stolzes Feuer.

Melradin konnte dem nichts weiter als sprachloses Staunen entgegenbringen. Doch verschwand diese Sprachlosigkeit, als ihm eine Unklarheit in den Sinn kam.

„Warum stellt diese Statue einen Mann dar?", platzte Melradin plump in das Gespräch, auf das er seither nicht geachtet hatte.

Bodo hielt inne und sah zu ihm hinab. „'Tschuldige, was hast du gesagt?"

„Warum stellt diese Statue da einen Mann dar und nicht Doaed?"

Der Dicke schmunzelte. „Schlaues Bürschchen. Bist nicht der Erste, der sich diese Frage stellt. Aber da musst du wohl leider die gnädige Dame höchstpersönlich fragen. Is' ihr Kunstwerk. Ich nehm' mal an, dass sie einfach keine Lust hatte, sich so zur Schau zu stellen. Aber so ne Statue da oben macht sich ganz gut, also hat sie so 'nen Durchschnittskönig hingestellt."

„Ach so." Melradin blickte zu Naphtanael, der sich stumm in die Ecke der Gruppe verkrümelt hatte. Es war nicht schwer, sich den Grund für seine Zurückhaltung auszumalen. Laila. Zufällig oder nicht hatte sie sich neben ihre Schwester gestellt. Wahrscheinlich wusste sie bereits davon, dass noch ein Teil ihrer Familie nach Lethuriel gekommen war. Spätestens nachdem sich Ellen mit ihrem richtigen Namen vorgestellt hatte.

Laila hatte sich wie ihre Schwester für braunes Haar entschieden, das ihr gewellt an den Schultern hinab hing. Ihr Gesicht war anmutig, auch wenn sie nicht ganz so sehr übertrieben hatte wie Ellen. In ihren Augen lag die Entschlossenheit, die Melradin bereits in der Feenwelt bewundert hatte. Vor ihm stand eine Kriegerin, bei der nichts mehr auf die frechen Gesichtszüge der einstigen Fee schließen ließ.

Melradin entschloss sich, mit Naphtanael bei Gelegenheit ein paar

Wörtchen bezüglich ihrer beider Verkleidungen zu wechseln. In diesem Knirpskörper ging ja sein Frauenschwarm völlig verloren.

„Es is' so", fuhr Bodo nach der kleinen Unterbrechung fort. „Wir brauchen euch jetzt an der Front, so hart das auch klingen mag. Die Schwarze Invasion hat sich am Waldrand des Yeremond verschanzt und bereitet sich auf den finalen Angriff vor. Sagt euch jetzt wenig, ich weiß." Bodo kratzte sich an seinem bärtigen Kinn. „Das Problem is', keiner weiß so recht, wann sie nun zuschlagen. Heute Nacht vielleicht schon, möglicherweise aber auch erst in einer Woche. Das heißt, das Einzige was wir momentan tun können, ist unsere Truppen zu mobilisieren und Däumchen zu drehen."

„Warum versuchen wir es denn überhaupt auf offenem Feld? Wir könnten es doch gleich auf eine Belagerung ankommen lassen", meinte Franz unschlüssig.

„Schon richtig, Kumpel." Bodo nickte mit traurigem Blick. „Wir sind Melgor zahlenmäßig unterlegen. Nich' hoffnungslos, das soll gesagt sein. Wir haben durchaus 'ne Chance. Bei einer Belagerung hätten wir vielleicht sogar die besseren Karten. Auch wenn die Verteidigung von so 'ner Stadt übel in die Hose gehen kann. Und genau das is' der Punkt." Er ließ seinen Blick hinauf zu der Statue wandern. „Wir dürfen nicht zulassen, dass sie auch nur in die Nähe des Feuers kommen, sonst gibt's 'nen Ausfall der Dunkeldrachen und alles kann vorbei sein. Deshalb dürfen wir es nicht auf eine Belagerung ankommen lassen, versteht ihr?"

Sie nickten betrübt.

„So. Jetzt zu 'nem weiteren Problem. Die Melgorianer und wir ham 'n paar grundlegende Unterschiede. Der wichtigste is', glaub ich, dass wir zum Leben da sind und die zum Töten. Das sind herzlose Kreaturen, die nichts anderes im Sinn haben, als uns abzuschlachten. Nun ..." Er scheuerte etwas verlegen mit dem Schuh auf dem kopfsteingepflasterten Weg. „Ich will euch nicht zu nahe treten, aber ihr werdet nicht gegen Halblinge in Monsterkostümen kämpfen. Das sind echte Bestien, keine Zwerge und Feen. Versteht mich nich' falsch. Ihr habt mehr Tapferkeit in euren Herzen als die gesamte verdammte Schwarze Invasion zusammen. Doch ändert das nichts daran, dass vermutlich keiner von euch irgendwelche kämpferische Erfahrungen hat, hab ich recht?"

Sie schwiegen beklommen.

„Jetzt gibt's leider nur zwei Möglichkeiten", fuhr Bodo fort. „Entweder wir gehen jetzt zur Waffenkammer, ich drück euch die Ausrüstung in die Hand und ihr versucht euer Glück auf dem Schlachtfeld oder …" Sein Blick wanderte durch die Runde. „Oder wir beeilen uns und trainieren noch ein bisschen."
Tyleîn hob zögernd die Hand. „Ich wäre dann für das Zweite."

Die Gruppe aus frischgebackenen Menschen war Bodo durch die Straßen der Stadt hinterher geeilt. Keuchend hatte Melradin versucht, trotz des Gehetzes, den unzählig vielen Eindrücken einigermaßen gerecht zu werden.
Sie waren, weg von der bombastischen Statue und dem Palast, hinab in das noch immer rege Leben der Stadt gerannt, wo alte Männer in Schankstuben torkelten und Frauen die unermüdlichen Kinder ins Haus scheuchten. Ein Bauer quälte seinen bespannten Ochsen die Straße hinauf. Eine Gruppe Männer mit Speeren kam ihnen entgegen. Sie nickten ihnen im Vorbeigehen zu.
Melradin versuchte, sich vorzustellen, wie voll es hier sein musste, wenn all die Soldaten von der Schlacht nach Hause zurückkehrten. Da würde man sich ja über den Haufen rennen müssen. Möglicherweise war er auch einfach noch nicht an den Trubel des Stadtlebens gewohnt, denn Bodo meinte:
„Ich weiß, die Stadt wirkt fast wie ausgestorben. Männer sowie Frauen, sind fast alle raus auf das Schlachtfeld. Nur die Alten und die Kinder und eben die, die auf die Kleinen aufpassen, sind hier geblieben."
Fast wie ausgestorben. Melradin war sich nicht sicher, wie lang man ihn in eine Gummizelle hätte stecken müssen, bis er darauf gekommen wäre, die Eindrücke der Stadt mit diesen Worten zu beschreiben.
Während sie so die Straßen hinab hasteten – Melradin kam es mittlerweile so vor, als wären sie vom obersten Zipfel von Asilithin bis hinab zum Fuß der Stadt gesprintet – versuchte er Naphtanaels Aufmerksamkeit zu erregen, um mit ihm über die neue Lage der Dinge zu sprechen. Ein, wie sich herausstellte, kein allzu leichtes Unterfangen.
Naphtanael stolperte, offenbar vollkommen von seinem Unterbewusstsein gesteuert, der Gruppe hinterher. Sein schielender Blick hatte zudem nur Augen für Laila.

„Psst!" Melradin zog an seinem Ärmel. Inzwischen kam ihm Bodos Fettleibigkeit bereits wie ein Segen vor, da er so zwangsweise auf die Geschwindigkeit kleiner Kinder Rücksicht nehmen musste.

„Hm?", wachte Naphtanael aus seinen Tagträumen auf.

„Wir müssen reden", zischte Melradin, sodass es keiner der anderen hören konnte.

„Was gibt's denn?" Zu Melradins Genugtuung musste auch er nach Luft ringen.

„Ich kann ja wohl schlecht als Kind in die Schlacht ziehen", keuchte Melradin missmutig zurück.

„Ach so." Naphtanael grinste. „Ich dachte, du wärst heilfroh darüber, dass du mit deiner Verkleidung noch mal davonkommst."

„Tss, rede keinen Blödsinn. Außerdem kann ich dir den Ruf meines Körpers nicht anvertrauen. Am Ende wirst du noch zum Fahnenflüchtling und ich kann mich danach in meinem natürlichen Aussehen nirgends mehr blicken lassen."

„Jaah!" Naphtanael hustete ein Lachen. „So wie du aussiehst, könnte man mich jetzt fast für einen Melgorianer halten. Da kann ich, wenn's eng wird, einfach die Seite wechseln, ohne dass irgendjemand Verdacht schöpft."

Das erinnerte Melradin an etwas, das er bis zu diesem Zeitpunkt noch nicht ansatzweise hatte klären können. „Wie sehen Melgorianer eigentlich aus?", gestand er zögernd sein Unwissen.

„Na, wie Bestien eben", erwiderte Naphtanael verunsichert. „Wie zu Bestien gewordene Menschen."

Melradin grinste. „Du weißt es auch nicht."

„Na, wie denn auch? Aber ich nehme mal an, dass es nicht gerade Grazien sind, die uns da erwarten."

Bodo blieb stehen. Sie hatten die Stadttore erreicht. Mit einer Hand am Herz versuchte er, zu Atem zu kommen. „Wir besorgen uns jetzt die Waffen und dann", japste Bodo, „dann gehen wir ein Stück raus, wo wir uns ungestört gegenseitig die Köpfe einschlagen können." Er nickte einem Wachtposten zu, der daraufhin eine Tür aufschloss.

Das Tor, das sie erreicht hatten, war zu Melradins Überraschung noch gar nicht das eigentliche Stadttor. Sie befanden sich sozusagen erst am zweiten Ring. Durch das offene Tor wurde der Blick auf einen weiteren Teil der Stadt frei, durch den jedoch glücklicherweise schnurstracks ein Weg zu dem, von hier aus schon sichtbaren, endgültigen Stadttor führte.

Mit offenem Mund bewundere Melradin die gewaltigen Mauern an der Stadtgrenze. Bis über die höchsten Wohnbauten ragten sie hinauf und umschlossen die unzähligen Hausreihen in einem weiten Ring. Soldaten hielten in regelmäßigem Abstand Wache.

Das Tor aber war das Gigantischste. Die Lethurianer hatten es so erbaut, als ob sie sich die Option hatten offenhalten wollen, eines Tages mitsamt dem Palast zu verreisen. Es war riesig, mit zwei eindrucksvollen Türmen an den Seiten. Nein, das musste Doaeds Fantasie gewesen sein. Erbaut haben konnte das niemand!

Als ob Bodo seine Gedanken lesen konnte, meinte er plötzlich: „Die Mauern sind Wahnsinn, nicht wahr? Hat mich auch total umgehauen, als ich sie zum ersten Mal gesehen hab. Und jetzt kommt das Beste: Die ursprüngliche Stadt endet hier. Das heißt, die Mauer wurde erst im Nachhinein erbaut! Von Menschenhand!"

Melradin war sprachlos.

„Also dann!" Bodo wandte sich wieder der ganzen Gruppe zu. „Folgt mir in die Waffenkammer!"

Bei dieser Waffenkammer handelte es sich um einen lieblos hingesetzten Block, der beim Betreten einen Blick auf endlose Reihen Waffen jedweder erdenklichen Art freigab. Fahles Licht drang aus Löchern in den Steinwänden, die man umschmeichelnd als Fenster bezeichnen konnte.

Ein paar Männer eilten kommentarlos an ihnen vorbei ins Freie. Melradin wäre ihnen gerne gefolgt.

„So. Bringen wir das hier schnell hinter uns, dann bleibt uns mehr Zeit zum Üben", ergriff Bodo das Wort.

„Wir können jetzt leider nicht für jeden alles mitnehmen, also würde ich sagen", er ließ seinen Blick durch den vollgestellten Gang wandern, „wir nehmen mal drei Bögen mit, für jeden ein Schwert, den Speer hier ..." Er begann damit, die Kammer zu durchstöbern.

„Ist hier denn Selbstbedienung?", wunderte sich Ellen.

Bodo lachte. „Könnte man meinen, stimmt. Aber ich kenne den Typen, der uns grade die Tür aufgemacht hat. Normalerweise kommt man hier nicht so leicht rein. Zurzeit is' man aber froh, wenn die Leute freiwillig zu den Waffen greifen. Dass jemand für den Feind arbeitet, is' bei Melgor ja ziemlich unwahrscheinlich." Er grinste. „Seht ihr? Hat alles seine Vorteile. Immerhin is' es ein Krieg ohne Intrigen."

Sie betraten einen weiteren Raum.

„So, hier gibt's eure Rüstung. Mal sehn, ob wir auch was für den Kleinen hier dahaben." Er zwinkerte Melradin zu.

Das musste der Zeitpunkt sein, die Sache auffliegen zu lassen.

„Nein." Melradin räusperte sich verlegen. „Um ehrlich zu sein, bin ich gar kein kleiner Junge." Hoffentlich wirkte er nicht so wie ein Kind, das unbedingt mitkämpfen wollte. Er suchte den Blickkontakt mit Naphtanael und nickte ihm auffordernd zu.

„Ja, es ist so ...", übernahm Naphtanael tatsächlich. „Wir sind verkleidet in die Feenwelt gereist. Ich bin gar kein richtiger Mensch, sondern wie ihr eine Fee. Und mein Name ist nicht Nalala, sondern ..." Er benötigte einen Moment, um sich zu sammeln. „Sondern Naphtanael." Beschämt sah er zu Boden.

„Was?" Es war Laila. „Du? Aber ..." Melradin war sich nicht sicher, ob sie entsetzt oder einfach nur verwundert war. „Aber du wurdest doch in die Wüste verbannt."

„Stimmt, das wurde ich auch." Naphtanaels Stimme zitterte. „Und dort habe ich ihn hier getroffen." Er wies auf Melradin.

„Du hast jemanden in der Xin-Yang-Wüste getroffen?", spottete Tyleîn ungläubig.

„Ja, so verrückt es auch klingen mag." Ein mattes Lächeln stahl sich auf seine Lippen. „Vielleicht war das ja ein Freispruch von ganz oben."

„Klingt fast so", fand Ellen ihre Sprache wieder, nachdem sie zunächst nur mit offenem Mund Naphtanael angegafft hatte.

„Aber damit hast du doch jetzt deine Seele verwirkt", meint Tyleîn unsicher. Es klang fast wie eine Frage.

„Ach, Blödsinn", meldete sich Franz zu Wort. „Was hat er denn schon getan? Er ist ja noch nicht mal bis zu den magischen Seen gekommen. Ihn in die Wüste zu verbannen, nur weil er einen Wald betreten hat, der zufällig um etwas Geheimes und Verbotenes gewachsen ist. Damit hat sie absolut überreagiert."

„Jetzt ergreifst nicht auch du noch Partei für ihn!", protestierte Tyleîn. „Am Ende wird er durch sein Verbrechen noch zum Helden."

„Ich finde aber, er hat recht", meinte Laila mit ruhiger Stimme. „Er hat bestimmt nichts Böses gewollt."

Melradin sah, wie Naphtanael rot im Gesicht wurde, während er immer noch damit beschäftigt schien, die Steine am Boden zu zählen.

Bodo räusperte sich. „Es tut mir wirklich leid, wenn ich jetzt euren kleinen Konflikt unterbrechen muss, aber wir sollten uns wirklich beeilen." Er sah zu Melradin. „Du bist also wirklich kein Knirps?"

Er nickte.

„Hab zwar grade nich' so ganz verstanden, was dich dazu getrieben hat, dich so zu verkleiden, aber Hauptsache wir haben durch dich einen Mitstreiter mehr. Ach", fiel ihm ein, als er sich gerade umwenden wollte. „Du musst jetzt kurz die Welt verlassen, richtig? Bin nich' so erfahren im Körperwechseln, weißt du?"

„Ja, stimmt." Melradin kramte das Amulett hervor. „Ich kann das hier benutzen."

„Gut. Schönes Teil hast du da. Hier, nimm den Dolch. Nur, pass auf, dass du dich nich' daran schneidest."

Melradin verdrehte die Augen. „Danke, aber ich bin wirklich kein Kind."

„Ach so, stimmt." Bodo kratzte sich verlegen am Kopf. „Schon wieder vergessen."

Endlich. Endlich konnte er diesen umständlichen Körper wieder loswerden. Gemeinsam mit Naphtanael nahm er sein normales Aussehen an und fand sich kurze Zeit später neben dem Lockenkopf aus der Wüste wieder. Auch wenn Melradin dessen Gesicht ein wenig ... klobiger in Erinnerung hatte. Nun war Naphtanael eine etwas schmächtige Gestalt, ein Stück kleiner als Melradin, aber ansonsten ganz nett anzusehen. Er wirkte zwar eher niedlich als protzig und für den Kampf gerüstet, aber da stand es Melradin mit seinem Astralkörper auch nicht wirklich zu, zu meckern.

Er sah an sich selbst hinab. Stolz betrachtete er das Hemd und die Hose, die er sich eigenständig hergewünscht hatte. Er fühlte sich wohl in seinem eigenen Körper, auch wenn er in einer Gelehrtenrobe eine entschieden bessere Figur machen würde als in Rüstung. Naphtanael und er würden ein gutes Team abgeben.

Die Gruppe hatte bereits damit begonnen, sich Rüstungen anzulegen. Für Franz hatte es sogar einen passenden Harnisch gegeben, den er nun mit Bodos Hilfe anzulegen versuchte. Die anderen mussten sich offensichtlich mit Leder zufriedengeben.

„Ja, tut mir leid", meinte Bodo. „Ich würde euch wirklich alle gern mit Ritterrüstung und Pferd ausstatten. Aber seht mich an, jemand wie ich hat gerade noch Zugang zur Waffenkammer fürs Fußvolk. Und hier gilt: Wer zuerst kommt, mahlt zuerst. Da wir ja eher die Nachhut bilden, müssen wir uns leider mit dem begnügen, was die anderen liegen gelassen haben."

Und das war tatsächlich nicht viel. Zwar hatte der Raum zunächst relativ vollgestellt gewirkt, doch erwies sich das meiste als vollkommen nutzlos. Angewidert warf Melradin ein lakenartiges Hemd wieder in die Ecke, in der er es gefunden hatte. Ein einsames Paar Schuhe erinnerte Melradin an ihren Verwandten in der Wüste.

Schließlich zwängte er sich in ein etwas zu kleines Wams aus leichtem Leder, das ihn im Ernstfall zwar noch nicht mal vor einem stumpfen Küchenmesser bewahren würde, das aber zumindest weder nach Schweiß stank, noch mit Blutflecken übersät war.

Den anderen – abgesehen von Franz – ging es zu Melradins Trost mit der Kleidungswahl ähnlich. Naphtanael hatte doch tatsächlich das Hemd in der Ecke noch einmal abwägend aufgehoben, es dann aber zum Glück wieder weggelegt.

„Also, ihr stolzen Krieger." Bodo strahlte sie an. „Sobald ihr 'ne Stunde bei mir genommen habt, könnt ihr sowieso auch nackt kämpfen. Das macht dann keinen Unterschied mehr. So 'ne Rüstung sorgt eh nur dafür, dass man langsam und qualvoll stirbt, anstatt kurz und schmerzlos."

Keiner außer ihm selbst konnte darüber lachen.

„Immerhin bekommt jeder von euch ein Schwert. Kellnische Machart. Führt sich ausgezeichnet in der Hand." Er warf jedem von ihnen ein Schwert zu. Bei Naphtanael fiel es scheppernd zu Boden. Hastig hob er es auf.

Melradin zog mit lauem Magen seine Waffe aus der Scheide. Er konnte sich nicht vorstellen, dass er damit irgendeinem geübten Kämpfer gefährlich werden konnte. Es war ein ziemlich kurzes Schwert, sodass selbst er es problemlos in einer Hand führen konnte.

„Legt es euch um. Linkshänder auf die rechte Seite, Rechtshänder auf die linke, aber ich denke, das müsste allen klar sein. Hab hier noch drei Bögen ergattern können. Der eine is', wie es aussieht, leider Schrott, also müssen wir uns mit zwei begnügen. Wer kann es sich denn vorstellen, mit Pfeil und Bogen gut umgehen zu können?", fragte Bodo in die Runde.

Zwei „ich" kamen wie aus der Pistole geschossen.

Bodo lächelte. „Das passt ja. Die beiden Frauen also. Hier, bitteschön." Er reichte ihnen die Bögen. „Müsst nachher beim Rausgehen mal nach Köchern und Pfeilen Ausschau halten. Ich hoffe mal, es hat noch genügend da. Ansonsten müsst ihr euch eben darin üben, nur den Bogen nach den Feinden zu schmeißen."

Diesmal lachten alle – zumindest die Männer.

„War'n blöder Witz, ich weiß. Aber Pfeile sind meistens Mangelware. Also gut zielen und bei Gelegenheit auch die aufsammeln, die auf euch geschossen wurden. Hoffen wir mal, dass die Pfeile von den Melgorianern was taugen, sobald sie im Boden stecken."

Es ließen sich noch zwei Holzschilde auftreiben, beide nicht viel größer als ein Teller, sowie drei Speere, von denen Melradin einen in die Hand gedrückt bekam.

„So, jetzt lasst mal sehen", meinte Bodo, als sie alle soweit ausgerüstet waren. „Wir brauchen noch Holzstangen zum Üben. Und am besten noch Holzschwerter, aber da mach ich mir nicht allzu viel Hoffnung."

Zu seiner Überraschung fanden sich sogar zwei Holzschwerter, die irgendjemand achtlos in die Ecke gepfeffert hatte. Außerdem stieß Ellen auf ein paar Köcher mit Pfeilen. Nur von Holzstangen war keine Spur. „Gut. Ähm, immerhin das." Bodo kratzte sich nachdenklich am Kopf. „Dann halten wir unsere Speere einfach falsch rum beim Üben. Ist zwar gleichgewichtstechnisch nicht gerade optimal, aber besser als nichts."

Endlich führte er sie wieder aus der Waffenkammer ins Freie.

„Ihr seid doch alle Nachteulen, nicht wahr?" Bodo grinste sie an.

Das Rot der Sonne war bereits dabei, allmählich hinter dem Horizont zu verschwinden.

„Oh, hab was vergessen." Er eilte noch einmal in die Waffenkammer und kam mit drei Fackeln wieder heraus. „So schlecht is' es doch gar nicht ausgerüstet, das gute Kämmerchen", meinte er stolz über seinen Fund.

„Müssen hier alle ihre Ausrüstung holen, die für Lethuriel kämpfen wollen?", fragte Tyleîn mit zunehmender Verunsicherung.

„Oh, nein." Bodo lachte, als sei das der beste Witz, den er seit Langem gehört hatte. „Das wäre ja 'ne tolle Armee. Die, die nach euch kommen, dürfen dann mit Steinen werfen. Nein, es is' so: Die meisten, die Lethuriel nun zur Seite stehen, kommen aus keiner so klugen Welt, in der man keine Waffen braucht. Die haben ihre Ausrüstung gleich mitgebracht. Nur hat das oft zur Folge, dass sie in ihren echten Körpern hierher kommen müssen." Er schmunzelte bei diesem Gedanken. „Also später nicht erschrecken, wenn ihr neben ein paar ziemlich hässlichen Kumpanen landet. Das sind nicht eure Feinde. Melgors Kreaturen sehen noch mal anders aus. Da sind die Uzens und Gurruks noch richtige Schönheiten dagegen."

Sie schritten durch das Tor und machten sich auf den Weg aus der Stadt hinaus. Mittlerweile hatte sich tatsächlich der Trubel gelegt und fast leere Straßen zurückgelassen. Hier und da drang Stimmengewirr aus den Häusern und gelegentlich kamen ihnen Gleichgesinnte entgegen. In ihren Gesichtern lag düstere Besorgnis.

Der kühle Abendwind blies ihnen ins Gesicht, als sie das Stadttor erreichten. Bodo entzündete eine seiner Fackeln an einer brennenden am Wegesrand. Die Wärter ließen sie kommentarlos passieren.

„Was ist eigentlich, wenn die Schlacht heute Nacht losgeht?", fragte Franz, als sie die Stadt verlassen hatten.

„Hm", brummelte Bodo nachdenklich. „Das müsstet ihr euch selbst fragen. Was würdet ihr tun? Es wäre für uns zumindest nich' einfach, unseren Leuten sinnvoll zur Seite zu stehen. Wir sind ja noch nicht mal eingeteilt, versteht ihr? Man kann eben nich' einfach zum Schlachtfeld hin und den Bösen eins auf die Mütze geben. Im Optimalfall läuft das mit System ab."

Franz nickte. „Wann werden wir denn eingeteilt?"

Bodo lächelte. „Ungeduldig? Wenn ihr wollt, heute Nacht noch."

Sie erreichten das Ende einer Anhöhe, von wo aus sie eine wundervolle Aussicht auf das Land hatten. Endlose Wiesen zogen sich durch hügeliges Land.

„Seht ihr die Baumspitzen da ganz in der Ferne?", fragte sie Bodo. „Das sind die Vorläufer vom Yeremond. Wäre der Hügel da nicht, könnten wir vielleicht die Lichter unserer Leute sehen."

Sie machten Halt an einer einsamen Baumgruppe, die in der Senke zweier Hügel standen und somit gut versteckt das winzige Tal ausfüllten. Dunkelheit hatte sich auf sie gelegt und das Erste was sie taten, war Äste zusammenzuklauben, um ein bescheidenes Lagerfeuer zu entzünden.

„Ich weiß, wenn es dunkel is', trainiert es sich nicht so gut. Wir kämpfen so nah am Feuer wie möglich", meinte Bodo und steckte die brennende Fackel in den Boden. „Nich' drüber stolpern!"

Als Erstes warf er das Holzschwert Melradin zu. „Komm her!"

Mit unwohlem Gefühl im Magen legte Melradin den Speer ins Gras und ergriff das Schwert.

„Laila und, ähm, Ellen, richtig? Ihr beide könnt euch schon mal eine Zielscheibe aussuchen und euch ein bisschen einschießen. Nehmt einen Baumstamm oder so." Bodos Blick wanderte zu Tyleîn, Franz und Naphtanael, die noch untätig im Gras saßen. „Wenn ihr wollt, könnt ihr euch mit den Speeren aufwärmen oder – oder sucht nach passenden Stöcken. Vielleicht habt ihr Glück. Wir wechseln dann mit den Schwertern ab. So." Er wandte sich wieder Melradin zu, der ihm nun mit dem Schwert in der Hand gegenüberstand.

„Du hältst das Ding schon mal ganz gut. Wenn du nich' nur kein Knirps bist, sondern auch noch ein erfahrener Kämpfer, dann wäre, glaub ich, jetzt der richtige Zeitpunkt das zu erwähnen."

Melradin lächelte. „Um ehrlich zu sein, weiß ich das nicht so genau", gestand er.

„Wie meinst du das?"

„Ich habe vor nicht allzu langer Zeit mein Gedächtnis verloren", erklärte Melradin. „Falls ich auch schon davor existiert habe, ist nichts von den Erinnerungen bisher zurückgekehrt", meinte er achselzuckend.

„Verstehe." Bodo kratzte sich am Kinn. „Na ja, wir werden gleich herausfinden, ob ein Krieger in dir schlummert."

Ohne Vorwarnung holte sein breiter Arm aus und ließ das Schwert in einem Schritt nach vorne auf Melradin niedersausen. Reflexartig parierte er den Schlag. Durch die Wucht stolperte er ein paar Schritte zurück.

Bodo lachte. „Ja, das bin ich. Null Technik, aber ganz ordentliche Schlagkraft. Komm, versuch's du mal mit 'nem Angriff!"

Unschlüssig fummelten Melradins Finger an dem Schwertgriff herum. Mit angewinkelten Knien trat er wieder vorsichtig zu Bodo hin, umkreiste ihn ein Stück und versuchte dann sein Glück in einem halbherzigen Schlag in Brusthöhe. In einer lustlosen Bewegung wehrte Bodo sein Schwert ab.

„Nein, nein. Du hast Angst mir wehzutun. So wird das nichts. Schau mal!" Er ließ sein Schwert auf Melradins Hüfte niederdonnern. Stöhnend knickte dieser ein. „Das schmerzt, nicht wahr?"

Melradin nickte, ohne etwas erwidern zu können.

„Willst du es mir denn nicht heimzuzahlen?", stachelte ihn Bodo an. „Komm, schlag zurück!"

Mit wackligen Beinen stand Melradin auf. Tatsächlich, der pochende Schmerz an seinem Hüftknochen erwies sich als ganz hilfreicher Motivator, wenn es darum ging, auf Bodo einzudreschen. Der Kampf gewann an Lebendigkeit und schon bald gesellten sich zu dem einen blauen Fleck noch einige weitere dazu.

Bodos Wanst stellte sich als die beste Rüstung überhaupt heraus. Zumindest machte er nicht den Anschein, dass ihn Melradins Treffer sonderlich juckten.

Schließlich winkte er ab. Keuchend stützten sie sich auf ihre Knie. „Ich muss mir noch Kraft für die anderen aufsparen", meinte er außer Atem.

Melradin grinste. „Ich glaube, das wird eng."

„Stimmt." Bodo lachte. „Da könntest du recht haben. Aber das machst du gut, Kumpel." Er klopfte ihm anerkennend auf die Schulter. „An deiner Seite lässt es sich wahrscheinlich eine Weile überleben."

Melradin wechselte mit Tyleîn und trainierte noch ein wenig mit Franz und Naphtanael, ehe Bodo sie herrief und ein kleines Nachtmahl aus seinem Beutel zauberte.

„Woran der Bodo alles denkt, nicht wahr?" Er gluckste. „Da könnt ihr unbesorgt sein. Solang ihr in meiner Gesellschaft seid, ist fürs Essen gesorgt."

Sie ließen es sich schmecken. Brot mit deftiger Wurst. Mit gefülltem Magen hatte schließlich keiner mehr so recht Lust, irgendetwas anders zu tun als sich hinzulegen und zu schlafen, sodass schon bald das Zirpen der Grillen und das schwache Prasseln des Feuers das Einzige waren, was die Nachtluft erfüllte – abgesehen von Bodos bestialischem Schnarchen.

13

Am nächsten Morgen wurde Melradin von dem Geräusch der aneinanderknallenden Schwerter geweckt. Schlaftrunken sah er auf. Tyleîn und Franz waren bereits wieder eifrig am Trainieren. Naphtanael saß mit gedankenverlorenem Blick daneben.

„Morgen, Schlafmütze!" Ellen winkte Melradin zu.

Laila sah zu ihm hinüber. „Na, gut geschlafen?" Sie lachte. „Dir hängt da ein Blatt im Haar."

Melradin fummelte durch sein Haargestrüpp. „Oh." Er setzte sich zu ihnen ans mittlerweile wieder entfachte Lagerfeuer. „Nein, um ehrlich zu sein, hab ich schon mal besser geschlafen."

Ellen sah ihn grinsend an. „Vielleicht sollten wir Bodo bitten, das nächste Mal etwas abseits zu schlafen."

„Ach nein", er winkte ab. „Dadurch brauchen wir schon keine Wache einzuteilen. Irgendeiner ist immer wach."

Sie lachten.

„Habe ich da gerade meinen Namen gehört?" Bodo erschien hinter den Bäumen. „Hab geschnarcht, oder?" Er sah wehleidig drein.

„Nun ja ...", versuchte es Ellen gestenreich sanft auszudrücken.

„Ja", übernahm Melradin für sie.

„Tut mir leid. Es is' wirklich ne Plage. Manchmal wach ich selbst davon auf, stellt euch mal vor. Kenn außer mir keinen, der von seinem eigenen Schnarchen aufwacht. Aber ...", er kramte etwas aus seiner Tasche hervor, „ich hab was, um das wieder gut zu machen. Frühstück." Er reichte ihnen Fladenbrot. „War heute Morgen in der Stadt. Mehr gab's leider nich'. Scheiß Krieg."

Sie riefen die anderen her und teilten das Brot in sieben Stücke.

„In Feen stecken eben doch echte Krieger", meinte Bodo mit vollem Mund. „Hab nie an euch gezweifelt, aber jetzt bin ich doch ein bisschen überrascht. Hab mich eigentlich durch meine Ausbildung im Vorteil gesehen, aber heute tut mir alles weh."

„Warst du denn schon in deiner Heimat Krieger?", fragte Franz.

„Nee, nee. Seh' ich denn so aus?" Bodo gluckste. „In meinem Dorf gibt's nur Bauern und Viehhirten. Ich bin für das, was ich hier tue, absolut nich' geschaffen. Aber es muss eben getan werden, um Melgor die Stirn bieten zu können."

„Erzähl uns mal etwas von Lethuriel", bat ihn Ellen.

„Von Lethuriel erzählen …", brummelte Bodo nachdenklich. „Ähm, also – schwierig einen Anfang zu finden. Was wisst ihr denn über Lethuriel?"

„Dass es die älteste und größte Welt ist", erwiderte Tyleîn. „Und dass es hier nur Menschen gibt."

Bodo lachte. „Wer hat dir denn den Bären aufgebunden? Nur Menschen? Noch nie was von Trichthold, dem großen Magier gehört, was? Der Typ wollte mit einer riesigen Herde Kobolde ganz Lethuriel unter seine Herrschaft bringen."

„Wie ist er gescheitert?", fragte Franz.

Bodo zuckte mit den Schultern. „Die Kobolde sind eigensinnige Viecher, wisst ihr? Irgendwann wurde ihnen die ganze Sache lästig und sie haben ihren eigenen Anführer umgelegt. War sowieso 'ne Schnapsidee. Seitdem ist das Gebirge hinter dem Yeremond dafür berüchtigt, dass des Nachts seltsame Kreaturen aus ihren Höhlen kriechen und unaufmerksamen Reisenden zum Verhängnis werden."

„Gibt es hier denn auch Drachen?", fragte Naphtanael. Die Faszination, die er diesen Wesen entgegen brachte, war kaum zu übersehen.

„Aber natürlich!" Bodo klatschte begeistert in die Hände. „Zumindest diesen einen." Bodo kratzte sich nachdenklich am Kinn. „Ich fass es nich', ich hab seinen Namen vergessen. Schande. Die Geschichte kennt hier eigentlich jeder, aber diese Drachen haben immer so verschnörkelte Namen." Er grübelte noch einen Moment, dann gab er auf. „Ach, egal. Man sagt auf jeden Fall, dass Doaed ihn damals erschaffen hat, um im Schattenreich gegen Melgor zu kämpfen. So als eine Art Gegenstück. Der Einsame Turm wird nämlich nicht nur vom Wärter bewacht, sondern auch von einem Drachen. Moment, auf den Namen müsste ich eigentlich noch kommen …"

„Annealaisa", half ihm Naphtanael.

„Genau!" Bodo sah ihn verwundert an. „Kennt ihr die Geschichte in der Feenwelt denn auch?"

„Nun ja ..." Naphtanael sah in die verwirrten Gesichter der übrigen Feen. „Eigentlich nicht, aber ich bin zufällig mal darauf gestoßen, als ich in einem alten Buch geschmökert habe."

„Sag bloß, du hast heimlich die Schriften meiner Großmutter gelesen!" Tyleîn sah ihn scharf an.

„Nein, ach was", wehrte Naphtanael hastig ab. „Ich hab's in einem Märchenbuch gelesen. Da war ein Bild von einem Drachen drauf und da musste ich es mir näher ansehen."

„In einem Märchenbuch?" Bodo hob eine Augenbraue. „Erzähl das hier besser keinem. Denen is' die Geschichte heilig. Ich mein', ich für meinen Teil seh's nicht so eng. Aber manche sind da ziemlich empfindlich."

„Was erzählt man sich denn über diesen Drachen?", drängte Ellen.

„Hm. Schwer, das kurz zusammenzufassen." Bodo aß das letzte Stückchen seines Brotes und nahm einen Schluck aus seinem Schlauch. „Annealaisa is' eben die rechte Hand der Göttin", meinte er dann plump.

„Der Göttin?", hakte Melradin nach und wurde sich erst einen Moment später bewusst, dass er damit möglicherweise eine peinlich dumme Frage gestellt hatte. Erleichtert entdeckte er dann aber dieselbe Ratlosigkeit in den übrigen Gesichtern.

„Na, DER Göttin!" Bodo schien sich nicht sicher, wie er diesen sonnenklaren Begriff näher erläutern sollte. „Annea. Noch nie gehört?" Er sah sprachlos in die Runde stummer Gesichter.

„Meine Güte! Und mir hat man mal erzählt, Lethuriel sei das Vorbild aller Welten. Jetzt kennt ihr noch nicht mal Annea."

„Annealaisa bedeutet doch Anneas Tochter, richtig?", versuchte sich Naphtanael zu entsinnen.

„Genau. Immerhin einer." Bodo sah lächelnd zu Naphtanael. „Die Tochter der dunkeln Göttin, die dem Licht einst befohlen haben soll, vom Himmel zu steigen", brummelte er geheimnistuerisch.

„Klingt nett", meinte Franz mit dem Anflug eines Lächelns.

„Mach dich nur darüber lustig." Bodo grinste. „Nicht mehr lange und du wirst Bekanntschaft mit Anneas Enkelkindern machen. Kann mir vorstellen, dass das nicht allzu herzlich wird."

„Du meinst die Dunkeldrachen?", vergewisserte sich Franz, Bodo recht zu verstehen.

„Genau." Bodo nickte.

„Wann schließen wir uns denn der Armee an?", fragte Laila. Melradin konnte nicht anders, als über ihre furchtlose Entschlossenheit zu staunen.

„Gut, dass du das ansprichst. Am besten jetzt gleich. Ich könnte euch sowieso nur Knüppeln statt richtiges Kämpfen beibringen. Da lohnt es sich eher, die Kräfte für den Ernstfall aufzusparen."

Tyleîn schielte verunsichert zu den anderen. Als keiner Anstalten machte, Bodo zu widersprechen, meinte er leise: „Wirklich jetzt schon?"

Bodo sah ihn einen Moment lang schweigend an. „Das geht eigentlich viel zu schnell, ich weiß", meinte er mitfühlend. „Und du kannst mir glauben, ich hab mehr Schiss als ihr alle zusammen. Aber wir dürfen nicht länger warten." Er richtete sich stöhnend auf. „Ich habe in der Stadt erfahren, dass mittlerweile auch Trolle in den Reihen der Schwarzen Invasion gesichtet worden sind. Das spricht dafür, dass es nich' mehr lange dauern kann. Trollen zu erklären, wie man mit so 'nem Schlüssel nach Lethuriel reist, dauert immer am längsten, versteht ihr?" Er brummelte ein Lachen. „War 'n Scherz. Nein, die ersten Ausfälle der Dunkeldrachen sind gemeldet worden. Das is' äußerst beunruhigend. Die Drachenreiter aus Vlandoran geben ihr Bestes, aber sie könnten sicher noch ein paar gute Bogenschützen als Unterstützung gebrauchen." Bodo zwinkerte Ellen und Laila zu. „Also, auf geht's, ihr Feenkrieger! Oder habt ihr vor, hier unter den Bäumen versteckt unseren Leuten Rückendeckung zu geben?"

Seine Beine fühlten sich an wie Gummi, als Melradin versuchte aufzustehen. Jetzt wurde es also ernst. Er spürte einen Kloß im Hals. Ein Blick zu Naphtanael verriet ihm, dass er sich ähnlich fühlte. Er, Melradin, die halbe Portion, zog in die Schlacht.

Wie ein Trauermarsch setzte sich die Gruppe in Bewegung. Den Hügel hinauf und wieder hinunter, vorbei an vereinzelten Bäumen durch endlose Wiesen.

Als das Lager der lethurianischen Armee hinter einer Anhöhe auftauchte, stockte Melradin der Atem. Sie war riesig. Endlose Zeltreihen zogen sich durch das flache Tal und fanden erst weit in der Ferne ein Ende. Die Mittagssonne hatte ihren Thron erklommen und sah nun mit besorgtem Blick auf die Wesen herab, die ihr gefährlich nahe kamen. Drachen. Melradin vergaß für einen Moment seine Angst und betrachtete die Punkte am Himmel, die über dem Lager ihre Kreise zogen.

„Sind übrigens nich' nur Drachen da oben. Die Greifenreiter aus Randoharr stehen uns auch zur Seite", hörte er Bodo stolz sagen.

„Wo sind die Melgorianer?", fragte Franz.

„Heute sieht man's ganz gut." Bodo wies mit seinem Arm in die Ferne. „Da hinten am Horizont, die Linie, siehst du die?"

Franz kniff die Augen zusammen. „Ich glaube schon."

„Dort beginnt der Yeremond, direkt davor lagern unsere Feinde."

„Und die sollen in der Überzahl sein?", meinte Tyleîn ungläubig.

„Kaum zu fassen, was?" Bodo schmunzelte. „Ich hab sie mit eigenen Augen noch nicht gesehen, aber wenn man den Berichten Glauben schenken darf, dann is' alles, was laufen kann, aus Melgor angereist."

„Auch der Wärter selbst?", fragte Melradin mit einer Spur Ehrfurcht in der Stimme.

„Hm. Nein, das glaub ich nich'. Der ist wahrscheinlich zu Hause geblieben und hütet sein Türmchen. Aber vielleicht irre ich mich auch. Immerhin entscheidet sich hier das Schicksal des Schattenreichs."

Sie schritten weiter, das flache Tal hinab, bis sie schließlich die ersten Zeltreihen erreichten. Es herrschte reges Leben im Lager. Einige Männer in voller Ausrüstung rannten über den mittlerweile zu Matsch geschundenen Boden. Hier und da schmetterte jemand Befehle durch die Luft. Die Leute schienen in Aufruhr.

Besorgt sah sich Melradin um. Da waren nicht nur Menschen zu entdecken. Unter den Männern und Frauen erblickte er auch bärtige kleine Wesen, bei denen er stark auf Zwerge tippte. Mit mürrischem Blick schleiften sie ihre Äxte oder strafften ihre Rüstung, offenbar drauf und dran aufzubrechen.

Bodo führte sie mit beschleunigtem Tempo tiefer in das Lager hinein. Hier und da hob jemand den Kopf und beäugte sie kurz. Ansonsten schenkte man ihnen keine Beachtung. Der Blickfänger unter ihnen war eindeutig Tyleîn: Der elfenartige Körper lenkte selbst von Ellens übertriebener Schönheit ab, die allerdings in der Lederrüstung nicht optimal zur Geltung kam.

Sie kamen an einer provisorisch eingerichteten Schmiede vorbei. Der Lärm des Hammers dröhnte in ihren Ohren und übertönte selbst die lautstarken Befehle eines offensichtlich entnervten Mannes, der mit rot angelaufenem Gesicht einige Soldaten aus ihren Zelten jagte. Auf ihn steuerte Bodo zu. Er räusperte sich vorsichtig.

Der Mann sah auf. „Was ist?", fragte er mit heiserer Stimme. Vorwurfsvoll musterte er Bodos beleibten Körper.

„Wir melden uns zum Dienst. Mein Name is' Bodo", haspelte er, offensichtlich nervös. „Hatte die Aufgabe, diese Krieger hier einzuweisen. Stammen aus der Feenwelt." Tapfer hielt er Augenkontakt mit dem Mann in edler Rüstung.

Der Mann beäugte sie skeptisch. „Feen ..." Sein Blick blieb bei Tyleîn hängen. „Ihr kommt spät", meinte er dann in barschem Ton. „Wir nehmen bereits Stellung an. Wie stellen die sich in Asilithin das überhaupt vor, wenn sie uns grüppchenweise Hilfe zusenden? Glauben die, wir rennen, mit Knüppeln bewaffnet, planlos ins Gemetzel? Am Ende töten wir uns auf dem Schlachtfeld noch gegenseitig, weil wir einfach den Überblick verlieren." Er fuhr sich gestresst durch das Gesicht. „Melgors Streitmacht formiert sich bereits und wir täten gut daran, es ihr gleichzutun. Wenn ihr Glück habt, erwischt ihr meine Männer noch. Ich habe sie gerade zur Aufstellung geschickt."

Eilig tat Bodo wie ihnen geheißen. So schnell es der rege Verkehr erlaubte, rannten sie den Soldaten hinterher. Melradin erschien es bald wie eine Hetzjagd quer durch das gesamte Lager. Er gab sein Bestes, doch konnte er bei dem ganzen Gerenne den vielen Eindrücken des Lagers unmöglich gerecht werden. So viele verschiedene Gestalten wuselten um sie herum, dass es unmöglich war, der beeindruckenden Vielfalt die ihr gebührende Aufmerksamkeit zu schenken.

Das Seltsamste, was er bisher hatte erhaschen können, waren grünhäutige Wesen mit Stoßzähnen gewesen. Oder kleine koboldartige Geschöpfe, die selbst den Zwergen nur bis zum Kinn reichten.

Drachen hatte er zu seiner Enttäuschung aus der Nähe keine gesehen. Sie schienen sich alle hoch über ihren Köpfen zu befinden. Dafür waren sie einer Gruppe geheimnisvoller Menschen begegnet, die ihre Gesichter mit schwarzen Mustern bemalt hatten, passend zu ihrer rabenschwarzen Kleidung. Und ein paar in bunten Umhängen gekleidete Herren, die Melradin für Zauberer hielt.

Unwillkürlich dachte er an seine eigene stichflammenartige Erfahrung mit Magie. Steckte in ihm vielleicht auch so was wie ein Hexenmeister? Vielleicht stammte er ja aus einer Zaubererwelt und hatte bei einem missglückten Zauberspruch das Gedächtnis verloren – und sich in eine fremde Welt katapultiert ... mit einer Blume in der Hand. Auszuschließen war es nicht ...

„Ich ... ich glaube", keuchte Bodo, „wir haben es gleich geschafft! Da vorne!"

Melradin begriff, was Bodo meinte. Schielte man durch die Zeltreihen, konnte man unweit von ihnen entfernt ihr Ende ausmachen. Und den Anfang der lethurianischen Armee. Das mulmige Gefühl entfachte wieder in seinem Magen, als er die unzähligen Soldaten dort stehen sah. Der Lärm von wild umherrufenden Stimmen drang an seine Ohren. Einige Soldaten eilten durch die Gegend. Was war denn los? Hatte die Schlacht etwa schon begonnen? Mit klopfendem Herzen trat Melradin aus dem Lager. So wie es aussah, waren sie noch nicht zu spät gekommen. Von den Melgorianern fehlte bisher jede Spur. Die kleine Gruppe tapferer Krieger stand an der Spitze einer weiten, flach einlaufenden Senke hinab ins Gorgath-Tal. Mit wackeligen Knien betrachtete Melradin den weiten Teppich der Streitmacht Lethuriels. Es war ein beflügelndes Gefühl, so viele Mitstreiter erblicken zu können. Zugleich jedoch fühlte sich Melradin unglaublich fehl am Platz. Er, Melradin, der gerade eben erst aus seiner kleinen Welt in diese große Sache hineingestolpert war, war hierfür einfach nicht geschaffen.

Er fragte sich, wo sich nun wohl gerade Alice und der Alte befanden. Saßen sie in ihrer Hütte und machten sich Sorgen? Wie lang war er denn nun schon weg? Es kam ihm so vor, als habe er den Alten schon seit einer Ewigkeit nicht mehr gesehen. Aber trotzdem – dass er es schaffte, in weniger als einer Woche von dieser friedfertigen winzigen Welt hierher zu geraten, das hätte wohl niemand vermutet.

Bodo war stehen geblieben und sah sie nun mit seinem vor Anstrengung rot angelaufenen Gesicht an, das soviel sagte wie: „Und was nun?"

Die Soldaten, denen sie gefolgt waren, waren bereits in dem Gewimmel verschwunden.

„Sollten wir nicht jemanden fragen, wo wir uns hinstellen sollen?", schlug Franz verunsichert vor.

„Wo wir uns hinstellen sollen." Bodo lächelte. „Nein, ich glaube, um ehrlich zu sein, nicht, dass da noch irgendjemand groß darauf achtet. Ich schlage vor, wir bleiben alle zusammen und warten ab."

Damit waren sie alle einverstanden. Sie suchten sich so abseits wie möglich einen Platz zum Ausruhen. Bodo gab jedem von seinem Schlauch etwas zu trinken. Während der Wind ihnen kalt ins Gesicht blies, beobachteten sie den Trubel im Tal.

„Hat schon seine Nachteile, wenn man die Armee aus unzähligen Welten zusammenflickt. Ich meine, sprechen die überhaupt alle unsere Sprache?", meinte Bodo schließlich.

„Ich glaube kaum", sagte Melradin. „Ich habe vorhin ein paar seltsame grünhäutige Wesen gesehen. Wenn die wie wir sprechen können, sehen die Melgorianer aus wie Balletttänzerinnen."

Sie lachten.

„Das dürften die Gurruks gewesen sein", erklärte Bodo. „Seltsame Geschöpfe."

„Nein, aber mal im Ernst. Wer von uns hat denn schon Melgorianer gesehen?", erhob Franz die Stimme.

Bodo räusperte sich. „Ich. Ein Mal."

„Und wie sehen sie aus?", fragte Ellen wissbegierig.

„Schrecklich." Bodos Gesicht verdüsterte sich bei der Erinnerung daran. „Ich meine, es gibt nich' DIE Melgorianer, versteht ihr? Deshalb kann ich euch auch nich' sagen, wie sie alle aussehen. Hab schon von so 'ner Art Höllenhund gehört. Oder von Trollen, die Keulen so groß wie Baumstämme schwingen. So was hab ich noch nie mit eigenen Augen gesehen. Aber das, was ich gesehen hab, lässt mich diese grausigen Geschichten glauben."

„Was hast du denn nun gesehen?", drängte Ellen.

„Und wo?", fügte Laila hinzu.

„Ghule", spuckte Bodo den Namen aus.

„Ghule?" Tyleîn sah ihn fragend an.

„Ja, zumindest nennen wir sie hier so." Bodo war es offensichtlich unwohl, darüber zu sprechen. „Sie haben entfernt Ähnlichkeiten mit uns. Hände – Füße – Kopf, mein' ich. Aber sie sind klein wie Kinder und rennen auf allen vieren. Melgors Parasiten, sozusagen."

„Und wo bist du denen begegnet?", wiederholte Laila ihre Frage.

„Im Gebirge." Er verschränkte seine Arme vor dem Bauch.

Melradin stutzte. Bodo musste in der Nacht im Freien ganz schön abgenommen haben. Das hatte er doch gestern noch nicht geschafft!

„Ihr wisst doch. Diese Bestien sind in unsere Welt eingefallen, als sie Falmallondar gestürzt hatten. Und irgendwann, ist schon 'n paar Jährchen her, musste ich eben meinen Wehrdienst leisten und im Gebirge Wache schieben. Die Gegend dort wurde sozusagen zur ewigen Front. Bin fast froh, dass das jetzt mal ein Ende hat."

„Gab es dort denn ständig Kämpfe?", fragte Naphtanael ungläubig.

„Nein, nich' ständig. Aber so oft, dass auch ich es mal miterleben durfte. Kreaturen der Hölle, sage ich euch." Seine Stirn krauste sich in Abscheu. „Da muss man schon fest im Sattel sitzen, um das nich' nur körperlich heil zu überstehen."

„Oh, mein Gott." Tyleîn war kreidebleich. „Und gegen die sollen wir kämpfen?"

Bodo lächelte bitter. „Ja, gute Idee, Tyleîn. Findet besser alle schnell noch zum Glauben. Den werdet ihr auf dem Schlachtfeld brauchen."

„Mir ist da aber was nicht ganz klar", wandte Melradin mit nachdenklicher Miene ein. „Warum greifen die jetzt eigentlich Lethuriel an, anstatt erst zum Beispiel auch noch Vlandoran zu beseitigen?"

„Es gibt Gründe", sagte Bodo düster. „Einer ist, dass Vlandoran mit seinen Himmelsinseln kaum einzunehmen ist. Kennst du die Welt denn?"

Melradin schüttelte den Kopf.

„Da fliegen nicht nur die Drachen, sondern auch noch das Land. Die Himmelsinseln: Wie unsere Inseln im Meer schweben die in der Luft. Und ein anderer Grund ist, nun ja …" Er zögerte. „Warum einzeln, wenn man alle auf einen Schlag beseitigen kann?"

Melradin schluckte. Das war einleuchtend.

„Das heißt", bibberte Tyleîn, „wir sitzen im Grunde nur in einer übergroßen Mausefalle und warten geduldig, bis sie endlich zuschnappt?"

„Nein." Bodo lächelte mild. „Das hätten wir getan, wenn wir uns in irgendeiner anderen Welt verkrochen hätten. Jetzt sind wir die Maus, die versucht, sich gegen die Katze zur Wehr zu setzen."

„Seht mal", unterbrach sie Laila mit besorgter Stimme. „Ein Sturm zieht auf."

Ihre Blicke wanderten in die Ferne.

„Tatsächlich", brummelte Bodo.

Dunkelblaue Wolken traten über dem Yeremond an den Himmel.

„Kein gutes Zeichen, oder?", meinte Franz ohne den Blick abzuwenden.

„Hm. Man muss nicht immer alles gleich schwarzsehen", erwiderte Bodo. „Vielleicht will der Himmel ja auch den Melgorianern mit schlechtem Wetter auf die Nerven gehen. Muss kein dunkles Omen sein." Er schaffte es nicht einmal, sich selbst zu überzeugen.

Melradin sah hinab ins Tal, wo zahlreiche Banner die vielen verschiedenen Völker repräsentierten. Sie waren offenbar nicht die Einzigen, die die unheilvolle Entdeckung am Himmel gemacht hatten. Einige Soldaten wiesen zu den Wolken und schienen beunruhigter denn je. Staunend beobachtete Melradin, wie mächtige Kriegsmaschinen aus dem Lager geschoben wurden, jeweils ein halbes Dutzend Mann an den Seilen. Es schien sich um eine Art Katapulte zu handeln. Ein fremdländisch aussehender Mann trieb lautstark zur Eile und ließ eine Peitsche in der Luft schnalzen.

An anderer Stelle hetzte ein Offizier ein paar verängstigt dreinschauende Männer das Tal hinab. Als er das abgesondert dasitzende Grüppchen erblickte, blieb er abrupt stehen. „Was sitzt ihr hier untätig rum?", schrie er sie an. „Auf geht's!", spuckte der Offizier und fuchtelte dabei wie verrückt mit dem Arm. „Wenn ihr nicht in drei Sekunden in Reih und Glied steht, kommt ihr in die erste Reihe!"

Aufgescheucht standen Melradin und die anderen auf. Erstaunlich, wie schnell jemand seine gesamte Antipathie auf sich ziehen konnte, bewunderte Melradin. Er stellte sich den herumhampelnden Offizier als kleines Mädchen vor, das von seinen Eltern brüllend Süßigkeiten verlangte. Er unterdrückte ein Grinsen. Die Rolle hätte hier zweifelsohne ihren Meister gefunden.

„In Reih und Glied hab ich gesagt!"

Eilig versuchten sie Ordnung in ihrer Schlange zu improvisieren und stellten sich so steif wie möglich auf. Naphtanael stolperte über seine eigenen Füße und rappelte sich hektisch wieder auf.

„Und jetzt ab! Mir nach!"

Keuchend versuchte Bodo mit dem unfreundlichen Offizier Schritt zu halten, musste dann aber von ihrer Spitze weichen und schließlich als Letzter hinterher hecheln.

Der kalte Wind schlug ihnen ins Gesicht, als sie an den Reihen der bereits kampfbereiten Soldaten vorbeisprinteten und schließlich an einer Kompanie ziemlich weit links außen – wenn Melradin das recht überblickte – haltmachten.

„Stehen geblieben!", fand der Offizier sofort wieder Atem, um weiter zu schreien. „Bogenschützen nach hinten!" Er führte Ellen und Laila in die hinteren Reihen ihrer Abteilung. Mit wehleidigem Blick mussten sie zusehen, wie ihre Gruppe in zwei geteilt wurde. „Ihr da, stellt euch hierhin!" Er wies Melradin mit den übrig Gebliebenen in die Reihen der anderen Schwertkämpfer. Gehorsam stellten sie sich auf. „Niemand bewegt sich auch nur einen Schritt von seinem Posten!", brüllte der Offizier zum Abschied und verschwand schon wieder im Getümmel.

Ein allgemeines Aufatmen ging durch die Kompanie, als er außer Sichtweite war. Melradin sah sich um. Neben ihm standen Naphtanael und Bodo. Bodo hatte seine linke Hand zu einer Faust geballt und auf sein Herz gelegt. Sein Atem rasselte.

„Geht's?", fragte Melradin mit besorgtem Blick.

Bodo nickte und versuchte sich in einem tapferen Lächeln. „Kommt davon, wenn man den anderen imponieren will und an vorderster Stelle den Soldaten hinterher rennt. Hätte mir eigentlich denken können, dass das Rumgerenne so schnell kein Ende mehr findet. Nur blöd", er schnappte nach Luft, „nur blöd, dass die eigentliche Schlacht erst noch kommt." Er kicherte. „Bin jetzt schon fix und fertig."

Melradin sah zum Himmel. Die dunklen Wolken wanderten gemächlich über das Tal, getrieben von einem frostigen Wind, der einem kalt den Rücken hinab lief. War das die Show-Einlage der Schwarzen Invasion? Das Symbolträchtige darin war zumindest nicht zu leugnen. Melradin erinnerte sich an das kleine Männchen in Falmallondar. Es hatte recht behalten. Der Wärter stand tatsächlich auf Symbolik.

Allmählich verdunkelte sich der Himmel. Die Sonne wurde von einer schwarzen Wolkenwand verdrängt, die ihren weiten Schatten auf das schutzlose Land warf. Nervosität machte sich unter den Soldaten breit. Der Gedanke war beunruhigend, dass sich selbst das Wetter dem Willen ihrer Feinde unterworfen hatte.

Beklommenes Schweigen war mit den Wolken über die Soldaten gekommen, so dass nun der tiefe Klang des Windes sein verheißungsvolles Solo spielte. Melradin schaute um sich. Alle waren sie kampfbereit.

Zwerge, Gurruks, Kobolde, dunkle Menschen, helle Menschen, kleine, große, Frauen, Männer. Sie alle sahen nun mit düsterem Blick zum Himmel oder in die Ferne, wo sich der Feind noch immer nicht hatte blicken lassen. Die Drachen und Greifen schwebten über ihren Köpfen und mussten hilflos mit ansehen, wie sie allmählich in den tief hängenden Wolken verschwanden. Pferde schnauften unter ihren angespannten Reitern.

Diese Ruhe vor dem Sturm brachte Melradin noch um den Verstand. Er bemerkte, wie seine linke Hand den Schwertknauf umklammerte. Ein Blick zu seiner Rechten zeigte ihm einen kreidebleichen Naphtanael. Sein Mund war ein Stück weit geöffnet und hin und wieder zuckte seine Unterlippe.

Bodo hingegen hatte sich mittlerweile wieder von den Strapazen erholt und sah nun trotzig ins Tal. Aus irgendeinem Grund erfüllte Melradin dieser Anblick mit Stolz. Er war froh, ihn in dieser Schlacht an seiner Seite zu haben.

„Warum unternehmen die Magier nichts gegen diese verdammten Wolken?", hörte er jemand sagen. Wie als Antwort grollte es in der Ferne. Die Luft roch nach Regen, der bereits auf dem Weg zur Erde war.

Ein Falkenschrei ließ sie zusammenzucken.

„Sie kommen!"

Alle Blicke richteten sich auf den Greifenreiter, der mit seinem Tier über die endlosen Reihen der lethurianischen Armee schoss.

„Sie kommen!", wiederholte er. „Melgors Streitmacht ist ..." Die Stimme verstummte in der Ferne.

Melradin spürte, wie seine Knie nachzugeben drohten. War er denn so ein Feigling? Offensichtlich reichte schon die Aussicht, gegen Melgorianer kämpfen zu müssen, um ihn außer Gefecht zu setzen. Doch war er zumindest nicht der Einzige, dem es so ging. Die umherschielenden Blicke der Soldaten trugen alle dasselbe Gefühl in sich.

Angst.

Todesangst.

Andere wiederum sahen einfach nur geradeaus. Trotz und Entschlossenheit lagen in ihrer Haltung. Melradin ballte seine Hände zu Fäusten zusammen. Er war kein Feigling. Sein Name war Melradin, nach dem matten Licht benannt, das sich tapfer durch die grollende Wolkendecke kämpfte.

14

Ein Blitz zuckte am Himmel auf und erhellte für einen Moment das einschüchternde Wolkengebilde. Ein Regentropfen berührte Melradins Nase. *Tropf. Tropf.* Einige Augenblicke später folgte der Rest. Innerhalb von Sekunden waren sie bis auf die Haut durchnässt.

Melradin hörte Bodo neben sich fluchen. Nun standen sie da wie begossene Pudel, die schutzlos der Dusche ihres hysterischen Frauchens ausgeliefert waren. Da half kein Winseln, kein wütendes Bellen. Melradin versuchte, seine aufrechte Haltung beizubehalten und den Trotz in seinem Blick zu bewahren. Doch aus irgendeinem Grund hatte er nicht gerade den Eindruck, dass er den Anblick eines angehenden Kriegshelden abgab. Er wischte sich die Haare aus dem Blickfeld und versuchte, etwas in der Ferne zu erkennen. Es kam ihm so vor, als sei die Nacht eingebrochen, so finster war mittlerweile der Schatten der Gewitterwolken. Wie sollte man da auf den Angriff der Melgorianer vorbereitet sein? Der Wind peitschte ihm die Tropfen wie Kieselsteinchen ins Gesicht. Schützend hob er die Hand vor die Augen. Was machten jetzt wohl die Drachen dort oben in den Gewitterwolken? Flogen sie nun tiefer oder höher? Am Himmel war nichts zu erkennen, auch wenn es kaum möglich war, ihn gründlich abzusuchen. Der Gedanke, dass sich die Drachen und Greifen über die Wolken hatten zurückziehen müssen, beunruhigte ihn.

Ein heller Blitz zuckte auf und zog ein langes, tiefes Grollen mit sich, dass selbst der matschige Boden zu vibrieren schien.

Naphtanael rüttelte an seiner Schulter. „D-d-da!", bibberte er und wies mit panischem Blick ins Tal.

Melradin versuchte zu begreifen, was er meinte, doch ließ sich in den Sturzfluten einfach nichts erkennen. Da waren die Wiesen mit ein paar Bäumen in der Ferne, die ... er stutzte.

Er beobachtete das Geschehen für einen Moment, um Gewissheit zu erlangen. Der ein oder andere Baum schien sich doch tatsächlich zu bewegen. Anstatt sich im Wind zu biegen, schienen sie es vorzuziehen, träge durch das Tal zu wanken. Melradin kniff seine Augen zu einem Schlitz zusammen und versuchte Näheres zu erkennen. Ähnlich wie bei den Felsriesen in der Feenwelt bemühte er sich, gewisse Konturen aus den fernen Schatten zu lesen. Betrachtete man es aus diesem Blickwinkel, so konnte man den gerade eben noch für Bäume gehaltenen Geschöpfen durchaus so etwas wie einen Kopf zuschreiben. Zwar fiel der zumeist etwas hubbelig und unförmig aus, doch gab es keine Einzige unter den äußerst hässlichen Baumkronen, die diese Vorstellung nicht zugelassen hätte.

„Trolle", brummelte Bodo. „Also kommen sie gleich mit ihren schweren Geschützen."

Ein Grollen ertönte durch die frühzeitig eingebrochene Nacht, doch war es nicht der Donner. Melradin reckte verwundert seinen Kopf. Es stammte aus den eigenen Reihen.

„Das Horn von Donmerron!", rief jemand. Die Soldaten jubelten.

Erneut wurde das Horn geblasen. Der Boden bebte. Die trübselige Stimmung war wie weggeblasen.

Die Gurruks zogen nach und ließen den tiefen Klang ihrer Kriegstrommeln durch das Unwetter hallen. Ein Hochgefühl kam in Melradin auf und seine Mundwinkel formten sich selbstständig zu einem verbissenen Lächeln. Wie zur trotzigen Antwort zuckte ein heller Blitz auf und ließ das Tal in seinem Licht erstrahlen. Der darauf folgende Donner unterstrich das, was für einen winzigen Augenblick zu sehen gewesen war.

Die Schwarze Invasion. Melradins Herz plumpste von ganz oben in die Hose. Weder Wiesen noch Bäume hatte er in der Ferne erblickt, sondern einen durchgängig schwarzen Teppich grässlicher Kreaturen, bei dem hier und da der Fleischberg eines unsagbar hässlichen Trolls herausragte. Bodo hatte nicht übertrieben. Ihre Feinde waren Ausgeburten der Hölle. Als wolle man sichergehen, dass bei dem Anblick niemand davonrannte, blies man erneut das Horn von ... irgendwas. Der Klang war gigantisch, wie das tiefe Grollen eines unerschütterlichen Berges. Melradins Eingeweide vibrierten – in diesem Zusammenhang ein großartiges Gefühl.

Seine Fäuste verkrampften sich in Entschlossenheit. Egal was da kommen mochte, Lethuriels vereinte Streitmacht würde ihm standhalten.

Ein ohrenbetäubendes Kreischen am Himmel holte ihn zurück in die Realität.

„Legt an!", schrie jemand.

Mit wild pochendem Herzen versuchte Melradin zu begreifen, was da vor sich ging.

„Feuer!"

Pfeile schossen in den Himmel und trafen pechschwarze Kreaturen, die sich durch ihre Farbe kaum merklich vom Himmel abhoben. Ein aufzuckender Blitz ließ Melradin erschaudern.

Die Dunkeldrachen!

Die Bestien waren direkt über ihnen! Mit ihren gewaltigen Schwingen stießen sie hinab und trieben die Soldaten auseinander. Ein Feuerball leuchtete auf und zog gellende Schmerzensschreie mit sich.

„Legt an!", schrie wieder jemand mit unerbittlicher Stimme. „Feuer!"

Der Pfeilhagel holte tatsächlich eine der Bestien vom Himmel, die kreischend in die Reihen der Soldaten krachte.

Wo waren verdammt noch mal die Drachen aus Vlandoran? Ein Falkenschrei ließ Melradin aufatmen. Die Greifen stießen in die Flanke der Dunkeldrachen. Das Kreischen der Kreaturen am Himmel zerriss die verregnete Luft. Es bedurfte nicht allzu vieler Blicke, um zu erkennen, dass es kein fairer Kampf war. Die Greifen wirkten neben den Monstren fast wie Spatzen.

„Ghule!", schrie jemand aus den vorderen Reihen.

„Schwerter ziehen!", war der brüllende Befehl. Das schneidende Geräusch der Schwerter ging durch die Reihen. Zitternd hielt auch Melradin seine Waffe in der rechten Hand.

„Legt an! Feuer!" Das Kommando war so schnell gekommen, dass die Pfeile nun nach und nach in der Düsternis verschwanden.

Hörner wurden geblasen und die Trommler droschen auf ihre Instrumente ein.

„Für Lethuriel!", schrie jemand.

Brüllende Zustimmung kam zur Antwort.

Melradin bemerkte verdutzt, dass selbst er sein Schwert erhoben hatte und dem Donner entgegenbrüllte. Die Reihen der Soldaten setzten sich in Bewegung. Melradin stolperte mit flatterndem Herzen dem Strom nach, neben ihm Bodo und Naphtanael, dessen Augen vor Panik weit aufgerissen waren.

Einen Moment später kam schon der Aufprall.

Mit solcher Wucht preschten die Ghule ihnen entgegen, dass es die Soldaten in der ersten Reihe fast zurückschleuderte. Bestialisches Gegrunze ertönte, während Männer um ihr Leben schrien. Schwerter bohrten sich in Fleisch, Klauen zerfetzten menschliche Eingeweide. Das Gemetzel hatte begonnen.

Bodo war der Erste von den dreien, der einen Ghul zur Strecke brachte. Mit einem Bärengebrüll spaltete er der hässlichen Kreatur den Schädel. Vor Melradins Füßen sackte sie zusammen, das unförmige Gebiss weit aufgerissen. Was hätte er nur dafür gegeben nun, wie es sich gehörte, schockiert wie zu Stein zu erstarren?

Doch fand er dafür keine Gelegenheit. Gerade noch konnte er im Augenwinkel ausmachen, wie ein Ghul ihn von der Seite anspringen wollte. Reflexartig hob er sein Schwert und bohrte es dem kindsgroßen Geschöpf in die Brust. Wild zappelte es einen Moment mit seinen erschreckend langen Fingernägeln, ehe es endlich in sich zusammenfiel und zu Boden rutschte.

Zitternd hielt Melradin das Schwert vor sich. Sein Leben hätte soeben ein jähes Ende nehmen können.

Etwas krachte einige Schritte von ihnen entfernt in die Reihen der Ghule. Das erschrockene Quieken einiger der Monstren verkündete deren plötzlichen Tod.

„Die Katapulte", begriff Melradin. Sie hatten damit begonnen, den schwarzen Teppich ihrer Feinde zu beschießen. Hoffentlich wussten diese Typen, was sie taten, und schossen nicht – was Melradin stark befürchtete – auf gut Glück in das finstere Unwetter.

Eine Ghulklaue streifte seine linke Wange. Hektisch rammte Melradin dem Übeltäter sein Schwert in den Leib.

Bodo trat neben ihn. In seinen Händen befand sich nun ein Mordsstreitkolben. „Hab ich 'nem Kumpel abgenommen, der offensichtlich bereits genug hatte", schrie er ihm zu. „Hoffe mal, mir bringt das gute Stück mehr Glück." Auf seine Lippen trat ein wahnsinniges Grinsen.

Wie sich herausstellte, war der überdimensionale Hammer in Bodos Händen eine wahre Wunderwaffe. Glücklicherweise kannten die

Ghule keine Furcht – oder Verstand, weshalb sie der Haufen ihrer erschlagener Artgenossen nicht abschrecken konnte. Ebenso wenig wie die unermüdliche Raserei des beleibten Berserkers.

Melradin, der neben Bodo wirkte wie ein abgemagerter Küchenjunge mit Brotmesser, hielt ihm tapfer den Rücken frei.

Pfeile surrten an ihren Köpfen vorbei. Mittlerweile auch aus beunruhigenderen Richtungen.

„Scheinbar können wir uns noch auf ganz andere Kaliber freuen als diese hässlichen Kobolde mit Hackfresse", schrie Bodo.

Melradin entfuhr ein hysterisches Lachen. Es erstarb abrupt, als er begriff, was Bodo überhaupt gemeint hatte.

Einer der wandernden Bäume hatte sie erreicht. Mit einem tiefen Brummen hievte dieser seine Keule vom Boden und ließ sie plump wieder auf die Erde niederdonnern. Dinge, die sich dabei dem gewaltigen Stück Holz in den Weg stellten, verbrachten ihr Dasein von nun an in Matsch gepresst.

Melradin konnte es sich nicht verkneifen zu bemerken, dass die Leibesfülle dieser Trolle etwas an die übergroße Ausgabe seines Mitstreiters erinnerte. Nur schleuderte Bodo seinen Streitkolben nicht einfach um sich herum, sondern gab sich die Mühe zu zielen, wofür Melradin sehr dankbar war.

Ein Pfeil traf den Wanst des Riesen und blieb dort unbeachtet stecken. Sie hechteten sich zur Seite, als der Troll seinen Baumstamm einmal um sich selbst schmetterte. Unvorsichtige Ghule wurden in die Luft geschleudert. Die Attacken der kleinen Biester wurden nun umso heimtückischer, da sie gleichzeitig noch auf den Troll achten mussten.

Wie brachte man so ein Monstrum zu Fall? Es mit Pfeilen zu durchbohren reichte offensichtlich nicht aus.

Entsetzt beobachtete Melradin, wie ein Mann um sein Leben schrie, während drei Ghule seinen Körper aufschlitzten. Ohne nachzudenken, wischte er seine Haare aus dem Gesicht und kam ihm zur Hilfe. Ein Schwertstreich streckte eine der grunzenden Bestien nieder. Mit etwas, das Melradin als vorfreudiges Grinsen deutete, ließen die beiden anderen von ihrem Opfer ab und hechteten auf Melradin zu.

Hastig wich er zur Seite und streifte einen der beiden Ghule mit seiner Schwertspitze. Sein Körper zitterte vor Anspannung, als er nachsetzte und dem verletzten Ghul einen letzten Hieb verpassen wollte.

Doch wurde er von der selbstzerstörerischen Dreistigkeit der Biester überrascht. Denn der Ghul griff nach seinem Schwert und umklammerte es mit blutigen Klauen. Offenbar hatte er tatsächlich vor, es ihm aus der Hand zu reißen.

Entgeistert starrte Melradin seinen kräftig rüttelnden Feind an, bevor er reagieren konnte. Mit einem beherzten Fußtritt versuchte er, das schauderlich hässliche Wesen abzuschütteln. Mehr als ein schmerzerfülltes Quieken erreichte er damit jedoch nicht. Das Rütteln an seinem Schwert wollte nicht nachlassen.

Der zweite Ghul setzte zu einem heimtückischen Sprung an.

Reflexartig riss Melradin seine linke Hand als Faust in die Höhe und schleuderte den Ghul in den Dreck. Dessen Mitstreiter hatte sich währenddessen dazu entschlossen, die Taktik zu ändern, und biss Melradin in den Schwertarm.

Mit einem Schmerzensschrei ließ er die Waffe fallen. Der Ghul jedoch grub seine Zähne nur noch tiefer. Panisch drosch Melradin auf den Blutegel ein, bis der endlich tot oder bewusstlos von ihm abließ.

Hastig fuhr Melradin herum, um den zweiten Angreifer abzuwehren, entdeckte jedoch bereits das verkrüppelte Maul mit den langen verbogenen Zähnen vor sich. Es hing ihm direkt vor der Nase und schien ihn unverändert anzugrinsen. Melradin konnte nicht anders, als verdutzt zurückzustarren, als der Ghul in seine Arme rutschte und schließlich zu Boden plumpste.

Vor ihm stand Naphtanael mit ausgestrecktem Schwert. Seine Unterlippe hatte nicht damit aufgehört, zu zittern. Er schien so perplex wie er selbst.

„D-d-danke", haspelte Melradin mit zitterndem Körper.

Naphtanael machte keine Anstalten, das Schwert zu senken. Offensichtlich befand er sich in einer Art Schockzustand. Melradin bückte sich und hob sein verlorenes Schwert vom Boden auf. Sein rechter Arm schmerzte, aber das zähe Leder schien ihn tatsächlich vor dem Schlimmsten bewahrt zu haben. Mit einem schnellen Hieb vergewisserte er sich, dass der Ghul, dem er den Schmerz in seinem Arm zu verdanken hatte, tot und nicht bewusstlos war. Dann blickte er zu dem Mann, dem er ursprünglich das Leben hatte retten wollen. Es war nicht schwer festzustellen, dass er zu spät gekommen war.

Melradin rüttelte an Naphtanaels Schulter. „Glaub mir, ich würde auch gerne traumatisiert dastehen, aber dazu haben wir jetzt keine Zeit!", schrie er ihm ins Ohr.

Der Lärm der Schlacht verschluckte jedes einzelne Wort einen Spaltbreit von Melradins Mund entfernt. Dumpf waren die Trommeln der Gurruks zu hören im Zusammenspiel mit dem Donner am Himmel. Die Blitze erleuchteten die Nacht und zeigten der verbissen kämpfenden lethurianischen Armee den endlosen Teppich der Schwarzen Invasion. Zumindest der Regen war abgeflacht und prasselte nun in irdischen Maßstäben auf die riesige Schlammgrube hinab.

Melradin entdeckte in einiger Entfernung ein enorm großes Nashorn, auf dessen Rücken kleine Gestalten saßen und mit Steinschleudern auf die Melgorianer schossen. Melradin tippte auf Kobolde. Tatsächlich war einiges Sonderbares in den Reihen der Lethurianer zu entdecken, sah man genauer hin. Gar nicht weit von ihnen entfernt schlug eine äußerst haarige Gestalt mit einer Keule auf die Ghule ein. Sie überragte die umstehenden Soldaten um mindestens einen Kopf. Vielleicht ein Halbriese.

Naphtanael ließ sein Schwert sinken. „Wir ... wir müssen Bodo helfen!", stammelte er.

Melradin sah auf. Er schluckte. Da hatte er allerdings recht. Bodo stand mit schwingendem Streitkolben vor dem riesigen Troll, der unbeeindruckt seinen Baumstamm nach ihm ausholte. Duell Maus gegen Katze, erinnerte er sich an Bodos Worte. Das konnte nicht gut gehen ...

Melradin fuhr sich durchs Gesicht. Was nun? Wenn er Bodo helfen wollte, musste er es wagen und den Troll angreifen. Am besten hinterhältig in den Rücken. Wie lange er wohl in den Wanst der Bestie einhacken musste, bis sein Gegenüber davon überhaupt etwas bemerkte?

„Halte mir den Rücken frei!", schrie er Naphtanael zu und machte sich auf in Richtung des Trolls.

Ein Ghul sprang ihm ans Bein, ließ sich aber mit dem Schwert schnell davon überzeugen wieder loszulassen. Erleichtert erblickte Melradin, wie es Bodo gelang, dem Baumstamm auszuweichen. Doch war er nicht so vernünftig es dabei zu belassen, sondern setzte seinerseits zum Schlag an. Melradin beschleunigte seinen Schritt. Mit einem Aufschrei stürzte er sich in den Rücken des Trolls.

Einen Moment später waren es Sterne, die er erblickte. Mit einer Wucht, die ihm die Luft aus der Lunge presste, wurde er in den

Schlamm geschleudert. Offensichtlich hatte der Troll in seiner Verwirrung eine Pirouette gedreht und dabei kurzerhand alles um sich herum mit seinem Knüppel davon gefegt.

Stöhnend erhob er sich aus dem Dreck. Der Schmerz in seinem Magen ließ ihn glauben, sich übergeben zu müssen. Doch blieb ihm dafür nicht die Zeit. Ein blutrünstiges Biest sprang ihn von der Seite an und warf ihn zurück in den Schlamm. Mit einem erstickten Schrei auf den Lippen wälzte sich Melradin mit seinem Feind am Boden. Die langen Fingernägel des Ghuls zerkratzten ihm die Brust, doch gelang es ihm, sein Schwert zu heben und den hässlichen Kopf vom Rest des Körpers zu trennen.

Naphtanaels Hand streckte sich ihm entgegen, um ihm auf die Füße zu helfen.

„Lief zugegebenermaßen nicht ganz nach Plan", hustete er, als er wankend wieder auf den Füßen stand.

Naphtanael zerrte ihn in eine Richtung und blieb schließlich vor einem reglos daliegenden Körper stehen.

„Verdammt, Bodo!" Melradin bückte sich zu dem soeben noch Streitkolben schwingenden Berserker.

„Hat mich erwischt, das Mistvieh!", röchelte er.

Melradins Gesicht furchte sich in Besorgnis, als er die blutende Wunde an Bodos Seite bemerkte. Offensichtlich hatte er die meiste Wucht des Knüppels abbekommen.

„Wie ... wie schlimm ist es?" Naphtanael kniete sich neben ihn.

„Ach, so schnell befördert man Bodo nicht ins Jenseits, keine Sorge", krächzte Bodo mit dem Anflug eines Lächelns auf den Lippen. „Brauch nur kurz 'ne Verschnaufpause, das is' alles. Passt lieber mal auf eure eigenen Schädel auf. Ich glaub, das Mistvieh hat's auf uns abgesehen."

Melradin sah auf. Der Troll wankte tatsächlich auf sie zu, bespickt von Pfeilen, die nur zu deutlich machten, wie leicht dieses Monstrum zu Fall zu bringen war. Einmal durch den Fleischwolf ziehen hätte vielleicht geholfen. Melradins kurzes Schwert hingegen würde seine Mühe haben, sich überhaupt bemerkbar zu machen. Dennoch stand Melradin auf und entfernte sich einige Schritte von Bodo, um sicherzugehen, dass der Baumstamm nicht aus Versehen auf dem verschnaufenden Berserker landete. Naphtanael folgte ihm.

Mit noch immer dröhnendem Schädel beurteilte Melradin die Lage. Seine geringe Reichweite war das Problem. Der Troll würde ihn wie einen Nagel in den Schlamm schlagen, bevor ihn auch nur der Windstoß seines Schwerthiebs erreichte. Vielleicht sollte er sein Schwert einfach werfen? Nein, entweder würde es mit der flachen Seite abprallen oder wirkungslos im Fett stecken bleiben. Er musste irgendwie zum Kopf des Trolls gelangen – in der Hoffnung, dass er nicht wie ein Huhn auch ohne umherrennen konnte. Nur wie?

Die Geschwindigkeit war sein Vorteil. Er würde um den trägen Troll rennen, bis er ihn lang genug mit seinem Schwert bestichelt hatte. Guter Plan, auch wenn die sich möglicherweise wehrende Keule dabei noch keine Beachtung gefunden hatte.

„Lenk du ihn ab!", schrie Melradin Naphtanael zu. Der nickte verunsichert. Mit einem Kloß im Hals wandte Melradin sich zum Troll und tippelte ein paar vorsichtige Schritte auf ihn zu. Naphtanael schlug neben ihm einen Ghul nieder, der versuchte, ihren ausgeklügelten Plan zu durchkreuzen.

Der Troll holte nach ihnen aus und schmetterte seine Keule in den Matsch. Flink hechteten sie sich zur Seite, bekamen aber dennoch eine ganze Ladung Dreck ab. Naphtanael blieb vor dem Monstrum stehen, während Melradin wieder sein Glück im Rücken des Trolls suchte.

Mit klopfendem Herzen wartete er den richtigen Moment ab, sein Schwert fest umklammert. Der Troll holte ein weiteres Mal aus und schleuderte den Baumstamm nach Naphtanael, der geschickt auswich, dann aber von einem Ghul überrascht wurde.

„Verdammt!" Melradin stürzte sich vor und rammte der Bestie mit aller Kraft das Schwert ins Bein. Ein schmerzerfülltes Brummen ertönte. Der Troll hatte offensichtlich etwas gespürt. Ein gutes Zeichen.

Doch machte er keine Anstalten einzuknicken, so wie es Melradin beabsichtigt hatte. Stattdessen wandte er sich humpelnd zu Melradin um und holte mit seinen riesigen Pranken nach ihm aus. Eilig versuchte Melradin auszuweichen, doch bekam ihn der Troll sprichwörtlich am Schlafittchen zu fassen und hob ihn in die Höhe.

Mit angsterfüllter Grimasse fand sich Melradin in Augenhöhe mit dem Troll wieder, der ihn wie ein Riesenbaby anglotzte. Panisch fuchtelte Melradin mit dem Schwert, doch mehr als Kratzer konnte er aufgrund seiner geringen Reichweite nicht verursachen. Der Troll grummelte wütend und packte ihn auch noch mit der anderen Pranke, sodass seine Arme an den Körper gepresst wurden.

Melradins Gedanken rasten. Der Troll würde ihn jeden Augenblick kopfüber in den Schlamm schmettern oder ihn mit bloßen Händen zerquetschen. Mit aller Kraft versuchte er, sich zu befreien, doch lockerte sich der Griff des Trolls kein bisschen. Melradin biss die Zähne zusammen und spannte all seine Muskeln an. Er schrie auf.

Plötzlich spürte er, wie die Energie aus seinem Körper schoss. Es war ein äußerst seltsames Gefühl. So als hätte sich ein tobendes Ungeheuer von ihm losgerissen, das er die ganze Zeit über an der Leine zu halten versucht hatte. Mit ohrenbetäubendem Lärm fegte ein Blitz in den Troll, Haaresbreiten von Melradin entfernt. Wie ein gefällter Baum donnerte der Troll zu Boden.

Keuchend zog sich Melradin aus dem Schlamm. Vollkommen perplex starrte er auf den toten Fleischberg neben ihm. Er fühlte sich so ausgelaugt, dass er es gar nicht erst versuchte, sich aus dem gerade Geschehenen einen Reim zu machen.

„Wahnsinn!", schrie ihm Naphtanael zu.

Magie. Melradin dämmerte es. Dieser Blitz war durch ihn entstanden, er war sein Zauber gewesen. Melradin war schockiert. „Ein Zauber?"

„Ich hab's doch gewusst! Du bist ein Magier!" Naphtanael schien es vollauf zu begeistern, dass Melradin aus heiterem Himmel Blitze in Trolle jagen konnte. Melradin hingegen fühlte sich plötzlich seltsam fremd in seiner Haut. Mit verlorenem Blick sah er zu seinen Händen, so als hoffte er, dort eine Erklärung zu finden.

„Sogar ein verdammt mächtiger Magier!", hörte er Naphtanael schreien.

Seufzend hob Melradin den Kopf. Vielleicht würde er später Zeit haben, die Konsequenzen dieser neu an ihm entdeckten Seite zu verstehen. „Wir sollten zu Bodo", sagte er mit tonloser Stimme.

Sie eilten zu ihrem beleibten Mitstreiter Bodo, der gerade dabei war, sich ächzend auf die Füße zu stemmen. Naphtanael hielt gerade noch einen Ghul davon ab, ihn dabei zu stören.

„Die Nummer mit dem Blitz war nicht übel", schrie ihm Bodo zu und klopfte ihm dabei kräftig auf die Schultern. Mit seinen Bartstoppeln und seinen weit aufgerissenen Augen wirkte er wie ein verrückter

Holzfäller. Vermutlich war er wie Melradin längst an dem Punkt angelangt, wo man einfach akzeptierte, was um einen herum geschah.
„Hätte ihn nich' schöner umlegen können."
Ein Pfeil surrte an seinem Kopf vorbei.
Bodo brummelte missmutig. „Elende Mistviecher! Auf geht's, Kumpels! Wir sind noch nicht fertig." Er hob seinen Streitkolben und machte sich auf zur kämpfenden Front.
Mit ungutem Gefühl folgten sie ihm.
Zu den Ghulen und Trollen hatten sich noch ein paar andere ungemütliche Gestalten gesellt. Menschenähnliche Wesen in schwarzer Rüstung, durch die nur der Furcht einflößende rote Schimmer ihrer Augen drang. Mit Pfeil und Bogen bewaffnet beschossen sie die lethurianischen Soldaten.
Gemeinsam mit Naphtanael stürzte sich Melradin auf eine dieser Gestalten. Ein leichtsinniger Fehler, wie sich herausstellte. Hinter den maskenartigen Helmen schien tatsächlich so etwas wie Verstand versteckt zu sein, denn die Gestalt wich ihnen mit Leichtigkeit aus und zog zwei Krummschwerter aus dem Gürtel.
Melradin und Naphtanael warfen sich verunsicherte Blicke zu, wiederholten ihren Angriff jedoch. Der schwarze Kämpfer parierte ihre Schwerter und versetzte Naphtanael einen Streich, dem er nur mit einem erschrockenen Hechtsprung in den Matsch ausweichen konnte.
Der Kämpfer mit den rot schimmernden Augen schritt auf Melradin zu und drosch mit mörderischer Wucht die Schwerter auf ihn nieder. Zurückweichen war alles, was Melradin übrig blieb.
Gerade noch konnte er in der Düsternis die Umrisse eines heranpreschenden Ghulen ausmachen. Mit einem Schwerthieb hielt er ihn davon ab, ihn anzuspringen, doch konnte er so nicht mehr verhindern, dass der schwarze Krieger nach vorne sprang und sein Schwert mit tödlicher Präzision auf ihn zusausen ließ.
Die Liste seiner Optionen war denkbar kurz. Parieren war nicht mehr möglich. Reflexartig ließ Melradin seinen Oberkörper nach hinten schnellen, sodass er dem Schwert wie der Stange beim Limbotanzen auswich. Der Windhauch des tödlichen Schwungs streifte seine Nase. Erstaunlich, wie gelenkig man doch sein konnte, brachte man dem eigenen Körper nur die richtigen Argumente vor. Unsanft stürzte Melradin zu Boden. Rasch wollte er sich abrollen, doch sank er so tief in

den Matsch, dass er kaum eine halbe Umdrehung schaffte. Von Panik gepackt stemmte er sich auf, doch war der Boden fürchterlich glitschig. Als er es endlich fertigbrachte, sein Schwert zur Abwehr hochzureißen, blinzelte er verdutzt in Lailas Gesicht.

„Du solltest ein wenig besser Acht geben", meinte sie kühl und reichte ihm die Hand.

Melradin sah zu dem schwarzen Krieger. Er lag tot neben ihnen am Boden. An seinem Hinterkopf ragte ein Pfeil hervor. „Danke", erwiderte er bloß.

Laila konnte sich ein Grinsen nicht verkneifen. „Gott, wie du aussiehst."

„Ja." Melradin lächelte unsicher und wischte sich den Schlamm aus dem Gesicht. „Ich fürchte, meine Frisur ist grade ein wenig verrutscht."

Naphtanael kniete sich neben sie. „Alles klar?" Er klopfte Melradin auf die Schulter. Seine Locken standen schlammbeschmiert kreuz und quer von seinem Kopf ab, sodass er aussah wie eine erleichtert grinsende Vogelscheuche, die eine beträchtliche Zeit ihres Lebens kopfüber im Acker gesteckt hatte.

„Dachte schon, wir ..." Sein Blick erstarrte, als er Laila neben Melradin entdeckte. „L-l-lailia", stellte er plump fest und war mit der Situation nun mit einem Mal vollkommen überfordert.

„Habt ihr die anderen hier irgendwo gesehen?", fragte Laila ohne auf Naphtanaels gestotterte Variante ihres Namens einzugehen.

Melradin sah um sich. Dass sie hier so ungestört reden konnten, verdankten sie dem Umstand, dass der dunkle Teppich der Schwarzen Invasion ein Stück weiter ins Tal getrieben worden war. Der Anblick vermochte Melradin dennoch nicht zu erfreuen. Die lethurianischen Streitkräfte waren an der einen oder anderen Stelle bereits zu einer schmalen ersten Reihe zusammengeschrumpft. Bald würde vermutlich ein Teil abgespalten werden, wenn sie nicht weiter zusammenrückten und zuließen, dass sie allmählich umzingelt wurden.

Immerhin zeigten die Katapulte ihre mörderische Wirkung. Solche fliegende Felsen waren perfekt dafür geeignet, ein Loch in Teppiche zu reißen. Zumindest in endliche Teppiche. Melradin war sich nicht sicher, ob er vor solch einem Exemplar stand.

Einige seltsame Gnome wateten durch den Matsch und warfen brennende Fläschchen in die Reihen der Feinde, nur um daraufhin schleunigst wieder Reißaus zu nehmen. Es knallte laut, als die Fläschchen explodierten.

Melradin zuckte erschrocken zusammen, als ein zotteliger Ochse mit erstaunlich langen und eleganten Hörnern an ihm vorbei donnerte. Auf dem Rücken des Ochsen ritt eine elfenartige Gestalt mit einem Pferdeschwanz bis zum Po. Sie schoss kontinuierlich Pfeile auf die Melgorianer.

Bodo schien der Front gefolgt zu sein – zumindest konnte Melradin ihn nirgends entdecken. Genauso wie den Rest der Gruppe.

„Gerade eben habe ich noch neben Bodo gekämpft", meinte Melradin, ohne den Blick von der Front abzulassen.

Mattes Licht hatte sich von irgendwoher durch die Wolken gekämpft, die es mittlerweile dabei beließen, grau am Himmel ein wenig herumzutröpfeln. Mit etwas Glück würden sie sich bald schon wieder verziehen und das Schlachtfeld nach ihrem kurzen, aber heftigen Gewitter als eine einzige Schlammgrube zurücklassen. Vielleicht musste der Himmel nun so langsam für die ebenfalls symbolträchtige Dämmerung geräumt werden, überlegte sich Melradin.

„Ich dachte, Ellen sei bei dir?" Nun sah er fragend zu Laila.

„Das war sie auch", erwiderte sie mit besorgter Miene. „Aber ich musste vor einem Troll in Deckung gehen und dabei haben wir uns verloren."

Melradin sah noch einmal zu den kämpfenden Soldaten hinüber. „Vielleicht ist sie ja auf die anderen gestoßen. Es wird ihr schon nichts passiert sein."

Wie als Amen ertönte plötzlich ein unmenschliches Gebrüll am Himmel und verschluckte den letzten Fetzen seiner wenig überzeugenden Worte. Erschrocken blickten sie zu den Wolken.

„Dunkeldrachen", murmelte Laila und erhob sich flink aus dem Matsch.

Melradin folgte ihr so schnell er konnte, wobei er vorsichtshalber Naphtanael mit sich zog, der so aussah, als habe er seither den Atem angehalten. Unbeholfen stolperte er hinter ihm her.

Die Bestien am Himmel schossen im Sturzflug auf die Soldaten zu und verstreuten sie mit ihrem bloßen Gebrüll. Der Pfeilhagel der Bogenschützen änderte seine Richtung. Schon bald stellte sich heraus, dass es sich um fliegende Trolle handeln musste, denn von Pfeilen bestickt zu werden störte die meisten von ihnen herzlich wenig. Ein gewaltiger Feuerball ließ gellende Schmerzensschreie den Himmel hinauf ertönen. Die Hitzewelle schlug selbst noch in Melradins Gesicht, obwohl er mindestens hundert Schritte entfernt um sein Leben rannte. Aber wo wollte man überhaupt hinrennen, wenn man vor Drachen auf der Flucht war? Es würde für sie nur einen Flügelschlag bedeuten, ihn einzuholen.

Melradin folgte Laila, hetzte ihr mit Naphtanael an der Hand hinterher und blieb schließlich neben ihr stehen, als sie innehielt. Beunruhigt fand sich Melradin am äußersten linken Zipfel der Schlacht wieder. Hier war die Situation der Lethurianer besonders bitter. Es war nur noch eine Frage der Zeit, bis ihre Reihen aufbrachen. Laila packte ihren Bogen, entnahm dem Köcher einen Pfeil und feuerte ihn gut gezielt in den Himmel. Ein Dunkeldrache wurde in den Hals getroffen.

„Das bringt doch nichts!", rief Melradin ihr zu.

„Doch! Sie haben ihre empfindlichen Stellen, glaub mir!" Der zweite Pfeil surrte dem Drachen in den Hals.

„Meinst du nicht, du solltest lieber versuchen, sein Herz zu treffen?", krächzte Melradin mit mittlerweile heiserer Stimme über den Lärm hinweg.

Laila schüttelte den Kopf. „So einfach ist das nicht. Den Kopf abschlagen, das würde vielleicht helfen." Sie legte einen dritten Pfeil auf die Sehne. Zielgenau traf er der Bestie knapp unterhalb des Kopfes in den Hals.

Diesmal zeigte es Wirkung. Vollkommen perplex beobachtete Melradin, wie den Drachen die Kraft verließ und einige Momente später auf den Boden donnerte.

„Du ... du hast grade einen Drachen getötet!", stammelte Naphtanael und wies mit zittriger Hand auf den leblosen Schuppenhaufen.

Laila lächelte geschmeichelt. „Drei Pfeile töten keinen Drachen, Dummchen. Er stand doch unter ständigem Beschuss."

Melradin versuchte, mit zusammengekniffenen Augen auszumachen, ob jemand auf dem Drachen geritten war, doch hatte es dieses Wesen, wenn es denn existierte, offenbar aus dem Sattel gerissen. Niemand war zu entdecken.

Etwas anderes, Dringlicheres erweckte seine Aufmerksamkeit. Ein ausgesprochen fetter Troll lichtete soeben die Reihen der Lethurianer und ermöglichte es einigen Ghulen, durch die Lücke zu schlüpfen. Melradin umfasste sein Schwert fester und stürzte sich mit einem entschlossenen Brüllen in den Kampf.

Den ersten Ghul streckte er mit Leichtigkeit nieder. Einzeln ließen sie sich leicht aufspießen. Doch hatte man es mit mehreren gleichzeitig zu tun, was fast immer der Fall war, war der eigene Tod ein geduldiger Gefolgsmann, den man so leicht nicht abschüttelte.

Drei, vier Hiebe später fand sich Melradin umzingelt von einem halben Dutzend dieser Biester wieder. Rücken an Rücken mit Naphtanael drehte er sich mit erhobenem Schwert im Kreis. Grunzend tapsten die Ghule näher – fast wie Raubkatzen, die ihre Beute umzingelten.

„Scheiße", hörte er Naphtanael sagen. Dass er überhaupt noch etwas über die Lippen brachte, rechnete Melradin ihm hoch an.

Mit einem Satz sprangen die Ghule sie an. Melradin ließ sein Schwert durch die Luft surren, erwischte jedoch nur einen und konnte einen zweiten abschütteln. Der dritte aber landete direkt auf seinem Kopf, sodass dessen Sabber in seinen Nacken spritzte.

Melradin hörte einen Schmerzensschrei. Ob er von ihm selbst stammte oder von Naphtanael, konnte er nicht sagen. Mit purem Überlebenswillen gelang es Melradin, den Ghul von seinem Kopf zu reißen. Er biss die Zähne zusammen. Es fühlte sich fast so an, als hätte er ein Nagelbrett aus seinem Schädel gerissen, so energisch hatte sich das Biest mit den langen Fingernägeln an ihm festgehalten.

Fluchend gab er dem quiekenden Geschöpf den Rest. Sein Gesicht musste übersät sein von Kratzwunden. Nichts Lebensbedrohliches, doch es brannte fürchterlich. Melradin sah zu Naphtanael. Er schaute mit gehetztem Blick zu den drei Ghul-Leichen zu seinen Füßen. Aus einer ragte ein Pfeil hervor. Laila hatte ihnen mal wieder aus der Patsche geholfen. Und es sollte nicht das letzte Mal gewesen sein.

Gerade als Melradin den Umstand erfasste, dass sie lediglich von fünf, nicht von sechs Ghul-Kadavern umgeben waren, surrte ein Pfeil an seinem Kopf vorbei und schleuderte eines der Biester mitten im Sprung in den Matsch. Röchelnd gesellte es sich zu seinen Kameraden.

Mit aufgerissenen Augen starrte Melradin an die Stelle, wo eben noch ein Ghul gerade einmal eine Handbreit von seiner Nase entfernt in der Luft gehangen war. Verdammt, war das knapp gewesen. Zittrig senkte er das Schwert.

Noch immer war es nicht gelungen, den Troll zu Fall zu bringen. Ungläubig entdecke Melradin einen Speer aus dem wabernden Fleischberg ragen. Davon völlig unbeeindruckt schwenkte die Bestie ihre Keule. Beklommen sah Melradin zu seinem Schwert. Wie sollte er den Troll denn damit töten? Er würde sich wohl einen Weg durch den Wanst freischaufeln müssen. Gern hätte es Melradin erneut mit Magie probiert. Doch so leer gefegt, wie er sich im Moment fühlte, würde diesmal wohl nicht mehr als ein Funkensprühen dabei herauskommen.

Er sah Rat suchend zu Naphtanael. Der nickte kurz und beklommen und stürmte mit Melradin an seiner Seite voran.

Melradin versuchte, sich wie beim letzten Mal von hinten anzupirschen, während der Troll aufgebracht seinen Baumstamm in Naphtanaels Richtung wuchtete. Leider waren nicht mehr viele Mitstreiter um sie herum, die ihnen den Rücken freihielten. Erschrocken fuhr er herum und konnte gerade noch einen Ghul daran hindern, ihn anzuspringen. Die vermummten Krieger waren zahlreicher geworden. Pfeile surrten an seinem Kopf vorbei und machten ihm deutlich, dass er für jeden einzelnen Atemzug, den man ihm noch gönnte, dankbar sein musste.

Laila war ihnen gefolgt und pflückte hier und da in Erde und Fleisch steckende Pfeile vom Boden, um sie sogleich wieder in die Abendluft zu schießen.

In vielen Gesichtern der Lethurianer lag die Verzweiflung. Die Maus kämpfte verbissen gegen die Katze. Bodo hatte nicht gelogen. Doch war auch die Katze nicht unsterblich. Als Melradins Blick für einen kurzen Moment in die Ferne glitt, sah er buchstäblich das winzige Licht am Ende des Tunnels.

Die Reihen der Melgorianer rissen in der Ferne ab und gaben den Blick auf das geschundene Tal wieder frei, das unter den zahllosen Füßen der Feinde wehleidig ächzte. Ein Ende. Sie kämpften also gegen einen endlichen Feind. Immerhin. Doch waren es immer noch weitaus mehr als die lethurianischen Streitkräfte würden aufhalten können.

Etwas riss Melradins Aufmerksamkeit auf sich. Das markerschütternde Brüllen eines Drachens donnerte durch den Kriegslärm. Mit wild pochendem Herzen sah er zum Himmel. Gerade mal gut zehn Meter über seinem Kopf raste der Schatten eines Drachens an ihm vorbei und ließ die Kreaturen der Schwarzen Invasion in einem gewaltigen Feuerball untergehen.

Ein Hochgefühl erfasste Melradins Herz. Offenbar waren nicht alle Drachen Vlandorans den Dunkeldrachen zum Opfer gefallen. Die Stimmung unter den Soldaten hob sich beträchtlich, sodass sich die dunklen Massen plötzlich rasender Gewalt gegenübersahen.

Auch Melradin wurde von dem Blutdurst erfasst und stürzte dem Troll in den Rücken. Noch energischer als das letzte Mal schmetterte er sein Schwert gegen das linke Bein seines fetten Feindes, zog es schnell wieder aus dem Fleisch und ließ es wie eine Holzfälleraxt noch einmal niedersausen.

Diesmal funktionierte es. Der Troll sackte ein und stürzte zu Boden. Der Matsch spritze meterhoch hinauf. Wie gierige Raubtiere stürzten sich die Soldaten auf das außer Gefecht gesetzte Monstrum und stachen auf ihn ein.

Selbstzufrieden nickten sich Melradin und Naphtanael zu.

„Gut gemacht!", rief ihnen Laila beeindruckt zu. Hier und da, wo unter dem Schlamm noch Naphtanaels Gesicht hervorlugte, konnte man erkennen, dass er rot wurde.

Leider blieb ihnen für ein Gespräch keine Zeit. Das Geräusch eines Horns drang aus der Ferne an ihre Ohren. Es klang nicht so mächtig wie das Horn von Donmerron, doch fuhr es Melradin kalt den Rücken hinunter, so fremdartig war der Ton. Melradin sah sich verwundert um. Es stammte nicht aus ihren Reihen. Die Schwarze Invasion hatte zum Angriff geblasen.

Etwas Böses war im Anmarsch ...

15

Melradin reckte den Hals. Etwas näherte sich ihnen. Er spürte den Boden unter seinen Füßen leise vibrieren.

„Pferdehufe." Melradin wusste nicht, wer es gesagt hatte, doch dieser jemand hatte recht. Eine Wand aus dunklen Reitern trat aus den Hügeln hervor und preschte in ihre Flanke.

„Stellung einnehmen!", brüllte ein Offizier. „Speere vor!"

Die Soldaten formierten sich hastig – zumindest soweit dies möglich war – zu einer abwehrenden Mauer. Einige Pfeile wurden den Feinden entgegen geschossen, konnten aber nicht dazu beitragen, dass der Anblick an tödlicher Bedrohlichkeit verlor.

Melradin schluckte. Das konnte übel werden.

Glücklicherweise bockten die Pferde ein wenig, sodass die Soldaten nicht sofort in den Matsch getrampelt wurden. Wiehernd krachten die Tiere in die Menschenmauer und rissen sie an einigen Stellen nieder. Dunkle Reiter stießen mit ihren Speeren auf die Lethurianer ein. Doch schienen diese Reiter nicht sonderlich geübt im Umgang mit Pferden, weshalb schnell einige aus dem Sattel gerissen werden konnten.

Melradin ahnte, worum es sich hierbei handelte. Die Melgorianer ritten auf den Pferden ihrer Feinde. Sie brachten die Kriegsbeute aus Xentropolis mit. Wahrscheinlich hatten sie sich jedoch mehr von diesem Schachzug erhofft. Denn die Pferde erfüllten zwar hier und da ihren Zweck und traten den lethurianischen Widerstand in den Matsch, doch erging es einigen Reitern nicht besser. Hier und da entdeckte Melradin sogar Verbündete, die die Gelegenheit beim Schopf packten und sich selbst in den Sattel schwangen.

Plötzlich fand Melradin sich selbst in dem Gewimmel aus Speeren wieder und er hatte alle Hände voll damit zu tun, ihnen auszuweichen. Melradin hatte sich noch nie in seinem kurzen Leben mit diesen Tieren auseinandergesetzt, doch nun mochte er Pferde auf Anhieb. Allein die Tatsache, dass sie ganz und gar nicht mit Melgorianern harmonierten, heimste ihnen schon eine ganze Menge seiner Sympathie ein. Als schließlich direkt vor ihm ein schwarzer Reiter aus dem Sattel stürzte, fasste er sich ein Herz. Er griff selbst nach den Zügeln.

Er wusste, dass es schnell gehen musste, wenn er darauf aus war, das Pferd lebend zu besteigen. Sein Blick flog hastig über das an dem Tier angebrachte Gestell, während er es sich leistete, einen Moment dafür zu verwenden, sich aus dem Geschirr einen Reim zu machen. Zu seiner Verblüffung machte sich dabei sein Körper selbstständig und wuchtete sich in einer scheinbar alltäglichen Bewegung auf das Pferd.

Ein wenig baff fand er sich auf dem Sattel wieder, die Zügel in der Hand. Er musste in seinem früheren Leben einmal ein Reiter gewesen sein, das stand fest. Er erblickte unter sich Naphtanael, der nicht weniger verwundert mit offenem Mund zu ihm hinaufglotzte.

Melradin grinste ihm schelmisch zu, musste dann aber seine Aufmerksamkeit darauf richten, das Pferd unter Kontrolle zu halten. Mit der linken Hand versuchte er also, das Pferd zu lenken, während seine rechte Hand die Klinge mit einem der dunklen Reiter kreuzte.

Zu seiner Ernüchterung bockte das Pferd auch bei ihm. Es tippelte zwar ein paar Schritte hierhin und dorthin, doch nicht so, wie Melradin es gerne gehabt hätte. Erst als er das Jucken in seinen Füßen bemerkte, wurde ihm klar, dass man die Zügel nicht wie ein Lenkrad benutzen konnte.

Vorsichtig tippte er das Pferd mit seinen Fersen an. Zu seiner Überraschung funktionierte es. Das Pferd verstand, was er wollte.

Mit der Sicherheit im Sattel hatte er den melgorianischen Reitern gegenüber zumeist einen entscheidenden Vorteil. Ein gekonnter Hieb genügte, um den ersten schwarzen Krieger vom Pferd zu schleudern. Melradin war sich bewusst, dass er nun mehr als froh über die düstere Aufmachung seiner Feinde sein konnte, sodass eine Verwechslung unwahrscheinlich war. Zumal er sowieso bezweifelte, dass sich unter den schwarzen Helmen ein menschliches Gesicht befand.

Er verdrängte an dieser Stelle den Gedanken, dass er womöglich ebenfalls bereits das eine oder andere menschliche Merkmal unter dem Schlamm und durch die Wunden verloren hatte. Bisher hatte ihn, zumindest soweit er das überblicken konnte, noch niemand für einen Melgorianer gehalten. Mit besorgtem Blick schielte er zu einer Gruppe seltsamer Wichte in einiger Entfernung. Mit ihren libellenartigen Flügeln flatterten sie umher und schossen mit Blasrohren auf die berittenen Melgorianer. Die könnten ihn am ehesten für einen Feind halten. Oder die Gestalten in schillernd bunten Mänteln, die mit kunstvoll verschnörkelten Stäben feurige Funken in die Luft zischen ließen. Bestimmt waren das Zauberer.

„Melradin!"

Er fuhr in seinem Sattel herum und suchte das Gewimmel nach der Stimme ab.

„Melradin!" Durch den Lärm drang sein Name nur dumpf an sein Ohr, doch er war sich recht sicher, dass er ihn sich nicht einbildete. Ihm blieb keine Zeit, länger zu suchen, denn in diesem Moment preschte ein weiterer schwarzer Reiter auf ihn zu. Ein abenteuerlich aussehender Krummsäbel von beachtlicher Länge surrte auf ihn zu.

Das klirrende Aufeinandertreffen zweier Waffen; die unmissverständliche Sprache des Kampfes. Dennoch war Melradin von der Heftigkeit der Schläge überrascht, so brutal ließ der vermummte Reiter seinen Krummsäbel auf ihn niedersausen.

Tapfer parierte Melradin die auf ihn eindreschenden Schläge, sein Schwertchen fest umklammert, das jedes Mal gefährlich in seiner Faust vibrierte. Eigentlich hätte Flinkheit der Schlüssel zum Erfolg sein müssen, doch hackte der Melgorianer mit seinem Säbel auf ihn ein, als sei das kindsgroße Gerät nichts weiter als ein handlicher Dolch.

Keuchend krallte sich Melradin mit der linken Hand an den Zügeln fest, um nicht von der enormen Wucht aus dem Sattel zu fallen, während der Melgorianer unermüdlich nachsetzte. Den Säbel mittlerweile mit beiden Händen umfasst, hämmerte sein Gegner auf ihn ein, so als sei er ein Nagel, der sich widerspenstig weigerte, im Brett zu verschwinden.

„Verflucht" Melradins flehentlicher Blick huschte kurz umher. Er brauchte unbedingt Hilfe. Wo war verdammt noch mal Naphtanael, wenn man ihn brauchte? So wie es aussah, war er auf sich allein gestellt. Vorsichtig ließ er sein Pferd ein wenig vortippeln, sodass der Melgorianer und er sich nun auf derselben Höhe befanden. Vielleicht würde er es schaffen, einfach davon zu galoppieren, doch hatte Melradin leider nicht die Möglichkeit zu beurteilen, ob sich das Gewimmel mittlerweile dafür schon zur Genüge gelichtet hatte. Am Ende mähte er dabei die eigenen Reihen nieder.

Hinter ihm schien es frei zu sein. Konnte ein Pferd denn auch rückwärts davon preschen? Melradin bezweifelte es. Und Umdrehen würde zu lange dauern.

Melradin hatte eine andere Idee. Er ließ sein Pferd noch ein Stück näher treten. Jetzt musste es schnell gehen. Seine Deckung war geschwächt. So kräftig er konnte, boxte Melradin mit seinem Fuß gegen das Pferd des dunklen Reiters.

Er hatte Glück. Das Tier wieherte verwirrt und machte einen Satz nach vorne. Von der plötzlichen Bewegung überrascht, kippte der Melgorianer zur Seite und wurde von Melradins Schwert aufgespießt. Scheppernd fiel der Säbel zu Boden.

„Woher kannst du denn reiten?", rief Melradin jemand beeindruckt zu, als er erleichtert durchatmete.

Melradin wandte sich um. Zu seinen Füßen stand Franz und sah zu ihm hinauf. „Franz! Wo hast du die ganze Zeit gesteckt, verdammt?"

„Tut mir leid, wenn du dir Sorgen gemacht hast!" Mit einem matten Lächeln trat er zu seinem Pferd, sodass sie nicht so brüllen mussten. „Mich haben ein paar Meinungsverschiedenheiten aufgehalten."

„Verstehe. Wo sind die anderen?" Melradin wischte sich den Schweiß von der Stirn und schielte achtsam umher.

„Naphtanael ist da drüben", meinte Franz und wies auf eine schmächtige Gestalt, die etwas abseits des Gefechts verzweifelt versuchte, sich auf eines der Pferde zu hieven.

Melradin schluckte. Unter größter Anstrengung schaffte es Naphtanael, sich mit beiden Armen in den Sattel zu stemmen, sodass er mit dem Bauch auf dem Pferderücken lag, unfähig sich aufzurichten. Mit verängstigtem Gesicht lag er nun wie ein zweiter Sattel auf dem ebenfalls allmählich verunsicherten Tier und wackelte Halt suchend mit seinen Füßen umher. Allerdings ohne ersichtlichen Erfolg.

„Sollen wir ihm helfen?", fragte Franz mit echter Besorgnis.

„Zu spät." Melradin nickte zu dem Sätze schlagenden Pferd, das nun energisch versuchte, seinen unfähigen Reiter wieder loszuwerden. Naphtanael zeigte sich allerdings zäher als vermutet. Mit erschrockener Miene klammerte er sich an den Sattel, als hinge sein Leben davon ab. Was mittlerweile auch gar nicht mal so abwegig war.

Hätte er gleich losgelassen, wäre er vermutlich noch glimpflich davongekommen, doch nun hetzte das bockende Pferd durch den Schlamm und spielte mit seinem hilflosen Passagier Rodeo. Würde er jetzt loslassen ... Melradin verzog bei dem Gedanken das Gesicht.

Seufzend ließ er sein Pferd dessen ausgeflippten Artgenossen hinterher traben, der mittlerweile damit begonnen hatte, wie verrückt im Kreis zu galoppieren. Verzweifelt klatschte Naphtanael auf den Bauch des tollwütigen Tiers, erreichte damit jedoch nur noch energischeres Ausschlagen der Hinterhufe. Die Sache wäre an Lächerlichkeit kaum zu überbieten gewesen, hätte es sich nicht ausgerechnet auf dem größten Schlachtfeld des Schattenreichs zugetragen. Naphtanael schwebte in höchster Gefahr.

Vorbei an Geschöpfen jeglicher Art und jeglichen Aussehens raste der edle, recht unsicher im Sattel liegende Reiter nun durch das Tal. Melradin spornte sein Pferd an, um ihn nicht aus den Augen zu verlieren. Mit besorgtem Blick sah er zu der nicht mehr allzu weit entfernten Front, die das Pferd keinesfalls mehr abzuschrecken schien.

Verdammt. Wenn Naphtanael nicht bald losließ, würde ihm noch, hilflos auf dem Sattel liegend, von einem Haufen Melgorianern vom Pferd geholfen werden.

Melradins Befürchtungen erhärteten sich. Das völlig aufgewühlte Tier hetzte mit hervorquellenden Augen auf das kämpfende Gewimmel zu.

„Lass los! Lass los verdammt!" Melradin hatte sich ein wenig aus dem Sattel gehoben, um nicht vollkommen abgehängt zu werden. Mein Gott, hatte sich Naphtanael etwa verheddert? Die ersten Soldaten wichen schon vor dem durchgedrehten Tier zurück, um nicht rücksichtslos in den Matsch getrampelt zu werden. Was war das nur für ein Pferd? Es musste schon verdammt schrecklich sein, einen Naphtanael quer auf dem Rücken liegen zu haben.

Erst als er beinahe schon in Reichweite der nächsten Trollkeule war, ließ Naphtanael endlich los. Das Pferd raste ohne ihn weiter und riss noch ein paar Ghule um, ehe es von deren Kumpanen wiehernd zu Boden gezerrt wurde.

Zu Melradins Bestürzung rührte sich Naphtanael nicht. Flach lag er auf dem Rücken im Schlamm. Als er ihn endlich erreichte, sprang er vom Pferd und kniete sich zu der unscheinbaren Erhebung im Matsch.

„Scheiße." Naphtanael rang sich ein Grinsen ab. Röchelnd hob und senkte sich seine Brust.

„Starker Auftritt." Melradins Lächeln zitterte. Sein lockiger Gefährte sah nicht so aus, als ob er sich gleich leichtfüßig wieder erheben würde.

„Ich glaube ..." Naphtanael rang nach Luft. „Ich glaube, Feendrachen sind mir lieber. Nicht ganz so wahnsinnig wie diese Pferde."

„Ich habe auch die Vermutung, dass du das System von so einem Sattel noch nicht ganz durchschaut hast", meinte Melradin so gelassen er konnte. Achtsam schielte sein Blick umher. Ein Troll schwang keine zwanzig Schritte von ihnen entfernt seine Keule. Vorsichtig ausgedrückt befanden sie sich nicht gerade an einem geeigneten Ort zum Plaudern.

„Auch möglich." Naphtanaels Körper erbebte stoßweise unter seinem Lachen. „Wir sollten von hier besser weg, oder?", keuchte er, als er wieder zu Atem gekommen war.

„Sollten wir besser, stimmt." Melradin nickte ernst.

„Ich kann gehen."

„Du kannst dich Rädchen schlagend in Sicherheit bringen, ich weiß. Aber wir sollten nichts überstürzen." Er griff Naphtanael unter die Arme und hievte ihn hoch. Ein Glück, dass nicht Bodo auf die Idee gekommen war, sich auf ein Pferd zu legen. Wobei dieses arme Tier wahrscheinlich keine zwei Schritte weit gekommen wäre.

Melradins Pferd trottete brav hinter ihnen her, während sie sich schwerfällig durch den Schlamm schleppten. Dass sie bis zu diesem Punkt unbehelligt gekommen waren, glich einem Wunder. So als seien sie von einem unsichtbaren Schutzschild umgeben, blieben die Ghule von ihnen fern.

„Melradin, Naphtanael!"

Melradin sah um sich, Naphtanael hob schwerfällig seinen Kopf.

Franz kam japsend zu ihnen her gerannt. „Dachte schon, ich hätte euch wieder verloren." Mit besorgtem Blick musterte er Naphtanael. „Wie geht es dir?"

„Mir brummt ein wenig der Schädel", meinte Naphtanael mit dem Ansatz eines Achselzuckens.

„Du bist aber auch mit einem Affenzahn da reingejagt", tadelte ihn Franz.

„Eher unfreiwillig." Er lächelte matt.

Gemeinsam mit Franz gelang es ihnen, zügig aus der Gefahrenzone zu kommen. Erschöpft knieten sie sich auf den matschigen Boden.

„Drachen", meinte Franz und nickte missmutig zum Himmel.

Zwei Dunkeldrachen umkreisten das Kampfgetümmel, so als warteten sie auf den rechten Moment, um anzugreifen.

„Worauf warten sie?", wunderte sich Melradin.

„Vielleicht befürchten sie vlandoranische Drachen in den Wolken", vermutete Franz unschlüssig.

Melradin sah zu den grauen Überbleibseln des apokalyptischen Unwetters. Die rote Farbe der Dämmerung drang hier und da durch die Wolkendecke und am Horizont riss sie sogar vollständig auf. Die rote Sonne kam zum Vorschein. Melradin stockte der Atem. Er hatte sie noch nie so blutig gesehen wie heute. Die zwei Drachen schwenkten ab und verzogen sich über die melgorianischen Reihen. Melradin zog die Stirn kraus. Da war etwas faul. Seine Augen verengten sich zu einem Schlitz.

Ein schwarzer Punkt trat am Horizont aus dem feurigen Rot der Sonne. Schnell nahm er an Größe zu.

„Ach du Scheiße", hauchte Naphtanael neben ihm.

Sprachlos starrten die drei in die Ferne.

Dort war ein Drache am Himmel, so gigantisch groß, dass die Flügel einen weiten Schatten auf das Schlachtfeld warfen. Die Geschöpfe im Gorgath-Tal hielten die Luft an, als sich der Himmel über ihnen verdunkelte.

Es bestand kein Zweifel. Annealaisa, die Tochter der Göttin, war gekommen, um den Widerstand Lethuriels zu zerschmettern.

16

Verzweifelt nahmen die Bogenschützen Annealaisa unter Beschuss, die seelenruhig und in majestätischer Würde der lethurianischen Armee entgegen flog. Ein Drache Vlandorans versuchte, in die Flanke der gewaltigen Bestie zu preschen, wurde jedoch sofort von den zwei Dunkeldrachen abgehalten, die als Leibgarde neben ihrer Herrin patrouillierten.

Die meisten Soldaten Lethuriels hielten tapfer Stellung, andere flohen panisch. Melradin, Naphtanael und Franz konnten nichts weiter tun, als entgeistert dem Spektakel zuzusehen.

Als der Drache die Front erreichte, ließ er sich gemächlich zu Boden gleiten. Die Erde erbebte, als er in den Schlamm aufsetzte. Der ein oder andere unvorsichtige Ghul wurde unter seinem Leib begraben. Annealaisa reckte ihren Hals und ließ ein ohrenbetäubendes Brüllen ertönen.

Erschrocken zuckte Melradin zurück, doch noch wurde kein Feuer gespuckt. Nur brüllen, kein Feuer! Braves Tier!

Dennoch wurde es mucksmäuschenstill auf dem Schlachtfeld. Selbst die Trolle hielten mit ihren Baumstämmen inne und glotzten verdutzt zu ihrer Vorgesetzten. Die Luft zerriss beinahe vor Anspannung. Es war so, als würde das gesamte Gorgath-Tal die Luft anhalten. Voller entsetzlicher Vorahnung starrte Melradin zu der gewaltigen Bestie. Es war kaum vorstellbar, wie Lethuriel dieser neuen Waffe standhalten sollte.

Der Drache holte mit seinem Schwanz aus und schleuderte alles um sich davon. Es erwischte jeden aus den melgorianischen Reihen, der sich zu nah an seine Herrin gewagt hatte. Ghule sowie die finsteren Kämpfer, ja selbst Trolle flogen durch die Luft.

An einigen Stellen riss die gelähmte Stille ab. Einzelne Schreie durchzogen die Dämmerung und Melradin entdeckte einige lethurianische Soldaten, die sich schleunigst aus dem Staub machten.

Annealaisa senkte ihren Kopf.

„Oh, nein ..."

Verzweifelt schossen alle, die im Besitz eines Bogens waren und sich in Schussweite befanden, Pfeile auf die riesige Bestie. Doch konnten sie nicht verhindern, dass die fliehenden Lethurianer in einem Flammeninferno untergingen.

„Oh, mein Gott!" Franz reagierte am schnellsten und stand auf. „Wir müssen von hier verschwinden, los!"

Melradin saß geschockt da, unfähig zu handeln. Dumpf nahm er das Horn von Donmerron wahr, das nun neben dem Wüten des Infernos ertönte.

„Rückzug, Rückzug!", schrie jemand. Andere taten es ihm bald gleich. Allmählich setzten sich die Streitkräfte wie eine träge Lawine in Bewegung, die schnell an Tempo zunahm. Der schwarze Teppich folgte ihr.

„Auf das Pferd, schnell!" Melradin sah perplex zu Franz auf, der ihm irgendetwas zubrüllte. Heftig wurde er von ihm wachgerüttelt.

„W-wa...?", brachte er geschockt über die Lippen.

„Hilf mir, Naphtanael auf das Pferd zu kriegen!"

Gehorsam stand Melradin auf. Wie in Trance packten seine Hände mit an, Naphtanael artgerecht in den Sattel zu hieven. Das Getümmel um sie herum wurde dichter und drängte sie mit sich.

„Steig auf!", schrie Franz ihm zu, als Naphtanael einigermaßen sicher im Sattel saß.

„Und was ist mit dir?", fragte Melradin mit zitternder Stimme.

„Ich renne lieber um mein Leben." Er lächelte ihm matt zu. „Jetzt mach schnell!"

Ohne zu widersprechen, kletterte Melradin hinter Naphtanael auf das Pferd. „Wo treffen wir uns?", schrie er Franz noch zu, doch war der schon zu weit von ihnen abgedrängt worden. Verzweifelt sah er um sich.

Die Ghule kamen bereits herangehetzt wie tollwütige Kampfhunde und rissen den einen oder anderen Flüchtigen zu Boden. Er hatte keine Zeit, nach den anderen zu suchen. Mit glasigen Augen spornte er das Pferd an. Der Wind peitschte ihnen ins Gesicht, als sie davon galoppierten, vorbei an den endlosen Zeltreihen, hinein in das grenzenlose Weideland.

Melradins Körper schwankte auf dem Rücken des dahintrottenden Pferdes. Mühevoll hob er seine trägen Lider und musterte vor sich den Lockenkopf. War Naphtanael etwa eingeschlafen? Lebte er denn überhaupt noch? Vielleicht hatte ihm sein panischer Reitstil zuletzt noch den Rest gegeben ...

Ein schmatzendes Schnarchen klärte die Sache. Melradin sah sich um. Der Anblick der einbrechenden Nacht ließ ihn gähnen. Das letzte Rot der Sonne verschwand gerade hinter dem Horizont, sodass der einsame Reiter mit dem schnarchenden Passagier allmählich von der aufkommenden Dunkelheit umhüllt wurde.

Melradin seufzte. Er musste es sich selbst eingestehen: Er hatte keine Ahnung, wo sie waren. Da war nichts, keine Menschenseele. Sie befanden sich mitten im Niemandsland. Träge stöberte er in seinen Erinnerungen nach einem Grund dafür. Er war Hals über Kopf geflohen, durch das Pferd allen voran. Irgendwie hatte er es dann geschafft, Asilithin zu verfehlen. Er hatte versucht, dem unübersichtlichen Gewimmel aus allen erdenklichen Geschöpfen zu entkommen und war dabei wohl vom Weg abgekommen. Jetzt saßen sie hier in der Wildnis fest, während irgendwo da draußen das Schicksal des Schattenreichs entschieden wurde. Es war einfach unfassbar.

Was geschah eigentlich, wenn die Flamme Lethuriels gelöscht wurde? Würde er dann auch sterben? Wie löschte man überhaupt so etwas? Offenbar nicht mit einem apokalyptischen Unwetter.

Melradin verfluchte sich schläfrig für seine Unwissenheit. Das Pferd blieb abrupt stehen und warf seinen müden Reiter nach vorne, der gerade noch verhindern konnte, dass sein Vordermann vom Sattel fiel.

Verwundert blickte Melradin nach unten. Das Rinnsal eines Baches plätscherte vor ihnen durch die Wiesen. Gierig löschte das Pferd geräuschvoll seinen Durst. Kurze Zeit später tat es ihm Melradin gleich.

„Wo sind wir?", ertönte eine schläfrige Stimme, nachdem das Pferd ärgerlich gewiehert hatte, weil Melradin das Wasser vor seiner Schnauze wegsoff.

„Keine Ahnung." Melradin erhob sich schwankend, das Haar triefend nass. Der Lockenkopf war tatsächlich zum Leben erwacht. „Wie geht es dir?"

„Ei...", Naphtanael gähnte, „Einigermaßen. Mein Kopf brummt ein bisschen."

„Hast du zufällig einen gebratenen Hasen in der Hosentasche? Ich sterbe vor Hunger", versuchte Melradin sein Glück. Das Loch in der Magengegend war das Einzige, was er neben der Müdigkeit noch verspüren konnte.

„Tut mir leid, nein. Aber vielleicht haben wir Glück und es hängt noch irgendwo eine Ghulklaue an mir dran."

Melradin seufzte resigniert. Nachdenklich strichen seine Hände durch das fast hüfthohe Gras. „Meinst du, das Grünzeug hier kann man essen?"

„Du willst Gras fressen?" Naphtanael hustete ein Lachen. „Wir haben ein Pferd dabei. Das könnten wir schlachten."

„Ja, und einen nutzlosen Feenrich", erwiderte Melradin. „Du hast wohl bereits vergessen, wem du das Leben zu verdanken hast. Ich hätte dich nicht huckepack in Sicherheit schleppen können."

„In Sicherheit, ja." Naphtanael ließ demonstrativ seinen Blick umherschweifen. „Meinst du nicht, du bist dabei ein bisschen über das Ziel hinausgeschossen?"

Das Zirpen der Grillen antwortete für Melradin.

„Ach so? Du wärst also gerne liegen geblieben?"

„Moment." Naphtanaels Blick war in der Ferne hängen geblieben. „Da hinten könnten Bäume sein. Vielleicht der Waldrand vom Yeremond."

Melradin versuchte, etwas in der Düsternis zu erkennen. Mit ein bisschen Fantasie ließen sich tatsächlich baumartige Konturen in der Ferne entdecken. Vielleicht waren es aber auch nur wieder Trolle, die stumm in der Gegend herumstanden. Mit etwas Fantasie ließ sich einiges in der stockfinsteren Nacht erkennen. „Bist du sicher? Vielleicht ist das auch nur ein Hügel oder so was."

Naphtanael zuckte mit den Schultern. „Wenn es der Yeremond ist, könnten wir es immerhin morgen früh mal mit Jagen versuchen."

„Wenn es der Yeremond wäre, könnten wir unseren Schlafplatz heute Nacht mit den Melgorianern teilen. Dann würden wir nämlich direkt neben ihrem Lager campen."

Naphtanael lachte. „Ach was. So wie es sich angehört hat, ist der Yeremond ziemlich groß. Und du bist doch auch hoffentlich nicht im Kreis geritten, oder?"

So sicher war sich da Melradin nicht mehr. „Äh." Er räusperte sich verlegen. „Hier sieht alles gleich aus, woher soll man da so genau wissen, wohin man reitet? Außerdem, ich war auch am Ende!"

Naphtanael fuhr sich entnervt durch das Gesicht. „Du willst damit sagen, du warst zu erschöpft, um noch zu kapieren, ob du den Melgorianern nun entgegen galoppierst oder von ihnen weg?"

„Nein." Melradin strich sich ebenfalls misslaunig das nasse Haar von der Stirn. „Ich wollte verdammt noch mal raus aus dem Gewimmel! Du kannst jetzt leicht reden. Während du dich zurückgelehnt und ein Nickerchen gehalten hast, musste ich dafür sorgen, dass wir von keinem Ghul zerfleischt wurden."

„Raus aus dem Gewimmel, okay." Naphtanael atmete tief durch. „Aber dabei kann man doch unmöglich so sehr vom Weg abkommen, dass man komplett dieses verdammte Asilithin verpasst! Das Ding ist doch ein Berg!"

„Scheiße, ja, das dachte ich auch! Deshalb hab ich mir darüber auch nicht sonderlich Sorgen gemacht, dass wir uns ernsthaft ver..." Abrupt hielt er inne. Er schielte in die Dunkelheit.

„Was ist?", fragte Naphtanael mit gedämpfter Stimme.

Melradin hob die Hand und bedeutete ihm zu schweigen. Da war etwas gewesen. Ganz sicher. Das Gras hatte auf diese Art geraschelt, wie es das tat, wenn man eigentlich keinen Mucks von sich geben wollte. Nur ganz kurz, aus Versehen. Ein einziger Fehltritt. Wahrscheinlich hielt dieses verborgene Wesen nun wie Melradin die Luft an.

„Da ist irgendwas", hauchte Melradin. Das Schnaufen des Pferdes erschien ihm mit einem Mal unerträglich laut. Dabei hatten sie bis gerade eben noch die ganze Weide mit ihren Streitereien unterhalten. Das Schnaufen des Pferdes, das Zirpen der Grillen und das Plätschern des Rinnsals; mehr war nicht zu hören. Es war so, als habe die Nacht selbst erschrocken die Luft angehalten.

„Ich hör nichts", zischte Naphtanael. „Da ist kein Melgorianer, glaub mir. So weit vom Schuss wie wir ist garantiert ..." Er stockte. Da war es wieder gewesen. Diesmal sogar noch näher.

So leise, wie es Melradin möglich war, zog er sein Schwert aus der Scheide. Sie warfen sich beunruhigte Blicke zu. Keiner gab mehr einen Laut von sich. Selbst das Pferd schien gespannt zu lauschen. Vergebens versuchte Melradin, irgendetwas im hohen Gras zu entdecken.

Im matten Mondschein verschwamm es zu einer einzigen schwarzen Mauer.Irgendetwas knarrte. Dann wieder ein Rascheln. Es schien keine zehn Schritte mehr von ihnen entfernt zu sein. Melradins Herz pochte kräftig in seinen Ohren. Dann plötzlich: Ein Lichtstrahl schoss unweit von ihnen aus dem Gras, so als habe jemand eine Laterne entzündet.

„Ich ergebe mich!" Melradin zuckte erschrocken zusammen, als sich plötzlich im Licht eine Hand hob und mit einem mehr oder weniger weißen Taschentuch wedelte. „Ich bin in friedlicher Absicht hier und, egal wer ihr seid, ich bin voll auf eurer Seite!"

Melradin atmete erleichtert auf. Die Stimme wirkte alles andere als Furcht einflößend. Offensichtlich hatten sie es mit einem völlig verängstigten Kerl zu tun, der sich vor ihnen im Gras versteckte.

Belustigt sah Naphtanael zu ihm hinab. „Uk'za mollongascha bendor!", imitierte er in seiner tiefsten Bassstimme melgorianisch.

Die Hand erstarrte in ihrer Wedelbewegung. Mit einem ängstlichen „Ahh!" ergriff die Gestalt die Flucht. Das Licht hüpfte im Takt ihrer panischen Schritte durch die Nacht.

„Warte! War doch nur Spaß", rief ihr Naphtanael hinterher.

Das Licht blieb stehen. Unsicher kam es wieder ein paar Schritte zurück. „W-w-wagt es bloß nicht, euch mit Rudolf, dem Rumskistenflieger, anzulegen!", stotterte es aus dem Gras.

„Rudolf, dem ...?" Melradin und Naphtanael sahen sich verwirrt an.

„Was machst du hier mitten in der Pampa?", fragte Naphtanael.

Das Licht tippelte unschlüssig ein wenig Hin und Her, bevor die Antwort kam. „Bin abgestürzt", erklärte die Stimme niedergeschlagen.

„Abgestürzt? Womit denn?"

„Na, mit meiner Rumskiste natürlich!" Der Gestalt war es ganz offensichtlich unangenehm, darüber zu sprechen. „Und was hat euch hier her verschlagen, wenn ich fragen darf?"

„Haben uns verlaufen", kam Melradin Naphtanael zuvor.

„Ach, wolltet ihr auch zur Schlacht?" Der Argwohn verschwand ein wenig aus der Stimme.

„Die Schlacht ist schon vorbei. Wir wollten nach Asilithin flüchten. Da sind wir etwas vom Weg abgekommen."

„Etwas, ja", fügte Naphtanael missmutig hinzu.

„Ach, herrje. Schon vorbei?" Die Gestalt trat aus dem Gras hervor. „Was war denn?"

Perplex betrachteten die beiden ihr Gegenüber. Rudolf war ein schmächtiger Kerl mit einem enormen Schnurrbart, der nun bei einem vorsichtigen Lächeln vibrierte. Ein Riesen-Zinken zierte zudem sein schmales Gesicht und wirkte etwas deformiert zur Seite geknickt. Erleichtert musterte Rudolf seine Gegenüber. Die Verunsicherung wich einem herzlichen Glitzern in den Augen. Seine Haare und Ohren wurden von einer metallenen Kappe verdeckt, an die wie an einem Hubschrauber ein Propeller angebracht war. An seiner Stirn hing eine große Brille mit dicken Gläsern und Abdichtungen. Das Licht stammte nicht etwa von einer Laterne, sondern drang aus einem wahrscheinlich magischen Rohr, das Rudolf in Händen hielt. Etwas verunsichert griff Melradin nach den Bügeln des Pferdes.

„Wofür ist das gut?", fragte Naphtanael mit derselben Skepsis in der Stimme. Sein Finger wies dabei auf Rudolf, so als könnte er sich nicht für eine bestimmte Sache entscheiden.

„Du meinst den Hut hier?" Rudolf schien begeistert, so eine Frage gestellt zu bekommen. „Der hilft meiner Rumskiste, in die Luft zu steigen. Seht mal!" Er drückte an seinem Helm einen Knopf und der Propeller begann, sich zu drehen.

Verwundert wich Melradin einen Schritt zurück. Die aufgefächerte Luft blies ihm ins Gesicht.

„Hepp!" Rudolf sprang in die Luft und segelte, vom Propeller abgebremst, wieder sanft zu Boden. Stolz strahlend knipste er ihn wieder aus. „Habt ihr's gesehen? Ich war federleicht."

„Wow", staunte Naphtanael. „Bist du ein Magier?"

Rudolf lachte. „Aber nein! Das ist Technik. Eine Maschine! Und von mir selbst entworfen." Er straffte stolz seinen Kragen.

„Wo kommst du her?", fragte ihn Melradin verdattert.

„Och", Rudolf zuckte unschlüssig mit den Schultern. „Einfach vom doofen Dörfchen am Bimsi-Bäumchen vorbei und dann weiter am blubbernden Bach entlang, da wo er aufwärts fließt, den hässlichen Hügel hinauf. Und schon steht ihr vor Rudolfs Rumpelkammer."

„Aha." Melradin räusperte sich unwohl. Diese Auskunft hatte sein Interesse mehr als gestillt. „Hast du zufällig was zu essen bei dir? Wir sterben vor Hunger."

„Hunger? Aber natürlich!" Rudolf strahlte vergnügt. „Meine Bimbum-Ballermaschine hat vorhin den halben Wald zerlegt." Seinen Lippen entfuhr ein kurzes hysterisches Lachen. Der Schnurrbart wippte wild umher. „Das hättet ihr mal sehen sollen!" Begeistert klatschte er in die Hände. „Bum bum, rattatta bam, zack zack! Folgt mir zum Festmahl!"

Fröhlich hüpfend verschwand er im Gras. Das einzige Licht in dieser dunklen Nacht setzte ihm anstandslos hinterher. Und etwas zögerlicher auch Melradin, Naphtanael und das Pferd.

17

Melradin kniete sich zu einem reglos daliegenden Fellbüschel. Rudolfs Angaben zufolge handelte es sich hierbei um seine mehr oder weniger fette Beute. Missmutig verzog Melradin das Gesicht. Sein Magen knurrte und angesichts dieses eher eindimensionalen Buffets war ihm nicht gerade zum Jubeln zumute.

Naphtanael humpelte neben ihm. Mühevoll hatten sie ihn aus dem Sattel gehievt. Sein Fuß war verstaucht. Ansonsten schien es ihm gut zu gehen. „Ein Eichhörnchen", stellte er gezwungen nüchtern fest. „Ist das der halbe Wald, von dem du vorhin gesprochen hast, Rudolf?"

„Ja, tut mir leid. Die Bäume hat's alle zersägt, aber irgendwie hab ich in der angerichteten Sauerei nur dieses Ding erschlagen unter einem Ast gefunden. Die Wildbestände sind wohl auch nicht mehr das, was sie einmal waren." Rudolf strich sich zufrieden die Hände neben dem soeben entzündeten Feuer. Melradin hatte nicht den blassesten Schimmer, wie er es so schnell hatte entfachen können.

„Wir sollen uns also zu dritt ein Eichhörnchen teilen?", fragte Naphtanael hilflos.

„Die Teile schmecken gar nicht mal schlecht, glaubt mir." Rudolf trat zu ihnen. „Ich sitze hier schon eine Weile fest. Mit einem Eichhörnchen als Abendessen geht es uns noch richtig gut. Nur ein einziges Mal hab ich sogar ein Karnickel erwischt. Aber die sind so schnell, die Viecher, da verschwende ich meistens nur meine Muni." Er spießte das Tier mit einem angespitzten Ast auf und schritt fröhlich summend zum Feuer zurück.

„Alles klar. Melradin, es tut mir leid, aber ab hier kann ich nicht mehr auf unsere Freundschaft Rücksicht nehmen. Jetzt geht's ums nackte Überleben."

Melradin schmunzelte. Gemeinsam schritten sie zum Feuer hin.

Am nächsten Morgen wurde Melradin von einem nassen Gefühl in seinem Gesicht geweckt. Erschrocken fuhr er zusammen, als er plötzlich in die großen Augen eines Pferdes blickte. *Seines* Pferdes, berichtigte er sich und stupste es beiseite, damit es aufhörte, sein Gesicht abzulecken.

Die Sonne stand schon hoch am Himmel, als er sich blinzelnd zu orientieren versuchte. Sie waren von fast hüfthohem Gras umgeben, das um ihr Lagerfeuer allerdings weitgehend platt gedrückt war. Naphtanael saß keine zehn Schritte von ihm entfernt auf einem aus dem Boden ragenden Stein und ließ seinen Blick durch die Gegend schweifen.

Ein Grinsen trat unwillkürlich auf Melradins Lippen. Mit der ernsten Miene und den zusammengekniffenen Augen wirkte er wie ein Herrscher, der gebieterisch sein Land überblickte.

„Morgen", gähnte er, als er neben Naphtanael trat.

„Morgen." Er sah kurz auf, ließ dann aber wieder seinen Blick in die Ferne gleiten. „Sieh mal, ich hatte recht." Er wies mit seinem Arm vor sich. „Der Yeremond. Direkt vor unserer Nase."

Tatsächlich. Gar nicht weit von ihnen entfernt ragten die ersten Bäume aus dem Gras und lösten das hügelige Weideland ab.

„Bist du dir auch sicher, dass das überhaupt der Yeremond ist?", fragte Melradin. „Vielleicht gibt es hier ja auch noch mehr Wälder."

Naphtanael seufzte genervt. „Gut, du hast recht. Es ist nicht mehr der Yeremond, seitdem Rudolf diese Schneise gezogen hat." Er wies auf einige umgeknickte Bäume, die äußerst brutal zugerichtet waren. „Jetzt ist es der Wald einen Meter neben dem Yeremond."

„Oh", meinte Melradin nur. Der komische Kerl mit dem gewaltigen Schnurrbart wurde ihm zunehmend unheimlich. Er setzte sich neben Naphtanael. „Hör zu: Es tut mir leid, dass unsere Flucht so daneben gegangen ist. Ich wollte nicht, dass wir von allen anderen getrennt werden. Aber es ging alles so schnell und ich hatte verdammt noch mal Angst, dass wir von den Ghulen aufgeschlitzt werden."

Einen Moment lang sah ihn Naphtanael an. Erst wirkte sein Blick hart, trotzig und wütend, dann aber weichte er auf und alles, was übrig blieb, war Niedergeschlagenheit. „Scheiße, ich mache mir solche Sorgen."

„Ich mir auch."

Ein Knall ertönte plötzlich in ihrem Rücken und sie fuhren erschrocken auf.

„Was war das denn?" Melradin hob sich sein wild klopfendes Herz. Als Antwort ertönte Rudolfs Freudenschrei. „Es funktioniert! Haha, es funktioniert! Die Rumskiste hat Rums gemacht!" Fröhlich strahlend kam er aus dem Gras gehüpft. „Guten Morgen, allerseits!" Er blieb bester Laune vor ihnen stehen.

„Ist irgendwas passiert?", fragte Naphtanael verunsichert.

„Was passiert?" Rudolf riss begeistert die Augen auf. „Und wie! Meine Rumskiste ist wieder rumsbereit!"

Betretenes Schweigen.

„Ah, ihr seht hungrig aus", ließ Rudolf seine gesamte Menschenkenntnis angesichts der zwei abgemagerten Vogelscheuchen spielen. „Hier, nehmt die!" Er reichte ihnen eine Handvoll schmutziger Wurzeln. „Eben erst gefunden."

„Oh nein." Naphtanael wich einen Schritt zurück.

Melradin kniff ungläubig die Augen zusammen. „Die gibt's auch hier?"

„Das sind doch keine Skwab-Wurzeln, oder?", fragte Naphtanael flehentlich.

„Skwab was? Ich habe keine Ahnung, was das für Teile sind. Aber ohne die Dinger hätte es für mich dingdong-duster ausgesehen. Haben ihn durchgefüttert, euren Rudi."

Naphtanael sah äußerst widerwillig drein, nahm die Wurzeln dann aber entgegen. „Jaah, das hört sich ganz nach Skwab-Wurzeln an." Vorsichtig nahm er einen Bissen. Geekelt verzog er das Gesicht. „Ich glaube, ich nage lieber an dem Eichhörnchenschwanz."

„Nach dem flaumigen Geschmack in meinem Mund kommst du da schon zu spät." Melradin sicherte sich seinen Anteil an dem vegetarischen Festmahl.

Naphtanael lachte, doch verging ihm die Heiterkeit bereits beim nächsten Bissen wieder.

Rudolf reichte ihnen seinen Wasserschlauch. „Es ist so: Meine Rumskiste ist zwar eigentlich nur für eine Person gebaut, aber wenn wir ein wenig zusammenrücken, könnten wir alle irgendwo Platz finden. Zur Not mit den Füßen im Handschuhfach." Er kicherte.

„Was ist das denn für ein Gerät?", fragte Naphtanael skeptisch.

„Na, eine fliegende Rumskiste! Von mir selbst entworfen! Kommt, ich zeige sie euch!" Er bedeutete ihnen wild mit der Hand ihm zu folgen und hoppelte zurück ins Gras.

„Was für ein abgefahrener Typ", murmelte Naphtanael und trottete hinter Melradin her.

Bei der Rumskiste handelte es sich um das Seltsamste, was Melradin jemals in seinem kurzen Leben gesehen hatte. Ein wackelig wirkendes Konstrukt aus Metallstangen stand da vor ihnen mit einem Propeller ganz oben – angebracht an etwas, das aussah wie die Stange eines Sonnenschirms. Gestützt wurde die Maschine auf zwei hölzernen Skiern und der Sitz sah aus wie ein angerosteter Camping-Stuhl. Allesamt Utensilien, die Melradin noch nie zuvor zu Gesicht bekommen hatte. Hier und da ragte aus dem Gewirr aus Schläuchen und Rohren ein Hebel hervor. Melradin schluckte. So sollte er also nun seinen Tod finden. Also gut. Er war bereit.

„Ist sie nicht wunderschön, meine Rumskiste?" Rudolf strahlte bis über beide Ohren.

„Und damit sollen wir da rauf?", murmelte Naphtanael und wies zuerst auf den zusammengeflickten Schrotthaufen und dann in den Himmel.

„Na, klar! Ein Kinderspiel!" Rudolf klatschte fröhlich in die Hände. „Kommt, steigt auf!" Er ließ sich in dem Sitz nieder. Der Stuhl ächzte gefährlich. „Steigt auf und haltet euch an der Stange fest!"

Mit wackeligen Knien trat Melradin neben Rudolf, setzte sich so gut es ging auf die Stuhllehne und hielt sich an der Propellerstange fest.

„Kopf einziehen nicht vergessen! Sonst bist du gleich einen Kopf kürzer." Der verrückte Pilot kicherte in sich hinein.

Melradin duckte sich, sodass er außer Reichweite der Propeller war. Die Stuhllehne knackte leicht, als er sein Gewicht verlagern wollte. In dieser gemütlichen Sitzposition mit einem Fuß noch auf dem hölzernen Ski verharrte er nun. Alles in allem fühlte er sich so sicher wie in Mutter Marias Schoß.

„Was ist mit dir?", fragte Rudolf zu Naphtanael gewandt.

„N-nein! ICH steige DA nicht ein!", stotterte er und wies mit zittriger Hand auf die Rumskiste.

„Jetzt komm schon!", versuchte ihn Melradin zu ermuntern. „Vielleicht sehen wir dort oben, wo wir hin müssen. Außerdem fliegst du mit Riesenschmetterlingen durch die Gegend. Das ist genauso abenteuerlich."

„Das sind Feendrachen, Junge! Nicht so ein ..." Er fand offenbar kein Wort, das seiner Sichtweise gerecht wurde.

„Nur ein kurzer Rundflug", probierte es Rudolf. „Und zu dritt kommen wir mit dem Ding ohnehin nur zehn Fuß hoch. Allerhöchstens!"

Naphtanael sah sie unschlüssig an.

„Jetzt sei kein verdammter Feigling und steig ein!", drängte ihn Melradin.

„Oh Mann", murmelte Naphtanael und kletterte mit hängenden Schultern auf die andere Seite.

„Sooo!" Rudolf rieb sich vorfreudig die Hände. „Dann kann es losgehen! Gut festhalten!"

Melradins Hand verkrampfte sich um die Eisenstange.

„Achtung!" Rudolf knipste den Propeller auf seinem Hut an, sodass Naphtanael und Melradin sich noch weiter zur Seite lehnen mussten. „Jetzt noch der Große." Er legte zwei Hebel um, worauf die Maschine stotternd zum Leben erwachte. Das Gras bog sich, als sich die Propeller in Bewegung setzten. Rudolf schrie ihnen noch etwas zu, doch war bei dem Lärm kein Wort mehr zu verstehen. Zuletzt rückte er noch seine Brille zurecht, dann drückte er auf einen dicken roten Knopf neben den Hebeln.

Mit einem lauten Knall wurden sie in die Höhe geschleudert. Melradin hielt vor Schreck die Luft an. Der Schwung brachte sie bis über die Baumwipfel, sodass sie den Wald nun von oben betrachten konnten. Allerdings nicht für sehr lange ...

Denn einen Moment später schon, als der Schwung aufgebraucht war, ging es wieder abwärts – etwas schneller als es Melradin lieb war. Die Propeller ratterten um die Wette, doch konnten sie nichts gegen die Schwerkraft ausrichten, sodass sie wieder zu Boden segelten und holpernd in die Wiese krachten. Rudolf machte ein paar Handgriffe. Stotternd hielten die Propeller an. Für einen Moment herrschte Totenstille. Ein Vogel zwitscherte.

Naphtanael war der Erste, der sich wieder fing. Schmerzend rieb er sich den linken Arm. „Autsch", stöhnte er, dann hellte sich aber seine Miene auf. „Mit deiner Rumskiste zu fliegen ist lustiger, als ich dachte. Einmal hoch und wieder runter."

Rudolf seufzte. „Wir werden wohl die Feder etwas fester zudrehen müssen. Und die Propeller etwas stärker drehen lassen." Er erhob sich stöhnend aus seinem Stuhl. „Jemand verletzt?"

Melradin ging es gut, auch wenn er noch immer wie versteinert die Stange umklammerte. Anstandslos ließ er sich von Rudolf zur Seite schieben.

„Der Absturz hat dem armen Teil doch ein Stück seiner Power genommen. Aber wenn ich erstmal wieder in meiner Werkstatt bin, werde ich das wieder beheben können." Er packte ein Rad, das irgendwo in dem Gewirr angebracht war, und versuchte daran zu drehen.

„Hilft ... mir ... mal jemand?", keuchte er mit rot anlaufendem Gesicht.

Melradin trat neben ihn und ging ihm zur Hand. Der Schock glitt allmählich von ihm und er konnte wieder einigermaßen klar denken. Mit zusammengebissenen Zähnen drehten sie an dem Rad, während irgendetwas in der Rumskiste ächzte.

„So. Das würde selbst für einen Elefanten reichen", meinte Rudolf und ließ keuchend von dem Metall ab. „Mal schauen ..." Mit aufmerksamem Blick schritt er einmal um die Maschine herum.

„Ist irgendetwas kaputt?", fragte Naphtanael.

„Der eine Ski ist ein bisschen angeknackst, aber sonst." Er drehte noch eine Runde. „Lang nicht so übel wie bei meinem letzten Fehlstart." Er ließ sich wieder in den Stuhl sinken. „Wie sieht's aus? Traut ihr euch noch einmal?" Er kicherte in seinen Schnurrbart hinein.

Mit zittrigen Händen nahm Melradin seinen Platz wieder ein. Dieses Mal fummelte Rudolf etwas länger an den Hebeln herum, bis die Propeller ansprangen. Der Lärm schien noch lauter als zuvor.

„Festhalten!" Las Melradin auf den Lippen ihres Piloten. So gut es ging, versuchte er diesen Ratschlag zu befolgen. Einen Knopfdruck später schossen sie wieder in die Höhe. Der Schwung war so heftig, dass Melradin das Gefühl hatte, die Haut rutsche ihm vom Gesicht. Dieses Mal schossen sie mit zunehmender Schräglage weit über die Baumwipfel hinaus. Melradins Hände verkrampften sich, um nicht den Halt zu verlieren. Mehr und mehr bog sich die Rumsmaschine zu seiner Seite hin, sodass er schließlich fast horizontal dem schrecklich weit entfernten Boden entgegen blickte.

Auf Melradins Lippen trat ein erstickter Angstschrei, doch dann hörte er Rudolfs hysterisches Lachen in seinem Rücken. Verdammt. War der Typ wirklich so durchgeknallt, dass er sie alle drei lachend in den Tod katapultierte? Schockiert stellte Melradin fest, dass plötzlich nichts naheliegender schien als das.

Vor ihm presste sich Naphtanael an die Stange und sah mit bilderbuchartig weit aufgerissenen Augen in die Tiefe. Der Lockenkopf war wie die Personifizierung der Angst, die in Melradin aufwallte. Er stand also mit seiner Einschätzung der Lage nicht alleine da. Gleich würde der letzte Schwung aufgebraucht sein.

Melradin stutzte. Vorsichtig schielte er zur Wiese hinab. Er zögerte einen Moment, ehe er sich festlegte. Das Gras kam irgendwie nicht näher. Melradin kam kein Grund dafür in den Sinn, doch schien die Schwerkraft das Interesse an ihnen verloren zu haben. Sie büßten nicht an Höhe ein.

Mit dem Umlegen eines Knüppels begradigte die Rumskiste allmählich ihre Schräglage, machte dann aber plötzlich einen Satz nach oben, sodass Melradin beinahe von seiner Lehne gerissen wurde. Fast senkrecht schossen sie der Sonne entgegen. Er spürte ein aufgeregtes Kribbeln im Bauch.

„Haha, das ist sie, meine Rumskiste!", brüllte ihnen Rudolf zu. Sein Riesenschnurrbart flatterte im Wind und seine Augen glänzten vor fanatischer Begeisterung. „Und jetzt abwärts!" Er legte zwei Hebel um.

Stotternd verstummte die Maschine. Entsetzt überflog Melradin noch einmal Rudolfs letzte Worte und brachte sie mit den streikenden Propellern in Verbindung. Sie stürzten ab – jetzt also doch.

Dieser eine Moment, in dem sie schwerelos in der Luft hingen, zog sich erstaunlich lang hin. Der Lärm erstarb. Der Fahrtwind strich angenehm lau durch Melradins Haar. Doch gerade als Melradin schon mit dem Gedanken erleichtert aufatmen wollte, dass der Minipropeller auf Rudolfs Kopf offenbar zum Fliegen ausreiche, bemerkte die Schwerkraft ihr Versäumnis.

Verzweifelt klammerte sich Melradin an der eisernen Stange fest, einen stummen Schrei auf den Lippen. Nur noch Naphtanael übertraf das an Ausdrucksstärke. Rudolf hingegen erstickte fast vor Lachen. „Wooohooo, haha! Tiefer, tiefer!" Erst als das hüfthohe Gras schon fast die Unterseite der Rumskiste berührte, legte Rudolf die Hebel wieder um und katapultierte sie nach vorne.

Melradin knallte mit Naphtanael zusammen uns sah für einen Moment nur Sterne. Fluchend versprach er sich, Rudolf nachher mit dem Schnurrbart ans Bein seines Pferdes zu binden und im Galopp das Weideland zu pflügen. Der Gedanke gefiel Melradin so sehr, dass er sich mit einem zufriedenen Lächeln zurück auf die Stuhllehne setzte. Ein Blick hinab zeigte ihm, dass sie bereits wieder deutlich an Höhe gewonnen hatten.

Sie drehten eine Runde über dem Wald. Das Meer aus Baumwipfeln erstreckte sich endlos weit in die Ferne, wobei sich irgendwo am Horizont Vorläufer eines Gebirges in die Höhe reckten. Mit der noch verschlafenen Sonne am Himmel war es ein herrlicher Anblick, der Melradin um ein Haar seinen Groll vergessen ließ.

Als sie sich wieder vom Yeremond abwandten, ließ Melradin seinen Blick suchend durch die Gegend streifen. Zu seiner Enttäuschung war kein Anzeichen von Asilithin oder irgendeinem Ansatz von Zivilisation zu entdecken. Wiesen, Hügel und Bäume so weit das Auge reichte.

Etwas anderes erweckte jedoch seine Aufmerksamkeit. Verwundert kniff er die Augen zu einem Schlitz zusammen. Da war ein schwarzer Punkt in einiger Entfernung. Eine Gestalt vielleicht. Sie schleppte sich offenbar durch die Wiesen. Ob Freund oder Feind war jedoch nicht zu erkennen.

Möglicherweise ein Ghul? Nein, der wäre wohl im Gras verschwunden. Ein fetter Troll! Ein Troll, der wie sie den Weg zur Schlacht nicht gefunden hatte. Melradin verscheuchte den Gedanken, dass er offenbar mit einem trollähnlichen Orientierungssinn ausgestattet war. Doch als sie ein Stück näher kamen, erwies sich auch dieser Verdacht als falsch.

Es war ein Reiter. Das Pferd kämpfte sich durch das Gras, während die Gestalt auf ihm es offensichtlich ziellos durch die Pampa trieb. Freund oder Feind? Noch immer war diese Frage nicht zweifelsfrei zu beantworten.

Melradin sah zu den anderen, doch schien keiner von ihnen Notiz von dem Fremden genommen zu haben. Rudolf gab sich noch immer voll und ganz seiner Begeisterung fürs Fliegen hin, während Naphtanael unverändert die eiserne Stange umklammerte wie ein verängstigtes Kind das Bein seiner Mutter.

Als die Maschine einen Schwenker machte, verlor schließlich auch

Melradin den Reiter aus den Augen. Eilig fuhr er herum, um einen letzten Blick auf ihn werfen zu können. Hatte dieser Fremde etwa gerade gewunken? Im letzten Augenblick glaubte Melradin, ihn mit erhobener Hand gesehen zu haben. Doch sollte er keine Möglichkeit mehr bekommen, seinen Verdacht zu bestätigen. Der Reiter war hinter den Hügeln verschwunden.

18

„Na, wie war's?", fragte Rudolf mit heller Begeisterung, als sie wieder mehr oder weniger heil auf der Erde angekommen waren und nun aus der Rumskiste schwankten.

Melradin fühlte sich ein wenig unsicher auf den Beinen. Außerdem konnte er die Geräusche um sich nur noch dumpf wahrnehmen, so als habe ihm jemand während des Fluges Wattebäuschchen in die Ohren gestopft. Keiner der beiden brachte die Lust oder die Kraft auf, Rudolfs Frage zu beantworten. Naphtanael war zwar von Bord gestiegen, doch er hatte schnell wieder nach der Stange gegriffen. Jetzt stützte er sich an ihr ab wie ein Betrunkener an einer Straßenlaterne. Sein Gesicht war aschfahl.

Endlich überwand sich Melradin, ein paar Worte zu sagen. Mit eiserner Ruhe unterdrückte er seine Wut, als er in Rudolfs strahlendes Gesicht blickte. „Vielleicht wäre etwas mehr Rücksicht auf deine zartbesaiteten Passagiere angebracht gewesen."

„Oh, Verzeihung", meinte Rudolf noch immer hochvergnügt. „Wenn ich da erstmal in der Luft bin, vergesse ich alles um mich herum."

„Ja." Melradin seufzte. Wollte er seinen Racheplan nicht doch noch in die Tat umsetzen? „Den Eindruck hatte ich allerdings auch."

Naphtanael wankte kreidebleich wieder zu ihnen. Er machte den Eindruck, als wolle er etwas sagen, doch er schien unfähig zu sprechen.

„Wie hat euch der Sturzflug gefallen?", fragte Rudolf, als sie wieder zu ihrem Lagerplatz schritten.

„Mäßig."

„Wahnsinn, was die Maschine doch für Power hat, wenn's mal drauf ankommt!", schwärmte Rudolf, ohne sich von der trüben Stimmung aus dem Konzept bringen zu lassen. „Überrascht mich immer wieder aufs Neue."

Melradin stutze. „Willst du damit sagen, dass du das grade zum ersten Mal gemacht hast?"

„Ach was", winkte Rudolf beschwichtigend ab. „Klar hab ich das schon mal gemacht, nur eben allein. Und damals hab ich mich ein bisschen mit der Höhe verschätzt." Rudolf verzog bei diesem Gedanken schmerzerfüllt das Gesicht. „Üble Sache. Allerdings lang nicht so heftig wie das mit dem Schleudersitz."

„Schleudersitz?" Melradin war sich nicht sicher, ob er es wirklich wissen wollte.

„Ja, ich hatte damals noch meinen schnellenden Schaukelstuhl in der Rumskiste. Da musste man nur auf einen Knopf drücken und man wurde in den Himmel geballert. Ziemliche Schnapsidee, leider. Wenn ich Pech hatte, war der Propeller im Weg. Und dann musste ich auch noch feststellen, dass mein Hutie-Hubschrauber hier auf Dauer nicht ausreicht, um mich sanft am Boden abzusetzen." Auf seine Lippen trat ein schiefes Grinsen. „Damals hab ich mir das da zugezogen." Er wies auf seine krumme Nase.

„Jetzt hab ich den Schleudersitz so umgebaut, dass er uns per Knopfdruck Starthilfe gibt. Power hat er nämlich, das muss man ihm lassen."

Melradin stellte sich vor, was Rudolf für ein Bild abgegeben haben musste, als er mit einem Mini-Propeller auf dem Kopf, wie aus dem Nichts, vom Himmel gefallen war. Still grinste er in sich hinein.

Zu seiner Überraschung war das Pferd immer noch da und graste friedlich neben ihrem Lager. Stumm setzten sie sich auf den Stein und nagten an Wurzeln.

„Wie sieht eigentlich unser Plan aus?", durchbrach Naphtanael schließlich das Schweigen.

„Plan?" Rudolf sah ihn fragend an.

„Na, wie wir Asilithin finden wollen."

„Ich habe vorhin beim Fliegen einen Reiter gesehen, nicht weit von hier", fiel Melradin der Fremde wieder ein.

Naphtanael riss aufgeregt die Augen auf. „Und das erwähnst du jetzt erst?"

„Ja. Tut mir leid, ich war da oben zu sehr damit beschäftigt, um mein Leben zu fürchten."

Naphtanael grinste. „Hast du diesen Reiter wieder erkannt?"

Melradin wusste, was er mit dieser Frage meinte. Offenbar hatte er immer noch nicht die Hoffnung aufgegeben, wieder zu den anderen zurückzufinden. Trotzdem war die Frage idiotisch. „Stimmt. Gut, dass du fragst. Es war Bodo. Fast hätte ich es vergessen."

„Ha ha." Naphtanael rollte entnervt mit den Augen.

Melradin lächelte ihn an. „Nein, tut mir leid. Ich kann noch nicht mal sicher sagen, ob es ein Melgorianer war oder einer von uns. Bei der Entfernung könnte es auch ein Sandsack mit Armen gewesen sein."

Naphtanael schmunzelte. „Aber ganz bestimmt kein Bodo. Da müsste dann schon ein Ochse her."

„Von wem sprecht ihr?", schaltete sich Rudolf dazwischen.

„Wir sind von ein paar Kameraden getrennt worden, als wir uns bei der Flucht verlaufen haben", erklärte ihm Melradin.

„Ah, Freunde." Er betonte es wie ein Fremdwort. „Verstehe. Hm ..." Rudolf kratzte sich nachdenklich am Kinn. „Ich könnte einen von meinen feurigen Funkensprühern in die Luft ballern. Das ist garantiert meilenweit zu sehen."

„Besser nicht. Am Ende jagen wir uns damit noch eine Horde Trolle auf den Hals", wandte Melradin ein.

„Ja, stimmt. Da hast du auch wieder recht. Dann hilft wohl bloß suchen." Rudolf sprang auf und rieb sich tatenfroh die Hände. „Was ist? Sitzt nicht so faul rum!"

„Was? Wir sollen diese riesige Pampa nach EINEM Reiter absuchen?" Ungläubig sah Naphtanael zu dem gewaltigen Schnurrbart auf.

„Klar." Rudolf zuckte leichthin die Schultern. „Ich packe meine Rumskiste und fliege schon mal voraus. Wenn ich den Typen gefunden habe, umkreise ich ihn dann einfach in der Luft."

„Und was ist, wenn es ein Melgorianer ist?", gab Melradin zu bedenken.

„Hm. Dann fliege ich statt Kreise hoch und runter", schlug Rudolf vor.

„Pass auf, sonst schießt er dir am Ende noch einen Pfeil in den Hintern", warnte ihn Naphtanael. „Könnte mir gut vorstellen, dass ihm das Gebrumme mit der Zeit auf den Geist geht."

Rudolf lachte amüsiert. „Dann komme ich eben seiner Bitte nach und schalte die Propeller aus. Über seinem Kopf."

„Ah, sehr aufopferungsvoll", lobte Naphtanael.

„Okay, die Idee gefällt mir. Lasst uns aufbrechen!" Gemeinsam mit dem humpelnden Naphtanael bestieg Melradin das Pferd, wobei Rudolf zur Hand gehen musste, um Naphtanael in den Sattel zu hieven.

„Naphtanael, in dir steckt ein wahrer Pferdeflüsterer. Ich spüre es!", keuchte Melradin, als sie es endlich geschafft hatten, Naphtanael auf den Pferderücken zu befördern. Zunächst hatte er noch versucht, dabei aktiv mitzuwirken. Doch erwies sich der gute Wille als eher kontraproduktiv, weswegen Melradin und Rudolf ihn schließlich darum gebeten hatten, einfach locker zu lassen.

„Sehr lustig! Versuch du mal mit einem verstauchten Fuß auf ein Pferd zu kommen!", gab Naphtanael grantig zurück.

Melradin lächelte. „Versuch du mal, jemand auf ein Pferd zu bekommen, der es für eine gute Idee gehalten hat, sich längs in den Sattel zu legen."

„Das war mein erstes Mal, verdammt!", wehrte sich Naphtanael energisch. „Und außerdem war mein Pferd ja offensichtlich wahnsinnig. Da kann ich nur froh sein, dass ich so noch rechtzeitig habe abspringen können."

„Rechtzeitig!" Melradin wusste nicht, ob er laut loslachen sollte. „Rechtzeitig bedeutet für mich, direkt nachdem das verdammte Vieh durchdreht und nicht, wenn man bereits drauf und dran ist, in einen fetten Trollwanst zu rasen. DU wolltest es ja offenbar noch spannend machen und hast fröhlich Rodeo gespielt."

„WAS soll ich ...", wollte Naphtanael schon losdonnern, atmete dann aber wieder aus und winkte ab. Mit der Bitte an Melradin, er solle doch so freundlich sein und ihn mal an seinem Feenhintern lecken, erklärte er das Gespräch offiziell für beendet.

Seufzend ließ sich Melradin hinter ihm in den Sattel gleiten. „Dann mal los."

Rudolfs Rumpelkiste ratterte bereits durch die Luft und durchzog die Gegend auf der Suche nach potenziellen Reitern. Schweigend ließen die beiden schlecht gelaunten Kriegshelden ihren braven Gaul dem Lärm hinterher trotten.

„Meinst du, es ist einer von uns?", fragte Naphtanael, nachdem das Aufschlagen der Hufe lange Zeit neben dem dumpfen Rattern in der Ferne das Einzige gewesen war, was die Stille durchkreuzt hatte.

„Ich weiß nicht."

„Schon komischer Kerl, der Rudolf, oder?", versuchte Naphtanael noch einmal, ein Gespräch aufzubauen.

„Allerdings. Verdammt komisch." Melradin ruckte im Sattel hin und her, in der Hoffnung auf eine bequemere Sitzposition. Ein, wie sich herausstellte, aussichtsloses Unterfangen.

Wieder Schweigen.

Naphtanael räusperte sich verlegen. „Tut mir leid wegen vorhin."

„Schon okay." Verdammt, es gab nichts Unbequemeres, als zu zweit auf einem Pferd zu sitzen. Abgesehen vielleicht von Spritztouren mit Rudolf.

„Ihr hättet mich auch genauso gut dort im Schlamm liegen lassen können, du und Franz. Ich habe euch mein Leben zu verdanken."

„Ach, komm. Jetzt werd nicht sentimental. Versprich mir bloß, nie wieder allein auf ein Pferd steigen zu wollen, das reicht." Melradin fühlte sich angesichts seiner schmerzenden Pobacken nicht gerade in der Stimmung auf eine weinerliche Dankesrede.

„Das war ja auch kein normales Pferd", entgegnete Naphtanael wieder mit einem Anflug von Trotz. „Das Ding ist total durchgedreht. Was hätte ich da denn machen sollen?"

„Ja ja, du hast recht." Dann doch lieber die Dankesrede. Das Rattern war lauter geworden. Verwundert sah Melradin zum Himmel. „Fliegt er Kreise oder hoch und runter?", fragte er und kniff die Augen zusammen. Die Rumskiste war nicht allzu weit von ihnen entfernt, am Himmel zu entdecken.

„Sieht fast so aus, als wäre er stehen geblieben", meinte Naphtanael und stierte zu dem seltsamen Konstrukt, das mit polternden Propellern bewegungslos in der Luft hing. „Meinst du, das ist ein schlechtes Zeichen?", fragte Naphtanael verunsichert.

„Vielleicht hat er das mit den Zeichen vergessen", vermutete Melradin achselzuckend.

„Oder es ist keins von beidem. Er ist sich nicht sicher", mutmaßte Naphtanael.

„Angst vor diesem Reiter scheint er jedenfalls nicht zu haben. Er fliegt ziemlich tief."

„Stimmt." Das schien Naphtanael zu beruhigen. „Fast so, als wollte er mit ihm reden."

Melradin grinste. „Das will ich sehen, wie die beiden sich anschreien in der Hoffnung, die Propeller übertönen zu können." Er spornte das Pferd an, das widerwillig seine Last einen Hügel hinaufhievte.

Naphtanael erkannte zuerst, um wen es sich bei dem Reiter handelte. „Laila!", rief er überglücklich und verlor vor Überraschung beinahe den Halt.

Melradin konnte seinen Augen kaum trauen. Da saß sie tatsächlich auf einem Pferd, die Zügel in der Hand und den Bogen über den Rücken gespannt. Er spürte, wie eine schwere Last von seinem Herz fiel. Er hatte schon alle Hoffnung aufgegeben, eine der Feen wiederzusehen.

Als Rudolf sie kommen sah, erinnerte er sich offenbar an sein Versäumnis, nahm wieder etwas an Höhe auf und drehte zwei, drei halbherzige Kreise. Polternd landete er anschließend einige Meter von ihnen entfernt im Gras.

„Entwarnung! Es ist kein Melgorianer!", rief er ihnen vergnügt entgegen und sprang aus der Maschine.

„Wow, wenn wir dich nicht hätten, Rudolf." Melradin ritt zu Laila. Sie fielen sich lachend in die Arme.

„Tut mir leid wegen des Zeichens." Rudolf hüpfte fröhlich an ihre Seite. „Ich dachte, bevor ich unnötig Panik mache oder voreilig Entwarnung gebe, sollte ich besser auf Nummer sicher gehen."

„Ja, du hast recht. Bei der hier müsste ich auch noch mal genauer hinschauen", meinte Melradin grinsend.

„Die charmanteste Begrüßung, die ich jemals hatte. Glückwunsch!" Laila sah sie strahlend an. „Wirklich netter Kerl, den ihr da aufgegabelt habt. Wir haben uns gut unterhalten."

„Kennt ihr euch?", fragte Rudolf mit erhobenen Augenbrauen.

„Ja, ihr Name ist Laila. Wir sind gemeinsam in die Schlacht gezogen", erklärte Melradin.

„Ah, Laila. Sehr erfreut! Ich bin Rudolf, der Rumskistenflieger." Er straffte stolz seinen Kragen.

„Die Freude ist ganz auf meiner Seite." Sie lächelte dem schnurrbärtigen Kerl entgegen. „Interessantes Ding hast du da. Meilenweit zu hören." In ihr Gesicht trat nun eine Spur Besorgnis. „Deshalb sollten wir besser so schnell wie möglich von hier verschwinden."

Melradin sah sie verwundert an. „Wieso? Was ist denn?"

„Ghule. Sie durchziehen das gesamte Weideland."

„Ach." Naphtanael versuchte unbesorgt abzuwinken, wirkte dabei allerdings so lässig wie ein drittklassiger Schauspieler, der darüber hinaus noch seinen Text vergessen hatte. „Mit denen werde ich schon fertig."

„Ja, ist schon okay, Naphtanael." Sie musterte ihn mit einem milden Lächeln. „Du solltest dich besser erst ein wenig schonen nach deinem Reitunfall."

Naphtanael wurde so rot, dass es selbst durch den Hinterkopf zu erkennen war. „Hast du ... ich meine ..."

„Ja, ich hab's mitbekommen. Zum Glück. Sonst hätte ich euch wohl unmöglich bis hier hin folgen können."

„Du bist uns gefolgt?" Nun war auch Melradin verwundert.

„Melradin." Offenbar hielt Laila die Frage für geistig nicht sonderlich hochwertig. „Glaubst du, ich bin zufällig hier?" Melradin fühlte sich von einem Blick gemustert, dem man gewöhnlich nur Versagern zuwarf. „Was ist denn passiert? Wie konntet ihr so sehr ins Abseits geraten?"

Melradin seufzte. „Ich kann es mir selber nicht erklären. Ich wollte aus dem Chaos der Schlacht entkommen und bin dabei vom Weg abgekommen. Aber offensichtlich nicht weit genug, um von herumstreunenden Ghulen verschont zu bleiben."

„Das stimmt. Aber hätte es solch einen friedlichen Ort noch gegeben, du hättest ihn hier mit Sicherheit gefunden."

Okay, Naphtanael und sie würden ein prächtiges Paar abgeben. „Was ist mit den anderen?", fragte Melradin in der Hoffnung, das Thema wechseln zu können.

„Ich weiß nicht. Zuletzt habe ich noch Bodo gesehen, aber ich konnte nicht bis zu ihm durch, ohne euch zu verlieren." Sie sah betrübt zu Boden. „Die anderen waren wie vom Erdboden verschluckt."

„Ich kann auch die Gegend nach noch mehr von euch absuchen, wenn ihr wollt", schlug Rudolf vergnügt vor.

Laila lächelte ihn dankbar an, doch winkte sie ab. „Nein, ich glaube nicht, dass ..."

„Hat dich Bodo denn gesehen?", unterbrach Melradin sie.

Sie sah verwundert zu ihm auf. „Ich ... möglicherweise, ja."

„Vielleicht konnte er dir dann folgen." Zugegebenermaßen war es eine sehr kleine Portion Hoffnung, doch immer noch besser als nichts.

„Mir folgen?" Laila schien nicht gerade überzeugt, doch schloss sie es zumindest nicht vollkommen aus. „Immerhin saß ich auf einem Pferd und er war zu Fuß. Außerdem: Man kann nicht gerade behaupten, dass er der geborene Sprinter ist."

„Ja, aber wenn er gesehen hat, wohin du verschwunden bist, hat er vielleicht dieselbe Richtung eingeschlagen", meinte Naphtanael.

Laila seufzte. „Es ist sehr unwahrscheinlich, aber unmöglich ist es nicht." Erschöpft sah sie in die Runde. „Was sollen wir also tun?"

19

Mit trübem Blick sah Melradin in das prasselnde Lagerfeuer. Sie hatten den restlichen Tag mit Jagen und Sammeln verbracht und nun brutzelte über der einsamen Flamme etwas, das Melradins Stimmung deutlich aufheiterte. Ein toter Hase.

Rudolf hatte das Tier mit seiner Bimbum-Ballermaschiene erlegt. Ein absolut unheimliches Teufelsgerät, das von schwärzester Magie verhext sein musste. Melradin sah von ihrer Beute hinüber zu einem Gestell aus Schläuchen und Metallstäben, das ähnlich abenteuerlich zusammengeschraubt war wie die Rumskiste. Das war sie, die Ballermaschine. Melradin runzelte misstrauisch die Stirn. Vor irgendeinem dieser Rohre musste er sich in Acht nehmen. Daraus schossen nämlich diese Kugeln hervor, wenn irgendjemand auf den falschen Knopf drückte.

Er wandte sich wieder von dem Mördergerät ab. „Rudolf, ich weiß nicht, wie wir das mit deiner Rumskiste anstellen sollen. Kein Ghul im Umkreis einer Meile wird uns übersehen können. Geschweige denn überhören."

„Gut, du hast recht. Ich lasse die Kiste da."

Verwundert sah er zu dem Kerl mit dem gewaltigen Schnurrbart. Nicht die leiseste Spur von Wehmut war in seinem Blick zu entdecken.

„Aber du nennst dich doch Rumskistenflieger? Damit würdest du sozusagen deine Identität zurücklassen." Eigentlich hatte er auf genau diesen Ausgang des Gesprächs gehofft. Sich jedoch so prompt am Ziel wieder zu finden, stieß bei ihm auf Verwirrung.

„Ach, das ist nicht das Problem. Dann nenne ich mich eben Boris, der Ballermann. Außerdem ist der Sprit sowieso so gut wie alle. Erspart mir schon mindestens einen weiteren schmerzhaften Absturz." Rudolf grinste ihn schräg an.

„Dann haben wir aber immer noch das Problem mit dem Transport", warf Naphtanael ein. „Wir haben nur zwei Pferde, wir sollten uns aber beeilen, wenn wir die Belagerung nicht komplett verpassen wollen."

Ein Schatten legte sich bei diesem Gedanken auf Melradins Gesicht. „Um ehrlich zu sein, habe ich nicht viel Hoffnung, Asilithin noch zu erreichen, bevor die Stadt in Trümmern liegt."

Naphtanael sah ihn ungläubig an. „Was redest du denn da? Natürlich wird die Stadt noch stehen! Hast du denn nicht diese riesigen Mauern gesehen?"

Melradin lächelte matt. Gerne hätte er dieselbe unerschütterliche Hoffnung in sich verspürt. „Trolle und Ghule werden vielleicht ihre Schwierigkeiten haben, solang sie stupide auf das Tor einhämmern und um Eintritt bitten. Aber verrate mir mal, wie hoch Mauern sein müssen, um Drachen abzuhalten." Er fuhr sich erschöpft durch das Gesicht. „Ich bin doch nicht der Einzige, der dieses Monstrum mit eigenen Augen gesehen hat, oder? Was soll diesen Berg von einem Drachen schon daran hindern, Asilithin in Schutt und Asche zu legen?"

„Vlandorans Drachen." Melradin sah verwundert zu Laila auf. Die Zuversicht in ihrer Stimme ließ selbst seinen tief sitzenden Pessimismus stutzen.

„Das glaubst du nicht wirklich, oder?"

„Doch, ich bin mir sogar sicher. Oder warum sitzen wir noch hier? Wäre es so einfach gewesen, wäre Lethuriels Licht doch schon längst erloschen."

„Da ist was Wahres dran", meinte Naphtanael munter. „Vielleicht kommen wir ja auch gerade noch rechtzeitig für die Siegesfeiern. Wenn wir die verpassen, Melradin, das würde ich dir bis ans Ende meiner Tage übel nehmen."

„Wenn es dir nichts ausmacht, mit den Melgorianern zu feiern, magst du auf deine Kosten kommen." Melradin wusste selbst nicht so recht, warum gerade er der Schwarzseher in ihrer kleinen Truppe war. Doch aus irgendeinem Grund konnte er diesen überschwänglichen Optimismus so kurz vor dem für ihn offensichtlichen Ende nicht ertragen.

„Ach, mit der Bimbum-Ballermaschine wird das Ganze halb so wild", meinte Rudolf völlig gelassen. „Selbst wenn wir mitten in Melgors Siegestaumel platzen. Da muss man nur auf einen Knopf drücken und die Sache erledigt sich von selbst. Wir legen einfach einen Stein auf den Auslöser und machen es uns gemütlich, während die Ballermaschine alles kurz und klein ballert. Nachladen dürfen wir natürlich nicht vergessen."

Selbst Melradin musste bei dieser Vorstellung grinsen. Die vierköpfige Ballercrew verpasst den Schlachttermin und wird zur Strafe dazu verdonnert, den Rest der Melgorianer vollends aufzuräumen. Allerdings wusste es auch dieses Mal sein nüchterner Verstand besser.

„Du hast Annealaisa nicht gesehen, Rudolf. Bei dieser Bestie werden auch deine Hexereien nichts nützen", meinte er trübsinnig.

„Annealaisa." Rudolf pfiff erstaunt. „Ist der Wärter auch da?"

„Vermutlich", murmelte Laila. „Oder würdet ihr euch euren größten Triumph entgehen lassen?"

„Er lässt sein Haustier also die Sache für sich erledigen", fasste Rudolf den Stand der Dinge zusammen und zwirbelte gedankenverloren seinen Schnurrbart.

„Wenn du Annealaisa meinst, ja", sagte Melradin. „Und wenn ihr mich fragt, schien es nicht so, als wäre er damit ein Risiko eingegangen."

Laila seufzte entnervt. „Was sollen wir denn deiner Meinung nach tun, Melradin? Hier in völliger Abgeschiedenheit unseren Untergang betrauern? Uns bleibt doch sowieso nichts anderes übrig als ..." Sie hielt inne. Einen Moment lauschte sie. „Verflucht!" Hastig fummelte sie in dem Gras nach irgendetwas. „Wir müssen das Feuer löschen, schnell!"

Völlig perplex sah Melradin dabei zu, wie Laila nach einem Wasserbeutel griff und die kleine Flamme ertränkte. Zischend wurde das letzte Stück Hase von aufsteigendem Qualm umschlossen.

„Was ist denn los?", fragte Naphtanael verdattert.

„Ich glaube, ich habe etwas gehört", flüsterte Laila.

„Aha." Hatte Naphtanael unbesorgt klingen wollen, so war es ihm nicht gelungen.

„Wenn Ghule in der Nähe sind, haben wir ihnen zumindest schon mal ausreichend Rauchzeichen gegeben", meinte Melradin und blickte zu dem stark qualmenden Aschehaufen.

„Keine Ghule, du Dummkopf! Drachen!", zischte Laila und suchte besorgt den Himmel ab.

„Drachen?" Nun stand auch Rudolf auf und ließ seinen Blick durch das Rot der untergehenden Sonne streifen. Anders als Laila schien er allerdings viel mehr an dem Naturspektakel interessiert zu sein, das Drachen mit sich brachten, anstatt Furcht erfüllt nach den Killermaschinen Ausschau zu halten.

„Aber doch nicht hier!" Nun war auch die letzte Gelassenheit aus Naphtanaels Stimme verschwunden.

Melradin richtete seinen Blick gen Himmel. Alles schien ruhig. „Was hast du denn gehört?", fragte er in gedämpftem Ton.

„Es war ganz leise", flüsterte Laila. „Dieses Brüllen. Fern, aber nicht fern genug."

„Da." Naphtanael hob zitternd die Hand.

Als Melradin mit dem Blick folgte, sah er sie. Zwei schwarze Punkte am Himmel, die hoch in der Luft aus den Wolken traten.

„Wir sollten wohl besser ins hohe Gras", meinte Rudolf und machte sich schon daran, seine Gerätschaften zusammenzupacken.

„Gute Idee." Melradin stand auf.

„Was machen wir mit den Pferden?", fragte Laila.

Das war allerdings ein Problem. Sie würden zu einem späteren Zeitpunkt höchst wahrscheinlich noch auf diese schnellen Tiere angewiesen sein, doch nun könnten sie sie durch ihre Größe verraten.

„Wir nehmen sie mit", meinte Melradin dann jedoch so bestimmt wie möglich.

„Wie hoch ist die Chance, dass es sich um vlandoranische Drachen handelt?", fragte Naphtanael hoffnungsvoll.

„Genau! Vielleicht suchen sie ja nach uns", meinte Laila kühl.

„Sehr lustig." Naphtanael richtete sich ächzend auf. „Ich wollte nur sichergehen, dass wir alle Möglichkeiten in Betracht ziehen."

„Schon gut, Naphtanael." Laila lächelte. „Am besten, wir reiten in den Wald, oder?"

„Hm. Egal was wir tun, wir sollten es schnell tun." Rudolf stand, voll beladen mit allem möglichen Krimskrams, vor ihnen und wies zum Himmel. „Ich glaube, die zwei da oben haben uns bemerkt."

Melradin sah hinauf. Fluchend legte er einen Zahn zu. Die Drachen hatten tatsächlich die Richtung geändert und flogen nun direkt auf sie zu.

„Scheiße", hörte er Naphtanael neben sich wutentbrannt zischen, der sich nun, entgegen aller jüngsten unschönen Erfahrungen, darin abmühte, eines der Pferde zu erklimmen.

„Naphtanael, was haben wir abgemacht?" Eilig trat Melradin zu ihm hin.

„Lass! Ich krieg das hin!", fauchte er zurück.

„Ganz bestimmt. Aber jetzt ist wirklich nicht die Zeit für Reitunterricht." Mit ein paar hastigen Griffen hievte er den protestierenden Lockenkopf in den Sattel.

„Was ist mit dir, Rudolf?", fragte Laila, die nun ebenfalls auf ihrem Pferd saß.

„Ich fliehe lieber zu Fuß", war die vergnügte Antwort. „Wir sehen uns im Wald. Bis bald!" Der voll bepackte Kerl spurtete davon.

Laila folgte ihm.

Seufzend schwang sich Melradin in den Sattel und setzte den beiden anderen gemeinsam mit Naphtanael nach.

20

Das Knacken eines Zweiges durchzog die Stille. Erschrocken fuhr Melradin herum.

„'Tschuldigung." Naphtanael war neben ihn getreten. „Glaubst du, die Drachen sind immer noch in der Nähe?", flüsterte er verunsichert.

Melradin zuckte mit den Schultern. „Zumindest sollten wir uns nicht allzu sicher fühlen." Er blickte um sich. Sie hatten sich provisorisch im Dickicht verschanzt und warteten nun schon eine Weile schweigend darauf, irgendetwas von den Drachen zu hören. Doch hatte sich bisher nichts getan.

Sie waren ganz dicht am Waldrand. Melradin konnte die Wiesen einige Dutzend Schritte entfernt in der einbrechenden Dunkelheit erkennen. Dennoch waren sie durch das Blätterdach und das Gebüsch bestens getarnt. Würde man nicht nach ihnen suchen, würde man sie wohl nicht entdecken. Außer natürlich eines der Pferde drehte durch.

Besorgt blickte Melradin zu den beiden Tieren. Vielleicht spürten sie, dass es nun darauf ankam, nicht allzu viel Lärm zu erzeugen. Zumindest standen sie ganz ruhig da und sahen wie er in die aufkommende Nacht.

„Sollen wir wieder raus?", flüsterte Naphtanael den anderen zu.

Ihm wurde es wohl im Wald zu unbehaglich. Melradin erging es nicht anders. Die Totenstille des Waldes hatte etwas Kaltes an sich, das ihn frösteln ließ. Man konnte fast meinen, die Anwesenheit der Melgorianer hätte ihm das Leben ausgesaugt.

„Ich weiß nicht", antwortete Laila mit nicht viel mehr als dem Hauch einer Stimme. „Irgendetwas stimmt nicht. Diese Stille gefällt mir nicht."

Melradin sah hinauf und versuchte, durch die Baumkronen etwas vom Himmel erkennen zu können. Der weiße Punkt eines Sterns war in einer Lücke des Blätterdachs zu erkennen wie das Licht einer fernen Welt. Unwillkürlich kam in Melradin die Sehnsucht nach dem Alten und Alice auf. Er hatte dieses Heimweh hier in Lethuriel lange im Unterbewusstsein verschließen können. Doch nun, da er seinen eigenen Gedanken überlassen war, überkam es ihn wie die einbrechende Gischt des Meeres. Er verspürte ein Drücken im Herzen. Selbst wenn er das hier überstehen sollte, selbst wenn Melgor geschlagen werden würde – wie sollte er jemals die beiden wieder finden? Wie sollte er zu der Hütte des Alten zurückkommen? Einen Schlüssel finden? Er machte sich keine Illusionen. Egal wie die Sache ausging, er würde die beiden wohl nie wieder sehen.

Etwas weckte Melradin aus seinen Gedanken. Er stutzte. Der Stern, er war ... erloschen? Nein, da war er wieder. Melradin fröstelte. Es hatte fast den Anschein gehabt, als sei für einen Moment ein Schatten über den Wald gezogen. Ein Schatten oder ...

Gerade als Melradins Gedanken endlich dazu kamen, ihre unheilvollen Schlüsse zu ziehen, ertönte ein donnerndes Gebrüll, das die Stille des Waldes in ihrer Grundfeste erbeben ließ. Naphtanael musste sich an ihm festhalten, um nicht vor Schreck den Halt unter den Füßen zu verlieren.

„V-v-verdammte Scheiße!", schlotterte Naphtanael und fasste sich ans Herz.

Angespannt hetzte Melradins Blick durch das Geäst, konnte jedoch nichts weiter entdecken als die in der einbrechenden Nacht skelettartig wirkenden Konturen der Bäume. Der Lärm verlor sich in der Tiefe des Waldes und hinterließ dieselbe trügerische Stille, die er zuvor unsanft durchbrochen hatte.

Niemand sagte mehr ein Wort. Melradin spürte Naphtanaels zitternde Hand an seiner Schulter und hörte ein leises Wimmern ganz in der Nähe. Es verstummte, als der Schatten ein weiteres Mal lautlos über sie hinweg glitt. Angespannt hielten sie den Atem an.

Melradins Gedanken rasten. Wie hatten sie das nur wieder geschafft? Wie zur Hölle hatten sie es fertiggebracht, sich zwei Dunkeldrachen an die Fersen zu heften? Hier, mitten im Niemandsland! Das war doch völlig unmöglich!

Fernes Rascheln durchzog die Stille und ließ sie alle vier aufhorchen. Es war nicht dieses Rascheln, wie es ein Reh oder ein Eichhörnchen auslöste, wenn es durch das Gebüsch spazierte. Dafür war es viel zu weit zu hören. Melradin lauschte angespannt. Da bahnte sich jemand gewaltsam einen Weg durch den Wald. Und so wie sich das ferne Geräusch anhörte, war dieser jemand nicht allein.

Das Knacken der Äste drang an die Ohren der vierköpfigen Truppe, die nichts weiter tun konnte, als sich nicht zu rühren und zu hoffen.

„Was ist das?", hauchte Naphtanael verängstigt zu den anderen.

„Wir sind im Yeremond, verdammt. Die Melgorianer sind hier überall", zischte Laila zurück.

Ghule. Das hatte ihnen gerade noch gefehlt. Melradins Hand fasste vorsichtshalber schon einmal an den Schwertknauf. Das dadurch erhoffte Gefühl von Sicherheit blieb jedoch aus. Er spürte, wie seine Beine ein wenig aufweichten.

„Mühe, gründlich zu sein, geben sie sich schon mal, das muss man ihnen lassen", versuchte Naphtanael die angespannte Atmosphäre zu lockern, stolperte dabei stimmlich jedoch über seine eigene Furcht.

„Ich verstehe das auch nicht", meinte Melradin und fühlte sich den Launen seines Schicksals mit einem Mal hilflos ausgeliefert. „Als ob wir das Licht von Lethuriel bei uns hätten."

„Ich glaube, es braucht nicht allzu viel, um Melgorianer davon zu überzeugen, dass es eine lustige Idee ist, einsame Wanderer abzumurksen", flüsterte Laila und trat ein Stückchen näher zu ihnen.

„Aber was machen die überhaupt hier? Die sollen verdammt noch mal Asilithin belagern, so wie es sich gehört", meinte Naphtanael hilflos.

Niemand antwortete. Die Hauptstadt Lethuriels, wie sie Melradin in Erinnerung hatte, trat vor sein inneres Auge. Was, wenn sie in diesem Augenblick bereits in Flammen stand? Ein einziges gewaltiges Inferno, das keinen einzigen Lethurianer am Leben ließ. Das Herz des Schattenreichs – zerstört. Vielleicht – und Melradin spürte, dass dieser Gedanke in der Luft hing – vielleicht war genau das der Grund, warum die Melgorianer nun in dieses Niemandsland durchkämmten. Vielleicht hatte die eine Stadt ihren Zerstörungsdurst nicht stillen können.

Melradin vertrieb diesen Gedanken jedoch rasch. Die Anwesenheit von Melgorianern hier in dieser Gegend bedeutete gar nichts. Außerdem kamen sie nicht aus der richtigen Richtung, zumindest soweit Melradin das beurteilen konnte.

„Ach, die sollen ruhig kommen. Dann kann ich wenigstens wieder

Licht machen. Dieses ständige Verstecken ist nichts für mich", meinte schließlich Rudolf ohne den Hauch von Furcht.

„Genau. Sollen sie ruhig kommen", stimmte ihm Laila mit einigermaßen überzeugender Standhaftigkeit zu.

„Vielleicht sind es ja nur zwei oder drei", flüsterte Naphtanael.

Naphtanaels Hoffnung wurde enttäuscht. Der Lärm, der mittlerweile den Wald erfüllte, ließ auf ein ganzes Dutzend Ghule schließen – mindestens. Ohne auch nur den Hauch einer Bewegung zu machen, standen die vier da und warteten mit klopfendem Herzen ab. Das Rascheln war immer lauter geworden und Melradins dunkler Verdacht, dass sich diese Kreaturen auf direktem Weg zu ihnen befanden, hatte sich unangenehm verhärtet.

Im Grunde genommen gab es für dieses nächtliche Szenario nur noch zwei Erklärungen. Entweder hatten sie das absurde Pech, mitten in der Route der Melgorianer ihr Versteck gesucht zu haben oder ... Vielleicht hatten sie tatsächlich etwas bei sich, das für die Melgorianer ganz interessant war. Unwillkürlich schielte Melradin zu den Umrissen des gewaltigen Schnurrbarts. War Rudolf vielleicht doch nicht so harmlos, wie er bis jetzt vermutet hatte? Immerhin schien er ein äußerst mächtiger Magier zu sein. Jemand, der bei der Belagerung Asilithins ganz hilfreich sein könnte.

Die Kreaturen, oder was auch immer es war, waren nun ganz nah. Zwei Dutzend vielleicht? Eine ganze Menge auf jeden Fall. Rücksichtslos bahnten sie sich ihren Weg.

Melradin horchte auf. Grunzen. Dumpf drang es an seine Ohren. Er schluckte. Da waren eindeutig Ghule. Aber konnte das alles sein? Welcher Ghul war schon groß genug, um halbe Bäume aus dem Weg zu schaffen, während er sich durch das Unterholz zwängte? Melradin lauschte dem Brechen der Äste. Seine Stirn furchte sich in einer dunklen Vorahnung. Trolle. Mindestens einer.

Unmöglich, verdammt! Was machten Drachen und Troll hier im Nirgendwo? Sie konnten nicht wissen, dass sie hier waren. Oder zumindest konnten sie nicht wegen ihnen hier sein. Er und die anderen waren lediglich zur falschen Zeit am falschen – zugegebenermaßen vollkommen komplett falschen – Ort. Würden sie jetzt aber stillhalten und die Nerven bewahren, zöge diese etwas abseits agierende Melgor-Kompanie einfach an ihnen vorbei. Verbunden mit ein wenig Glück natürlich.

Besorgt blickte Melradin zu den beiden Pferden. Er konnte nur beten, dass sie ruhig hielten.

„Nur die Ruhe bewahren", feuerte Melradin gedanklich sich selbst und die anderen an. Seine Hand um den Schwertknauf hatte zu zittern begonnen. Die Anspannung verband sich mit der Kälte und ließ seinen Körper beben. Ein Blick in den Schatten des Gebüschs zeigte ihm Rudolf, der sich kaum hörbar daran gemacht hatte, seine Killermaschinen aufzubauen. Das lange Metallrohr, dessen Bedeutung sich Melradin lediglich ausmalen konnte, verschaffte ihm zu seiner eigenen Überraschung ein wenig Zuversicht. Vielleicht war diese Bimbum-Ballermaschine tatsächlich so ein todsicheres Mittel gegen die Melgorianer, wie Rudolf es behauptet hatte.

Das nächste Rascheln war nun keine zwanzig Schritte mehr von ihnen entfernt. Wie versteinert standen sie da und beteten. Melradins Blick huschte durch die kaum mehr zu durchdringende Dunkelheit. Zwischen dem Geäst war nichts zu erkennen. Doch wenn sein Gehör ihn nicht täuschte, würde zumindest der erste Ghul sie verfehlen.

Sein Griff um den Schwertknauf wurde noch ein Stück fester. Das Zittern konnte er damit dennoch nicht unterdrücken. Nun war es soweit. Das Rascheln der zahlreichen Ghulfüße erfasste sie wie der Strom eines reißenden Flusses. Erste schattenhafte Konturen waren außerhalb des Waldes im Gras zu entdecken. Sie verschwanden in der Nacht, ohne die geringste Notiz von ihnen zu nehmen.

Melradin schloss die Augen und versuchte so etwas wie eine innere Ruhe zu finden, musste sich jedoch mit dem intensiven Hämmern seines Herzens begnügen. Noch hatte sie keines der Biester bemerkt. Er wollte es sich besser nicht ausmalen, in welcher Lage sie sich nun zehn Meter weiter links befunden hätten.

Angstschweiß kullerte seine Stirn hinab. Und er spürte dieselbe Angst in den Herzen seiner Gefährten. Er hielt es nicht länger mit verschlossenen Augen aus. Sein Blick huschte zu den anderen.

Laila stand ruhig da mit dem Bogen in der Hand. Melradin war sich nicht sicher, wie sehr sich diese Waffe in fast vollkommener Finsternis bewähren würde, fand jedoch wohltuende Zuversicht in der Entschlossenheit ihrer Miene.

Rudolf hätte genauso gut am Strand sitzen und den Sonnenuntergang beobachten können, so sorglos wippte sein Schnurrbart hin und her.

Naphtanael hingegen schien Melradin am nächsten zu kommen, der mit entgeisterter Miene und gelegentlich zuckender Unterlippe exakt so aussah, wie Melradin sich fühlte. Mit einer Hand lehnte er sich an die mysteriöse Stange der Ballermaschine, wobei die ganze Anlage mittlerweile einer kleinen Kampfstation mit unzähligen Rohren und Knöpfen ähnelte.

Das laute Brechen einiger Äste ganz in der Nähe ließ Melradin erschrocken zusammenzucken. Der Troll. Verdammt ... Mit angehaltenem Atem lauschte er dem näher kommenden Lärm.

Wenn sie der Troll entdecken würde, wären sie geliefert. Selbst wenn sie ihn töten könnten, würde spätestens das Erdbeben, wenn so ein Koloss zu Boden stürzte, ihnen die Horde Ghule auf den Hals jagen.

Melradin schielte noch einmal zu dem komplexen Gerüst der Bimbum-Ballermaschine. Ein Schuss und jeder Ghul im Umkreis eines Kilometers würde von ihrer Existenz erfahren. Und nicht nur Ghule! Wer wusste schon, wie viele Melgorianer sich hier herumtrieben, zwei Dunkeldrachen mit eingeschlossen? Trotzdem ... Wenn sie der Troll tatsächlich entdeckte, hätten sie wohl keine andere Wahl.

Mit angsterfülltem Blick versuchte Melradin, etwas zwischen den Baumstämmen zu erkennen. Das Gestrüpp und die Dunkelheit beschränkten die Sicht auf ein äußerst bescheidenes Minimum. Es genügte jedoch zu lauschen, um zu wissen, was vor sich ging. Der Troll war auf direktem Weg in ihr Versteck.

Melradin spürte, wie seine Knie erweichten und sich selbstständig zu machen versuchten. Mit schweißigen Händen klammerte er sich an seinem Schwert fest.

„Bitte ..." Er hörte Naphtanaels leises Wimmern neben sich.

Ein Pferd sträubte sich. Zum Glück wurde es vom nahen Bersten der Äste übertönt. Keiner wagte es, einen Finger zu rühren, während der Troll stetig näher stapfte. *Bumm, bumm, krach, krach* war der donnernde Rhythmus der schwerfälligen Schritte und der dabei aus dem Weg geräumten Äste.

Dann war es soweit. Die Keule der Bestie war das Erste, was aus der Nacht in ihr Sichtfeld trat. Mit einem kräftigen Schwung räumte der ausgerissene Baumstamm seine Artgenossen zur Seite und machte Platz für den hässlichen Wanst, der sich ungeduldig durch das Gestrüpp schleppte.

Erschrocken war Melradin in Deckung gegangen und zog das Schwert ein Stück aus der Scheide. Doch der Troll hatte offensichtlich nicht viel für seine Umgebung übrig, denn er trottete, ohne sie eines Blickes zu würdigen, weiter.

Entgeistert standen die vier regungslos da, neben ihnen zwei Pferde und ein äußerst exotisch wirkendes Gestell aus Stangen, Rohren und Knöpfen. Gerade mal zwei Meter von ihnen entfernt stapfte der Troll seines Weges – offenbar hin und weg von dem Anblick des Waldrandes und der Aussicht, endlich diesem Meer aus Bäumen und Büschen zu entkommen.

Melradin änderte seine Meinung. Trolle waren ihm mit Abstand die Sympathischsten unter den Melgorianern. Mit dem Verstand eines Ochsen bahnte sich dieses Exemplar schnurgerade eine Schneise durch den Wald. Wie erklärte man wohl so einem Fleischberg, wo es langging? Vielleicht indem man die etwaige Himmelsrichtung schätzte und den Troll darauf ausrichtete, bevor man ihn losrennen ließ. Aber was war, wenn er erstmal Fahrt aufgenommen hatte?

Die vierköpfige Ballercrew, die stumm im Wald herumstand, reichte offensichtlich noch nicht aus, um die Aufmerksamkeit eines Trolls zu erregen. Vermutlich mussten sich die Ghule jedes Mal auf ihn stürzen, wenn sie das Ziel erreicht hatten oder wenn er in die falsche Richtung trampelte.

Leider täuschte sich Melradin. Ein einziger Fehltritt genügte, um den Troll auf sich zu hetzen. Es geschah sehr plötzlich. Unsanft wurde Melradin aus den Armen seiner Erleichterung gerissen.

Naphtanael kam auf den Auslöser der Ballermaschine.

21

Melradin war fassungslos. Wie gelähmt starrte er in den Himmel, sein Gesicht erhellt von dem Lichtspiel der Funken sprühenden Leuchtkörper. Dumpf hörte er Rudolf irgendetwas fluchen. Kein Wunder. So abwegig das auch klingen mochte, ihre Lage hatte sich soeben mit einem lauten Knall und viel rotem Licht deutlich verschlechtert.

Es dauerte einen Moment, ehe Melradin fähig war, aus diesem absurden Szenario Schlüsse zu ziehen. Die Ballermaschine hatte sich offensichtlich selbstständig gemacht und war nun dabei, zahlreiche Leuchtkörper in den Himmel zu schießen. Buntes Licht erhellte die Nacht.

Melradin war wie gelähmt. Er konnte es einfach nicht glauben. Er fühlte sich seinem launischen Schicksal hilflos ausgeliefert. Etwas klopfte hinter ihm. Jemand hatte damit begonnen, verzweifelt auf die Ballermaschine einzuhämmern. Die Bemühungen zeigten Erfolg. Das bunte Leuchten am Himmel erstarb und ließ die unsanft vertriebene Dunkelheit der Nacht wieder auf ihren Platz zurück. Der Kanonendonner verstummte, hinterließ jedoch keine Stille. Die Luft roch nach Schwefel und die Pferde wieherten angsterfüllt.

Noch immer vom Schock benommen, wandte sich Melradin um. Durch den entstandenen Rauch erkannte er seine Kumpanen. Laila hatte die Geistesgegenwart besessen, nach den Zügeln der Pferde zu greifen. Naphtanael stand mit aschfahlem Gesicht da und starrte ins Nichts. „Es tut mir leid. Ich bin irgendwie abgerutscht und ..."

Mehr brauchte er nicht zu sagen. Melradin brachte es ohnehin nicht fertig, dem Häufchen Elend den angerichteten Schaden übel zu nehmen.

„Ich glaube, ihr solltet euch jetzt besser vom Acker machen", meinte Rudolf achselzuckend.

„Ihr? Was meinst du mit *ihr*?", fragte Melradin stirnrunzelnd.

„Ich bleibe bei meiner Bimbum-Ballermaschine und halte euch den Rücken frei", erklärte Rudolf vergnügt. „Bum bum, rattatta bam, zack zack! Zu blöd, dass Naphtanael ausgerechnet auf den Knopf für die feurigen Funkensprüher gekommen ist. Ich hätte die Dinger nicht anmontieren sollen. Der Auslöser hat schon beim letzten Mal geklemmt."

Melradin wollte etwas erwidern, doch wurde er von dem lauten Krachen einiger Äste unterbrochen. Der Troll kam zurückgestampft.

Sie mussten sich beeilen. Laila war am schnellsten. Sie saß bereits auf einem der Pferde. „Schnell!"

Ohne weiter nachzudenken, gehorchte Melradin und hievte sich auf das andere Pferd. Dann ging alles blitzschnell: Der Baum neben ihnen zerbarst und machte Platz für den Leib des Trolls. Vorfreudig aufgrunzend holte er mit seiner Riesenkeule aus.

Panisch blickte sich Melradin nach Naphtanael um, doch konnte er ihn in der Dunkelheit nirgends entdecken. War er etwa zu Fuß geflohen? Laila preschte als Erste los und bahnte sich den Weg durchs Dickicht zum Waldrand.

„Naphtanael!" Melradin trieb das Pferd ein Stück nach vorne und wich dem ersten Hieb aus. Sein Blick hetzte durch die Reihen der Baumstämme, doch war der Lockenkopf nirgends zu entdecken. Ein zweites Mal holte der Troll nach ihm aus, doch wurde er im selben Moment von einer Schusssalve der Ballermaschine durchbohrt. Melradin hörte Rudolfs jubelnde Stimme, als der Fleischberg mit einem letzten Gurgeln zu Boden stürzte.

Schatten kämpften sich durch das Unterholz. Ghule. Drei, vier, fünf. Es wurden immer mehr. Er musste sich beeilen. Fluchend setzte Melradin Laila nach.

Die Flucht schien aussichtslos. Schließlich kamen ihm seine Verfolger direkt entgegen. Seine einzige Chance war die Schnelligkeit des Pferdes. Und tatsächlich fegte das Tier mit atemberaubender Kraft durch den Wald ins Freie. Wahrscheinlich hatte das Pferd genauso viel Angst wie er selbst.

Am Waldrand begann das Rennen. In seinen Augenwinkeln entdeckte Melradin drei Ghule, die ihnen direkt auf den Fersen waren. Das Feuerwerk hatte immerhin dafür gesorgt, die Ghule zu verstreuen und in den Wald zu locken. Zumindest schienen momentan die meisten der Biester den Wald zu durchkämmen oder Laila hinterher zu jagen. Melradin glaubte, die Umrisse ihres Pferdes im Mondlicht zu erkennen. Im vollen Galopp preschte sie davon.

Melradins Pferd folgte ihr. Mit dem Wind flogen sie über die Weide, während die Ghule ihnen wie bissige Hunde hinterherhetzten. Die Geschwindigkeit trieb Melradin Tränen in die Augen, doch wäre so oder so nicht viel zu sehen gewesen. Das hohe Gras hatte seine Jäger verschluckt, sodass ihm nichts weiter blieb, als nach vorne zu blicken und zu hoffen.

Mit einem Satz sprang das Pferd über einen heranstürmenden Ghul. Melradin hatte ihn nicht kommen sehen und konnte sich gerade noch im Sattel halten. Mit wild klopfendem Herzen durchkämmte er mit seinem Blick die Nacht. Diese Ghule waren verdammt schnell. Als dunkle Schatten huschten sie durch das Gras.

Melradin suchte in der Düsternis nach Laila, konnte sie jedoch auf die Schnelle nirgends ausmachen. Die Drachen – wo waren sie? Auch das wollte ihm die Nacht nicht verraten. Am sternenbespickten Himmel waren sie nicht zu entdecken.

Ein plötzlicher Ruck riss Melradin beinahe zu Boden. Das Pferd strauchelte und wieherte schrill, konnte jedoch gerade noch einen Sturz vermeiden. Erschrocken fuhr Melradin herum und blickte in die hässliche Fratze eines Ghuls, der sich grunzend am Sattel festklammerte.

So kräftig er konnte, trat Melradin auf das Biest ein, doch ließ es nicht locker. Panisch griff er nach seinem Schwert. Es musste schnell gehen. Sie hatten einiges an Tempo verloren, und wenn ihr blinder Passagier nicht schleunigst das Schiff verließ, würden sie von einer ganzen Horde dieser Biester begraben werden.

Der Ghul krallte sich in das Fleisch des Pferdes und versuchte sich zu Melradin hochzuziehen. Ein, zwei beherzte Hiebe später verschwand er quiekend im hohen Gras.

Gelegenheit, erleichtert aufzuatmen, fand Melradin allerdings nicht. Das Pferd kämpfte wacker, doch es wurde schnell klar, dass die Fleischwunde es zu sehr schwächte. Melradins Fäuste ballten sich. In der einen hielt er die Zügel, in der anderen das Schwert. Solange das Pferd nicht locker ließ, wollte auch er alles geben.

Also hetzten sie weiter durch das Weideland. Von nun an allerdings in Ponygeschwindigkeit. Mit einem geschickten Schwertstreich schleuderte Melradin einen Ghul zurück ins Gras, konnte jedoch nicht verhindern, dass ein weiterer sich an eines der Hinterbeine des Pferdes klammerte.

Fluchend versuchte Melradin, das Biest zu treten, erreichte es jedoch nur mit der Fußspitze. Zum Glück ergriff das Pferd die Initiative, schlug einmal mit dem Hinterbein aus und zerquetschte den Ghul unter seinen Hufen. Die nachfolgenden Biester konnte es dadurch jedoch nicht abhalten. Gierig grunzend sprangen diese auf den Hinterleib des Pferdes. Wiehernd bäumte es sich auf, knickte dann aber ein und stürzte zu Boden.

Hart wurde Melradin in den Dreck geschleudert, wobei er gerade noch verhindern konnte, dass er sich sein Schwert selbst in den Bauch rammte. Der Schmerz machte ihn für einen Moment benommen, doch behielt er die Geistesgegenwart, sich schleunigst wieder auf die Beine zu stemmen.

Ein Ghul wurde von seiner Flinkheit überrascht und abgestochen, noch während er sich aufrappelte. Ein Blick zu seinem tapferen Pferd verriet Melradin, dass er von nun an auf sich allein gestellt war. Mit wild klopfendem Herzen drehte sich Melradin achtsam im Kreis und versuchte sich, so gut es ging, selbst Rückendeckung zu geben.

Die einzigen zwei Ghule, die Melradin im hohen Gras tatsächlich ausmachen konnte, ließen von dem Leichnam des Pferdes ab und wandten sich ihm zu. Zum Berserker mutiert schlachtete sie Melradin mit Schwerthieben in Stücke, die selbst einen Troll … na ja, zumindest hätte er sie gespürt.

Eilig blickte er um sich. Es raschelte von irgendwo her. Noch mehr Ghule waren im Anmarsch. Fluchend wollte er schon losrennen, einfach irgendwohin. Doch preschte in diesem Moment etwas aus der Dunkelheit und versperrte ihm den Weg.

Laila.

Er senkte sein zu einem Hieb angesetztes Schwert und atmete erleichtert auf.

„Steig auf, schnell!", zischte sie unnötiger Weise, denn Melradin war bereits dabei, sich hinter ihr auf den Sattel zu schwingen. Gerade noch fand er Gelegenheit sich festzuhalten, ehe Laila das Pferd wieder durch die Nacht jagen ließ, fort von den grunzenden Ghulen, fort von

Rudolf und seiner Ballermaschine und fort von Naphtanael, der gerade wahrscheinlich irgendwo durch den Wald irrte und sich stetig weiter von ihnen entfernte.

Melradin ertrug den Gedanken nicht, dass die Ghule ihn möglicherweise erwischt hatten. Er würde es sich nie verzeihen können, ihn dort im Wald zurückgelassen zu haben. Doch wo war er plötzlich gewesen? Wie vom Erdboden verschluckt. Wahrscheinlich hatte er die Nerven verloren und war Hals über Kopf davongerannt. Das sah dem Lockenkopf ähnlich. Aber vielleicht hatte er ihn in dem Durcheinander auch einfach übersehen. Immerhin war es stockfinster gewesen. Was hatte Melradin nur dazu getrieben, so schnell Reißaus zu nehmen? Vielleicht war Naphtanael lediglich vor dem Troll in Deckung gegangen, hatte sich ins Gebüsch gehechtet geworfen oder so etwas. In diesem Fall hätte Melradin ihn kaltblütig im Stich gelassen.

Ohne ein Wort zu wechseln, ritten Laila und er durch die Nacht, bis sie sich kaum noch im Sattel halten konnten und ein Bach ihren Weg kreuzte. Benommen vor Erschöpfung stiegen sie vom Pferd und taumelten eine Böschung hinab. Selbst die Grillen schienen bereits zu schlafen, denn abgesehen von dem leisen Plätschern des Baches herrschte eine vollkommene Stille. Endlich legte sich Melradin ins Gras und schloss die Augen.

22

Blinzelnd suchte Melradin nach Orientierung. Offensichtlich befand er sich noch immer mitten im Niemandsland. Ein Grashüpfer glotzte ihn von einem herabhängenden Grashalm aus an.

„Morgen", murmelte Melradin und erhob sich gähnend. Es war nicht mehr ganz so früh am Morgen, wie er es erhofft hatte. Der Mond war bereits gänzlich vom Himmel verschwunden. Die Sonne stand schon hoch am Himmel.

Mit den Händen in den Hüften begutachtete er die Umgebung. Ein Bach plätscherte keine zehn Schritte von ihm entfernt dem Horizont entgegen. Sein Verlauf führte einen flachen Hang hinab, weg von dem düsteren Wald, dessen vereinzelte Ausläufer hier und da aus dem Boden ragten, ehe der eigentliche Yeremond in der Ferne das Weideland ablöste. Das Pferd graste friedlich vor sich hin. Daneben saß Laila, die gedankenverloren dem plätschernden Wasser zusah.

„Hey!" Melradin setzte sich neben sie.

„Hallo", erwiderte sie, ohne den Blick zu heben. Ihre Stimme war brüchig und ihre Wangen gerötet.

Melradin dachte nach, was er sagen sollte. Laila hatte geweint, das war offensichtlich. Wahrscheinlich war sie wach dagesessen, während er in aller Seelenruhe bis in den Tag hinein geschlafen hatte. Doch wollte Melradin nichts einfallen, also sagte er: „Wie lang bist du schon wach?"

Laila zuckte mit den Schultern. „Hab nicht sonderlich gut schlafen können."

Melradin nickte. „Gib die Hoffnung nicht auf. Wir werden die anderen wieder sehen."

Sie warf ihm ein zittriges Lächeln zu. Eine einzelne Träne kullerte ihre Wange hinab. Schniefend wischte sie sie weg.

Etwas unbeholfen erwiderte Melradin ihr Lächeln. Zu seiner großen Überraschung rutschte sie näher und schmiegte sich an ihn, um sich daraufhin geräuschvoll den Tränen hinzugeben.

Ein wenig überrumpelt saß Melradin einen Moment lang da. Dann legte er ihr vorsichtig den Arm um die Schultern und versuchte sich in ein paar Trostfloskeln, die ihm so auf die Schnelle in den Sinn kamen und – wie er hoffte – nicht allzu idiotisch klangen. Wer hätte geahnt, dass die todesmutige Laila solch eine sentimentale Seite an sich hatte? Sie weinte und weinte und irgendwann hielt Melradin den Mund und strich stumm über ihren Rücken. Seine eigenen Augen waren trocken, doch war er tief gerührt von Lailas Tränen. Am liebsten hätte er ein wenig mitgeweint. Er genoss Lailas Nähe, sodass sie schließlich eng in einer Umarmung verschlungen dasaßen und die Köpfe aneinander lehnten.

Irgendwann gingen Laila die Tränen aus und ihr Weinen verkümmerte zu einem Schluchzen. Mit geröteten Augen sah sie auf. „'Tschuldige", schniefte sie angesichts Melradins durchnässter Jacke.

„Macht nichts", meinte Melradin skrupellos und schenkte ihr ein aufmunterndes Lächeln.

Sie lächelte zurück. „Ich bin so froh, dass ich jetzt nicht alleine bin", gab sie mit schwacher Stimme von sich.

„Ich auch."

Laila löste sich aus der Umarmung und stand auf. „Ich werde umkehren und nach Naphtanael suchen", ließ sie ihn mit der alten Entschlossenheit in der Stimme wissen.

Melradin nickte. „Ich komme mit dir." Er sagte es ebenso überzeugt wie sie.

„Gut. Dann lass uns aufbrechen."

Melradin hatte noch den bitteren Geschmack des Grünzeugs auf der Zunge, das er tatsächlich anstelle der Wurzeln hatte essen müssen, als sie den Waldrand des Yeremond erreichten. Offenbar war es an der Zeit, den Tatsachen ins Gesicht zu sehen. Er war ganz unten angelangt, stand in der endlosen Schlange der Nahrungskette ganz vorne. Selbst die Vegetarier hatten noch Plätze weiter hinten erwischt. Er war zum stupiden Grasfresser verkümmert. Und nicht einmal das hatte er alleine hinbekommen. Laila war zu ihm hergetreten und hatte ihm gezeigt, was man zur Not essen konnte und was man lieber stehen ließ. Als er dann dagesessen und an einem einsamen Stängel genagt hatte, hatte sie sich schließlich dazu erbarmt, ihm bei der Suche nach essbarem Gras zu helfen und ihm allerlei Kraut in die Hand gedrückt. Es war ein Traum gewesen. Der leckerste Büschel Unkraut, den Melradin jemals geschenkt bekommen hatte.

Anfangs war es etwas seltsam, doch Melradin gewöhnte sich rasch daran, mit Laila auf einem Pferd zu sitzen. Sie waren sich so verdammt nahe, ja, aber Laila schien sich darum nicht zu scheren. Also warum sollte sich dann Melradin deswegen einen Kopf machen? Er ließ seinen Blick an den Baumreihen entlang wandern. Er seufzte angesichts der endlosen Monotonie. Was hatten sie eigentlich vor? Hofften sie denn etwa darauf, dass Naphtanael irgendwo aus dem Wald rennen würde und ihnen zuwinkte? Oder wollten sie tatsächlich den Yeremond nach ihm absuchen? Vorsichtig schielte Melradin in die Schatten des Waldes. Ein Wunder, wenn nicht schon längst die halbe melgorianische Armee ihnen gespannt im Dickicht beim Reiten zusah.

Laila ließ sich jedoch nicht aus der Ruhe bringen und trieb den Gaul zielstrebig voran. Die Baumreihen zogen an ihnen vorbei, während Melradin das hartnäckige Gefühl nicht abschütteln konnte, verborgene Blicke im Nacken sitzen zu haben. Er fröstelte.

„Reiß dich zusammen, Junge" Verdutzt fand er seine linke Hand kräftig zupackend am Schwertknauf wieder. Er war nervös – und wie. Der Wald hatte etwas Bedrohliches, das ihn wünschen ließ, sie würden im fliegendem Galopp Reißaus nehmen und den weiten Hang hinabpreschen. Ab in die Ferne, dem Horizont entgegen.

Ein Vogelschwarm schoss aus den Baumkronen und ließ ihn erschrocken zusammenzucken. Ein Glück, dass er hinter Laila saß und sie es nicht bemerkt hatte. Wieder versuchte er, den Schatten des Waldes mit seinem Blick zu durchdringen. Dort drinnen huschten jede Menge gefährliche Gestalten umher, kein Zweifel. Nicht gerade der ideale Ort für einen Lockenkopf, sich zu verlaufen. Und ein noch Ungünstigerer, um nach ihm zu suchen.

„Darf ich fragen, was du eigentlich vorhast?", erkundigte sich Melradin, als sie eine Weile so durch die Gegend galoppiert waren.

„Wir reiten zu der Stelle zurück, an der wir uns gestern Nacht versteckt haben."

„Ach so." Melradin ließ noch einmal skeptisch seinen Blick an den Bäumen entlang wandern. Er hatte keine Zweifel daran, dass man ihm die ganze Zeit über dieselben paar Meter Waldrand hätte zeigen können, ohne dass es ihm aufgefallen wäre. „Und wo genau soll das gewesen sein?", hakte er mit gehobener Augenbraue nach.

„Da vorne irgendwo", meinte Laila und nickte gen Horizont.

Melradin ließ angesichts der grenzenlosen Gleichheit, die ihm auch bei einem Blick in die Ferne begegnete, die Schultern hängen. „Ah, ja, jetzt wo dus sagst."

„Hab Geduld", erwiderte Laila und lächelte aufmunternd. „Ich bin mir ziemlich sicher."

„Du willst die Stelle doch hoffentlich nicht daran wieder erkennen, dass ein Haufen Ghule davor sitzt, oder? Wenn wir Glück haben sogar noch in Gesellschaft von zwei Drachen."

„Raffinierte Idee, aber ich glaube nicht, dass wir noch allzu viele Ghule dort antreffen werden. Höchstens tote", sagte Laila leichthin.

„Unsere Hoffnung basiert also darauf, dass Rudolf den zwei, drei Dutzend Ghulen alleine den Garaus gemacht hat?"

„Nein", sagte Laila mit dem Anflug von Ungeduld. „Es ist natürlich nur ein Gefühl, aber ich hatte gestern Nacht nicht den Eindruck, dass die Melgorianer wirklich vorhatten, am Waldrand zu rasten. Ich meine, was sollten sie da schon? Schlafen?"

Da musste ihr Melradin allerdings recht geben. Eine schnarchende Truppe Ghule überstieg seine Vorstellungskraft. Dennoch: „Wir sollten trotzdem vorsichtig sein. Immerhin haben es die Melgorianer auch als sinnvoll angesehen, hier durch den Wald zu streunen."

„Ja, du hast recht."

Er seufzte. „Jetzt muss sich nur noch Naphtanael die ganze Zeit über nicht von der Stelle gerührt haben und der Plan geht auf."

„Er wird dort sein", erwiderte Laila mit einer Überzeugung, die keinen Zweifel zuließ.

Vielleicht hatte sie sogar recht, dachte sich Melradin. Vielleicht würden sie Naphtanael tatsächlich dort wieder finden, wo sie sich in der vergangenen Nacht verloren hatten. Nur wusste er nicht, ob er ihn dann noch wirklich finden wollte. Ihn dort tot liegen zu sehen, würde er nicht ertragen. Es würde bedeuten, wieder allein auf der Welt zu sein.

Nein – er vertrieb seine düsteren Gedanken – ganz so verlassen war seine Situation nicht. Er hatte immer noch Laila und sie war mindestens genauso gewillt, Naphtanael wieder zu finden wie er. Also würden sie ihn auch finden. Lebend. Anders durfte es einfach nicht kommen.

Seine Gedanken wanderten zu Rudolf. Er hatte ihm sein Leben zu verdanken. Das Kerlchen mit dem gewaltigen Schnurrbart hatte gestern Nacht mehr Mumm bewiesen, als es Melradin bei irgendjemandem für möglich gehalten hätte. Vielleicht hatten es Naphtanael und er ja irgendwie gemeinsam geschafft, sich gegen die Horde Ghule zu behaupten. Irgendwie ...

Laila zog plötzlich an den Zügeln, sodass ihr davonfegender Galopp zu gemütlichem Traben verkümmerte.

„Was ist?", fragte Melradin aufgeschreckt, während sein Blick ergebnislos durch die Gegend stolperte.

„Da vorne." Vorsichtig lenkte sie das Pferd ins hohe Gras.

Mit der Hand am Schwert, versuchte Melradin zu entdecken, was sie meinte. „Was, verdammt? Was, da vorne?", zischte er.

„Siehst du es denn nicht? Da vorne im Gras!" Laila nickte in eine Richtung.

Verdutzt wurde Melradin fündig. Das tote Pferd; da lag es inmitten des hohen Grases, friedlich und in Gesellschaft einiger hungriger Fliegen. Melradin schluckte. Letzte Nacht hatte nicht viel gefehlt und er würde sich nun keine zwei Schritte entfernt von der warmen Sonne bescheinen lassen, während ihm eine Fliege im Auge herumpulte. Sein Blick wanderte wieder zum Waldrand. So nah war er gestern Nacht dem Yeremond gewesen. Seine Orientierung hatte ihm eigentlich bestätigt, dass er sich mit vollem Karacho von jeglichem Baum und Busch entfernte.

„Oh", trat es Melradin über die Lippen, als ihr Pferd noch ein Stück näher an seinen toten Artgenossen herantippelte. Die blutrünstigen Ghule hatten es sich offensichtlich schmecken lassen. Der Kopf des Pferdes war spurlos verschwunden. Das lebendige Exemplar trat noch ein Stück heran und schnüffelte an den Hufen seines gefallenen Kameraden.

Laila tätschelte ihm liebevoll den Hals. „Tut mir leid, tapferes Pferd. Jetzt haben wir wohl etwas gemeinsam."

Mit gesenktem Kopf setzte sich der Trauermarsch wieder in Bewegung. Das Pferd trottete den Waldrand entlang, einen flachen Hang hinunter, zu dessen Füßen sich die weite Ebene jenseits des Yeremond erstreckte.

„Man könnte meinen, man sei allein auf der Welt", durchbrach Melradin schließlich das nachdenkliche Schweigen.

Laila murmelte ihre Zustimmung. Einen Moment lang war wieder der dumpfe Hufschlag das Einzige, was die Ruhe erfüllt, dann fragte sie: „Hast du noch Hoffnung?"

„Wie meinst du das?"

„Ob alles jemals wieder so sein wird, wie es einmal war." Laila seufzte sehnsüchtig bei dem Gedanken.

Melradin ging einen Moment in sich. Er war sich seltsam unschlüssig. Wie war es denn überhaupt gewesen?

„Nun äh, es ist so ... Ich weiß überhaupt nicht, wie es einmal gewesen ist. Mein früheres Leben – ich kann mich nicht daran erinnern."

„Du hast alles vergessen? Wieso?"

„Das ist es ja gerade: Ich weiß es nicht." Melradin dachte an die Begegnung mit dem Alten in dem winzigen Wald. Damals hatte er noch keine Ahnung von Lethuriel und all den anderen Welten gehabt. Er hatte nichts von Melgor und der Schwarzen Invasion gewusst. Noch nicht einmal seinen eigenen Namen hatte er gekannt. Nichts – da war nicht eine einzige Erinnerung gewesen.

„Ich bin einfach so aufgewacht. Als kleiner Junge in irgendeiner abgelegenen Welt."

„Seltsam", murmelte Laila. „Wer weiß, vielleicht bist du ja der Herrscher irgendeiner großen Welt und hast es bloß vergessen?", mutmaßte sie lächelnd.

„Oh, nein, das glaube ich nicht", meinte Melradin schmunzelnd. „Trotzdem ... Ich habe zwar nicht dieselbe Sehnsucht wie du, denn ich kann mich an nichts erinnern, das mir fehlen könnte. Aber es sind die Erinnerungen selbst, die ich vermisse. Ich sehne mich danach, zu wissen, wer ich bin."

„Das verstehe ich. Bei ..." Sie hielt inne.

Melradin sah auf. „Was ist?", flüsterte er.

„Da vorne."

Wieder jagte Melradin seinen Blick durch die Gegend, ohne fündig zu werden.

„Eine Gestalt, ich bin mir sicher!", flüsterte Laila aufgeregt.

Mit klopfendem Herzen suchte Melradin den Waldrand nach irgendetwas Auffälligem ab. Was auch immer es gewesen sein mochte, nun hielt es der Schatten des Waldes vor ihm verborgen. „Wahrscheinlich nur ein Tier", versuchte Melradin sich selbst zu beruhigen.

„Nein, verdammt", zischte Laila zurück und zückte ihren Bogen, was angesichts des Platzmangels gar nicht so einfach war. „Ich steig ab und sehe nach."

„Kommt gar nicht infrage!", wollte Melradin sie zurückhalten, natürlich vergebens. Erstaunlich geschickt ließ sie sich aus dem Sattel gleiten. Melradin ging es durch den Kopf, wie viele Kinnhaken er wohl seinem Hintermann verpasst hätte, wenn er mit so wenig Spielraum vom Pferd gestiegen wäre. Trotzdem. Das war viel zu gefährlich für sie. „Was machst du denn mit deinem Bogen, wenn der plötzlich vor dir steht?", bettelte er ein letztes Mal um eine Audienz bei ihrer Vernunft.

„Wirst schon sehen."

Fluchend blieb Melradin zurück, die Zügel unbeholfen in der Hand. Ein, zwei Momente rang er noch mit sich selbst, dann schwang auch er sich aus dem Sattel und stolperte seiner Gefährtin hinterher. So leise er konnte, zog er sein Schwert. Der Waldrand mit seinem dichten Gebüsch glotzte sie kalt und stumm an, ohne auch nur einmal mit der Wimper zu zucken. Ein letzter wehmütiger Blick zurück zeigte ihm das friedlich dastehende Pferd. Fragend glubschte es zu ihnen hinüber, dann senkte es den Kopf und begann Gras zu fressen.

Melradin war es nicht wohl dabei, einfach stupide etwas hinterher zu rennen, das möglicherweise eine Gestalt gewesen war. Immerhin war dieser Jemand, wenn er denn überhaupt existierte, bereits im Wald verschwunden, während sie noch im Rampenlicht der Wiese herumschlichen. Wenn sie sich nun durch das Gebüsch kämpften, konnte sie also alles erwarten – nur ganz bestimmt keine einsame Gestalt, die sich ihnen bereitwillig stellte. Und dabei ließen sie auch noch das Pferd allein!

So leise sie konnten, bahnten sich die beiden einen Weg durch das Dickicht. Melradin hätte gerne behauptet, dass sie dabei selbst vom Biegen eines fernen Grashalms übertönt hätten werden können, so unhörbar wie die Stille der Nacht persönlich. Doch waren sie nun mal keine Elben, weshalb Melradin seine Erwartungen schnell zurückschraubte und sich dafür feierte, überhaupt einen Weg durch die ersten Meter Gestrüpp gefunden zu haben.

Als sich die Mauer des Gebüschs ein wenig lichtete, hielt Laila inne und lauschte in die Ruhe des Waldes. Melradins Blick schielte an den zahlreichen Baumstämmen vorbei und vergewisserte sich, dass die mysteriöse Gestalt nicht zufällig untätig in der Gegend herumstand. Wie vermutet war sie allerdings nirgends zu entdecken.

Stille legte sich über sie. Der Wald schien ihnen zu lauschen wie ein gespanntes Publikum. Etwas kribbelte in Melradins Nacken, eine ungute Vorahnung. Ruhelos huschte sein Blick durch das Geäst. Am Waldrand blieb er hängen. Selten war er sich so einig mit sich selbst gewesen. Sie sollten schleunigst von hier verschwinden.

Vorsichtig räusperte er sich. „Ich finde ..."

Mit einer schnellen Bewegung brachte ihn Laila zum Schweigen. Achtsam machte sie einen Schritt nach vorne, einen Pfeil an der Sehne. Noch achtsamer folgte ihr Melradin, immer darauf bedacht, nicht einmal dem kleinsten Zweig einen Grund dafür zu geben, zu knacken.

Dann plötzlich geschah es. Der Fremde sprang aus seinem Versteck hervor. Mit wütendem Gebrüll und erhobenem Streitkolben hechtete er hinter einem massigen Baumstamm hervor, hielt dann jedoch inne, anstatt die zwei völlig perplex dastehenden Gefährten zu Matsch zu stampfen.

„Laila?" Verdutzt senkte der Angreifer seine Waffe wieder.

„B-bodo?", stotterte Laila ungläubig.

„Und Melradin! Ich fasse es nicht!" Bodos Miene hellte sich auf, ehe er seinen Kolben beiseite warf und die beiden in einer Umarmung zerquetschte. „Was zur Hölle hat euch in diese gottverlassene Gegend verschlagen?", fragte sie Bodo, als sie, etwas unsicher auf den Beinen, wieder aus seiner Umarmung gewankt waren.

„Genau dasselbe wollte ich dich grade fragen", erwiderte Melradin mit einem breiten Lächeln und massierte sich seine schmerzenden Rippen.

„Na, ich bin euch gefolgt!", meinte Bodo, so als sei das sonnenklar.

„Gefolgt? Wie denn das? Sag bloß, du hast ein Pferd dazu gezwungen, dich bis hierher zu schleppen." Melradin nahm ihren Kumpanen unter genaueren Augenschein. Allein die Tatsache, dass er sich vor ihnen hatte verstecken können, zeugte davon, dass er in den vergangenen Tagen einiges an Körperfülle hatte einbüßen müssen. Auch wenn Melradin nicht sofort zweifelsfrei den Unterschied erkennen konnte, so schien Bodos Gesicht zumindest ein wenig blasser als sonst. Auf jeden Fall das bisschen, was unter seinem Vollbart noch zu erkennen war. Ansonsten schien es ihm aber den Umständen entsprechend gut zu gehen.

„Nein", antwortete Bodo lachend. „Ich bin euch hinterher gespurtet. Zu Fuß! Dem Arsch von deinem Pferd hinterher." Er nickte zu Laila. „Hab's nich' glauben können, als du in Richtung Yeremond davon galoppiert bist, aber das hat mich treuen Esel natürlich nich' davon abgehalten, euch hinterher zu rennen."

„Ich hatte nicht vor, hierher zu fliehen!", verteidigte sich Laila. „Ich bin nur Melradin gefolgt …", sie stockte. „Und Naphtanael."

„Wo ist er?", hakte Bodo mit besorgter Miene nach.

„Wir wissen es nicht", erwiderte Melradin. „Wir haben uns letzte Nacht verloren, als wir von einer Horde Ghule überrascht wurden."

„Verstehe. Die streunen hier rum wie die Fliegen. Hatte auch schon das Vergnügen." Sein Blick fiel kurz auf den Streitkolben im Gras, der an der einen oder anderen Stelle noch winzige Ghul-Überreste an sich zu haften haben schien.

„Aber ich verstehe das immer noch nicht", führte Melradin das Gespräch fort. „Wie, um alles in der Welt, konntest du bis hierher unserer Fährte folgen?"

„Tja." Bodo grinste geheimnistuerisch. „Ich bin eben Meister des Spurenlesens. Wenn man weiß, wonach man suchen muss, dann hinterlassen selbst deine bestialischen Blähungen ihre Abdrücke im Gras, Melradin."

„Sehr lustig."

„Also, im Ernst", riss sich Bodo zusammen. „Natürlich bin ich keine hundert Schritte weit gekommen, bis ich euch komplett aus den Augen verloren hatte. Aber ich kannte so etwa die Richtung und da ich mal nich' davon ausging, dass ihr scharf drauf sein würdet, euch durch den Wald zu schuften, musste ich im Grunde irgendwann nur noch am Wald entlang."

„Hattest du denn nie die Befürchtung, dass wir einfach umgekehrt sind und du dich hier völlig umsonst durchkämpfst?", fragte Laila ungläubig.

„Na ja, so weit is' das gar nicht", meinte Bodo achselzuckend. „Ich weiß, die Gegend hier is' ziemlich verlassen, aber immerhin sind wir noch auf der richtigen Seite des Yeremond." Er gluckste über seine eigenen Worte. „Und, auch wenn es nicht danach aussieht, is' Asilithin vielleicht einen halben Tag von hier entfernt."

Laila hob skeptisch die Augenbraue. „Wenn man das Pferd dabei zu Tode hetzt, vielleicht."

„Äh jaah, zu Fuß vielleicht auch einen ganzen Tag", gestand Bodo. „Nun ja, natürlich war ich mir irgendwann mal unschlüssig, ob die ganze Sucherei noch Sinn macht. Letzte Nacht, um genau zu sein. Ich meine, immerhin wird in diesem Moment Asilithin höchstpersönlich belagert und ich gehe auf Wanderung. Aber dann", er grinste bei dem Gedanken, „ihr werdet's mir wahrscheinlich nich' glauben, aber dann machte es plötzlich Bumm und ein riesiges Feuerwerk hat den Himmel erleuchtet. War gigantisch, sag ich euch."

Melradin und Laila tauschten vielsagende Blicke.

„Na ja, und da dachte ich mir, vielleicht is' das ja Melradin mit seinen Zaubertricks, der mich so sehr vermisst, dass er es in Kauf nimmt, alle Ghule dieser Welt auf sich zu hetzen, nur um mir zu zeigen, wo er sich gerade befindet." Bodo lachte in seinen Bart. „Und offenbar lag ich da gar nicht so falsch, stimmt's?"

„So in etwa." Melradin grinste. „Wobei das eher ein Missgeschick war."

„Längere Geschichte", fügte Laila ebenfalls lächelnd hinzu.

„Oh, ja, großartig! Aber erzählt sie nachher. Ich muss euch vorher noch etwas zeigen, kommt mit!"

23

Die Überraschung war Bodo allerdings gelungen, als er sie durch den Wald zu seinem provisorisch eingerichteten Lager geführt hatte. So sehr sich Melradin auch über die Überraschung freute, Laila schlug ihn emotional dennoch um Lichtjahre. Und nicht nur Laila. Auch Ellen, die neben einem erloschenen Lagerfeuer lag, in Lumpen eingewickelt. Ihre makellose Schönheit hatte etwas unter den Strapazen der vergangenen Tage gelitten. Ein aus Kleidungsstücken zusammengeflickter Verband quer über ihren Bauch zeugte von der Wunde, die ihr offenbar einer der rotäugigen Krieger zugefügt hatte.

„Aber sie hat noch Glück gehabt", meinte Bodo, als sich Ellen stöhnend aufgerichtet hatte, um ihnen den Verband zu zeigen. „Die Wunde ist nicht allzu tief."

„Nur ziemlich lang", fügte Ellen hinzu.

„Verheilt sie?", fragte Laila mit mitleidigem Blick.

„Ja. Sie eitert kein bisschen, dank Bodos großartigen Kräuterkenntnissen." Sie warf ihm ein dankbares Lächeln zu.

Bodo errötete leicht. „Och, höhö." Er kratzte sich verlegen im Nacken. „Das war halb so wild. Ein bisschen was vom Grünbachkraut und so 'ne Wunde ist im Nu verheilt. Aber jetzt erzählt mal, wie es zu diesem Bumm kam."

Sie setzten sich in einem Kreis hin und begannen über die letzten Tage zu sprechen, die sie getrennt voneinander hatten durchleben müssen. Bodo hatte Ellen das Leben gerettet, indem er einen der vermummten Melgorianer daran gehindert hatte, sie abzustechen.

„Das war ein knappes Ding, kann ich euch sagen", meinte Bodo mit trübem, gedankenverlorenem Blick. „Einen Moment später und es hätte etwas mehr als ein paar Büschel Kraut gebraucht, um Ellen bei Gesundheit zu halten."

„Allerdings", stimmte ihm Ellen zu. „Ich hatte riesiges Glück."

„Wisst ihr ..." Es kostete Laila sichtlich Kraft, danach zu fragen. „Wisst ihr, was mit den anderen ist?"

Ellen schüttelte betrübt den Kopf. „Wir hatten gehofft, dass sie bei euch sind."

„Franz ist nach Asilithin geflohen", sagte Melradin. „Wir haben uns bei der Flucht vor Annealaisa verloren."

„Weiß irgendjemand etwas über Tyleîn?", fragte Laila.

Sie schwiegen betreten.

„Vielleicht hat ers mit der Angst zu tun bekommen und ist wieder nach Hause." Ellen lächelte schwach. „Würde ihm ähnlich sehen."

„Ich hoffe es", murmelte Laila.

„Fehlt nur noch Naphtanael. Und natürlich dieser komische Rudolf. Den Typen würde ich zu gern mal kennenlernen", meinte Bodo grinsend. „Ohne seine Erfindung hätten wir uns wahrscheinlich niemals wieder gefunden."

„Und ohne Naphtanaels Tollpatschigkeit", fügte Laila hinzu.

„So wie ihr's erzählt habt, is' auch der noch wohl auf. So leicht lassen sich Feen nich' abmurksen. Das hab ich mittlerweile gelernt", erwiderte Bodo mit einem warmen Lächeln. „Also, keine trübsinnige Stimmung aufkommen lassen! Wir haben uns wieder gefunden, das muss gefeiert werden!" Strahlend packte er einen ordentlichen Laib Fladenbrot aus seinem Beutel. „Schmeckt jetzt zwar wahrscheinlich ein bisschen nach Moos, aber dafür is' es noch nich' bockelhart." Stolz verteilte er das Festessen.

„Bodo, ich habe mich grade in dich verliebt", gestand ihm Melradin.

„Ich sag doch: Solang ihr mit dem Bodo reist, is' fürs Essen gesorgt", erwiderte er lachend.

Es war ein Genuss, den Melradin unmöglich hätte in Worte fassen können. Wieder etwas Essbares in die Finger zu bekommen, hatte seit diesem Morgen die Hauptrolle in seinen kühnsten Träumen an sich gerissen. Ihr nun so unerwartet in der Realität über den Weg zu stolpern war die reinste Erfüllung.

„So. Ich hoffe, euch hat's geschmeckt", erhob Bodo schließlich wieder die Stimme, als nach dem Bruchteil eines Augenblicks das Festmahl aufgegessen war. „Mein Rucksack is' jetzt nämlich leer. Hätte mir das mit der sinnvollen Rationierung vielleicht noch mal durch den Kopf gehen lassen sollen, aber so dürr, wie ihr da dahergelaufen seid, hab ich's einfach nich' über's Herz gebracht, hier die Krümel abzuzählen."

„Dann sollten wir so schnell wie möglich aufbrechen", meinte Melradin. „Wir müssen nach Naphtanael suchen."

„Gut, dann suchen wir zunächst nach unserem Lockenkopf und sehen dann zu, dass wir so schnell wie möglich zurück nach Asilithin kommen", beschloss Bodo und richtete sich ächzend auf. „So ... habt ihr zufällig noch 'n paar von diesen Bumm-Teilen?"

Bodo hatte die Schwierigkeit ihres Vorhabens erfasst. Der Yeremond war gewaltig groß. Wie sollten sie da Naphtanael finden, ohne dabei die halbe melgorianische Armee auf sich zu hetzen? Während sie darüber nachdachten, neigte sich der Tag allmählich dem Ende zu und der Wald mit seiner bedrückenden Ruhe wurde noch unheimlicher, als er ohnehin schon war.

„Wir sollten vorsichtig sein", meinte Bodo, als der Himmel sich allmählich orange zu färben drohte. „Nachts streunen nicht nur Ghule durch diese Gegend." Er setzte sich zu ihnen.

Sie hatten die Umgebung nach Naphtanael abgesucht und waren dabei auf das seltsame Gestell der Ballermaschine gestoßen. Obwohl keiner von ihnen eine Ahnung hatte, wie das unheimliche Gerät funktionierte, so war es trotzdem offensichtlich, dass es kaputt war. Die Stangen und Rohre lagen zerstreut auf dem Boden und hier und da hingen abgerissene Kabel aus dem noch wackelig stehenden Grundgerüst. Von Rudolf war jedoch keine Spur zu sehen.

„Vielleicht ist er ja mit Naphtanael in Sicherheit geflohen", hatte Ellen hoffnungsvoll gemeint. Möglich war es, doch hatte Melradin angesichts des fehlenden Pferdekopfes nicht das Gefühl, dass Ghule zwangsläufig Reste ihrer Beute übrig ließen.

Nachdem sie die Stelle nach irgendetwas Brauchbarem abgesucht hatten, waren sie schleunigst wieder verschwunden. Der Grund war der gewöhnungsbedürftige Anblick der Troll-Leiche, umgeben von sicherlich einem knappen Dutzend Ghul-Kadavern. Rudolf hatte offenbar wacker gekämpft. Dennoch waren es letztendlich selbst für ihn einfach zu viele gewesen. Oder? Ein kleines Detail hatte Melradin stutzen lassen. Ein Stein, der auf einem der Knöpfe lag. Es konnte Zufall sein, doch vielleicht hatte Rudolf es ernst gemeint, als er ihnen hatte weiß machen wollen, dass ein Stein auf dem Auslöser ausreichte, um die Ghule in Asilithin zu erlegen.

„Ich will nicht daran denken, aber wenn sich Naphtanael bis morgen früh nicht zeigt, muss ich ohne ihn aufbrechen", brummelte Bodo mit trübseliger Miene.

Laila seufzte. Sie hatte versucht, es vor den anderen zu verbergen, doch war keinem entgangen, dass sie geweint hatte. „Ja, du hast recht", erwiderte sie mit belegter Stimme.

Melradin räusperte sich. Ihm war etwas in den Sinn gekommen, das ihn schon seit einiger Zeit beschäftigte. „Was genau haben wir nun eigentlich vor? Ich meine, mal angenommen Asilithin ist noch nicht gefallen, dann müssten wir ja trotzdem das Schlachtfeld von hinten aufräumen. Das wird sicherlich nicht besonders spaßig werden. Oder gibt es einen Hintereingang für Zuspätkommer, von dem ich noch nichts weiß?"

Bodo nickte betrübt. „Darüber hab ich auch schon nachgedacht. Vielleicht haben wir Glück und einer von den Vlandoranern fliegt uns rüber."

Das war also der Plan. Melradin tat sich schwer, seine Enttäuschung zu verbergen.

„Aber möglicherweise ist die Schlacht ja mittlerweile auch schon vorüber und die Melgorianer wurden vertrieben", überlegte Ellen hoffnungsvoll.

„Dann fliehen die Ghule hier in der Gegend aber in die falsche Richtung", erwiderte Melradin.

„Ja, dass man ohne uns bereits die ganze Drecksarbeit erledigt hat, glaub ich auch nicht", stimmte ihm Bodo zu. „Aber die Tatsache, dass ich noch existiere, is' doch der Beweis dafür, dass das Feuer auf der Königsstatue noch brennt."

Ein leises Lächeln trat Melradin bei diesem Gedanken auf die Lippen. „Wie löscht man so ein ewig brennendes Feuer überhaupt?"

Laila schmunzelte. „Gute Frage. Wahrscheinlich stehen die Melgorianer gerade ratlos vor der Statue und haben keine Ahnung, was sie jetzt überhaupt tun sollen."

„Erstmal schmeißen sie sie um, nehm' ich mal an. So würde es zumindest ich machen", vermutete Bodo heiter. „Und dann setzt sich

Annealaisa mit ihrem gewaltigen Hintern drauf und die Sache dürfte erledigt sein."

Sie lachten.

„Nur warum hat sie es dann bisher nicht getan?", fragte sich Ellen laut. „Meiner Meinung nach sah sie nicht gerade danach aus, als würde sie sich von einem Pfeilhagel stören lassen."

„Na ja, von einem Pfeilhagel vielleicht nicht. Aber Lethuriel is' nich' umsonst die größte Welt auf der Seite der Sonne", sagte Bodo sichtlich stolz. „Dieser Krieg hat eine gute Sache. Man hat aufgehört, sich vor Langeweile selbst die Köpfe einzuschlagen. Jetzt sind alle unter einem Banner vereint." Seufzend machte er es sich ein wenig bequemer.

Müdigkeit kam allmählich über die kleine Truppe.

„Also, ob ihr's glaubt oder nicht, bevor die Sache mit der Schwarzen Invasion richtig angefangen hat, gab es hier genügend andere Kriege. Da is' zum Beispiel Quendolin, der Magier auf der anderen Seite vom Yeremond. Verdammt weit weg. Sogar noch hinter dem Gebirge. Er hat versucht, diesen einen Drachen wieder zum Leben zu erwecken. Slorial, genau, so hieß er. Is' ihm bisher, soweit ich weiß, nich' gelungen, aber er könnte auf jeden Fall für 'ne Überraschung gut sein. Und wenn nich' ... Annealaisa wird es trotzdem nich' wagen, einfach daherzufliegen und ihren Arsch auf die Statue zu setzen. Dafür steht zu viel auf dem Spiel. Wenn die gute Dame verreckt, kann sich Melgor erstmal wieder für die nächsten hundert Jahre in seinem Loch verkriechen."

„Quendolin ... der Name gefällt mir. Würde gut zu einer Fee passen. Aber zu einem Zauberer – ich weiß nicht", meinte Ellen achselzuckend.

„Ja, is' auch 'n komischer Typ." Bodo grinste. „Hab ihn mal aus der Nähe betrachten können. Nich' viel größer als 'n Zwerg und 'n Bart bis nach Dandapu. Kam mit seinem Einhorn-Pony daher geritten, 'türlich 'ne ordentliche Eskorte von seinen komischen Eiskriegern dabei."

„Ein Einhorn?", staunten Ellen und Laila zugleich.

„Ja." Bodo gluckste bei diesem Gedanken. „Gibt so einige Geschichten, was hinter den Bergen so alles zu finden is'. Dieses Miniatureinhörnchen is' eines der Highlights. Wahrscheinlich hat es Quendolin auf die richtige Größe schrumpfen lassen, um nicht ständig 'n Treppchen mitschleppen zu müssen. Kann mir eigentlich nich' vorstellen, dass so was in natura herumläuft." Er gähnte. „Schon lustig. Erst machen sie jahrelang Krieg, Asilithin und Quendolin in seinem Eisturm, und jetzt sind sie die besten Kumpels, wenn's darum geht, den gemeinsamen Feind zu verhauen."

„Sie bekriegen sich, obwohl sie so weit voneinander entfernt sind?", fragte Laila stirnrunzelnd.

„Ja ja, so ein Yeremond hält die nich' auf, ihre Steine auf die andere Seite zu werfen. Allerdings war's schon mal schlimmer. Bevor überhaupt bekannt war, dass es noch Leben auf der anderen Seite des Yeremond geben könnte, kam der Ärger aus der anderen Richtung. Is' schon 'ne Weile her. So etwa ..." Einen Moment suchte Bodo nach einer passenden Zahl. „Sechzig Jahre bestimmt. Als Doaed kaum noch mehr war als ein Mythos. Sobald mal keiner mehr da is', der aufpasst und für klare Regeln sorgt, bilden sich zwangsläufig Lager, die damit beginnen, sich gegenseitig zu bekriegen. Muss übel gewesen sein damals. Ein echtes Chaos, bis irgendwann sogar damit gedroht wurde, das Licht selber auszumachen, wenn die ganze Rauferei nicht endlich ein Ende hat. Na ja, irgendwann haben sie sich dann wieder vertragen, als die Eiskrieger auf der anderen Seite plötzlich auch mitkämpfen wollten."

„Was geschieht eigentlich, wenn ein Licht erlischt?", fragte Laila dazwischen.

Keiner konnte ihr auf Anhieb antworten.

„Äh", setzte Bodo als Erster an. „Ich nehme mal an, alles wird schwarz, oder nich'? Und die, die damit ihre Herkunft verloren haben, haben Feierabend."

„Tss, Feierabend", äffte Ellen nach. „Glaubt ihr denn nicht an so was wie ein Leben danach?"

„Ach komm, hör mir damit auf", meinte Bodo und brummelte ein Lachen in seinen Bart. „Irgendwann is' auch mal genug, oder nich'?"

„Ja, vielleicht", erwiderte Ellen heiter. „Aber jetzt noch nicht. Da wäre so ein Gedanke eigentlich ganz tröstlich."

„Stimmt, du hast recht", murmelte Bodo. „Jetzt is' es noch ein bisschen früh. Lasst uns also an ein Leben danach glauben."

„Ihr solltet dieses Thema ein wenig ernster nehmen", tadelte sie Melradin schmunzelnd.

„Amen", prostete ihm Bodo mit einem Lächeln in den Augen zu. „Woran glaubst du denn, Bruder Melradin?"

„Ich? Ich glaube an die Erfüllung", erwiderte dieser etwas zögerlich.

Bodo gluckste. „Klingt gut. Bin dabei."

„Was meinst du denn mit Erfüllung?", fragte ihn Laila, die sich als Einzige der drei noch nicht über ihn lustig machte.

„Nun, dass ähm", stammelte Melradin. So weit hatte er zugegebenermaßen noch nicht gedacht. „Dass das Ende gut sein wird, egal, ob Schwärze oder ein Leben danach."

Laila schenkte ihm ein warmes Lächeln. „Dann glaube ich auch an die Erfüllung."

„Aaaah, dieses Lächeln." Melradin schmolz dahin, während sich seine Mundwinkel selbstständig zu einem schiefen Grinsen formten. Es war ihm zwar schon öfter aufgefallen, aber in diesem Augenblick sah Laila einfach verboten gut aus. Dieses äußerst vorteilhaft geformte Gesicht zwischen dem braunen gewellten Haar. Schon praktisch, wenn man sich das Aussehen aussuchen konnte.

Etwas unterbrach seine Träumereien. Ein Geräusch, das plötzlich die Ruhe des Waldes durchzog. „Psst, seid mal leise", zischte er die anderen an.

Das Lachen von Bodo und Ellen verstummte abrupt.

Verwundert sah Bodo auf. „Wie ... was?" Auch er horchte auf.

Etwas raschelte durch das Gestrüpp, während es sich in beängstigender Geschwindigkeit ihnen näherte.

„Scheiße!" Mit einem schnellen Handgriff packte Bodo seinen Streitkolben und stand auf. Keine Sekunde zu früh.

Etwas sprang aus dem Gebüsch und versuchte, nach Laila zu schnappen. Melradin riss sie gerade noch rechtzeitig zur Seite, ehe Bodo seinem Vorschlaghammer das Wort erteilte. Zwei beherzte Hiebe später war alles vorbei. Mit schockiert aufgerissenem Blick betrachtete Melradin den Angreifer. Das tote Tier erinnerte ein wenig an einen Hund. Doch es war ein ganzes Stück größer und die schwarzen Augen über dem aufgerissenen Maul hatten etwas Dämonisches. Vielleicht ein Werwolf?

„Ein Höllenhund", brummelte Bodo mit trüber Miene. „Irgendjemand in den höheren Etagen von Melgor muss etwas persönlich gegen uns haben, dass sie bereits ihre Schoßhündchen durch den Yeremond jagen lassen." Bodo tippte mit seinem Streitkolben auf das beachtliche Gebiss ihres beherzten, aber kläglich gescheiterten Angreifers. „Tragbarer Fleischwolf, sag ich da nur. Mit diesen Beißerchen is' nicht zu spaßen."

„Dann sollten wir wohl jetzt besser aufbrechen", schlug Melradin vor und machte sich bereits daran, seine Sachen zu packen.

„Gute Idee." sagte Bodo und verstaute eilig seinen Wasserschlauch im Rucksack.

„Was machen wir mit dem Pferd?", fragte Laila, die zu Ellen getreten war, um ihr auf die Füße zu helfen.

„Reite du mit Ellen", antwortete Melradin hastig. „Bodo und ich kommen schon zurecht."

„Wohin denn überhaupt?" Lailas Stimme überschlug sich.

Die Stille des Waldes war mit einem Mal verschwunden. Etwas näherte sich ihnen. Schnell und, soweit es Melradin abschätzen konnte, auch beängstigend zahlreich.

„Keine Ahnung, Richtung Asilithin!", erwiderte er und spurtete ihr und Ellen hinterher. Bodo folgte ihm als Schlusslicht. Melradins Beine flogen wie von selbst über den Waldboden, während er hektisch mit den Armen versuchte, das Gröbste an Geäst aus dem Weg zu räumen. Allerdings nur mit bescheidenem Erfolg.

Sein Herzschlag pochte ihm von innen gegen den Schädel, während er fieberhaft nach einer Möglichkeit suchte, seinem rasch näher kommenden Schicksal zu entgehen. Davonlaufen würde nicht lange gut gehen. So viel Mühe sich Bodo auch gab, mit dem Streitkolben in der Hand war er viel zu langsam.

Kämpfen. Der Gedanke behagte ihm absolut nicht. Mit einem Bodo, der sich völlig fix und fertig kaum noch auf den Beinen halten konnte, gegen ein Rudel Höllenbestien zu kämpfen, war das Letzte, was er tun wollte.

Ein Ast traf ihn hart ins Gesicht und hätte ihn beinahe zu Fall gebracht. Benommen schleppte er sich weiter. Zu seiner Überraschung brachte ihn der Schmerz auf eine Idee. Auf einen Baum klettern! Es musste schnell gehen, wenn sie den Hunden noch rechtzeitig ins Blätterdach entkommen wollten. Panisch huschte sein Blick von Stamm zu Stamm.

„Schnell!" Er verdrängte die Vorstellung, wie sich Bodo verzweifelt einen Ast hinaufzuhieven versuchte, während sich der ganze Baum ächzend dem Boden entgegen bog. Was sie jetzt brauchten, war etwas Stämmiges, das leicht zu erklimmen war. Das Rascheln wurde immer lauter. Mit rasendem Herzen fegte Melradin durch das Gebüsch. Er wurde nicht fündig. Dann erblickte er den Waldrand. Nur noch wenige Dutzend Schritte trennten sie von dem nackten Weideland.

„Komm schon!" Warum musste Bodo nur so unglaublich fett sein? Verzweifelt hechtete Melradins Blick von Baum zu Baum. Blind stolperten seine Füße ungebremst weiter. „Da!" Das musste jetzt einfach gehen. Die Zeit entrann ihm wie Sand seinen Fingern. Schlitternd blieb er vor einem der Bäume stehen. Bodo schleppte sich ihm entgegen.

„Bodo!", japste ihm Melradin mit überschlagender Stimme zu.

Bodos linke Augenbraue zuckte entsetzt. Mehr Mimik war gerade nicht drin. Um sein Leben keuchend wankte er in Melradins Arme. „W-was?!", brachte er schließlich heraus.

„Schnell!"

Perplex sah Bodo ihn an. „Was? Da rauf?" Entgeistert zeigte er mit dem Finger auf dieses Pflänzchen eines Baumes. Zugegebenermaßen hatte Melradin etwas anderes im Kopf gehabt, doch blieb nun einfach keine Zeit mehr, nach Brauchbarerem zu suchen.

„Gib den mir! Und jetzt mach!", zischte Melradin und riss Bodo den Streitkolben aus der Hand. Ohne auch nur den geringsten Widerstand leisten zu können, fiel das Vorderstück zu Boden. Währenddessen machte sich Bodo tatsächlich daran, über seinen Schatten zu springen und den Baum zu erklimmen. Das Geäst ächzte gefährlich.

„Scheiße, ich bin kein Affe, verdammt!", fluchte Bodo atemlos, als er hilflos in der Luft hängend kläglich darin scheiterte, einen der Äste zu erreichen. Ächzend versuchte er, sich höher zu ziehen. „Erklär mal ... wie ... in aller ... da hoch!"

„Hier, nimm den!", haspelte Melradin aufgeregt und zeigte auf das unterste Zweigchen, während er sich energisch darum bemühte, seine aufbäumende Panik im Zaum zu halten.

Bodo hielt inne und schnaubte ungläubig. „Das winzige Ding da? Das bricht ja schon weg, wenn ich aus Versehen dagegen furze!"

„Scheiße!" Mit einem panischen Kribbeln im Bauch ließ Melradin den Streitkolben zu Boden sinken und versuchte, mit rotem Gesicht, Bodos Körper in Richtung Baumkrone zu stemmen. „Auf jetzt! Arg!" Mit dem gewaltigen Hintern seines Kumpans im Gesicht presste Melradin um sein Leben, bis es Bodo endlich gelang, sich auf die untersten Äste zu hieven. Schnaufend hielt er inne. Der Baum knarrte beunruhigend.

„Schnell, weiter hoch!", drängte ihn Melradin hektisch.
Das Rascheln würde sie jeden Augenblick erreicht haben. Erschrocken fuhr Melradin herum. Noch war nichts zu sehen. Blitzschnell spurtete er zum nächstbesten Baum und hechtete sich die Äste hinauf. Gerade noch rechtzeitig. Einen Moment später preschten die Höllenhunde aus dem Unterholz.

Ein Wiehern ertönte. Ellen und Laila waren offenbar noch rechtzeitig zum Pferd gelangt.

„Und jetzt flieg, Tier, flieg um dein Leben!" Melradin betete, dass es schnell genug sein würde. Mit dem Rücken gegen den Stamm gepresst, hielt er den Atem an.

Lautes Rascheln umschloss den Baum. Ein Höllenhund nach dem anderen zog an ihnen vorbei und setzte dem Pferd hinterher. Wütendes Gebell drang von den Wiesen zu ihnen hinüber und gewann rasch an Distanz.

Melradin schloss die Augen. Seine Hände verkrampften sich um die Äste. „Bitte ..." Er konnte nun nicht mehr als hoffen. Sein Herz donnerte gegen seine Brust. Ihr notdürftiges Versteck würde sie kaum vor einem aufmerksamen Blick bewahren. Und erst recht nicht vor einer guten Nase. Ein blutrünstiges Bellen hallte von dem Waldboden zu Melradin hinauf. Erschrocken zuckte er zusammen, ohne die Augen zu öffnen. Hatte sie eine der Bestien etwa entdeckt? Melradin quetschte die Äste, so als hinge davon die ganze Sache ab.

Etwas zuckte plötzlich zwischen seinen weiß hervortretenden Knöcheln. Ein Blatt wedelte hin und her und wandte sich mit viel Mühe aus seinem tödlichen Griff. Melradin konnte nicht anders, als verdutzt zum Ende seines Armes zu schielen. Zerquetschte er da etwa gerade aus Versehen irgendein Lebewesen? Oder hatte eben tatsächlich ...

Vollkommen perplex starrte Melradin auf den Ast. Bildete er sich das bloß ein oder ... Da! Entsetzt ließ Melradin los. Der Ast wackelte plötzlich wie von selbst hin und her. Vollkommen baff kapierte Melradin erst einen Moment später, was das Rascheln der Blätter für Folgen haben würde.

Das wütende Gebell am Waldboden wurde lauter. Innerlich fluchend spähte Melradin vorsichtig den Stamm hinab. Eine der Bestien war vor seinem Baum stehen geblieben und bellte mit gefletschten Zähnen zu ihm hinauf. Neben den Pfoten des Monstrums lag ein Utensil, das Melradin in seiner Panik völlig vergessen hatte. Bodos Vorschlaghammer. Die Waffe lag dort im Gras und wies wie ein Pfeil auf ihr Versteck.

Mit geweiteten Augen blickte Melradin zu dem mutierten Hund hinab. So sollte es also zu Ende gehen. Jetzt war es nur noch eine Frage der Zeit, bis die ganze Meute um seinen Baum versammelt sein würde. Doch so verrückt dies auch klingen mochte, das war momentan nicht einmal seine größte Sorge.

Der Ast neben ihm schüttelte sich ein letztes Mal, dann sackte er wieder in sich zusammen und wankte hin und her. Ein zufriedenes Brummen drang plötzlich aus dem Erdboden und ließ die Blätter vibrieren. „Geht doch."

Melradin fiel vor Schreck fast vom Baum. Die fremde Stimme war direkt neben seinem Ohr ertönt. Wie vom Blitz getroffen wirbelte er herum.

„Hast meinen Armen ja fast das Harz abgedrückt." Im Gegensatz zu dem Brummen war die Stimme menschlich. Eine Männerstimme. Nur ein Stück tiefer als Melradins eigene.

Sein Blick huschte hin und her, konnte jedoch nichts mehr als menschenleere Äste entdecken. „W-wer spricht da?", haspelte Melradin.

Ein zweiter Höllenhund gesellte sich zu seinem Baum und knurrte mit schäumendem Maul das Geäst an.

„Hmm … soweit ich weiß, hat's mein Erschaffer versäumt, mir einen Namen zu geben. Ich bin ein Baum."

„Oh Gott … Baum?" Fast widerwillig wandte sich Melradin um.

„Keine Sorge. Bist nicht verrückt." Die Stimme lächelte. „Noch nie mit 'nem Baum geredet, was?"

„Ich … äh", hauchte Melradin vollkommen perplex. Ein Gesicht. Da. Direkt vor ihm. Ein Mund aus Rinde grinste ihn schelmisch an. Zwei große Augen ragten aus dem Stamm.

„Ist auch das erste Mal, dass sich ein Mensch in meinem Haar verheddert."

„Okay, ruhig." Melradin schloss die Augen. Tief atmete er durch. Das Gesicht war immer noch da. „Ein Baum", wiederholte er so gefasst wie möglich.

„Genau so einer bin ich."

„Ein Baum." Diesmal war der Schock nicht zu überhören. Noch einmal versuchte er, sich zu sammeln. Dann stotterte er: „Ist ... ist das hier normal? Ich meine, gibt es viele von dir?" Die Höllenhunde hatten sich mittlerweile zahlreich zu Melradins Füßen versammelt, sodass die Worte fast im Gebell untergingen.

„Bäume?" Die Augen sahen ihn verwundert an. „Na ja, wir befinden uns im Yeremond, also ..."

„Nein, halt." Melradin fuhr sich mit zittrigen Fingern durchs Haar. „Ich meine Bäume, die plötzlich anfangen zu sprechen."

„Ach so!" Der Baum gluckste, dass das ganze Blätterdach zu rascheln begann. „Nee. Hab noch keinen von denen sprechen hören." Er nickte zu seinen Nachbarn, sodass Melradin fast vom Ast gefallen wäre. „Ich penn' aber auch die meiste Zeit, von daher."

Etwas stieß plötzlich gegen den Stamm des Baumes. Erschrocken hielt sich Melradin fest. Ein Höllenhund hatte versucht, den Baum hinauf zu springen und kratzte nun wild bellend an der Rinde.

„Autsch", grummelte der Baum. „Moment kurz. Festhalten!" Der Baum bog sich nach vorne, holte aus und schleuderte den Übeltäter mit einem kräftigen Asthieb zur Seite. Seufzend richtete sich der Baum wieder auf. „Lästige Viecher."

„Wow, nicht schlecht!" Beeindruckt sah Melradin zu der weggefegten Höllenbestie. Sie war gegen den Baum gegenüber geknallt und humpelte nun wieder zu der bellenden Meute.

Apropos Baum gegenüber. Wie erging es eigentlich Bodo? Als er die Baumkrone drüben nach ihm absuchte, legte sich ein spontanes Grinsen auf seine Lippen. Da saß er und starrte vollkommen entgeistert zu ihm hinüber. Nun gut, irgendwo verständlich, wenn plötzlich der Baum nebenan zum Leben erwachte und einen Höllenhund durch die Gegend schmetterte. Breit grinsend winkte Melradin ihm zu.

„Ich nehm' mal an, die Teile sind der Grund, weshalb du dich hier hoch verirrt hast?", mutmaßte der Baum.

„Ja, stimmt." Melradin räusperte sich. „Tut mir leid, wenn ich dir damit irgendwie zu nahe gekommen bin."

Der Baum lachte. „Kein Problem. Hab sowieso verschlafen. Eigentlich wollte mich mein Meister rechtzeitig zur Sonnenwende wecken, aber dem ist wohl irgendwas dazwischengekommen."

„Dein Meister?"

„Ja, der Mensch, der mich hier hingepflanzt hat. Mein Vater, sozusagen. Nur irgendwie mag er es nicht so, wenn ich ihn Papi nenne." Der Baum zuckte mit den Ästen. „Also nenn' ich ihn brav Meister."

Melradin stutzte. Einen Baum als Kind zu haben, war sicher eine interessante Erfahrung.

„Hast du eigentlich einen Namen?", fragte ihn der Baum.

„Ja", Melradins Blick schielte zu den Höllenhunden hinunter. Bestimmt ein Dutzend der Bestien hatte sich mittlerweile um den Stamm versammelt. Und allmählich schienen sie wieder den Respekt vor den trügerischen Ästen zu verlieren. Melradin zog mit einem ängstlichen Kribbeln im Magen die Füße hoch. Wie lang es wohl dauern würde, bis die Höllenhunde ihr Talent fürs Klettern entdeckten?

„Ich heiße Melradin."

„Melradin", wiederholte der Baum langsam. „Ich kannte mal 'ne Eule. Hat hin und wieder auf meinem Kopf eine Verschnaufpause eingelegt. Ihr Name hatte 'nen ähnlichen Rhythmus wie deiner."

„Aha." Melradin kratzte sich verdutzt am Kopf. Von einem Rudel tollwütiger Höllenhunde verfolgt zu werden, konnte eben doch auch seine interessanten Seiten haben. „Gibt es denn auch sprechende Eulen?", fragte er vorsichtig.

„Hmm", brummelte der Baum, dass das Geäst knarrte. „Haben ein bisschen 'nen eigenen Akzent. Braucht schon Übung, sie zu verstehen. Ich meine, du hast sie ja sicher auch schon mal sprechen hören. Tratschen meistens in so komischen Huhuu-Silben. Na ja, die ticken ganz schön anders, die Vögel. Wiederholen ihre Sätze tausend Mal, wenn ihnen danach ist."

„Und wie unterhältst du dich dann mit denen?" Ein besonders nahes Bellen ließ Melradin zusammenzucken. Einer der Höllenhunde hatte es wieder gewagt zum Stamm vorzupirschen und knurrte nun mit den Vorderpfoten auf der Rinde Melradin entgegen.

„Na ja, sie verstehen schon, was ich sage, wenn ich so rede wie jetzt. Glaube ich zumindest. Und wenn's nicht gerade Paarungszeit ist und die mit ihrem Gezwitscher total übertreiben, verstehe ich auch meistens, was die Vögel sagen."

„Und wundert es sie denn nicht?" Melradin musste beinahe schreien, damit seine Worte noch zu hören waren. „Ich meine, wenn ein Baum plötzlich anfängt zu reden."

„Doch schon." Der Baum lachte. Verunsichert zog sich die Höllenbestie böse knurrend einen Schritt von dem wackelnden Baum zurück. „Meistens zwitschern sie dann panisch davon. Einmal", der Baum gluckste „einmal ist ein Specht vor Schreck vom Ast gefallen, als ich ihm sagen wollte, dass er beim Herumstochern bitte auf mein Auge aufpassen soll."

Melradin schmunzelte. „Tut das nicht weh, wenn der da an dir herumhackt?"

„Ooh doch, sehr sogar." Der Baum verzog schmerzerfüllt das Gesicht. „Aber so ein Spechtnest hat einfach unglaublich Stil, wenn du verstehst. Da kann dir keiner mehr was. Grade weil's so wehtut. DU hast den Schmerz ertragen, verstehst du?"

Melradin grinste. „Ja, ich glaube schon."

Der Baum seufzte. „Und fast hätte ich eines bekommen. Aber ich glaube, den Schreck hat sein winziges Herz nicht ganz verkraftet."

„Aber wenn die anderen Bäume sowieso nicht reden können, könntest du damit ja überhaupt nicht angeben."

„Moment mal. Die anderen Bäume können zwar nicht reden. Aber das bedeutet noch lange nicht, dass wir uns nicht unterhalten können. Das wäre ja auch langweilig, wenn ich mich nur mit den unerschrockensten Vögeln unterhalten könnte. Oder mit Eulen, die irgendwie zu verträumt sind, um zu begreifen, dass es seltsam ist, mit einem Baum zu sprechen."

Melradin sah abschätzend zu Bodo hinüber. Die Sonne war gerade dabei, hinter dem Horizont zu verschwinden, sodass es allmählich schwerer wurde, etwas zu erkennen. Auffordernd fing Bodo seinen Blick auf und nickte ihm ein besorgtes Ist-der-sprechende-Baum-auch-nett-zu-dir?-Nicken zu. Melradin hob beschwichtigend seine Hand. „Und wie unterhält man sich dann mit so einem Baum?", wollte Melradin wissen.

„Gibt viele Möglichkeiten. Zum einen die Technik über den Wind. Das ist allerdings eine Kunst für sich. Man winkelt die Blätter richtig an und plappert dann so vor sich hin. Hört dir aber meistens niemand zu, weil eben alle gleichzeitig vor sich hinplappern. Und außerdem sind die meisten Bäume schwerhörig. Oder sie nuscheln unheimlich. Im Herbst und Winter ist da sowieso tote Hose. Da musst du dann versuchen, mit deinen Ästen zu knarren. Aber zu der Zeit schlafen die meisten. Die zweite Möglichkeit ist da schon besser." Der Baum grinste bei dem Gedanken schelmisch. „Man wackelt mit den Wurzeln. Das ist dann so 'ne Art Flüsterpost. Da kommen im Endeffekt die lustigsten Sachen dabei heraus. So kann man sich auch ungestört mit jemandem unterhalten. Schau mal, die da!" Der Baum senkte seine Stimme, sodass sich Melradin vorlehnen musste, um bei dem Gebell noch etwas zu verstehen. „Die, da vorne." Er nickte zu einem Baum ganz in der Nähe. „Sie ist ein Ahorn wie ich. Hab mich mit meinen Wurzeln ganz unauffällig an sie herangepirscht. Sie ist total kitzelig. Lacht gerne." Der Baum kicherte. „Ich glaube …" Er zögerte. „Hatte es eigentlich 'nen optischen Grund, dass du gerade mich hochgeklettert bist? Versteh mich nicht falsch! Aber, ich weiß nicht, glaubst du, ich hab bei der da drüben 'ne Chance?", flüsterte der Baum mit einer gewissen Aufregung in der Stimme.

Melradin grunzte ein unterdrücktes Lachen. „Klar, warum nicht?"

„Na, schau dir doch mal ihre Maße an! Dieser geschmeidige Stamm, diese knackigen Wurzelansätze und dann erst diese Oberweite!" Der Baum seufzte. „Und jetzt schau mal hier, die Beule da an meinem Stamm geht einfach nicht weg. Und der verkrüppelte Ast links neben dir. Außerdem hängt meine Frisur seit letztem Frühling schief. Und das Schlimmste ist: Ich hab ein Gesicht und kann reden."

Melradin musste lachen. „Tut mir leid, aber ich kenne mich im Umgang mit weiblichen Bäumen nicht sonderlich gut aus."

„Ja, stimmt auch wieder." Der Baum räusperte sich. „Ähm, wir sollten uns vielleicht so langsam um die Typen da unten kümmern. Scheinen nicht locker zu lassen."

„Stimmt. Hast du irgendeine Idee?" Mit äußerst unwohlem Gefühl sah Melradin zum Waldboden. Diese wenigen luftigen Meter trennten ihn vom sicheren Tod.

„Eine Idee? Klar. Ich schlag sie einfach alle zusammen."

Melradin schnaubte belustigt. „Der Plan gefällt mir."

Der Baum gluckste. „Schon verdammtes Pech für die Viecher, dass du dich ausgerechnet in mein Geäst gehechtet hast. Was sind das überhaupt für Auswüchse? Hab die Teile hier noch nie gesehen."

„Höllenhunde", murmelte Melradin. „Kommen aus Melgor."

„Ach herrje. Scheint so, als hätte ich einiges verpennt." Der Baum atmete tief durch. „So. Ich bin bereit. Wie sieht's bei dir aus? Hast was zum Festhalten?"

Melradin packte die Äste neben sich. „Kann losgehen."

24

Melradin hätte nie gedacht, dass ein Baum so austeilen konnte. Baff saß er da und klammerte sich fest, während der Baum sich in alle erdenklichen Richtungen bog und die Höllenhunde nur so durch die Gegend flogen. Mit einem Schwung beugte sich das wild gewordene Gewächs nach vorne und fegte die bellenden Bestien zur Seite, während die Äste zuschlugen, wo sie nur konnten. Bald war es Winseln statt Bellen, das die Luft erfüllte. Doch ganz so einfach, wie der Baum es sich vorgestellt hatte, war es nicht.

Nachdem die Höllenhunde den Gedanken allmählich angenommen hatten, dass sie tatsächlich gerade von einem Baum umhergeschleudert wurden, setzten sie hier und da ihrerseits zu tückischen Attacken an. Zwar scheiterte es oftmals an der Unklarheit, wie man so einem Baum überhaupt zuleibe rücken sollte. Doch improvisierte der ein oder andere, indem er sich knurrend an einem Ast festkrallte oder einfach irgendwo zubiss. Die Schlimmsten waren allerdings die, die immer wieder versuchten, an den Stamm zu gelangen, um die Rinde zu zerkratzen. Das Problem war eben die Masse an Höllenhunden, die den Baum von allen Seiten bestichelte. Ein Dutzend, mindestens. So kam er ganzschön ins Schwitzen. Und nicht selten entging Melradin nur um Haaresbreite dem Vergnügen eines vierpfötigen Nebensitzers.

So gerne es Melradin auch getan hätte, er konnte weder ein Stück höher klettern, noch vorsichtshalber sein Schwert ziehen. Denn so ruckartig, wie der Baum sich hin und her beugte, war es ihm unmöglich, auch nur einen Augenblick locker zu lassen, ohne in die Gefahr zu laufen, in den Nachthimmel katapultiert zu werden. Alles, was er tun konnte, war sich krampfhaft mit beiden Händen festzuklammern.

Für einen Moment richtete sich der Baum wieder zu seiner vollen Größe auf, um zu verschnaufen.

Melradin ließ seinen Blick durch das Unterholz wandern. Die sich ausbreitende Dunkelheit machte es schwer, etwas zu erkennen. Trotzdem war es nicht zu übersehen und erst recht nicht zu überhören, dass die Meute Höllenhunde in kaum reduzierter Zahl den Baum umzingelten.

„Die verrecken einfach nicht", schnaufte der Baum und kickte eine der Bestien beiseite, die sich wieder an seinem Stamm zu schaffen gemacht hatte.

„Okay …" Melradin fummelte unschlüssig an seinem Schwertknauf herum. Allein der Gedanke daran, hier einfach blindlings ins Krokodilbecken zu springen, schürte die Panik in ihm. „Ich habe völlig vergessen zu erwähnen, dass sich ein Freund von mir in der Baumkrone nebenan versteckt", haspelte Melradin mit stolpernder Zunge.

„Tatsächlich? Na, der guckt jetzt wahrscheinlich ganz schön blöd aus der Wäsche. Schmettert der Nachbarbaum doch allen Ernstes plötzlich die Höllenhunde durch die Gegend."

Melradin entfuhr ein kurzes, holpriges Lachen. „Ja, wahrscheinlich." Melradin hielt kurz inne. Wollte er das jetzt wirklich sagen? Er war ja total lebensmüde. „Am besten, wir helfen dir kurz und sorgen da unten für klare Verhältnisse." Sehr lässig gesagt, hätte seine Stimme an der einen oder anderen Stelle nicht den Geist aufgegeben.

„Nein, du hast keine Rinde. Das wäre zu gefährlich", widersprach der Baum prompt.

„Aber ein Schwert", entgegnete Melradin so gefasst wie möglich. „Außerdem will ich nicht verantworten müssen, dass dein ganzer Stamm zerkratzt wird, während ich es mir hier oben gemütlich mache. Und du willst doch vor deiner Angebeteten eine gute Figur machen."

„Hmm ja … Vielleicht hab ich ja Glück und Narben sind bald im Trend."

Melradin schmunzelte zittrig. „Dann komm ich vorbei und ritz dir was rein, okay?" Ohne auf eine Erwiderung zu warten, kletterte Melradin flink die Äste hinab. Sein aufgeregter Herzschlag ließ seine Brust vibrieren. Hoffentlich sahen die Biester im Dunkeln genauso schlecht wie er. Sonst würde das tatsächlich ein recht schnelles Ende nehmen. „Bodo!", rief Melradin so standfest wie möglich über das Gebell hinweg. „Komm runter! Wir sind dran!"

Etwas begann eilig zu knacken und zu rascheln, als Melradin mit einem gewagten Satz auf dem Waldboden landete. Sein Schwert hielt er fest umklammert. „Kommt bloß her, ihr ..." Weiter kam er nicht. Mit einer gewissen Euphorie, endlich einem Feind aus Fleisch und Blut gegenüberzustehen, stürzten sich die Bestien auf ihn.

Ein Ast krachte neben ihm auf die Erde und räumte ihm den Rücken frei. Hektisch fuchtelte Melradin um sich und schlug die blutrünstig zuschnappenden Bestien zurück. Scheiße! Da hatte er sich eindeutig zu viel zugetraut. Die Äste donnerten neben ihm nieder und schienen voll damit ausgelastet, ihn vor tückischen Seitenhieben zu bewahren.

Das Problem war die draufgängerische Art dieser Höllenhunde. Tollwütig schnappten sie nach ihm und ließen sich nur mit energischen Schwerthieben oder wegschleudernden Fußtritten dazu bringen, von ihm abzulassen.

Mit einem sanften Erdbeben landete endlich auch Bodo neben ihm. „Netten Baum hast du da gefunden", keuchte er und trat eilig eine der Bestien von sich.

„Erklär ich dir später", keuchte Melradin, während er Schwert schwingend die Meute von ihnen fernhielt. Schweiß glitzerte bereits auf seiner Stirn.

„Hast du zufällig", mit dem Tritt eines Berserkers schmetterte Bodo einen der Hunde zu Boden, „meinen Streitkolben gesehen?"

Wie auf Kommando warf ihm einer der Äste das gewaltige Gerät entgegen. „Uff, danke Mann, äh Baum, meine ich!"

Mit Bodo an seiner Seite ließ es sich schon wieder um einiges leichter überleben. Einen donnernden Hieb nach dem anderen schied eine der Bestien winselnd aus dem Leben. Doch irgendwie ...

„Werden das immer mehr, oder was?", quetschte Bodo zwischen seinen zusammengebissenen Zähnen hindurch, als er bereits über die Leichen seiner Feinde stapfen musste, um weiter an dem Kampf teilhaben zu können.

„Scheinen ...", versuchte Melradin einen Satz zu keuchen, während er mit zitterndem Arm sein Schwert durch die Luft schwang. „Scheinen noch ein paar dazu gestoßen zu sein." Einige sogar. Mittlerweile waren sie bestimmt von zehn Hundeleichen umgeben, während etwa ebenso viele sie allmählich in die Enge trieben.

So tödlich Bodos Hiebe auch waren, er hatte einen schwerwiegenden Nachteil. Seine Geschwindigkeit. Jedes Mal, wenn sich sein gewaltiger Vorschlaghammer in den Dreck grub, musste er darauf hoffen, dass Melradin und der Baum ihm für einen Moment die Bestien vom Leib hielten. Ein Moment, der mit der Zeit deutlich länger wurde.

Melradins Hand verkrampfte sich um den Schwertknauf. Der metallene Klotz am Ende seines Arms wurde merklich schwerer. Mit zusammengebissenen Zähnen schwang er die Klinge den Bestien entgegen, die es aber trotzdem irgendwie schafften, den Kreis Stück für Stück enger zu ziehen. Einen Schritt nach dem anderen stolperte Melradin zurück.

Das größte Problem aber war die Dunkelheit. Ein letzter roter Schimmer der Sonne hielt sich noch wacker über dem Horizont. Nicht mehr lange und der Schein des äußerst mageren Halbmonds da oben würde das einzige Licht in diesem Kampf sein. Wenn es irgendwie möglich war, mussten sie die Sache beenden, bevor die Sonne komplett unterging. Bloß war ein schnelles gutes Ende gerade alles andere als in Sicht.

Selbst Melradin zuckte erschrocken zusammen, als Bodo plötzlich wutentbrannt aufbrüllte: „SCHEISSE!" Mit seiner Bärenstärke schmetterte er einen der Höllenhunde, der sich an seinem Bein zu schaffen gemacht hatte, gegen den Stamm. „Melradin", japste er, während er der Bestie den Rest gab. „Ich will dir ja nich' zu nahe treten, aber wär's nich' langsam an der Zeit für den einen oder anderen Zaubertrick? Wie letztens bei dem Troll, mein' ich."

Magie, na klar! Da hatte er erst vor ein paar Tagen den Blitz vom Himmel jagen lassen und jetzt im Angesicht des zähnefletschenden Todes kam er nicht mal auf den Gedanken, seine Zauberkünste anzuwenden. „Ich versuch's!"

Okay, irgendwie musste er es zustande bekommen, sich zu konzentrieren, auch wenn er momentan kaum noch die Kraft hatte, seinen Kopf geradezuhalten. Stichflamme oder mal was anderes? Wieder den Blitz? Nein, dazu fehlten die Gewitterwolken. Feuer vom Himmel? Nein, zu apokalyptisch. Einen magischen Hammer, der die Höllenhunde zu Brei schlug? Das wäre praktisch.

Eilig versuchte er also, seine mageren noch vorhandenen Kräfte zu mobilisieren, und fixierte seine Gedanken dabei auf einen Streitkolben, der aus dem Nichts seine Feinde aus dem Weg räumte. Die Zeit drängte. Bodo neben ihm kam mehr und mehr ernsthaft in die Bredouille.

Einer der Höllenhunde sprang ihn an und biss sich an seinem rechten Arm fest. Schmerzerfüllt brüllte er auf und konnte den Köter nur mit seiner mörderischen Linken davon überzeugen, wieder loszulassen.

„Komm schon!" Melradins Muskeln verkrampften sich, während er allerdings den Großteil seiner Konzentration dafür opfern musste, die Höllenhunde mit seinem Schwert fernzuhalten. Trotzdem gelang ihm der Zauber. Zwar war es nicht exakt das, was er bestellt hatte, doch war die Zerstörungskraft in etwa dieselbe – nur leider auf einen einzigen Höllenhund beschränkt.

Laut schrie Melradin auf und ließ die Energie aus sich hinausschießen, fuhr allerdings einen Moment später schon wieder erschrocken zusammen, als eine der Bestien mit einem kurzen *Plopp* in Stücke gerissen wurde. Wie ein Luftballon explodierte der Höllenhund zu seinen Füßen und schleuderte ihm einige Fetzen Innereien entgegen. Eilig wischte er das Gröbste aus seinem Gesicht. Zeit, die blutigen Überreste von seinem Mantel zu streichen, blieb ihm nicht.

Während Bodo, der nun ebenfalls aussah wie ein wahnsinniger Metzger, euphorisch nach Zugabe rief, hatte Melradin alle Hände voll damit zu tun, die übrig gebliebenen Höllenhunde daran zu hindern, seine Innereien neben die ihres zerfetzten Kameraden zu sortieren.

Keuchend schleuderte er sein Schwert durch die Luft und drosch mit letzter Kraft auf die verbliebenen Bestien ein. Stoßweise drangen klare Gedanken in seinen Kopf. Der Zauber hatte ihn ausgelaugt. Seine Füße tappten unsicher umher, während er kaum noch imstande war, seine Feinde auszumachen. Irgendwie musste er es schaffen, wieder auf den Baum zu klettern. Und zwar schnell, sonst würde er jeden Moment von den Höllenhunden überwältigt werden. Kraftlos wankte Melradin einen Schritt zurück. Sein Rücken prallte gegen den Stamm.

„Baum, ich ...", versuchte er ihn um Hilfe zu bitten, während er verzweifelt nach Luft würgte. Er kam nicht mehr dazu, seinen Satz zu beenden. Bodos triumphierender Schrei unterbrach ihn. Mit einem donnernden *Klock* verstummte mit einem Mal das letzte Bellen und es kehrte winselnd Ruhe ein.

Ungläubig hievte sich Melradin vom Stamm weg. Sein Blick wanderte durch die trübe Finsternis. Kein Rascheln mehr, keine heranstürmenden Schatten. Alles lag ruhig da. „Ist es vorbei?"

„Ähh ja, sieht ganz so aus", erwiderte Bodo mit heiserer Stimme.

„Gut, dann ..." Mit zittrigen Fingern fummelte Melradin sein Schwert zurück in die Scheide. „Dann hau ich mich jetzt aufs Ohr, wenn's recht ist."

Bodo und der Baum lachten.

„Genau, ruht euch aus. Ich pass auf euch auf", ertönte es aus dem Geäst.

„Ich fass es nich'", stammelte Bodo und starrte verdattert den Baum an. „Jetz' kann der auch noch sprechen!"

„Gut, dass du's ansprichst", gähnte Melradin, als er es sich auf dem Waldboden gemütlich machte. „Du hättest ruhig mal in dem einen oder anderen Nebensatz erwähnen können, dass hier im Yeremond die Bäume hin und wieder mit Gesichtern ausgestattet sind. Hätte mir einen kleinen Schreck erspart."

„Gibt tausend Geschichten", gluckste Bodo. „Tut mir leid, aber ich dachte, sprechende Bäume wären so 'ne Art Standardmythos für tiefe Wälder, verstehst du? Oder würdest du's glauben, wenn man dir erzählt, dass hier nackte Elfen in den Lichtungen herumhocken?"

„Nackte?" Überrascht hob Melradin den Kopf. „Bodo, was hältst du von einem kleinen Waldspaziergang morgen früh?"

Im Nachhinein war es für Melradin kaum nachvollziehbar, wie man so fest schlafen konnte wie er in dieser Nacht. Weder Bodos bestialisches Schnarchen noch die Tatsache, dass sie bestimmt von zwei Dutzend Höllenhund-Kadavern umgeben waren, konnten ihn daran hindern, sich so lange an die Wurzeln des Baumes zu schmiegen, bis die Sonnenstrahlen bereits kräftig durch das Blätterdach schienen.

Erst als er unsanft mit der Stirn gegen irgendetwas Hartes stieß, nachdem sein Unterbewusstsein schmatzend nach einer gemütlicheren Schlafposition gesucht hatte, fand die Funkstille in seinem Hirn ein Ende. Träge erblinzelte er sich einen Baumstamm direkt vor seiner Nase. Einen fast schon senil langen Moment benötigte Melradin, um zu kapieren, wo er sich gerade befand. Leises Murmeln drang an sein Ohr. Stöhnend sah er auf.

Bodo saß ein paar Meter entfernt auf dem Waldboden, seinen Streitkolben neben sich, und schien sich leise mit dem Baum zu unterhalten. Er bemerkte Melradins Blick und grinste ihn schief an. „Du siehst umwerfend aus, Melradin. Schönheitsschlaf beendet?"

„Oh!" Tastend fuhr sich Melradin durchs Haar. Mit dieser Vogelscheuchenfrisur und dem mit Innereien und Blut besudelten Mantel machte er mit Sicherheit einen zivilisierten Eindruck. Verwundert ließ er seinen Blick über den Waldboden wandern. „Wo habt ihr denn die ganzen Leichen hin?"

„Liegen da hinten", meinte der Baum und nickte ins Dickicht. „Musste sie zur Seite schaffen. Warst ziemlich aktiv heute Nacht und ich dachte mir, gibt Schöneres, als mit 'ner Höllenhund-Leiche im Arm aufzuwachen."

„Da hast du allerdings recht, danke." Melradin grinste. „Werden aber trotzdem bald ganz schön stinken, nehme ich mal an." Noch mit etwas unsicheren Schritten gesellte er sich zu Bodo.

„Ach, ein Baum hält das aus." Das Gesicht lächelte ihn an. „Du, ähm, du bist also gar nicht aus dieser Welt, hab ich gehört?", wechselte der Baum das Thema.

Melradin sah fragend zu Bodo. „Habt ihr etwa über mich geredet?"

„Na jaah, mich würde es auch interessieren, was das denn für'n abgedrehter Typ is', der aus heiterem Himmel Höllenhunde zum Platzen bringt", meinte Bodo grinsend. „Ich hoffe, du nimmst es mir nich' übel, wenn ich ihm 'n bisschen was über dich erzählt hab. Allzu viel weiß ich ja sowieso nich'."

„Etwa genauso viel wie ich, nehme ich mal an." Wie jedes Mal brachte der Gedanke an seine verlorene Vergangenheit gewisse Trübsinnigkeit mit sich.

„Ach so, ja stimmt. Hat sein Gedächtnis verloren, musst du wissen", erklärte Bodo dem Baum.

„Gedächtnis verloren?" Verwundert sah der Baum Melradin an. „Wie ... alles weg?"

„Nicht eine Erinnerung mehr da." Melradin nickte nachdenklich.

Der Baum gluckste. „Bist ja noch seltsamer als ich. Ein Hexenmeister, der ohne Gedächtnis durch den Yeremond rennt, dicht gefolgt von zwei Dutzend dieser Höllenhund-Dinger."

„Pff, Hexenmeister", schnaubte Melradin, fühlte sich aber irgendwo doch ganz ordentlich geschmeichelt. „Ich habe gestern einen mickrigen Höllenhund mit meinem Zauber getötet. Mehr nicht. Ohne euch hätte ich keine Sekunde überlebt."

Bodo schmunzelte. „Okay, die Quanitität is' vielleicht noch ausbaufähig. Aber die Qualität!" Er pfiff beeindruckt. „Noch nie einen Höllenhund so schön sterben sehen."

Melradin lächelte. „Bodo, es heißt Quantität. Und meinetwegen stinken wir jetzt beide nach verwesenden Hundeinnereien."

„Das mit dem Blitz, stimmt das denn wirklich?", wollte der Baum neugierig wissen.

„Ha! Da glaubt wohl einer, ich lüge, was?" Bodo klatschte gespielt entrüstet in die Hände. „Komm Melradin, sag's ihm!"

Melradin räusperte sich verlegen. „Ist nichts Besonderes. Ich meine, ich habe nichts groß dazu beigetragen ..."

„Aaach, papperlapapp", unterbrach ihn Bodo. „Ich sag dir, es war der Wahnsinn! Stell dir vor: So'n riesenfetter Troll mit 'ner Mordskeule in der Hand", begann er begeistert, während er wie wild mit den Händen gestikulierte. „Das Ding erwischt mich, ich werde meilenweit weggeschleudert. Aber dann kommt Melradin, stürzt sich furchtlos auf diese Bestie und WUMM!" Das Geäst zuckte erschrocken zusammen. „Donnert der Blitz da gemeinsam mit Melradins Schwert in das Viech."

„Wow ..." Der Baum war sprachlos.

„Allerdings." Stolz klopfte Bodo auf Melradins Schulter.

Verwirrt schüttelte der den Kopf. „Was ist los mit euch beiden? Sehe ich heute so schlimm aus, dass ihr meint, mich aufheitern zu müssen?"

Bodo lachte. „Also gut, wenn es dir unangenehm is'. Themawechsel."

„Wie sieht's eigentlich aus? Irgendjemand von uns ernsthaft verletzt?", wollte Melradin wissen.

„Also bei mir is' alles bestens", meinte der Baum. „Nur 'n paar Kratzer."

„Hab 'ne kleine Wunde am Bein und am Arm." Bodo krempelte sein Hemd hoch. Mit einem Stück Stoff hatte er sich ein moosartiges Gewächs gegen die Haut geklemmt. „Is' wohl kein wurkisisches Leder, das ich da an hab", meinte er tapfer grinsend. „Hab's heute Morgen aber schon verarztet. Bei dir?"

„Hm, nichts. Bin nur irgendwie noch ziemlich schlapp."

„Das kommt vom Höllenhunde platzen lassen", mutmaßte Bodo.

„Möglich. Wir sollten trotzdem bald aufbrechen", lächelte Melradin.

„Moment mal, ihr wollt schon los?", horchte der Baum erschrocken auf. „A-aber wo wollt ihr denn so eilig hin?"

„Wir müssen nach Asli-Aslilithin. Verhindern, dass die Melgorianer das Königsfeuer löschen", erklärte Bodo mit stolpernder Zunge.

„Ach so, ja richtig. Hab schon wieder ganz vergessen, dass die Melgorianer hier sind."

„Sag mal, hat dir das eigentlich alles dein Meister erzählt?", wunderte sich Melradin. „Oder woher weißt du zum Beispiel, dass so was wie Melgor überhaupt existiert? Ich meine, ich kann mir vorstellen, hier lebt es sich meistens ziemlich ruhig?"

Der Baum schmunzelte. „Es ist ruhig, ja. Aber geplappert wird trotzdem ständig. Klar, ihr Menschen bekommt's nicht mit, weil das meiste unterirdisch abläuft. Eine Blume in Dindipu schnappt etwas Interessantes auf, wackelt mit den Wurzelchen und schon nimmt das Gerücht seinen Lauf. Ihr könnt euch gar nicht vorstellen, wie schnell da auch der letzte Löwenzahn Bescheid weiß. Jeder kitzelt es dem Nächsten weiter, ganz einfach."

„Ach, du meine Güte ... Is' ja 'ne richtige Verschwörung der Pflanzen!", meinte Bodo baff.

Der Baum lachte. „Na ja, eher eine riesige Tratschrunde."

„Aber das würde ja dann bedeuten, dass ich mit dir als Dolmetscher mit dem Grashalm da reden könnte", versuchte sich Bodo die Tragweite des Ganzen klarzumachen.

„Hm, theoretisch ja. Aber dann müsste ich erstmal den Busch dahinten wachrütteln, damit der sich bei den Gräsern durchfragt. Die Dinger haben so Miniwurzelchen, wisst ihr? Außerdem sind die meisten von denen ziemlich einfältig. Haben nur ihre Fortpflanzung im Sinn. Nee, wenn du ein Gespräch mit so was Kleinem führen willst, rede lieber mit dem Pilz da. Ist zumindest ein guter Zuhörer. Hat mich mal in 'ner schwierigen Gefühlslage aufgemuntert. Hat gemeint, der Cousin seines Schwagers hätte auch ein Gesicht. Kommt unter Pilzen anscheinend manchmal vor."

„Und unter Bäumen?", fragte Bodo. „Wie kommt's, dass du 'n Gesicht hast?"

„Nee, unter Bäumen ist es eher selten", murmelte der Baum. „Hab mal von einem Strauch gehört, der reden konnte. Irgendwo einsam in der Wüste. Aber ist nicht mehr als ein Gerücht."

„Wie, gibt es keine Treants oder Ents oder was auch immer in diesem Wald?", wunderte sich Melradin.

„Nicht dass ich wüsste. Gut, niemand kennt den ganzen Wald. Die Pflanzen weiter drinnen sind teilweise ziemlich sonderbar. Schotten sich ein bisschen von der Allgemeinheit ab und schustern sich in ihren Blüten eine eigene Welt zusammen. Mein Meister ist zumindest noch keinem wie mir begegnet. Und das will schon was heißen."

„Dein Meister?", fragte Bodo.

„Ja, der Typ, der mich hier hingepflanzt hat."

„Dich hat hier jemand hingepflanzt?" Bodos Neugierde war geweckt.

„Ja." Der Baum lächelte. „Den Samen hat er von einem Erdgnomhäuptling bekommen, hat er mir erzählt."

„Was?" Melradin musste lachen. „Von welchem Häuptling?"

„Na, von einem Erdgnomhäuptling. Noch nie gehört?"

Melradin schüttelte den Kopf.

„Ach so, ja. Du bist ja gar nicht von hier. Das sind so winzige Viecher, die sich in den Rübenbeeten vergraben und die Karotten wegfressen, während ihnen so ein richtiger Karottenschopf auf dem Kopf wächst. Bodo, du kennst die Teile aber, oder?"

„Klaro." Bodo gluckste in seinen Bart. „Als Dörfler kennt man die Geschichten. Dachte aber eigentlich, es sind Märchen."

„Stimmt, ein bisschen Geduld muss man haben, wenn man mal einen zu Gesicht bekommen will. Aber mein Meister hat's geschafft. Hat sich den Dingern bei der Gelegenheit ein Stückchen angenähert. Sind aufgeweckte Zeitgenossen. Leider ziemlich scheu. Haben sogar eine eigene Sprache, die Gnome. Und sie glauben an so was wie einen Gott. Dem opfern sie jedes Jahr die größte Karotte aus dem kleinen Beet von meinem Meister."

„Wie süß." Melradin schmunzelte. „Aber dann wissen diese Erdgnome ja vielleicht mehr über Bäume wie dich. Ich meine, wenn dein Meister den Samen von denen hat."

„Ja, daran habe ich auch schon gedacht." Der Baum seufzte. „Bloß, sich mit Gnomen zu unterhalten ist nicht ganz einfach. Braucht viel Übung, die Sprache zu verstehen. Meint zumindest mein Meister. Außerdem unterhalten die sich nur über das Allerwesentlichste. Da mit so einer Frage anzukommen, würde wahrscheinlich die Grammatik bei Weitem sprengen."

„Verstehe." Etwas brummelte plötzlich neben Melradin.

„Boar." Bodo tätschelte seinen rumorenden Bauch. „Könnte, glaub ich, so langsam was vertragen. Wie steht's mit dir, Melradin? Auch Hunger?"

„Oh ja. Sehr."

„Hm, is' es denn weit bis zu deinem Meister?", fragte Bodo hoffnungsvoll.

„Mmh, ich glaube schon." Der Baum zuckte mit seinen Ästen. „Seine Hütte steht irgendwo auf dem Buckel. Das ist ziemlich weit drinnen im Wald."

„Schade." Bodo rappelte sich auf. „Dann müssen wir beide wohl wieder Grünzeug sammeln gehen."

„Gibt es hier in der Nähe einen Bach oder so etwas?" Seufzend hievte sich Melradin neben Bodo.

„Ja, es gibt ein kleines Rinnsal vielleicht dreihundert Schritte von hier. Und wenn ihr etwas zu essen braucht, kann ich ja mal kurz durchfragen. Gibt sicher hier irgendwo einen Brombeerbusch, der sich über Kundschaft freuen würde."

„Perfekt." Bodos Miene hellte sich auf. „Glaubst du, du findest auch 'n paar Erdbeeren? Oder Kirschen!"

Der Baum lachte. „Wird schwirig. Ist schon ziemlich spät für Erdbeeren. Ich kannte aber mal einen Kirschbaum. Hat irgendwo da draußen auf 'nem Hügel gelebt." Der Baum nickte zum Waldrand hin. „War allerdings ziemlich beschwerlich, sich mit dem zu unterhalten. Bis das dann über die ganzen Grasbüschel da angekommen ist, hatte das Ganze meistens schon jeden Sinn verloren. Na ja, irgendwann ist der Kontakt dann auch abgebrochen. Könnt's ja mal bei dem versuchen. Auch wenn ich kaum glaube, dass er noch was übrig hat."

„Werden wir. Sollen wir bei der Gelegenheit 'nen Gruß dalassen?" Aufbruchsbereit lupfte Bodo seinen Streitkolben auf die Schulter.

Wieder lachte der Baum. „Von mir aus. Ist aber schon ziemlich alt, der Gute. Hört nicht mehr so gut."

„Egal, dann ritz ich's ihm in die Rinde. Kleiner Scherz", lacht Bodo.

„Wäre ja auch schwirig", erwiderte der Baum schmunzelnd. „Hab ja noch nicht mal 'nen Namen."

„Ach, ich hätte einfach *Gruß vom Baum mit Gesicht* reingeritzt. Wäre wahrscheinlich auch klar gewesen, wer gemeint is'."

Sie lachten.

„So ... Wo müssen wir hin?"

Es dauerte eine Weile, bis sie dieses Rinnsal tatsächlich gefunden hatten. Bodo sah die winzige Quelle irgendwo aus dem Boden sprudeln und einige Meter später schon wieder im Gebüsch verschwinden. Gierig stillten sie ihren Durst und versuchten – auch wenn es nicht allzu viel Sinn machte – sich vom gröbsten Schmutz zu befreien.

„Verdammt, der Mantel fängt jetzt schon an zu stinken", meinte Melradin, nachdem er vorsichtig an sich gerochen hatte.

„Was soll's. Dann hast du jetzt eben den Mantel eines Kriegers. Die stinken nun mal nach Blut und Innereien", brummte es aus Bodos tropfendem Bart.

„Bodo glaubst du, den anderen geht es gut?", fragte Melradin unvermittelt.

„Ich bin mir sogar sicher. Ich meine, selbst wir sind noch heil auf. Und das will ja wohl was heißen." Bodo warf ihm ein schiefes Grinsen zu.

„Das stimmt allerdings." Melradin bemühte sich um ein mattes Lächeln. „Nur ... Jetzt sind Ellen und Laila vielleicht schon in Asilithin. Oder zumindest ganz nahe. Dort, wo es grade am Gefährlichsten ist."

„Ach komm, sie platzen schon nich' einfach in die Belagerung rein. Denen geht's gut. Außerdem glaube ich sowieso nich', dass sie ohne uns direkt nach Asilithin geritten sind. Warten bestimmt an 'nem gemütlichen Plätzchen auf ihre hinterher hechelnden Kumpanen." Bodo sah ihn aufmunternd an. „Komm!" Ächzend stand er auf. „Lass uns gehen. Wenn mein Magen das Sagen behält, müssen wir heute noch alle Brombeerbüsche im Yeremond abklappern."

Melradin richtete sich auf und wollte ihm folgen, hielt dann aber abrupt inne.

Bodo blieb stehen. „Was?"

Hektisch bedeutete Melradin ihm leise zu sein. Er hatte etwas gehört. Ganz sicher. Sein Herzschlag beschleunigte sich.

Dieses Geräusch. Er hatte es sofort wieder erkannt. Es war einmalig. Genauso wie es unmöglich war, dass er es hier hörte.

Er hielt den Atem an. Es war ganz leise, weit weg. „Da!" Sein Herz machte einen aufgeregten Hüpfer. Da war es wieder! Er konnte es wirklich hören!

„Feendrachen", hauchte er fassungslos. „Feendrachen!"

25

„Melradin bist du jetzt völlig übergeschnappt!" Keuchend lief Bodo seinem wie besessen durch den Wald sprintenden Kumpanen nach.
„Wir müssen uns beeilen! Schnell!"
„Was?" Verzweifelt rang Bodo nach Atem. „Was is' denn los, verdammt? Du rennst, als hättest du den Wärter persönlich hinter 'nem Busch entdeckt."
„Feendrachen! Sie suchen nach uns!", japste Melradin aufgeregt. Der Waldrand tat sich vor ihm auf. Woher war das Geräusch überhaupt gekommen? Dieses Fiepen, dieser seltsam hohe Ton fast wie bei einem Wal. Rücksichtslos kämpfte sich Melradin durch das Dickicht ins Freie. Sein Blick hetzte über den Himmel. „Mein Gott, tatsächlich! Da!" Melradin konnte sein Glück kaum fassen. „Bodo, schnell! Da sind sie!"
Mit tomatenrotem Gesicht kam Bodo aus dem Wald gespurtet. „V-verdammt, was denn für Feendrachen?", würgte er hervor. „Jetzt warte doch Mal!"
Aber Melradin rannte bereits den Abhang ins endlose Weideland hinunter. „Ein Feendrache! Aus der Feenwelt!", rief er, ohne sich umzuwenden. Er konnte sein Ziel dort vorne nicht mehr aus den Augen lassen. Die schimmernden Farben des Feendrachens glitzerten in der Sonne. Sie durchsuchten offensichtlich die Wiesen. Doch noch war der riesige Schmetterling zu weit entfernt. So schnell seine Füße ihn tragen konnten, fegte Melradin durch das Gras dem Glitzern hinterher.
„Nein!", rief Bodo ungläubig. „Bist du dir sicher?" Hechelnd donnerte er den Abhang hinunter.
„Ja, verdammt!" Irgendetwas stolperte Melradin den Hals hinauf. Vielleicht der Ansatz eines euphorischen Lachens, der sich in Verbindung mit seinem Keuchen allerdings eher wie Schluckauf mit einem seltsamen Grunzunterton anhörte.

„Gott! Dann renn doch!" Bodo holte ihn ein.

„Ich renn ja schon so schnell ich kann!"

„Schneller! Die fliegen uns sonst noch davon da vorne!"

Ungläubig schielte Melradin zu Bodo, der mit dem Streitkolben in der Hand zum Überholvorgang ansetzte.

„Scheiße, die sehen uns nich'!"

Keuchend spurtete Melradin hinter dem Berserker her. „HALLO, HIER!" Ohne langsamer zu werden, fuchtelte er mit den Armen in der Luft herum.

Bodo wurde von einem Lachen durchgeschüttelt. Es war tatsächlich bescheuert zu glauben, dass man sie aus der Entfernung würde hören können. Trotzdem setzte Bodo mit ein. „HEY, HIER SIND WIR!" Aufgeregt wedelte er mit seinem Streitkolben umher.

Brüllend und winkend rannten sie weiter, bis ihnen die Luft ausging und sie sich beinahe auf allen vieren die Wiesen entlang schleppten.

„Ich ... ich kann ...", keuchte Bodo und musste für einen Moment verschnaufen.

Melradin wankte neben ihn. Sein umherschlackerndes Schwert klatschte noch zweimal gegen sein Bein, dann beruhigte es sich. „So schaffen wir es nicht." Melradin musste sich an Bodos Schulter stützen, der sich wiederum an seinem Streitkolben festklammerte.

„Aber ..." Bodo holte tief Luft. „Irgendwie muss es doch möglich sein!" Er richtete sich wieder auf. „Können doch nich' einfach wegfliegen!"

Melradin sah zu dem Glitzern in der Ferne. Es war merklich kleiner geworden. Nicht mehr lange und es würde völlig verschwunden sein. „Also gut, zu Fuß holen wir sie nicht ein", stellte er nüchtern fest. „Wir bräuchten einen Spiegel oder so etwas."

„Oder eines von diesen Bumm-Teilen von dem Rudolf", überlegte Bodo mit.

„Stimmt, ich hab's!" Melradin hievte sich auf und setzte sich wieder in Bewegung.

„Was ... wie?", japste Bodo ein wenig überrumpelt. Schwerfüßig folgte er Melradin. „Was hast du vor?"

„Ich versuche es mit einem Zauber!"

„Genial!" Bodo warf seinen Streitkolben beiseite. „Bloß reiß dabei diesmal bitte nichts in deiner Nähe in Stücke."

Melradin lachte. „Ich werde mir Mühe geben." Eilig schnallte er sein Schwert ab und warf es ebenfalls ins Gras. „Hoffen wir mal, die Waffen vermissen wir gleich nicht."

Bodo gluckste. „Hast du etwa Angst, das könnte eine Falle sein? Melgorianer auf Riesenschmetterlingen?"

„Die ihren Opfern auch noch davonfliegen? Relativ unwahrscheinlich." Melradin würgte ein Lachen hervor.

So schnell sie ihre Beine trugen, hetzten sie nun wieder dem Schmetterling hinterher, der noch immer den Waldrand entlang flatterte, ohne merklich von ihnen Notiz zu nehmen. Währenddessen kreisten Melradins Gedanken um das Problem, dem er sich nun mit großen Schritten näherte.

Die Sache war die: Zaubern ... also gut, kein Problem. Melradin konnte zaubern. Allerdings nur, wenn es darum ging, lebende Dinge in tote Dinge zu verwandeln und es dabei beinahe egal war, wie das geschah. Denn das Wie war noch eine Sache, die sich nicht immer hundertprozentig unter seiner Kontrolle befand. Wenn es sich Melradin genauer überlegte, war bei seinen Zaubern noch nie genau das geschehen, was er beabsichtigt hatte. Ein eher beunruhigender Gedanke.

Was war, wenn er jetzt aus Versehen, statt einfach nur viel Lärm zu erzeugen, den Feendrachen in die Luft sprengte? Oder Bodo zum Platzen brachte? Oh Gott! Er nahm sich vor, nicht allzu viel Energie in den Zauber zu legen, nur zur Vorsicht. Aber dann wäre vielleicht das Resultat zu leise ...

Eine Zwickmühle. Bloß musste er es jetzt erst einmal schaffen, dem Feendrachen nah genug zu kommen, dass er ohne bleibende Hörschäden auf sich aufmerksam machen konnte. Oder wären Lichteffekte die bessere Entscheidung? Am helllichten Tag vielleicht nicht ganz so ausdrucksstark. Licht und Lärm wären natürlich optimal. Na ja, die Magie würde letztendlich sowieso selbst entscheiden.

Sie sprinteten mit letzter Kraft eine leichte Anhöhe hinauf. Melradin schnappte nach Luft wie ein Ertrinkender. Bodo neben ihm geriet das eine oder andere Mal so sehr in Schräglage, dass seine Hände mit rennen mussten, um einen Sturz zu vermeiden.

Bodo würgte. „Näher kommen wir nich' mehr ran, glaub ich."

Er hatte recht. Es war Zeit für seinen Einsatz. Melradin kniff die Augen zu Schlitzen zusammen, während seine Füße wie von selbst weiter durchs Gras stolperten. Der Feendrache hatte an Höhe gewonnen. Das bunte Glitzern drehte nun eine kleine Runde über den Baumwipfeln des Yeremond. Ihre Chance. Jetzt oder nie.

Melradin blieb wankend stehen und rang nach Atem.

„Lass krachen, Junge!" Bodo ließ sich ins Gras sinken und robbte, beziehungsweise kullerte die letzten Meter. Nach Luft schnappend blieb er neben ihm liegen.

„Mo-moment", keuchte Melradin. Er versuchte, sich zusammenzureißen. Jetzt musste es schnell gehen. Seine Hände ballten sich zu Fäusten. Wie so oft in solchen Situationen fühlte er sich alles andere als zum Zaubern inspiriert. Eigentlich brauchte er innere Ruhe. So als müsste er jetzt einen Seidenfaden in das winzigste Nadelöhrchen stecken. Aber es musste auch so gehen. Sein Körper bebte. Die Kraft in ihm schnappte gierig nach Luft, während er sie eilig zusammenzutrommeln versuchte. Melradin bündelte seine Gedanken. Sein Herzschlag dröhnte in seinem Kopf, als er für einen kurzen Moment die Augen schloss.

Ein Feuerball. Nicht ganz ungefährlich, oder? Etwas Besseres wollte ihm aber nicht einfallen. Oder diese Stichflamme von seinem ersten Zauberversuch. Wenn man sich die ein wenig vergrößert vorstellte ... Nein, dumme Idee. Also Feuerball.

Ein Problem hatte er noch. Normalerweise hatte er ein Ziel, auf das er sich nun hätte konzentrieren können. Jetzt aber war da nicht mehr als Luft. Sollte er sich also auf den Quadratmeter Luft konzentrieren, in dem er den Feuerball nun gerne sehen würde?

Er versuchte es. Sein Blick fixierte ein Stück Himmel weit über ihren Köpfen. Ein Fetzen Wolke erklärte sich zuvorkommend als Anhaltspunkt bereit. Er spannte seine Muskeln an. Wieder und wieder versuchte er, sich den Feuerball vorzustellen. Und das laute Donnern der Detonation ganz da oben, wo alle die Funken würden sehen können. Hoffentlich hetzten sie sich damit jetzt nicht eine Horde Melgorianer auf den Hals, die aus unerfindlichen Gründen gerade in der Gegend durch den Wald spazierten. Oder – oh nein – hoffentlich verjagten sie damit den Feendrachen nicht.

Melradin verdrängte seine Bedenken. Jetzt blieb ihm einfach nichts anderes übrig, als diesen verdammten Feuerball aus sich herauszupressen und anschließend zu hoffen. Tief atmete er ein. Jetzt!

Mit einem entschlossenen Aufschrei schleuderte Melradin seine Energien gen Himmel. Ein winziger heller Funke schoss der Wolke entgegen. Kraftlos wankte Melradin nach vorne. Hatte es geklappt? Sein Blick wanderte orientierungslos über das Blau des Himmels, während sich seine Füße vergebens um Gleichgewicht bemühten. Ein, zwei Schritte tapste er noch umher, dann wurde er von einer plötzlichen Druckwelle gegen Bodos Bauch geschleudert. Dumpf zerbarst die Luft über ihren Köpfen und wehte für einen Moment das Gras zur Seite.

„W-wa…?", stotterte es aus Bodos aufgeklapptem Mund, als der ohrenbetäubende Knall sich wieder verflüchtigt hatte und nur noch der gewaltig große Feuerball da oben von der Explosion zeugte. Pechschwarz hing der Rauch am Himmel.

Stumm lagen die beiden einen Moment lang da.

„Du machst mir langsam Angst, Junge", hauchte Bodo in hohlem Ton.

„Tut mir leid", krächzte Melradin, aus irgendeinem Grund heiser. Er lag noch immer mit dem Kopf auf Bodos Bauchnabel. Entgeistert starrte er nach oben. Wie erstarrt blieben die beiden liegen.

„Na ja", Bodo hustete, wodurch Melradins Kopf hin und her baumelte. „Jetzt dürften sie uns wenigstens bemerkt haben."

„Ich hoffe bloß, wir haben sie nicht verjagt."

„Hmm", brummelte Bodo. „Stimmt, wie ein typischer Hilferuf sah das eigentlich nicht aus." Er kicherte. „Die werden sich auch denken, in welcher Welt sie denn hier gelandet sind."

Stoßweise schüttelte Melradin ein Lachen durch. „Ich muss dir was gestehen. Hatte erst Angst, ich jage jetzt aus Versehen den Feendrachen in die Luft."

„Ooh hoho", lachte Bodo in seinen Bart. Wieder wippte Melradins Kopf hin und her. „Na ja, is' ja noch mal gut gegangen."

„Werden aber wahrscheinlich noch ein paar mehr mitbekommen haben, den Knall", überlegte Melradin.

„Ja, schätze auch. Würde mich nich' wundern, wenn's in Alisilithin grade kurz gewackelt hat."

Stöhnend hob Melradin seinen Kopf.

„Kommen sie?", hörte er Bodo gespannt fragen.

Eilig suchte er den Himmel ab. „Ich kann sie nirgends entdecken."

Also tatsächlich. Der Feendrache schien davongeflogen zu sein.

Enttäuscht sackte Bodo in sich zusammen. „Scheiße."
„Tut mir leid", murmelte Melradin.
„Is' ganz bestimmt nich' deine Schuld. Hätten sie ja ohnehin nich' erwischt."
Mit einem dicken Klotz Enttäuschung im Hals ließ Melradin seinen Blick über die Wiesen wandern. Sie hatten sich tatsächlich verpasst. Verbittert riss er eine Handvoll Gras aus dem Boden.

Wie, um alles in der Welt, war es überhaupt möglich, dass ein Feendrache hier durch die Gegend flog? Waren Ellen und Laila vielleicht in ihre Heimat gereist und hatten die anderen Feen dazu bewegt, doch noch nach Lethuriel zu ziehen? Oder Franz? Oder Tyleîn? Nein, die wussten nichts von ihrem Aufenthaltsort. Oder ... Moment mal! Melradins Gedanken verhaspelten sich aufgeregt. Was wenn ...

„Melradin!"

Wie vom Blitz getroffen wirbelte er herum. Neben ihm rappelte sich Bodo ebenso hektisch auf.

„Melradin! Wuhuuu!" Eine ferne Stimme drang zu ihnen hinüber.

„Ach du ...", hauchte Bodo fassungslos.

Bunte Farben glitzerten in der Sonne. Der Feendrache. Er musste sich von der anderen Seite an sie herangepirscht haben und flog nun direkt auf sie zu. Melradin erkannte sofort, wer da auf dem Rücken saß. Die Stimme war schon unverwechselbar gewesen, doch nun erlangten auch seine Augen Gewissheit. Melradin konnte es nicht fassen. Ein Lockenkopf ragte hinter den Fühlern des Riesenschmetterlings hervor und winkte ihnen begeistert zu: Naphtanael!

Lachend fielen sie sich in die Arme, während nach und nach noch das eine oder andere Gesicht vorsichtig hinter den Schmetterlingsflügeln hervorlugte. Offenbar hatte Naphtanael – freiwillig oder nicht – noch ein paar seiner Artverwandten mitgebracht, die in ihren putzigen Körpern fast im hohen Gras untergingen. Allen voran die Feenälteste, die sie mit gewohnt grimmigem Gesicht beäugte.

„Bodo! Verdammt, was machst du hier?"

„Tja, haha", lachte Bodo und klopfte dem Lockenkopf ein letztes Mal kräftig auf den Rücken. „Kennst mich doch, bin ziemlich anhänglich."

„Er ist uns mit Ellen gefolgt", erklärte Melradin mit einem breiten Lächeln.

„Ellen?" Naphtanael schniefte und strahlte sie mit feuchten Augen an. „Geht es ihr gut? Wo ist Laila? Und Rudolf?"

„Keine Sorge, bin mir sicher, sie sind wohlauf", erwiderte Bodo mit einem warmen Lächeln. „Ellen und Laila sind nur schon mal vorausgeritten, als wir 'ne kleine Auseinandersetzung mit umherstreunenden Höllenhunden hatten."

„Mit Höllenhunden?" Naphtanael riss erschrocken die Augen auf.

„Ja, halb so wild", winkte Melradin die Sache ab. „Aber was war mit dir? Ich dachte, du wärst tot!"

„Was glaubst du, wie es mir ging?", Naphtanael grinste ihn wackelig an. „Hatte schon fast die Hoffnung aufgegeben, dass ich euch finde."

„Siehste, Melradin? Hab doch gesagt, dass du dir um die Feen keine Sorgen machen musst", gluckste Bodo. „Die Dinger finden immer einen Weg."

„Stimmt." Melradin grinste. „Aber du hättest ruhig Tschüss sagen können, bevor du dich aus dem Staub gemacht hast."

„Ja, du hast recht." Naphtanael nickte schuldbewusst. „Aber das ging alles so schnell. Ich hatte irgendwie schon die ganze Zeit über dieses Amulett umklammert, ohne dass ich es wirklich mitbekommen hab. Und dann ist da plötzlich der Troll gekommen, ich presse die Augen zu und schon war ich im Schattenreich. Tut mir leid, ich wollte wieder zurück, ehrlich! Aber diese alte Schreckschraube dahinten hat mich in einen Pumm verwandelt, bevor ich überhaupt irgendetwas hab machen können. Muss da die ganze Zeit nur darauf gewartet haben, dass jemand zurückkommt, die Psychopatin", flüsterte er ihnen zu.

„In einen Pumm?" Ein Grinsen erschien auf Melradins Gesicht.

„Ja, verdammt." Die Sache schien Naphtanael unangenehm zu werden. „Ich sag euch, so ein Dasein ist alles andere als beneidenswert. Ich musste der Alten die ganze Geschichte vorkichern, so penetrant ist der Tick in so einem Pumm-Hirn."

„Was sind'n das für Dinger?", fragte Bodo neugierig.

„So eine Art Minifeen", erklärte Melradin. „Schwirren da überall herum und können nichts weiter, als zu kichern."

„Genau."

„Ich dachte, die Feenälteste hätte dich verbannt?", wunderte sich Melradin. „Hat sie dir jetzt plötzlich doch vergeben oder wie hast dus geschafft, wieder hierher zurückzukommen?"

„Oh ja, das war ein Kraftakt, sag ich euch." Naphtanael rollte mit den Augen. „Zum Glück sind dann noch andere Feen dazu gestoßen, die noch einigermaßen alle Tassen im Schrank hatten. Wollte mich, glaub ich, schon an die Harpien verfüttern, die Alte. Na ja, dann gab's mächtig Aufregung und ein Feenrat wurde einberufen, dem ich die ganze Geschichte vortragen musste. Sie haben schließlich beschlossen, dass meine Bestrafung erstmal verschoben wird und ich bei der Suche nach den anderen helfen soll."

Jemand räusperte sich plötzlich geräuschvoll in seinem Rücken. Aufgescheucht wirbelte Naphtanael herum. Eine grimmige kleine Gestalt stand dort im Gras, die Hände in die Hüfte gestemmt.

„Ach so, ja äh", stammelte er, während die Feenälteste zuerst ihn, dann Bodo und Melradin böse anfunkelte.

„Was sind das jetzt für Menschlinge?", krächzte sie, als ihr Blick bei Melradin hängen blieb.

„Ich kenne sie", haspelte Naphtanael schnell. „Sie sind unsere Freunde."

„Wart ihr das grade? Dieser Rumms?" Die Augen der kleinen Hexe mit Schmetterlingsflügeln verengten sich zu Schlitzen.

Wacker hielt Melradin dem Blick stand. „Ja. Ein kleines Versehen, tut mir leid. Wir wollten eigentlich nur, dass ihr uns bemerkt."

Verblüfft beobachtete Melradin, wie die Augenschlitze der verschrumpelten Fee noch enger wurden. „Naphtanael!" Der Lockenkopf neben ihr zuckte erschrocken zusammen. „Glaub bloß nicht, du könntest mich in eine Falle locken."

„F-falle?", stotterte er erschrocken. „Ich ... das ... niemals!" Hilfe suchend schielte er zu seinen beiden Kumpanen.

„Wir wollen bestimmt nix Böses, gnädige Dame", brummelte Bodo in seinem höflichsten Ton. „Können sogar helfen, Laila und Ellen zu finden."

„Ihr kennt sie?" Der bohrende Blick der Feenältesten schwenkte zu Bodo. Jetzt allerdings mit einer Spur Überraschung.

„Klaro!", gluckste Bodo in der Hoffnung, das Ganze ein wenig aufzulockern. „Haben ja gemeinsam gegen die Melies gekämpft."

„Und wo sind sie jetzt?"

„Jetzt? Öh na ja", Bodo kratzte sich verlegen im Nacken. „Ganz bestimmt nich' weit weg von hier. Sind bloß schon mal vorausge..."

Zornig stampfte die kleine Hexe mit ihrem Füßchen auf den Boden.

„WO – SIND – SIE – JETZT?"

„W-w-wir finden sie schon noch, keine Sorge", versuchte Naphtanael verzweifelt, die kleine Gestalt zu beruhigen. „Wenn Bodo sagt, dass ..."

„Es ist mir egal, was dieser Menschling sagt!" Mit vor Wut bebenden Flügeln wandte sie sich zu Naphtanael. „Ich hätte dich wieder verbannen sollen, das ist es! Jetzt irren wir wegen dir Tag und Nacht durch die Gegend und finden nichts weiter als zwei Typen, die sich mitten in der Pampa selbst in die Luft jagen!"

„Ich habe eine Idee", meldete sich Melradin vorsichtig zu Wort.

„Was?", fauchte die Fee ihn an.

„Ich weiß, wie wir Ellen und Laila vielleicht finden können."

Hoffnungsvoll hellte sich Naphtanaels Miene auf.

„Es, na ja, ähm", Melradin suchte nach den richtigen Worten. „Es gibt da einen Baum ..."

26

„L-l-laila!", stolperte es aufgeregt aus Naphtanaels Mund. „Laila! Ellen!"

Eilig rappelte sich Melradin auf, um über Naphtanaels Schulter schauen zu können. Tatsächlich! Ein Pferd trottete in einiger Entfernung durch das hohe Gras, auf seinem Rücken zwei Gestalten, die ihnen begeistert zuwinkten. Ellen und Laila.

Melradin fiel ein Stein vom Herzen. Sie hatten sich also wirklich wieder gefunden. Und alle schienen weitgehend wohlauf zu sein. Zu verdanken hatten sie das nicht zuletzt einer sprechenden Pflanze. Es hatte eine Weile gedauert, bis sie die Feenälteste davon überzeugt hatten, zu dem sprechenden Baum zu fliegen, und ihn um Hilfe zu bitten. Doch musste sie schließlich die Neugier gepackt haben. So hatte sie irgendwann endlich eingewilligt und den Baum darum gebeten, sich bei seinen Pflanzenkollegen nach zwei umherreitenden weiblichen Menschlingen zu erkundigen. Der war hell begeistert gewesen, plötzlich von einer kleinen Feenmeute umgeben zu sein und hatte den ganzen Wald auf den Kopf gestellt, bis endlich die aufgebrachte Antwort einer Distel zurückgewackelt gekommen war, es hätte bei ihr gerade eben Pferdeexkremente gehagelt.

Eine kurze Suche nach ihren Waffen sowie einen herzlichen Abschied später waren Bodo, Melradin und der Lockenkopf mit der ganzen Feenmannschaft auf den Riesenschmetterling geklettert und eilig davongeflogen. Sie hatten nun grob gewusst, wo sich Ellen und Laila befinden mussten, sodass sie jetzt, nachdem sie den halben Tag akribisch die Wiesen abgeflogen hatten, endlich fündig geworden waren.

Überglücklich lagen sie sich alle in den Armen. Schluchzend war Laila Naphtanael um den Hals gefallen, der sich seitdem mit einem leisen Zucken in der Unterlippe nicht mehr von der Stelle gerührt hatte.

Bodo hatte die beiden fast zwischen seinen Pranken zerquetscht und Rotz und Wasser in seinen Bart geheult. Ja selbst die grimmige kleine Feenälteste war für den einen oder anderen winzigen Moment ein wenig aufgeweicht und hatte ihre beiden entlaufenen Schafe mit glasigen Augen begrüßt.

„Bin so froh, dass euch nix passiert is'", schniefte Bodo, nachdem er lautstark in ein relativ mitgenommen aussehendes Stück Stoff geschnäuzt hatte.

„Ich auch", sagte Ellen mit einem zittrigen Strahlen und streichelte ihrem Berserker über den Rücken. „Wir haben uns solche Vorwürfe gemacht, dass wir nicht bei euch geblieben sind."

„Ach, Bodo und ich kommen schon zurecht, das wisst ihr doch." Eine leise, aber wirklich nur ganz, ganz leise Stimme in Melradin fragte sich, ob er wohl auch gerne von Ellen gestreichelt werden würde.

„Ham 'nen sprechenden Baum kennengelernt", berichtete Bodo stolz. „Hat die ganzen Höllenhunde kurz und klein geschlagen."

„Einen sprechenden Baum?", fragte Laila ungläubig. Ihre Wangen waren von den Tränen gerötet.

„Ja." Melradin musste bei dem Gedanken lachen, wie absurd ihre Geschichte eigentlich war. „Wir sind vor den Höllenhunden auf Bäume geflüchtet und, na ja, meiner hat mich plötzlich begrüßt."

Ellen und Laila lachten.

„Moment mal", wunderte sich Ellen. „Bodo, DU bist auf einen Baum geklettert?"

„Jap." Bodo straffte stolz seinen Kragen.

„Oh Gott, der arme Baum", murmelte Laila breit grinsend.

Die Feenälteste tapste zu ihnen. „Wir brechen gleich auf", krächzte sie in einer seltsam unmürrischen Tonlage. „Na ja, solltet vielleicht vorher noch etwas essen."

„Aufbrechen? Wohin denn?", fragte Ellen.

„Na, zu den Menschlingen", antwortete die winzige Fee, so als wäre nichts sonnenklarer. „Müssen schließlich noch Tyleînaronimus und Franz abholen."

„Wir fliegen nach Asilithin?" Diese Überraschung hatte selbst Naphtanael aus seiner Starre auffahren lassen.

„Ja, verdammt!" Und schon war die kleine verschrumpelte Gestalt wieder die alte, griesgrämige Hexe.

„Na, dann", Bodo rieb sich tatenfroh die Hände. „Worauf warten wir?"

Es fiel Melradin schwer, Bodos überschwänglichen Optimismus zu teilen, als der Feendrache mit zwei Passagieren mehr an Bord wieder abhob. Sie zogen in den Krieg. Wieder einmal. Wahrscheinlich das letzte Mal. Mit einem gewissen Kloß im Hals blickte Melradin zu dem davon trottenden Pferd. Er hatte kurz noch die Gelegenheit dazu gehabt, sich von dem treuen Tier zu verabschieden und ihn von dem lästigen Gestell zu befreien. Von nun an war es auf sich allein gestellt.

Auf dem Feendrachen war es mittlerweile ganz schön eng. Ein Glück, dass die paar Feen auf einen sperrigen menschlichen Körper verzichtet hatten, auch wenn sie mit ihren Flügelchen hier nicht fliegen konnten.

Wie bei der kleinen lebensgefährlichen Spritztour mit der Rumskiste breitete sich nun der Yeremond mit dem anliegenden weiten Weideland unter ihnen aus. Die Sonne hing noch einigermaßen hoch am Himmel und bestrahlte die verschlafene Landschaft mit ihrem goldenen Licht. Wenn man genau hinsah, konnte man sogar matte Linien hinter dem Yeremond entdecken. Das Gebirge weit, weit in der Ferne.

Ihre Reise ging in die andere Richtung, der prächtigen Stadt Asilithin entgegen. Melradin betete, dass es nicht schon zu spät war. Aber zu spät wofür eigentlich? Zu spät dafür, dass ein Haufen Feen, ein fetter Berserker und seine Wenigkeit noch irgendetwas am Weltgeschehen drehen konnten? Dafür war es wohl schon immer zu spät gewesen.

Trotzdem. Er wollte einfach nicht die Hoffnung aufgeben. Wie denn auch? Es hätte bedeutet, sich selbst aufzugeben.

Er traute seinen Ohren kaum, als er neben dem Peitschen des Windes plötzlich ein weiteres Geräusch vernahm. Natürlich auch noch abgesehen von Naphtanaels gelegentlichen Gefühlsausbrüchen, hörbar durch euphorisches Geschrei in seinem Rücken, meistens direkt gefolgt vom genervten Murren der Feenältesten. Es war Bodos Schnarchen. Er hatte es doch tatsächlich fertiggebracht, bei dieser Adrenalinbombe einfach einzupennen. Eine beinahe schlaflose Nacht machte es offensichtlich möglich. Mit dem Kinn auf der Brust geriet ihr Vordermann ein wenig in Schräglage, doch kümmerte sich Ellen kichernd darum, dass ihr Koloss nicht auf die Idee kam, von Bord zu kullern.

Bei dem Gedanken an Müdigkeit bemerkte Melradin, wie schwer

eigentlich auch seine Lider waren. Das ganze Herumgezaubere hatte ihn ausgelaugt. „Hey, Naphtanael", rief er ihm direkt ins Ohr. „Pass auf, dass ich nicht auch noch einschlafe!"

„Ja ja, in Ordnung."

Wenig später schlummerte auch Melradin mit dem Kopf im Nacken vor sich hin und zauberte einen dünnen Speichelfaden aus seinem halb geöffneten Mund hervor.

„Aufwachen! Wir sind gleich da!" Unsanftes Rütteln weckte Melradin aus seinen seichten Träumen.

„Sch-scheiße", suchte Melradin mit halb geöffneten Lidern tollpatschig nach einem Fetzen Orientierung. „Bin ich eingenickt?"

„Ja", meinte Naphtanael mit einem breiten Grinsen.

„Verdammt, du solltest doch aufpassen!", ärgerte sich Melradin und konnte es nicht fassen, dass er in solcher schwindelerregender Höhe auch nur eine Sekunde Schlaf gefunden hatte.

„Ja, ich rüttle auch schon eine Weile", meinte Naphtanael lachend. „Sahst nur so friedlich aus mit deinem Dickschädel im Nacken."

„Sehr lustig", grummelte Melradin weiter, doch hielt ihn der Anblick der Ferne nun davon ab, mehr zu erwidern.

Asilithin, das Herz aller Welten – abgesehen vielleicht von Melgor, das wie ein hässlicher Tumor an diesem tapfer kämpfenden Herzen haftete. Schemenhaft war die Spitze der Königsstatue im Dunst zu erkennen. Ein mattes Schimmern zeugte davon, dass das Feuer noch immer brannte. Melradin atmete auf. Hatten die Lethurianer der Schwarzen Invasion also tatsächlich so lange standhalten können?

Während sie dem buckligen Hügel der Stadt allmählich näher kamen, wurden hier und da Spuren der Schlacht sichtbar. Ghul-Leichen, Arm in Arm mit menschlichen Kadavern, waren im Gras zu entdecken. Fette Trolle verwesten in der allmählich untergehenden Sonne. Ja sogar die leblosen Leiber einiger Drachen waren gelegentlich zu entdecken. Selbst im Tod waren sie noch mit einer majestätischen Würde behaftet.

Die riesige Leiche eines Dunkeldrachens zog Melradins Aufmerksamkeit auf sich und ließ ihn für einen kurzen Moment hoffen, dass es tatsächlich geglückt war, Annealaisa ins Jenseits zu befördern. Doch dann trat wieder die Erinnerung des abartig großen Drachens in sein

Bewusstsein und er musste einsehen, dass selbst der Koloss dort unten noch ein paar Nummern zu klein für diese Rolle war.

Je näher sie der Stadt kamen, desto mehr glichen die entstellten Wiesen einem gewaltigen Massengrab. Mensch und Tier lagen nebeneinander, Grünhäuter neben den hässlichen Fratzen der melgorianischen Kreaturen.

Doch es war auch noch Leben zu finden. Bedrohlich viel Leben. Eines stand zumindest zweifelsfrei fest: Die Schwarze Invasion war bei Weitem noch nicht geschlagen. Hier und da waren Ghule zu entdecken, die den Begriff Leichenschmaus offenbar etwas zu wörtlich nahmen und sich an den zahllosen Kadavern sattfraßen.

Ebenso ließen sich nicht selten Grüppchen der vermummten schwarzen Krieger ausmachen, die mit Fackeln das brachliegende Schlachtfeld durchschritten und den Tod dem Feuer übergaben. Schwarzer Rauch stieg von den zahlreichen Brandherden auf. Der bestialische Gestank war bis zu ihnen hinauf zu riechen.

Hustend hielt sich Naphtanael die Hand vor Mund und Nase. „Verdammte Scheiße, stinkt das!"

„Wie's aussieht, kommen wir genau richtig!", rief ihnen Bodo tatenfroh zu, der offenbar ebenfalls wieder aus seinem Schlummer erwacht war.

Skeptisch ließ Melradin seinen Blick über die allmählich sichtbaren Häuser Asilithins gleiten. Die hier und da brennende Stadt ließ ihn zweifeln, ob er diesbezüglich mit Bodo einer Meinung war. Für ihn bedeutete genau richtig, wenn die lethurianische Armee gerade dabei war, sich erbittert gegen die dunklen Belagerer zu wehren und sie sozusagen unbemerkt dazu stoßen durften, nicht wenn sie durch ihre Ankunft die Größe der noch lebendigen lethurianischen Armee entscheidend beeinflussten.

Denn so wie es aussah, hatten diejenigen, die noch genug Energie in sich verspürten, um sich vom Fleck zu bewegen, ernsthafte Probleme, die noch lebenden Widersacher ausfindig zu machen. Hier und da wuselten kleine menschliche Gestalten umher und waren damit beschäftigt, die sich ausbreitenden Feuer einzudämmen. Aber eine wirkliche Schlacht war nirgends zu entdecken.

Andererseits war der Kampf gegen die Schwarze Invasion ganz offensichtlich noch nicht zu Ende. Vereinzelt durchzogen Ghule die Straßen der Stadt und niemand, der auch noch so abseits seine Stellung eingenommen hatte, wagte es, sich ausgelassen als Sieger zu feiern. Aber wo war die Front? Wo kämpfte man um die noch immer brennende Flamme Lethuriels? Schlagartig – etwas schlagartiger als es Melradin lieb war – wurde ihm diese Frage beantwortet.

So schnell wie ein Falke stürzte ein Dunkeldrache aus den Wolken und rammte ihren erschrocken umherflatternden Schmetterling. Gerade noch rechtzeitig konnte Melradin verhindern, in die Tiefe zu stürzen. Mit wild schlagendem Herz klammerte er sich fest, während sein umherhetzender Blick nach der verloren gegangenen Orientierung suchte. Zwei Dunkeldrachen waren aus dem Wolkendach gepresscht und setzten nun ihrem mit der Situation völlig überforderten Feendrachen zu. Melradin schoss ein unheilvoller Gedanke durch den Kopf: Wie sehr war wohl ein übergroßer Schmetterling, der aus einer Welt mit blinkenden Blumen stammte, für den Kampf gewappnet? Verdammt! Ein bunt glitzernder Riesenschmetterling platzte mitten in den erbitterten Kampf der Drachen über den brennenden Dächern Asilithins und er, Melradin, war allen Ernstes mit an Bord.

„Mist! Gut festhalten!", hörte Melradin Bodos Stimme schreien. Krampfhaft klammerte er sich fest. Wieder zischte eine der schwarzen Bestien an ihnen vorbei und schleuderte den Schmetterling beiseite. Ellen schrie entsetzt auf. Doch konnten sie sich alle auf dem Feendrachen halten.

Mit schockiert aufgerissenen Augen starrte Melradin zu dem zweiten Dunkeldrachen, der sich ihnen mit kräftigen Flügelschlägen näherte. Ein einziger Feuerball und es wäre um sie geschehen. Panisch versuchte der Feendrache, sich der Stadt zu nähern und flatterte eilig den schier endlos weit entfernten Dächern entgegen. Doch gegen die Dunkeldrachen sah er keine Sonne.

Laila packte ihren Bogen und schoss einen Pfeil auf den rasch näher kommenden Dunkeldrachen. Eine Verzweiflungstat ohne jede Wirkung. Wieder wurden sie gerammt, diesmal heftiger. Der Schmetterling fiepte panisch.

„Verdammt noch mal!", donnerte es in Melradins Rücken. „Jetzt reicht's!" Die Feenälteste war nun offensichtlich gewillt, die Sache in die Hand zu nehmen. „Niemand rückt ungestraft einem Feendrachen zuleibe! Vor allem dann nicht, wenn ich drauf sitze!"

Die beiden Dunkeldrachen waren bereits wieder im Anflug. Was auch immer die kleine Hexe vorhatte, sie sollte sich besser damit beeilen. Wollte sie zaubern? Melradin schoss es durch den Kopf, selbst die Initiative zu ergreifen. So eine Explosion wie vorhin würde möglicherweise sogar etwas bewirken. Bei Dunkeldrachen? Blödsinn. Das waren die Herrscher der Lüfte. Und er nur ein Amateurzauberer. Er konnte ihnen unmöglich gefährlich werden.

Ein äußerst seltsames Geräusch in seinem Rücken lenkte seine Aufmerksamkeit weg von den heranpreschenden Drachen. Es war die Feenälteste. Kräftig schüttelte sie ihren kleinen Schädel hin und her, während sie sich mit zwei Fingerchen die Nase zuhielt und lautstark die Luft aus ihrem geschlossenen Mund presste, sodass ihre Lippen wie wild umherschlackerten. Verdattert starrte Melradin die kleine Gestalt an. Sah so etwa ein Feenzauber aus?

Naphtanael bemerkte seinen Blick. „Sie ruft die Urgeister", flüsterte er ihm ehrfürchtig zu.

„Gullugullu gullugullu gullugullu ..." Ohne mit dem Kopfschütteln aufzuhören wedelte die Feenälteste hastig mit den Händen umher, während sie irgendwelche seltsamen Silben vor sich hin krächzte. Sie beeilte sich sichtlich mit diesem äußerst gewöhnungsbedürftigen Ritual. Trotzdem war die Zeit zu knapp.

Die Dunkeldrachen erreichten sie. Mit enormer Wucht schleuderte sie der erste beiseite. Die Feen kreischten aufgeregt. Hatte jemand den Halt verloren? Melradins Blick stolperte umher, ohne etwas in dem Durcheinander erkennen zu können. Die zweite Bestie packte den hilflos flatternden Feendrachen und riss ihn einige Meter mit sich. Mit zusammengebissenen Zähnen hielt Melradin sich fest, während Himmel und Erde im Sekundentakt ihre Plätze tauschten.

„Melradin!", schrie ihm Bodo keuchend zu, als der Dunkeldrache wieder von dem Riesenschmetterling abließ. „Schnell! Reiß sie in Stücke!"

Wie bitte?! Ach ja, klar! Das war die Idee! Einfach in Stücke reißen. „Das sind Dunkeldrachen, verdammt! Ich bin kein Drachentöter!"

„Doch! Du hast das Zeug dazu, ich weiß es!"

Melradins Blick richtete sich auf die schwarzen Bestien. Sie waren erneut im Anflug. Er, Melradin, sollte sich diesen Monstren entgegenstellen? Das war doch Wahnsinn! Ein Feuerball schoss plötzlich um Haaresbreite über ihre Köpfe hinweg. Die Feen duckten sich kreischend. Naphtanael löschte hektisch eine angesengte Locke.

„Bitte, Melradin! Versuch es!" Diesmal war es Laila.

Melradin schluckte. Die Dunkeldrachen waren ihnen dicht auf den Fersen. Und so wie es aussah, hatten sie eindeutig genug vom Spielen. Der nächste Feuerball brutzelte ihnen bestimmt schon in den Kehlen. Eine Sache von Sekunden. Er musste handeln. Jetzt sofort.

Sein Körper spannte sich an. Jeder Muskel begann zu beben. Seine zitternden Finger vergruben sich krampfhaft in dem buschigen Rücken des Schmetterlings. Augenblick für Augenblick verstrich. Seine Sinne fixierten die schwarzen Bestien. Der Rest verblasste. Von irgendwoher glaubte er, Bodo etwas schreien zu hören. Doch es war zu fern, als dass er es hätte verstehen können. Die Energien in ihm bündelten sich zu einer einzigen zuckenden Kraft.

Einer der Dunkeldrachen öffnete seinen Rachen. Eine Feuerbrunst preschte hervor.

Jetzt!

Melradin löste die Ketten von seiner Kraft und schleuderte sie dem Dunkeldrachen entgenan. Das Feuer und sein Zauber trafen sich in der Mitte. Die gewaltige Wucht der entfachten Energie fegte sie davon und ließ den Feendrachen haltlos der Stadt entgegentrudeln. Hell wie die Sonne leuchtete die Explosion am Himmel und ließ die Luft wie im Donner erbeben.

Keuchend klammerte sich Melradin fest. Geräusche trudelten auf ihn ein. Jemand rüttelte an seiner Schulter. Hatte es funktioniert? Immerhin schienen sie noch alle am Leben zu sein. Wo waren die Dunkeldrachen? Schwerfällig ließ Melradin seinen Blick umherschweifen. Orange Drachen zischten an ihnen vorbei. Die Drachen Vlandorans! Na endlich! Erleichtert sackte er in sich zusammen.

„Achtung!" Lailas Stimme ließ ihn auffahren. Einen Moment später rammte sie ein schwarzes Monstrum. Jemand schrie panisch auf. Verbissen kämpfte Melradin dagegen an, den Halt zu verlieren .

Was war plötzlich los? Ein Durcheinander aus Orange und Schwarz erfüllte die Luft. Die Schlacht der Drachen hatte sie in ihre Mitte genommen. Vielleicht hatte sie der Knall angelockt. Der Dunkeldrache riss sie rücksichtslos mit sich, sodass sie sich mit aller Kraft festhalten mussten, um nicht in die klaffende Tiefe zu stürzen.

Der Feendrache wurde zur Seite gedrängt. Jemand kreischte verzweifelt. Mit vor Erschöpfung zitternden Armen klammerte sich Melradin fest. Sein Blick verirrte sich zu den Dächern Asilithins hinab. Ein panisches Kribbeln knetete seinen Magen durch. In mindestens zweihundert Metern Höhe baumelten sie in der Luft.

„Wir müssen die Welt verlassen!", hörte Melradin seine eigene Stimme japsen. „Naphtanael, schnell! Dein Amulett!"

„Dann müssen wir uns irgendwie an den Händen halten!", schrie der Lockenkopf in seinem Rücken. Der Feendrache fiepte schmerzerfüllt. Sein linker Flügel wurde von den Klauen des Dunkeldrachens zerquetscht. Keine Armlänge von Melradin entfernt.

„Ich kann nicht, sonst fall ich runter!", kreischte Ellen mit brüchiger Stimme.

„Wir halten uns einfach alle aneinander fest!", rief Melradin. „Bis wir da unten angekommen sind, haben wir längst die Welt verlassen!"

„Ich – nein!", schluchzte Ellen.

„Ich halte dich fest!" Es war Bodos unerschütterliche Stimme.

Mit einem kräftigen Ruck wurden sie plötzlich zur Seite geschleudert. Die Feenälteste krächzte erschrocken. Hastig fuhr Melradin herum. Die kleine Gestalt hatte den Halt verloren. Blitzschnell streckte Naphtanael den Arm aus. „Melradin! Schnell, hilf mir!" Mit zusammengebissenen Zähnen hielt er das Händchen der Fee umklammert, während er sich mit der anderen irgendwo festzuhalten versuchte.

Melradin lehnte sich vor, packte den Arm der winzigen Gestalt und wuchtete sie gemeinsam mit Naphtanael hoch. Im selben Moment riss der Dunkeldrache sie mit in die Höhe. Panisch fuhr Melradin wieder nach vorne und versuchte, sich festzuhalten. Doch seine Hände erwischten nur leere Luft.

Mit einem stummen Schrei in der Kehle ruderte er mit seinen Armen umher. Entsetzt rief jemand etwas. Eine Hand versuchte, ihn festzuhalten, doch riss ihnen die Wucht wieder die Finger auseinander.

Das bunte Glitzern des Feendrachens erschien vor ihm. Er war vom Rücken des Riesenschmetterlings gestürzt. Haltlos fiel er in die Tiefe. Sein Herz donnerte gegen seine Brust, während die Luft so schnell an ihm vorbeifegte, dass er kaum noch atmen konnte. Zwei, drei wertvolle Augenblicke verstrichen, bis er endlich wieder einen klaren Gedanken fassen konnte. Er musste Lethuriel verlassen. Und zwar schnell. Seine unkontrolliert zitternden Finger fummelten hastig nach dem goldenen Amulett.

Er umklammerte das Schmuckstück so fest er konnte. „Bitte führ mich weg von hier, wohin auch immer!" Hauptsache er blieb nicht schon wieder im Schattenreich hängen. Die Dächer Asilithins rasten ihm entgegen. Keine Sekunde durfte mehr verloren gehen.

Melradin presste die Augen zu. Krampfhaft versuchte er, sich auf den Gegenstand in seiner Hand zu konzentrieren. Komm schon! Die Sinnesempfindungen wurden dumpfer. Die Schwärze seiner geschlossenen Lider festigte sich. Dann endlich: Das Schattenreich zeichnete sich auf das schwarze Gemälde, erleuchtet in mattem geisterhaftem Licht.

Doch plötzlich durchbrach ein Gefühl diese Isolation. Das unvollendete Bild der düsteren Wüste verschwamm. Jemand zog ihn zurück in die Realität. Verbissen versuchte Melradin dagegen anzukämpfen und presste seine Augen zu. Vergebens.

Äußerliche Gefühle strudelten auf ihn ein und peitschten ihn zurück in seinen Körper. Erschrocken riss er die Augen auf und blickte um sich. Er befand sich nicht mehr im freien Fall. Etwas hielt ihn umklammert. Entsetzt benötigte er einen Moment, um zu begreifen, was er da sah. Schwarze Klauen hielten ihn fest.

Die Klauen eines Dunkeldrachens.

27

In einem mörderischen Tiefflug raste der Dunkeldrache über die Stadt. Die Dächer Asilithins fegten unter ihm davon. Was, um alles in der Welt, hatte die Bestie mit ihm vor? Verzweifelt versuchte sich Melradin, aus dem festen Griff der schwarzen Klauen zu befreien. Er musste irgendwie an das verdammte Amulett kommen, das da an seinem Hals hing. Mit zusammengebissenen Zähnen versuchte er, seinen Arm frei zu zerren. Ohne Erfolg. Der Dunkeldrache erdrückte seine Eingeweide, so fest hielt er ihn gepackt.

Sie gewannen ein wenig an Höhe und entfernten sich von den brennenden Schwaden. Reckte Melradin seinen Kopf, konnte er dort vorne bereits die majestätischen Konturen der Königsstatue erahnen. Ganz oben auf dem Dach der Stadt. War das ihr Ziel? Das Feuer Lethuriels? Melradins Herzschlag dröhnte in seinen Ohren. Er musste sich befreien – irgendwie!

Ein Zauber, das war wohl seine einzige Chance. Nur was zaubern? Sollte er sich frei sprengen? Nein, zu gefährlich. Und außerdem: Reichten ihm denn zwei Sekunden, um ins Schattenreich zu flüchten? So lange würde es etwa bis zum tödlichen Aufprall dauern. Ein beißender Schmerz nur in einer Klaue. Das würde vielleicht genügen, um an das Amulett zu kommen. Allerdings war Melradin in Sachen Magiedosierung noch nie wirklich gut gewesen.

Ihm schoss eine andere Idee durch den Kopf. Hastig verrenkte er seinen Hals. Die Zeit drängte. Jeder weitere Moment konnte der sein, an dem ihn die Klauen wieder losließen und er in den sicheren Tod stürzte. Mit der Zunge fummelte er nach der dünnen Kette, bis er sie sicher zwischen den Zähnen hielt. Nun musste er das Amulett irgendwie von seinem Hals bekommen. Hastig begann Melradin, den Kopf zu schütteln.

Das Feuer auf der Königsstatue trat in sein Sichtfeld. Unerschütterlich stand sie noch immer da, die gewaltige Statue des Königs. Der Anblick verlieh Melradin neue Entschlossenheit. Niemand würde diese Macht je brechen können. Nicht einmal Melgor.

Energisch wuchtete er seinen Kopf in den Nacken, sodass das Amulett endlich von seinem Hals hüpfte. Triumphierend hielt er das goldene Schmuckstück in seinem Mund. Er hatte es geschafft! Jetzt musste er nur noch irgendwie mit der Hand rankommen.

Ein plötzlicher Kurswechsel ließ ihn schmerzerfüllt würgen. Knirschend bissen seine Zähne auf die goldene Kette. Seine Gedanken überschlugen sich und stolperten hektisch seinem Körper hinterher, der mit mörderischer Wucht den Dächern Asilithins entgegengeschleudert wurde.

Ein wütendes Brüllen ließ die schwarzen Schuppen erbeben. Orange Flügel. Mit aufgerissenen Augen entdeckte Melradin den Grund für die plötzlichen Turbulenzen. Ein vlandoranischer Drache war in sie hineingerast.

Alles um Melradin wirbelte umher, so als hätte die Schwerkraft plötzlich von ihm abgelassen und die Welt sich ohne ihn weitergedreht. Die schwarzen Klauen lösten sich von seinem durchgekneteten Körper. Haltlos stürzte er der Stadt entgegen, das Amulett noch immer zwischen den zugebissenen Zähnen. Seine Gedanken hielten vor Schreck die Luft an. Nichts als das Donnern seines Herzschlags hallte durch seinen Schädel.

Das Ende. Ein seltsamer Typ fiel wie aus dem Nichts mit einem goldenen Amulett im Mund vom Himmel. Der Schluss von Melradins kurzem Leben. Im Grunde eine einzige Ironie des Schicksals.

Gras tauchte vor seinen aufgerissenen Augen auf. Eine Wiese. Er landete offenbar im Grünen. Einen winzigen Moment später war er bereits im Unkraut verschwunden. Sein Körper traf auf harten Grund und überschlug sich einige Male, ehe der Schwung von ihm abließ.

Regungslos lag er da. Ein Dröhnen klopfte von innen gegen seinen Schädel. Immerhin war er noch am Leben. Wie tief er wohl gestürzt war? Eigentlich viel zu tief, oder nicht? Leise stöhnend hievte Melradin seine Hand unter dem restlichen Körper hervor.

Die Erde bebte, als plötzlich mit einem gewaltigen Krach irgendwelche Bauten ganz in der Nähe das Zeitliche segneten. Wahrscheinlich das Werk der zwei Drachen, schloss Melradin, die einen Augenblick später bereits ihren Kampf mit donderndem Gebrüll fortsetzten. Weg von hier, schoss es ihm durch den Kopf. Er musste schleunigst verschwinden, wenn er nicht jeden Augenblick von einem Drachenschwanz getroffen werden wollte. Doch weigerte sich sein Körper, sich zu rühren.

Ihm war speiübel. Zusammenhangslose Satzfetzen schwirrten durch seinen schummrigen Schädel, während seine Umgebung nicht aufhörte, sich zu drehen. Keuchend schloss er die Augen. Das Drehen beschleunigte sich. Wild wippte er hin und her wie letzten Abend auf dem sprechenden Baum.

Ein leises Stöhnen drang aus seinem kraftlos geöffneten Mund – neben dem Krach des tobenden Drachenkampfes noch nicht einmal hörbar für ihn selbst. Zwei Giganten kämpften um Leben und Tod und Melradin döste mit einer Gehirnerschütterung nebenan im Gras. Wieder steckte er in einer aberwitzigen Situation.

Ein stechender Schmerz zuckte durch seinen Magen. Er packte zwei Grasbüschel und drückte so fest er konnte. Verbissen klammerte er sich fest, bis der Schmerz wieder abflaute. Seine zugepressten Lider entspannten sich. Langsam öffnete er seine Augen. Da lag das Amulett, direkt vor seiner Nase. Golden schimmerte es in der untergehenden Sonne.

„Führ mich nach Hause, schönes Ding." Seine Finger fummelten nach dem Schmuckstück. Er hatte hier nichts mehr verloren. Alles, wonach er sich jetzt sehnte, war zu dem Alten zurückzukehren. Irgendwie. Er würde einen Schlüssel finden. Weit weg von dieser Schlacht und Melgors Schrecken.

Seine Hand umschloss das Gold. Zeit zu gehen.

Etwas donnerte plötzlich unweit entfernt ins Gras. Reflexartig zuckte Melradin zusammen. Ein besonders lautes Brüllen schmetterte durch die Luft. Vorsichtig interpretierte es Melradin als schmerzerfüllt. War der Kampf etwa vorüber? Hoffentlich war es dem vlandoranischen Drachen gelungen, den Dunkeldrachen zu überwältigen. Immerhin hatte er ihm aller Wahrscheinlichkeit nach das Leben gerettet.

Mit einem immer unwohleren Gefühl im Magen schloss Melradin die Augen. Das Licht verschwand. Allmählich wurde der Lärm dumpfer, die Gerüche trüber. Seine Sinne verschwammen, bis schließlich das Gefühl des Amuletts in seiner Hand das Einzige war, das er noch spürte.

Das verzweifelte Brüllen drang erneut an sein Ohr. So hörte es sich also an, wenn ein Drache im Kampf gegen seinesgleichen fiel. Der qualvolle Ton ließ Melradin schaudern. Hoffentlich war es der Dunkeldrache. Verdammt, er musste jetzt nachsehen! Er schlug die Augen wieder auf. Zurück in seinem Körper war der Lärm ohrenbetäubend. Hastig versuchte er, etwas zu erkennen. Sein Blick tastete sich durch die Grashalme, fand jedoch keine brauchbare Lücke. Er musste aufschauen, um etwas zu erkennen. Ganz langsam und behutsam hob Melradin seinen Kopf aus dem Dreck. Das Pochen wurde stechender. Mit krauser Stirn schielte er über das Gras hinweg.

Scheiße.

Verzweifelt versuchte sich der orange Drache aus dem tödlichen Griff der schwarzen Bestie zu befreien, die sich mit mörderischer Geduld nur ein Stück unterhalb des Halses festgebissen hatte. Melradins Hass brodelte. Es war nur noch eine Frage der Zeit. Eine Frage sehr kurzer Zeit. Fluchend versuchte er, sich aufzurichten. Sein Schädel wurde von einem erbarmungslosen Hämmern gespalten. Sein Blick verschwamm. Halb blind setzte er einen wackeligen Fuß auf den Boden. Mit zusammengebissenen Zähnen gönnte er sich einen winzigkleinen Moment Verschnaufpause. Er musste diesem Drachen zu Hilfe kommen. Wie auch immer. Aber auf jeden Fall musste er dazu stehen! Wankend fand er sich mehr oder weniger auf den Beinen wieder. Seine Augen wanderten über seltsamen Nebel. Schemenhaft konnte er die beiden Drachen keine zwei Dutzend Schritte entfernt ausmachen.

Er musste sich beeilen. Ein Zauber. Mit geballten Fäusten fand er einigermaßen sicheren Halt. „Bitte, bitte Magie, lass mich jetzt nicht im Stich!" Melradin spannte seinen Körper an und schloss die Augen. Er musste all seine Kräfte sammeln, wenn er das Leben dieses Drachens retten wollte. Sein Herzschlag pulsierte gemeinsam mit dem Schmerz in seinem Kopf. Er brauchte mehr Kraft. Seine Zähne mahlten aufeinander, dass es wehtat. Das verzweifelte Brüllen seines Lebensretters verlieh ihm unerbittliche Verbissenheit.

Sein Körper bebte. Stoßweise zischte sein Atem. Jetzt ... Jetzt!

Etwas preschte seinen Hals hinauf. Ein gellender Schrei vereinte sich mit dem Brüllen des Drachens. Mit aufgerissenen Augen schleuderte Melradin seine letzte Kraft der dunklen Bestie entgegen.

Der Lärm des Zaubers donnerte ohrenbetäubend durch die Stadt. Eine unsichtbare Woge schmetterte den wankenden Magier zurück ins Gras. Keuchend versuchte sich Melradin wieder aufzurappeln, doch die Schwärze, die ihn im selben Moment überkam, war schneller. Ohnmächtig sackte er zusammen.

„Drachenblut, Drachenblut, überall fließt Drachenblut. Heihei, seht, er fliegt herbei! Hmmm hmm, dumdidudadum." Es war eine leise vor sich hinsummende Stimme, die Melradin zurück im Bewusstsein begrüßte. Eine Mädchenstimme. Alice? Hatte ihn der Alte etwa gefunden? Nein, Alice Stimme klang bestimmt anders. Noch mal ein Stück jünger.

Etwas Kaltes berührte seine Stirn. Erschrocken schlug Melradin die Augen auf und blinzelte dem Sonnenlicht entgegen. Es war matt. Sonnenauf- oder Untergang? Er stöberte in den Erinnerungen nach einer Antwort, wurde jedoch nicht fündig. Seine Hände berührten kalten Stein. Wo war er?

„Ah, der tapfere Zauberer ist aufgewacht."

Melradin fuhr auf. Eine Gestalt saß neben im. Das Mädchen grinste ihn schief an.

„'Tschuldige, wollte dich nicht erschrecken."

Mit verdatterter Miene glotzte Melradin das Mädchen einen Moment lang an. Es hatte zerzaustes, dunkelbraunes Haar, das ihm die Schultern hinunter hing. Ein exotischer Ohrring in Form eines spitzen Reißzähnchens hing an einer Seite seines Gesichts. Es war ein spitzbübisches Gesicht.

Melradins Laune hellte sich auf. „Wer bist du?", stammelte er mit einer gewissen universellen Orientierungslosigkeit. Sein Blick überflog die Gegend. Sie befanden sich am Rande eines riesigen Trümmerhaufens, der allem Anschein nach die frischgebackene Ruine eines Hauses war. Der Grundriss war noch gut zu erkennen, sogar das Dach war noch hier und da vorhanden. Allerdings befand sich ein gewaltiges Loch inmitten der Bauten, das dem Ganzen den ruinenhaften Charakter gab. Umgekippte und sogar zerborstene Säulen lagen verstreut im Gras, umgeben von zerstückelten Mauerresten. Mit Sicherheit war es einmal ein prächtiges Haus gewesen. Bevor zwei Drachen auf dessen Dach Platz genommen hatten.

Melradin erinnerte sich. In diesen Vorgarten war er hineingerast. Es war nicht das kniehohe, weitgehend naturbelassene Gras, das Melradins Erinnerung weckte, sondern der schwarz beschuppte Leichnam, der in grotesker Verrenkung die Wiese bedeckte. Der Dunkeldrache. Der tote Dunkeldrache.

„Wer ich bin?", hörte er das Mädchen die Frage wiederholen. „Na ja, ähm, wenn du einen Namen hören willst, frag mich besser nicht. Drachen haben immer so verschnörkeltes Zeug als Namen. Konnte mir meinen noch nie wirklich ..."

„Halt!" Stück für Stück ging Melradin noch einmal die Worte des Mädchens durch. „Drachen?"

„Ja, Drachen." Das Mädchen lachte. „Stimmt ja, das hätte ich vielleicht als Erstes erwähnen sollen. Ich bin eigentlich eine Drachin. Also meistens. Du hast mir gestern Abend das Leben gerettet."

Vollkommen entgeistert saß Melradin da.

Wieder lachte das Mädchen. Es war ein sehr herzliches Lachen, bei dem das Mädchen seinen Kopf in den Nacken legte. „Ich weiß, kommt eher selten vor, dass sich Drachen in Menschen verwandeln. Aber du sahst gestern ziemlich mitgenommen aus und da dachte ich mir, ich sorge besser mal dafür, dass du wieder auf die Beine kommst."

„Du bist der vlandoranische Drache?" Melradin konnte es noch immer nicht glauben.

„Der Dunkeldrache liegt tot im Garten, jaah, dann bin ich wohl der andere. Wow, da muss man sich ja richtig beeilen, deiner Gedankenakrobatik hinterherzukommen."

„Oh Mann." Völlig fertig mit der Welt ließ Melradin die Schultern hängen. Erst überlebte er eine Spritztour zwischen den Klauen eines Dunkeldrachens und jetzt weckte ihn ein Mädchen, das behauptete, eine vlandoranischer Drachin zu sein. Vorsichtig betastete er seinen Kopf. Schien eigentlich alles wieder einigermaßen heil zu sein ...

„Fühlt sich schon wieder besser an, stimmt's?", bemerkte das Mädchen und betrachtete stolz seine Finger. „Hab's selbst wieder hingezaubert. Dein Schädel war ganz schön Matsch gestern Abend."

„Du kannst zaubern?", wunderte sich Melradin und erinnerte sich erst einen Moment später, dass ja eigentlich eine Drachin neben ihm saß.

„Ein bisschen." Das Mädchen zuckte bescheiden mit den Schultern.

„Das kleine Dracheneinmaleins, mehr nicht. Lang nicht so gut wie du."

Melradins Blick wanderte wieder zu der gewaltigen Dunkeldrachenleiche. Er nickte zu dem entstellten Schuppenhaufen hinüber. „Hab ich das gemacht?" Die Frage war ihm irgendwie unangenehm.

„Mmmh, nicht ganz." Ein dünnes Lächeln trat auf die Lippen des Mädchens. „Du hast ihn getötet, das stimmt. Aber die hässlichen Wunden da, das war ich. Musste mich ein bisschen abreagieren, tut mir leid."

„Ich habe ihn getötet?" Seine Augen weiteten sich, ohne von dem Drachenkadaver ablassen zu können.

„Oh ja." Das Mädchen kicherte. „Warst nicht zimperlich, würde ich mal sagen. Ich meine, nicht, dass ich es dir übel nehmen würde. Aber einen ordentlichen Tinnitus hatte ich danach schon."

Mit offenem Mund saß Melradin da. Einen Dunkeldrachen – er – getötet. Absolut völlig unmöglich! Oder? Das Mädchen hatte es behauptet. Na ja, es gab zugegebenermaßen glaubwürdigere Wesen auf dieser Welt als Mädchen, die steif und fest behaupteten, eine Drachin zu sein. Trotzdem, wenn doch, dann ...

Eine leise, stolze Stimme meldete sich in seinen Gehirnwindungen zu Wort: *Melradin, der Drachentöter.*

Er konnte nicht verhindern, dass bei diesem Gedanken in seinem Herzen der Jackpot zu blinken begann.

„Alles in Ordnung mit dir?", lachte das Mädchen neben ihm.

Melradin riss sich von dem schwarzschuppigen Anblick los und sah zu ihm auf. „Tut mir leid, ich bin nur ein wenig ..."

„Ich weiß", sagte das Mädchen schmunzelnd. „Hast einiges durchgemacht, kann ich mir vorstellen." Sie kramte etwas hervor. „Hier, hast du verloren." Es war das goldene Amulett.

„Oh." Mit zittrigen Fingern hängte Melradin es sich um. „Danke."

Das Mädchen sah ihn schräg an. „Sag mal, was ist das für ein Typ, der aus heiterem Himmel dahergelaufen kommt und mir das Leben rettet, indem er ein ganzes Wohnviertel in die Luft sprengt?"

Melradin zuckte mit den Schultern. „Ich bin nicht aus heiterem Himmel dahergelaufen gekommen. Falls du es nicht bemerkt hast, der Dunkeldrache hatte mich im Schwitzkasten, als du in ihn reingerast bist."

„Ehrlich?" Das Mädchen sah ihn mit großen Augen an. „Oh nein!

Tut mir leid. Dann war ich also für deine Matschbirne verantwortlich."

Melradin grinste. „Du warst vor allem dafür verantwortlich, dass sich noch ein Fünkchen Leben in dieser Matschbirne befunden hat. Ich will gar nicht wissen, was der Dunkeldrache mit mir vorhatte." Unwillkürlich wanderte sein Blick zum Himmel. Wolkenbedeckten den Himmel und hielten den andauernden Kampf vor seinen Augen verborgen. Bei dem Gedanken, was wohl den anderen widerfahren war, bildete sich ein dumpfes Drücken in seinem Magen. Hoffentlich waren sie auch ohne ihn in die Feenwelt geflüchtet. Er seufzte verbittert. Bloß würde er sie so vielleicht nie wieder sehen.

„Bist du dann vielleicht ein Greifenreiter? Oder wie kommst du zwischen die Klauen eines Dunkeldrachens?", hörte er das Mädchen fragen.

„Greifenreiter?" Er sah wieder zu der kleinen Gestalt neben ihm. „Ich? Nein. Ich bin mit einem Feendrachen hergeflogen. Keine allzu schlaue Idee, wenn ich mir das so im Nachhinein überlege."

„Mit einem Feendrachen?"

„Ja, das sind so riesengroße Schmetterlinge. Aus der Feenwelt, noch nie gehört?"

„Du bist mit einem Schmetterling hierher geflogen?" Das Mädchen hob bestürzt die Hand vor den Mund, musste dann aber lachen.

„Jaah." Zu seiner Überraschung steckte ihn das Lachen an.

„Und", begann das Mädchen vorsichtig. „Und wo ist dein Schmetterling jetzt?"

„Hmm ..." Kurz schweifte sein Blick zurück zum Himmel. „Ich weiß es nicht." Seine Stimme war belegt. Er räusperte sich. „Ich hoffe, er hat es wieder zur Feenwelt zurückgeschafft."

„Du hoffst, dass er dich zurückgelassen hat?"

„Es ... ich meine ..." Melradin hielt inne. Sie hatte recht. Hoffte er das wirklich? „Ja. Ich bin kein Feendrachenreiter oder so was. Ich saß nur auf einem. Als Passagier, neben echten Feen, verstehst du? Wie hätten die mir schon helfen können?" Der Kloß in seinem Hals brachte das Ganze ein wenig wackelig rüber.

„Und du bist keine echte Fee?" Das Mädchen war verwirrt.

„Natürlich nicht. Sehe ich etwa ..." Er stoppte, als er sich erneut daran erinnern musste, dass er es eigentlich mit einer Drachin zutun hatte. Zumindest wenn das Wesen neben ihm noch einigermaßen alle

Tassen im Schrank hatte. „Nein, ich bin wirklich ein Mensch. Glaube ich zumindest."

Das Mädchen kicherte. „Du bist komisch."

Melradin schnaubte. „Stimmt, irgendwo muss ich wohl komisch sein, wenn ich jetzt schon von Mädchen geweckt werde, die behaupten, eine Drachin zu sein."

„Du glaubst mir nicht."

„Doch." Melradin zögerte. „Nein, eigentlich nicht. Ich wusste gar nicht, dass so was überhaupt geht. Dass sich Drachen in Menschen verwandeln können, meine ich."

„Klar, wieso denn nicht?"

„Na jaah", sagte Melradin. „Ich habe es zwar noch nie probiert, aber ich glaube nicht, dass ich als Drache eine allzu gute Figur machen würde."

Wieder lachte das Mädchen. „Stimmt, so herum funktioniert das meistens nicht so gut. Ist wahrscheinlich ein bisschen zu groß. Keine Ahnung." Sie zuckte mit den Schultern. „Hast du eigentlich einen Namen?"

„Ja, ich heiße Melradin. Hab mir den Namen allerdings selber gegeben, nachdem ..." Er hielt inne. Das Thema hatte jedes Mal diesen bitteren Nebengeschmack. „Na ja, ich habe vor nicht allzu langer Zeit das Gedächtnis verloren."

„Das Gedächtnis verloren?" Das Mädchen sah ihn verdutzt an.

„Ja, ziemlich komplizierte Geschichte. Ich meine, eigentlich nicht. Aber sie ist seltsam."

Das Mädchen sah ihn neugierig an. „Erzähl!"

Melradin räusperte sich. „So viel gibt's da gar nicht zu erzählen." Relativ persönlicher Kennenlern-Small-Talk, den sie da plötzlich führten. Aber aus irgendeinem Grund drängte es Melradin geradezu danach, mit diesem seltsamen kleinen Mädchen darüber zu sprechen.

„Ich bin aufgewacht – wie lange ist es jetzt her? Zwei Wochen? Mehr nicht. Na ja, ich saß auf jeden Fall da als kleiner Junge mitten im Wald und hatte keine Ahnung, wer ich bin oder wo ich war."

„Was? Einfach so?"

„Einfach so. Ach ja, ich hatte noch eine Blume in der Hand." Die Erinnerung an das Pflänzchen ließ ihn stutzen. Er hätte es doch tatsächlich fast vergessen. Die kleine Blume mit den weißen Blüten. Und dabei war sie vielleicht das letzte Überbleibsel seines alten Lebens gewesen.

„Eine Blume?", wunderte sich das Mädchen. „Seltsamer Gedächtnisverlust."

„Sag ich doch." Melradin lächelte. „Irgendwann hat mich dann ein alter Mann gefunden. War seine eigene kleine Welt, in der ich da herumgesessen bin. Keine Ahnung, wie ich dort hinkommen konnte. Ich hatte ja nichts weiter als diese Blume." Er seufzte. „Na ja, auf jeden Fall hat dieser Mann mich aufgenommen und mir beigebracht zu reisen. Bis ich mich dann irgendwann in einer Welt verlaufen habe. So bin ich letztendlich hier gelandet."

„Ach, herrje." Das Mädchen sah ihn mitfühlend an. „Und du hast keine Ahnung, woher du stammst oder was du einmal gewesen bist?"

„Ich habe nicht den blassesten Schimmer."

„Und die Blume? Wohin hat die geführt?"

Melradin stutzte. Stimmt ja ... Verdammt! Er Idiot! Klar, die Blume war ja auch ein Weltenschlüssel! Oh Mann, da fragte er sich, woher er stammte und hielt praktisch die ganze Zeit über das Rückfahrtticket in der Hand.

„Ich äh", stammelte er. „Wenn ich ehrlich bin: Auf den Gedanken bin ich noch gar nicht gekommen. Sie als Schlüssel zu verwenden, meine ich."

„Verstehe." Das Mädchen tippte sich nachdenklich auf das Kinn. Ein leises Grinsen stahl sich auf ihre Lippen. „Vielleicht stammte sie ja aus einer ganz geheimen Welt, die niemand kennt? Ein Wunderland mit weißen Schlössern, mächtigen Drachen und edlen Rittern!"

„Bestimmt", murmelte Melradin lächelnd. „Und mich konnte keiner so recht leiden und so wurde ich rausgeschmissen."

Das Mädchen lachte. „Nein, duuu bist der tapfere Prinz, der den Tod seines Vaters durch dessen eifersüchtigen Bruder rächen wollte. Nur bist du in deinem Vorhaben gescheitert, als du dich selbst geopfert hast, um die schöne Gerlinde aus den Klauen des Tyrannen zu befreien."

„Doch da ich immerhin sein Neffe bin, zeigte dieser schreckliche Tyrann Erbarmen und schickte mich ins Exil. Mitsamt Abschiedsblume versteht sich", vervollständigte Melradin die Geschichte. „Allerdings löschte er mir vorher noch das Gedächtnis, damit ich ja nicht auf die Idee komme, wieder zurückzukehren."

„Nein, das wäre ja viel zu einfach", protestierte das Mädchen. „Mal überlegen ... Jaah, der Preis dafür, dass du die schöne Gerlinde aus dem magischen Gefängnis ganz oben in der Spitze des Dunklen Turms befreien konntest, war, dass du sie und alles andere vergisst und zum fernsten Punkt des ganzes Schattenreichs verbannt wirst."
„Ohh, wie tragisch", meinte Melradin belustigt.
„Und die Blume in deiner Hand hat dir die wundervolle Gerlinde mitgegeben, in der Hoffnung, du würdest dich beim Anblick dieses Pflänzchens irgendwann an sie und die unbändige Liebe zu ihr erinnern." Das Mädchen seufzte. „Ach, es tut mir so leid, Melradin."
„Na ja." Er zuckte leichthin mit den Schultern. „Wenn du recht hast, kann ich eigentlich ganz froh sein, dass mir dieses ganze Liebesdrama irgendwie entfallen ist. So habe ich gefühlstechnisch wenigstens meine Ruhe." Mehr oder weniger zumindest.
Das Mädchen kicherte. „Außerdem hast du jetzt ja mich. Das wird bestimmt spannender als dein altes Leben."
„Oh", plumpste es aus Melradins Mund. „Das heißt, ich habe von nun an ein verrücktes Mädchen im Schlepptau?"
„Vergiss es", sagte das Mädchen ernst. „Der Körper hier wird mir langsam zu eng. Du wirst wohl mit einer Drachin vorlieb nehmen müssen."
Melradin sah die kleine Gestalt neben ihm verdutzt an. „Du meinst, ich soll auf dir reiten?"
„Klar!" Das Mädchen lachte. „Oder wäre es dir lieber, wenn ich dich mitschleppe wie der Dunkeldrache?"
Melradins Gedanken überschlugen sich. „Aber ich bin doch kein Drachenreiter", hauchte er.
„Was? Du meinst, du traust dich eher auf einem riesigen Schmetterling hier herumzuflattern, als mit mir zu fliegen?" Das Mädchen sah ihn spöttisch an.
Melradin schluckte. Er auf einem Drachen reiten? Die Vorstellung war absurd. Trotzdem, etwas begann, leise in seinem Magen zu kribbeln. Verdammt aufregend war sie auch. „Nein, ich meine", begann er. „Das kommt jetzt nur ein bisschen plötzlich. Ich hatte noch nicht allzu viel mit Drachen zutun, verstehst du?"
Das Mädchen lächelte. „Für jemand, der sich gerade mal an die letzten zwei Wochen seines Lebens erinnern kann, auch nicht weiter

verwunderlich. Nur ist es so: Ich hätte es dir vielleicht sagen sollen, bevor du mich vor dem Dunkeldrachen gerettet hast. Aber Drachen das Leben zu retten, hat nun mal gewisse Nebenwirkungen."

„Verstehe." Er hatte jetzt also eine Drachin als neue Gefährtin. Einen echten Drachen. Bei dem Gedanken wurde es ihm ein wenig schummrig. Nachdem er erst gerade vom Himmel gestürzt war, ging ihm das irgendwie ein bisschen zu schnell. Er räusperte sich. „Also gut. Warum eigentlich nicht?" Er mühte sich ein wackeliges Lächeln ab. „Mit einer Drachin. Schön."

„Gut." Das Mädchen war sichtlich erleichtert. „Wenn es dir nichts ausmacht, sollten wir dann so langsam aufbrechen."

„Aufbrechen? Jetzt gleich?" Beklommen sah er das Mädchen an. Klasse, ein toller Drachentöter war er. Wie hatte er es gestern nur geschafft, so ein Ding umzulegen, wenn er sich jetzt bei dem bloßen Gedanken daran, auf einem zu reiten, beinahe in die Hose machte?

Seine Mimik musste seine Gefühlslage wahrheitsgetreu widergespiegelt haben. Zumindest begann das Mädchen, herzhaft zu lachen. „Wenn du Höhenangst hast, sag es besser jetzt gleich."

„N-nein", haspelte Melradin eilig. „Eigentlich nicht." Verdammt, warum stellte er sich so an? Schließlich hatte er sich auch auf die Lehne der Rumskiste getraut. Und das übertraf alles an Waghalsigkeit. Er schluckte das Unbehagen hinunter. „Also ja, nein, ich meine, von mir aus kann's losgehen."

„Gut, weil die da oben uns dringend brauchen." Besorgt sah das Mädchen zum bedeckten Himmel. „Glauben wahrscheinlich, ich sei tot."

Auch Melradin ließ seinen Blick durch die Gegend schweifen. Die Wolkenwand hing tief. Das Feuer der Königsstatue war nur als dumpfes Schimmern auszumachen. Hier und da kräuselten sich Rauchschwaden von der Stadt unter ihnen in die Höhe. Noch immer konnte er nicht einen Drachen ausmachen. Keine Schlacht, keine Melgorianer – alles wirkte wie ausgestorben.

„Wo sind die eigentlich alle?", überredete er sich endlich dazu, die dumme Frage zu stellen.

„Die Drachen? Fliegen wahrscheinlich alle über den Wolken. Das ist so ein innerer Drang, nichts zwischen sich und dem Himmel haben zu wollen. Da tickt irgendwas in unseren Drachenhirnen, keine Ahnung."

„Nein, ich meine alle. Die Menschen, die Lethurianer, die Melgorianer, einfach alle."

„Ach so, stimmt, du hast es ja vermutlich gar nicht mitbekommen. Die sind zu diesem Eisturm. Im Norden, bei Quendolin, du weißt schon."

„Bei Quendolin, dem Zauberer?" Verwundert sah er wieder zu dem Mädchen.

„Ja." Das Mädchen lächelte. „Hättet euch sicher einiges zu sagen gehabt, ihr beiden."

„Du meinst, dass alle nach Norden sind?" Verwirrt blickte er hinunter zur Stadt.

„Fast alle. Sie sind nach Vlandoran gereist und von dort aus zum Eisturm. Ganz einfach."

„Und warum?"

„Tja." Das Mädchen schmunzelte schadenfroh. „Quendolin hatte noch ein Ass im Ärmel, mit dem die Melgorianer nicht gerechnet hatten. Hat scheinbar die ganze Energie seines komischen Eisturms dafür verwendet, einen riesigen Schutzschild um Asilithin zu errichten. Das hättest du sehen sollen!" Die verkleidete Drachin musste bei dem Gedanken lachen. „Sind dagegen geklatscht wie die Fliegen."

„Was?" Auch wenn es Melradin noch nicht ganz kapierte, steckte ihn das Lachen an.

„Ja, frag mich nicht, wie ers gemacht hat. Aber als die ganzen Drachen, Trolle und was weiß ich noch für Ungeziefer über die Stadt herfallen wollten, sind sie alle gegen eine unsichtbare Wand gelaufen. Beziehungsweise geflogen, was noch mal um einiges schmerzhafter gewesen sein muss."

„Wow!" Einen winzigen Moment lang fühlte Melradin einen Stich in der Brustgegend, als ihm bewusst wurde, dass es ganz offensichtlich bei Weitem noch viel bessere Zauberer gab als ihn. „Ja, und dann?"

„Na ja, es hat eine ganze Weile gedauert, bis die schwarze Meute endlich eingesehen hat, dass sie Asilithin nicht erreichen kann. Annealaisa war unglaublich wütend, sag ich dir." Das Mädchen erschauderte. „Das ganze Gorgath-Tal stand in Flammen, so hat es ausgesehen. Irgendwann sind sie dann endlich abgezogen. Zwei, drei Tage ist es jetzt her. Ich hatte schon die Befürchtung, sie würden eher den ganzen Yeremond abfackeln, als von Asilithin abzulassen."

„Und was ist jetzt?", versuchte sich Melradin die Sache klarzumachen. „Warum sind die Drachen wieder hier?"

Das Mädchen warf seufzend einen Blick auf die tote Bestie im Gras. „War leider klar, dass es die ganze Sache nicht würde aufhalten können. Gestern im Morgengrauen sind sie schon wieder zurückgekehrt. Irgendwie haben sie es geschafft, den Zauber zu brechen." Zum ersten Mal war in dem Blick des Mädchens so etwas wie Verbitterung zu sehen. Es passte überhaupt nicht zu dem Kind. So als hätte die Drachin gerade ohne Vorwarnung seine grinsende Menschenmaske vom Gesicht genommen.

„Was eigentlich nur eins bedeuten kann", murmelte das Mädchen.

„Du meinst ..."

„Der Eisturm ist gefallen, ja."

Melradin schluckte. „Aber mit den paar Drachen werden wir doch noch irgendwie fertig, oder?"

Das Mädchen lächelte matt. „Glaubst du wirklich, das ist schon alles? Nein." Es schüttelte traurig den Kopf. „Annealaisa ist auf dem Weg hierher und jetzt ist keiner mehr da, der sich ihr in den Weg stellen könnte. Quendolins Macht ist gebrochen und Lethuriels Armee ist dort im Norden wahrscheinlich überrannt worden. Übrig sind nur noch wir beide und eine Handvoll meiner Geschwister." Wieder seufzte das Mädchen. „Scheint so, als nähme das Ganze langsam sein trauriges Ende."

„Aber jetzt sag doch nicht so was!", platzte es erschüttert aus Melradin. „Es muss doch irgendwie möglich sein, dieser verdammten Schwarzen Invasion die Stirn zu bieten!"

„Ja." Das Mädchen lächelte warm. „Eine Zeit lang. Über hundert Jahre sind uns geschenkt worden. Aber nun mal nicht die Ewigkeit. Irgendwann hat es so kommen müssen."

„Über hundert Jahre", schnaubte Melradin.

„Stimmt, für dich ist diese Zahl unbedeutend." Das Mädchen rappelte sich auf. Jetzt überragte es ihn sogar um ein halbes Köpfchen. „Aber noch ist die Zeit für uns beide ja nicht rum." Es schenkte ihm ein etwas wackeliges Lächeln. „Ich meine, wer weiß? Vielleicht steckt ja mehr in uns, als wir uns beide zutrauen und dieses fette Vieh eines Drachens stürzt noch heute Abend ins Gorgath-Tal."

Melradin schmunzelte. „Du solltest dich langsam mal entscheiden, ob du jetzt den Optimisten oder den Pessimisten von uns beiden spielen willst."

Das Mädchen lächelte. „Du hast recht. Wahrscheinlich ist mir grade ein bisschen zu viel schwarze Drachenweisheit rausgerutscht. Ist irgendwie hormonell bedingt. Tut mir leid."

„Was soll's." Ächzend raffte sich auch Melradin auf. Hier und da knackte überrumpelt ein Gelenk. Ansonsten schien alles in Ordnung. Er nahm sich vor, das Mädchen bei Gelegenheit nach dem Zauberrezept zu fragen. „Könntest mich sowieso nicht dazu bringen, die Hoffnung aufzugeben", presste er hervor, während er sich streckte. „Wenn du wüsstest, was ich schon alles überlebt habe!"

Das Mädchen kicherte. „Innerhalb von zwei Wochen?"

„Jaah, in der Zeit kann einiges passieren, glaub mir." Sein Blick verlor sich für einen Moment in der Ferne. „Zum Beispiel kann man von einer winzigen Welt mit einer Handvoll Bäumen und einer baufälligen Hütte in diesen verdammten Krieg hier stolpern."

Die winzige potenzielle Drachin nickte. „Ja, du hast eindeutig die falsche Zeit erwischt."

„Ach, wenigstens wird mir nicht langweilig."

„Stimmt, immerhin darfst du jetzt auf einem Drachen reiten."

„Ich darf. So nennst du das also."

„Jetzt komm", meinte das Mädchen grinsend. „Manche würden dafür töten, so eine Chance zu bekommen!"

„Ach so, du meinst, die Dunkeldrachen sind nur neidisch?"

Die kleine Gestalt lachte. „Glaubst du eigentlich, du bekommst so was wie gestern noch einmal hin?"

Melradin zögerte einen Moment. „Ich denke schon. Nur ..." Er hielt inne. „War das vorhin dein Ernst? Ich meine, würdest du dich wirklich trauen, dich Annealaisa in den Weg zu stellen?"

Das Mädchen sah ihn einen Augenblick lang stumm an. „Alleine ganz bestimmt nicht. Und wenn du sagst, dass ..."

„Nein, so habe ich es nicht gemeint", unterbrach Melradin das Mädchen hastig. „Ich meine, wie soll ich es sagen? Jemand, der von einem Dunkeldrachen den Himmel hinuntergeworfen worden ist und immer noch lebt, so wie ich, der beginnt sich zu fragen ..." Er suchte nach den richtigen Worten. „Na ja, ich frage mich so langsam, wieso, verstehst du? Ich weiß, es klingt total übergeschnappt, aber jemand der das erlebt hat, was ich erlebt habe, der sucht nach einem Grund, so etwas wie einer Bestimmung."

„Du meinst, es ist deine Aufgabe, Annealaisa zu töten?" Melradin war sich nicht ganz sicher, ob er da einen leisen spöttischen Unterton heraushörte. „So eine Art Berufung?"

Er seufzte. „Du hast recht. Es klingt bescheuert."

„Nein, nein." Das Mädchen sah ihn lächelnd an. „Ich war nur gerade ein bisschen baff. Erst traust du dich nicht mal auf mir zu fliegen und jetzt schmiedest du plötzlich Pläne, den größten und mächtigsten Drachen aller Zeiten zu töten."

„Ja." Melradin schmunzelte. „Ich bin schon irgendwo merkwürdig, du hast recht. Aber für so ein Vorhaben ist das vielleicht sogar ganz hilfreich. Wenn es stimmt, was du gesagt hast, ist das möglicherweise das Einzige, worauf ich noch hoffen kann. Und auf irgendwas muss ich ja wohl hoffen. Zumindest ich als Mensch. Keine Ahnung, wie du als Drachin damit umgehst."

Die kleine Drachin nickte langsam. „Dann sind wir also unsere letzte Hoffnung. Das ist gut. Kalkulierbarer, als auf ein Wunder zu hoffen."

„Ich weiß nicht", sagte Melradin bitter. „Ich glaube, das eine oder andere Wunder hätte schon noch Platz an unserer Seite. Allein schon, damit ich nicht den Halt verliere und ein zweites Mal vom Himmel falle."

„Da passe ich schon auf, keine Sorge", meinte das Mädchen mit einem Grinsen im Gesicht, das Melradin irgendwie unbehaglich werden ließ. „Also, ich verwandle mich dann mal." Es fasste an seinen seltsamen Reißzahn-Ohrring.

„Moment mal, eine Sache noch", hielt sie Melradin zurück. „Ich reite nur auf Drachinnen, deren Namen ich kenne."

„Einen Namen … mmh", überlegte das Mädchen. „Die Wolkensegler haben mir mal einen gegeben. Die haben für jeden Drachen einen Namen. Moment, meiner war …", das Mädchen kratzte sich am Kopf. „Thy… Thyno, nein, warte, Thynimorellia. Oder so ähnlich. Wahrscheinlich hab ich die eine oder andere Silbe vergessen."

„Mhm." Melradin strich sich unschlüssig über den stoppeligen Bart. „Ähm, schön, wirklich. Aber was hältst du von einem neuen, einfacheren Namen?"

Das Mädchen zuckte die Schultern. „Hab nichts dagegen. Wenn ich ihn mir nicht selber merken muss."

„Na ja, es wäre schon praktisch, dass du kapierst, wenn ich mit dir spreche."

„Na schön, ich geb' mein Bestes."

„Also? Wie willst du heißen?" Er fühlte sich für einen Moment auf den Stein in dem kleinen Pseudo-Wald zurückversetzt, als der alte Mann ihm dieselbe Frage gestellt hatte. Flerendus. So hatte sich der Alte selbst genannt. Bescheuerter Name. Die Erinnerung daran zauberte ein dünnes Lächeln auf Melradins Lippen.

„Hmm, ich weiß nicht. Wie heißt man denn so? Ich meine, eigentlich reicht's doch auch, wenn du irgendwas sagst, so ein Schlüsselwort, und ich dann weiß, dass ich damit gemeint bin. Kamelkotgrütze oder so was."

Melradin musste lachen. „Jetzt komm schon. Dir muss doch irgendwas Schönes einfallen. Du kennst doch ein paar Namen, oder nicht?"

„Klar, aber für mich selber ..." Das Mädchen kaute nachdenklich auf der Unterlippe. „Jetzt überleg doch auch mal, wenn's eigentlich für dich ist!"

„Okay." Etwas unbeholfen überlegte Melradin, blieb aber ständig bei ein und derselben sinnlosen Anordnung von Buchstagen hängen.

„Wie wär's mit, warte mal, Eva? Nein, Evelyn! Das ist gut, was hältst du davon?"

„Evelyn?" Das Mädchen sah unschlüssig drein. „Von mir aus, warum nicht? Dann heiße ich eben Evelyn."

28

Tatsächlich, da stand sie. Eine echte vlandoranische Drachin. Baff trat Melradin ein, zwei Schritte näher. Die smaragdgrünen Augen sahen ihn auffordernd an. Ein weiblicher Drache – an der Form der Augen meinte Melradin, es sogar zu erkennen.

Der Kopf der Drachin neigte sich auf Melradins Höhe. Mit offenem Mund blieb der schmächtige Nachwuchs-Zauberer stehen. Ihre beiden Köpfe trennte keine Armlänge mehr voneinander. Ein echter Drache – zum Greifen nah. Melradins Beine weichten ein wenig auf. Mit zittrigen Fingern streckte er seine Hand aus. Die unzähligen Hubbel der Schuppen unter seiner Hand fühlten sich sonderbar an. Es kribbelte angenehm, als er vorsichtig darüber strich.

„Tss", versuchte er sich wieder zusammenzureißen. „Wenn mich jetzt Naphtanael sehen könnte. Der größte Drachen-Fan."

Evelyn schnaubte.

Naphtanael. Er hätte den Gedanken an ihn besser gleich wieder verdrängen sollen. Jetzt drückte wieder irgendetwas von innen gegen seine Brust. Verbitterung oder Sehnsucht. Er musste sich damit abfinden, dass er wahrscheinlich nie erfahren würde, ob sie es noch heil in die Feenwelt geschafft hatten. Denn anstatt sich irgendwie einen Weg zur Feenwelt zu bahnen, hatte er sich soeben dazu entschlossen, einen völlig neuen einzuschlagen. Er war jetzt Melradin, der Drachentöter. Und mit Evelyn an seiner Seite hatte er nur ein einziges Ziel vor Augen: Annealaisa zur Strecke zu bringen.

Mit einem Kloß im Hals, der ihm fast die Luft abdrückte, kletterte Melradin den orangen Schuppenhügel hinauf. Bestimmung ... irgendwie war ihm der Gedanke vorhin um einiges schlüssiger erschienen. Sein ganzer Körper bebte, als er zum Ansatz des langen Drachenhalses rutschte und sich irgendwo festzuhalten versuchte.

Wieder schnaubte Evelyn. Es war soweit. Melradin atmete tief durch. Mit einer Drachin in die Schlacht — er, der kleine Junge auf dem Stein. Er lehnte sich noch ein Stück weiter vor, sodass er sich besser an Evelyns Hals festhalten konnte. Sein Herzschlag vibrierte gegen ihre Schuppen. Mühevoll bezwang er die Angst in sich. „Kann losgehen."

Fast augenblicklich drückte sich Evelyn ab und katapultierte sie beide mit enormer Kraft über die Dächer der Stadt. Ein, zwei Flügelschläge ließen sie senkrecht den Wolken entgegen schießen. Mit gestocktem Atem klammerte sich Melradin fest, während ihm sein Haargestrüpp ins Gesicht peitschte. Sein äußerst mitgenommener Mantel schlackerte dem Boden entgegen, der irgendwie plötzlich mit dem Himmel die Plätze getauscht haben musste, so ungebremst rasten sie auf das weiße Meer zu.

Ein begeistertes Brüllen flatterte in Melradins Ohren. Evelyn hatte ganz offensichtlich ihren Spaß. Mit beängstigender Geschwindigkeit schmetterten sie der Wolkenwand entgegen. Das hügelige Weiß verschluckte sie, ließ Asilithin unter ihnen verschwinden und spuckte sie einen Moment später bereits wieder weiter in den Himmel.

Evelyn ließ einen Moment locker, sodass Melradin Gelegenheit hatte, nach Atem zu ringen. Die Wolken von dieser Seite aus zu betrachten, hatte etwas Zauberhaftes. Wie ein riesiges Gebirge erstreckten sie sich unter ihnen. Oder wie ein stürmisches Meer mit gewaltigen Wellen.

Keuchend blickte Melradin um sich. Sein Herz hämmerte wie ein Flummi durch seinen Körper und verlor nur ganz langsam an Schwung. Orange Punkte hoch über ihnen zeugten von anderen Drachen, die die Lüfte durchkämmten. Mit zusammengekniffenen Augen versuchte er, mehr zu erkennen. Wenn er es recht überblickte, war Schwarz nirgends zu entdecken.

Sie gewannen wieder an Höhe und schossen den anderen Drachen entgegen, die ihrerseits zu ihnen hinübergeschweift waren. Ein Brüllen hallte zu ihnen hinüber. Evelyn antwortete. Was war los? War irgendwas im Anmarsch? Bei dem Fahrtwind war kaum etwas zu erkennen. Melradins Blick durchstöberte so gut es ging die Ferne, doch ließ sich im Dunst nichts ausmachen.

Was auch immer die Drachen nun vereinzelt brüllten, sie waren ganz offensichtlich zumindest froh darüber, wieder eine mehr unter sich zu haben. Dass sich zwischenzeitlich ein Mensch auf Evelyns Rücken verirrt hatte, schien niemanden sonderlich zu irritieren.

Wie Melradin nun aus nächster Nähe miterleben musste, bestand eine herzliche Begrüßung unter Drachen darin, in halsbrecherischen Manövern aneinander vorbeizupreschen. Messerscharfer Wind zerrte an ihm und durchfuhr sein Haar. So fest er konnte, umklammerte er Evelyns Hals, kam jedoch mit seinen Armen gerade mal halb herum, sodass es ganz schön schwierig war, sicheren Halt zu finden.

Immerhin verzichtete seine neue Drachenbekanntschaft darauf, wie die anderen Loopings zu schlagen oder auf dem Rücken zu fliegen. Trotzdem war Melradin weit davon entfernt, dafür dankbar zu sein. Tausend Meter hoch über der Stadt und er war dazu verdammt, Drachenrodeo zu spielen.

Wenn Drachen wenigstens sprechen könnten! Melradin hätte zu gerne gewusst, was vorgefallen war, dass nun keine Dunkeldrachen mehr nahe der Stadt zu entdecken waren. Hatte man sie alle getötet? Oder vertrieben? Oder waren sie etwa freiwillig gegangen? Möglicherweise hatten sie sich zurückgezogen, um ihrer Herrin zur Seite zu stehen, die nun wahrscheinlich jeden Augenblick hier eintreffen würde.

Annealaisa. Der Gedanke an sie ließ es Melradin kalt den Rücken hinunterfahren. Der größte und mächtigste Drache aller Zeiten war auf dem Weg hierher. Und keiner außer Melradin und eine Handvoll vlandoranischer Drachen waren mehr übrig, um sich ihr in den Weg zu stellen. Die Lage war aussichtslos, Melradin machte sich keine Illusionen. Andererseits war der Gedanke, dass sie scheitern könnten, unerträglich. Lethuriels Untergang wäre das Ende des Lichts außerhalb des Einsamen Turms. Übrig bleiben würden nur Melgor und der Wärter, der über es herrschte. Oder würde zumindest das ein oder andere Licht unentdeckt bleiben?

Die kleine Welt des Alten, nicht viel größer als eine Lichtung, wenigstens die? Oder wer hatte schon einen Zugang zu der Pizzeria mit den seltsamen Schachspielern und dem Café nebenan? Wie viele unzählige Welten gab es denn, die irgendwo verstreut im Schattenreich versteckt waren? Hunderte bestimmt. Vielleicht sogar noch mehr, wenn sich Melradin allein den riesigen Haufen Weltenschlüssel des Alten in Erinnerung rief. Nein, alle würde Melgor wahrscheinlich nie finden können. Aber die Größten und Schönsten. Und wahrscheinlich auch seine eigene, Melradins Herkunftswelt. Woher auch immer er stammen mochte. Die Verbitterung ließ von neuem Hass aufkeimen. Es war einfach unmöglich, dass Melgor gewann und das Licht der Königsstatue erlosch. Es war nicht richtig! Falsch, Lüge, unwahr!

Melradin hielt mit seinen Gedanken inne. So hasserfüllt ... Er wunderte sich über sich selbst. Wie lang war es denn jetzt her, dass er in dem winzigen Wald aufgewacht war? Nicht mehr als ein paar Tage. Er hatte die Augen geöffnet, ohne den blassesten Schimmer von Melgor oder irgendeiner Schwarzen Invasion zu haben. Er hatte von nichts und niemandem eine Ahnung gehabt. Doch nun, nur ein paar Augenblicke später, zog er bereits wutentbrannt in die Schlacht, bereit, alles für die gute Sache zu geben.

Es war merkwürdig, die Sache so distanziert zu betrachten. Aber im Grunde war er in diese Schlacht geraten, wie ein blöder Gaul einer Karotte hinterher rannte. Klar, bei Melgor war es praktisch unmöglich, Gut und Böse zu verwechselte. Trotzdem ... Ein seltsamer Gedanke schoss Melradin durch den Kopf. Was wäre wohl geschehen, wenn er statt in der kleinen Welt des Alten in Melgor aufgewacht wäre? Oder – Melradin war von der bloßen Idee schockiert – war es vielleicht möglich, dass er vor seinem Gedächtnisverlust auf der anderen Seite gekämpft hatte?

Er fand keine Gelegenheit mehr, darüber nachzudenken. Mit einigen kräftigen Flügelschlägen lenkte sie Evelyn wieder den Wolken entgegen, die anderen Drachen direkt neben ihnen. Sie durchbrachen die Wolkendecke erneut und die Dächer der Stadt breiteten sich unter ihnen aus. Leben regte sich nahe der Stadtmauern. Angestrengt versuchte Melradin, dort unten etwas zu erkennen. Ein Kampf? Tatsächlich, zwischen den kleinen schwarzen Punkten war der fette Fleck eines Trolls zu entdecken. Die Melgorianer hatten sich offensichtlich zu einem Angriff zusammengerafft.

Einer der Drachen schmetterte ein grollendes Brüllen durch die Lüfte. Erschrocken fuhr Melradin auf. Ein zweiter antwortete ebenso ungehalten. Was war los? Er sah aufgeregt durch die Gegend, konnte jedoch nichts entdecken. Zielstrebig schlugen die Drachen einen neuen Kurs ein. Weg von der Stadt und dem Kampf unten an der Mauer. Der Wind pfiff Melradin um die Ohren, als das halbe Dutzend vlandoranischer Drachen die Ansätze des Gorgath-Tals passierten. Er kniff die

Augen zu Schlitzen zusammen. Sie verließen die Stadt – weshalb? Er hatte eine dunkle Vorahnung. Sonnenlicht durchlöcherte hier und da die Wolkendecke. Es war irgendwo um die Mittagszeit.

Plötzlich hörte es Melradin. Es war fern. Zu fern, als dass er etwas in dem trüben Wetter hätte ausmachen können. Das tiefe Grollen einer Bestie. Melradin gefror zu Eis. Annealaisa, kein Zweifel. Wie Donner ließ ihr Brüllen das Tal erbeben.

Melradin klammerte sich so fest er konnte an Evelyns Hals. Trotzdem bebte sein ganzer Körper. Sie würden heute in diesem letzten Kampf ihr Leben lassen. Er war sich dessen die ganze Zeit über bewusst gewesen. Doch dieser Tatsache nun direkt ins Gesicht zu sehen, war etwas völlig anderes. Angst durchflutete ihn, ohne dass er etwas dagegen tun konnte.

Ein schwarzer Punkt trat in der Ferne aus dem schleierhaften Dunst hervor. Weitere kleinere folgten. Melradin schluckte. Wie viele waren es? Acht, neun? Es war schwer, etwas Genaueres zu erkennen. Die Dunkeldrachen waren auf jeden Fall in der Überzahl. Und in ihrer Mitte befand sich ihre Herrin.

Etwas tockte gegen seine Brust. Melradin blickte an sich hinab. Das goldene Amulett. Mit dem Wind klopfte es gegen seinen Mantel, so als wollte es protestieren und ihm sagen: „Was tust du hier? Das ist nicht deine Welt. Du hast damit nichts zu tun! Also nimm mich doch endlich in die Hand und verschwinde!"

Mit einem kurzen Handgriff steckte er es zurück in sein Hemd. Fliehen? Nein, er würde nicht fliehen. Denn das hier war nicht irgendein Kampf in irgendeiner fernen Welt. Es war auch sein Kampf. Er war hierher geführt worden, um diese letzte Schlacht zu schlagen. Im Namen Lethuriels und all der unzähligen anderen Welten, deren letzte Hoffnung nun einzig und allein in ihm und den wenigen verbliebenen vlandoranischen Drachen lag, die sich in diesem Moment der Schwarzen Invasion stellten. Ganz egal, wie es ausgehen mochte. Dies hier war seine Aufgabe.

Die schwarzen Punkte wurden rasch größer. Annealaisas gewaltige Schwingen traten hervor, umgeben von einem knappen Dutzend ihrer höllischen Drachenbrut. Melradin versuchte, sich zu sammeln. Sie würden mehr als ein Wunder benötigen, um bei diesem Kampf als Sieger hervorzugehen. Aber deshalb die Hoffnung aufgeben? Blödsinn. Wer war er denn? War er nicht der Junge, der noch vor ein paar Tagen nicht einmal einen Namen besessen hatte? Jetzt flog er über das Gorgath-Tal auf dem Rücken eines Drachen. Wie hätte er es da noch wagen können, irgendetwas für unmöglich zu halten?

Mit atemberaubender Geschwindigkeit rasten die beiden Drachenfronten aufeinander zu. Gleich war es soweit. Zwei der vlandoranischen Drachen schwenkten nach oben und verschwanden in den Wolken. Sie schienen sich untereinander zu verständigen, ohne dass es Melradin mitbekam.

Die Konturen der Dunkeldrachen traten klar hervor. Es schauderte ihn bei dem Anblick. Wie eine finstere Mauer bahnten sie sich scheinbar unaufhaltsam einen Weg der goldenen Stadt entgegen. Doch Melradin verdrängte seine Angst. Verbissen fokussierte er seine Kräfte. Er würde die Schwarze Invasion für das bluten lassen, was sie Lethuriel, Xentropolis, Falmallondar und all den anderen Welten angetan hatte.

Sein Blick haftete sich auf eine der Bestien. Sie würde zuerst dran glauben müssen. Angestrengt quetschte er Evelyns Schuppen. Seine Zähne mahlten aufeinander, während die Drachen ungebremst näher preschten. Er packte all seinen Hass, den er extra für diesen Anlass gezüchtet hatte, und presste die Energie aus ihm heraus.

Die letzten Momente vor dem Aufprall verstrichen. Die Dunkeldrachen kamen in Reichweite. Es war soweit. Melradins Herz donnerte seinen Hals hinauf. „FÜR LETHURIEL!" Weit hallte sein Schrei durch das Tal, gefolgt von dem ebenso entschlossenen Brüllen der vlandoranischen Drachen. Eine ohrenbetäubende Detonation sprengte die Reihen der Dunkeldrachen. Sein Zauber hatte gesessen. Bloß blieb ihm keine Gelegenheit mehr, Genaueres zu erkennen. Die Drachen prallten aufeinander. So fest er konnte, klammerte sich Melradin fest. Die unglaubliche Wucht ließ ihn keuchend nach Luft ringen. Alles überschlug sich. Doch irgendwie gelang es ihm, sich auf Evelyns Rücken zu halten.

Mit schwarzen Schuppen zwischen den Klauen stürzten sie dem Grund entgegen. Ein bestialisches Brüllen direkt neben seinem Ohr ließ Melradin erschrocken zusammenfahren. Mit aufgerissenen Augen erblickte er einen riesigen schwarzen Drachenschädel keine zwei Armlängen von ihm entfernt. Vor Angst gelähmt krallte er sich an den Schuppen fest, während sich die Drachen ineinander verkeilten und mit ungehaltener Aggression um Leben und Tod rangen.

Das Schwert ... nein, Schwachsinn. Also gut, Magie! Hektisch versuchte Melradin, sich zusammenzuraffen. Bei der Anstrengung, mit der er sich festhalten musste, war das beinahe ein Ding der Unmöglichkeit. Evelyn brüllte wutentbrannt auf. Die Zeit entrann ihnen wie Sand gespreizten Fingern. Mit enormer Willensstärke setzte seine Drachin der schwarzen Bestie zu. Die höllische Kraft, die in dem Dunkeldrachen loderte, hielt allerdings ebenso eisern dagegen.

Keuchend mobilisierte Melradin seine Energien. Jetzt oder nie!

Das Brüllen eines Drachens ließ ihn herumfahren. Ein gewaltiger orangefarbener Schuppenhaufen zischte an ihm vorbei und preschte dem Dunkeldrachen in die Flanke. Röchelnd klammerte sich Melradin fest. Seine Arme schmerzten schrecklich. Doch hielten seine Hände an den Schuppen fest und seine Arme rissen auch nicht von den Schultern. Eine Sache, die momentan alles andere als selbstverständlich schien.

Der Dunkeldrache brüllte auf, doch ein kräftiger Biss direkt in den Nacken machte dem Ganzen ein schnelles Ende. Zornig schnaubend übergab Evelyn den schwarzen Giganten dem Gorgath-Tal. Mit kräftigen Flügelschlägen gewannen sie wieder an Höhe. Keuchend sah Melradin zu den übrigen Drachen. Noch immer tobte ein erbitterter Kampf. Orange und Schwarz hielten sich die Waage, während blutrünstige Schlachtrufe die Luft erbeben ließen. Doch ein empfindliches Detail konnte Melradin nirgends ausmachen. Annealaisa. Sie fehlte.

„Evelyn, sieh nur!", schrie Melradin durch den pfeifenden Wind. Asilithin lag in ihren Rücken, qualmend und halb zerfallen. Kräftige Rauchwolken kräuselten sich nahe der Stadtmauer in die Höhe. Die Kämpfe tobten wahrscheinlich noch in den Straßen, während die Menschen verzweifelt den Hügel hinauf flohen – dem Königsfeuer entgegen, das noch immer hoch über ihnen brannte. Doch es näherte sich ihm ein weiter Schatten.

Mit aufgerissenen Augen starrte Melradin zu der gewaltigen schwarzen Bestie, die zielstrebig der goldenen Stadt entgegen flog. Warum hielt sie niemand auf, verdammt! Hilflos blickte Melradin zwischen den kämpfenden Drachen und Annealaisa hin und her. Die Dunkeldrachen hielten ihre vlandoranischen Widersacher zurück, während sich ihre Herrin unaufhaltsam dem Ziel näherte. Niemand war da, der sich ihr noch in den Weg stellen konnte. Niemand außer ihnen beiden. Evelyn und Melradin.

Melradin drohte der Mut zu verlassen, doch Evelyn steuerte unbeirrt auf die schwarze Bestie zu. Jetzt war es also soweit. Stocksteif saß Melradin da und klammerte sich fest, als sie unter der luftigen Schlacht der Drachen hindurchschlüpften und Annealaisa hinterher jagten. Er musste sich konzentrieren. Er versuchte tief durchzuatmen, während die Luft ihm ins Gesicht schlug. Sein Herz donnerte und Angst drohte ihn zu erdrücken.

Magie. Ein letztes Mal.

Er schloss die Augen. Evelyns Schrei hallte durch das Tal. Sie war todesmutig. Melradin bebte. Seine Finger gruben sich fester in die Schuppen. Ein letztes Mal … Sein letzter Kampf. Er brauchte keine Angst zu haben.

Er bündelte seine Energien. Ihm blieb nicht mehr viel Zeit. Mit atemberaubender Geschwindigkeit setzte Evelyn dem gewaltigen Dunkeldrachen hinterher. Verbitterung, Wut, Hass, Verzweiflung – alles musste jetzt zu einem gigantischen Ballen geformt werden, zu einem einzigen zuckenden magischen Bündel. Verbissen spannte er seinen Körper an.

Annealaisa, deine Zeit ist vorbei. Entschlossen schlug er wieder die Augen auf. Die riesigen pechschwarzen Schwingen tauchten vor ihm auf. Im Hintergrund die zerstörte goldene Stadt Asilithin. Sie sah aus wie eine verwelkende Rose.

Unaufhaltsam fegte Evelyn über das Gorgath-Tal, Annealaisa direkt vor sich. Kein Dunkeldrache war mehr an ihrer Seite. Nur die schwarze Bestie, das Drachenmädchen und der Junge mit der Blume. Sie allein entschieden nun über das Schicksal aller Welten.

Melradins Atem ging vor Anspannung stoßweise. Etwas begann, unter seiner Haut zu strampeln. Die Magie versuchte, sich aus seinem Körper zu lösen. Nein, noch war es zu früh, er musste den richtigen Moment abwarten. Evelyn preschte vor und schoss auf die Flanke der gewaltigen Bestie zu. Brüllend setzte sie zum Angriff an.

Jetzt!

Sein Schrei gesellte sich zu dem Drachengebrüll. Sein Arm schoss nach vorne. Mit einem ohrenbetäubenden Donnerknall wurde Annealaisa zur Seite gepresst. Doch Melradin hörte nicht auf zu schreien. Eine zweite Detonation erschütterte das Tal. Und eine dritte. Dann sackte Melradin in sich zusammen und klammerte sich zitternd fest.

Evelyn setzte nach. Wie ein himmlisches Geschoss zischte sie gegen den Hals der dunklen Bestie und biss zu. Ein wütendes Brüllen drang an Melradins Ohr. Annealaisa war noch immer am Leben. Keuchend blinzelte Melradin um sich. „Komm schon, Evelyn, gib ihr den Rest!"

Die Herrin der Dunkeldrachen versuchte energisch, sie abzuschütteln. Doch Evelyn ließ nicht locker. Blutrünstig riss sie an dem schwarzen Schuppenpanzer. Das wütende Brüllen wurde lauter. Zornig schleuderte Annealaisa ihren Kopf hin und her. Der orange Parasit blieb jedoch an ihr haften.

Evelyn kämpfte um ihr Leben, doch brachte sie das schwarze Monstrum nicht zu Fall. Unaufhaltsam näherten sie sich der Stadt. Melradins Gedanken rasten. Er musste irgendetwas tun. So wie er sich fühlte, strömte kein Funke Magie mehr durch seine Venen. Er war ausgelaugt. Alles, was er noch hatte, war sein Schwert.

Eilig tastete er nach dem Knauf. Er musste es irgendwie auf Annealaisas Hals schaffen. Seine zittrigen Finger griffen nach der Waffe. Er würde springen müssen. Verzweifelt vergrub Evelyn ein weiteres Mal ihr Gebiss in den schwarzen Schuppen. Es half nichts. Annealaisa hielt an ihrem Kurs fest.

Etwas peitschte plötzlich knapp an ihnen vorbei. Annealaisa holte mit ihrem Schwanz nach ihnen aus. Panisch hastete Melradins Blick umher. Jetzt musste es schnell gehen. Bloß wie sprang man von einem Drachen, der gerade wie wild durch die Luft geschleudert wurde? Verbissen klammerte sich Melradin fest und robbte ein Stück weiter den Hals hinauf. Er setzte zum Sprung an.

Zu spät. Mit mörderischer Wucht wurde Evelyn zur Seite gefegt. Melradin versuchte, sich festzuhalten, doch die Schuppen wurden unter seiner Hand weggerissen. Haltlos wirbelte er umher, die Augen vor Schreck weit aufgerissen. Er stürzte in die Tiefe, während Annealaisas Schatten weiter glitt.

Melradin sah das Gras der Wiesen näher kommen. Panisch fummelten seine Finger unter seinem Hemd. Er musste an das Amulett kommen. Doch gerade, als er es sicher in Händen hielt, endete sein Sturz abrupt. Zwei Drachenklauen packten ihn und zogen ihn mit sich. Würgend rang Melradin nach Luft.

Orange Schuppen. Evelyn. Sie hatte ihn gefangen. Im Sturzflug musste sie hinterher gerast sein, nachdem sie von Annealaisa zur Seite geschleudert worden war. Doch es gelang ihr nicht mehr, rechtzeitig abzubremsen. Verzweifelt schlug sie mit den Flügeln, ehe sie auf den Grund stürzten. Die Klauen lösten sich wieder von Melradins Körper, bevor ihn das Gras empfing. Mit mörderischer Wucht fegte er durch den Dreck. Er überschlug sich einige Male, ehe er gegen ein Hindernis prallte und reglos liegen blieb.

Sein Schädel dröhnte wie bei seinem letzten Sturz. Der Kontakt zur Realität lallte fürchterlich. Gefühle drangen nur dumpf an seinen Körper. Leise stöhnend versuchte er, sich zu regen, doch schmerzte es höllisch.

Immerhin war er nicht tot.

Es konnte nicht mehr lange dauern, bis Annealaisa das Königsfeuer erreicht hatte und Lethuriels Untergang besiegelt war. Was war dann eigentlich mit ihm? Vorausgesetzt zumindest, er stammte nicht aus Lethuriel. Wurde er dann ins Schattenreich gezerrt? Der Gedanke hatte etwas Furchteinflößendes. Glücklicherweise wirkte er aber auch nicht allzu schlüssig. Eher konnte Melradin sich vorstellen, zurück zur Herkunft gebracht zu werden. In die Heimatwelt.

Aber darauf wagte er kaum zu hoffen.

Blinzelnd betrachtete er das Büschel Gras, auf das sein Kinn gebettet war. Er war also am Leben geblieben – wofür? Gab es überhaupt einen Grund? Wahrscheinlich nicht. Nichts konnte Annealaisa mehr aufhalten. Erst recht nicht der schmächtige Zauberer, der irgendwo flach in den Ansätzen des Gorgath-Tals herumlag, den Mund voller Löwenzahn. Und auch nicht die Drachin, die ganz in der Nähe lag und sich vorsichtig regte. Melradin sah Evelyns Schuppen ein Stück über dem Gras hervorragen.

Aber vielleicht endete der Weg nicht in Lethuriel. Was wusste Melradin schon von den zahllosen Welten, die irgendwo im letzten Winkel des Schattenreichs versteckt waren? Vollkommen unbehelligt von dem Zerstörungszug der Schwarzen Invasion. Vielleicht schlummerte ja in einer dieser Welten eine Möglichkeit, Melgor die Stirn zu bieten ...

Melradin spürte Widerstand neben sich. Da lag etwas. Oder jemand. Ganz behutsam hob er seinen Kopf. Mit verschwommenem Blick schielte Melradin über die Grashalme hinweg. Eine Leiche. Er lag Arm in Arm mit einem dieser melgorianischen Krieger. Jetzt, nachdem sich sein übergroßes Geruchsorgan aus dem Grasbüschel erhoben hatte, war das auch nicht mehr zu überriechen. Vorsichtig versuchte Melradin den Kadaver von sich weg zu schieben, hielt dann aber abrupt inne. Wie versteinert starrte er auf eine Stelle direkt neben dem Kopf des Melgorianers. Seine Gedanken überschlugen sich. Unmöglich! Es musste Einbildung sein.

Mit zittrigen Fingern griff er nach einer kleinen Pflanze, die da zerdrückt zwischen dem Gras lag. Fassungslos starrte er es an. Wie konnte das sein! Von Nahem begutachtete er jeden Zentimeter des bemitleidenswerten Dingens in seiner Hand. Es gab keinen Zweifel. In seiner Hand befand sich eine kleine Blume, deren weißes Köpfchen sich erschöpft zur Seite lehnte. Seine Blume.

29

Zitternd starrte Melradin in seine leeren Hände. Was war geschehen? Er saß in einer dunklen Grube. Fahles Licht drang von einem Loch nahe der Decke zu ihm hinunter. Kein Mucks war zu hören. Es war eine seltsam bedrückende, dumpfe Stille. Eine Grabesstille. Melradin hatte das Gefühl, irgendwo tief verbuddelt zu sein. Und so falsch lag er damit wahrscheinlich nicht. Neben ihm lag ein gehörnter Helm aus schwarzem Eisen. Er hatte ihn dem toten Melgorianer gemeinsam mit dessen Schwert abgenommen und sich selbst aufgesetzt, als er hierher gereist war. Nach Melgor. Ja, tatsächlich, er war nach Melgor gereist. Warum? So recht wusste er das selber nicht mehr. Aus Trotz? Obwohl, nein, tatsächlich war es etwas anderes gewesen, das ihn dazu getrieben hatte. Etwas Seltsames. Eine Art Eingebung, ein übernatürlicher Wegweiser. Melradin seufzte. Und jetzt irrte er hier unten in der Hölle herum.

Es war riskant gewesen, fast schon aberwitzig riskant. Selbst bei seiner ersten Reise war er nicht so aufgeregt gewesen, als er durch das Schattenreich gezischt war. Aber jetzt von Glück zu sprechen wäre voreilig gewesen. Zumindest hatte ihn niemand entdeckt. Er war irgendwo tief unter der Erde und nicht eine lebende Seele war Melradin bisher über den Weg gelaufen.

Seine Hände waren leer. Sein Rückweg nach Lethuriel hatte sich soeben in Staub verwandelt. Die kleine Pflanze. Dass sie sich einfach so aufgelöst hatte, konnte eigentlich nur eines bedeuten: Das Königsfeuer war erloschen. Lethuriel existierte nicht mehr.

Melradin spürte Verzweiflung. Seine Finger berührten seine Wange. Sie war feucht. Etwas neben ihm raschelte. Er sah auf. Eine Maus wuselte über den steinernen Boden zu ihm her.

„Wie fühlst du dich?", piepste es zu ihm hinüber.

„Prächtig, danke."

Evelyn. Sie hatte darauf bestanden, ihm zu folgen, auch wenn sie seine Entscheidung absolut nicht hatte nachvollziehen können. Genauso wenig wie Melradin begriff, weshalb sie ihre Schuppen ausgerechnet gegen ein winziges graues Knäuel mit ellenlangen Barthaaren eingetauscht hatte. „Mäuse und Drachen sind sich ähnlicher, als du denkst", hatte sie dazu bloß gesagt. Nur hatten Mäuse die Vorteile, deutlich handlicher zu sein und sprechtaugliche Stimmbänder zu besitzen. Bei Drachen käme durch den langen Hals nur Gegrummel zustande. Im Grunde war es Melradin auch egal. Hauptsache sie war bei ihm, wofür er ihr insgeheim unendlich dankbar war.

„Ich glaube, ich weiß jetzt, wo wir hier sind", piepste Evelyn, ohne auf Melradins Trübsinn einzugehen. „Das hier ist ein Kerker oder so etwas. Ein riesiges Gefängnis."

Melradin sah sich um. Möglich war es durchaus. Vielleicht hatten sie sich hier unwissentlich in eine Gefängniszelle verirrt. Aber was wussten sie schon über Melgor? Möglicherweise war das hier auch eine Prachtwohnung mit Ausguck inklusive Lichtzufuhr. „Wie kommst du darauf?"

„Na ja, ich hab mir das da draußen noch mal durch den Kopf gehen lassen. Diese endlosen Gänge. Die Geröllhaufen an der Seite. Ich glaube, das waren verrammelte Kerkerzellen. Ich bin mir zwar nicht sicher, aber wenn ich genau hinhöre, dann ist da etwas. Keine Ahnung, es könnte alles sein. Vor allem hier. Aber am ehesten würde ich sagen, es ist ein Wimmern."

„Ein Wimmern?" Melradin schauderte bei der Vorstellung, dass es Schicksale gab, die hier unten irgendwo gefangen waren. „Zurück können wir nicht mehr. Die Blume, sie hat sich gerade aufgelöst." Seine Stimme zitterte.

Die Maus sah ihn einen Augenblick wortlos an. „Das heißt …"

„Lethuriel existiert nicht mehr." Melradin nickte. Der bittere Geschmack dieses Satzes haftete sich an seiner Zunge fest.

Einen Moment lang schwiegen sie.

„Was hast du jetzt vor zu tun?", piepste Evelyn schließlich ein wenig wackelig.

„Um ehrlich zu sein …" Er hatte selbst keine Ahnung. Irgendetwas hatte ihn dazu gebracht, hierher zu reisen. Mitten in die Hölle. Doch was auch immer es gewesen war, jetzt war es verschwunden.

„Als ich diese Blume gesehen habe ...", begann er.

„Du meinst die, die jetzt verschwunden ist?"

„Genau. Ich habe sie nicht als Schlüssel zurück nach Lethuriel gepflückt. Sie sah nur genauso aus wie die, die ich damals in der Hand hatte, als ich in der Welt des Alten aufgewacht bin."

Die Maus sah ihn erstaunt an. Bemerkenswert, wie viel Mimik aus so einem Mausegesicht herauszuholen war. „Wirklich genauso? Oder ähnlich?"

„Exakt genauso", antwortete Melradin. „Ich bin mir sicher."

„Das bedeutet ...", versuchte Evelyn daraus einen Schluss zu ziehen. „Nein, aus Lethuriel kannst du ja wohl schlecht stammen. Sonst wärst du jetzt auch weg."

„Stimmt. Aber vielleicht habe ich sie dort gepflückt. Vielleicht war das meine Heimat."

„Möglich." Ihr Piepsen klang nicht allzu überzeugt. „Wäre aber merkwürdig. Ich meine, vor dem Krieg war es verdammt schwer, nach Lethuriel zu gelangen. Hab von keinem Lethurianer gehört, der jemals seine Welt verlassen hätte. Und die wenigen Schlüssel in den anderen Welten waren fast Reliquien."

„Dann meinst du, diese Blume wächst auch in anderen Welten?", überlegte Melradin.

„Ich weiß nicht. Könnte sein."

Melradin seufzte. „Na ja, zumindest glaubte ich zu wissen, was zu tun ist, als ich sie da gesehen habe. Ganz kurz. So eine Art Eingebung. Nur jetzt weiß ich nicht, wie es weitergehen soll."

Die Maus wackelte einen Moment nachdenklich mit ihren Barthaaren. „Vielleicht sollten wir nachsehen, was da hinter den Geröllhaufen versteckt ist", murmelte sie unschlüssig.

Melradin sträubten sich bei dem Gedanken die Nackenhaare. „Ich weiß nicht ..."

„Ich meine, es könnten Kriegsgefangene sein. Welche von uns. Sie einfach da drin zu lassen wäre nicht richtig", piepte Evelyn.

Melradin nickte. „Du hast recht. Lass uns nachsehen."

Er ließ die Maus auf seine Schulter krabbeln, ehe er sich aufrichtete und zu dem Loch oben an der Wand trat.

„Was meinst du: Den Helm brauchen wir nicht mehr, oder?" Wenig angetan blickte Melradin zu dem schwarzen Ding zurück.

Die Maus kicherte. „Ich fand, er stand dir. Aber für einen Melgorianer bist du dann doch irgendwo ein bisschen zu ... schmächtig."

„Schmächtig?", schnaubte Melradin. „Finde ich nicht."

Evelyn lachte. Ein äußerst schrilles Piepen, das Melradin fast schon in den Ohren wehtat. „Du bist süß."

Leise murrend zog sich Melradin hinauf und quetschte sich zurück in einen Gang, der sich zu beiden Seiten endlos weit zu erstrecken schien. Dasselbe fahle Licht warf auch hier scheinbar ursprungslos seine tiefen Schatten.

Mit einem unguten Kribbeln im Nacken blickte Melradin erst in die eine, dann in die andere Richtung. Noch immer war kein Leben zu entdecken. Hier und da beengten Steinhaufen den Höhlengang, die wahrscheinlich irgendwelche Löcher füllten. Achtsam, um nicht allzu viel Lärm zu erzeugen, schritt er zu einem hin. „So", murmelte er unschlüssig. Was auch immer hinter diesem Geröll versteckt war, Melradin verspürte absolut keinen Drang, zu erfahren, was es war. „Bist du dir sicher, dass das eine gute Idee ist?", formulierte er sein Unbehagen vorsichtig.

„Nein, absolut nicht", piepste es auf seiner Schulter.

„Vielleicht sind hinter den Steinhaufen auch Ungeheuer. Irgendwelche Bestien, die für die Schlacht abgerichtet werden", überlegte Melradin schaudernd.

„Ungeheuer, die wimmern?"

„Ja, was weiß ich. Wenn ich's mir recht überlege, sind mir wimmernde Ungeheuer sogar bei Weitem unheimlicher als brüllende."

„Stimmt." Evelyn tippelte zaudernd auf seiner Schultern hin und her. „Klar, es wäre riskant. Aber das war es auch, als wir hier hergekommen sind. Vielleicht ist das hier unsere einzige Chance, verstehst du?"

„Chance wofür?", dachte sich Melradin betrübt. Es war tapfer, wie sehr sich Evelyn bemühte, das Beste aus ihrer Situation zu machen. Aus der Situation, in die sie auch noch Melradin gebracht hatte. Dennoch war es nicht zu leugnen, dass sie gerade gegen eine Wand hofften – oder wie auch immer man es bezeichnen sollte. Da war nichts. Kein Hoffnungsschimmer. Alles, was sie noch hatten, war ihr blankes Leben.

Melradins Herz fühlte sich schwer an. Melgor. Dieses finstere Höhlenambiente machte depressiv. Seufzend packte er einen Stein und legte ihn beiseite. „Also gut, sehen wir ..."

„Psst!", unterbrach ihn die Maus aufgeregt.

Erschrocken hechtete sich Melradins Blick durch den Gang. „Was ist?"

„Hast du das grade eben auch gehört?" Wie zur Antwort hallte ein leises Pochen durch den Gang. Schritte.

„Da kommt jemand", hauchte Melradin und spähte in die Finsternis. Was auch immer sich da näherte, die langen Schatten hielten es verborgen.

„Glaubst du, dieser jemand hat uns gehört?", flüsterte Evelyn in sein Ohr, sodass die Barthaare ihn kitzelten.

„Lässt sich zumindest Zeit", murmelte Melradin. Er spürte, wie sein Herz vor Anspannung schneller schlug. „Was sollen wir tun? Wieder zurück in die Zelle?"

„Und was, wenn er uns dort findet? Dann wären wir in der Falle!"

„Also lieber abhauen?" Melradin schluckte. „Oder kämpfen?"

„Kämpfen?", fiepte Evelyn erschrocken. „Aber das wäre doch meilenweit zu hören! Außerdem wissen wir nicht, womit wir es da zutun haben."

„Durch die Gänge irren wäre die Alternative", flüsterte Melradin.

„Uns bleibt aber nichts anderes übrig. Oder willst du einfach nur hier warten?", piepte es ungläubig auf seiner Schulter.

Leise fluchend schlich Melradin dem fernen Echo davon. Eine Allee aus verrammelten Löchern trat bei jedem Schritt weiter aus den Schatten. Behutsam schritt Melradin über den Steinboden und versuchte, diese endlose Gerade schnell hinter sich zu bringen, gleichzeitig aber möglichst keinen Laut von sich zu geben.

Das Hallen der fremden Schritte wurde leiser. Wenn Melradin innehielt und lauschte, konnte er kaum noch sicher sagen, woher es überhaupt stammte. Fast wie bei dem Licht. Von oben? Von unten? Links, rechts? Das dumpfe Pochen hüpfte kreuz und quer durch den Gang. Unbeirrt hielt er aber an seiner Richtung fest, bis sich schließlich das Geräusch völlig verlor.

„Hörst du noch was?"

Sie hatten eine Kreuzung erreicht. Unschlüssig war Melradin stehen geblieben und spähte in die Abzweigungen hinein. In allen Richtungen dasselbe Bild: ein schnurgerader Gang, dann Schatten. Mit Ausnahme von einem kleinen Schönheitsfehler zu Melradins Linken.

Bevor das seltsame fahle Licht erstarb, ließ sich in diesem Gang noch ein Knick erkennen.

„Mmh, ganz leise", piepte Evelyn. „Ich glaube, dieser jemand ist umgedreht."

„Umgedreht?", wunderte sich Melradin. „Du meinst also, wir haben ihn abgeschüttelt?"

„Scheint so. Aber irgendwie ist mir das nicht ganz geheuer."

„Was du nicht sagst." Ein Schauer kribbelte Melradin über den Nacken, so als wäre für einen winzigen Augenblick ein eiskalter Hauch an ihm vorbeigerauscht. Aufgescheucht blickte er zurück. Nichts. Angestrengt starrte er in die Schatten hinein. Das Gefühl, beobachtet zu werden, begann ihn zu besticheln. „Ich glaube, wir sollten lieber weiter", raunte er.

„Du hast recht." Evelyn stellte sich auf ihre Hinterpfötchen und reckte ihren Hals. „Hier, nimm den linken. Immerhin mal keine endlose Gerade."

Einverstanden setzte Melradin ihren Weg fort. Der Gang führte bergab, Treppe für Treppe. Nicht unbedingt die Richtung, die er gerne eingeschlagen hätte. Doch zerrte ihn etwas weiter. Die Befürchtung, noch immer verfolgt zu werden.

Er hielt inne, als sich nach einer weiteren Biegung etwas Neues vor ihnen auftat. „Gitterstäbe", flüsterte er. Anstelle der steinernen Wand waren sie an einer Seite angebracht.

„Also wirklich ein Gefängnis", murmelte die Maus auf seiner Schulter.

„Wahrscheinlich, ja." Vorsichtig lugte Melradin hinter der Biegung hervor. Das Licht war zu matt, als dass man etwas hätte erkennen können. Was sich auch immer hinter den eisernen Stangen befand, es lag in Schatten.

„Kannst du irgendwas erkennen?", fragte er Evelyn.

„Nein", piepte es neben seinem Ohr.

Unschlüssig verharrte Melradin einen Moment lang. Es schien sich nichts zu rühren. Zumindest war nichts zu hören.

„Soll ich mal runterklettern und nachsehen?", hauchte Evelyn etwas zögerlich.

„Kommt gar nicht infrage. Wir gehen gemeinsam." Mit einem Kloß im Hals wagte sich Melradin aus der Deckung. Schritt für Schritt ging er auf das Gitter zu. Er traute sich kaum zu atmen, so angespannt war die Stille. Jedes Rascheln seiner Bewegungen schien unerträglich laut. Eine Armlänge vor den Stäben blieb er stehen. Fröstelnd versuchte er, etwas zu erkennen. Der Fels der Höhlenwand war fünf, sechs Schritte entfernt als fahle schwarze Mauer auszumachen.

„Leer, oder?", flüsterte Melradin kaum hörbar.

„Ich weiß nicht."

Vorsichtig trat Melradin noch einen kleinen Schritt näher. Seine Finger berührten bebend das kalte Metall. Mit krauser Stirn versuchte er, tiefer in die Schatten einzudringen.

„Halt mal ...", hauchte Evelyn. Weiter kam sie nicht.

Mit einem Satz erwachte der Schatten zum Leben und schmetterte gegen die Gitterstäbe. Zu Tode erschrocken knallte Melradin rückwärts gegen den Steinboden. Die Maus krallte sich quiekend an seiner Schulter fest.

Ein blutrünstiges Bellen blieb hinter ihnen zurück. Mit aufgerissenen Augen starrte Melradin zu dem Monster hinauf, das nun mit aller Gewalt gegen die Stäbe drückte. Es hatte Ähnlichkeiten mit einem Menschen. Ähnliche Statur. Doch war das Gesicht mit Wülsten übersät, sodass kaum noch die ursprünglichen Konturen zu erkennen waren. Zähnefletschend bellte es ihnen entgegen.

Wie vom Schlag getroffen blieb Melradin einen Moment lang regungslos liegen. Das war es also, was man unter einer Ausgeburt der Hölle verstand. Und Melradin hatte gedacht, durch die Ghule einigermaßen abgehärtet zu sein.

Evelyn raffte sich als Erste wieder. „Schnell!", piepte sie panisch. „Wir müssen verschwinden!"

Wie in Trance richtete sich Melradin auf und rannte den Gang entlang. Weg von dieser Bestie, die nicht aufhörte, ihr tollwütiges Gebell durch die Höhle zu schmettern. Der Weg führte zu einer weiteren Treppe. Ohne nachzudenken, stolperte Melradin sie hinunter. Erst hundert Stufen und zwei Abbiegungen später wagte er es, kurz stehen zu bleiben und zu verschnaufen.

„Scheiße, was war das denn?", piepte Evelyn bestürzt. Das Wesen schien endlich wieder Ruhe gegeben zu haben.

„K-keine Ahnung", keuchte Melradin. „Auf jeden Fall kein Kriegsgefangener."

„Hoffentlich nicht", murmelte die Drachenmaus schaudernd.

Fluchend fuhr sich Melradin durchs Haar. Ein Wunder, wenn nicht bereits halb Melgor auf dem Weg hier her war. „Was jetzt?"

„Wir sitzen in der Falle."

Fieberhaft suchte Melradin nach einem Ausweg. „Wir haben keinen Schlüssel hier raus, oder? Hast du irgendwas bei dir?"

„Nein." Niedergeschlagen ließ sich Evelyn auf ihren nicht existierenden Hosenboden plumpsen.

„Dann bleibt uns nur das Amulett." Melradin kramte das goldene Schmuckstück hervor.

„Wohin führt es?", fragte Evelyn hoffnungsvoll.

„Ich weiß es nicht. Ich meine …" Melradin schluckte. „Nirgendwohin. Ich hab es schon ein paar Mal probiert, aber ich bleibe jedes Mal im Schattenreich stecken. Wir könnten uns damit höchstens verwandeln. Es tut mir leid."

Evelyn seufzte. „Für einen Drachen ist es hier ein bisschen eng."

„Dann vielleicht zwei Mäuse?"

Die Maus schnaubte belustigt. „Nein, dann würden wir selbst dieses Amulett verlieren."

Etwas pochte plötzlich dumpf zu ihnen hinab.

„Was war das?" Melradins Blick huschte aufgescheucht umher.

„Vielleicht ist einer unserer Verfolger gestolpert", überlegte Evelyn mit einem leisen Grinsen in der Stimme.

„Was glaubst du, wie viele es sind?", murmelte Melradin, während er angespannt lauschte.

„Ich weiß es nicht. Aber vielleicht lassen sie es auf sich beruhen, wenn wir uns irgendwo verstecken."

„Du meinst, wir sollten weiter runter?" Mit ungutem Gefühl schielte Melradin die nicht enden wollende Treppe hinunter.

„Ja. Hoffen wir mal, da unten hat niemand das Bellen gehört."

„So weit, wie das da runtergeht, bezweifle ich das nicht", raunte Melradin und tapste weiter. Stufe für Stufe.

Es ging noch ein ganzes Stück hinunter. Wachsam und auch ein wenig schreckhaft hielt Melradin die Augen und Ohren offen. Doch sie schienen das Glück zu haben, niemandem in die Arme zu laufen. Hin und wieder glaubte der Zauberer mit der Drachenmaus auf der Schulter, etwas zu hören. Ein Poltern über ihnen. Das eine Mal sogar so etwas wie Stimmen beziehungsweise melgorianisches Gegröle.

So schnell er konnte, schlich er die Treppen hinunter, Biegung für Biegung. Bis er keuchend an ein Hindernis gelangte. „Was ist das dahinten?" Schwer atmend war Melradin stehen geblieben. Etwas war in das seltsame fahle Licht getreten, das den Gang blockierte. „Eine Tür?"
„Ich glaube, ja."
Vorsichtig schritt Melradin näher. Eine armselig klapprig wirkende Tür trat in ihr Sichtfeld. Das Holz war zerfressen und an einer Ecke schien irgendetwas genagt zu haben. Keine gute Tür zum Öffnen, entschied Melradin, trat aber trotzdem zu ihr hin.
„Verflucht, was jetzt?", flüsterte er und musterte unschlüssig den metallenen Ring zum Öffnen.
„Uns bleibt nichts anderes übrig. Mach sie auf", murmelte Evelyn ähnlich begeistert.
Tief durchatmend zog er, doch das Holz gab nicht nach. Schon etwas bestimmter begann er zu rütteln. Nichts. „Verschlossen."
Die dumpfen Geräusche über ihnen bestichelten nun ständig die Stille. Sie waren noch leise und fern, aber wenn man genauer hinhörte, gab es keinen Zweifel, dass da irgendetwas im Gange war. Sie hatten jemanden geweckt. Jemanden, der sich aller Wahrscheinlichkeit nach gerade auf dem Weg hierher befand.
„Brich sie auf."
Fluchend trat Melradin zwei, drei Schritte zurück. „Gut festhalten!"
Mit aller Kraft sprang er gegen das marode Brett und schmetterte, es etwas heftiger als geplant, beiseite. Stolpernd betrat er den Raum dahinter. Trübe Finsternis empfing sie. Das fahle Licht blieb hinter ihnen zurück, so als wagte es sich nicht in den tiefen Schatten. Eine Gestalt an der gegenüberliegenden Wand schreckte auf. Als sie die beiden bemerkte, wuchtete sie sich auf und schritt grölend auf sie zu.
Hastig griff Melradin nach dem schwarzen Schwert, das er dem toten Melgorianer abgenommen hatte. Es war deutlich schwerer als sein altes. Unbeholfen hielt er es umklammert, während das unmenschliche Geräusch der fremden Gestalt einen eiskalten Schauer in seinen Nacken leerte.
Das Wesen stampfte ins Licht. Melradin schluckte. Ihr Gegner war so fett wie ein Troll. Das dreifache Kinn wabberte bei jedem Schritt hin und her. Eine zerrissene Hose lugte unter dem Fleischberg hervor. Ansonsten war das Wesen nackt. Graue, fettige Haut hielt den Speck

zusammen, der nun aufgeregt hin und her wippte wie ein gewaltiger Berg Götterspeise.

Das Gesicht war – hätte die Gestalt nicht so furchtbar gebrüllt – beinahe belustigend hässlich. Schwarze, buschige Augenbrauen hingen unter der zusammengefallenen Stirn und spitzten sich wie zwei winzige Teufelshörner nach oben hin zu. Genauso die Ohren, die wie zwei gewaltige Lappen am Gesicht klebten und spitz nach oben ragten. Das Maul des Wesens war so weit aufgesperrt, wie es das Fettkissen des Kinns erlaubte, und förderte ein Geräusch zutage, das vielleicht noch am ehesten mit dem Brunftschrei eines Elchs zu vergleichen war.

In der Faust des Ungeheuers befand sich eine wuchtige Keule, bespickt mit blutig verkrusteten Nägeln. Allerdings wirkte sie damit ähnlich unbeholfen wie Melradin. Mit zunehmender Furcht stand Melradin da. Er musste schnell handeln. So stark er konnte hieb er auf den Fleischberg ein. Geschickter als vermutet wurde sein Schlag pariert.

Endlich verstummte das Grölen und das Ungeheuer setzte seinerseits zum Angriff an. Mit mörderischer Wucht schwang es mit der Keule auf Melradin nieder. Evelyn quiekte aufgeregt, als Melradin zur Seite sprang. Mit wild klopfendem Herzen ließ Melradin sich die beiden Waffen kreuzen. Beinahe hätte er dabei das Schwert aus der Hand verloren. Melradin wich weiter zurück. Die Gelenkigkeit des Fleischbergs überraschte ihn. Hin und her surrte die Keule, während er nur parieren oder weiter zurückstolpern konnte. Sein Rücken dockte gegen die Wand. Hektisch erhob er sein Schwert gegen das hölzerne Nadelkissen. Der Schwertknauf vibrierte schmerzhaft in seiner Faust. Ein zweiter Hieb schmetterte ihm die Waffe aus der Hand. Klirrend fiel das Stück Eisen zu Boden.

Melradin hechtete zur Seite, um dem tödlichen Stoß auszuweichen. Mit einer quiekenden Evelyn auf der Schulter rappelte er sich panisch wieder auf und rettete sich gerade noch rechtzeitig in den Gang, während ein Stück weit hinter ihm die Keule zu Boden donnerte. Melradins Blick hetzte umher. Noch war nichts von ihren Verfolgern zu sehen, doch es konnte nicht mehr lange dauern, bis sie die Treppen zu ihnen herunter gepoltert waren.

Den Gesichtsspeck zu einer hasserfüllten Fratze geformt, versuchte das fette Wesen ihm knurrend zu folgen. Ein Glück, dass der Gang relativ schmal war. Schritt für Schritt wich Melradin zurück und verschaffte sich damit ein wenig mehr Zeit. Zeit, um einen Zauber zu erwirken.

Das beängstigend nahe Pochen über ihnen feuerte ihn an, als er die Hände zu Fäusten ballte und seine Energien mobilisierte. Der Fettwanst indes ließ nicht locker, sondern drückte sich immer energischer voran. Die kurzen Füße stemmten den gewaltigen Speckklumpen zielstrebig gen Treppenansatz, während der rechte Arm des beleibten Teufelchens gierig mit der Keule nach der zurückweichenden Beute fuchtelte.

Doch schien die ganze Sache zunehmend anstrengend für Melradins Widersacher zu werden. Das blutrünstige Knurren war zu einem merkwürdigen Gurgeln verkommen und aus dem Maul schlackerte hechelnd die gewaltige schwarze Zunge.

„Schnell, sie kommen!", piepte Evelyn aufgeregt, als Melradin bei den Stufen angekommen war. Tief atmete Melradin ein letztes Mal durch, ehe er mit zusammengebissenen Zähnen die angestaute Kraft dem Fettwanst entgegenschleuderte. Wie ein Sektkorken schoss der Fleischberg mit einem lauten Knall aus dem Gang und landete schließlich auf dem Boden des finsteren Raumes.

Hastig rannte ihm Melradin hinterher, den dröhnenden Lärm noch immer in den Ohren. Das Poltern war ihnen dicht auf den Fersen. Seine Gedanken überschlugen sich, als er die klapprige Tür hinter sich zupfefferte und sich in der trüben Düsternis umsah.

„Scheiße, Sackgasse", fluchte Evelyn.

Sie hatte recht. Die dunkle Steinwand ragte an allen drei Seiten über ihre Köpfe. Trotzdem kletterte Melradin über den reglos daliegen Melgorianer, den es zum Glück nicht zerfetzt hatte. Eilig tastete er nach dem fallen gelassenen Schwert.

„Dann müssen wir also kämpfen", murmelte er, fest den Knauf umklammernd.

„Kämpfen!", kicherte es plötzlich in seinem Rücken.

Erschrocken fuhr Melradin herum.

„Steckt ganz schön in der Klemme, was?", lispelte eine Stimme aus der Wand.

Melradins Augen verengten sich zu Schlitzen. Hinter einem Haufen Geröll an der Höhlenwand lugte der Schein zweier Augen hervor.

„Wer bist du?", fragte Melradin so standfest wie möglich, während ihm ein kalter Schauer über den Rücken strich.

Wieder kicherte die Stimme. Es hörte sich an wie das Zischen einer Schlange. „Wies aussieht, bin ich derjenige, der jetzt euren Arsch rettet. Scheint ein kleines Gefolge hinter euch her zu schleifen, wenn mich meine alten Ohren nicht völlig täuschen."

Das Echo der eiligen Schritte wurde beständig lauter. Wer auch immer da kam, gleich würden sie den Ansatz der Treppe erreicht haben.

„Wie willst du mir helfen?", fragte Melradin, während sein Blick Näheres von seinem Gegenüber auszumachen versuchte. Die Haut, die die glasigen Augen umspannte, war leichenblass.

Die Gestalt fuhr sich geräuschvoll mit der Zunge über die Lippen. „Hier in meiner Zelle hätte es Platz für zwei."

Melradin runzelte die Stirn. „Dort finden sie mich."

Der Gefangene kicherte. „Nein, ich glaube nicht. Außer du wartest noch länger und sie sehen dein langes Näschen hier in dem Loch verschwinden."

„Er hat recht, beeil dich", zischte Evelyn in sein Ohr. „Wir haben doch sowieso keine Wahl."

„Glaub mir, es ist keine gute Idee, mich hinters Licht führen zu wollen", warnte Melradin den Fremden so autoritär wie möglich.

Kichernd begann dieser, bereits zu buddeln und das Loch zu vergrößern. „Selbst wenn ich es wollte, hinters Licht geführt hast du dich wohl oder übel bereits selbst."

30

„Ich mache uns ein wenig Licht, wenn ihr gestattet", zischte die Stimme neben Melradin. Gerade noch rechtzeitig war er mit Evelyn in dem Loch verschwunden, bevor das arme klapprige Türchen schon wieder von irgendetwas durch den Raum geschmettert worden war.

Hastig hatten sie sich durch einen winzigen Tunnel gequetscht, bis der sie in völlige Schwärze freigegeben hatte. Vorsichtig hatte sich Melradin aufgerichtet. Der Raum – oder wo auch immer sie sich nun befanden – war groß genug, um darin zu stehen. Absolute Stille lastete auf ihren Schultern. Von ihren Verfolgern war nichts mehr zu hören. Ein Geräusch wie das helle Klirren zweier Gläser ertönte, als die Finsternis wieder von einem geisterhaften weißen Licht verdrängt wurde. Es entstammte einem leuchtenden Stein, den die beiden handlosen Armstummel des Fremden umfasst hielten. „Praktisch, diese Magie, nicht wahr?", meinte der Gefangene mit einem zahnlosen Grinsen.

Melradin nickte beklommen und musste sich Mühe geben, nicht zu starren, als sein Blick flüchtig sein Gegenüber musterte. Die jämmerlichen Reste eines Menschen grinsten ihn an, haarlos und so bleich, als befände sich seit geraumer Zeit kein Leben mehr hinter den glasigen Augen. Die Haut war um das Gerippe zusammengefallen wie ein schrumpfender Luftballon und hielt sich nun lasch an den Knochen fest. Die Hände fehlten komplett. Weiße Narben umspannten die Armstummel.

„Oh, tut mir leid", bemerkte der Fremde den erschrockenen Blick. „Hab ganz vergessen, wie ich mittlerweile auf andere Menschen wirke. Wenn du willst, mache ich das Licht wieder aus."

„Wie lange bist du hier unten schon gefangen?", erwiderte Melradin, ohne die innere Erschütterung ganz aus seiner Stimme ausblenden zu können.

Die Gestalt hielt abwägend den Kopf schräg. „Eine ganze Weile, schätze ich mal. Es in Tagen auszudrücken, wird allerdings ein bisschen schwierig." Das zahnlose Grinsen trat auf seinen Platz zurück. „Sollten jetzt aber noch ein Stückchen weiter. Nur ein Stückchen. Sonst erinnern sich diese hellen Köpfe vielleicht tatsächlich wieder daran, dass sich hier mal ein Durchgang befunden hat."

„Was?", wunderte sich Melradin. „Sie können sich gar nicht an dich erinnern?"

„Oho nein", kicherte die Gestalt bestens amüsiert. „An mich erinnern sich nur tote Melgorianer. Nur tote. Na ja, bis auf ein, zwei Ausnahmen vielleicht. Die haben dann dafür gesorgt, dass ich möglichst langfristig hier drinnen verschollen bleibe. Tja ja, auch wenn man's mir vielleicht nicht mehr ganz so ansieht, ich war mal ein ernstzunehmender Gegner. Sehr ernstzunehmend." Gemächlich watschelte die Gestalt vollends den Geröllhaufen hinab zu einer lieblos angedeuteten Treppe weiter in die Tiefe. Mit unruhig umherhetzendem Blick folgte ihm Melradin. Gitterstäbe säumten ihren Weg, als sie am Fuß der Treppe in einen weiteren Gang gelangten. Hier und da waren sie verbogen oder hingen lose in der Gegend.

„Relativ große Zelle", meinte Melradin mit belegter Stimme.

„Oh ja, haha, allerdings", kicherte der Fremde. „Wollten wohl kein Risiko eingehen und haben gleich das halbe Nadoth abgeschottet, um mich loszuwerden. Na ja, vielleicht lag's auch teilweise an dem tollwütigen Grünhäuter, der hier die ganze Einrichtung demoliert hat."

„Nadoth?", hakte Evelyn nach.

„Ja, der Ort, an dem du dich befindest, heißt Nadoth", krächzte die Gestalt und räusperte sich geräuschvoll. Offensichtlich kümmerte es sie nicht, dass eine Maus sprechen konnte. „Nadoth, Noddoth, Mulroggoth", brummelte sie mit einem gekonnten melgorianischen Akzent und kicherte sich wahnsinnig ins nicht vorhandene Fäustchen. „Kein guter Ort, um sich zu verlaufen, glaubt mir. Gar kein Guter. Solltet lieber graben als zu versuchen, da wieder hoch zu stapfen. Ist wahrscheinlich kürzer."

Melradin seufzte. Was hatte er sich nur dabei gedacht, einfach nach Melgor zu reisen? Jetzt saß er irgendwo in den tiefsten Tiefen fest. „Ist Nadoth denn so was wie ein Gefängnis?"

„Gefängnis?", schmatzte die Gestalt. „Ja, ja ja, gefangen sind wir hier. Tür zu, Licht aus, fertig. 'Ne Menge sind hier gefangen. Schon eine ganze Weile."

„Und gibt es hier irgendeine Möglichkeit wieder raus zu kommen – außer zu graben?", fragte Melradin ohne viel Hoffnung.

„Klar gibt es die. Für euch allemal. Bei mir ist das schon wieder ein wenig komplizierter", meinte die Gestalt und bog in einen Seitengang ab. „So, jetzt wird's noch mal eng. Da müssen wir durch. Dann sind wir bei mir zu Hause."

Mit etwas unwohlem Gefühl im Magen musterte Melradin den eingestürzten Höhlengang. Bis zur Decke reichte der Berg aus Steinen und ganzen Felsbrocken. Nur ganz oben am linken Eck wies er eine bescheidene Lücke auf.

„Hat mich ein Weilchen gekostet, mich daraus wieder frei zu graben. Ein ganzes Weilchen. Hatte meine Hände damals schon irgendwohin verlegt, wisst ihr?" Der Fremde grinste sie breit an.

„Lebt sonst noch jemand hier?", fragte Melradin mit dünner Stimme. Es war eisig kalt. Wärmend rieb er sich über die Arme.

„Nein nein." Die Gestalt schüttelte betrübt den Kopf. „Der Grünhäuter war eine Zeit lang 'ne ganz nette Gesellschaft, aber nur, solange sich Gitterstäbe zwischen uns befanden, du verstehst." Schon grinste ihn der Fremde wieder an. „Bloß die hat er mit der Zeit alle verbogen oder eingetreten. Irgendwie hab ich es fertiggebracht, ihn von Zelle zu Zelle zu schleppen, ohne dass er mich dabei in Stücke gerissen hat. Aber irgendwann, ja ja", die Gestalt tippte sich seufzend mit dem Armstummel auf das Kinn, „irgendwann waren wir eben alle durch und ich musste ihn umlegen."

„Moment. Du kannst die Zellen zuschließen?", wunderte sich Melradin und runzelte die Stirn.

„Ja", meinte die Gestalt leichthin. „Gibt nur drei verschiedene Schlüssel. Hab 'ne ganze Sammlung unten herumliegen. Hier, nimm mal." Sie reichte ihm den leuchtenden Stein.

„Und hast du dann nicht schon mal versucht zu entkommen?"

„Zu entkommen?" Die Gestalt würgte ein kehliges Lachen hervor. „Du meinst, aus diesem Dreckloch in ein anderes? Oder am besten gleich ganz aus Nadoth raus? Hab gehört, dort oben soll es traumhaft weiße Strände geben." Der Fremde kicherte in sich hinein, während er gewohnt auf allen vieren den Steinhügel hinaufstelzte.

„Nein, ich meine, ganz aus Melgor raus", erwiderte Melradin, während er sich vorsichtig von Stein zu Stein tastete.

Die Gestalt hielt abrupt inne und drehte sich zu ihm um. „Das da. Siehst du das?" Sie hielt ihre beiden Armstummel in die Höhe. „Das sind meine unsichtbaren Fesseln." Melradin blieb vor ihr stehen und zwang sich dazu, dem Blick standzuhalten. Das breite Grinsen war zu einem matten, zitternden Lächeln verkommen. „Ohne Hände reist es sich schlecht, weißt du?"

„Kann man ohne Hände ... überhaupt nicht?", fragte Melradin fassungslos.

Das Häufchen Elend seufzte und kratzte sich zerstreut mit den Armstummeln an den Schläfen. „Das eine kannst du mir glauben. Ich hab es mit allen möglichen Körperteilen versucht, die mir noch geblieben sind. Aber nein. Nur mit Händen."

„Oh." Mehr wusste Melradin dazu nicht zu sagen. Der Gedanke, hier mit absoluter Sicherheit für immer gefangen zu sein, machte ihn sprachlos.

„Und was ist, wenn man sich in irgendwas ohne Hände verwandelt, aus Versehen?", piepte Evelyn ähnlich fassungslos.

Die Gestalt grunzte belustigt. „Mäuschen. Ohne dein Pfötchen kommst du nicht ins Schattenreich. Ganz einfach."

„Das ist übrigens Evelyn", stellte sie Melradin vor. „Eigentlich ist sie eine Drachin."

Mit erstauntem Blick musterte der Fremde seine Begleiterin. „Eine Drachin als Maus", gluckste er schließlich. „Das sieht man allerdings nicht alle Tage. Und was bist dann du? Doch sicher kein Mensch."

Melradin lächelte. „Doch, ich denke schon. Mein Name ist Melradin."

„Melradin", wiederholte die Gestalt und ließ sich den Namen schmatzend auf der Zunge zergehen. „Mel raddan. Raddahor Raddaharr." Sie gluckste begeistert. „Toller Name. Hier geboren?"

„Nein, ich meine ... nein", haspelte Melradin. Mit aller Macht drückte er den Gedanken, aus dieser Hölle zu stammen, von sich. Das war einfach unmöglich. „Ich habe mir den Namen selbst ausgesucht. Keine Ahnung, wie ich da zufällig auf was Melgorianisches gekommen bin."

Die Gestalt fuhr sich mit der Zunge über die Lippen. Sie hatte das bläuliche Weiß einer Leiche. „Jaah, ich habe den Verdacht, dass du mir einiges Interessantes zu erzählen hast", mutmaßte die Gestalt mit erhobenem Armstummel. „Schleudert den fetten Gefängniswärter durch den Raum, trägt einen Drachen mit sich herum, heißt Melradin UND befindet sich zu allem Überfluss auch noch mit mir am tiefsten Punkt von Nadoth – ja, diese Person könnte die eine oder andere interessante Geschichte auf Lager haben." Die Gestalt quetschte sich durch das schmale Loch. „Vorher gehen wir aber erst zu mir nach Hause. Ist nicht mehr weit."

Schwerfällig setzte ihr Melradin nach und krabbelte mühevoll bis zu dem Loch.

„Ich weiß nicht", flüsterte Evelyn Melradin ins Ohr. „Der Typ ist mir irgendwie unheimlich."

„Mir auch", murmelte Melradin. „Aber stell dir vor, wie lang er hier unten schon gefangen sein muss. Dass er nicht auch schon zu einer Bestie geworden ist, ist ein Wunder."

„Du hast ja recht." Die Maus tippelte unruhig auf seiner Schulter herum. „Aber verdammt, Melradin, wir hätten überhaupt nicht hierher kommen dürfen! Vlandoran ist meine Heimat. Ich müsste jetzt dort sein!"

„Hey", versuchte Melradin seine kleine Begleiterin zu besänftigen, während er ungläubig durch das winzige Loch lugte. „Du glaubst nicht, wie dankbar ich dir bin, dass du mir trotzdem hierher gefolgt bist. Was würde ich ohne dich hier machen? Ich wäre verloren." Keuchend robbte er sich vorwärts. „Außerdem, wenn wir Melgor jetzt noch die Stirn bieten wollen, dann auf einem anderen Weg. Die Schwarze Invasion können wir nicht mehr aufhalten."

„Melradin", flüsterte Evelyn mit plötzlich zittriger Stimme. „Versteh doch, wenn Vlandoran untergeht, dann sterbe ich."

Abrupt hielt Melradin mit seinen Bemühungen inne, sich durch das Loch zu quetschen. „Oh." Soweit hatte er tatsächlich noch nicht gedacht. Gott, er Idiot. Nur noch seine Beine hingen aus der Öffnung hervor, während er mit diesem neuen Gedanken klarzukommen versuchte. „Na, dann kann ich nur hoffen, dass ich auch aus Vlandoran stamme", flüsterte Melradin und schluckte. „Sonst bleibe ich ja in dieser ganzen Scheiße noch allein zurück."

„Tut mir leid", hauchte die Maus.

„Wie schwierig ist es denn, Vlandorans Flamme zu löschen?" Der angelegt. Damals, als mir Doaed das Geheimnis von dem Schloss verraten hat."

„Du kennst Doaed?", fragte ihn Evelyn mit großen Augen.

„Klar." Das Grinsen verblasste ein wenig, als sich der Blick der Gestalt ins Leere verlor. „Ich war einer der Ersten, wisst ihr?", murmelte sie weiter. „Mich gibt es schon so lange wie Xentropolis."

„Warum hast du ein so langes Leben?", fragte Evelyn mit ihrer mitfühlendsten Stimme.

„Lang, ja. Langes Leben." Das Lächeln zitterte. „Der Wärter bestimmt darüber. Will mich wohl nicht sterben lassen. Hofft wahrscheinlich, noch was aus mir herauszupressen."

„Und wie kommen wir dann zu diesem Dorf?", entschied sich Melradin, lieber wieder das Thema zu wechseln.

„Richtig. Das Dorf. Ich hab drei Zugänge in Xentropolis verteilt. Zwei dürften mittlerweile draufgegangen sein. Zu schade, dass ihr beide so spät kommt. Aber der dritte ist bombensicher. Nur leider auch am schwersten zu finden."

Melradin seufzte innerlich. Das konnte ja noch was werden.

„Man kann den Ort, an dem er versteckt ist, zu Fuß nicht erreichen, aber wenn es stimmt, was ihr sagt und du wirklich eine Drachin bist, dürfte es eigentlich kein Problem sein. Es gibt einen Wald im Norden von Xentropolis. Weit im Norden. Er ist riesengroß. Wahrscheinlich fast so groß wie der Yeremond. Das Papierfetzelchen da bringt euch, glaube ich, sogar mit ein bisschen Glück ganz in seine Nähe. Über den müsst ihr drüber fliegen. Einfach immer weiter, weiter, weiter", die Gestalt wedelte mit ihrem Armstummel, „bis ihr die ersten Ausläufer eines Gebirges seht. Wird 'ne Weile dauern. Aber das war eben auch nur der allergrößte Notfallschlüssel. Hatte eigentlich nicht vor, ihn jemals wieder auszugraben." Sie fuhr sich nachdenklich mit der Zunge über die Lippen. „Wenn ihr die Berge am Horizont auftauchen seht, sucht nach so einem ganz komischen Ding. Ein riesiger Fels, fast schon ein Berg. Sieht aus wie eine gigantische Klaue. Da auf der Spitze steht ein verkrüppelter Baum. Direkt daneben hab ich das Kästchen mit dem Schlüssel vergraben. Hoffen wir mal, dass es die Zeit überdauert hat."

Melradin tauschte mit Evelyn einen Moment lang Blicke aus. Sie sah ihn an, als wollte sie ihm sagen: „Was soll's, wir haben keine andere Wahl. Lass es uns wenigstens versuchen."

„Also", ergriff Melradin schließlich etwas zögerlich das Wort. „Ich hoffe mal, dir ist klar, dass das die unglaubwürdigste Geschichte ist, die ich jemals in meinem Leben gehört habe." Er hielt kurz inne. „Und dass du wahrscheinlich vor den einzigen beiden Wesen des Schattenreichs stehst, die dir das Ganze auch noch abkaufen."

Die Gestalt zischelte belustigt. „Bleibt euch wohl nichts anderes übrig, was? Dunkle Zeiten, sehr dunkle Zeiten müssen das sein."

„Und wenn wir dieses Schloss der Sehnsucht wirklich jemals erreichen sollten", fragte Evelyn, „was erwartet uns dann dort?"

„Das Schloss, ja, das Schloss", murmelte der Fremde. „Es ist ein sehr geheimer Ort. Sehr geheim. Dort lebt der Sammler. So nenne ich ihn jedenfalls. Hat von jeder Welt einen Gegenstand gestohlen und ihn irgendwo hinter seinen Mauern verbarrikadiert."

„Wirklich von jeder Welt?", fragte Melradin erstaunt.

„Von jeder." Die Gestalt nickte eifrig. „Wollte so eine Art Inhaltsverzeichnis einrichten, die Doaed, nehm' ich mal an. Auf jeden Fall ist das Schloss sehr geheim und magisch, weil man jetzt von dort aus überall hingeführt werden kann. Egal wie klein oder fern die Welt ist."

„Und woher sollen wir dann wissen, in welcher Welt sich das Einhorn versteckt hält?", fragte Evelyn verdutzt.

„Das ist es", lispelte der Fremde aufgeregt. „Das Beste an dem Schloss. Es führt euch nämlich nicht irgendwo hin. Ihr nehmt keinen Schlüssel in die Hand und flitzt durch das Schattenreich. Alles, was ihr tun müsst, ist den geheimen Raum zu betreten. Dann bringt euch das Schloss zu eurer größten Sehnsucht."

„Das heißt ...", sagte Melradin, ohne viel mehr als ein Hauchen zustande zu bringen.

Die Gestalt nickte lebhaft, während sie wie verrückt in sich hineinkicherte. „Das Einhorn finden und Melgor besiegen. Das muss euer sehnlichster Wunsch sein. Mehr nicht."

31

„Gott, ich kann's nicht fassen, dass wir uns wirklich auf so was einlassen", murmelte Melradin, als sie vorsichtig ihre Lage ausgespäht hatten. Sie befanden sich im Schatten eines Gehöfts. Oder zumindest dessen Gerippe. Das Dach des Stalls war eingefallen. Die Türen und Fenster waren gähnende schwarze Löcher. Alles wirkte verlassen und marode. Ein kalter Wind hauchte einsam durch die Gegend und ließ irgendetwas knarren.

„Immerhin ist es etwas, auf das wir hoffen können", seufzte Evelyn. „Und wir sind aus Melgor draußen. Allein das ist riesiges Glück."

„Ja, du hast recht." Melradin ertappte seine Finger dabei, wie sie an dem winzigen Papierfetzen herumspielten. Sorgfältig verstaute er ihn in seiner Manteltasche, ehe er sich ein, zwei Schritte aus dem Schatten wagte. „Keine Menschenseele." Sein Blick wanderte über den leeren Hof.

„Wir sollten vorsichtig sein." Das kleine Mädchen trat neben ihn. „Wahrscheinlich wimmelt es hier von Melgorianern."

„Glaubst du, hier gibt es auch Dunkeldrachen?" Unwillkürlich wanderte Melradins Blick zum Himmel. Eine gräuliche Wolkenwand versperrte ihm die Sicht.

„Möglich." Evelyn zuckte mit den Schultern. „Auf jeden Fall könnte ich einen verspeisen, solchen Hunger hab ich."

Melradin grinste. „Das kleine Mädchen mit dem Drachenhunger. Aber du hast recht, ich könnte auch was vertragen." Er sah sich demonstrativ um. „Das Brot von denen dürfte allerdings schon relativ kross sein."

„Ja", kicherte Evelyn. „Was mit den Bewohnern wohl geschehen ist?"

Sie traten weiter in den Hof hinein. Die gespenstische Ruhe kitzelte Melradin über den Nacken. „Hm", überlegte er. „Der Hof scheint schon länger verlassen zu sein. Vielleicht hatte es dann gar nichts mit der Schwarzen Invasion zu tun. Schlechte Ernte, Krankheit, irgendein anderer Krieg, so was zum Beispiel."

Evelyn tippelte etwas näher zu dem Tor des Gehöfts, das zwangsläufig offenstand, da die ganze Konstruktion zusammengeklappt im Schatten des Gebäudes lag. „Sollen wir mal reingehen?", schlug Evelyn etwas zögerlich vor. „Vielleicht finden wir die eine oder andere verschrumpelte Karotte oder so etwas."

„Ich weiß nicht", murmelte Melradin unsicher. Der Gedanke, schon wieder in so ein dunkles Loch zu steigen, behagte ihm überhaupt nicht. „Ich glaube nicht, dass wir da was finden."

Evelyn ließ die Schultern hängen. „Aber ich brauche irgendwas, sonst pack ich es nie bis zu diesem komischen Felsen."

„Okay." Melradin kratzte sich nachdenklich am Kinn. „Bevor wir uns begegnet sind, bin ich eine Zeit lang durch so ein Niemandsland geirrt. Mit einem Feenrich zusammen. Kennst du die Feenwelt?"

Evelyn schüttelte den Kopf. „Aber du hast von den Feen erzählt."

„Stimmt." Melradin hielt kurz inne. Er hätte die Erinnerung an Naphtanael und die anderen Feen nicht so leichtfertig ausgraben dürfen. Der Gedanke, sie und Bodo wahrscheinlich nie wieder zu sehen, ließ sein Herz ein weiteres Mal tonnenschwer werden. Melradin räusperte sich. „Es ist kein Festmahl, aber ich kann dir zeigen, wovon wir uns dort ernährt haben."

Evelyn war einverstanden, worauf sich Melradin sogleich mit seinem Kennerblick auf die Suche machte. Sie verließen das Gehöft und stapften in das Weideland, das sich mit der eisigen Düsternis der Wolkenwand bis in die Ferne erstreckte. Ein Bach plätscherte unweit seines Weges.

In dem kniehohen Gras wurde Melradin schneller fündig, als er zu hoffen gewagt hatte. Mit einem prüfenden Bissen räumte er alle Zweifel beiseite. „Darf ich vorstellen? Skwab-Wurzeln." Stolz hielt er dem Drachenmädchen eine Handvoll verkrüppelter Pflanzenstummel unter die Nase.

Etwas zögerlich probierte Evelyn ein Stück. Angewidert verzog sie das Gesicht. „Wääh", durchschüttelte es sie.

„Ich weiß", grinste Melradin breit. „Dieser deliziöse Geschmack ist einmalig. Aber nahrhaft sind die Teile. Drei, vier Bissen und der Magen schreit förmlich, dass er satt ist."

Evelyn lachte und knabberte weiter an der Wurzel. „Na ja, besser als nichts."

Zügig verspeisten sie ihr Mahl, ehe sie zu dem Bach traten und den bitteren Geschmack runterzuspülen versuchten. Das Wasser war eisigkalt und lag Melradin schwer im Magen.

„Was meinst du, wie spät es ist?", überlegte Evelyn schließlich mit einem prüfenden Blick zum Himmel, als sie sich für einen Moment ins Gras gesetzt hatten, um dem eifrig vorwärts planschenden Wasser zu lauschen.

„Schwer zu sagen", murmelte Melradin. „Vielleicht erst kurz nach Mittag. Auf jeden Fall sollten wir bald aufbrechen."

Evelyn nickte. „Hoffentlich hatte die Gestalt recht und wir sind diesem Wald schon ziemlich nahe."

„Der Wald im Norden. So kalt, wie es hier ist, wage ich es fast zu hoffen."

Sie rafften sich auf. Melradin reichte Evelyn das Amulett, worauf sich das Mädchen wenige Augenblicke später in eine gewaltige orange beschuppte Bestie verwandelte. Noch immer etwas zögerlich kletterte Melradin zum Drachenhals hinauf und klammerte sich fest.

Mit einem kräftigen Ruck verließen sie den sicheren Grund und fegten den Wolken entgegen. Ab nach Norden. Einfach immer weiter nach Norden.

Sie hatten den Flug noch einmal unterbrechen müssen. Melradin hatte trotz aller Verbissenheit einsehen müssen, dass ihn die beißende Kälte auf kurz oder lang umbrachte, wenn er sich nicht mit dem Amulett wärmere Kleidung herwünschte. Eingepackt wie ein Eskimo war er schließlich zurück auf seinen Platz geklettert und sie hatten ihre Reise fortgesetzt.

Mittlerweile erblickten sie ein endloses Meer aus Baumwipfeln, wenn sie hin und wieder unter die Wolkendecke lugten. Der Wald war tatsächlich riesig groß und sie mussten einsehen, dass es wohl noch eine ganze Weile dauern würde, bis sie die Ausläufer des mysteriösen Gebirges am Ende der Welt erreichen würden.

Unermüdlich rauschte Evelyn über die gräulich weiße Fläche hinweg, während ihnen die zahlreichen Auswölbungen halbherzig hinterher zu schweben versuchten, von einem trägen Südwind angetrieben. Doch so sehr sie auch den Horizont in die Ferne hetzten, der Wald wich nicht von ihrer Seite. Also verging der Tag, den Melradin größtenteils damit zubrachte, eine neue Art der Drachenreitergymnastik zu entwerfen, um sein linkes, eingeschlafenes Bein vor dem Abfaulen zu bewahren. Während das Unvermeidliche immer näher rückte. Sie mussten landen. In diesem ungemütlichen, wilden Wald.

Erst als sich der goldene Ball der Sonne allmählich nach unten verzog und die Nacht schon halb in der Tür stand, gab Evelyn auf. Niedergeschlagen verließen sie den nun düsteren Himmel und folgten dem orangen Licht unter die Wolkendecke.

Sie landeten auf einem baumlosen Hügel, der aussah wie der gewaltige Buckel eines vergrabenen Riesen. Einsam ragte er über den Baumwipfel hinaus. Mit wackeligen Knien kletterte Melradin von dem Drachenrücken und reichte Evelyn das Amulett zum Verwandeln. Die Bestie verschwand und eine Maus erschien wenig später mit dem goldenen Schmuckstück um den Hals im Gras.

„Was willst du denn als Maus?", fragte er Evelyn verständnislos, als er selbst nach dem Amulett griff, um sich aus dem Kleiderpaket zu befreien.

„So kann ich mich ein wenig umschauen, ohne aufzufallen", antwortete sie und krabbelte über seinen Arm bis zu seinem Haargestrüpp hinauf, nachdem auch er kurz die Welt verlassen hatte. „Halt still!", piepte Evelyn, als Melradin verwundert den Kopf gehoben hatte.

„Und was ist, wenn dich ein Vogel schnappt?" Ein erbärmlicheres Scheitern ihrer Reise konnte sich Melradin kaum vorstellen.

„Keine Sorge. Drachenmäuse sind unheimlich zäh und schmecken nach Schwefel. Mmh", schnüffelte die Maus nachdenklich in der Abendluft herum, während ihre Pfoten über Melradins Kopfhaut tippelten. „Also, nach Melgorianern stinkt es hier schon mal nicht", reichte sie den Zwischenbericht zu dem etwas unbeholfen dastehenden Ausguck durch.

„Aber hier scheint jemand ganz ordentlich den Wald zu düngen. Ein Bär vielleicht. Hat wahrscheinlich was Falsches gegessen."

„Du meinst, hier gibt's Bären?", fragte Melradin beunruhigt.

„Gut möglich." Die Maus bahnte sich wieder einen Weg durch sein

Haar und ließ sich auf seine Schulter fallen. „Wobei Bären noch das harmlosere Übel wären. Solchen Wäldern darf man nicht über den Weg trauen. Hilf mir mal runter!"

Melradin setzte den grauen Knäuel zurück ins Gras.

„Ich schau mich mal ein bisschen um, okay? Bin gleich wieder da", piepte es, ehe die Grashalme wackelten und die Maus davon flitzte.

„Pass aber auf, dass ..." Seufzend brach Melradin seinen Satz ab. Evelyn war bereits im Unterholz verschwunden. Alleingelassen stapfte er vollends den Hügel hinauf und ließ sich erschöpft ins Gras sinken. Auf einem Drachen zu reiten, war alles andere als bequem. Ihm schmerzte alles, seine Arme waren schwer und seine Beine hatten sich an den Drachenschuppen aufgeschürft.

Schlaftrunken ließ Melradin seinen Blick den Hügel zu den Baumwipfeln hinab wandern. Der Schatten der Abenddämmerung hatte sich auf sie gelegt und verschaffte ihnen einen unvorteilhaften, abweisenden Teint. Melradin fröstelte. Gab es hier wirklich Bären? Oder Wölfe? Er sah in die Ferne. Winzige Baumkronen ragten hinter den unzähligen Reihen hervor. Der Wald war riesig. Natürlich gab es hier alle erdenklichen wilden Tiere. Und jetzt auch einen einsamen, schmächtigen Zauberer ...

Leises Rascheln drang an sein Ohr. Schreckhaft fuhr er herum. Das dichte Gebüsch und die düsteren Schatten gaben nichts von dem preis, was sich in ihren Fängen befand. Evelyn, vielleicht? Sie hätte nicht allein in den Wald gehen dürfen. Vor allem nicht als Maus – das war doch vollkommen hirnrissig.

Melradin spähte zum Fuß des Hügels. Wedelten irgendwo Grashalme hin und her? Seine Hoffnung wurde enttäuscht. Von seiner Mausegefährtin war nichts zu sehen. Ächzend erhob er sich. Er war hungrig und durstig. Er würde sicherlich die Zeit nicht damit vergeuden, untätig auf eine Maus zu warten. Er seufzte sehnsüchtig bei dem Gedanken an die mollige Wärme eines Feuers. Fröhlich prasselnde Flammen und darüber einen hoffnungslos übergewichtigen Hasen, den Evelyn nach der Erkundungstour zwischen ihren Beißzähnen mitschleifen würde. Ahhh ... Wie perfekt wäre das?

Andererseits würden sie das Lagerfeuer wahrscheinlich mit der von Warzen übersäten Hexe, den blutrünstigen Banditen, dem tollwütigen Eber und sonstigen Waldpersönlichkeiten teilen müssen, die von diesem Licht auf dem einsam Hügel angezogen werden würden wie die Motten.

Etwas lenkte Melradin von seinen sehnsüchtigen Träumereien ab. Er war den Hang wieder ein kleines Stück hinunter gestiegen, um sich den Wald etwas näher unter die Lupe zu nehmen. Nun stand er wie angewurzelt da. Schon wieder raschelte irgendetwas. Diesmal aber nicht so kurz, als würde irgendein Vogel zum nächsten Zweig hüpfen.

Diesmal war es eher wie von ... Höllenhunden?

Nein, unmöglich. Ganz ruhig. Melradin versuchte, sich zu entspannen. Sein Herz pochte schon jetzt kräftig gegen seine Brust. Angespannt lauschte er. Was war das? Irgendetwas oder jemand schien sich hastig einen Weg durch das Gestrüpp zu bahnen. Äste knackten. Noch war es zwar recht fern, doch ...

Melradins Finger griffen unschlüssig nach dem Schwertknauf. Es wurde lauter. Das Rascheln kam näher. Melradin bemühte sich, einen klaren Kopf zu bewahren. Was sollte er tun? Ratlos blickte er um sich. Etwas rannte in seine Richtung. Was? Und vor allem warum? Hatte ihn vielleicht ein wildes Tier gewittert? Der Bär?

Der Bär. Entgeistert stand Melradin da. So musste es sein. Hilfe suchend sah er hinter sich. Er musste sich verstecken – nur wo? Hinter einem Busch. Nein, nicht im Wald. Mangels einer besseren Idee eilte er den Hügel hinauf bis zur Spitze und warf sich flach auf den Boden. Das Gras kitzelte ihn an der langen Nase, als er mit angehaltenem Atem lauschte. Das Knacken erreichte den Fuß des Hügels. Jemand trat aus dem Wald. Hastige Schritte raschelten unweit entfernt durchs Gras. Den Kopf mitsamt des restlichen Körpers auf die Erde gepresst, verharrte Melradin ohne sich zu rühren. Leises Japsen drang an sein Ohr. Nicht gerade ein bäriges Geräusch. Also doch keine haarige Killermaschine? Vorsichtig lugte Melradin hinter den Grashalmen hervor. Die Spitze eines grauen Etwas wippte aufgeregt hin und her, während es praktisch direkt in Melradins Arme hastete.

Melradins Augen verengten sich. Ein Hut? Auf jeden Fall war das Ding kein Bär. Es war gerade mal ein Stück größer als das Gras. Ein Wicht. Vielleicht einer von diesen seltsamen Gnomen. Und er, Melradin, der Drachentöter, hatte sich panisch flach auf den Boden geworfen.

Blamiert gab er sein Versteck auf. Das kleine Wesen verhedderte sich vor Schreck im Pflanzengewirr und stürzte zu Boden, als Melradins unwohl dreinblickendes Gesicht zwischen den Halmen auftauchte. Eilig rappelte es sich wieder auf, ruckte den verhältnismäßig riesengroßen Hut zurecht und ergriff Hals über Kopf die Flucht.

Zu baff um irgendetwas zu tun, stand Melradin da und sah zu, wie das kleine Wesen desorientiert davonrannte. Beide Arme ausgestreckt hastete es erst nach links, dann nach rechts und schließlich im Kreis. Der seltsame graue Hut baumelte treu hinterher. Oftmals war dessen Spitze das Einzige, was man zwischen dem Gras noch ausmachen konnte. Ein Gnom? Melradin war sich nicht sicher. Eine sehr lange Nase lugte unter dem eingefallenen Zylinder hervor – oder wie auch immer man diesen Hut beschreiben sollte, der bei jedem Schritt wie ein Akkordeon hin und her wippte. Ständig musste ihn das Männchen korrigieren, weil er vor seine Augen rutschte. Die Haut des Wichts war irgendetwas zwischen Braun und Grün. Fast wie ein Gurrukbaby – diese Grünhäuter, die beim Gorgath-Tal für Lethuriel gekämpft hatten. Mit sichtlicher Panik strampelte das kleine Wesen umher, konnte sich aber nicht für eine Richtung entscheiden.

Auf Melradins Lippen trat ein schräges Grinsen. Vor diesem offensichtlich zerstreuten Winzling hatte er sich versteckt. Unermüdlich und völlig verwirrt rannte das Ding durch die Gegend. Warum eigentlich? Seinetwegen?

Melradin tastete durch sein Haargestrüpp. Na ja, so schrecklich sah er hoffentlich nicht aus. Aber wahrscheinlich geschah es nicht jeden Tag, dass plötzlich ein riesiges Menschengesicht hinter dem Gras auftauchte. Für so eine Kleinigkeit vermutlich der Schock des Lebens. Andererseits war der Gnom nicht auch schon auf dem Weg hierher gerannt? Also war das Wesen doch auf der Flucht. Melradin räusperte sich vorsichtig. Er würde wohl fragen müssen.

„Hey du!" Der bloße Klang seiner Stimme veranlasste den Winzling dazu, abrupt anzuhalten und sich erschrocken ins Gras zu ducken. Der Hut lugte noch immer ein Stück hervor.

„Ich will dir nichts Böses, glaub mir", schmunzelte Melradin. „Tut mir leid, wenn ich dich erschreckt habe."

Ganz kurz sah ein Augenpaar hinter dem Gras hervor, zuckte aber sofort wieder zurück.

„Warum hast du's denn so eilig?"

Das Männchen antwortete nicht, doch die wackelnden Grashalme ließen erraten, dass es nervös mit den Fingern herumfummelte.

„Also, ähm", stöberte Melradin nach etwas Brauchbarem, um den eher einseitigen Dialog am Leben zu erhalten. „Ich bin nur auf der Durchreise hier. Muss zum Gebirge. Weißt du zufällig, ob das noch weit weg ist?"

Als Antwort ertönte diesmal ein panisches Quieken. Der Winzling hüpfte erschrocken in die Luft und rannte durch das Gras auf Melradin zu. Dabei hielt eine Hand den Hut fest, der sonst vom Kopf gerutscht wäre. Perplex stand Melradin da. Was war denn jetzt los? Der Gnom rannte mit einer ausgestreckten Hand zu ihm hin und versteckte sich zitternd hinter seinem Bein. „D-d-d-da!" Stotternd wies das Ding den Hügel hinunter, die Augen weit aufgerissen.

Melradin wich erschrocken zurück, als er zum Waldrand blickte. Vier merkwürdige Wesen bahnten sich einen Weg zum Hügel. Buckelig und mit hässlich grünen Gesichtern eilten sie auf sie zu. Melradin griff hastig nach seinem Schwert. Die klobigen Keulen der Gestalten ließen keinen Zweifel über deren Absichten zu.

Goblins? Wahrscheinlich. So stellte sich Melradin zumindest Goblins vor. Grün, spitzohrig, bucklig, kaum größer als ein Kind. Trotzdem groß genug, um auf Melradin bedrohlich zu wirken. Etwas unbeholfen zog er seine Waffe aus der Scheide. Das Schwert lag plump in seiner Hand. Hässliches Ding. Das schwarze Eisen stank noch immer nach seinem verfaulten Vorbesitzer.

Vorfreudig grunzend rannten die vier den Hang hinauf. Das winzige Wesen mit dem großen Hut umklammerte nun mit beiden Händen sein Bein. Heftig zitternd spähte es zu ihren hässlichen Angreifern. Melradin wollte irgendwas sagen, so etwas wie: „Keine Panik, neben mir bist du sicher." Aber scheinbar fanden die Worte den Weg nicht ganz nach oben. Stumm stand er da, während seine Finger den Schwertknauf erwürgten.

Melradins Blick eilte Hilfe suchend über die Wiese. Wo war Evelyn, verdammt? Er trat einen Schritt auf das buckelige Quartett zu. Der Wicht quiekte, ließ aber sein Bein nicht los. Der vorderste Goblin grunzte eifrig mit gerümpfter Nase, sodass es wie ein hässliches Lachen wirkte.

Ein zweiter setzte zum Angriff an. Hastig sorgte Melradin für genügend Abstand und schwang das schwarze Schwert in Richtung des Goblins. Bestens amüsiert sprang sein Angreifer wieder zurück.

Jetzt setzte Melradin zum Schlag an. Geschickt hüpfte der Goblin zur Seite, während ein anderer die Chance ergriff und Melradin seitlich zu attackieren versuchte. Bei Weitem weniger geschickt ruderte er erschrocken zurück und riss gerade noch rechtzeitig das Schwert hoch, um den Knüppel abzuwehren.

Jetzt standen alle vier um ihn herum. Ratlos stolperte Melradin einige Schritte zurück. Er war eindeutig nicht für den Schwertkampf geschaffen. Zusätzlich fühlte sich die Waffe in seiner Hand schwer und unhandlich an, so als würde sie absichtlich gegen ihn arbeiten.

Immer wagemutiger setzten die Goblins zu einem Angriff an, während Melradin mit zusammengebissenen Zähnen sein Schwert hin und her riss, um sich die Biester vom Leib zu halten. Schritt für Schritt wich Melradin zurück. Der ängstlich wimmernde Hut klebte ihm nach wie vor am Bein. Was Melradin brauchte, war Magie. So langsam ging ihm nämlich die Kraft in den Armen aus. Schweißperlen glitzerten bereits auf seiner Stirn. Seine Hände ballten sich noch fester um den Schwertknauf, sodass seine Knöchel weiß hervor traten. Vier gackernde Goblins – das wäre doch gelacht, wenn er mit denen nicht fertig werden würde. Melradin zog eine grimmige Grimasse und holte knurrend mit dem Schwert aus. Endlich landete er einen Treffer. Mit der Schwertspitze streifte er einen der Goblins und die anderen wichen, von der plötzlichen Entschlossenheit ihres Gegners verunsichert, zurück.

Von diesem ersten Erfolg beflügelt, setzte Melradin sofort nach. Ein Schwerthieb nach dem anderen donnerte auf seine Feinde nieder, die mit steigender Geschwindigkeit den Rückzug antraten. Melradin konnte es kaum fassen, aber das dreckige Grinsen war mit einem Mal von den Gesichtern der Biester verschwunden und stattdessen war da etwas, das allen Ernstes von Angst zeugte. Die Goblins fürchteten sich vor ihm!

Noch zwei, drei kräftige Schwerthiebe waren nötig, allesamt unterlegt mit einem grimmigen Schrei, um die Goblins vollends in die Flucht zu schlagen. Selbstzufrieden stand Melradin da und sah den Biestern dabei zu, wie sie Hals über Kopf den Hügel hinabstolperten. Lachend sonnte er sich in seinem Triumph.

„Du brauchst keine Angst mehr zu haben, sie sind weg!", rief er dem Wicht mit dem Hut zu. Offenbar hatte er, ohne dass Melradin es bemerkt hatte, schließlich von seinem Bein abgelassen, um sich im Gras zu verstecken.

Noch immer mit einem verschmitzten Gewinner-Grinsen im Gesicht steckte Melradin das Schwert zurück in die Scheide. Als er sich jedoch umwandte, traf ihn der Schlag. Der Wicht und er waren keineswegs allein auf dem Hügel.

32

„Evelyn", stellte Melradin nüchtern fest. In aller Seelenruhe saß die Drachin auf der Spitze des Hügels und sah mit neugierigem Blick zu Melradin hinab. Das war also der Grund für die plötzliche Flucht der Goblins gewesen. Melradin ließ die Schultern hängen. Dieses elende Drachenmädchen hatte dabei zugesehen, wie er sich mit dem Schwert verausgabt hatte, ohne auch nur eine Schuppe zu rühren. „Womit hast du dich denn verwandelt?"

Die Drachin verschwand und verwandelte sich in ein Mädchen. „Ich hatte mich geirrt. Der Gestank stammt nicht von einem Bär, sondern von einem Rüsselgnu. Es grast ganz in der Nähe. Keine Ahnung, wie so ein Wesen nach Xentropolis gelangt. Aber anscheinend bekommt ihm die Luftveränderung nicht gut. Dem Kot nach zu urteilen hat es sich furchtbar den Magen verdorben."

„Das heißt, du hast ein Stück Kot als Weltenschlüssel verwendet?" Melradin hob skeptisch eine Augenbraue.

„Ich hatte noch was an der Pfote." Evelyn zuckte unbeeindruckt mit den Schultern. „Und du hast eine neue Bekanntschaft gemacht, wie ich sehe."

Melradin sah hinter sich. Der Hut hatte sich nicht vom Fleck gerührt. Hoffentlich war der Schock, plötzlich einem Drachen gegenüberzustehen, nicht zu viel für das kleine Herz gewesen. „Sieht ganz so aus."

Evelyn trat zu ihm hin. „Was ist das?"

„Ich weiß nicht. Ein Gnom vielleicht", mutmaßte Melradin. „Er ist von den Goblins verfolgt worden."

„Ein Gnom?", murmelte Evelyn verwundert. „Der Wald ist seltsamer, als ich dachte."

Unschlüssig sah Melradin zu dem Stück Stoff. „Was sollen wir jetzt machen?"

Evelyn zuckte mit den Schultern. „Na, was schon? Wir sollten mit ihm reden."

Melradin nickte. Vorsichtig räusperte er sich. „Hallo, du!"

Ganz kurz zuckte der Hut zusammen.

„Tut mit leid, dass Evelyn dich grade so erschreckt hat, aber sie tut dir bestimmt nichts. Sie ist ein liebe Drachin."

Stille. Der Winzling rührte sich nicht.

Etwas unbeholfen sah Melradin zu Evelyn. „War das nicht gut?"

Evelyn zuckte mit den Schultern. „Wie ist dein Name?", fragte sie mit ihrer wärmsten Stimme.

Diesmal war sogar etwas zu hören. Keine Antwort – nichts, was irgendwelche sinnvollen Worte ergeben hätte. Aber der Kleine rührte sich und ein leises Geräusch drang zu ihnen hinüber.

Die beiden sahen sich fragend an. Unschlüssig versuchte Melradin, das winzige Geräusch irgendwie einzuordnen. Schließlich glaubte Melradin, zu verstehen. „Weint er?", flüsterte er.

Die Unklarheiten wurden erst beseitigt, als dem Gnom die Luft ausging. Geräuschvoll sog er den Atem ein und plärrte schließlich ungehalten los.

Evelyn trat vorsichtig näher. Der Hut – falls er es überhaupt bemerkte – ließ es zu. „Was ist los? Was ist denn?" Sie kniete sich zu ihm hin.

Der Winzling schniefte. Zu Melradins Verblüffung rannte er nicht weg, sondern antwortete. „Meine ...", krächzte der Gnom. „Meine Feder."

Auch Melradin kam näher. „Was denn für eine Feder?"

„Meine Zauberfeder!" Der Kleine hickste und tippte aufgeregt auf seinen Hut. „Sie haben sie weggenommen!"

„Die Goblins?"

Der Gnom nickte eifrig.

„Wie ist denn dein Name?", fragte Evelyn noch einmal und legte einen Arm um die Schulter der kleinen Gestalt.

„M-mink", stotterte sie und wischte sich mit den winzigen Fingern die Tränen aus dem Gesicht.

„Mink, bist du ein Gnom?", fragte Melradin etwas unbeholfen.

„Gnom?" Die großen Augen neben der langen Nase sahen verwundert zu ihnen auf. Zum ersten Mal konnte Melradin das Gesicht des

Winzlings gänzlich erkennen. Ein sehr schmaler Mund trennte die große Nase von dem spitzen Kinn. Das Gesicht war sehr klein und mit den breiten Wangenknochen wirkte es irgendwie platt gedrückt.

„Ich bin doch kein Gnom!" Der Winzling schien entrüstet. „Ich bin Mink, der Vogelsänger", schniefte er und rückte stolz den Hut zurecht. Eilig wischte die kleine Gestalt eine letzte Träne von der Backe, dann lugte sie mit großen Augen den Hügel hinauf. „Habt ihr es denn vertrieben? Dieses Rieeesenviech?" Mink streckte seine Arme von sich, um zu zeigen, wie unglaublich groß der Drache gewesen war.

„Du meinst die Drachin?", sagte Evelyn schmunzelnd. „Das war ich. Ich komme aus Vlandoran."

„Vlandoran?" Der Winzling sah sie verständnislos an. „Wo liegt das? Ist das weit weg vom Wald?"

„Äh ..." Evelyn und Melradin warfen sich vielsagende Blicke zu. „Das ist eine ganz andere Welt", brachte es ihm Melradin mehr oder weniger schonend bei. „Eine andere Welt im Schattenreich."

„Eine andere Welt?", quiekte Mink völlig verdattert.

„Äh, was er damit sagen will", haspelte Evelyn eilig und mit einem mahnenden Blick zu Melradin, „wir sind praktisch schon in eine andere Welt gereist, so lange sind wir unterwegs."

„Ja?" Jetzt sah sie Mink neugierig an. „Dann kennt ihr bestimmt meine Heimat!", plapperte es aufgeregt. „Die Bugus, am Ende der großen Wiese, wenn man den fetten, klotzigen Hügel hochsteigt. Beim blubbernden See. Kennt ihr ihn?"

„Ähm, nein", meinte Melradin etwas zögerlich. „Ich fürchte, wir kamen von woanders."

Mink nickte betrübt. „Stimmt, da gibt's auch keine von euch, glaube ich."

„Ist deine Heimat denn weit weg von hier?", wollte Evelyn wissen.

Wieder nickte Mink. „Seeehr sehr weit weg. Am anderen Ende der Wiese." Der langnasige Doch-kein-Gnom seufzte traurig. „Hab schon ein paar Mal versucht, wieder zurückzufliegen, aber die Wiese ist zu groß. Man verirrt sich. Und keiner kennt mein Volk oder den dicken Hügel. Oder den blubbernden See."

„Du kannst fliegen?", wunderte sich Melradin.

Die Sache schien heikel, denn Minks Unterlippchen begann plötzlich wieder zu zittern und das leise Wimmern quetschte sich bruchstückhaft durch den zugepressten Mund. „Mit der Zauberfeder, ja", würgte der Kleine tapfer hervor. Seine Stimme war nicht mehr als ein hauchdünnes Fiepen. „Der wunderschöne Vogel hat sie mir geschenkt." Zittrig fummelten Minks Finger an dem Lumpen herum, der den winzigen Körper unter dem Hut bedeckte. Darüber zu sprechen schien ihm äußerste Mühe zu bereiten. Er holte tief Luft. „Als ich von zu Hause abgehauen bin."

„Du bist abgehauen?", wiederholte Evelyn mehr oder weniger bestürzt.

Der Winzling nickte lebhaft, wobei der Hut wild hin und her schaukelte und schließlich auf die lange Nase rutschte. Flink rückte Mink ihn wieder zurecht. „Ja, als ich noch klein war", murmelte er. „Ich war neugierig, versteht ihr? Ich wollte wissen, was hinter dem Hügel ist, hinter der riesigen Wiese. Aber Oma-Bugu wollte mich nicht nachsehen lassen. Sie meinte, es sei zu gefährlich. Ich könnte stolpern und meinen Hut verlieren." Mink schniefte. „Aber irgendwann bin ich dann doch gegangen. Ganz früh. Als die anderen noch bis zur Nase in ihren Hüten gesteckt hatten. Und als das Schnarchen von Oma-Bugu sogar das Blubbern des Sees übertönt hatte."

„Und dann hast du dich hier her verlaufen?", glaubte Melradin bereits begriffen zu haben.

„Nein, nein." Mink schüttelte den Kopf. „Omi hatte recht behalten. Irgendwann bin ich gestolpert. Und beinahe hätte ich auch meinen Hut verloren." Bei dem Gedanken begannen die Finger des Winzlings, hibbelig am Kinn herumzufummeln. „Wenn mich dieser wunderschöne Vogel nicht gefangen hätte." Er hauchte es, als spräche er von dem Schatz des Pharaos.

„Dich hat ein Vogel aufgefangen?" Der Form halber stellte Melradin die Frage verwundert, auch wenn er von der bloßen Existenz des offenbar fliegenden Zwergs mit Hut in Sachen Überraschungen schon abgehärtet war. Da hätte er hinter dem Hügel schon den Wärter beim Picknicken erwischen müssen, um bei ihm auf echten Unglauben zu stoßen.

„Jaah, so ein wunderschöner Vogel mit langen, bunten Federn und einem Schweif wie ein Regenbogen", träumte Mink so vor sich hin. „Er hat mich und meinen Hut gepackt und ist mit mir wieder hochgeflogen." Der Winzling starrte einen Moment wortlos in die einbrechende

Nacht, seine Finger ein Stückchen in den halboffenen Mund gesteckt. „Aber da oben war nicht mehr die große Wiese, von der ich heruntergefallen war, versteht ihr? Da waren Berge. Und ich hab geheult und dem Vogel gesagt, er soll mich doch bitte wieder zum blubbernden See fliegen. Aber er konnte nicht. Er hatte noch nie etwas vom blubbernden See gehört, wisst ihr? Das tat ihm leid und er hat mir eine seiner Federn geschenkt, mit der ich dann selber nach meiner Heimat würde suchen können. Damals bin ich zum Vogelsänger geworden und ich hab das Fliegen gelernt. Aber den Hügel und den See hab ich nicht wieder finden können."

„Du bist einfach irgendwo heruntergefallen und plötzlich waren da Berge anstelle der Wiese?", fasste Evelyn mit krauser Stirn zusammen.

„Nicht irgendwo", schüttelte Mink den Kopf. „Ich bin das Ende der Wiese hinter dem Hügel hinuntergefallen. Das war der Grund, warum ich nie weiter als bis zum Hügel hinauf durfte. Weil es da zu Ende ist. Eine unendlich tiefe Grube." Er sagte es mit großen Augen.

„Du meinst, hinter dem Hügel lag so was wie das Ende der Welt?", fragte Melradin nun doch etwas verdutzt.

Mink nickte eifrig. „Genau. Hinter der riesigen Wiese ist nichts mehr. Genauso wie hinter dem Gebirge, zu dem ihr wollt."

Evelyn sah fragend zu Melradin.

„Ich hab ihm von unserem Ziel erzählt", erklärte er.

„Weißt du denn, wie weit es noch ist?", fragte Evelyn den Hut.

„Mmmh", grübelte der Winzling. „Ich war schon lang nicht mehr hier in der Gegend. Also zur Wiese müsste es von hier aus weiter sein. Das ist gut. Das heißt ...", fummelte sich Mink am Kinn herum. „Vielleicht eine Woche. Wenn ihr wisst, wo ihr hingehen müsst."

„Wir können fliegen", sagte Evelyn.

„Fliegen?", wunderte sich Mink. „Wirklich? Mit euren Armen?"

„Nein", schmunzelte Evelyn. „Du weißt doch, die Bestie von vorhin. Die kann fliegen."

„Ach, du kannst dich auch verwandeln?" Bei dem Kleinen fiel der Groschen. „Hat dir denn so ein riesiges Wesen auch schon mal etwas geschenkt?"

„Nein, ich brauche dazu nichts. Das kann ich schon seit meiner Geburt."

„Woow." Mink blickte erstaunt. „Das muss ein mächtiges Volk sein."

Evelyn lächelte nur ein etwas wackeliges Lächeln.

Eilig wechselte Melradin das Thema. „Wir sind auf der Suche nach so einem seltsamen Felsen. Er soll aussehen wie eine riesige Kralle oder so etwas. Ich weiß, es hat wahrscheinlich schon mal präzisere Beschreibungen gegeben, aber kommt dir dabei vielleicht irgendetwas in den Sinn?"

„Wie eine Kralle? Hmm ..." Nachdenklich kratzte sich Mink an der Spitze seiner Nase. „Ich glaube, ich weiß sogar, was ihr meint. Ihr sucht den Todeszacken." Er spuckte den Namen aus, als sei er für sich schon eine Bedrohung.

„Den Todeszacken?"

Der Hut wackelte ein Nicken. „Gefährlicher Ort. Seeehr gefährlich", hauchte Mink mit erhobenem Zeigefinger. „Dort spukt es. Ein lebloser Ort mitten im Wald. Sehr ungemütlich."

„Wieso, was erzählt man sich denn?", wollte Melradin wissen.

„Da sei etwas vergraben", hauchte Mink begeistert seine Gruselgeschichte weiter. „Oder besser gesagt: jemand. Man sagt, dort liege der Prinz der Toten persönlich."

„Der Prinz der Toten?" Melradin musste sich Mühe geben, der Sache den gebührenden Ernst zu widmen.

„Jaah! Der Todesfürst persönlich soll ihn dort hingetragen haben. Als alter Mann mit Hut und löchrigem Umhang. Sein Gesicht so hager wie ein bloßer Schädel und die Hände nicht viel mehr als blanke Knochen unter pergamentdünner Haut." Der Winzling war gefesselt von seiner eigenen Geschichte. „Bis zum Gebirge soll er ihn getragen und schließlich auf der Spitze dieses verfluchten Dingens begraben haben. Alles rundherum sei seitdem abgestorben. Nicht ein Grashalm wachse dort mehr. Außer ..." Mink hob seinen kleinen Zeigefinger und legte genüsslich eine Pause ein. „Ein einziger Baum des Teufels, der die ganze Zeit über kahl bleibt und nur eine einzige Frucht pro Jahr am höchsten Ast hängen hat."

„Das hört sich tatsächlich nach unserem Ziel an", murmelte Melradin. „Oder was meinst du, Evelyn?"

„Das verkrüppelte Bäumchen, ja. Wäre schon ein Zufall, wenn nicht."

Das Männchen sah sie abwechselnd an. „Warum wollt ihr denn zu so einem bösen Ort?"

„Dieser Prinz hat etwas, das wir brauchen, um unsere Heimat zu retten", erklärte Evelyn.

„Eure Heimat retten? Ist sie denn in Gefahr?"

„Das kann man wohl sagen", meinte Melradin ernst.

„Aber das wird gefährlich, sag ich euch", warnte sie Mink mit aufgerissenen Augen.

„Es bleibt uns keine Wahl."

Einen Moment lang sah der Winzling stumm zu Melradin auf, dann nickte er langsam. „Ihr braucht jemanden, der euch hinführt, stimmt's?"

„Würdest du den Ort denn finden?", fragte Evelyn hoffnungsvoll.

„Das wird nicht schwer", murmelte Mink. „Das spüre ich, wenn ich ihm zu nahe komme. Bloß ..." Er blickte betrübt zu Boden, sodass sich der Hut gefährlich weit nach vorne bog. „Die Goblins haben meine Feder. Ich kann nicht mehr fliegen."

Evelyn und Melradin warfen sich kurz Blicke zu und waren sich wortlos einig.

„Wir helfen dir, sie wieder zu finden", sagte Evelyn.

„Wenn du mir vorher zeigst, wo es etwas zu trinken gibt", fügte Melradin hinzu, dem die Zunge bereits am Gaumen klebte. „Ich sterbe vor Durst."

Überglücklich sprang Mink auf. „Ihr helft mir Suchen?" Stürmisch umarmte er erst Melradins, dann Evelyns Bein. „Ich zeige euch das beste Quellwasser der Gegend!"

Melradin sah sich um. Die Sonne war mittlerweile gänzlich vom Himmel verschwunden und das Sternenmeer hatte bereits unbemerkt seine Plätze eingenommen. In der Dunkelheit war der Hügel nichts weiter als ein schwarzer Klotz und die Bäume ein endloses, zackiges Meer.

„Nur ...", wollte er seine Bedenken zur Ansprache bringen, bei Nacht auf die Suche zu gehen, wurde aber sogleich von Evelyn unterbrochen.

„Ich weiß schon. Das hab ich gleich." Ohne sich weiter zu erklären, schritt sie den Hügel hinab und durchstöberte das Unterholz. Grillen zirpten. Die Nacht wirkte friedlich und ruhig.

Melradin folgte Evelyn. „Was hast du vor?"

Anstatt ihm zu antworten, musterte sie nur abwägend einen armlangen Stock in ihrer Hand. „Das muss uns jetzt genügen", murmelte sie und fummelte kurz an dem Ast herum, bis eine Flamme von ihren Fingern auf das Holz übersprang.

„Woow." Beeindruckt starrte Mink auf den flackernden Zweig. „Wie hast du denn das gemacht?"

„Ach, halb so wild", lächelte sie vergnügt. „Ich habe nur ein bisschen gezaubert."

„Gezaubert?", hauchte Mink mit offenem Mund. „Bist du dann eine Zauberin?"

„Na ja, eigentlich ist Melradin der Zauberer von uns beiden, aber sagen wirs mal so: Er versteht sich eher aufs Drachentöten als aufs Zweiganzünden. Das wäre irgendwie mit Kanonen auf Spatzen geschossen."

Melradin grinste. Bei aller Bescheidenheit hatte sie recht. Wann hatte er denn schon mal etwas anderes zusammengezaubert als einen lauten Krach, mit dem er irgendetwas in die Luft gejagt hatte?

„Melradin?" Die lange Nase war neugierig zu ihm geschwenkt. „Ist das ein Zauberername?"

„Ähm, nein", antwortete Melradin. „Ich habe ihn mir selbst ausgedacht. Als kleiner Junge. Noch bevor ich von Magie überhaupt Wind bekommen hatte."

„Du hast dir deinen Namen selber ausgedacht?", wunderte sich Mink und rückte den Hut zurecht. „Aber hast du denn keine Oma?"

„Nein", sagte Melradin und lächelte. „Ich habe nur einen Opa und der war der Meinung, jeder sollte sich selber seinen eigenen Namen ausdenken." Entgegen Melradins Erwartungen blieb das Stechen in der Herzgegend aus, das er normalerweise verspürte, wenn der Alte ins Spiel kam. Aus irgendeinem Grund tat es diesmal sogar gut, wieder sein Gesicht in Erinnerung zu rufen. Mit dem verschmitzten Grinsen und dieser Leichtfertigkeit im Blick, mit der er alles anging.

Ihm entfleuchte ein Seufzen. „Sag mal, wenn wir uns jetzt eine Quelle suchen, kannst du mir dann auch gleich irgendeinen Brombeerbusch oder so etwas empfehlen? Ich bin es langsam leid, mich von Wurzeln zu ernähren."

Mink kicherte vergnügt. „Armer Zauberer. Beherrscht die mächtigste Magie, aber muss an Grünzeug knabbern."

Im Schein der Fackel quetschten sie sich durch den Wald. Die Stille war gespenstisch und ihr Rascheln wirkte unüberhörbar laut. Manchmal raschelte auch irgendetwas anderes. Wahrscheinlich Tiere, die sich sofort aus dem Staub machten, wenn sich ihnen die seltsame Truppe zu sehr näherte.

Unbekümmert hüpfte der Winzling voraus und bahnte sich geschickt einen Weg durch das Unterholz. Evelyn folgte ihm, in der Hand den brennenden Ast. Als Schlusslicht stolperte Melradin hinterher, der sich nicht entscheiden konnte, ob er lieber nach tückischen Wurzeln oder nach wilden Tieren Ausschau halten sollte. Also huschte sein Blick ruhelos durch die Düsternis und tat im Endeffekt keines von beidem.

„Ist nicht mehr weit", flüsterte ihnen Mink aufgeweckt zu, als Melradin gerade dabei war, einen abgebrochenen Zweig aus seinem Haar zu pfriemeln. „Eine geheime Quelle! Sprudelt direkt aus dem Herzen des Waldes", begann der Hut wie ein Reiseführer zu schwärmen. „Und versickert gleich daneben wieder. Habt echtes Glück, hier in der Gegend gelandet zu sein. Und auch noch jemanden zu treffen, der sich so auskennt wie ich. Das kennt nämlich nicht jeder. Nicht leicht zu finden. Aber Bugus haben nun mal ein Gespür für blubbernde Dinge, wisst ihr?"

„Glaubst du, du findest auch etwas zu essen?", gab Melradin dem Gesuch seines fast schon zusammengefledderten Magens statt, vorsichtshalber noch einmal nachzufragen.

„Aber klar. Beste Mollunia-Beeren." Mink schmatzte einen Kuss. „Ein Traum, sage ich euch. Zurzeit sind sie fast schon lila. Saftiger geht's nicht mehr."

„Alles klar, beeilen wir uns."

Der Gnom führte sie vergnügt einen sachte ansteigenden Hang hinauf. Große Bäume mit dicken Stämmen und überquellenden Wurzeln säumten ihren Weg, die es sich das eine oder andere Mal nicht verkneifen konnten, dem etwas verunsichert hinterher trottenden Zauberer ein Bein zu stellen.

„Gleich sind wir da", flüsterte Mink ehrfürchtig, als er mit seinen Händen vorsichtig die Zweige einiger Büsche beiseite drückte. Evelyn und Melradin mussten ihm helfen, als sich sein Hut in dem Gewirr verhedderte und die Äste ihn bei dem Versuch, sich wieder frei zu zerren, vollends verschluckten.

Ächzend quetschte sich Mink durch das Zweigwirrwarr und kämpfte sich schließlich wieder ins Freie. „Tadaaa! Da wären wir." Stolz stellte er ihnen wie ein Zirkusdirektor die sehr geheime Quelle vor, von der er den Weg hier her mit unbändiger Leidenschaft geschwärmt hatte.

Etwas unschlüssig ließ Melradin seinen Blick umherwandern. Da war ein Fels. Moos quoll aus allen Löchern und Nischen, so als sei er gerade erst aus einem See oder aus dem Meer gefischt worden. Die Quelle, zu der Mink sie geführt hatte, tropfte aus einem Ritzen des Felsens. Es war ein erbärmliches Rinnsal. Der Anblick war eine herbe Enttäuschung, doch sparte sich Melradin eine Beschwerde und stürzte sich vor, um die Tropfen schon einmal für den ersten Schluck aufzufangen. Der Fels war sehr seltsam. Er wirkte so deplatziert, als habe ihn ein Riese auf Wanderschaft irgendwann auf der anderen Seite der Welt aufgesammelt und hier hingeworfen. Und aus seinem Innern kullerte wie auf magische Weise Tropfen für Tropfen Quellwasser.

Gierig schlürfte Melradin das Wasser von seinen Fingern. Herrlich. Er brauchte unbedingt mehr. War es nur wegen seines Dursts oder schmeckte das Wasser tatsächlich besonders gut? Irgendetwas steckt in diesem Wasser. Es kribbelte leicht auf der Zunge. Ein angenehmes, belebendes Gefühl. Er hörte Minks Kichern in seinem Rücken, als er ein drittes Mal durstig aus seiner Hand schlürfte. „Wundervoll, nicht wahr?" Melradin nickte nur.

„Früher ist da mehr rausgekommen. Ist ein magischer Fels, wisst ihr? Aber so langsam scheint er erschöpft zu sein. Blubbert nicht mehr so."

Evelyn trat ebenfalls zur Quelle hin. „Bis wir da alle unseren Durst gestillt haben, kann aber eine Weile vergehen", murmelte sie, während Melradin weiter den Felsen leer saugte.

„Ach, ich nehme mir nach euch", meinte Mink. „Ich brauche sowieso nur einen Fingerhut voll. Und solange ihr hier trinkt, kann ich ja schon mal nach etwas Essbarem suchen."

Melradin gurgelte etwas, das sich nach uneingeschränkter Zustimmung anhörte.

„Pass aber auf dich auf", meinte Evelyn und bückte sich. „Hier, nimm den." Sie reichte ihm einen handlichen Stock, den sie an ihrem eigenen anzündete.

„Bin gleich wieder da." Leise vor sich hin summend wippte der Hut im Fackelschein davon.

Ein beträchtlicher Teil der Nacht verging, bis sie endlich alle drei mehr oder weniger satt im Gras saßen. Mink hatte nicht zu viel versprochen. Mit den Armen voller Mollunia-Beeren war er zu ihnen zurückgestolpert und gleich wieder davongeeilt, um die zwischenzeitlich irgendwo fallen gelassene Ladung einzusammeln, was fast noch mal genauso viel war.

Zufrieden pulte sich Melradin zwischen den Zähnen. Das Fruchtfleisch dieser wundervollen lila Bällchen hing ihm überall zwischen den Zähnen. Sie hatten ein paar herrenlose Äste gesammelt und in ihrer Mitte ein kleines Lagerfeuer aufgestapelt. Gedankenverloren starrten sie nun alle drei in die kleine Flamme, die verspielt über den Zweigen tanzte und ihre Gesichter in ein flackerndes Lichtspiel tauchte.

„Wir sollten uns aufmachen, bevor wir zu müde werden", durchbrach Evelyn schließlich das zufriedene Schweigen.

Das Stichwort Müdigkeit ließ Melradin gähnen. „Du hast recht", schmatzte er. Seine Lider rutschten ihm jetzt schon hin und wieder weg und klappten einen für ein Blinzeln etwas zu langen Moment zu.

„Hast du etwa eine Vorstellung, wo sich deine Feder jetzt befindet?", fragte Evelyn Mink, der mit dem Kopf auf dem Stein vor sich hindöste, die Hände auf dem vollen Bauch gefaltet.

„Klar. Ich weiß ganz genau, wo sie ist." Mink richtete sich wieder auf. „Ich hab sie ja die ganze Zeit mit mir herumgetragen. Da oben." Er tippte auf seine wankende Kopfbedeckung. „Ich fühle sie."

„Und wo ist sie jetzt?" Melradin ahnte Böses, wenn der Kleine zwar wusste, wo seine Feder war, sie selber aber nicht holen konnte.

„Na, im Bau der Goblins."

Melradin blickte entgeistert drein. Goblins. Eigentlich genügte ihm diese eine Begegnung am Vorabend vollkommen. „Bist du dir sicher?"

„Ja. Die Goblins haben sie mir gestohlen. Und jetzt ist sie dort, wo diese grässlichen Kreaturen alles Schöne hintun, das sie irgendwie in die Finger bekommen. Irgendwo mittendrin in ihrem Unterschlupf. Bei ihrer fetten Herrin."

„Die Biester haben eine Anführerin?", fragte Melradin verdutzt.

„Ja, eine fette Hexe." Minks Augen verengten sich missmutig. „Sie ist ein böser, hässlicher Dämon."

„Kennst du sie?", fragte Evelyn.

„Oh ja." Es schüttelte den Hut bei dem Gedanken. „Ich kannte sie schon, bevor sie Gefallen daran gefunden hat, sich von den Goblins vergöttern zu lassen. Sie ist ein Fluch für den ganzen Wald. Quält die Tiere und benutzt sie für irgendwelche teuflischen Spielereien."

„Ist sie denn eine sehr mächtige Hexe?" Melradins Gesichtsausdruck ließ unschwer erraten, wie sehr er darauf erpicht war, sie kennenzulernen.

„Nein." Auf Minks Lippen kräuselte sich ein leises, gehässiges Grinsen. „Sie ist nur abgrundtief gemein. Das ist ihre Gefahr. Ich glaube, allzu viel hexen kann sie gar nicht. Sie hat ihr dämonisches Buch und braut irgendwelche blubbernden Tränke zusammen. Und sie kann sich in ein ebenso fettes Wildschwein verwandeln. Das kann sie zaubern."

„In ein Wildschwein?", wunderte sich Evelyn.

„In ein Wildschwein." Der Hut nickte eifrig. „Sie hat ihre Schnauze allerdings schon länger nicht mehr aus dem Bau gestreckt. Das liegt wahrscheinlich an ihrem Körperumfang. Hat sich zu sehr verwöhnen lassen und passt jetzt nicht mehr durch die Tunnel der Goblins."

„Und was ist mit uns? Passen wir da überhaupt rein?", fragte Melradin.

„Hmmm ...", grübelte Mink mit den Fingern am Kinn. „Du schon." Er nickte zu Evelyn. „Aber du wirst wahrscheinlich auf allen vieren gehen müssen."

Melradin ließ die Schultern hängen. „Ich soll also kriechend einer Horde Goblins entgegentreten."

„Nein." Mink kicherte belustigt. „Da drinnen kann man bestimmt stehen. Die haben das Loch für ihre fette Göttin wahrscheinlich noch einmal großzügig ausgehöhlt. Nur der Weg da rein wird vielleicht ein bisschen eng."

„Na dann", seufzte Melradin. Die Vorstellung, wie er sich verzweifelt aus einem Erdtunnel hervorzuzerren versuchte, während ein Dutzend Goblins, angefeuert von einer fetten Hexe, seinen hervorlugenden Kopf zertrümmerten, ließ ihn schaudern.

„Lasst uns aufbrechen." Evelyn hievte sich als Erste auf. „Dann haben wir das Ganze schon hinter uns gebracht, bevor der erste Sonnenstrahl davon Wind bekommt. Oder ist es weit bis zu diesem Bau?"

„Da, dort drüben. Da ist es!", hauchte Mink aufgeregt und wedelte mit seiner Hand in die Düsternis. Sie hatten sich vorsichtshalber von der Fackel getrennt und waren im Mondlicht die letzten Meter hergeschlichen. Alles andere als ein angenehmer Waldspaziergang. Aber so schien sie immerhin niemand bemerkt zu haben und jetzt spähten sie vorsichtig hinter einem dicken Stamm zu ihrem Ziel hinüber.

„Also, ich sehe überhaupt nichts", murmelte Melradin wahrheitsgemäß. Er ertappte seine Finger dabei, wie sie nervös an dem Schwertknauf herumfummelten. Kurzerhand steckte er sie in die Manteltaschen. Der Gedanke, jetzt gleich in einen Goblinbau kriechen zu müssen, beunruhigte ihn sehr, während er irgendetwas von dem auszumachen versuchte, was der Hutgnom neben ihm zu sehen glaubte.

„Oh", hörte er neben sich Evelyn flüstern. „Das Loch da?"

Mink nickte. „Ich weiß, ist ein bisschen enger, als ich es in Erinnerung hatte."

„Melradin kann da höchstens seinen Kopf hineinstecken."

„Was, welches Loch denn?", zischelte Melradin.

„Es ist nicht groß genug, Melradin. Du musst dich verwandeln."

„In ein Kind? Aber wie sollen wir uns dann gegen die Goblins wehren?"

„Nein, du hast recht …" Evelyn tippte sich nachdenklich auf ihr Kinn. Ein verschmitztes Lächeln huschte im Mondlicht über ihre Lippen. „Ich habe eine andere Idee."

33

„Und?", grunzte Melradin verunsichert. Einen Moment schwiegen sie, dann konnte sich Mink das Lachen nicht mehr verkneifen und prustete los. Der Goblin daneben hickste irgendetwas, brachte es aber mit sichtlicher Mühe fertig, sich zu beherrschen.

„Es ...", würgte der Goblin hervor. „Es ist gar nicht mal schlecht, wirklich. Nur dein Buckel ist irgendwie ein bisschen zu steil."

„Zu steil?" Melradin versuchte sich an den Rücken zu fassen, doch reichten seine kurzen Arme nur bis zum Ansatz eines Hubbels, den er sich als Goblinbuckel-Imitat auf die Schultern gewünscht hatte. „Verdammt, zu groß, oder?", keuchte er, während er Stück für Stück seine Finger weiter den Buckel hinaufzuschieben versuchte.

Evelyn nickte wortlos.

„Allerdings", kicherte Mink in sich hinein. „Ist eher ein Kamelhöcker."

„Also, ich begreif nicht, wie du das beim ersten Mal schon so perfekt hingekriegt hast", murmelte Melradin, während er sein Gesicht betastete, um sich ein etwaiges Bild von dessen Konturen zu machen. Aus irgendeinem Grund versperrte ihm schon wieder ein Mordszinken die Sicht. Er hatte ihn sich leicht nach links abgeknickt vorgestellt. Aber auf keinen Fall zu lang. Nur ein wenig pummelig, um der Hässlichkeit dieser Goblins gerecht zu werden. Jetzt hing da eine verkrüppelte Kartoffel in seinem Gesicht, die sich fast schon auf seine Oberlippe abstützen musste, so sehr war sie in die Breite gewachsen.

„Das kommt mit der Zeit", sagte Evelyn. „Für das erste Mal bist du echt gut!"

„Meine Arme sind so winzig, als wären sie mit dem Ellenbogen an die Schultern geklemmt. Und ... oh Gott, ich hab ja Haare!" Erschrocken tastete sich Melradin durch sein übliches Haargewirr.

„Stimmt", prustete Evelyn und konnte sich nicht länger das Lachen verkneifen. „Sieht schon ein bisschen komisch aus."

„Ein bisschen?" Melradin wurde vom Lachen der beiden angesteckt. „Ich muss mit Abstand der hässlichste Goblin sein, der jemals das Antlitz dieser Welt betreten hat", grunzte er mit einem abgehackten Kichern, das sich anhörte wie eine Asthmaattacke.

„Also", keuchte Evelyn. „Versuchs doch noch mal. Wünsch dir den Buckel einfach ein bisschen kleiner und pass auf deine Frisur auf."

Melradin brauchte noch vier Versuche, bei denen ihn jedes Mal ein sich vor Lachen kringelnder Hut begrüßte, wenn seine Goblin-Nase wieder xentropolianische Luft schnüffelte. Es war verdammt schwer, sich auf alle wesentlichen Dinge zu konzentrieren, wenn man nach einem kurzen Abstecher ins Schattenreich nur ein paar Augenblicke Zeit hatte, sich das passende Bild ins Gedächtnis zu rufen. Zumal sich Melradin vor Müdigkeit kaum noch auf den Beinen halten konnte.

Beim fünften Mal – endlich – konnte sich Mink beherrschen und er und das Goblinmädchen musterten ihn abwägend.

„Gar nicht mal schlecht oder was meinst du, Mink?", murmelte Evelyn zufrieden.

„Mhh, ja" Prüfend sahen die Augen des Winzlings unter dem Hut hervor. „Die Nase ist immer noch abenteuerlich. Und die Ohren wirken irgendwie zu lommelig. Sehen nicht aus wie Goblinohren."

Melradin seufzte erschöpft. „Jetzt kommt schon. Besser krieg ich's heute Nacht nicht mehr hin. Wir müssen es riskieren."

Evelyn nickte. „Also gut."

„Bin ... bin ich jetzt dran?", flüsterte Mink hoffnungsvoll. „Darf ich mich auch verwandeln? Mit diesem magischen Ding da?" Voller Bewunderung sah der Kleine zu dem goldenen Amulett in Melradins Hand.

„Nein, tut mir leid, Mink", grunzte Evelyn und schenkte ihm ein goblinisches Lächeln. „Das ist die Magie unseres Volkes. Wir dürfen sie nicht weitergeben."

„Verstehe." Enttäuscht ließ sich Mink wieder auf den Hosenboden plumpsen. „Das heißt, ich muss Däumchen drehen, während ihr da reinsteigt und euer Leben riskiert."

„Ach, mach dir keine Sorgen. Wir haben schon anderes überlebt", sagte Melradin. Tatsächlich fühlte er sich alles andere als wohl bei der

Sache. Er verstaute das Amulett wieder unter dem Lumpen, den er sich als Bekleidung ausgesucht hatte. „Ehe du dich versiehst, steckt deine Feder wieder da oben drin." Er tippte dem Winzling auf den zerfledderten Zylinder.

„Sie ist golden und so lang." Mink streckte die Arme aus. „Oder vielleicht ein bisschen kleiner. Aber ihr werdet sie bestimmt gleich sehen!" Plötzlich ein wenig zerstreut strich sich der Kleine über das Kinn. Als er aufsah, waren seine Augen gläsern. „Glaubt ihr, die Hexe hat meiner Feder was getan?" Seine Stimme war nicht viel mehr als ein Hauchen.

„Ich weiß es nicht", sagte Melradin ehrlich. „Aber wenn es so ist, wird sie's bereuen."

Mink sah ihn dankbar an. „Bring dich nicht zu sehr in Gefahr, Zauberer. Du musst schließlich auch noch dein eigenes Volk retten. Das ist wichtiger."

So leise sie konnten, schlichen sie sich durchs Unterholz. Sie hatten sich noch einmal ein Stück vom Goblinbau entfernt, um beim Verwandeln ein wenig Licht riskieren zu können. Mink folgte ihnen noch ein paar Meter, bis er sich rührend von ihnen verabschiedete und er gemeinsam mit Melradins Schwert, das er unmöglich mitschleifen konnte, im Schatten der Bäume zurückblieb.

Vorsichtig tappten sie nun zu dem Eingang hin. Nichts rührte sich. Der Bau schien unbewacht. Melradins Herz schlug kräftig gegen seine Brust.

„Da ist es", flüstert Evelyn und beugte sich vor.

Melradin trat neben sie. „Herrje, das könnte ja ein Hase gebuddelt haben", murmelte er. Er reckte seinen Kopf näher zu dem dunklen Loch im Boden. „Hörst du irgendwas?"

Evelyn schüttelte zögerlich den Kopf. „Wer geht voraus?"

Melradin schluckte. „Ich." Er kniete sich zu der winzigen Öffnung hin. Das schwarze Nichts starrte ihm verheißungsvoll entgegen. Leise ächzend quetschte er sich voran. Sein Buckel rieb an der Erdwand und ließ Dreck in seinen Nacken rieseln. So lautlos wie möglich robbte sich Melradin vorwärts. Vorsichtiges Kratzen drang an sein Ohr. Evelyn folgte ihm.

Ein unangenehm muffiger Geruch drang an seine Nase, als der enge Tunnel eine Biegung nahm. Dumpfes, kaum zu fassendes Licht vertrieb die vollkommene Schwärze. Noch vorsichtiger als bisher schob sich Melradin die Röhre entlang. Außer dem leisen Rascheln ihrer Bewegungen war kein Mucks zu hören. Die gespenstische Stille kitzelte ihm den Rücken hinab – gemeinsam mit dem hinabrieselnden Dreck, der sich das eine oder andere Mal in größeren Brocken auf ihn stürzte.

Prustend musste Melradin einen Moment innehalten. Er hatte die Maße seines Buckels falsch eingeschätzt und war etwas zu kräftig gegen die Decke gedockt.

„Leise!", hörte er Evelyn hinter sich zischeln.

Mit einem Fluch im Hals und einem erdigen Geschmack auf der Zunge robbte Melradin weiter. Der Tunnel führte erstaunlich weit abwärts. Das dumpfe Licht gewann ein wenig an Intensität. Und der muffige Geruch nistete sich penetrant in die Nasen der zwei leise durch das Erdreich krabbelnden Goblins ein. Der Gang wurde breiter, sodass Evelyn neben ihm kriechen konnte. „Warte. Wir sind gleich da, glaube ich", flüsterte sie ihm zu.

Zentimeter für Zentimeter krochen sie weiter, bis der Tunnel eine letzte Biegung machte und schließlich in so etwas wie einen Raum mündete. Mit angehaltenem Atem lugten die beiden hervor. Mattes Licht erfüllte den Bau, so schwach wie der Schein einer Fackel. Aber beständig. Es drang durch ein Loch in der Erde am Ende des Raums, das zu einem anderen, verborgenen Raum führte.

Etwas schmatzte. Erschrocken sah Melradin in die Düsternis. Die Silhouetten einer Handvoll Goblins ließen sich in den Ecken des Baus erkennen. Sie hatten es sich auf Stroh bequem gemacht und grunzten hier und da im Schlaf. Niemand schien mehr wach. Trotzdem wagte es eine ganze Weile keiner von beiden, sich zu rühren.

„Jetzt", hauchte Evelyn so leise, dass es Melradin kaum verstand. Mit schweißnassen Händen stand er auf und schritt voran. Langsam, ganz langsam schlichen die beiden der Öffnung am anderen Ende des Drecklochs entgegen. Die Ruhe war zum Zerreißen gespannt. Melradin wagte kaum zu atmen.

Mit einem ernsthaften Luftmangel erreichte Melradin endlich das Ende des Lochs und erhaschte den ersten vorsichtigen Blick auf den Raum dahinter. Noch mehr Goblins. Viel mehr. Mindestens ein Dutzend der Biester lungerte im Dreck und schlief.

Ein seltsames Rasseln drang an Melradins Ohr. Sein Blick huschte ans Ende des Lochs und entdeckte den Grund dafür im Schein des Lichts. Ein wackeliges Holzgerüst lehnte an der Erdwand. Es war so etwas wie ein Stuhl, der bestimmt schon zig Mal zu Bruch gegangen war und jetzt mit zahlreichen Stützen künstlich ins Leben genagelt wurde. Jemand oder etwas saß darauf.

Auf den ersten Blick wirkte die Gestalt wie ein gewaltiger, völlig überfüllter Sack, der die Lehnen des Sitzgestells verschluckte und sich beinahe schon wieder am Boden abstützen musste. Nur die kurzen Beine und hervorquellenden Arme verrieten die wahre Identität, denn der Kopf an der Spitze des Speckberges war nach hinten in den Schatten gekippt, von wo aus das seltsame Schnarchen drang.

Das also war die fette Hexe. Es war ein erbärmlicher Anblick. Melradin bezweifelte, dass die Hexe ihren gewaltigen Hintern überhaupt noch von diesem winzigen Hocker hochstemmen konnte. Wobei er seit der Begegnung mit der fetten Bestie in Melgor keine voreiligen Schlüsse zu ziehen wagte.

Überall auf dem Boden verteilt lagen irgendwelche Essensreste, die ihren Beitrag zu dem ekelerregenden Geruch beitrugen, der jede Ritze dieses Lochs erfüllte. Ein beachtlicher Haufen abgenagter Knochen lag neben der schnarchenden Herrin.

Apropos Knochen. Das Verwunderlichste an dem Raum war – neben Hexe selbst – der Ursprung des Lichts. Es leuchtete aus zwei auf Stelzen befestigten Schädeln, die dauergrinsend die beiden gefälschten Goblins anstarrten. Fahles, feuriges Licht drang magisch aus ihrem Inneren und brachte es tatsächlich fertig, der schnarchenden Goblinbande etwas Gespenstisches einzuhauchen.

Auf Zehenspitzen betraten die beiden den Thronsaal der Hexe. Hinter dem Hocker und den beiden Schädeln glaubte Melradin, ihr Ziel ausmachen zu können. Die Schatzkammer. Für sie war kein eigener, abgetrennter Raum mehr angelegt worden, weshalb man die Beute einfach hinter im Schatten des klapprigen Throns gestapelt hatte. Es handelte sich um einen beachtlichen Berg an allen möglichen nutzlosen Dingen, die wahrscheinlich irgendwelche Abenteurer liegen gelassen hatten.

Melradin überflog den Hügel nach etwas Goldenem, konnte in dem matten Licht aber kaum etwas erkennen. Lautlos glitten sie an den Schädeln vorbei und warfen riesige, verkrüppelte Schatten an die

Wand, bis sie endlich in das Dunkel hinter der fetten Hexe verschwanden. Fieberhaft und mit vor Anspannung bebendem Körper musterte Melradin den Berg an wertlosen Gegenständen. Ein verrosteter Helm, ein Bogen ohne Sehne, eine uralte Pfanne, ein zerfledderter Stück Papier, ein durchlöcherter Krug, ein modriger, spitz zulaufender Zauberhut, ein seltsam unförmiger Kamm, ein hoffnungslos verbogener Dolch ...

Erstaunlich, was sich so alles im tiefsten Tief des dunklen Waldes horten ließ. Ob sich vielleicht ein Schlüssel zu einer fernen Welt darunter befand? Melradin juckte es neugierig im Herzen, als er sich die ganzen Schicksale auszumalen versuchte, die hinter jedem einzelnen Teil dieses Schrotthaufens stecken mochten. Doch hatte er absolut keine Zeit, sich darüber Gedanken zu machen.

„Siehst du irgendetwas?", flüsterte Melradin Evelyn zu, die nun neben ihn trat und wie er eilig das Gerümpel musterte.

„Nein." Sie schlich sich ans andere Ende des Haufens. Melradin folgte ihr mit wackeligen Goblinbeinen, die nichts lieber getan hätten, als Hals über Kopf aus diesem Dreckloch zu flüchten. Alles Mögliche war in dem Berg zu entdecken, bloß keine goldene Zauberfeder.

„Was machen wir denn jetzt?", zischelte Melradin unruhig.

„Keine Ahnung, verdammt."

„Oh nein!" Melradin hauchte es kaum hörbar. Er hatte die Feder entdeckt. „Da." Er wies auf den Kopf der Hexe, der es sich auf einem Fettpolster irgendwo über der Schulter bequem gemacht hatte und jetzt kraftlos hin und her schaukelte. Ihn schmückte eine Art Krone, die seither im Dunkeln verborgen gewesen war und ganz offensichtlich bereits ihre besten Tage gesehen hatte. Der Wirrwarr aus Zweigen und halb zu Humus verkommenen Blumen wirkte wie ein uralter, verrotteter Adventskranz, der vollkommen schmucklos war – abgesehen von etwas Goldenem. Die Feder steckte in dem Ästeskelett und sah aus wie die einsame Blume auf dem Todesacker.

„Verdammt", fluchte Evelyn neben ihm.

„Ich hol sie", hörte sich Melradin wispern. Schritt für Schritt trat er auf die schnarchende Hexe zu. Sein Blick fixierte die Feder, die ihm bei jedem Schnarchen vorsichtig zuwinkte. Das goldene Ding in dem Unkrautgeflecht schien zu leuchten, so sehr stach es zwischen dem leblosen Rest hervor.

„Sei vorsichtig", hörte er Evelyn hinter sich überflüssiger Weise hauchen, die mit großen Augen dastand, die zittrigen Finger auf den Lippen.

Melradin hielt den Atem an, als er den letzten Schritt tat. Der Kopf des Monstrums hing keine Armlänge mehr von ihm entfernt. Der Mund stand weit offen. Aus ihm wehte eine faulige Brise. Die enormen Pausbacken der Hexe wackelten bei jedem Atemzug wie die Meeresoberfläche bei einem Seebeben. Der Mund konnte sich neben den Backen nur mit Mühe auf seinem Platz behaupten. Ebenso die Nase, die wie ein Korken im Gesicht steckte. Hier und da hingen noch ein paar einsame Locken an der Kopfhaut der Hexe, ansonsten war sie kahl unter der verdorrten Krone. Melradin fixierte sie mit seinem Blick. Die Feder war an einem sehr ungünstigen Punkt befestigt, nur ein hauchdünner Spalt blieb zum linken Auge der Hexe. Melradin stellte sich auf die Zehenspitzen und griff mit bebenden Fingern nach dem goldenen Ding. Ganz vorsichtig zog er. Das Zweiggewirr ließ jedoch nicht locker.

Melradin schauderte. Eine falsche Handbewegung würde sie in gewaltige Schwierigkeiten stürzen. Seine Goblinzehen begannen, unter seinem Gewicht zu zittern. Ein klein wenig bestimmter versuchte er, die Feder zu lösen. Die Krone wackelte bedrohlich. Melradins Blick huschte erschrocken zu dem Gesicht der Hexe. Sie schlief noch immer friedlich.

Sein Herz donnerte gegen seine Brust. Die Feder rückte ein Stück weiter in seine zittrige Hand. Beinahe hatte er sie nun aus dem Zweigknoten befreit. Plötzlich drang ein besonders lautes Schnarchen aus dem schlaff geöffneten Mund der Hexe. Erschrocken zuckte Melradin zurück. Das Ungetüm veränderte seine Schlafposition und wuchtete seinen Kopf auf die andere Schulter. Die Feder rutschte von der Krone und landete mit der Spitze direkt auf der Nase der Hexe.

Melradin fluchte innerlich und betete, dass die Feder die alte Hexe nicht weckte. Doch als diese mit einem letzten Ruck ihren Berg an Leibesfülle auf dem Thron-Hocker zurechtdrückte, rutschte die Feder vollends das Gesicht hinab und direkt in den Mund hinein.

Mit einem Schlag war die Hexe hellwach. Zu Tode erschrocken warf sich Melradin reflexartig zu Boden und stellte sich schlafend. Zwei Schritte neben ihm tat Evelyn dasselbe, wodurch sie einen Moment später allerdings die einzigen beiden Goblins waren, die es wagten, die nächtliche Störung der Herrin zu ignorieren. Aufgeregt gackernd kamen die zwei Dutzend Buckligen angestürmt.

„Rarr, scheiß Ding!", hörte Melradin die Hexe gleich leidenschaftlich losgrölen. „Ihr da!" Melradin blieb das Herz stehen. „Was lümmelt ihr zwei Mistviecher neben meinem Schatz herum!"

Melradin sprang auf und versuchte, irgendetwas zu grunzen, brachte aber nur merkwürdiges Gegurgel hervor. Mit eingezogenem Kopf eilten die beiden zu dem Goblinmob, der zu Füßen der Hexe aufgeregt herumschnatterte.

„Arg", grummelte die Hexe und erhob sich mit einem Ruck. Der ganze Speck wippte wie ein Pudding, doch das Monstrum hielt sich zu Melradins Überraschung auf den Beinen. Mit hasserfülltem Blick stampfte die Hexe auf die nervös gackernden Goblins zu. „Schnauze!"

Augenblicklich herrschte Totenstille.

Mit knirschenden Zahnstummeln ließ sie ihren zerstörerischen Blick über die bibbernden Biester wandern. Melradin zuckte fast unmerklich zusammen, als sie bei ihm angelangte. Wahrscheinlich schnüffelte sie seine Panik. Zumindest blieb sie bei ihm hängen. Knurrend knetete sie ihre Fäuste und verzog ihren Gesichtsspeck zu einer geradezu grotesk zornigen Grimasse. „Ihr beiden." Schwerfällig schritt sie auf Evelyn und Melradin zu. „Wer es wagt, meinen Schatz auch nur anzurühren, dem reiße ich die Beine raus!" Polternd blieb sie vor dem äußerst hässlichen Goblin namens Melradin stehen.

Bebend starrte er zu Boden.

Die Hand des Monstrums packte seinen Hals und riss ihn von den Füßen. „Schau mich an, Knirps!"

Keuchend sah Melradin auf. Die fette Hexe ragte vor ihm auf wie ein Dämon.

„Du!" Sie durchbohrte ihn mit ihrem hässlichen Blick. Melradins Herz erbebte. Der rechte Nasenflügel des Fettwansts zuckte zweimal missmutig. Melradin betete, dass sein Gestank dem eines Goblins einigermaßen gerecht wurde. Der Blick der Hexe ließ von seinen wimmernden Goblinaugen ab und ließ ihn ein kleines Stück an ihm hinabwandern. Melradin würgte überrumpelt, als auch noch die zweite Pranke zupackte und klimpernd etwas aus seinem Hemd hervorzog.

Ein hasserfülltes, stetig lauter werdendes Grunzen rumpelte den Hals der Hexe hinauf. In ihrer Hand hielt sie das goldene Amulett.

34

Ohne einen weiteren Gedanken biss Melradin zu. Die Hexe kreischte verblüfft auf und ließ für einen Moment von dem Schmuckstück ab. Schneller als je zuvor bündelte Melradin seine Kräfte. Alle Magie, die er in diesem winzigen Augenblick finden konnte, schnürte sie zu einem verzweifelt improvisierten Energieballen. Gemeinsam mit einem seltsam ungoblinischen Aufschrei schleuderte er ihn der Hexe entgegen.

Es knallte laut. Melradin würgte, als die Pranke um seinen Hals zunächst versuchte, ihn mitzureißen, dann aber zum Glück von ihm abließ. Die fette Hexe wurde durch den Raum geschleudert und prallte erst gegen den Hocker und schließlich gegen den Schrottberg dahinter.

Äußerst unsanft landete Melradin im Dreck. Er schnappte nach Luft. Schleunigst rappelte er sich wieder auf. Ihm blieb gerade noch genug Zeit, außer Reichweite zu hechten, ehe der Goblinmob aus dem Schock erwachte, und ihm als ein einziger, aufgeregt gackernder Haufen hinterher setzte.

Panisch rannte er aus dem Raum in den nächsten. Ein schwarzes Loch glotzte ihm fahl entgegen. Der Ausgang. Der einzige Fluchtweg aus diesem dreckigen Goblinnest. Melradin keuchte im Schwitzkasten seines hügeligen Buckels. Er rannte so schnell er konnte, doch war er diesen Körper nicht gewohnt, sodass er beinahe ins Straucheln geriet.

Das Gegrunze und Gegurgel der echten Goblins saß ihm direkt im Nacken. Zu direkt, viel zu direkt, um noch rechtzeitig in dem Tunnel zu verschwinden. Er saß in der Falle. Kein Schwert, keine Magie konnte ihm jetzt noch helfen. Oder zumindest keine Magie, die er jetzt noch in Windeseile zustande brachte. Im Grunde blieb ihm nur noch eine Sache ...

Eine hässliche Goblinklaue packte ihn an der Schulter. Mit zusammengebissenen Zähnen riss er sich los und hechtete sich so weit er konnte in den Dreck. Er brauchte etwas, irgendetwas – einen Rückweg! Hektisch griffen seine Finger nach einem Stück Erde, während er in der anderen Hand das goldene Schmuckstück fest umklammerte. Melradin presste seine Augen zu. Die Goblinmeute stürzte sich gackernd auf ihn. Grüne Krallen wollten nach ihm greifen. Doch im selben Augenblick löste sich der hässlichste Goblin aller Zeiten einfach in Luft auf. Er hatte die Welt verlassen.

Das Schattenreich empfing ihn. Am ganzen Leib zitternd fand sich Melradin von der weiten Steinwüste umgeben wieder. Geisterhaftes Licht dümpelte scheinbar ursprungslos durch das tote Land. Die Heimat des Wärters. Eine eiserne Kälte packte seinen Körper, direkt nachdem er Xentropolis verlassen hatte.

Hier war sein Ziel. Die letzten Schritte seines Weges. Er erlaubte es sich, sich einen Moment umzusehen. Fels und Gestein ragten in der Düsternis auf wie die grotesken Konturen stummer Wesen. Die abweisende Kargheit ließ ihn frösteln. Das hier erwartete ihn, wenn er alles andere überstanden hätte. Melradin spürte, wie dieser Gedanke wie ein Blutegel an seiner Willenskraft zu saugen begann.

Er riss sich zusammen. Es durfte keine Zeit verloren gehen. Evelyn brauchte ihn. Er öffnete seine Hand. Ein Stück Dreck bröselte zwischen seinen Fingern. Er musste sofort zurück. Sonst würden die Goblins früher oder später bemerken, dass sich immer noch eine zu viel unter ihnen befand.

Melradin zerquetschte die Klumpen wieder in seiner Faust. Er hatte eine Idee. Sie war sehr riskant, aber zugleich auch die Einzige, die ihm auf die Schnelle einfallen wollte. Also atmete er einmal tief durch und schloss wieder die Augen. Er musste sich konzentrieren und alles zusammenraffen, was er an diesem Abend übers Aussehen-wünschen gelernt hatte.

Eine unsichtbare Macht drückte das Schattenreich wieder auf die andere Seite einer Glasscheibe, durch die alles ein Stück weit unecht wirkte, fern und unerreichbar. Das tote Land setzte sich in Bewegung und fegte unter ihm hinfort. So wie jedes Mal, wenn er reiste und durch dieses dunkle Universum zu einer neuen Welt sauste. Helles, weißes Licht verschluckte ihn. Und einen Moment später lag er wieder im Dreck.

„Ihr kleinen Bastard-Mistviecher, was lümmelt ihr hier so untätig rum?" Mit aller Kraft wuchtete sich Melradin vom Boden auf. Der Fettberg an ihm wackelte umher wie ein Luftballon, der mit Wasser gefüllt war. „Sucht diesen gottverdammten Wurm und serviert ihn mir aufgespießt und den Arsch voller Dorndisteln!" Keuchend schaffte er es endlich, beide Beine senkrecht auf den Boden zu stemmen. So unmöglich es auch war, er hatte sich in der Angst, dieser abartigen Fülle nicht gerecht zu werden, ein ganzes Stück zu fett gewünscht. Der Ranzen seines Bauches lappte über seine Knie und streifte fast schon wieder den Boden. Sein Kinn quoll hoffnungslos über und quetschte den Hals beiseite, sodass Brust und Gesicht nahtlos ineinander übergingen.

Mit sichtlicher Atemnot wankte er hin und her. Er musste das Ganze jetzt durchziehen, so lächerlich und hässlich er auch aussehen mochte. Sein Blick stolperte durch das Erdloch. Die ganze Goblinmeute hatte den kleinen Raum, in dem Melradin stand, wieder verlassen und war nun grunzend und schniefend neben dem umgekippten Thron versammelt. Zwischen ihnen lugte der Fladen eines Fußes reglos hervor. Er hatte sie also vorhin mit seiner Magie getötet. Die Hexe war hinüber.

Jetzt war Totenstille. Mühevoll tappte Melradin einige kleine Schritte in Richtung „Thronsaal". Die buckligen Biester sahen ihn vollkommen perplex an, so als sei er ein Geist. Er war die überfette Inkarnation ihrer Göttin. Mit einem unabstreitbaren, seltsam maskulinen Touch.

Mit der Souveränität eines Erstickenden brüllte Melradin weiter. „Steht nicht so dumm rum! Habt ihr", er schnappte nach Luft, „habt ihr wirklich geglaubt, man kann mich einfach so töten? Jetzt setzt eure hässlichen Ärsche endlich in Bewegung und findet diesen verdammten Furz!"

Mit einem Schlag erwachte der Goblinmob zum Leben. Begeistert gackernd wuselte er auf ihn zu und verschwand einer nach dem anderen in dem dunklen Loch nach draußen. Alle. Bis nur noch der bewegungsunfähige Fleischberg mit dem Fünffachkinn und der gefälschte Goblin im Bau waren.

Grinsend kam der auf Melradin zu. „Gott, du solltest dich mal sehen", kicherte Evelyn. „Ein einziger Speckpudding mit Nase und Ohren."

„Ich weiß." Melradin hievte seine Bäckchen zu einem Lächeln. „Mir ist nur nichts Besseres eingefallen auf die Schnelle."

„Nichts Besseres? Das war doch genial, dich als Hexe zu verkleiden!", lobte ihn Evelyn, musste aber bei seinem Anblick unentwegt weiter kichern. „Komm, lass uns verschwinden."

„Die Feder?"

„Hab ich." Der Goblin zog unter seinem Laken das gefiederte Ding hervor.

„Gut. Ich werd nur mal kurz das ganze Fett hier wieder los." Einen Moment später stand Melradin wieder als hässlicher Goblin da. Auch wenn er darauf geachtet hatte, anders hässlich als vorhin auszusehen, um mögliche Verwechslungen zu vermeiden. „Du glaubst nicht, wie anstrengend das ist, so fett zu sein", keuchte er, als sie beide in den Tunnel kletterten.

Evelyn kicherte. „Bei den Bergen, die du dir da auf die Hüften geklemmt hast, ist das auch kein Wunder."

So schnell sie konnten, quetschten sie sich durch den Tunnel wieder ins Freie. Der modrige Gestank ließ endlich von ihnen ab und sie konnten, frische, kühle Nachtluft einsaugen. Vorsichtig spähte Melradin umher. Die Nacht hatte die übrigen Goblins bereits verschluckt. Kein Geraschel, kein Gegacker störte die schläfrige Ruhe.

Die beiden Goblins traten ins Unterholz.

„Psst, Mink!" Sie waren zu der Stelle zurück geschlichen, an der der Winzling auf sie hatte warten sollen. Einsam und allein lag das bösartig schwarze Schwert im Gras herum. Von dem zerfledderten Zylinder war erst keine Spur.

„Puh, ich dachte schon, es sei irgendwas Schreckliches passiert." Es raschelte über ihnen und die lange Nase ragte aus dem Geäst hervor.

„Wie bist du denn da hochgekommen?", wunderte sich Evelyn.

Geschickt kletterte der Winzling den Stamm hinab. „Ich musste mich ja irgendwie verstecken, wenn sich da plötzlich zwanzig Goblins aus dem Bau stürzen."

Sie lachten. „Ja, Melradin hat sie alle verjagt", erzählte Evelyn strahlend.

Mink sah den hässlichen Goblin erstaunt an. „Ehrlich? Mit einem Zauber?"

„Ein kleiner Trick, mehr nicht", sagte Melradin grinsend.

Mink quiekte überglücklich, als Evelyn die goldene Feder hervorzog und ihm in die Hand drückte. Eilig steckte er sie sich wieder in den Hut und *Klatsch* verwandelte er sich mitsamt des Huts in einen goldenen Vogel, gerade so groß wie Melradins Faust – zumindest wenn er nicht gerade in einem buckligen Goblinkörper steckte.

Aufgeregt flatterte das kleine Ding um ihre Köpfe herum, verschwand kurz im Nachthimmel und landete schließlich wieder vor ihren Füßen. Der Vogel verwandelte sich zurück. „Aaah, herrlich", seufzte Mink und ließ sich mit einem breiten Lächeln ins Gras fallen. „Ihr könnt euch gar nicht vorstellen, wie dankbar ich euch beiden bin."

Das Glück dieser kleinen Gestalt ließ Melradin lächeln. „Wenn du uns zeigst, wo dieser seltsame Fels ist, den wir finden müssen, hast du uns mindestens ebenso sehr geholfen."

„Aber klar zeige ich euch, wo der ist!" Tatenfroh sprang Mink wieder auf die Beine, sodass der Hut beinahe vom Kopf rutschte. „Jetzt gleich?"

„Nein", sagte Melradin prompt, der sich vor Müdigkeit kaum noch auf den Beinen halten konnte. „Wir warten bis morgen."

Also verwandelten sie sich wieder zurück. Melradin in einen Menschen und Evelyn in eine Drachin. Wobei sie erst nach einer passenden Stelle hatten suchen müssen, an der genügend Platz für sie vorhanden war. Mink staunte mit großen Augen und heftete sich als Vogel an die Seite der Bestie. Gemeinsam flogen sie zurück zu dem Hügel, auf dem sie am Abend gelandet waren.

Unter Evelyns Flügeln fand Melradin endlich seinen heiß ersehnten Schlaf.

Ächzend richtete sich Melradin auf und erblinzelte sich die Umgebung. Evelyn saß als Mädchen ein paar Meter entfernt im Gras und sah nachdenklich zum Horizont. Melradin trottete zu ihr hin.

„Morgen", murmelte er.

Evelyn schreckte aus ihren Gedanken auf. „Oh, hallo. Hab dich gar nicht gehört."

„Schon lange wach?"

Sie zuckte mit den Schultern. „Drachen schlafen nicht besonders viel. Das holen wir alles nach, wenn wir uns in irgendeine Höhle zurückziehen und Tag und Nacht nichts anderes tun, als unseren gewaltigen Schatz zu bewachen."

Melradin schmunzelte. „Verstehe. Und Mink? Ist der auch schon auf?"

„Schon eine Weile." Evelyn nickte. „Konnte es wahrscheinlich gar nicht abwarten, endlich bei Sonnenlicht ein paar Runden zu drehen. Dahinten, da fliegt er."

Wie auf Befehl kam der kleine goldene Vogel zwischen den Baumkronen hervorgezwitschert. Mit sprudelnder Lebensenergie flatterte er um sie herum und landete schließlich vor ihnen im Gras. Mit einem kurzen *Flöpp* schoss der langnasige Hut aus dem Boden.

Der Winzling schüttelte sich vergnügt wie ein nasser Hund. „Ein Gruß von der Sonne! Hab ihr von euch beiden erzählt." Mink rückte den Hut von der Nase und strahlte sie vergnügt an.

„Du kannst mit der Sonne reden?", wunderte sich Melradin belustigt.

„Manchmal ja", erklärte Mink mit großen Augen. „Wenn sie gerade aus der großen Grube hinter dem Gebirge hervor kriecht und ihren Kopf über den Horizont streckt. Dann zwitschere ich ihr etwas zu und hin und wieder kann sie es hören. Wenn ich es schaffe, die Bäume ganz klein werden zu lassen."

Begeistert erzählte Mink von seinen morgendlichen Begegnungen in der Luft und wie herrlich der Wind dort oben roch und dass er es bis ganz hoch zu einer dicken weißen Wolke geschafft hätte – bis Melradins Magen ihn mürrisch unterbrach und irgendwas von Frühstück grummelte.

Gemeinsam machten sie sich auf zu der magischen Quelle, während der fröhlich summende Hut hier und da etwas Essbares zwischen den Zweigen entdeckte und ihnen so nach und nach ein äußerst vielseitiges Frühstück servierte. An dem seltsamen Felsen angekommen tranken sie sich satt und Melradin wünschte sich schnell noch einen Wasserbeutel her.

„Das klatscht dir dann aber alles ins Gesicht, wenn wir die Welt wechseln und sich deine Kleidung in Luft auflöst", warnte ihn Evelyn, als er mit prall gefülltem Beutel und zugepackt in einem dicken Drachenfliegermantel dastand.

„Ich weiß. Aber dann haben wir wenigstens an diesem komischen Todesfelsen etwas zu trinken", drang Melradins Stimme aus dem Fellballen.

„Was glaubst du denn, wie lang wir dorthin brauchen, Mink?", fragte Evelyn zu dem Hut gewandt.

„Heute Abend sind wir ganz bestimmt schon da", antwortete der Winzling. „Mit mir geht das Ruckzuck. Ich kann ihn praktisch schon hinter den Baumwipfeln sehen."

Also verwandelte sich Evelyn in eine Drachin, Melradin kletterte angesichts des langen Fluges ohne große Lust auf ihren Rücken und Mink flatterte vor ihn direkt an den Hals, wo er sich als Zwerg festzuhalten versuchte.

„Nach Norden", rief er. „Flieg weiter nach Norden."

Der eisige Wind schlug Melradin erbarmungslos ins Gesicht, als Mink endlich auffuhr und aufgeregt irgendwo in die Ferne fuchtelte. Der Todeszacken. Im Schein der sich langsam zurückziehenden Sonne trat er am Horizont hervor. Melradin kniff die Augen zu Schlitzen zusammen. Wie die Kralle eines verbuddelten Riesenungeheuers. Das traf es tatsächlich ganz gut. Der seltsame Hügel ragte zwischen seiner flachen Verwandtschaft hervor und krümmte sich in grotesker Form in den Himmel. Nackt. Nicht ein Grashalm schien ihn zu bedecken.

Ungeduldig sprang Mink auf und zwitscherte davon, so wie er es während ihres Fluges schon unzählige Male getan hatte. Immer mit dem Ergebnis, dass Evelyn irgendwann innehalten und ein paar Ehrenrunden auf den japsend hinterher strampelnden Spatzen hatte warten müssen. Völlig k.o., aber glücklich hatte sich der Winzling dann wieder für ein Weilchen brav auf Evelyns Hals gesetzt, wo er sich mit einer Hand festgeklammert und mit der anderen den Hut ins Gesicht gedrückt hatte.

Dem zerfledderten Zylinder hatte die Reise am meisten zugesetzt. Sofort beim Start hatte der erbarmungslose Fahrtwind Gefallen an ihm gefunden und ihn mitzureißen versucht. Quiekend hatte Mink ihn über die Ohren gestülpt, wo er von dort an knatternd umhergeflattert war wie eine Fahne.

Evelyn legte ein wenig an Geschwindigkeit zu. Das Meer aus Baumwipfeln rauschte unter ihnen vorbei und der in der Ferne aufragende Zacken zog sie näher an sich heran. Melradin lehnte sich dichter an Evelyns Schuppen, um dem Wind ein möglichst geringes Ziel zu bieten. Der Dunst, der wie ein hauchdünner seidener Schleier stets den Horizont trübte, schwebte über den Felsen hinweg und ließ ihn immer klarer hervortreten.

Je näher sie diesem Todeszacken kamen, desto deutlicher glaubte Melradin das zu spüren, wovon Mink gesprochen hatte. Es hatte eine gewisse Ähnlichkeit mit der eisigen Kälte, die er im Schattenreich verspürt hatte. Eben keine wirkliche eisige Kälte sondern vielmehr so etwas wie ein eisiger Schauer, der ihm den Rücken hinab kroch. Es war eine Kälte, die von innen kam.

Melradin spürte ein flaues Gefühl in seinem Magen. Der nackte Fels oder Erdklumpen oder was auch immer, glotzte nun mit unverhohlener Bedrohlichkeit zu ihnen hinauf. Die letzten Hügel fegten unter ihnen vorbei, die noch irgendwie versucht hatten, wenigsten ein kleines bisschen von dieser hässlichen Warze vor ihnen zu verbergen. Ein kahles Loch mitten im Wald trat in ihr Sichtfeld. Es schauderte Melradin bei dem Anblick. Ein Fleck Tod – einfach so, mitten im tiefsten Wald. Nackte Erde erstreckte sich am Fuß der gewaltigen Klaue und drängte die Reihen der Bäume zwei-, dreihundert Meter zurück. Nicht eine Pflanze schien sich über diese Linie gewagt zu haben. Nicht einmal irgendeine mürrische Distel oder ein unbesonnener Löwenzahn. Außer eines verkrüppelten Bäumchens ganz oben auf der Spitze des Felsens.

Es war das Seltsamste, was Melradin jemals gesehen hatte – vielleicht abgesehen von der einen oder anderen Begegnung in Melgor. So als hätte der Teufel einmal versucht, ausnahmsweise irgendetwas Lebendiges in die Welt zu setzen, dabei aber leider feststellen müssen, dass er in solchen Dingen eine absolute Niete war. Anders war die verstümmelte Pflanze auf dem Kopf des toten Felsens kaum zu erklären, die einsam und allein, ohne ein einziges Blatt an den wulstigen Ästen, ihres hässlichen Daseins fristete.

Unbeeindruckt von der abweisenden Aura, die dieser Fleck ihnen entgegenschleuderte, setzte Evelyn zur Landung an. Die Spitze der Kralle hatte gerade noch genug Platz für die Drachin, die die Erde und den Baum zum Erschüttern brachte, als er mit kräftigen Schlägen aufsetzte.

Wie jedes Mal nach einem langen Flug wackelten Melradins Beine wie Gummi den Schuppenhügel hinab. Mit einer Hand an Evelyns Rumpf gönnte er seinem Kreislauf einen Moment, wieder Blut in die für nutzlos erklärten Gehapparate zu pumpen, ehe er zum Kopfende der Drachin wankte und Evelyn das Amulett reichte. Als Mädchen tauchte sie neben ihm auf.

„Hast du noch was zu trinken?", fragte sie ihn sichtlich erschöpft. Melradin reichte ihr den Wasserbeutel.

„Scheußlicher Ort, nicht wahr?", murmelte er. Sein Blick wanderte in die Ferne. Hier und da starrten ihn im Schein der untergehenden Sonne immer größere Hügel an. Die Vorläufer dessen, was sich am Horizont geradeso erahnen ließ: majestätische Berge, die bis zum Himmel hinaufragten. Hinter dem Dunst war von ihnen nicht mehr zu sehen als eine schwache Linie.

Evelyn wischte sich über den Mund. „Ja. Beeilen wir uns."

Fröhliches Gezwitscher löste ihre Worte ab. Melradin hob den Kopf und sah den goldenen Vogel heranschwirren. Frech setzte er sich auf den verkrüppelten Baum, hüpfte von Ast zu Ast und verwandelte sich schließlich auf dem dicksten mit einem *Klock* in ein Männlein.

„Da wären wir", klatschte Mink vergnügt in die Hände. „Grässlich, oder? Aber ihr wolltet ja unbedingt hier her."

„Du hast recht", sagte Melradin, dem die gegenwärtige Kälte dieses Todeszacken einen Schatten ins Gesicht warf. „Aber hier ist etwas vergraben, das wir unbedingt brauchen."

Mink machte große Augen. „Ihr meint ... im Grab des Todesprinzen?"

„Vielleicht", meinte Melradin etwas zögerlich. Die Gestalt in Melgor hatte nichts von einer Grabstätte erwähnt. Aber vielleicht hatte sie es tatsächlich als besonders geheimnisvoll empfunden, neben dem Schlüssel auch noch eine Leiche zu verbuddeln. Die Todesprinzenleiche – warum nicht? Trotzdem hoffte Melradin, dass es sich nur um ein Gerücht handelte.

„Auf jeden Fall müssen wir graben", meinte Evelyn. „Gib mir noch mal das Amulett, Melradin."

„Was hast du vor?"

„Wenn wir schon mit den Händen graben, dann wenigstens mit denen, die dafür gemacht sind."

Einen Moment später krabbelte ein Maulwurf mit dem goldenen Schmuckstück um den Hals zu dem Baum hinauf. Melradin pflückte das Amulett wieder vom Boden und sah dabei zu, wie Evelyn mit der Schnauze voraus in der Erde verschwand.

„Was ist das denn, was ihr da sucht?", fragte Mink vorsichtig, aber mit leuchtender Neugier in den Augen.

„Es ...", begann Melradin ebenso vorsichtig. „Es ist ein Gegenstand, der uns zu einem geheimen Ort führt. Man muss ihn in den Händen halten und die Augen schließen."

„So wie bei dem Ding da?" Der Hut nickte zu der goldenen Kette um Melradins Hals.

„Genau. Nur verwandelt man sich da nicht, sondern verschwindet und reist irgendwohin."

„Dann trennen sich hier also schon unsere Wege", murmelte Mink betroffen und mit einem Finger am Kinn.

„Du kannst uns begleiten, wenn du willst."

Mink schüttelte traurig den Kopf. „Ich darf nicht fort. Sonst verlaufe ich mich schon wieder und finde nicht zurück."

Melradin nickte. Er wusste nur zu gut, wovon der Winzling sprach.

Evelyns Maulwurfsschnauze ragte aus dem Loch hervor, auf dem nach und nach ein kleiner Erdhügel angewachsen war. Melradin reichte ihr das Amulett und sie verwandelte sich wieder in ein Mädchen.

So gut es ging, klopfte sie sich den Dreck von den Fingern. „Da unten ist eine Kiste. Nicht sehr tief. Zu klein für einen Sarg", fügte sie lächelnd hinzu, als sie Melradins Blick las.

Sie gruben mit bloßen Händen gemeinsam an Evelyns Maulwurfshügel weiter. Auch Mink half eifrig mit. Von allen dreien schien er am neugierigsten zu sein, was da wohl neben den Wurzeln des verkrüppelten Baums vergraben war.

Keine Armlänge tief stießen sie auf ein Kästchen. Aufgeregt zerrte Melradin es aus dem Loch. Es war nicht viel größer als eine Zigarrenschachtel. Eilig strich er den gröbsten Dreck beiseite. Auf dem modrigen Holz war nichts zu erkennen. Keine geheimnisvolle Inschrift – gar nichts. Schade.

Melradin klappte den winzigen Riegel beiseite und öffnete es.

„Ein Kreuz", murmelte Evelyn unschlüssig, als Melradin das Ding herausholte.

Mink war sichtlich enttäuscht. „Nur ein Stück Holz? Aber ... da glänzt ja gar nichts!"

Melradin lächelte. „Es muss nicht glänzen, um magisch zu sein."

„Hör mal, Mink." Evelyn kniete sich neben den Hut. „Wir müssen uns jetzt von dir verabschieden. Mit diesem Gegenstand hier reisen wir zu einem fernen Ort."

Große Augen sahen sie unter dem Hut an. „Ich weiß." Von den Gefühlen übermannt fummelte sich Mink an der Unterlippe herum.

„Leb wohl." Evelyn umarmte den Winzling, der sich leise schniefend um ihren Hals klammerte.

„Pass auf dich auf, großer Zauberer", fiepte er hervor, als Melradin sich von ihm verabschiedete. „Und rette dein Volk so wie du Mink, den Vogelsänger gerettet hast."

„Natürlich", sagte Melradin etwas unbeholfen. „Du weißt doch, wir haben schon anderes überlebt."

„Ich werde die Sonne darum bitten, euch im Auge zu behalten", sagte Mink und wischte sich eine Träne von der Backe. „Und! Und falls ihr einen blubbernden See mit einem buckligen Hügel entdeckt, sagt mir bitte Bescheid", fügte er noch hastig hinzu.

„Klar." Melradin lächelte wacker.

Gemeinsam fassten Melradin und Evelyn an das schlichte Stück Holz und schlossen die Augen. Dunkelheit umfasste sie und das Schattenreich trat hervor.

35

„Ah!" Fluchend rieb sich Melradin den Kopf. Er war gegen irgendetwas Hartes gestoßen, als er in der neuen Welt gelandet war. Piepsiges Kichern drang vom Boden zu ihm hoch. Missmutig sah er zu der Maus neben seinen Füßen.

„Ach komm", kicherte Evelyn. „Hilf mir mal hoch!"

Melradin bückte sich und sammelte das winzige Fellknäuel auf. Eilig krabbelte es auf seine Schultern und wackelte neugierig mit den Barthaaren.

„Eine Kirche", piepste Evelyn.

Melradin ließ seinen Blick umherwandern. Ein halbes Dutzend Bankreihen starrte ihn finster an. Ellenlange Schatten erfüllten das kühle Gemäuer und wurden nur halbherzig von dem bisschen Licht vertrieben, das hier und da durch die großen Fenster lugte.

Eine vergrößerte Version des Kreuzes, welches sich noch immer in Melradins Hand befand, stand an der Wand. Davor bemühte sich ein etwas plumper Steinklotz, der Rolle eines Altars gerecht zu werden. Auf ihm flackerte eine Kerze, die mittlerweile kaum noch größer war als Melradins kleiner Finger und als breiter Wachsfladen ihre letzten Stunden abfristete.

Evelyn sog erschrocken die Luft ein. „Sieh mal, dahinten!", pustete sie ihm ins Ohr. „Da sitzt jemand!"

Melradin sah zum Ende der Bankreihen. Tatsächlich. Eine finstere Gestalt saß einsam und allein ganz hinten in der Ecke neben einer Säule. Der Schatten eines Hutes bedeckte den Kopf. Kalt strich etwas über Melradins Nacken, als sich dieser Hut plötzlich für einen Zentimeter hob und er den Blick erwidert spürte.

Für ein, zwei Momente wurde still hin und zurück gestarrt. Melradin hatte es vor Schreck die Sprache verschlagen.

„Sind Sie ein Engel?"

Fast unmerklich – etwas mehr fast, als es ihm lieb war – zuckte Melradin zusammen. Der Schatten der Gestalt hatte sich beim Sprechen kein bisschen gerührt, sodass das Gekrächze herrenlos durch das Gemäuer spukte. Die Stimme – Frau oder Mann? Eher Mann, auch wenn Melradin knarrende Stimmen neuerdings instinktiv mit fetten Hexen assoziierte.

Stumm starrte ihn der Schatten an und wartete geduldig auf eine Antwort seiner doch eigentlich ganz simplen Ja-Nein-Frage. Außerdem, versuchte sich Melradin in diese Gestalt hineinzuversetzen, war die Frage gar nicht so abwegig. Jemand erschien wie aus dem Nichts in einer viel zu kleinen Kanzel, stieß sich den Kopf an und wurde daraufhin von einer sprechenden Maus ausgelacht. Nun gut, das entsprach nicht ganz dem Durchschnittsengel, aber es hatte doch zumindest etwas Übernatürliches. Das Schweigen wurde allmählich unangenehm schwer. Er musste etwas sagen. Vorsichtig räusperte er sich.

„Nein. Ich ..." Ich was? Wollte er sagen, dass er nur blöderweise hier in dieser winzigen Kanzel gelandet war, nachdem er durch das Schattenreich gereist war? Das war nicht gerade die beste Ausrede, wenn man davon ausging, dass der Typ vermutlich keine Ahnung vom Schattenreich hatte. „Ich habe mich nur irgendwie verlaufen." Ihm wollte nichts Plausibles einfallen.

„Sie haben die Teufelchen verjagt", krächzte die Gestalt weiter, so als habe ihr das bisschen Gestotter bereits genügt.

„Die Teufelchen?", haspelte Melradin verdutzt.

„Die kleinen, roten Dämonen. Sie haben bis grade eben noch am Kreuz herumgeturnt. Jetzt sind sie weg." Irgendwie brachte es der Schatten fertig, ohne die geringste Gefühlsregung in der Stimme zu sprechen.

Melradin sah zu dem Kreuz. Unscheinbar stand es da.

„Ich habe schon oft versucht, sie zu verscheuchen. Aber sie entwischen mir und schnappen sich meinen Hut. Also lass ich sie eben und passe auf, dass sie nichts kaputt machen", krächzte die Gestalt.

„Aha."

Für einen Moment legte sich wieder das schwergewichtige Schweigen auf sie. Dann ergriff der Schatten wieder das Wort. „Mein Name ist Friedrich."

„Ah. Mein Name ist Melradin."

Der Schatten nickte langsam. „Und wer ist das auf deiner Schulter?"

„Das ist Evelyn. Eine Maus. Sie ist ein bisschen schüchtern."

„Was macht ihr beiden hier?", fragte die Gestalt.

„Wir suchen ein Gasthaus. Kennst du eins?" Melradin zog den Kopf ein und kletterte über ein steiles Treppchen die Kanzel hinab.

„Du meinst das Gasthaus *Zum kopflosen Hirsch*?", krächzte die Gestalt ein wenig verunsichert.

„Ich, äh, ich weiß nicht. Gibt's denn noch mehr?" Unschlüssig darüber, wo wohl etwa die Intimsphäre dieses seltsamen Typen begann, tastete sich Melradin Schritt für Schritt näher.

Der Schatten schüttelte zögerlich den Kopf. „Aber zu dem einen solltet ihr nicht hingehen. Da spukt es." Er sagte es so kalt und nüchtern wie alles andere. „Irgendein Dämon hat sich da im Dachboden eingenistet."

„Aha. Aber hier in der Kirche spukt es doch auch, oder nicht?" Melradin sah noch einmal hinter sich zu dem Kreuz. Noch immer konnte er kein verräterisches Teufelsschwänzchen hinter den Balken hervorlugen sehen.

„Es spukt in jeder Kirche", krächzte die Gestalt. „Kleine Tunichtgute, die versuchen, die heilige Ruhe zu stören. Aber das da in dem Gasthaus, das ist gefährlich."

Melradin trat noch einen letzten Schritt näher. Die Gestalt war nun noch zwei Bankreihen von ihm entfernt. Der Hut warf einen tiefen Schatten in ihr Gesicht und alles, was Melradin erkennen konnte, war das markante Kinn und die spitze Nase, die unter dem Hut hervorragten. Fettige Haare wellten sich den steifen Hals hinab und berührten die Schultern. Der Kopf war nicht mehr zu Melradin gewandt, sondern starrte wieder zum Kreuz hinüber.

„Leider müssen wir zu diesem Gasthaus."

Ganz langsam ruckelte der Kopf einen Zentimeter in Melradins Richtung. „Was sucht ihr dort?"

„Einen Gegenstand."

Der Hut nickte träge. „Dann nehmt eine Kerze von dort drüben mit. Ihr werdet Licht brauchen."

Melradin sah zu dem Tor am Ende der Bankreihen. Daneben befand sich ein Tisch mit einem Stapel jungfräulicher weißer Kerzen.

„Und nehmt euch vor dem Dämon in Acht."

Melradin nickte. „Danke." Melradin schritt zum Tisch, legte das hölzerne Kreuz ab und nahm sich eine Kerze. Allesamt waren sie ein wenig unförmig.

Ein Blick aus den großen Fenstern verriet ihm, dass die Sonne gerade am Untergehen war. Das letzte bisschen Sonnenlicht tröpfelte noch über die Baumwipfel zur Kirche hinein, ehe sich die Sonnenstrahlen vollends verziehen und wie ein austrocknender See hinter den Horizont versickern würden.

Melradin schritt zum Tor und verließ die Kirche. Kühle Frischluft wehte ihnen ins Gesicht und spielte mit Evelyns Barthärchen, die genüsslich den Kopf reckte und die Dämmerung beschnupperte. Er sah sich um. Der Anblick, der sich ihm bot, war trostlos. Drei, vier klapprige Holzhütten klammerten sich aneinander fest wie Betrunkene, die sich tapfer gegenseitig aufrecht hielten. Daneben standen zwei Gebäude, die wahrscheinlich den ganzen Stolz des Dorfes darstellten und so aussahen, als hätte man zehn verschiedene Häuser auseinandergenommen und die ein oder anderen Stockwerke hier wieder aufeinandergestapelt. Eines der beiden wuchs mit der Höhe dermaßen in die Breite, dass man hier und da vorsichtshalber einen Stützbalken angebracht hatte, was allerdings nicht verhindern konnte, dass es sich zur Seite neigte wie ein Puddingtürmchen. Drehte Melradin seinen Kopf noch weiter, kam schon wieder die bescheidene Dorfkapelle. Ein bisschen abseits lehnte sie sich mit dem Rücken an den Wald, der das ganze Dorf umzäunte. Die Sache war also nicht mehr als eine überschaubare Lichtung, aus der sich nur eine einzige schmale Straße in den Schatten des Waldes traute. In der Mitte des Dorfes stand eine uralte Eiche, die majestätisch mit ihrer gewaltigen Krone fast den gesamten Dorfplatz einnahm. Es war keine Menschenseele zu sehen – oder Moment, doch. Beim zweiten Hinsehen entdeckte Melradin den Schatten einer Gestalt vor der Tür eines der Häuser herumlungern. Das Gasthaus? Über der Tür hing ein Hirschgeweih.

„Da drüben, oder?", murmelte Melradin und nickte zu dem bulligen Holzhaus neben dem furchtbar schiefen hinüber.

„Ich glaube, ja", piepste es auf seiner Schulter. „Aber pass auf, da sitzt jemand", fügte Evelyn hinzu, als Melradin über die verlassene Wiese schritt. Zögerlich näherte er sich der Tür.

Die Gestalt an der Hauswand saß mit von sich gestreckten Beinen da und wankte mit dem Kopf kraftlos hin und her. Ein ganz leises Wimmern drang unter der enormen Lockenmähne hervor.

Als sich Melradin gerade an ihr vorbei durch die Tür schleichen wollte, hob sie den Kopf.

„Oh, hallo!" Die Gestalt strahlte sie an. Schiefe Zähne winkten ihnen in einem furchtbaren Durcheinander zu.

Melradin schluckte. „Hallo. Ist das hier zufällig ein Gasthaus?"

„Mhm!" Der Kerl nickte eifrig, sodass die Mähne wild umherwuschelte. „Is' aber gar nich' toll da drin. Gar nich'. Haben Uli einfach rausgeschmissen." Mit einem Schlag machte die Gestalt ein Gesicht wie ein begossener Pudel. „Aber", der Kerl strahlte wieder, „is' nich' schlimm. Weil Uli is' eh lieber draußen und schaut den Feen zu, wie sie um die alte Gerda flattern." Der Kerl gluckste vergnügt.

Melradin sah sich um. „Du meinst den Baum da?"

Uli nickte begeistert. „Nenn' sie Gerda. Wie meine Omi. Die wollte unbedingt auch so fliegen wie die Feen und is' ganz hochgeklettert und runter gesprungen."

„Oh, das tut mir leid", murmelte Melradin baff.

Den Kerl schien die Sache nicht weiter zu bedrücken. „Wieso? Jetzt weiß sie als Einzige, wie es ist, so zu fliegen wie die Feen. Uli traut sich so was nich'."

Melradin sah noch einmal zu dem Baum in der Mitte des Dorfes. „Diese Feen, fliegen die im Moment hier durch die Gegend?"

Der Kerl grinste verschmitzt. „Siehst sie nicht, was?"

„Nein."

Uli nickte wieder eifrig. „Ich kann sie auch nur sehen, weil Omi sie mir gezeigt hat. Eine ist ihr immer auf die Schulter geflattert und hat ihr was ins Ohr geflüstert." Er gluckste vergnügt. „Ich hab sie Bebsy genannt. Kichert genauso viel wie Großmutter. Nur is' sie eines Tages davon geflattert und nich' mehr wiedergekommen."

„Flüstern sie denn auch zu dir?", fragte Melradin, der bei dem Wort Fee ein Drücken im Magen verspürte.

Uli schüttelte den Kopf. „Nur ganz selten, wenn sie zu meinem Lied tanzen. Aber meistens kichern sie nur."

„Zu deinem Lied?"

Uli riss begeistert die Augen auf. „Soll ich dir eins vorspielen? Auf meiner Mundharmonika." Munter grub er in den riesigen Taschen seines zerfledderten Mantels und zog ein glänzendes Ding hervor, dessen goldene Farbe sich noch wacker an der einen oder anderen Stelle vor dem Abblättern drückte. „Omi hat gemeint, sie stammt aus der Feenwelt", schwärmte Uli und strich liebevoll über das kleine Instrument. „Soll ich mal? Wenn du Glück hast, lässt sich vielleicht sogar eine Fee vor dir sehen."

Melradin nickte stumm, während er mit angehaltenem Atem die goldene Mundharmonika anstarrte. Aus der Feenwelt. Die Worte des seltsamen Kerls hallten durch seine Gehirnwindungen. Die Feenwelt. War es möglich? Naphtanael, Laila, Ellen, Franz, Tyleîn ... Wenn es stimmte, brauchte er jetzt nur noch die Hand auszustrecken und er würde sie wieder finden. Zumindest vielleicht. Wenn sie denn überhaupt noch am Leben waren. Er ertrug es nicht, den Gedanken weiter auszuführen. Energisch versuchte er, die aufgescheuchten Erinnerungen wieder zu verdrängen. Er durfte nicht mehr an sie denken. Er durfte jetzt nicht von seinem Weg abkommen. Denn das hier war zu wichtig. Seine Aufgabe war wichtiger als er selbst.

Uli setzte die Mundharmonika an die Lippen und begann zu spielen. Eine träumerische Melodie gesellte sich zu der Dämmerung und Melradins Herz wurde nur noch schwerer. Als das Lied zu Ende war, sah Uli erwartungsvoll zu ihm auf. „Und? Hat sich eine blicken lassen?"

Melradin schüttelte den Kopf. „Aber du spielst wundervoll."

Der Kerl grinste stolz. „Hat Oma Gerda auch gesagt. Ist, als sei die Feenwelt plötzlich nur noch 'n Katzensprung entfernt."

Melradin nickte beklommen. „Ich muss gehen. Tut mir leid."

„Sei aber vorsichtig. Wolf is' zurzeit richtig mürrisch."

Ohne zu fragen, wer denn Wolf war, stürmte Melradin in das Gasthaus hinein. Stickig warme Luft schlug ihnen entgegen. Hier und da flackerten ein paar Lampen. Melradin sah sich um. An der Bar entdeckte er die einzige Gestalt, die noch im Raum war. Wolf – ganz eindeutig. Ein dicker Kerl hinter dem Tresen mit Glatze und hängenden Tränensäcken glotzte ihn finster an.

„Hallo", räusperte sich Melradin mit wackeliger Stimme und schritt zu dem Typen hin. Stumm stierte dieser ihn weiter an. Melradins Finger lockerten die imaginäre Krawatte, die sich irgendwie immer enger gezogen hatte. Jetzt musste er es nur noch irgendwie schaffen, dieser fetten Bulldogge klarzumachen, dass er mal kurz hoch und im Dachboden nach einer Kuckucksuhr graben musste. „Ich hätte gern ein Zimmer", haspelte Melradin dem grimmigen Glatzkopf entgegen.

Ein, zwei Momente starrte ihn der Fettsack stumm an. Der rechte Nasenflügel zuckte missmutig. „Ham wir nich'", grummelte er.

Melradin wollte gerade schon mit einem hastigen „in Ordnung" das Weite suchen, als sich eine mindestens ebenso mürrische Stimme in seinem Kopf meldete. Man schickte ihn nicht einfach so vor die Tür. Immerhin war sein Name Melradin. Melradin, der Drachentöter. Und er tötete nicht nur welche, sondern hatte zufällig auch noch einen auf seiner Schulter herumsitzen. Seine rechte Hand knetete sich zu einer Faust und legte sich auf den Tresen. Ganz langsam wiederholte er. „Ich habe gesagt: Ich möchte ein Zimmer."

Wenige Augenblicke später klapperte die Tür und mit einem kräftigen Ruck atmeten die beiden wieder Abendluft. „Scheißkerl." Fluchend rappelte sich Melradin auf und klopfte den Dreck von seinem Mantel.

Evelyn kicherte. „Starker Auftritt, muss man dir lassen."

„Jaaah, ein Glück, dass wenigstens du nicht dein Köpfchen eingezogen hast, sondern breitschultrig dem Typen da entgegengetreten bist", applaudierte Melradin mürrisch.

„Was hätte ich denn machen sollen?", lachte Evelyn. „Ihm mit den Fäusten drohen?"

Etwas raschelte und eine Gestalt kam hinter der Hauswand hervorspaziert. „Hab's doch gewusst", gluckste Uli. „Hat dich auch rausgeschmissen, was?"

Melradin grummelte irgendetwas.

„Darfst ihm das nich' übel nehmen. Is' 'n ganz armer Kerl."

„Zweifellos."

„Manchmal, wenn die Uschi ihm ein Blümchen schenkt, erzählt er von früher, dass er eigentlich einmal in einer riesigen Festung ganz hoch in den Bergen gelebt hat. Als Leibwächter des Königs." Uli machte große Augen. „Da hat's fast das ganze Jahr über Schnee und die Männer müssen raus, Widder jagen. Wolf war einer von den Besten. Hat sogar mal 'nen echten Bären getötet!" Uli kicherte in sich hinein. „Nur einmal hat er die Augen zugemacht und plötzlich war er in diesem Drecksloch, wie er unser Dorf immer nennt. Hat sich wohl irgendwie verlaufen, der Arme. Und jetzt findet er nich' mehr zurück."

„Oh." Mit einem dünnen Grinsen schmeckte Melradin gewisse Genugtuung auf der Zunge. „Sag mal", folgte er einem spontanen Gedanken. „Glaubst du, diese Uschi kann mir helfen, irgendwie hier reinzukommen?"

„Wieso? Was is'n da drin?", fragte Uli mit neugierigen Augen.

„Ich glaube, oben im Dachboden ist etwas, das ich suche."

„Du meinst, da ganz oben drin?" Uli legte bestürzt die Finger auf die Lippen. „Wo's immer kracht und rumpelt?"

„Ja, ich weiß. Da oben spukt es. Ich muss aber trotzdem hin. Es ist wichtig."

Uli zögerte, dann nickte er eifrig. „Dann versuch doch hochzuklettern." Der Lockenkopf kam ein, zwei Schritte näher. „Auf der anderen Seite is'n Fenster", flüsterte er. „Ganz oben drin, im zweiten Stock. Geht nich' ganz zu." Uli kicherte verschmitzt und traf Melradin mit dem ein oder anderen Spuckefaden. „Hast du aber nich' von Uli, wenn Wolf fragt."

„Natürlich nicht." Melradin lächelte. Er bedankte sich und schritt in den Schatten des Hauses. Unkraut wucherte auf der anderen Seite, sodass Melradin die letzten Meter waten musste. Die Dämmerung trug nicht gerade dazu bei, den Turm aus bunten Stockwerk-Klötzen übersichtlicher werden zu lassen. „Siehst du irgendwas?"

Evelyn tippelte auf seiner Schulter hin und her, während sie mit gestrecktem Kopf etwas zu erkennen versuchte. „Das kleine Ding da vielleicht."

Melradin glaubte zu wissen, was sie meinte: ein kleines, viereckiges Guckloch. Absolut unsymmetrisch durchlöcherte es irgendwo im Schatten des Daches die Wand. „Ist das überhaupt ein Fenster?"

Evelyn schmunzelte. „Scheint zumindest eine Art Öffnung zu sein. Fragt sich nur, ob du da reinpasst."

„Also ich finde nicht, dass sich diese Frage stellt", sagte Melradin mehr als skeptisch.

Evelyn piepste ein Kichern. „Stimmt. Du bist ja mittlerweile geübt im Verwandeln."

„Ooooh, Moment mal! Das mit dem Goblin war eine Ausnahme. Wenn du glaubst, dass ich mich jetzt auch noch in einen fingerhutgroßen Gnom verwandle, der quietscht, wenn man auf ihn tritt, dann …"

„Hast du denn eine andere Idee?"

Melradin sah sich um. „Ja."

„Die wäre?"

„Pflanzen können auch als Schlüssel benutzt werden, oder?", fragte Melradin und betrachtete den Unkrautsumpf um seine Füße.

„Klar."

„Okay, lass es uns so machen: Verwandle dich in etwas, das fliegen kann. Irgendwas, das das Amulett da hochkriegen kann. Dann nimmst du eine Kralle voll Löwenzahn, fliegst hoch, reist ins Schattenreich und legst dort ein Stück von dem Löwenzahn hin. Für mich, verstehst du? Damit ich nach dir ins Schattenreich reisen kann, um den Löwenzahn als Schlüssel zu benutzen. Und da der Löwenzahn die Welt da oben verlassen wird, werde ich auch dort landen. Dann kommst du wieder zurück und wirfst mir das Amulett zu, sodass ich ins Schattenreich zum Löwenzahn reisen kann. So einfach."

„Aha", murmelte Evelyn. „Gar nicht mal so dumm."

„So sind die Soldaten in Lethuriel zu Quendolins Eisturm gereist."

„Stimmt. Gib mir das Amulett."

Wenige Augenblicke später raschelten Federn und eine Taube flatterte mit dem Amulett und ein bisschen Grünzeug zum Dach hinauf. Tollpatschig knallte sie beim ersten Landeversuch gegen die Hauswand, ehe sie sich beim zweiten Mal erfolgreich zu dem Loch manövrierte und sich eilig ins Haus hineindrückte.

„Puh!", streckte ein Mädchen schließlich den Kopf hervor und atmete erleichtert auf. „Ich fliege nie wieder als Taube! Da eiert einem der Kopf hin und her."

„Ja ja", lachte Melradin. „Keine Sorge, ich hab's nicht gesehen, wie die mächtigste Drachin aller Zeiten als Taube gegen eine Hauswand geflogen ist. Wie sieht's da oben aus?"

„Ziemlich düster. Ein Gang und ein paar Türen. Aber ich glaube, da hinten ist eine Leiter nach oben." Evelyn warf ihm das Amulett zu.

„Sooo ..." Melradin strich sich das neu hergewünschte Hemd glatt. „Hoffen wir mal, die ganze Zeit über ist niemand auf die Idee gekommen, eine kaputte Kuckucksuhr wegzuwerfen."

„Wenn's da oben wirklich spukt, haben wir vielleicht eine echte Chance", meinte Evelyn und sah hinauf.

Melradin sah sich um. Eine abenteuerlich aussehende Wendeltreppe führte mit der ein oder anderen Lücke in den Stock darunter. Es war finster. Das einzige Licht drang aus dem Loch in der Wand oder lugte vorsichtig die Treppe hinauf und beleuchtete spärlich einen Flur, der von tiefen Schatten erfüllt war und nicht den Eindruck machte, oft von irgendetwas Lebendigem aus dem Schlummer gerissen zu werden. Drei, vier Türen säumten die krummen Dielen, die bereits knarrten, als lediglich Melradins Blick über sie huschte. Und ganz am Ende ragten die Sprossen einer Leiter in das matte Licht.

„Glaubst du denn, das hängt miteinander zusammen? Die Kuckucksuhr und die Sache mit dem Spuken, meine ich."

„Gut möglich", murmelte Evelyn und wagte sich ein paar Schritte den Flur entlang. „Ich hoffe nur, es ist bloß eine Art Abschreckung und nichts wirklich Gefährliches."

„Nein, bestimmt nicht", nuschelte Melradin ohne Überzeugung. „Ich meine, etwas wirklich Gefährliches wäre doch zu offensichtlich, oder nicht?"

Evelyn zuckte unschlüssig mit den Schultern. „Uns bleibt nichts anderes übrig, als es auszuprobieren."

Der Flur krächzte so fürchterlich unter ihren Füßen, dass Melradin Angst hatte, gleich bis zur Hüfte im Boden zu stecken. Sie traten zu der Leiter hin. Vorsichtig kletterte Evelyn hoch und rüttelte an einem Knauf an der Decke. „Klemmt", quetschte sie zwischen den Zähnen hervor, als die Luke plötzlich aufklappte und ihr ein gewaltiger Berg Schrott entgegen fiel.

Erschrocken trat Melradin zu dem Haufen, aus dem nur noch Füße und Arme seiner Gefährtin hingen. „Verdammt, alles noch ganz?" Hastig räumte er sie frei.

Stöhnend rieb sich Evelyn den Kopf. „Was war ...?"

Ein vergnügtes Gegacker drang durch die Luke zu ihnen hinab. „Rumms! Bumm! Didumm!" Lachend hüpfte irgendetwas über ihren Köpfen und brachte die Decke zum Erbeben.

Mit erschrockenen Blicken sahen sich die beiden an.

„Ich geh hoch", formte Melradin mit den Lippen und kletterte Sprosse für Sprosse die Leiter hinauf. Leider ging das nicht ganz so leise vonstatten, wie er erhofft hatte, und von einem lauten Schiffsrumpf-Knarren bei jedem Schritt begleitet wurde. Währenddessen hörte –

wer auch immer – nicht auf, wie verrückt umherzuhüpfen und begann auch noch damit, irgendwelche Dinge umher zu werfen.

„Rattata! Beng! Tadaa!"

In der Befürchtung, gleich von irgendetwas Großem neben Evelyn geschleudert zu werden, zuckte Melradin bei jedem Kracher zusammen. Doch schaffte er es tatsächlich, bis zur Decke hochzuklettern und ganz vorsichtig den Kopf durch die Luke zu stecken.

Das Gepolter stoppte abrupt und es wurde still. Mit kräftig pochendem Herzen sah sich Melradin um. Das einzige Licht drang durch die Luke herein. Es war allerdings genauso scheu wie Melradin, der nur einen Spaltbreit den Kopf zu heben wagte. Ansonsten war es schwarz. Kein Fenster. Kein Loch in der Wand wie unten. Die Dunkelheit war, eine Armlänge von Melradins neugieriger Nase entfernt, bereits vollkommen.

„Und?", hörte er Evelyn von unten flüstern. Sie hielt genauso wie er den Atem an.

Ohne zu antworten, stieg Melradin noch eine Sprosse weiter hinauf. Das Holz ächzte unerträglich laut. Er lauschte. Irgendetwas raschelte kurz. Melradin fuhr herum.

„Guck guck!"

Mit einem stummen Schrei im Hals schreckte Melradin zurück. Ein Gesicht war aus dem Nichts aufgetaucht und grinste ihn höchst vergnügt an. Buschige Augenbrauen, eine wilde, verfilzte Mähne aus braun-grauen Haaren und dazwischen das viel zu klein wirkende Gesicht eines munter strahlenden Greises. Ein äußerst seltsamer Anblick.

„Erschrocken, was, Kleiner?" Das Wesen kicherte wie ein Frettchen.

Melradin hörte es unter ihm rumpeln. Offenbar versuchte Evelyn aus Leibeskräften, sich freizuräumen, um ihm zu Hilfe zu eilen.

Melradin riss sich zusammen. „Wer bist du?"

„Wer ich bin?" Die Gestalt klatschte vergnügt in die Hände und lachte ein schauriges, hyänenartiges Lachen. „Ich bin der Mugg! Nein halt ... Ich bin Balthasar! Baltha...", würgte sie zwischen ihrem Gegacker hervor und schnappte nach Luft. „Brechthold! Bastian! Bernhard!" Abrupt erschlaffte das Gesicht des Alten. „Nein, mal im Ernst. Mein Name ist Brigitt..." Die Gestalt kugelte sich vor Lachen, sodass sie es zunächst nicht bemerkte, wie ein zweiter Kopf in der Luke erschien. „Huh? Kommen da noch mehr?" Die gewaltige Mähne der Gestalt lehnte sich vor und blickte die Leiter hinab.

„Nein", sagte Evelyn. „Und wir beide sind nur gekommen, um etwas zu suchen. Eine Kuckucksuhr."

Das Wesen fuhr hoch. „Ihr wollt etwas suchen? Hier drin?" Das Gesicht des Alten strahlte begeistert. „Ich mach mit! Suchen! Suchen!" Die Gestalt verschwand in der Dunkelheit und ein Rumpeln ertönte. Scheppernd flogen die Sachen durch die Gegend.

„Gib mir mal die Kerze", murmelte Evelyn Melradin zu, als sie sich beide durch die Luke gehievt hatten. Einen Moment später drückte eine winzige Flamme die Dunkelheit flackernd beiseite. Zu Melradins Verwunderung war die Gestalt gerade so groß wie ein Kind, sodass die gewaltige Mähne beinahe den Boden berührte.

„Aaah! Seht mal her!" Das Wesen drehte sich zu ihnen um und strahlte sie stolz über beide Ohren an. An seine Nase klammerte sich nun ein verbogenes Brillengestell. „Hab ihn wieder gefunden! Meine magische Rubindrahtlupe! Damit kann ich die grünen Männchen umherwuseln sehen! Iiieeh haha!" Begeistert tanzte es umher. „Nicht alle auf mich drauf! Halt!" Lachend fiel es um und kugelte sich auf dem Boden. Das schiefe Gestell rutschte ihm von der Nase. Der Wicht rappelte sich wieder auf und wischte sich das Haargestrüpp aus dem Gesicht. „Wollt ihr auch Mal?" Er hielt ihnen das Drahtding hoch.

Etwas beklommen schüttelte Melradin den Kopf.

„Also", räusperte sich das Wesen. „Lasst uns weitersuchen." Das Wesen stapfte wieder zu dem mannshohen Gerümpelhaufen und schmiss weiter irgendwelche Gegenstände hinter sich.

„Warum lebst du hier oben?" Evelyn trat einen Schritt näher auf das Wesen zu.

Der Mugg wandte sich zu ihr um. „Na, weil's mir hier gefällt!" Lachend sprang er auf einen verrammelten Tisch und hüpfte hin und her, sodass sein Haargewirr umhergeschleudert wurde.

„Aber hier oben ist es doch dunkel und du bist ganz allein", sagte Evelyn mit großen Augen und auf eine Weise, wie es nur kleine Mädchen konnten. Melradin verkniff sich nur mit Mühe ein Grinsen.

„Ja, aber ..." Der Winzling ließ die Schultern hängen. „Ich bin doch der Mugg?" Es klang wie eine Frage. „Ich darf meinen Dachboden niemals verlassen."

„Wer sagt das?" Evelyn trat noch ein Stück näher.

„N-niemand, aber ..." Der Zwerg schien kurz tatsächlich verunsichert. „Aber hier oben ist ja auch niemand. Ich hab alles für mich!" Der Haarmob sah wieder auf. Ein wackeliges Lächeln lag auf seinen Lippen. „Das ist ein Riesenspaß hier oben!" Er sprang auf und strahlte sie an. „Soll ich euch mal meinen Flubber-Fingerhut-Transformator zeigen? Damit wird man so klein wie die grünen Männchen und fliegt in einem Riesenbogen durch die Luft! Oder die Blinkbirnenantenne! Damit kann man flatternde Holzwurmwichte suchen! Oder meinen Drachenflügelapparat!" Der Mugg sah sie mit großen Augen an. „Da kann man fliegen bis ganz hoch zur Decke! Oder nein, ich zeig euch ...", er machte eine Spannungsaufbau-Pause, „meine ratternde Zeitmaschine! Klemmt zwar ein bisschen und es geht nur im Fünf-Minuten-Takt vorwärts, aber wenn man's richtig anstellt, rattert sie einem die Zeit hin und zurück, wie man will!"

Die Begeisterung des kleinen Wesens ließ Melradin lächeln. Dieses eifrige Geplapper erinnerte ihn an etwas. Der ganze Plunder! Als ob sie Rudolf stolz durch seine Werkstatt führen würde. Auch wenn Melradin nur zu gern herausgefunden hätte, ob es stimmte, was dieser Haarmob ihnen anpries, gewann seine Vernunft. Sie mussten so schnell wie möglich weiter. „Was ist mit einer kaputten Kuckucksuhr? Die muss hier irgendwo herumliegen."

„Ach so, ja." Der Mugg schien ein wenig enttäuscht. „Nur wegen der seid ihr ja hier."

„Hast du sie schon Mal gesehen?", fragte Evelyn hoffnungsvoll.

„Klar. Ihr meint bestimmt Simone. Sie ist schon lange hier. Sogar noch länger als ich."

„Simone?", wunderte sich Melradin.

„So hab ich sie genannt", sagte Mugg kleinlaut. „Sie ist schön. Ich hab sie irgendwo hingestellt, wo die grünen Männchen nicht hinkommen."

„Wo?" Melradins Herz schlug höher. Die Uhr war also tatsächlich noch da.

Der Mugg grummelte etwas, dann verschränkte er die Arme. „Das sag ich euch nicht."

„Wa...", machte Melradin perplex den Mund auf. „Wieso denn nicht?"

„Sie ist eine gute Freundin von mir. Sie bleibt hier." Der Alte schien plötzlich verlegen.

„Aber wir nehmen sie dir doch nicht weg, Mugg!", sagte Evelyn bestürzt. „Wir lassen sie hier. Wir müssen sie nur kurz sehen."

Der Zwerg legte den Kopf schräg und sah sie einen Moment lang abwägend an. „Wieso?"

„Sie hat ein Geheimnis", meinte Melradin. „Das hast du bestimmt noch nicht entdeckt. Wir zeigen es dir. Und dann verschwinden wir wieder. Versprochen."

„Ein Geheimnis?" Der Fisch schien angebissen zu haben. „Aber ich kenne alle Geheimnisse hier oben."

„Das eine vielleicht noch nicht", sagte Melradin.

„Aber nicht bei Simone. Sie hätte es mir bestimmt erzählt", murmelte der Wuschelmob verunsichert.

„Hätte sie bestimmt", sagte Evelyn. „Wenn es nicht so ein unglaublich kostbares Geheimnis wäre."

Melradin nickte langsam und gewichtig. „Sie hat nämlich etwas, womit man in eine andere Welt reisen kann."

„In eine andere Welt?" Der Winzling riss die Augen auf. „Aber was denn für eine Welt?"

„Eine Welt mit einem prächtigen Schloss", antwortete Evelyn. „Wir müssen unbedingt zu diesem Schloss hin, verstehst du? Es ist unglaublich wichtig."

Zögerlich kratzte sich der Mugg an der Mähne, dann nickte er. „Also gut. Ich hol sie." Und schon war aus dem flackernden Lichtball verschwunden. Es rumpelte und schepperte. Irgendetwas quietschte, der Mugg ächzte und schließlich polterte der Haarmob den Gerümpelhügel wieder hinunter. In seinen Armen befand sich ein kunstvoll bearbeiteter Holzkasten.

Melradin schluckte. Das war sie. Die Kuckucksuhr.

„Sie ist ein bisschen schüchtern", ächzte der Mugg. „Macht sich extra schwer." Keuchend stellte er den Kasten ab. „Sooo ..." Neugierig sah er zu ihnen auf. „Man muss an dem Ding da drehen, oder?" Er zeigte auf einen kleinen Aufziehschlüssel. „Irgendeine Kombination."

„Du bist schlau." Evelyn lächelte. „Siebenmal nach links und dreimal nach rechts, oder?", fragte sie Melradin. Er nickte.

Angespannt sah er dabei zu, wie Evelyn sich hinkniete und an dem

Schlüsselchen drehte. Es quietschte widerspenstig. Als sie fertig war, trat sie zurück neben Melradin. Alle drei starten wie gebannt auf den Holzkasten.

Für einige lange Momente war es still. Sogar das Flackern der Kerze war zu hören. Stumm stand die Uhr da. Ein Dach wie ein Haus, ein verschlossenes Türchen, zwei Zeiger, die sich auf einer unmöglichen Position befanden und darum stritten, ob jetzt zwölf oder erst halbzwölf war – das war sie. Offensichtlich genoss Simone die unverhoffte Aufmerksamkeit und ließ sich Zeit.

Der Mugg räusperte sich. „Äh ..."

Aber noch bevor er irgendwas sagen konnte, erwachte das Stück Holz vor ihnen plötzlich zum Leben. Pfeifend – ja, aus irgendeiner Öffnung pfiff es wie aus einer Teekanne – setzten sich die Zeiger in Bewegung und ratterten rückwärts durch die Zeit. Vollkommen perplex starrten die drei das tutende Ding an, unfähig, auch nur einen Finger zu rühren. Der Mugg war vor Schreck umgekippt und glotzte jetzt voller Entsetzen die Uhr an, so als brächte er es im Moment nicht fertig, diese schrille neue Seite an Simone zu verarbeiten.

Punkt zwölf blieben die Zeiger ruckartig stehen. Das Türchen sprang auf. Und mit raschelnden Federn hechtete der Kuckuck in die Freiheit.

„Fangt ihn!", hörte Melradin irgendjemand rufen. Vermutlich war er es selbst. Evelyn fiel die Kerze aus der Hand, als sie den Vogel zu schnappen versuchte, allerdings nichts als lose Federn des entschlossen strampelnden Vogels in die Finger bekam. Die Flamme erlosch.

„Ich, ich hab ihn!", prustete der Mugg, während ihm verzweifelte Flügelschläge die Mähne verstrubbelten. Hastig griff Evelyn wieder nach der Kerze und zauberte das Feuer zurück.

Melradin eilte dem Zwerg zu Hilfe. „Da, am Fuß!"

Der Kuckuck entwischte ihnen aus den Händen und stürzte sich durch die Luke ins Freie.

„Habt ihr es?", haspelte Evelyn mit großen Augen. Der rasende Herzschlag pulsierte ihr im Blick.

Mit wild abstehenden Haaren hob der Mugg einen winzigen Schlüssel hoch. Der gähnenden, verstörten Leere in seinem Blick nach zu urteilen, war das eindeutig zu viel Aufregung für ihn gewesen. Hinzu kam ein spontaner Gefühlsausbruch von Evelyn. Erleichtert schmiss sie sich ihm um den Hals und warf ihn beinahe wieder zu Boden.

„Ein Glück!" Mit leuchtenden Augen hielt sie das winzige Ding in der Hand.

„Und wie kommt man jetzt damit in die andere Welt?", fragte der Mugg, den die stürmische Umarmung offenbar wieder aus dem Schock gerüttelt hatte und der jetzt ebenfalls über beide Ohren strahlte.

„Man muss ihn in die Hand nehmen und die Augen schließen", erklärte ihm Melradin.

„So einfach?" Der Winzling staunte. „Das heißt, dann ..." Er kratzte sich am Kopf. „Dann werdet ihr jetzt gleich zu dieser Welt reisen?"

„Ja", murmelte Evelyn. „Es tut mir leid. Aber die Zeit drängt."

Der Mugg nickte hastig. „Schon gut." Er eilte kurz davon und durchwühlte einen der Schrotthaufen. Zurück kam er mit einem kleinen Kästchen, das aussah wie eine Ringschatulle. „Nehmt das mit. Ist ein trödelnder Zwerggnoll-Pieper. Zwerggnolle sind ganz fiese Teile, sag ich euch. Bloß hab ich den Letzten schon lang aus meinem Revier gejagt. Also könnt ihr ihn jetzt nehmen. In so einem Schloss wimmelt es sicher nur so von den Viechern."

Die beiden bedankten sich herzlich für dieses unglaublich nützliche Geschenk. Evelyn, die offensichtlich den strahlenden Mugg ins Herz geschlossen hatte, drückte ihn ein letztes Mal, bevor sie zu Melradin trat und an das andere Ende des winzigen Schlüssels fasste. Sie schlossen die Augen. Und das Schattenreich riss sie mit zu einer neuen Welt.

36

„Wow." Auf den Hinterbeinen balancierend streckte Evelyn den Kopf in die Höhe.
Das Schloss. Sprachlos starrte Melradin zu ihm hinauf. Es stand auf einem Hügel, umgeben von einem großen See, dessen Wasser in der untergehenden Sonne herrlich glitzerte. In der angenehm frischen Brise schwappte es in winzigen Wellen umher. Elfenbeinweiße Türme reckten sich gen Himmel wie eine große, bunte Familie, die für ein Foto zusammengerückt war. Ein klobiger großer Turm in der Mitte überragte alle anderen. Drum herum schossen seine Sprösslinge in einem einzigen großen Wirrwarr aus dem Boden. Krumm, schief, rund, abgeknickt. Bestimmt ein Dutzend Türme tummelten sich auf dem Hügel und traten sich gegenseitig auf die Füße.
Das Schönste an dem Schloss war die Spitze des großen Turms in der Mitte. Eine blaue, magische Kugel schwebte in der Luft wie ein riesiger Diamant und verstreute im Zickzack die Sonnenstrahlen auf die schrägen Bauten des Schlosses. Es sah aus wie eine strahlende Krone.
Melradin zwang sich, den Blick loszureißen und sich umzusehen. Die Frisur des flachen Hügels war zu einem netten Garten zurechtgezupft mit kuriosen Buschskulpturen und Buschtorbögen, die meistens recht sinnfrei und schräg in der Gegend standen.
Am Fuße des Schlosses hatte man einen Teich angelegt und darüber eine steile Brücke gezimmert. Wasserstrahlen zischten kreuz und quer über sie hinweg, die sich aus irgendeinem Grund dazu angetrieben fühlten, aus dem See zu schießen und auf die andere Seite zu hüpfen. Ein kleiner Regenbogen bückte sich über die Brücke wie ein Torbogen.
Ein molliges Kerlchen hockte mit einer überdimensional großen Schere auf einem noch recht plumpen Busch und schnippelte mit ge-

schickten Griffen etwas Nasenförmiges in das Blattgewirr. Die rote Zwergenmütze auf seinem Kopf verrutschte ihm so regelmäßig ins Gesicht, als sei es das Ticken einer Uhr. Ansonsten war niemand zu entdecken.

Oder doch: Zwei seltsame winzige Kreaturen flitzten hinter dem Schloss hervor und jagten sich durch den Garten. Kichernd zischten sie an den beiden vorbei, ohne sie eines Blickes zu würdigen. Wahrscheinlich Gartengnome oder so etwas, schätzte Melradin ohne eine Ahnung zu haben.

Hinter ihnen am Ufer des Sees war ein Steg angebracht. Mit verschnörkeltem Geländer an der Seite ragte er einen Steinwurf weit ins Wasser. Ein Floß hatte angelegt. So dürr und so lang wie eine übergroße Bohnenstange wippte es lustlos auf den Wellen. Stocksteif stand an einem Ende der Fährmann und hielt das Ruder umklammert. Das Gesicht des Kerls war erstaunlich lang.

„Wundervoll", hörte Melradin Evelyn begeistert weiterseufzen.

Sie waren auf einem Kiesweg gelandet, der sich scheinbar ziellos durch den Garten schlängelte. Die kleinen Steine hatten dieselbe weiße Farbe wie das Schloss.

„Sooo …", murmelte Melradin ratlos. „Gehen wir hoch?"

Zu scheu, um die Perfektion des Gartens zu besudeln, hielt sich Melradin an den kurvigen Weg und schritt einmal quer über die Insel. Erst als Evelyn zu murren begann und ihn darauf aufmerksam machte, dass der Weg, der zu dieser Brücke hinten führte, anders aussah und dieser Trampelpfad hier wahrscheinlich in sich selbst mündete, ließ sich Melradin dazu überreden, den direkten Weg einzuschlagen.

Ein aufgebrachtes Quieken ließ ihn schon beim ersten Schritt in die Wildnis zurückzucken. Nörgelnd drang eine piepsige Stimme aus dem Gras zu ihnen hoch. Ein beleibtes kleines Wesen rannte mit erhobener Faust davon. Etwas verdattert starrte ihm Melradin hinterher.

„Du musst besser aufpassen, wo du hintrittst", schmunzelte Evelyn, als das aufgebrachte kleine Ding plötzlich stolperte und die wedelnde Faust schlagartig im Gras verschwand.

„Sieht ganz so aus, ja", murmelte Melradin. Die Welt hier war ihm eindeutig zu bunt und abgedreht. Achtsam tippelte er über die Wiese. Tatsächlich befand sich zwischen dem Grün deutlich mehr Leben, als Melradin zunächst hatte ausmachen können. Lachend wippten zwei

Minifeen auf einem besonders großen Grashalm herum, während andere durch die Luft surrten und einen Torbogen nach dem anderen abklapperten. Zwischen dem Zweiggewirr der Büsche schauten hier und da große runde Augen hervor, die zu kleinen, felligen Gesichtern gehörten und Melradin irgendwie an Siebenschläfer erinnerten. Plappernd spazierte eine Gruppe winziger Männchen mit spitzen Hüten an Melradins Füßen vorbei. Offensichtlich waren sie zu sehr im Gespräch vertieft, um den Wolkenkratzer, der neben ihr durch den Grasdschungel stapfte, zu bemerken.

Sie erreichten die Brücke.

„Sieh mal", hauchte Evelyn und nickte hinunter zu dem kleinen See. Melradin hatte es ebenfalls schon bemerkt. Es war nicht der blaue Himmel, der sich im Wasser spiegelte, sondern ein Kerl in einer kleinen Lichtung, der neben einem großen Bottich voller glitzernder Münzen schlummerte.

„Der Goldschatz am Ende des Regenbogens", begriff Melradin. Er kletterte die steile Brücke hinauf und spurtete sie mit eingezogenem Kopf wieder hinunter, als die hüpfenden Wasserstrahlen plötzlich alle auf einmal hochschossen und sich einen Spaß daraus machten, sie bis auf die Haut zu durchnässen.

„Toll", grummelte Evelyn und besprizte Melradin, als sie ihren Kopf schüttelte.

Wie ein Gestrandeter stapfte Melradin auf das Schloss zu. Die Kleidung klebte ihm am Körper. „Also ...", prustete er sich die Tropfen von den Lippen. „Ein paar Eigenheiten hat die Welt hier auf alle Fälle."

Jemand kicherte plötzlich in ihren Rücken. „Haben euch nass gemacht, was? Diese frechen Kerle." Eine Gestalt trat zu ihnen hin. Bei jedem Schritt wedelte eine riesige Pfauenfeder an einem seltsamen Jägerhut auf ihrem Kopf. Mit strahlenden blauen Augen sah sie zu ihnen auf. Trotz des beachtlichen Gefieders war sie einen halben Kopf kleiner als Melradin.

„Haben offensichtlich Gefallen an euch gefunden", grinste das Kerlchen.

„Wer?", fragte Melradin verdutzt.

„Na, die Regenbogenhüpfer", meinte die Gestalt und nickte zu ihnen hoch, so als habe man ihm schon deutlich cleverere Fragen gestellt. „Kleben an euch dran." Sie schmunzelte schelmisch. „Ist eben selten, dass jemand, der so groß ist, sich die Mühe macht und zu Fuß herkommt. Da ticken die Hüpfer immer aus."

„Wie sollte man denn sonst herkommen?" Evelyn runzelte ihre Mausestirn.

„Na, mit der Sonnenglitzerbahn." Wieder schien nichts selbstverständlicher. „Da oben!" Die Feder wedelte in Richtung des riesigen blauen Diamanten.

„Aha."

„Kommt von weit her, oder?" Das Kerlchen begann sich allmählich, an ihrer Ahnungslosigkeit zu amüsieren.

„Ja, das kann man wohl sagen", sagte Melradin.

„Hab's mir eigentlich gleich gedacht. Seht her!" Er kramte aus einer seiner Taschen einen kleinen, glänzenden Gegenstand hervor. „Das ist ein Sonnenglitzer-Ticket."

Melradin trat näher. Es war ein durchsichtiger Diamant von der Größe einer Walnuss. Er schimmerte in der untergehenden Sonne wie die blaue Kugel weit über ihren Köpfen.

„Damit kann man reisen, wohin man will. Bis nach Tuckulucku." Das Kerlchen kicherte. „Aber offensichtlich nicht ganz bis zu euch nach Hause."

„Und wie benutzt man dieses Ticket?", piepste Evelyn, während ihr Blick an dem glitzernden Stein klebte.

„Ganz einfach", sagte die Gestalt. „Ihr hebt das Ding in die Sonne und sagt, wo ihr hin wollt. Zu welcher Haltestelle. Der blaue Klotz da." Sie zeigte wieder hoch zum Schloss. „Bei so einem Teil landet ihr dann." Das Kerlchen gluckste angesichts ihrer interessierten Gesichter. „Mann ... Und ich dachte, mit Wörgs zu reden sei komisch. Was treibt euch denn von so weit her?"

„Wir ...", begannen Melradin und Evelyn gleichzeitig und hielten inne.

„Ah, verstehe", kicherte die Gestalt. „Ist streng geheim. Aber wenn ich euch einen Tipp geben darf: Werdet erstmal die Regenbogenhüpfer wieder los. Die da oben." Das Kerlchen trat einen Schritt näher und flüsterte mit erhobener Hand. „Die da oben haben 'nen Besen gefressen, wenn ihr versteht."

„Du meinst ich sollte meine Kleider erstmal trocknen lassen?" Melradin war sich nicht ganz sicher, ob er das mit diesen Regenbogendingern richtig verstanden hatte.

„Ähm, diese Hüpfer trocknen ziemlich schlecht. Ist nicht wie Wasser. Aber es gibt einen einfachen Trick. Kommt! Zum See."

Widerwillig ließ sich Melradin zurück über die Wiese bugsieren. Diesmal nahmen sie nicht die Brücke, denn – zu Melradins und Evelyns Ernüchterung – hatte das Kerlchen nicht den kleinen See gemeint, sondern den großen, sodass sie den gesamten Weg zurück zum Ufer marschierten.

„Der Trick ist, sich über einen echten See zu beugen und sich im Wasser zu spiegeln", fuhr die Gestalt fort, als sie endlich den Steg erreichten. „Das ertragen die Viecher nicht. Keine Ahnung, warum. Aber wenn sie sich erstmal selbst im Wasser sehen, ergreifen sie die Flucht und hüpfen davon."

„Aha." Melradin lehnte sich vor. Sein Gesicht erschien in den winzigen Wellen. Er trat noch einen Schritt näher. Evelyns kleiner Kopf tauchte auf. Auch wenn ihr Spiegelbild genauso umherwaberte wie seins, glaubte er dieselbe Skepsis in ihrem Blick zu entdecken.

Etwas quiekte plötzlich. Es war ein seltsamer, schriller Ton. Melradin zuckte zurück. Ein erster Spritzer fuhr aus seinem Hemd, sprang ins Gras und hechtete Hüpfer für Hüpfer davon. Ein halbes Dutzend weiterer jagte ihm entsetzt piepend nach. Völlig verdattert glotzte Melradin dem davon springenden Wasser hinterher.

Der Kerl mit der Riesenfeder kugelte sich vor Lachen. „Wie sie … wie sie jedes Mal den Kollaps kriegen, wenn sie sich selbst im Wasser sehen." Er seufzte. „Ah, herrlich." Die Gestalt ließ kurz den Blick über sie wandern. „Versteckt sich noch einer?"

Melradin strich sich über die Kleider. Es war tatsächlich alles wieder trocken.

„Also, dann würde ich sagen: Es ist Zeit für eure erste Gondeltour." Der Winzling holte feierlich den kleinen Diamanten hervor. „Los, kommt her", sagte er munter. „Oder wollt ihr das Ganze wieder zu Fuß gehen? Es muss nur irgendwie jeder einen Finger auf das Ticket bekommen."

Evelyn rutschte von Melradins Schulter und krabbelte in seine Hand, um ihrer Pfote einen Platz auf dem Stein zu sichern.

„Sooo … Tief durchatmen!" Die Gestalt hob den Diamanten hoch. Das orange Licht der Dämmerung brach sich in alle erdenklichen Richtungen. „Zum Perlenschloss."

Melradins Herz machte einen letzten aufgeregten Hüpfer, ehe ihn plötzlich eine unsichtbare Kraft von den Füßen riss und es irgendwie fertigbrachte, ihn in den glitzernden Stein zu stecken. Oder zumindest sein Bewusstsein, das einen Moment später ohne Vorwarnung in die Luft katapultiert wurde und haltlos über den Himmel schoss. Den zahlreichen weißen Türmen entgegen. Es dauerte nur ein Augenzwinkern, bis Melradin wieder festen Boden unter den Füßen spürte. Hoffnungslos überrumpelt torkelte er seiner hinterherhetzenden Orientierung entgegen. Quiekend sprang Evelyn in Sicherheit.

Das Kerlchen lachte vergnügt. „Ja, beim ersten Mal war's mir auch ein bisschen schummrig danach. Ist aber reine Gewohnheitssache."

Blinzelnd bekam Melradin endlich wieder ein klares Bild zu fassen. Beklommen nickte er.

„Sooo, mh ...", kratzte sich der Winzling unter dem Hut. „Ich muss jetzt leider los. Die letzte Sonnenbahn fährt gleich und bis zu mir nach Hause in Dümpelsau ist es ein ganzes Stück." Die riesige Pfauenfeder wedelte eine Verbeugung. „Hat mich gefreut, eure Bekanntschaft zu machen. Wirklich." Das Kerlchen grinste verschmitzt. „Und viel Glück bei eurer ganz geheimen Angelegenheit."

„Äh danke", kramte Melradin eilig ein paar einigermaßen brauchbare Satzfetzen aus seinem immer noch schummrigen Hirn. „Und gute Heimreise."

„Das wird sie auf alle Fälle", strahlte der Winzling. „Mit dem Sonnenuntergang über den Himmel zu sausen ist das Wundervollste auf dieser Welt."

Und plötzlich war die Gestalt mit einem kurzen Wort im Glitzern ihres Steins verschwunden. Zurück blieb ein verdutzt blinzelnder Melradin, der sich erst einen Moment später daran erinnerte, dass ihn so etwas als erfahrener Weltenwanderer eigentlich nicht vom Hocker hauen dürfte.

Evelyn hatte offensichtlich denselben Gedanken. „Tss ... einfach blink und weg. Man gewöhnt sich nie daran."

Melradin schmunzelte. „Immerhin scheinst du grade eben die Spritztour ganz gut verkraftet zu haben."

Evelyn lächelte. „Du bist einfach der Zartbesaitete in unserem Duo."

Schnaubend grabschte Melradin nach der aufgebracht quiekenden

Maus und klatschte sie sich auf die Schulter. Sie standen am Fuß einer Treppe, die breitspurig hoch zum Schloss führte. Ein buckliger Halbling fegte gedankenverloren mit einem borstigen Besen über die langen Steinklötze.

Melradin trat an ihm vorbei zum Tor hoch. Es stand offen und ließ eine große, prächtige Eingangshalle hinter sich erahnen. Allerdings standen zwei Wachen mit Lanze und bunten Karnevalskostümen davor – zumindest kamen Melradin die bunten Hüte und farbenprächtigen Mäntel so vor. Starr wie Statuen reckten sie die Köpfe in die Höhe.

Etwas verunsichert trottete Melradin näher. „Glaubst du, wir können da einfach rein?", wisperte er seiner Schulter zu.

„Keine Ahnung", schnupperte Evelyn zögerlich. „Versuchs einfach mal. Werden dich schon nicht gleich in Stücke hacken."

Mit wackeligen Knien trat Melradin also auf das Tor zu. Sein Versuch, einen finsteren, unaufhaltsamen Blick in die Eingangshalle zu heften, scheiterte kläglich. Stattdessen huschten seine Augen winselnd von Wache zu Wache, die immer noch kein Lebenszeichen von sich gaben.

Erst als Melradin schon halb durch war, surrten die Lanzen vor. Sein für den nächsten Augenblick angesetztes erleichtertes Aufatmen blieb ihm im Hals stecken und er konnte sich gerade noch davon abhalten, erschrocken zusammenzufahren.

„Was ... was ist los?", stammelte er. „Ich muss da rein!"

„Immer schön der Reihe nach", gluckste jemand in ihren Rücken. Melradin drehte sich um. Es war der bucklige Typ mit dem Besen. „Da ist schon seit 'ner Ewigkeit eine Mumbkinmutti mit ihren kleinen Rabauken drin. Meinem Gefühl nach kann das noch 'ne Weile dauern."

Melradin ließ musternd seinen Blick über die kleine Gestalt wandern. Auf ihrem Kopf befand sich ein löchriger Strohhut, unter dem die ein oder andere Locke hervorlugte. Eine runde Brille saß auf der klumpigen Nase. Das runde Gesicht war bekritzelt mit Tausenden kleiner Lachfalten.

„Aber ...", fand Melradin seine Fassung wieder. „Es ist wirklich verdammt wichtig!"

„Klar ist es verdammt wichtig", schmunzelte der Alte. „Sonst hättet ihr ja den beschwerlichen Weg hierher nicht auf euch genommen, oder?"

„Wie ... ich meine ...", piepste Evelyn verwirrt. „Man braucht doch bloß die Sonnenglitzerbahn zu nehmen?" Es klang wie eine Frage.

„Die was?" Das alte Kerlchen sah sie einen Moment verdattert an, ehe ihm ein Licht aufging. „Ahh, klar." Das Männchen lachte. „Der Halbling mit dieser komischen Feder. Taucht eigentlich recht selten hier auf. Erstaunlich." Es schmunzelte angesichts der fragenden Gesichter. „Kommt mit. Ich erkläre es euch." Den Besen geschultert schlenderte der bucklige Winzling davon.

„Aber ...", zögerte Melradin.

„Keine Sorge. Ich weiß, wann die Mumpkins da rausspazieren. Wir haben Zeit."

Verdattert aber hilflos trottete ihm Melradin hinterher. Sie gingen den Schatten des Schlosses entlang.

„Ich muss noch ein paar Stufen kehren", erklärte die kleine Gestalt ihnen und begann eine Treppe zu putzen, die hinter einer Biegung zum Garten hinunterkletterte.

„Was wolltest du uns erklären?", trieb Evelyn ihn an, fortzufahren.

„Ja ..." Das Männchen hielt inne und stützte sich auf den krummen Besenstiel. „Es ist so: Die Welt hier hat die ein oder andere Eigenheit."

„Das ist uns auch schon aufgefallen", sagte Melradin.

„Denk ich mir. Auf dem Weg hier hoch ist euch bestimmt einiges Seltsames über den Weg gelaufen. Aber ...", der Fremde grübelte kurz nach den richtigen Worten, „ihr müsst hier unterscheiden zwischen Fassade und dem echten Kern, versteht ihr? Nein, natürlich nicht. Es gibt hier Dinge, die nur manchmal da sind. Es ist Prinz Fluddericks überquellende Fantasie. Er hat immer neue Dinge um sein Schloss erfunden. Immer, wenn ihm etwas Neues eingefallen ist, ist er aus seinem Turm geeilt und hat sich stundenlang mit seiner neuen Schöpfung unterhalten. Klar, irgendwann war kein Platz mehr. Das Licht der Welt war aufgebraucht. Und da er sich unmöglich von irgendetwas trennen konnte, hat er eben so eine Art Schichtbetrieb eingeführt. Hin und wieder tauchen die unterschiedlichsten Wesen auf und erzählen von ihrer abenteuerlichen Heimat. Es wird einem nie langweilig hier. Auch wenn ich alter Hase so langsam das meiste gesehen haben dürfte."

„Das heißt ...", überlegte Melradin. „Dieses Tuckulucku oder was auch immer, von dem der Halbling uns erzählt hat, das existiert eigentlich gar nicht?"

Der Alte zuckte die Schultern. „Wer weiß? Kommt es denn darauf an? Vielleicht existiert es manchmal, vielleicht nie, vielleicht immer. Vielleicht auch abwechselnd manchmal und immer." Der Winzling schmunzelte. „Für uns drei macht es keinen Unterschied."

Melradin nickte. Er glaubte in etwa zu wissen, was der Alte ihnen sagen wollte.

„Ist es denn bei dir genauso?", fragte Evelyn. „Ich meine, verschwindest du auch hin und wieder?"

Der Halbling lachte vergnügt. „Nein, nein. Ich kann mich zu den glücklichen Dauerbewohnern des Schlosses zählen. Irgendjemand muss ja für Ordnung sorgen. Andererseits wird wohl auch kaum jemand behaupten, dass er sich manchmal in Luft auflöst. Aber soweit ich das mitbekomme, bin ich immer hier."

„Ist dieser Prinz Fludder-Fludderbeck eigentlich gerade hier?", kam Melradin ein Gedanke.

„Hmm." Das Gesicht des Alten faltete sich zum ersten Mal zu einem sorgenvollen Ausdruck zusammen. „Den Kerl kann nichts zur Vernunft bringen. Er ist ständig auf der Suche nach Abenteuern. Ich mache mir langsam Sorgen. Hat sich seit mindestens vier Putztouren nicht mehr blicken lassen." Jammernd fuhr er mit dem Treppenkehren fort. „Das letzte Mal war er so lang weg, als ihn eine weibliche, nymphomanische Riesenkrake als Liebhaber in irgendeiner dunklen Höhle gefangen gehalten hat. Damals musste er tagelang von rohem Fisch leben und diesem Vieh die Saugnäpfe schrubben. Hat 'ne Weile gedauert, ihn wieder aufzupäppeln, kann ich euch sagen. Aber hier gehalten hat ihn die Sache nicht." Das Männlein seufzte. „Ich kann nur hoffen, dass er bloß mit dieser hübschen Elfe durchgebrannt ist, in die er so verschossen war." Ein Schmunzeln stahl sich kurz auf die Lippen des Alten. „Er hat sich einmal fast zwei ganze Tage lang in seiner Hängematte oben zwischen den Türmen verbarrikadiert, nur weil sie sich anscheinend über seine große Nase lustig gemacht hat."

Melradin horchte auf. Große Nase? Schlagartig war ihm der Typ sympathisch.

„Was immer ihr auch hier vorhabt – ich glaube, die Mumpkins haben sich gleich zu Ende gejammert." Das Kerlchen schulterte den Besen wieder. „Zumindest wenn sie so lange brauchen wie letztes Mal."

„Kommen sie denn öfters?", wunderte sich Evelyn.

„Allerdings. Die kommen immer mit einer neuen Beschwerde wegen ihrer Unterwasserhütte irgendwo im See. Das letzte Mal soll ein Kugelfisch-Kobold in ihr Blubberkorallenbad uriniert haben. Das kostet den armen Giraffen-Ingo immer unendlich Nerven, die Bande wieder loszuwerden."

„Wer ist denn der Giraffen-Ingo?", fragte Melradin.

„Mein Vorgesetzter." Das Kerlchen zuckte mit den Schultern. „Er ist nicht gerade der Typ, mit dem ich gerne Trolldäumling-Tennis spielen würde. Aber er ist ein schlauer Kerl. Der Prinz vertraut ihm viel an." Vergnügt pfeifend schlenderte der Alte zum Tor. Mit gestrecktem Buckel lugte er an den Wachen vorbei. „Ich glaube – ja, sie scheinen weg zu sein. Also, ihr könnt jetzt zu Ingo. Viel Glück."

Melradin räusperte sich plötzlich aufgeregt. „Danke."

„Eine Sache noch", piepte Evelyn. Der Winzling wandte sich wieder zu ihnen um. „Woher hast du gleich gewusst, dass wir nicht auch einfach nur Erfindungen dieses Prinzen sind?"

Der Alte lächelte. „Das habe ich nie behauptet. Aber wer Prinz Flerdderick so gut kennt wie ich, erkennt auch seine Fantasie, wenn sie einem über den Weg läuft. Und, ich meine, seht euch um. Ihr seid wie von einem anderen Planeten." Damit stapfte er pfeifend davon, den Besen vergnügt auf der Schulter umherwippend.

Melradin richtete seinen Blick wieder auf das Tor. Auf ein Neues. Die Wachen sahen immer noch so teilnahmslos drein wie vorhin. Er schritt auf sie zu. Irgendwie hatte er das Gefühl, umherzuschwanken, so sehr achtete er darauf, möglichst gerade und aufrecht durch dieses verdammte Tor zu marschieren.

Für einen Moment hielt er den Atem an, als er an den zwei Lanzen vorbeirauschte. Aber diesmal surrten sie nicht vor und versperrten ihm den Weg. Verblüfft fand sich Melradin im Schloss wieder.

Er hielt inne und sah sich um. Das letzte Licht der Dämmerung drang durch große, runde Fenster mit bunten Mustern. Weite Schatten bedeckten die gewölbte Decke, die so hoch war, dass es Melradin fast schwindelig wurde, als er zu ihr hinaufblickte. Eine kleine Wendeltreppe aus vielleicht einem Dutzend Stufen schraubte sich wie von Geisterhand hinauf und hinunter und pendelte zwischen Boden und einer Tür, die sich ihren Platz irgendwo in luftiger Höhe ausgesucht hatte.

Hier und da schlängelte sich noch eine Treppe hoch zu einer

Balkone, die sich kreuz und quer in den riesigen Saal streckten und mit bunten Bögen und kunstvollem Geländer aus Glas verziert waren. Leises Kichern hallte zu den beiden hinunter und verriet die winzigen Feen, die auch hier umherflatterten und an der ein oder anderen Stelle wundersame Kerzen mit blauen Flammen entzündeten. Große Torbögen links und rechts führten zu ebenso riesigen Treppen, die wahrscheinlich hoch zu den Türmen führten.

Evelyn murmelte erstaunt. Der Saal war zauberhaft anzusehen. Und es dauerte einige Zeit, bis Melradin seinen verirrt umherschweifenden Blick wieder unter Kontrolle bekam und ihn nach vorne richtete.

Ein kleiner Lichtkreis erfüllte die Mitte des Raums. Eine Gestalt saß an einem winzig erscheinenden Schreibtisch und blätterte gedankenverloren einen Papierstapel durch. Von ihrer Schulter hing so etwas wie ein Fühler mit einer leuchtenden Kugel vorne dran. Ein Büro mitten im prunkvollen Schloss.

Etwas unsicher trat Melradin auf die Gestalt zu. Seine Schritte hallten durch das Gemäuer. „Entschuldigung", räusperte er sich. Erst jetzt sah sie auf. Ein langer, blauer Hals hielt so etwas wie einen Giraffenkopf in die Höhe, der allerdings auch blau war und irgendwie noch etwas von einem Dackel an sich hatte. Aber am ehesten gehörte er zu einer Giraffe.

„Hallo." Zu Melradins Verblüffung kam die Antwort nicht aus dem dackelhaften Giraffenmund, sondern von einem Hubbel am linken Ohr, den er bis dahin noch gar nicht bemerkt hatte. Dieser stellte sich nun allerdings als eine einzige Lippenbeule heraus, hinter der weiße Zähne hervorblitzten. „Was gibt's?"

„Ich ... äh ..." Melradin räusperte sich. Beim Anblick dieses modernen Kunstwerks waren ihm grade irgendwie die gedanklichen Spickkärtchen aus der Hand gerutscht.

„Wir möchten zum geheimen Raum", übernahm Evelyn.

„Genau."

Stumm wanderten die runden Äugelchen der Gestalt zwischen den beiden hin und her. Irgendetwas gurgelte schließlich den langen Hals hinauf. Melradin interpretierte es vorsichtig als Lachen. „Ihr wollt wohin?"

„Zum geheimen Raum", wiederholte Melradin.

„Es ist wichtig", fügte die piepsige Mausestimme hinzu.

„Ach so." Die Mundbeule lachte. „Ja, dann, wenn es wichtig ist: hinten, zweite Tür links. Ist ausgeschildert." Begeistert von ihrem eigenen Witz, klopfte die blaue Giraffe auf den Schreibtisch.

„Bitte", zwängte Melradin mit tiefer, eindringlicher Stimme hervor. Er trat einen Schritt näher. „Es geht um das Überleben aller Welten. Auch dieser hier." Zugegeben – das klang ein bisschen dick aufgetragen. Aber es war ja die Wahrheit!

„Verstehe", murmelte das Wesen unbeeindruckt. „Es ist nur so, der geheime Raum ist aus einem Grund geheim: Weil ihn niemand kennt, außer Prinz Fledderick. Und weil ihn niemand kennt außer ihm, darf ihn auch keiner sonst betreten."

„Wir kennen ihn", piepste Evelyn entschlossen. „Und du wirst uns sagen, wo er ist. Sonst hast du mehr Ärger am Hals, als du dir vorstellen kannst."

Die Giraffe seufzte genervt. „Das reicht. Wache!" Sie klatschte zweimal mit ihren kleinen Händen. Die zwei Hampelmänner kamen herangespurtet. „Die beiden hier wollten gerade gehen."

„Aber ...", stammelte Melradin sprachlos. „Es geht um unser aller Überleben! Wir müssen das brennende Einhorn finden! Um Melgor zu besiegen! Doaed schickt uns!" Nicht einmal das imponierte dem verkrüppelten blauen Ding, das sich erschöpft im Stuhl zurücklehnte und dabei zusah, wie die beiden aus dem Schloss gezerrt wurden.

Wieder an der frischen Luft ließ Melradin die Schultern hängen. „Und jetzt? Du hast grade, glaube ich, irgendetwas von unvorstellbarem Ärger erwähnt."

„Ja", seufzte Evelyn. „Hab ganz vergessen, dass das als Maus wahrscheinlich nicht ganz so eindrucksvoll klingt wie als Drachin."

„Willst du dich verwandeln?"

„Und einfach das ganze Schloss abfackeln? Nein."

„Du musst ja nicht gleich die schweren Geschütze auffahren", murmelte Melradin und schlenderte ziellos davon. „Könnte mir vorstellen, dass alleine der Anblick eines Drachen das eine oder andere Argument überflüssig macht."

„Ich weiß nicht, das könnte das Ganze auch nur noch ..." Sie verstummte. „Hör mal."

Melradin lauschte. Ein leises, kratzendes Geräusch drang um eine

Biegung zu ihnen hinüber. „Der Typ mit dem Besen", murmelte er.

„Denkst du gerade das Gleiche wie ich?"

Melradin schnaubte. „Nein, ich glaube nicht."

„Aber er weiß, wo der Raum ist. Ganz bestimmt."

„Toll. Sollen wir dann zu ihm hingehen und sagen: 'Tschuldigung, wo geht's hier noch mal zum geheimen Raum?"

Evelyn lächelte. „Nein, aber ..." Wieder hielt sie inne.

„Dachte ich's mir doch, dass ich jemanden flüstern gehört habe." Das alte Kerlchen trat aus den Schatten hervor. Verblüfft sahen die beiden den buckligen Winzling an.

„Ja", gluckste er. „Ich mag zwar alt sein, aber leises Gezischel hör ich trotzdem bis ans andere Ende des Sees. Ist wichtig, wenn man lästige kleine Plagegeister fangen will."

„Ist es denn nicht schon ein bisschen dunkel zum Fegen?", piepste Evelyn angesichts der eingebrochenen Nacht, die gerade dabei war, auch noch den letzten, ursprungslosen Schimmer der Dämmerung zu verschlucken. Der blaue Diamant an der Spitze des höchsten Turms zauberte ein geisterhaftes Lichtspiel auf das Weiß des Schlosses.

„Stimmt", sagte der Winzling munter. „Aber ganz unter uns." Er trat einen Schritt näher. „Eigentlich fege ich gar nicht. Ich jage."

„Du jagst? Mit dem Besen?", wunderte sich Evelyn.

Der buckelige Halbling nickte. „Fingerhutfersenzwicker. Kleine, gemeine Teile. Ist mir ein Rätsel, wie sie an einen Schlüssel zu dieser Welt gelangen konnten. Aber der Prinz ist zu beschäftigt, sie alle immer wieder rauszuwerfen, also bleibt die Sache an mir hängen. Verstecken sich am liebsten unter den Stufen von den Treppen hier draußen." Der Alte schmunzelte. „Verdammt schnell und gewitzt, die Teile. Bei meiner ersten Jagd nach denen wäre ich fast verzweifelt. Die kriegst du einfach nicht in die Finger. Und wenn du einmal nicht aufpasst, beißen sie dir in die Ferse. Aber eines Tages bin ich auf den Trick mit dem Besen gestoßen, als ich die Treppen hier draußen fegen wollte und plötzlich eine ganze Mannschaft Fingerhutfersenzwicker benommen aus ihrem Versteck getaumelt ist." Der Winzling kicherte sich ins Fäustchen. „Ertragen das Geräusch irgendwie nicht. Aber sagt mal, warum seid ihr eigentlich schon wieder hier draußen? Haben euch die Wachen nicht reingelassen?"

„Doch, aber ...", begann Melradin.

„Wir brauchen deine Hilfe", piepste Evelyn. „Wir müssen zum geheimen Raum."

Der Alte erstarrte. „Woher wisst ihr von ihm?"

„Hör zu: Es ist Einiges geschehen im Schattenreich. Lethuriel ist gefallen." Melradin spürte, wie es ihn noch immer bewegte, allein die Tatsache auszusprechen. Der Winzling sah ihn bestürzt an. „Wenn wir diesen Raum nicht finden, gibt es nichts mehr, was die Schwarze Invasion noch aufhalten kann."

Der Halbling stand einen Moment lang mit aufgerissenen Augen da, dann schüttelte er traurig den Kopf. „Ihr versprecht euch zu viel von diesem Raum."

Melradin kniete sich auf die Höhe des buckligen Zwergs. „Aber er ist unsere letzte Hoffnung! Wir müssen jemanden finden. Den Letzten, der Melgor noch entgegentreten kann." Ohne dass er es bemerkt hatte, hatten sich seine Hände auf die Schultern des Kerlchens gelegt. Er spürte, wie sie ganz leicht unter seinen Fingern zitterten.

„Ich …" Der Alte schluckte.

„Bitte!", piepste Evelyn so eindringlich, wie sie konnte.

„Ich kann nicht." Der buckelige Zwerg sah betreten zu Boden. „Ich würde das Vertrauen des Prinzen missbrauchen."

Melradin atmete tief durch. Seine Ausrast-Ader pulsierte heftig an der Schläfe. „Nein. Schau her!" Er zwang den Winzling, aufzusehen. „Der Wärter ist auf dem Weg, das gesamte Licht im Schattenreich zu vernichten und wieder in seinen Turm zu sperren. Das Licht Lethuriels, das Licht Falmallondars, das Licht Xentropolis'. Und früher oder später auch dieses Licht. Es ist unvermeidbar. Außer du gibst uns beiden eine Chance, eine letzte Chance die Zerstörung der Welten abzuwe…"

Ein schrilles Pfeifen unterbrach ihn plötzlich. Irgendetwas zischte kreischend aus den Schatten und verschwand in der Dunkelheit der Nacht. Verdattert sah Melradin dem winzigen Schemen hinterher. Ein Gnom vielleicht? Allerdings ein ziemlich hässlicher Gnom, wenn er dem optischen Schnappschuss, den er gerade vor lauter Schreck noch erhascht hatte, vertrauen konnte. Das schrille Trällern verstummte.

„Ein Zwerggnoll!", hauchte der Alte. „Schon ewig her, dass einer so nah an mir vorbeigeflitzt ist."

„Ein was?", piepste Evelyn, die wohl ebenso perplex war wie Melradin.

„Ein Zwerggnoll. Teuflische kleine Dinger. Sie fressen die ganze Speisekammer leer, ohne dass ich sie ein einziges Mal zu Gesicht bekomme. Aber ich entdecke manchmal ihre kleinen Tunnel. Haben ihr eigenes Reich da unten. Und sogar einen König." Der kleine Kerl schmunzelte. „Das hab ich mal aus einem herausgequetscht, der in meine Gnollfalle reingetappt ist. Ich hab mir da nämlich was ausgedacht, wisst ihr? Aber bisher ist leider nur der Eine drauf reingefallen. Sind einfach zu clever, die Teile. Und irgendwie hat er's auch geschafft, aus seinem Käfig auszubrechen. Da haben ihm wahrscheinlich die anderen geholfen." Eifrig plapperte der Alte mit dem Strohhut und schien heilfroh, das Thema gewechselt zu haben. „Aber was war denn das, was den Kleinen da grade verjagt hat?"

Melradin stand seufzend auf. Das Pfeifen war aus seiner Tasche gekommen. Er holte das Kästchen hervor, das ihnen der Mugg zum Abschied geschenkt hatte. „Das ist ein Zwerggnoll-Pieper", erklärte er dem Alten, der das kleine Ding staunend in die Hand nahm. Er klappte das Kästchen auf.

„Sogar mit einem Gnollkompass!"

Melradin beugte sich mit einem „Tatsächlich?" im Gesicht über den Buckel des Kerlchens. Eine kleine Nadel zitterte wie bei einem Kompass in eine Richtung, ruckelte aber Stück für Stück dem offensichtlich umherwuselnden Norden hinterher.

„Wo habt ihr das Teil denn her?" Der Winzling reichte den Zwerggnoll-Pieper Melradin zurück.

„Ein Abschiedsgeschenk eines flüchtigen Bekannten", sagte Melradin achselzuckend.

„Es ist so", kam der Alte wieder auf den geheimen Raum zu sprechen, während er unruhig an sich herumfummelte. „Der Prinz hat mich schwören lassen, nie wieder auch nur in die Nähe dieser einen Tür zu gehen. Er hat mir nie gesagt weshalb. Aber aus irgendeinem Grund verabscheut er diesen Ort. Und alle Erinnerungen, die mit ihm verknüpft sind." Der alte Halbling trat zögerlich einen Schritt zurück. „Ich kann dieses Versprechen unmöglich brechen." Er zwang sich dazu, seinen am Boden klebenden Blick zu ihnen aufzurichten. „Aber es gibt noch eine andere Möglichkeit wie ihr ihn finden könnt. Kommt mit! Ich zeige euch die Speisekammer."

37

Der Winzling hauchte in die blaue Flamme seiner Kerze. Das Licht wehte davon wie seidene Schleier und flatterte durch den Raum, wo es hier und da flackernd einen Docht zum Leben erweckte. Die kleinen blauen Flammen erhellten die Speisekammer.
„Da wären wir", flüsterte der Halbling.
Melradin war bewusst geworden, wie viel Überwindung es den Kleinen gekostet haben musste, sie heimlich ins Schloss zu schmuggeln. Wenn Ingo, die blaue Giraffe, sie dabei erwischt hätte, wäre der Alte womöglich mitsamt seinem Besen vor der Tür gelandet. Denn solange der Prinz nicht da war, hatte das blaue Vieh das Sagen. Melradin hatte diese Angst nur noch verschlimmert, als er gemurrt hatte, dass er diesem Krüppel eher den Hals zuknoten würde, als sich noch ein Wort von ihm sagen zu lassen.
Aber der bucklige Zwerg kannte zum Glück alle erdenklichen Hintertüren, sodass sie sich unbemerkt hatten einschleichen können. Was dann allerdings für ein Wirrwarr an Treppen und Gängen auf sie zugekommen war, überstieg Melradins Orientierungssinn um Welten. Über Brücken aus Glas und umherschwebende Stufen waren sie geschlichen. Und einmal waren sie sogar über eine Art Feuerleiter hinab in die Tiefe gerutscht. Ein Labyrinth, aus dem Melradin unmöglich wieder hinausfinden würde. Aber das wollten sie zum Glück ja auch gar nicht. Einen verdammten Raum zu finden, reichte schon.
Melradin ließ seinen Blick umherwandern. Ein stämmiges Regal mit protzigen Bottichen, die ein Halbling wahrscheinlich als Waschkübel hätte benutzen können, erstreckte sich an der Wand entlang. Gelber Honig tröpfelte randvoll an ihnen herab. Hinten stapelten sich riesige Fladenbrote und beachtliche Fleischklumpen hingen neben dem Käseregal von der Decke. Rechts von ihnen standen noch drei Behälter

in der Ecke, so groß wie Regentonnen. Marmeladenkleckse auf dem Boden verrieten ihren Inhalt.

„Bitte lasst die Tür dahinten zu", flüsterte das Männchen. „Da geht's zum Schokoladenzimmer. Ist mit gnollsicherer Panzerung verbarrikadiert. Wenn da aber einer reinhuscht und das zu Gesicht bekommt, werden die mit Sicherheit irgendwie versuchen, die Wand zu sprengen."

„Und wir sollen uns hier jetzt auf die Lauer legen, bis wir so ein Ding in die Finger bekommen?", hoffte Melradin irgendetwas an dem Plan missverstanden zu haben, den ihnen das alte Kerlchen auf dem Weg hier her unterbreitet hatte.

„Ja. Ich weiß, es ist mühsam. Aber es ist eure einzige Chance, diesen … ihr wisst schon. Das zu finden, was ihr sucht. Diese Gnome wissen bestimmt, wo er ist. Die stecken überall ihre Nase rein."

„Vielen Dank", piepste Evelyn auf Melradins Schulter, der nur mit Mühe ein entnervtes Seufzen unterdrücken konnte. Es war einfach zum Haare raufen. Das Schicksal aller Welten stand auf dem Spiel und sie wurden dazu verdammt, auf Zwerggnomjagd zu gehen. „Wir wissen, wie schwer dir das gefallen ist, uns hier runter zu lassen."

Das bucklige Kerlchen nickte, sah aber betrübt zu Boden. „Es tut mir leid, dass ich nicht mehr für euch tun kann." Der kleine Adamsapfel hüpfte einen schweren Schlucker. „Aber der Prinz hat mich als seinen Diener erschaffen. Ich kann mein Versprechen nicht brechen." Er sah wieder zu ihnen auf. „Ich gehe jetzt wieder hoch. Aber seid unbesorgt. Hier kommt nur jemand runter, wenn der Prinz frühstücken will oder wenn das Regenbogenfest ansteht. Oder ich, um die kleinen Biester zu verjagen. Euch wird niemand stören." Er tapste ein paar zögerliche Schritte rückwärts. „Viel Glück." Damit wandte er sich um und ging.

Die zwei rührten sich erst, als das Pochen verstummt war.

„Ich würde vorschlagen …", begann Melradin schließlich. Sein Magen rumorte gierig.

„Aber nur ein ganz klein wenig", piepste Evelyn, die offensichtlich mit demselben Gedanken gespielt hatte.

Grinsend trat Melradin in die Kammer. „Ein Honigbrot gefällig?" Er brach ein Stückchen von dem obersten Fladenbrot ab und tunkte es in einen der Bottiche.

„Nein, danke. Ich teste mal die Käsetheke."

Achselzuckend machte sich Melradin daran, das Brot in seiner Hand zu verschlingen, während Evelyn gierig an einem Brocken Käse herumknabberte, der doppelt so groß war wie sie selbst.

„Sooo ..." Mit gefülltem Magen warf Melradin einen hoffnungsvollen Blick auf den Gnollkompass. Die Nadel eierte orientierungslos hin und her. „Scheinen einige von diesen Dingern in der Nähe zu sein", murmelte er.

„Wieso? Was zeigt es an?" Neugierig wuselte Evelyn wieder auf seine Schulter.

„Nichts. Aber es pendelt wie verrückt."

„Toll." Ernüchtert setzte Evelyn ihren vollen Bauch ab.

„Also ich habe nicht den blassesten Schimmer, wie wir so einen Zwerggnoll in die Finger bekommen sollen." Ratlos ließ Melradin seinen Blick durch die Kammer wandern. Alles war ruhig. Kein winziges Rascheln irgendwo in der Ecke. Nichts.

„Na ja, solange wir beide hier drin sind, wird sich wohl kaum einer aus seinem Versteck trauen", überlegte Evelyn.

„Du meinst, wir sollten das Licht ausmachen?", fragte Melradin skeptisch.

„Nein", schnaubte die Maus. „Aber ..." Sie zögerte. „Ich könnte mich in eine fette Ratte verwandeln und mich auf die Lauer legen."

Dieses Mal schnaubte Melradin. „Das heißt, ich hocke so lang draußen im Gang, während hier drin eine dicke Ratte verzweifelt versucht, sich aus dem Würgegriff eines Zwerggnolls zu befreien?"

Evelyn kicherte. „Zur Not würde ich bestimmt noch ein bisschen Feuer aus meinem Rachen kitzeln können."

„Aber wir brauchen es lebendig", seufzte Melradin. „Außerdem sind diese Gnolle ziemlich flink. Zumindest war es der eine vorhin."

„Gut. Hast du dann eine andere Idee?"

Melradin kratzte sich nachdenklich am Kinn. Sein Blick schielte zu der verschlossenen Tür hinüber. Der Tür zum Schokoladenzimmer. „Vielleicht." Ihm gefiel der Gedanke nicht sonderlich. Er hatte dem alten Halbling etwas versprochen. Diese Tür sollte nicht geöffnet werden. Aber verdammt, es ging hier um mehr als um einen plumpen Schokoladenberg, der möglicherweise von kleinen Biestern weggefressen wurde! Hier stand das Schicksal des Schattenreichs auf dem Spiel.

„Wir könnten sie anlocken." Er nickte zu der Tür hinüber. „Wenn wir die Tür einen Spaltbreit offen stehen lassen, können sie vielleicht nicht widerstehen."

Evelyn schwieg für ein, zwei Momente. „Also gut", murmelte sie.

Melradin schritt zu der verschlossenen Tür und rüttelte daran.

„Schau mal durch das Schlüsselloch", piepste Evelyn.

Melradin bückte sich. Hastig krabbelte Evelyn auf seinen Hals, um nicht herunterzufallen. „Scheint was drin zu stecken", meinte Melradin und rückte noch ein Stück näher. „Auf jeden Fall sehe ich nichts."

„Der Schlüssel." Evelyn krabbelte vor, um selber einen Blick durch das Loch spähen zu können. „Er steckt von der anderen Seite drin."

„Meinst du?", wunderte sich Melradin. „Wie soll man denn dann zugeschlossen haben?"

Die Maus zuckte mit den Schultern. „Vielleicht gibt's noch eine zweite Tür." Sie krabbelte wieder hoch auf seine Schulter. „Gib mir mal das Amulett. Oder nein – hast du auch noch was Kleineres?"

„Willst du dich da etwa durchquetschen?", musterte Melradin etwas skeptisch den hauchdünnen Türspalt.

Selbst ein wenig verunsichert wackelte Evelyn einen Moment lang zögerlich mit den Barthaaren. „Uns bleibt nichts anderes übrig, oder?"

Gerade als Melradin etwas erwidern wollte, ertönte plötzlich ein schrilles Trällern. Der Zwerggnoll-Pieper. Bevor ihm überhaupt ein klarer Gedanke kommen konnte, zischte Evelyn bereits von seiner Schulter. „Hilf mir!"

Einen winzigen Moment lang glotzte Melradin völlig perplex zu seiner Gefährtin hinunter. Aufopferungsvoll war sie nach vorne gehechtet und klammerte sich nun verzweifelt um das Bein eines ebenso verdatterten Winzlings, der vor Schreck hinter seinem Versteck hervorgestolpert war.

Ein Zwerggnoll. Melradins Herz machte einen aufgeregten Hüpfer. Mit einem Satz sprang er dem rangelnden Knäuel hinterher, doch das winzige Ding mit der Klumpennase fand einen Moment zu früh seine Orientierung wieder. Quiekend befreite es sich aus den ins Leere grabschenden Fingern und versuchte, davon zu stolpern, eine todesmutige Maus hinter sich herschleifend.

Eilig rappelte sich Melradin wieder auf, während das Piepen in seiner Hosentasche regelrecht ausflippte und kontinuierlich schriller wurde.

Verzweifelt kletterte das in Lumpen gekleidete Biest das Honigregal hoch und strampelte so stark es konnte. Doch Evelyn ließ nicht locker, auch wenn sich ihr Piepsen mittlerweile zu dem grässlichen Trällern dazugesellt hatte und sich alles andere als munter anhörte.

Melradin hastete zu den riesigen Honigbehältern und versuchte, den kreischend umherrennenden Gnoll zu schnappen, aber diese verdammten Bottiche waren einfach zu sperrig und der Gnoll zu flink.

„Jetzt ... fang ... ihn ... verdammt!", würgte Evelyn hervor, während sie im Takt der Schritte des Winzlings auf den Boden geklatscht wurde.

„Ich ..." Melradins Rechtfertigung wurde unterbrochen von einem gurgelnden Geräusch, als der Zwerg das Ende der Honigwannen erreicht hatte und mit einem verzweifelten Satz zum Käseregal hinüberhechtete. Krachend landete er auf einem Schimmelkäse und stolperte mit der Maus am Bein über die Käseberge.

Melradin sprang hinterher und hätte den hässlichen Gnom um ein Haar zu fassen bekommen, hätte es der nicht irgendwie fertiggebracht, sich mit einem verzweifelten Satz eine Etage höher zu katapultieren. Hoffnungslos außer Puste purzelte er weiter über die Gaudabrocken, über ihm nur noch die von der Decke hängenden Fleischklötze.

Siegessicher rappelte sich Melradin durch die Käsestapel und schnappte nach dem hechelnden Winzling, der seine einzige Rettung in einem letzten Sprung in die Höhe ausfindig machte. Würgend klammerte sich der Zwerggnoll an einen der Fleischbrocken und versuchte, sich mit rot anlaufendem Gesicht in die Höhe zu zerren. Der Klotz wankte zwei-, dreimal hin und her, dann riss plötzlich die Schnur und der hässliche Zwerg krachte gemeinsam mit der Maus auf das Käseregal. Zwei zupackende Menschenhände empfingen ihn.

„Alles in Ordnung?" Besorgt musterte Melradin die etwas mitgenommen dreinblickende Maus. Ihre Frisur war hoffnungslos verstrubbelt und zu einem Iro aufgestellt.

„Mir geht's blendend, danke der Nachfrage." Evelyn keuchte und stemmte sich wieder auf die Beine.

Der Zwerggnoll in Melradins Händen strampelte indes um sein Leben und verrenkte verzweifelt den Hals, um irgendwo seine spitzen Zähne vergraben zu können, wurde allerdings nicht fündig.

„Halt ihn bloß fest", murrte Evelyn und strich sich notdürftig das Fell glatt. „Noch einmal beiß ich nicht in diesen stinkenden Fuß."

„Aah, dieses verdammte Pfeifen!", bellte Melradin gestresst und würgte das zappelnde Biest, als hoffte er, damit das Piepen in seiner Hosentasche zum Verstummen zu bringen. „Kommst du irgendwie an meine Hosentasche?"

„Warte." Evelyn krabbelte ein paar Käse-Etagen tiefer. „Noch ein Stückchen näher!" Schnüffelnd streckte sie sich in Melradins rechte Hosentasche, aus der die piepende Sirene unermüdlich trällerte. Melradin drückte sich gegen das Regal, während er darauf achtete, den Griff um den um sich schlagenden Zwerggnoll nicht lockerer werden zu lassen. Ächzend zog die Maus das Kästchen hervor.

„Hast du's?"

„Ja." Keuchend stemmte Evelyn den Zwerggnoll-Pieper mit ihren Pfoten neben sich.

„Irgendein Abstellknopf oder so was?", presste Melradin zwischen den grimmig zusammengebissenen Zähnen hervor. Der Winzling hatte damit begonnen, plärrend mit den Fäusten auf ihn einzuhämmern.

Evelyn klappte das Kästchen auf und wackelte schnüffelnd mit den Barthaaren. „Nein, nichts zu sehen."

Grummelnd warf Melradin einen hasserfüllten Blick auf den Gnollkompass. „Dann hau auf das Ding ein oder so was!"

„Ich?", kicherte Evelyn und ließ ihr Fäustchen auf den Pieper donnern. „Komm, lass uns einfach rausgehen." Sie krabbelte an Melradins Ellenbogen hinauf auf seine Schulter.

Murrend stapfte Melradin mit seiner tretenden Beute zum Ausgang und pfefferte mit einem Fußtritt die Tür hinter sich zu. Das Trällern wurde dumpfer.

„Puhh!" Evelyn wischte sich den Schweiß von der Stirn. „Wir haben tatsächlich einen gefangen!" Sie klatschte sich entzückt in ihre Mausehände.

„Ja, aber ist das auch wirklich ein Zwerggnoll?" Skeptisch betrachtete Melradin den äußerst lebendigen Knirps zwischen seinen Händen. Mit der klumpigen Nase und den spitzen Ohren hatte die Gestalt Ähnlichkeiten mit einem Melradin, der versuchte, sich in einen Goblin zu verwandeln. Aber ein Gnoll? „Sehen die nicht anders aus? Eher hyänenartiger. Nicht so ... mir fehlt das Wort."

„Sieht irgendwie aus wie ein hässlicher Gnom, ich weiß", murmelte Evelyn, nun auch verunsichert.

Melradin nickte. Ein hässlicher Gnom mit einer Koboldnase und einem beulenartigen, abgeknickten Kinn. Ein Minigoblin. Das traf die Sache schon eher. „Andererseits hab ich auch noch nie einen echten Gnoll gesehen. Du etwa?"

Die Maus schüttelte den Kopf. „Ich kenne sie nur aus Märchen." Mutig tapste sie ein wenig näher zu dem strampelnden Biest, das sich mittlerweile heißer gekreischt hatte. „Hey du, wie ist dein Name?"

Das Frettchen erweckte nicht den Eindruck, die Frage verstanden zu haben. Wie ein Kleinkind, das den Riesenteddy aus dem Schaufenster nicht bekommt, klopfte es krächzend auf Melradins Hände ein.

„Bist du ein Zwerggnoll?", versuchte es Melradin.

Diesmal antwortete der Winzling mit fanatischen Zubeißversuchen und ratterte wie ein Schredder nach Melradins Fingern, indem er sein Kinn auf die Brust klemmte und sich irgendwie tiefer zu beugen versuchte, was ihm allerdings, dank Melradins festem Griff, nicht gelang.

„Glaubst du ...", murmelte Evelyn.

Melradin wusste, was sie sagen wollte. Noch war nicht geklärt, ob das Vieh sie überhaupt verstand. Denn wenn dieser Winzling mit dem zerfledderten Laken tatsächlich kein Zwerggnoll war, gab es eigentlich nichts, was darauf schließen ließ. Melradin kam eine Idee.

„Hör zu, du Wicht: Wir waren gerade kurz davor, das verdammte Schloss zum Schokoladenzimmer zu knacken. Das heißt, wenn du jetzt endlich aufhörst, so zu schreien, können wir weitermachen und du kriegst von mir aus ein kleines Bisschen von der Beute ab."

Der Zwerggnoll verstummte abrupt. Mit großen Augen sah er Melradin an. „Ihr seid Einbrecher?", krächzte er heißer.

Melradin konnte sich ein schmales Grinsen nicht verkneifen. Ganz der Hellste war der Knirps auf jeden Fall schon mal nicht. „Das geht dich nichts an. Alles, was du tun musst, ist die Klappe zu halten und zu antworten, wenn man dich etwas fragt, kapiert?"

Der Winzling ächzte. „Wenn du mir kurz mal ein bisschen Luft gönnen würdest, dann ..."

„Falsch." Melradin quetschte ein Würgen aus der Gnom-Tube. „Das war eine sogenannte Ja-Nein-Frage. Solche Fragen beantwortet man mit Ja oder Nein. Also, noch mal: Wir stellen die Fragen, du antwortest. Kapiert?"

Der schmuddelige Zwerg keuchte ein Ja.

„Gut. Nächste Frage: Bist du ein Zwerggnoll?"
Der Winzling schnaubte. „Was denn sonst? Eine Fee?"
Evelyn seufzte. „Ja oder nein."
„Ja, verdammt!"
„Na also." Die Maus krabbelte wieder hoch auf Melradins Schulter.
„Kennst du einen sogenannten geheimen Raum?", fragte Melradin.
„Das Schokoladenzimmer?" Der Zwerggnoll streckte hellhörig den Kopf in die Höhe. Seine Augen schimmerten begierig.
„Nein. Einen anderen geheimen Raum."
„Wie … was … ich dachte …" Das Zwergchen war verwirrt.
„Hör mal", grübelte Evelyn eilig nach einer einigermaßen plausiblen Erklärung. „Das Schokoladenzimmer ist nicht nur mit einem normalen Schloss verriegelt. Da steckt mehr dahinter. Eine Art Schutzzauber."
„Magie?", rümpfte der Wicht die Nase.
Die Maus nickte. „Eine sehr mächtige Magie. Aber das wussten wir schon, bevor wir hierhergekommen sind. Wir kennen den Ursprung dieser Magie."
„Der geheime Raum", sagte Melradin. „Wir wissen, dass ihr kleinen Biester jedes Zimmer dieses Schlosses kennt. Wenn du uns zeigst, wo sich dieser Raum befindet, kann sich dein Völkchen von mir aus an der Schokolade satt fressen, die wir nicht mehr tragen konnten."
Der Winzling befummelte sich gierig den Mund. Der Gedanke, sich vielleicht als erster Zwerggnoll der Geschichte in das heilige Schlaraffenland hinter dieser verdammten Tür stürzen zu können, belegte gerade offensichtlich alle vorhandenen Gehirnbahnen.
Melradin schüttelte das Kerlchen.
„Wie? Was? Ach so, ja. Der geheime Raum. Also gut, also gut. Ich zeige ihn euch. Klar. Aber nur, wenn ich …" Der Zwerg schien überfordert, diese nächsten Worte der absoluten Glückseligkeit über die Lippen zu bringen. „Aber nur, wenn ich dafür das goldene Schokoladenei bekomme." Der Gnom schnappte aufgeregt nach Luft.
„Das was?", fragten Evelyn und Melradin verdutzt.
„Ihr kennt es nicht?", haspelte der Zwerggnoll völlig verdattert. „Das g-g-goldene Schokoladenei! Der heilige Gral des Schokoladendaseins! So groß wie die Nase des Königs Grumpelbein und so zart wie die jungfräulichen Lippen der Prinzessin Guthrun." Der Wicht floss dahin in einem sehnsüchtigen Seufzer.

„Aha", räusperte sich Melradin. „Wir werden sehen, was deine Dienste wert sind."

Der Kopf des Winzlings schoss aufgeregt in die Höhe. „Das heißt, ich krieg es?" Einen Moment lang starrte das Kerlchen ins Leere, während sein Strahlen immer breiter wurde.

„Erst zeigst du uns den geheimen Raum", erwiderte Evelyn.

„Klar, klar!", krächzte der Wicht übereifrig. „Der geheime Raum. Mal überlegen." Er kratzte sich hibbelig an den drei, vier Härchen, die hie und da aus dem verbeulten Schädel ragten. „Da lang!" Der Zwerg streckte die Hand aus und wies in eine Richtung des Ganges.

Melradin spähte skeptisch den immer dunkler werdenden Flur entlang. Eine kahle Wand lugte am Ende des Ganges hinter den Schatten hervor. „Das ist eine Sackgasse."

Der Zwerggnoll kicherte. „Kennt das Schloss nicht so besonders, was? Hier gibt's nirgends eine Sackgasse."

„Aha." Zögerlich schritt Melradin los. „Evelyn, schau mal in meinen Taschen nach, ob da irgendwo noch die Kerze ist."

Wieder krächzte das Frettchen mit der Knubbelnase ein Kichern. „Angst im Dunkeln, was?"

Melradin sah das Biest so grimmig an, wie er nur konnte. „Wenn du auf die Idee kommst, uns zum Narren zu halten, dann ..."

Das Ding sah ihn mit gespielter Bestürzung an. „Was? Wie könnte ich es wagen? Für das goldene Ei würde ich sogar ein rosa Ballerinakleid anziehen und die ganze Zeit so bescheuert kichern wie eine Fee! Oder mit den Gartengnomen Blumenkränze basteln! "

„Ja, ja, schon in Ordnung."

Sie erreichten das Ende des Ganges. Melradin ließ seinen Blick an der Wand entlang wandern. Keine Tür, kein Bild, kein Hebel oder Kerzenhalter oder irgendetwas Geheimgangmäßiges. Bloß kahle Wand umgab sie.

„Und jetzt?", piepste es von seiner Schulter.

Der Wicht glückste amüsiert. „Einfach weitergehen."

„Du meinst ...", murmelte Melradin verdutzt.

„Eine Fata Morgana", kicherte der Winzling und nickte eifrig.

Melradin trat vorsichtig auf die Wand zu. Mit einer Hand tastete er nach dem rauen, kalten Stein. Doch er traf auf keinen Widerstand. Seine Fingerspitzen verschwanden in der Wand. Ganz langsam schritt

Melradin weiter. Die Fata Morgana Sackgasse verschluckte sie. Und plötzlich tat sich vor ihnen eine neue Umgebung auf.

„Wo sind wir?" Melradin sah sich perplex um. Die Wand hinter ihnen war verschwunden. Stattdessen erblickte er ein verschnörkeltes Geländer aus schimmerndem Silber. Sie standen auf einer zierlichen, schmalen Brücke. Blaues Licht umherschwebender Kerzen verdrängte die Düsternis. Ganz langsam, wie eine träge Wolke, schien die Brücke an den zahlreichen Treppen und Balkonen vorbeizuschweben, die sich bis hoch zur Spitze des Turmes stapelten.

Tatsächlich hing die Brücke lose in der Luft herum, ohne an etwas anzuknüpfen. Es gab nur zwei Türen an den Enden. Allerdings handelte es sich um Attrappen, wie Melradin nach mehrmalig ungläubigem Schielen feststellte. Ein einziger Blick in die Tiefe und er fuhr erschrocken wieder zurück und klammerte sich krampfhaft an das Geländer. Der glitzernde Marmorboden ganz unten war winzig klein.

Das Kerlchen kratzte sich verlegen an seinem verbeulten Schädel. „Ich hab uns eigentlich hoch ins Dachkabinett gewünscht. Aber vielleicht hab ich zu sehr an das Ei denken müssen. Ich weiß nicht."

„Wo sind wir?", fragte Evelyn noch einmal ganz langsam.

Das Frettchen verknotete nervös seine Finger. „Keine Ahnung, verdammt! Wir sind auf einer schwebenden Brücke! Mehr weiß ich auch nicht."

„Was war das grade eben? Ein Portal?" Melradin zwang sich, gelassen zu bleiben.

„So was in der Art, ja", haspelte der Winzling eilig. „Man muss sich den Ort, zu dem man hin will, nur deutlich genug vorstellen und schon ist man da. Solche Fata Morganas gibt's überall im Schloss."

„Das heißt, wir können jetzt überall sein", grummelte es auf Melradins Schulter.

„Nein, nein", schüttelte der Zwerggnoll hastig den Kopf. „Wir sind irgendwo im Nordwindturm. Ich bin mir fast sicher. Weht ein bisschen ein laues Lüftchen hier."

„Ja", schnaubte Evelyn. „Das liegt vielleicht auch daran, dass wir gerade in hundert Metern Höhe durch die Gegend schweben!"

„Also", atmete Melradin tief durch und senkte für einen Moment den Arm mit dem Gnoll in der Hand. Heiseres Nörgeln drang zu ihm hoch. „Was sollen wir jetzt tun?"

„Ich verwandle mich in etwas, das fliegen kann, und suche uns einen Ort, der nicht lose umherschwebt", schlug Evelyn mit gedämpfter Stimme vor, sodass es der nörgelnde Wicht nicht mitbekam.

Melradin schüttelte den Kopf. „Dann müssten wir ins Schattenreich."

„Du schon. Den Zwerggnoll krieg ich vielleicht noch rübergeflogen."

„Ah, jetzt weiß ich, wo wir sind! Ich weiß es!", krächzte es von unten. Melradin hob seufzend seine Hand.

„Puh." Erleichtert, nicht mehr kopfüber herumzuhängen, strich sich der Wicht seine drei, vier Haare zurecht. „Wir müssen durch diese Tür da." Er wies zu einer der Türattrappen am Ende der Brücke.

„Und wo landen wir dann?", fragte Melradin mehr als skeptisch.

„Im geheimen Korridor", raunte der Winzling und kicherte. „Sieht so aus, als hätte ich aus Versehen 'ne Abkürzung genommen. Kann's offenbar gar nicht abwarten, euch den geheimen Raum zu zeigen."

„Aha." Evelyn schien Melradins Zweifel zu teilen. „Und warum wünschst du uns dann nicht gleich zu diesem Korridor?"

„Wusste nicht mehr genau, wie er aussieht", zuckte der Zwerg mit den Schultern. „Aber wir sind ja nur noch eine Tür von ihm entfernt."

„Eine Tür, die ins Nichts führt", verbesserte ihn Melradin.

„Keine Sorge. Das ist eine magische Tür. Man muss einfach nur durch und schwups ist man woanders."

„Gut, dann kann ich dich ja vorsichtshalber vorauswerfen", meinte Melradin und trat zu der Tür hin.

„Halt, halt, nein", haspelte der Wicht erschrocken. „Ich muss uns schließlich noch an den richtigen Ort wünschen!"

„Ach ja? Ist das jetzt plötzlich auch so ein Portal?", piepste Evelyn spöttisch.

„Nein", fummelte sich das Kerlchen nervös am Kinn herum. „Aber man muss auswählen! Gibt bestimmt verschiedene Ausgänge. Da muss man aufpassen."

„Verstehe." Melradin öffnete die Tür. Ganz vorsichtig lugte er über die Schwelle. Er schluckte. Hundert Treppen und Gänge aus buntem Glas und glitzerndem Metall schlängelten sich hinab zu einem winzig erscheinenden Marmorboden.

„Me-melradin", stotterte die Maus auf seiner Schulter. „Das ist Wahnsinn!"

Melradin rang sich ein Grinsen ab. „Hat hier etwa eine Drachin Höhenangst?"

„Im Moment bin ich eine Maus. Und ich hocke jemandem auf der Schulter, der es sich grade ernsthaft durch den Kopf gehen lässt, sich einen Turm hinunter zu werfen. In der Hoffnung, vor dem Aufprall vielleicht plötzlich noch irgendwo hinteleportiert zu werden!"

Das Frettchen in Melradins Hand krächzte ein dreckiges Lachen. „Angst, was? Habt wohl gedacht, ich sag euch kurz drei-, viermal nach links und nach rechts und schon sind wir da. Von wegen. Müsst euch was trauen, um zu diesem Korridor zu kommen."

„Also gut." Melradin trat ein paar Schritte zurück.

„Melradin!", keuchte Evelyn entsetzt.

„Festhalten!" Seine Beine wackelten herum wie Gummi, als er, ohne einen weiteren Gedanken zu Wort kommen zu lassen, einfach lospreschte. Irgendein schrilles Piepsen ertönte neben seinem Ohr. Einen kurzen Augenblick lang vermutete er diesen elendigen Gnoll-Pieper dahinter, der nun wohl für alle Tage die kleinen Biester aus der Speisekammer kreischen würde. Erst dann kapierte er, dass es Evelyn sein musste, die sich vollkommen hilflos auf seiner Schulter festklammerte und nichts weiter tun konnte, als zu schreien.

Sie erreichten die Türschwelle. Verdammt, was tat er da? Sie waren der Turmspitze näher als dem sicheren Boden, der irgendwo da ganz unten halb verdeckt wurde von dem Wirrwarr an bunten Konstruktionen, die von der einen Seite des Turmes zur anderen hangelten oder wie sie einfach nur so herumschwebten.

Gleich würden sie fallen, bis sie gegen eine dieser Glastreppen krachten und gemeinsam mit zehntausend Splittern schließlich auf dem Marmorboden landeten. Er konnte das dumpfe *Klock* bereits hören. Das *unspektakuläre* Ende ihrer Reise.

Ohne dass er etwas dagegen tun konnte, packte seine freie Hand nach dem Türrahmen und seine Beine ignorierten die mittlerweile recht leise Stimme, die zum Weiterrennen anfeuerte. Keuchend blieb er einen Spaltbreit vor dem Abgrund stehen.

„Sind wir ... leben wir ...", stotterte Evelyn, die offensichtlich nicht mehr hatte hinschauen können und nun nur ganz langsam ihr Köpfchen aus Melradins Hemd zu heben wagte.

Der Wicht in Melradins Hand kugelte sich vor Lachen. „Haha, hat sich nicht getraut, der Große! Hat wackelige Knie bekommen, was? Und dabei hab ich mir so doll den geheimen Korridor hergewünscht! Das krieg ich nie wieder hin!" Entnervt straffte Melradin seinen Griff ein wenig, bis der Zwerggnoll endlich wieder mit Würgen beschäftigt war. „Als ... ob ...", keuchte es zwischen seinen Fingern. „Als ob ich was dafür kann, dass du dir in die Hosen machst!"

„Halt einfach die Klappe", piepste Evelyn kühl.

„Noch mal." Melradin ging wieder zwei, drei Schritte zurück. Seine Beine zitterten ein wenig. Tief atmete er durch. Sein Blick nagelte sich an die Tür vor ihm. Er musste einfach loslassen, einfach weitergehen. Für einen Moment schloss er die Augen. Seine Finger griffen nach dem kalten Stück Metall, das seine Brust berührte. Das Amulett.

„Wir verlassen die Welt, wenn es nicht klappt", flüsterte er Evelyn zu. „Einfach ganz schnell. Das wird funktionieren."

„In Ordnung." Ihre Stimme zitterte so sehr wie seine Beine.

Er öffnete die Augen wieder. Einfach weitergehen. Loslassen. Irgendetwas schnürte ihm den Hals zu. Sein Mund war staubtrocken.

Los! Melradin spürte, wie sich seine Beine in Bewegung setzten. Seine Augen rissen sich auf, als er sich nun ein zweites Mal der Türschwelle näherte. Er presste sie zu. Blind rannte er weiter, während er in der einen Hand den Zwerggnoll und in der anderen das Amulett zerquetschte. Sein Herz machte einen entsetzten Hüpfer, als er plötzlich nicht mehr auf festen Boden trat.

Sie fielen.

Melradin stockte der Atem. Seine rasenden Gedanken waren mit einem Mal wie gelähmt. Das Amulett, sie mussten die Welt verlassen, schnell! Doch bevor er überhaupt irgendetwas tun konnte, schob sich plötzlich wieder fester Grund unter seine Füße. Der Fahrtwind, der schon damit begonnen hatte, flatternd an ihren Kleidern herumzuspielen, verschwand schlagartig. Perplex öffnete Melradin die Augen.

Sie standen in einem Flur. Hier und da flackerte eine Kerze und zwang die Schatten zu einem ewigen, zittrigen Tanz. Dieses Mal waren es allerdings normale Flammen, keine blauen. In regelmäßigen Abständen zweigten Türen ab. Mit den finsteren Steinwänden wirkte das Ganze trostlos und verlassen. Melradin sah hinter sich. Die Wand starrte ihn stumm an. Er ließ von dem Amulett ab und strich über den kalten Stein. Er war wirklich da. Kein Portal.

„Willkommen im geheimen Korridor!", krächzte der Winzling feierlich.

Unschlüssig blieb Melradin einen Moment lang stehen. Der kalte, düstere Flur machte nicht gerade den Eindruck, gerne von irgendjemandem betreten zu werden.

„In welchem Teil des Schlosses sind wir?", piepste Evelyn. Sie klang genauso verunsichert, wie Melradin sich fühlte.

„Es fühlt sich irgendwie an wie im Kerker." Melradin strich sich mit der freien Hand über den Arm. Der Anblick des kahlen Steins ließ ihn frösteln.

„Bisschen frisch hier, was?", kicherte der Zwerggnoll. „Und düster. Aber ist eben ganz geheim. Nicht eine Treppe führt hier hin. Gar nichts."

„Das heißt, wir befinden uns vielleicht gar nicht mehr im Schloss?", piepte Evelyn.

„Was? Wieso?", rümpfte der Zwerg verwirrt die Nase. „Nur weil keine Treppe hier runter führt? Habt ja keine Ahnung von dem Schloss! Da hängen manchmal ganze Säle einfach in der Luft herum."

„Welche der Türen führt zum geheimen Raum?" Etwas zögerlich trat Melradin ein paar Schritte vor. Sein Blick wanderte den Flur entlang. Im matten Licht der Kerzen starrte ihn über ein Dutzend verschlossener Türen an. Vergebens suchte Melradin nach irgendwelchen Zeichen oder Besonderheiten. Keine Einzige von ihnen stach irgendwie hervor. Die rosa Tür mit blinkender Geheimer-Raum-Reklame war leider nirgends zu entdecken.

Der Wicht verknotete nervös seine Finger. „Ich hatte gehofft, hier würdet ihr übernehmen. Wir arbeiten ja schließlich im Team, richtig?"

Evelyn ließ sich entnervt auf den Hintern fallen. „Du hast also im Grunde keine Ahnung, wo der geheime Raum ist."

„Keine Ahnung? Natürlich hab ich Ahnung!", protestierte der Gnoll. „Ich kenne das Schloss so gut wie kein Zweiter! Und das hier ist der streng geheime Korridor! Ich weiß es ganz bestimmt!" Er dämpfte sein Krächzen ein wenig. „Weil der bekloppte Herr Prinz manchmal ganz besorgt davon schwafelt, dass keiner diesen Ort mehr betreten soll. Und dass er am liebsten den Zugang verrammeln würde. Aber er darf nicht. Manchmal press ich mein Ohr gegen die Wand und lausche ein bisschen, aber er schwafelt eigentlich immer irgendwas Sinnfreies."

Melradin trat zu einer der Türen hin. „Kann irgendwas passieren, wenn ich die hier öffne?", fragte er ein wenig unbeholfen.

„Ähm, ja, ich meine, nein! Doch schon ...", haspelte der hässliche Gnom nervös. „Wir könnten an einen unschönen Ort gebracht werden, zum Beispiel."

Melradin zögerte.

„Uns bleibt doch sowieso nichts anderes übrig", seufzte Evelyn. „Mach sie auf!"

Melradin drückte die Klinke.

Licht drang in den Flur. Ein Fenster stand offen, durch das strahlender Sonnenschein seinen Kopf hereinstreckte. Säuselnder Wind spielte ein wenig mit den Vorhängen herum und brachte den Duft der Wiese herein, die draußen in der prallen Mittagssonne vor sich hin briet.

Melradin sah sich um. Der Raum war klein und spärlich eingerichtet. In seiner Mitte stand ein runder Tisch mit einem weißen Tuch und einem feinsäuberlich gedeckten Porzellanservice. Vier Stühle standen drum herum. Das war's.

Melradin war unwohl zumute. Aus irgendeinem Grund hätten ihn keine zehn Pferde in diesen Raum gebracht. „Kommt dir das hier bekannt vor?", fragte er den Knirps.

„Ähh", hüstelte der Zwerg. „Sieht ganz nach dem Geschmack des bekloppten Prinzen aus! Völlig bescheuert eben." Sein Krächzen klang wahrscheinlich nicht ganz so selbstsicher, wie er es gerne gehabt hätte.

„Geh nicht rein", piepste Evelyn und fasste ihn am Kragen, so als hoffte sie, ihn damit festhalten zu können. Sie hatte recht. Der Anblick war so unerwartet, dass er unheimlich war.

Er trat einen Schritt zurück und schloss die Tür wieder.

„Lass uns mal bei den anderen Türen nachsehen", meinte die Maus auf seiner Schulter und war hörbar erleichtert, diesem gespenstischen Kaffeekränzchen den Rücken gekehrt zu haben.

Die anderen Räume waren allerdings alles andere als einladend. Als Nächstes erwartete sie eine Kammer mit einer Delfinskulptur und winzigen Lichtern, die wie Glühwürmchen um sie herum schwebten. Im Raum daneben stand einfach nur ein alter, modriger Stuhl, auf dem ein paar Marienkäfer umherkrabbelten. Gegenüber stand ein völlig verkrüppelter Kaktus auf der Fensterbank und präsentierte stolz eine einzige Blüte.

Im fünften Raum flatterte ihnen ein Buch entgegen und rauschte nur einen Spaltbreit an Melradins etwas zu langsam zurückzuckender Nase vorbei. Verdattert sahen die drei dem fliegenden Schmöker hinterher, der munter weiter seine Runden drehte. Auf ihm saß eine fingerhutgroße Gestalt, die genussvoll die Augen geschlossen hatte und sich den Wind durchs Haar sausen ließ.

Als Nächstes erschien ein Schaukelstuhl, der knarrend vor sich hin wippte und neben dem ein Hocker mit einer verwelkten Rose stand. Im Raum gegenüber folgte ein Springbrunnen, bei dem auf der einen Seite das Wasser irgendwie aufwärts zu plätschern schien. Und schließlich kamen sie zu einem Raum, in dem eine uralte Frau am Fenster stand und fanatisch auf sie zu stöckelte, als Melradin die Tür öffnete. Erschrocken knallte er sie wieder zu.

Einen Moment lang hielten alle drei wie versteinert die Luft an. Es war still. Die alte Dame schien es sich noch einmal anders überlegt zu haben.

„Puh", erholte sich Evelyn als Erste von dem Schreck. „Also, ich weiß nicht, ob es klug von uns ist, einfach jede Tür zu öffnen. Ich meine, was hoffen wir denn zu finden? Ein Schild auf dem steht: Glückwunsch! Sie haben den geheimen Raum gefunden?"

Melradin grummelte etwas. Sein Blick wanderte den Flur entlang. Sie hatten noch nicht mal die Hälfte. „Nein, aber irgendetwas, das uns weiterbringt", sagte er und sah im selben Moment ein, dass Evelyn recht hatte. Im nächsten Raum wartete vielleicht schon der verrückte Axtmann auf sie. Und der würde möglicherweise sein Zimmer verlassen können.

„Sag mal ..." Melradin hob den Zwerggnoll hoch. „Du warst doch schon mal hier, oder?"

„Klar", krächzte der Wicht stolz. „Ich war schon überall. In jedem Winkel des Schlosses."

„Wie bist du von hier wieder weggekommen?"

„Wieder ...? Ach sooo", kapierte der Minigoblin. „Ich bin, glaub ich, mal diesem Horst mit dem Besen bis hierhin nachgeschlichen. Ist hier runter, um sauber zu machen. Aber hat mich nicht entdeckt", kicherte der Knirps.

„Und wo ist er danach hin?", drängte ihn Evelyn zum entscheidenden Punkt.

„Ähm ..." Das Kerlchen kratzte sich grübelnd am Schädel. „Da hinten! Ist durch irgendeine Tür." Er wies ans Ende des Flurs.

Melradin trat weiter den düsteren Gang entlang. „Durch irgendeine Tür oder kannst du dich wenigstens noch in etwa erinnern durch ..." Er hielt inne. Ein kleines Detail war ihm ins Auge gesprungen, das er bisher übersehen hatte. Eilig schritt er zu einer der Türen hin. Es war eine der beiden allerletzten.

„Ein Schlüssel", flüsterte Evelyn erstaunt. Melradin zog das Stück Metall aus dem Schloss. Der Schlüssel war klein und zierlich. Aber er passte.

Melradin kam ein Gedanke. Sein Herz machte einen aufgeregten Hüpfer. Hastig griff er mit seiner freien Hand in die Tasche und beförderte einen winzigen Gegenstand hervor.

Die Maus auf seiner Schulter sog aufgeregt die Luft ein, als sie ihn erkannte. „Der Schlüssel aus der Kuckucksuhr!"

Melradin hielt die beiden nebeneinander. „Sehen beinahe identisch aus."

„Du meinst ...", hauchte Evelyn.

Melradin nickte. „Dieser Schlüssel passt zu einer der Türen."

„Was? Wie?", haspelte der Zwerggnoll, der die Aufregung nicht begriff. „Wisst ihr jetzt, wie ich an mein goldenes Ei komme?"

Ohne zu antworten, machte sich Melradin ans Werk. Er probierte ein Schloss nach dem anderen. Bei der sechsten oder siebten Tür rastete das kleine Ding ein. Melradin hielt für einen Moment inne und versuchte, sich zu beruhigen.

„Ist sie das?", hauchte Evelyn.

Er nickte.

„Aber das war doch nicht etwa der Raum mit der verrückten Oma, oder?", stotterte der Winzling.

Melradin war bereits dieselbe Befürchtung gekommen, doch er schüttelte den Kopf. „Die war im Raum nebenan." Tatsächlich hatte er keine Ahnung. Mit zittrigen Fingern öffnete er die Tür einen Spaltbreit. Keine wahnsinnige Furie humpelte auf sie zu. Ein Teil der Anspannung ließ von Melradin ab. Er machte den Spalt ein bisschen größer und sah sich um.

Es war ein kalter, düsterer Raum. Kahle Wände stapelten sich Stein für Stein hoch zur Decke. Weit über ihren Köpfen blieb nur eine winzige

Lücke, durch die sich mattes Sonnenlicht zwängte. Stroh lag in der Ecke und erfüllte den Raum mit einem modrigen Gestank. Eiserne Ketten hingen von der Wand.

„Ein Kerker", murmelte Evelyn, so als wüsste sie nicht so recht, was sie davon halten sollte.

Das Kerlchen in Melradins Hand war hellauf begeistert. „Seht mal da!", gackerte es. „Ein Diamant!" Der Winzling streckte sein Ärmchen zur Decke und zeigte auf ein blinkendes Etwas, das von der Decke hing.

Die wenigen Sonnenstrahlen, die durch das kleine Loch schienen, wurden in alle Richtungen reflektiert. Das war er also, der geheime Raum. Ein finsterer Kerker mit einem Diamanten.

„Und wo ist jetzt die Magie?", streckte der Zwerggnoll aufgeregt den Kopf in die Höhe.

„Wir werden da jetzt rein müssen, um den Zauber zu brechen", erwiderte Melradin. „Du wartest hier. Und wehe, du kommst auf die Idee, voraus zu rennen und dir die Beute allein unter den Nagel zu reißen!"

„Ja, ja, klar warte ich!", stolperte die Zunge des Wichts vor Aufregung. Seine Augen blinkten gierig.

„Gut", schmunzelte Melradin zufrieden. „Dann bis gleich." Er setzte den Zwerggnom ab. Mit einem dicken Kloß im Hals trat er zur Türschwelle. „Bereit?"

„Eigentlich nicht", piepste Evelyn.

Melradin spürte, wie sich ihre winzigen Pfoten in sein Hemd gruben. „Gut. Ich nämlich auch nicht."

Melradin trat ein.

38

Das Schattenreich. Diesmal war es so schnell aufgetaucht, dass es Melradin fast schwindelig wurde. Der Kerkerraum war so schlagartig verschwunden wie ein Laken, das man von ihrem Käfig gerissen hatte. Jetzt hingen sie in der Luft, so halbwegs in einer Welt, die aus nichts weiter zu bestehen schien als aus karger Steinwüste.

Melradins Gedanken rasten, als sich die tote Landschaft in dem schleierhaften, ursprungslosen Licht langsam in Bewegung setzte. Der geheime Raum hatte ihr Ziel ausgesucht. Er führte sie zu ihrer größten Sehnsucht. Vergebens versuchte sich Melradin zu beruhigen und spürte, wie sein Herz gegen die Brust hämmerte. Die größte Sehnsucht. Je näher sie ihr kamen, desto aufgeregter wurde er. Was wenn der Raum sie nicht zu dem brennenden Einhorn führte? Wenn er sie stattdessen direkt zu Melgors Feuer führte oder zu einer ganz anderen Sehnsucht?

Bilder huschten durch Melradins Gedanken, ohne dass er etwas dagegen tun konnte. Ein Lockenkopf, der ihn schräg angrinste. Naphtanael. Daneben Ellen und Laila. Und Bodo mit seinem pausbackigen Strahlen. Am hartnäckigsten war das Bild eines verschmitzt lächelnden Gesichts mit verstrubbeltem, grauem Bart und einem spitzen Hut schief auf dem Kopf. Der Alte.

Melradin spürte einen Stich in der Herzgegend. Er hätte zu ihm zurückkehren können. Zu ihm und zu Alice. Er hätte die winzige Welt mit der Lichtung und der klapprigen Hütte wieder finden können. Der Gedanke begann, sehnsüchtig in ihm zu keimen. Aber trotzdem, aus irgendeinem Grund war er sich sicher, dass der geheime Raum sie nicht dorthin führte. Denn es gab etwas anderes, das ihn noch mehr beschäftigte und das er gleichzeitig krampfhaft zu unterdrücken versuchte.

Es war die Sehnsucht nach dem, was er vergessen hatte. Die Sehnsucht nach seinem alten Leben. Melradin presste die Augen zu. Er durfte nicht daran denken. Er durfte nicht zulassen, dass etwas anderes durch sein Hirn spukte als der Wille, das Einhorn zu finden. Er ballte seine Hände zu Fäusten. Sein altes Leben spielte keine Rolle mehr. Jetzt hieß er Melradin. Melradin, der Drachentöter. Und seine einzige Aufgabe war es, Annealaisa zu finden und zu töten. So oft er es sich auch einhämmerte, die eine oder andere Stimme blieb anderer Meinung. Und so flitzte Melradin vollends mit geballten Fäusten und zugepressten Augen durch das Schattenreich, bis ihn schließlich ein strahlend weißes Licht verschluckte und er in einer neuen Welt landete.

Eine sanfte Brise hieß die beiden willkommen und strich ihnen herzlich durchs Haar. Ganz langsam wagte es Melradin, seine Augen zu öffnen, so als befürchtete er, gleich auf den ersten Blick zu erkennen, dass sein elendiger Gefühlsbrei sie in die Irre geführt hatte. Er spürte Evelyns Pfoten auf seiner Schulter herumtapsen.

„Mmmh", seufzte Evelyn und sog die Luft ein. „Ich liebe diesen Geruch. Er ist so frei."

Melradin brauchte nicht die Augen zu öffnen, um zu wissen, was sie meinte. Der angenehm frische Wind roch nach Meer und ein dumpfes Rauschen ließ einen Strand in der Nähe vermuten.

„Guck mal da!" Evelyn drehte sich um. „Ein Haus."

Melradin sah hinter sich. Sie standen ganz in der Nähe einer Klippe. Irgendwo in der Ferne ragte das Meer noch ein kleines Stück unter dem Himmel hervor. Der Wind rauschte an ihnen vorbei und raschelte ein wenig mit dem Gras herum, während er die endlos grüne Wiese davon fegte. Ein Hügel ragte neben ihnen auf und versperrte ihnen die Sicht auf etwas, das nur noch gerade so mit der Spitze hervorlugte. Ein Dach. Ein metallener Hahn drehte sich mit dem Wind um die eigene Achse.

Mit etwas wackeligen Knien stieg Melradin den Hügel hinauf. Sie befanden sich weder in der Feenwelt noch auf der Lichtung des Alten. Immerhin etwas, auch wenn Melradin kaum damit gerechnet hatte. Bloß was, wenn das hier seine Heimat war, sein früheres Zuhause? Der Gedanke ließ sein Herz aufgeregt schneller schlagen. „Hast du irgendeine Ahnung, was für eine Welt das hier sein könnte?", fragte er, während er den Hang hinaufstapfte.

„Hm, nein", piepste Evelyn. „Aber immerhin sind wir nicht in Vlandoran gelandet. Ich hatte echt Angst, dass mein Heimweh uns einen Strich durch die Rechnung macht."

Melradin lächelte. „Da warst du nicht die Einzige."

„Ohh", staunte Evelyn. Sie hatten die Spitze des Hügels erreicht. „Interessant."

Verblüfft musterte Melradin das klapprige Türmchen, das sich vor ihnen ein ganzes Stück den Himmel hinaufhäufte. „Fast so bunt wie das Haus in dem Kuckucksdorf."

Die Maus auf seiner Schulter schmunzelte. „Und noch viel schräger."

Da hatte sie allerdings recht. Das hier musste eine Welt mit eigenen Naturgesetzen sein. Ansonsten konnte sich Melradin kaum erklären, wie dieser Bretterstapel auch nur dem sanftesten Windstoß standhalten konnte. Das Konstrukt sah aus wie eine kleine, schnuckelige Hütte, auf die man aus Platzgründen ein Stockwerk nach dem anderen gestapelt hatte. Wobei man hier und da offensichtlich auf die Schnapsidee gekommen war, einfachheitshalber ein wenig in die Breite zu gehen oder wenigstens noch ein kleines Kämmerchen dran zu zimmern. Der oberste Stock war deswegen bereits ein erhebliches Stück zur Seite gerückt.

„Sieh mal, da drüben, da ist jemand", piepste Evelyn und wackelte mit den Barthaaren hinauf zu den höheren Etagen.

Tatsächlich. Nicht weit unterm Dach döste eine schlaksige Gestalt, mit einem Hut auf dem Gesicht, in einer Hängematte. Sie war recht abenteuerlich an zwei Holzlatten angebracht und wippte träge über dem Fußabstreifer zwanzig Meter tiefer. Offensichtlich befand sich tatsächlich Leben in diesem klapprigen Holzgestell. Aus einem kleinen Schornstein, der sich irgendwo mittendrin verrenken musste, um den Himmel zu Gesicht zu bekommen, säuselte ein wenig Rauch dem Wind hinterher.

Melradin kniff die Augen zusammen. Auf einem Fenstersims in locker zehn Metern Höhe ließ eine kleine Gestalt die Füße hängen und streckte den Kopf hinter eine viel zu große Zeitung. Bevor Melradin allerdings mehr erkennen konnte, unterbrach ihn Evelyns aufgeregtes Piepsen: „Ahhh, pass auf!" Die Maus klammerte sich erschrocken an seinen Kragen.

„Aus der Baaaahn!"

Melradin hatte gerade noch Zeit, sich erschrocken umzudrehen, als plötzlich ein dunkler Schatten über sie hinweg huschte und nur um Haaresbreite Melradins herumwirbelnde Nase verfehlte. Perplex sah er dem davon schwankenden Ding hinter her. Ein riesiger Vogel? Ganz offensichtlich in ernsthaften Schwierigkeiten, wankte das seltsame Etwas über die Wiese und versuchte vergebens, das soeben verlorene Gleichgewicht zurückzugewinnen. „Aaaarg!"

Bestürzt entdeckte Melradin eine Gestalt, die sich unter die seltsamen Flügel klammerte und verzweifelt das ganze Gerüst herumzureißen versuchte, weg von den Klippen, auf die sie unaufhaltsam zueierte. Zwei, drei Momente flitzte das Etwas noch in hoffnungsloser Schräglage über das Gras, ehe es mit einem letzten Schwenker schlagartig in den Abgrund stürzte.

Schockiert stand Melradin einen Augenblick lang einfach nur da und starrte auf die Stelle, an der das seltsame Fluggerät mit der Gestalt unten dran verschwunden war.

Evelyn fing sich ein wenig schneller. „Was stehst du hier herum?", haspelte sie auf seiner Schulter. „Wir müssen hinterher!"

Melradin raffte sich auf und sprintete den Hügel hinunter zu den Klippen. Ein lauer Wind umspielte seine Nase, als er mit einem vorsichtigen Blick den Abgrund hinab schielte. Er schluckte. Kerzengerade ragte die Felswand aus dem Meer und reichte bestimmt doppelt so hoch zu ihnen hinauf wie der schiefe Turm hinter dem Hügel. Winzigklein schäumten die weißen Wellen gegen die hier und da aus dem Meer ragenden Felszapfen.

„Siehst du irgendwas?", fragte Melradin, während er, mit einem schummrigen Gefühl im Magen, einen Schritt näher zum Abgrund trat.

Bevor Evelyn etwas erwidern konnte, raste ein ausgelassenes Gelächter fast senkrecht an ihnen vorbei. Das seltsame Gerät drehte eine Runde über dem Hügel, ehe es holpernd auf der Wiese landete.

Zögerlich schritt Melradin darauf zu. Diese komischen spitzen Flügel stellten sich bei näherer Betrachtung als Laken heraus, die man an ein paar Stangen befestigt hatte. An der Spitze des Geräts flatterte hechelnd ein kleines Wesen, das allerdings keinen Zentimeter vorwärtskam, da es mit einem Halsband an das seltsame Metallstangengerüst gekettet war. Ächzend krabbelte eine Gestalt unter den Laken hervor. „Tag allerseits!"

Melradin blieb wie angewurzelt stehen. Ein Goblin. Strahlend stapfte er auf sie zu und klemmte sich seine Fliegerbrille auf die Stirn, die aus zwei untertassengroßen Bullaugen zu bestehen schien.

„Was ist?", kicherte die kleine Gestalt angesichts der entgeisterten Mienen. „Wartet ihr beiden auf einen anderen verrückten Windsegler?"

„N-nein", riss sich Melradin zusammen. „Es ist nur so, dass du der erste Goblin bist, den wir treffen und der nicht sofort auf uns losgeht."

„Ach so!", klatschte der grüne Winzling vergnügt in die Hände. „Nein, eigentlich bin ich gar kein Goblin. Aber bei meinem ersten Flug mit dem Gerüst hier hab ich mich vorsichtshalber in einen verwandelt. Um möglichst handlich zu sein, ihr versteht schon. Bloß war ich damals sturzbetrunken und bin mit vollem Karacho gegen einen Baum gekracht. Seitdem will mir einfach nicht mehr einfallen, wie ich davor ausgesehen habe."

„Was?", schnaubte Evelyn belustigt. „Du hast komplett vergessen, wie du aussiehst?"

„Hab nicht mehr den blassesten Schimmer", strahlte der Goblin, so als sei er irgendwie stolz darauf. „Na jaaa, die anderen haben schon versucht, mir mein früheres Aussehen zu beschreiben und ich hab auch ein altes Familienfoto irgendwo oben unter der Couch gefunden. Aber entweder die anderen machen sich einen Spaß daraus oder ich war tatsächlich die hässliche Kröte hinten links, die aussieht, als würde man ihr täglich die Visage mit dem Vorschlaghammer bearbeiten. Also hab ich mir gedacht: Was soll's, bleib ich eben ein Goblin. Ist eigentlich ganz praktisch."

„Wohnen viele in diesem Haus da?", fragte Melradin und nickte in Richtung des schiefen Turms, von dem wieder nur der metallene Hahn zu sehen war.

„Haus", schmunzelte der Goblin. „Das ist wahrscheinlich das schönste Kompliment, das das Rattennest seit Jahren bekommen hat. Wenn ihr das genauso glaubwürdig vor Flin hinkriegt, habt ihr euer Kämmerchen sicher. Müssten wir halt oben drauf bauen, weil gerade alles voll ist, aber dieser ganze Krimskrams an Antennen und Fähnchen, den Gundelbert da oben aufs Dach montiert, hängt mir sowieso langsam zum Hals raus. Sieht ja bald aus wie ein Nadelkissen. Ach ja, deine Frage. Wie viele ... mmhh ... mal überlegen." Der Goblin zog seine Finger zurate und flüsterte eine Palette von Namen herunter. „Dreizehn oder halt nein, vierzehn. Wenn man den alten Upp dazuzählt. Der hat sich allerdings mal wieder verirrt und irgendwas sagt mir, dass er das mit dem Wellenspazieren diesmal wirklich ausprobiert hat. Macht euch aber keine Hoffnungen wegen des Wohnplatzes", grinste der Goblin, interpretierte ihre Gedanken allerdings ein wenig verkehrt. „Der Alte hat bei Björn gewohnt. Sein Urneffe oder so was. Auf jeden Fall ist der total durchgeknallt und hantiert mit irgendwelchem Zeugs herum, das nicht mal ich anrühren würde. Hat schon ein paar Mal die Wohnung zerrissen. Aber der Typ überlebt es irgendwie jedes Mal. Auch wenn man ihm sein Hobby mittlerweile deutlich ansieht." Der Goblin kicherte. „Ich bin übrigens der Jerreck." Er schüttelte Melradin herzlich die Hand.

„Melradin. Und das da ist Evelyn."

„Sehr erfreut", rief der grüne Winzling strahlend. Er drehte sich um schritt zurück zu seinem Fluggerät. Das kleine Wesen vorne dran versuchte immer noch vergebens, es vorwärts zu zerren. „Jaah, gut gemacht, Elke!" Jerreck streckte den Finger hin. Stolz hechelnd klammerte sich das Tier an ihm fest. „Das ist Elke. Eine Mondfelsfledermaus. Gibt mir immer eifrig Starthilfe." Er kraulte das kleine Ding am Nacken, das nun kopfüber an seinem Finger hing und genüsslich vor sich hin schnurrte.

„Eine Frage", räusperte sich Evelyn. „Ist diese Welt groß? Ich meine, wer lebt hier?"

Jerreck sah sie einen Moment verwirrt an. Ihm ging ein Licht auf. „Ach, klar!" Er klatschte sich auf die Stirn. „Ihr habt euch bloß verlaufen, stimmt's? Ihr seid neu hier! Und ich rede von Einziehen!" Der Goblin lachte.

„Halt nein, verlaufen haben wir uns nicht", stellte Melradin die Sache richtig. „Wir suchen jemanden."

„Oh, ihr ..." Die Teufelsöhrchen des Goblins lappten ein wenig zur Seite. „Verstehe." Plötzlich verunsichert tapste er einen Schritt zurück. „Dann glaube ich, dass ihr hier falsch seid."

„Hör zu", fuhr Evelyn hastig fort. „Wir wollen bestimmt niemandem etwas Böses. Es ist nur so, wir sind um das halbe Schattenreich gereist, um hierher zu finden. Wir brauchen dringend Hilfe. Es ist unglaublich wichtig."

Die Ohren des Goblins schossen wieder in die Höhe. „Hilfe? Ist denn was Schlimmes passiert?"

„Das kann man wohl sagen." Melradin erzählte ihm, was mit Lethuriel geschehen war.

Bestürzt legte der Goblin die Hand vor den Mund, sodass die Fledermaus gegen sein Kinn dockte. „Aber dann ... das ... ich meine ...", haspelte Jerreck, ohne einen sinnvollen Satz zustande zu bekommen. Er schluckte. „Aber weshalb seid ihr dann hier? Doch nicht, um Hilfe zu holen?"

„Doch. Wir suchen jemanden, der die Macht haben könnte, Melgor entgegenzutreten", piepste Evelyn.

„Das Feuer von Xentropolis", übernahm Melradin. „Das brennende Einhorn. Es befindet sich hier in dieser Welt."

Der hässliche Zwerg sah sie vollkommen verdattert an. „Ihr glaubt, dass hier ...?" Eine Mischung aus Lachen und Weinen prustete seinen Hals hinauf.

„Ganz sicher wissen wir es nicht", meinte Evelyn. „Deshalb musst du uns sagen, was das für eine Welt hier ist."

Der Goblin sah sie einen Moment lang wortlos an. Das Ganze war offensichtlich zu viel auf einmal für ihn. Schließlich nickte er aber und schüttelte seine Zerstreutheit ab. „Schwierig einfach so zu erklären, was das Rattennest eigentlich ist", überlegte Jerreck und kratzte sich hibbelig hinter dem Ohr. „Vor allem ist es eine neue Heimat für einige von uns." Er fummelte an der Bullaugenbrille nach den richtigen Worten. „Keiner ist hier wirklich Zuhause. Keiner stammt von hier, versteht ihr? Flin war der Erste, der irgendwie einen Schlüssel zu dieser Welt gefunden hat. Damals war nicht mehr da als eine klapprige Hütte am Meer. Und eine Kröte. Die hat er bis heute bei sich. Er behauptet steif und fest, sie sei der Weltenherrscher. Und sie sei ihm damals über den Weg gehüpft und habe ihm diese Welt gezeigt." Der Goblin schmunzelte. „Aber so sind wir alle hier. Ein bisschen durchgeknallt. Ja, vielleicht der eine oder andere auch ein bisschen mehr." Der grüne Winzling hüstelte etwas, das sich sehr nach Björn anhörte. „Die meisten, die hier hergefunden haben, sind Heimatlose. Manche wurden vertrieben. Einige von der Schwarzen Invasion. Wobei von denen nur noch zwei, drei übrig sind. Die anderen haben sich in Luft aufgelöst, als ..." Jerreck blieben die Worte im Hals stecken. „Ihr wisst schon. Aber der Großteil, der hier lebt, besteht einfach nur aus ewigen Herumzüglern wie mich, die ihr Leben lang von Welt zu Welt gereist sind und wirklich alles, was ihnen in die Hände gekommen ist, als potenziellen Schlüssel betrachtet haben. So findet man hier her."

„Das heißt, jeder, der sich in dieser Welt befindet, lebt in dem Turm da?", fragte Evelyn und in ihrer Stimme glaubte Melradin dieselbe Hoffnung herauszuhören, die auch in ihm gekeimt war. Eine Welt aus Rumtreibern und Heimatlosen. Der perfekte Unterschlupf für ein brennendes Einhorn, oder nicht?

„Nicht ganz", erwiderte Jerreck. „Es gibt noch einen Baum-Menschen drüben im Wald, den der alte Upp immer besucht, wenn er irgendwie mal wieder aus dem Rattennest entwischt ist." Der Goblin grinste. „Komischer Kauz. Hat erst niemand geglaubt, als der Alte irgendwas von 'nem Menschen im Wald geschwafelt hat. Aber ich hab ihn schon mit eigenen Augen gesehen."

Melradin wurde hellhörig. „Ist er vielleicht ..."

„Ob er derjenige ist, den ihr sucht?", schnaubte der Goblin. „Das legendäre brennende Einhorn als Tarzan verkleidet? Ich weiß nicht. Es gibt unauffälligere, und bei Weitem weniger bescheuerte, Verkleidungen."

Da musste Melradin dem Goblin allerdings recht geben. Bloß, wie tickte dieses Einhorn überhaupt? Doch hoffentlich nicht wie ein richtiger Gaul, oder? Unwahrscheinlich. Aber damit zu rechnen, einen mehr oder weniger normalen Menschen zu suchen, war vielleicht etwas voreilig.

„Dieser Flin, glaubst du, wir können mit ihm sprechen?", piepste Evelyn.

„Klar." Jerreck schmunzelte. „Wäre auch mein Vorschlag gewesen." Er hob die Fledermaus hoch, die noch immer schläfrig an seiner Hand hing, und tippte sie an. „Komm, Elke, flieg schon mal hoch. Ich muss die beiden erst noch dem Chef vorstellen." Das kleine Tier sträubte sich noch einen Moment, ehe es mürrisch den Finger losließ und davon flatterte. „Kommt mit!"

Ein weiteres Mal stapfte Melradin den Hügel hinauf. Diesmal einem Goblin hinterher, der eine riesige Fliegerbrille trug. Immerhin fehlte ihm der Buckel, der den Goblins in Xentropolis im Nacken geklemmt hatte.

„Hoffentlich ist Alreja nicht mit ihrem Voodoozeugs beschäftigt", meinte Jerreck und zog an einem Bändchen. Tausend winzige Glocken begannen zu klimpern. „Da ist sie von ihrem Duftkerzenkram manchmal so eingelullt, dass sie nicht mal die Klingel hö…"

Die Tür flog auf. Eine Gestalt mit dunkler Hautfarbe und hoffnungslos verfilztem Haar streckte den Kopf heraus. In ihrer Nase steckte ein klotziger Goldring. „Mazni ilskin", fluchte sie erst irgendwelche unzusammenhängende Silben vor sich hin, ehe sie innehielt und sie mit weit aufgerissenen Augen anstarrte. „Waaassss?" Bei dem S zischelte sie wie eine Schlange. „Sag bloß, der Aufzug ist bei Rein'old wieder zusammengekracht."

„Nein, nein", kicherte Jerreck. „Ich hab hier nur zwei, die mit Flin sprechen wollen."

Die aufgerissenen Augen der Frau flogen zu Melradin und Evelyn hinüber, die beide ein etwas unbeholfenes Nicken andeuteten. „Frischfleischhh?", zischelte die Frau, während ihre riesigen Augäpfel den schlaksigen Typen mit der Maus auf der Schulter röntgten.

„Nein " Der Goblin stockte. „Sie brauchen Hilfe in einer verdammt wichtigen Angelegenheit."

„Wie?", gurgelte die Frau ein Kichern. „Wollen sie wissen, wie man zu Kröten spricht oder wobei soll Flin ihnen helfen?"

Jerreck räusperte sich. „Nein, wenn ich das richtig verstanden habe, dann soll er ihnen dabei helfen, die Welt zu retten."

Die Gestalt sah ihn einen Augenblick lang perplex an, dann verzog sie ihre Mundwinkel zu einem zähnefletschenden Lächeln. Amüsiert gluckste sie. „Verstehe. Zu blöd, dass grade Golmorashhh zum Tee da ist. Sonst würde ich euch wirklich gern reinlassen."

„Gol… wer?", runzelte der Goblin verwirrt die Stirn.

Die Frau ließ seufzend die Schultern hängen. „Golmorash. Der Dämon des Todes höchstpersönlich. War ein kleiner Scherz. Aber offensichtlich immer noch zu hoch für winzige Möchtegern-Goblins." Sie trat zurück und ließ die Tür aufschwingen.

Der Goblin trat ein. Melradin schritt mit etwas unwohlem Gefühl hinterher. Ein würziger Geruch schlug ihnen entgegen, der mit dem umherdümpelnden Rauch im Raum lag. Melradin sah sich um. Es schien kein einziges Fenster zu geben. Hier und da flackerte eine Kerze in dem weißen Nebel, der von vereinzelten qualmenden Stäbchen ausging. Auf einem Regal grinsten ein paar Schädel. Seltsame Schmuckteppiche hingen an den Wänden. Und noch seltsamere Bänder wippten träge von der Decke hin und her, so als sei irgendjemand irgendwann einmal gegen sie gestoßen. „Haben wir dich bei etwas gestört?", fragte Jerreck mit einem verdutzten Blick auf etwas, das auf einem kleinen Hocker lungerte und auf den ersten Blick aussah wie eine geschlachtete Echse.

„Es ist fast Neumond", nuschelte die Frau. „Ich muss noch ein paar Vorkehrungen treffen."

„Oh Gott, Alreja, du versuchst aber nicht schon wieder, diesen komischen Dämon heraufzubeschwören, oder?" Der Goblin klang ernsthaft besorgt.

Entnervt fuhr sich die Frau durch die verfilzte Mähne. „Shero ist kein komischer Dämon." Irgendwie brachte Alreja es fertig, gleichzeitig zu zischeln und zu fauchen. „Shero ist ein Geist." Das sagte sie plötzlich liebevoll. „Und er will zurück!"

„Das hat man ja gesehen", spottete Jerreck.

„Das war ein Missverständnis", haspelte die Frau.

„Ein Missverständnis, bei dem beinahe die ganze Anlage hier zusammengekracht wäre. So was kriegt normalerweise nur Björn hin."

Zum ersten Mal schien Alreja ehrlich zu grinsen. „Fehler passieren selbst Meister Komodorrrra persönlich." Sie rollte das R mit begeisterter Leidenschaft. „Ich war eben viel zu voreilig. Aber das passiert mir nicht noch mal."

Der Goblin seufzte. „Na ja, ob ich jetzt von einem tobenden Dämon zerfetzt werde oder eine Björn-Spezial-Vulkanpusteleiterbombe ein Stock unter mir in die Luft fliegt, ist mir eigentlich egal. Beides ist offensichtlich nur eine Frage der Zeit."

Alreja fletschte belustigt ihre Zähne und gurgelte ihr Glucksen. „Dann bleibt dir wenigstens das Krüppelleben erspart, wenn dich Rein'old mal wieder von einem Baumstamm kratzen muss."

„Tss ..." Jerreck trat zu einer Luke im Fußboden und stemmte sie ächzend hoch. „Daran ist nur dieses teuflische Zeug da schuld. Dein komischer Skorpiondistel-Rum. Und das weißt du auch."

Alreja gluckste ein Lachen. „Man muss selbst wissen, was man verträgt, Kleiner. Und in welchem Zustand man besser nicht mit diesem zusammen gebastelten Dämon herumfliegen sollte."

Der Goblin schnaubte. „Eine durchgeknallte Buschhexe erzählt mir was von Vernunft. Dass es mal so weit kommen würde!" Er hievte die Luke vollends auf. „Flin ist auf seinem Stammplatz, nehm ich an?"

Alreja zuckte mit den Schultern. „Also, hier hochgekommen ist er auf jeden Fall nicht."

„Gut. Dann viel Glück mit deinem Dämon."

Die Frau zischelte. „Viel Glück beim Weltretten."

Jerreck kletterte voraus, eine klumpige Leiter hinab. Melradin stieg ihm hinterher. Die Sprossen waren ein wenig feucht. Es roch muffig.

„Lebt dieser Flin denn im Keller?", piepste Evelyn etwas verunsichert, als Melradin den Boden erreicht hatte.

Es war dunkel. Das einzige fahle Licht drang durch die Luke über ihnen. In den Ecken des Raumes glaubte Melradin, ein paar Kisten zu erkennen. Ein zum Brechen vollgestelltes Regal klammerte sich in der Nähe der Leiter an die Wand und kämpfte gegen das Schicksal an, eines Tages einsam und allein in sich zusammenzukrachen, so wie es dem einen oder anderen Brett bereits ergangen war.

„Nicht ganz", schmunzelte Jerreck. „Aber er lebt ein bisschen abgeschieden, das stimmt. Hat gern seine Ruhe." Der Goblin schritt zu einer Tür und stemmte sie auf. „Folgt mir."

Mit einem etwas ungutem Gefühl schritt Melradin hinterher. Die Tür führte sie zu einem Gang, der nach Höhle roch und der sie ein ganzes Stück einfach geradeaus führte. Melradin tastete sich an der Wand entlang. Es war stockfinster.

„Einfach immer der Nase nach", meinte Jerreck und stapfte eifrig voraus. Seine Stimme hallte tausendmal von Wand zu Wand. „Gleich haben wir wieder ein bisschen Licht."

Es ging erst eine Biegung nach rechts und eine kleine, in den Fels gehauene Treppe abwärts, bevor sein Versprechen erfüllt wurde. Durch eine Öffnung drang Sonnenlicht in den finsteren, äußerst mysteriösen Gang und machte die Steinwände sichtbar. Oder was hieß Öffnung: Der Gang war an dieser Stelle einfach zu Ende. Unter ihnen sahen sie das Meer. Die Höhle endete als ein Loch in den Klippen. Eine Gestalt saß an diesem Loch und ließ die Füße über den Abgrund hängen. Es war unmöglich, dass sie sie noch nicht hatte kommen hören, doch wandte sie sich erst jetzt um.

„Hallo, Flin!", begrüßte Jerreck die Gestalt strahlend.

„Hey, Jerreck." Seufzend schwang die Gestalt ihre Beine hoch und richtete sich auf. „Vorsicht, du trittst gleich auf Luna." Die Gestalt sah zu Melradin.

„Was?" Verunsichert blieb Melradin stehen.

Jerreck räusperte sich. „Die Kröte. Da unten." Er nickte zu einer unscheinbaren Erhebung am Boden, die sich bei genauerer Betrachtung als eine stumm da hockende Kröte herausstellte.

„Ach so, Entschuldigung." Das wär's gewesen, wenn er gleich zur Begrüßung den vermeintlichen Weltenherrscher zertreten hätte. Melradin ging vorsichtig an dem Tier vorbei.

Die Gestalt grinste. „Du brauchst dich nicht zu entschuldigen. Ich wollte dich nur warnen. Ich bin ihr aus Versehen mal auf die Zehen getreten und damals hat sie mich in eine Fliege ohne Flügel verwandelt und mich quer durch die Welt gehetzt."

„Oh." Melradin schielte mit gewissem Unbehagen zu dem regungslosen Schuppen-Hubbel hinüber. „Sieht eigentlich recht friedlich aus."

Das Grinsen des Kerls wurde breiter. „Na, klasse. Jetzt hält er mich schon für verrückt. Jerreck, was hast du ihm über mich erzählt?"

„Ich, äh ..." Der Goblin kratzte sich verlegen im Nacken. „Nur, dass du ganz gut mit Kröten kannst."

„Verstehe." Die Gestalt trat zu Melradin hin. „Ich bin Flin. Was führt dich zu mir?" Er streckte ihm die Hand hin.

„Melradin." Er schüttelte sie, während sein Blick an dem Kerl hinabglitt.

Ein zerlumptes Hemd hing an ihm herab und eine lakenartige Hose flatterte ein wenig im Wind, der dann und wann den Kopf neugierig in die mysteriöse Höhle steckte. Das Gesicht des Kerls bedeckte ein stoppeliger Bart und sein braunes Haar hing ihm in die Stirn.

„Und das da ist Evelyn."

„Hallo", piepste die Maus auf seiner Schulter.

„Sehr erfreut", schmunzelte Flin. „Ihr wollt hier einziehen, hab ich recht?"

„Äh, nein", begann Melradin.

„Sie sind hier, weil sie deine Hilfe brauchen", erklärte Jerreck. „Sie suchen jemanden."

Die Brauen des Kerls hoben sich. „Ach ja? Wen denn?"

Der Goblin räusperte sich. „Ein brennendes Einhorn."

Flins Mundwinkel erschlafften. „Verstehe." Es klang nicht ansatzweise überrascht. Er steckte die Hände in die Hosentaschen und trat zurück an den Rand des Loches. „Jerreck, lass uns bitte allein."

„Kl-klar", stotterte der Goblin überrascht. Er verschwand wieder in den Schatten und man hörte, wie er die Treppe hinaufstolperte.

Erst als das Echo seiner Schritte verstummte, wandte sich der zerlumpte Kerl wieder zu den beiden um. Er lächelte matt. Melradins Herz schlug schneller. Der Gedanke, dass sie womöglich gerade vor ihrem Ziel standen, tackerte seine Zunge an den Gaumen.

„Das brennende Einhorn." Flin seufzte. „Luna hat euch in ihre Welt gelassen. Das heißt, ihr seid keine Melgorianer. Aus welchem Grund sucht ihr es dann?"

„Wir brauchen seine Unterstützung", piepste Evelyn.

Das matte Lächeln des Kerls zitterte und schaffte es irgendwie, noch trauriger zu wirken als zuvor. „Etwa gegen Melgor?"

Melradin nickte. „Es ist unsere letzte Hoffnung, die Schwarze Invasion aufzuhalten. Ansonsten wird Melgor nach und nach alle Welten außerhalb des Einsamen Turms vernichten."

Flin sah sie einen Moment nachforschend an. „Ihr meint, Lethuriel ist in Gefahr?"

„Lethuriel wurde vernichtet", piepste Evelyn ohne Umschweife.

Der Kerl sah sie mit aufgerissenen Augen an. „Ver...?"

„Die Schwarze Invasion muss einen zweiten Schlüssel in die Hand bekommen haben", sagte Melradin. „Wir haben sie bekämpft. Im Gorgath-Tal. Aber gegen Annealaisa konnten wir nichts ausrichten. Sie hat Lethuriels Licht gelöscht."

„Annealaisa", hauchte Flin.

„Weißt du etwas über sie?", fragte die Maus auf Melradins Schulter.

„Ja." Man sah dem Kerl an, wie er mit der Verbitterung rang. „Sie ist das dunkle Gegenstück zu Luna. Schwarz, verdorben. Ein Meisterwerk der Hölle."

„Luna?" Melradin hob verdattert die Augenbrauen. „Du meinst, die Kröte da?" Er sah zu dem kleinen Ding hinab, das drüben im Schatten noch immer wie versteinert dasaß.

„Nein." Flin schmunzelte. „Ich meine den Drachen, der damals vor mehr als hundert Jahren den Wärter zurück in seinen Turm getrieben hat."

„Ein Drache hat gegen den Wärter gekämpft?", wunderte sich Evelyn.

„Ja. Und was für einer. Es war der mächtigste Drache, der jemals existiert hatte."

„Er kann unmöglich mächtiger gewesen sein als Annealaisa", sagte Melradin mit absoluter Überzeugung, hoffte aber insgeheim, dass ihm widersprochen wurde.

„Mag sein", murmelte Flin. „Aber Annealaisa ist erst aus Lunas Asche geboren worden, als Luna gemeinsam mit Yelldan im Schattenreich den Tod fand."

„Moment", sagte Melradin verwirrt. „Annealaisa gibt es erst, seitdem Yelldan tot ist?"

Flin nickte. „Ihr kennt die Geschichte von Doaed und Yelldan, nehm' ich an? Der Wärter hatte es Doaed erlaubt, Melgor zu verlassen. Wahrscheinlich, weil er einsam war und sich in sie verliebt hatte. Oder aus welchem Grund auch immer. Auf jeden Fall nützte sie seine Schwäche aus und befreite sich selbst und Yelldan, mit dem sie dann einen Teil des Lichts stahl und ins Schattenreich flüchtete. Von da an nannte sie sich erst Doaed. Davor war ihr Name Luna." Der Kerl hielt kurz inne, so als würden aufgewühlte Erinnerungen seine Aufmerksamkeit verlangen.

„Der Wärter jagte ihnen natürlich hinterher, als er bemerkte, dass Luna sein Vertrauen missbraucht hatte. Und Doaed und Yelldan wussten, dass er früher oder später ihr Versteck finden würde. Also schufen sie beide eine Waffe, mit der sie Melgor entgegentreten konnten. Yelldan das brennende Einhorn und Doaed den Drachen Luna. Ich glaube, sie hat einen Teil ihres Geistes dafür verwendet, ihn zu erschaffen. Einen Teil ihres eigenen, inneren Lichts. Selbst ihren wirklichen Namen opferte sie für ihn. Und dieser Teil ihres Selbst starb gemeinsam mit Yelldan, als sie den Wärter im Schattenreich bekämpften und ihn mit letzter Kraft in seinen Turm zurückdrängten. Vielleicht wurde er von den Melgorianern getötet. Vielleicht starb er aber auch wegen des Verlusts aus Trauer. Zumindest wurde der Drache nach dieser Schlacht und Yelldans Tod nie wieder gesehen."

„Und Annealaisa? Wer ist sie dann, wenn sie nicht schon immer da gewesen ist?", fragte Evelyn.

„Um ehrlich zu sein, ich weiß es nicht", erwiderte Flin. „Man nennt sie die Tochter der Göttin. Vielleicht ist sie das auch. Vielleicht gab Annea dem Wärter diese Waffe, um das Licht wieder in seinem Turm zu vereinen. Oder der Wärter erschuf sie selbst aus Melgors Licht. Auf jeden Fall ist sie erst mit der Schwarzen Invasion geboren. Als Melgor vor einigen Jahrzehnten damit begonnen hat, eine Welt nach der anderen anzugreifen und zu vernichten."

„Aber dann verstehe ich nicht, wie Annealaisa Melgors Flamme in sich tragen kann, wenn sie doch erst zu Beginn der Schwarzen Invasion erschaffen worden ist", grübelte Melradin.

„Tut sie das?" Flin hob verwundert die Augenbrauen.

„Ja, oder?" Ein wenig verunsichert wandte sich Melradin zu der Maus auf seiner Schulter.

„Soviel wir wissen, ja", piepste Evelyn.

„Mhm." Flin nickte. „Im Grunde ist es naheliegend. Niemand hat die Macht, Annealaisa zu töten. Also ist Melgor unbesiegbar."

„Das stimmt nicht", sagte jemand entschieden. Melradin erkannte verblüfft seine eigene Stimme. „Mit dem brennenden Einhorn an unserer Seite haben wir eine Chance. Auch Annealaisa ist nicht unsterblich!"

Der Kerl mit den zerlumpten Klamotten und dem zerzausten, braunen Haar lächelte. „Ihr beide habt ein starkes Herz. Ihr wollt euch aufopfern, um die Schwarze Invasion zu bekämpfen, obwohl die meisten bereits ihren Tod gefunden haben. Und keine Hoffnung mehr besteht."

„Nein!" Diesmal war es Evelyn. „Wir sind stark genug! Melradin, der Zauberer und Evelyn, die vlandoranische Drachin. Gemeinsam mit dem brennenden Einhorn wären wir eine Waffe wie damals, als Yelldan und Doaed gegen Melgor gekämpft haben."

Das matte Lächeln des Kerls verschwand nicht. Er sah sie mit einer Mischung aus Traurigkeit und Mitleid an. „Das brennende Einhorn ist nutzlos, wenn es nicht von seinem Herrn geritten wird. Es ist nicht komplett. Es könnte nichts gegen Annealaisa ausrichten."

Melradin packte die Wut. Er hatte kaum noch einen Zweifel, dass sie vor dem standen, was sie suchten. Sie hatten das brennende Einhorn gefunden. Aber es hatte längst aufgehört zu hoffen und trauerte lieber noch ein paar einsame Stunden hier in der Höhle vor sich hin, als sich dem Bösen entgegenzustellen und für die letzte Chance das Leben aufs Spiel zu setzen. „Du bist das brennende Einhorn, nicht wahr?"

Flin sah ihn einen Moment lang wortlos an, dann nickte er. „Ja."

„Gut. Dann wirst du das hier wieder erkennen." Melradin zog das goldene Amulett aus seinem Hemd hervor.

Flin riss die Augen auf. Er trat einen Schritt näher. „Emon." Mit zittrigen Fingern berührte er das Schmuckstück. „Woher hast du ... Ich dachte ...", stammelte er. Er schluckte die Fassungslosigkeit hinunter. „Ich war mir so sicher, dass der Wärter es in die Finger bekommen hat."

„Hat er nicht", sagte Melradin und konnte sich ein leises, genugtuendes Lächeln nicht verkneifen.

„Mit dir wäre die Macht von damals wieder vereint", piepste Evelyn.

Flin schnaubte, sagte aber einen Moment lang nichts. Sein Blick verharrte auf dem goldenen Gegenstand in seiner Hand. „Glaubt mir, ich hatte gehofft, dieses kleine Ding eines Tages wieder zu sehen. Gott, nichts habe ich mir mehr gewünscht, als gemeinsam mit meinem Herrn wieder in die Schlacht zu ziehen und dem Wärter entgegenzutreten. Aber das war vor vielen Jahren. Und jeder Tag, an dem ich machtlos zusehen musste, wie Melgor an Stärke gewann, schnitt einen Teil der Willenskraft aus mir heraus." Er sah zu ihnen auf. „Als die Schwarze Invasion Xentropolis verwüstete, habe ich die letzte Hoffnung aufgegeben.

„Ganz offensichtlich zu früh", sagte Melradin und versuchte sich in einem matten Lächeln.

Flin wollte es erwidern, brachte aber nur ein Mundwinkelzittern zustande. „Scheinbar hast du recht." Er seufzte und wischte sich mit der Hand über das Gesicht. Er sah zu Evelyn auf. „Und du bist ein ...?", fragte er die Maus mit krauser Stirn.

„Eine Drachin Vlandorans", verkündete die Maus stolz. „Auch wenn es wahrscheinlich grade nicht danach aussieht."

Flin lächelte. „Also, ich hatte einige Zeit, mir so meine Gedanken zu machen. Aber dass es einmal ein Typ mit einer Drachen-Maus auf der Schulter sein würde, der Emon zu mir zurückbringt, auf die Idee bin ich noch nicht gekommen."

„Und es kommt sogar noch besser", meinte Melradin schmunzelnd. „Diese zwei komischen Gestalten werden dir sogar noch dabei helfen, ein wenig Rache zu üben. Nur müssen wir uns leider beeilen. Wir wissen nicht, wie lang Vlandoran noch gegen die Schwarze Invasion standhalten kann."

Flin nickte langsam. „Verstehe." Einen Moment lang sah er schweigend zu Boden. „Dann lasst uns jetzt gleich aufbrechen."

„Sehr gut." Melradin spürte, wie ihm ein Brocken vom Herzen fiel.

„Sag mal", piepste Evelyn. „Wenn du das brennende Einhorn bist, wo ist dann dieser Stein an dir, der an dem Amulett fehlt?"

„Du meinst Anneas Herz", sagte Flin. Er strich sich über die Stirn. „Er befindet sich hier. Zwischen meinen Augen. Nur könnt ihr ihn nicht sehen, weil Luna ihn vor euch verbirgt. Sie hat mir mit ihrer Magie geholfen, in einen normalen Menschenkörper zu schlüpfen. Und solange sie in meiner Nähe ist, kümmert sie sich darum, dass keiner meine kleinen Eigenheiten bemerkt."

„Luna?" Nun war Melradin verwirrt. „Der Drache? Ich dachte, er sei tot?"

„Nein", grinste Flin. „Ich meine die Kröte." Er nickte zu dem kleinen Tier, das quakend einen Hüpfer auf sie zu sprang. „Luna, zeig es ihnen."

Die Kröte glubschte stumm zu ihnen hoch.

„Hier." Flin ließ von seiner Stirn ab. Ein roter Stein erschien ein kleines Stück über seiner Nase. Staunend sahen ihn die beiden an. Der Stein schimmerte, obwohl kaum Licht auf ihn fiel. Und das Rot in seinem Inneren wirkte unkonstant und schien zu treiben wie flüssige Lava.

„Relativ unvorteilhaft, wenn man sich verstecken will", meinte Flin und lächelte. Der schimmernde Stein verschwand wieder. „Nicht mal die Mähne eines Wollknäuel-Ponys hat dieses Leuchten überdecken können. Also habe ich mich in irgendwelche verlassene Welten verkrochen und mich damit abgefunden, dass ich mit dieser Leuchtreklame auf der Stirn unmöglich meine wahre Identität vor irgendjemandem würde verbergen können. Und damit hatte ich wohl auch recht. Nicht mal einer Kröte konnte ich was vormachen. Allerdings hatte diese dann glücklicherweise Mitleid mit mir und bis heute kennt niemand sonst meine wahre Identität. Abgesehen von euch beiden."

Melradin sah noch einmal zu dem kleinen Tier hinab. Es hatte wieder damit begonnen, einen Steinklotz zu spielen. „Ist sie, ich meine ..."

„Du meinst, wer wirklich hinter dieser Kröte steckt", las Flin seine Gedanken. „Sagen wir mal, es ist jemand, der ebenfalls nicht allzu gern sein Gesicht zeigt." Er grinste leise in sich hinein. „Ich hab ihr versprochen, es niemandem zu verraten und daran halte ich mich auch. Aber glaubt mir, wir können ihr vertrauen."

„Kommt sie denn mit?", piepste Evelyn.

„Aber selbstverständlich!", sagte Flin und lachte angesichts ihrer eher weniger begeisterten Gesichter. „Jetzt kommt schon! Oder habt ihr Angst, es macht plötzlich Flöpp und die Kröte verwandelt sich in den Wärter höchstpersönlich, der sich krumm und schieflacht, weil wir so dumm gewesen sind und ihm vertraut haben, nur weil er sich Jahrzehnte lang als ein warziges kleines Tier verkleidet hat?"

Sie lachten. „Also gut, du hast recht. Von mir aus kann die Kröte mit", sagte Melradin.

„Gut." Flin kniete sich hin. „Du hast's gehört, Luna. Wir brechen auf." Etwas zögerlich watschelte die Kröte auf seine Handfläche.

„Also kann es losgehen?", fragte Melradin und spürte, wie sein Herz aufgeregt schneller schlug.

„Wir sind bereit", meinte Flin und ließ die Kröte auf seine Schulter hüpfen.

„Okay." Mit etwas zittrigen Fingern nahm Melradin das Amulett von seinem Hals. „Ah, eins noch", kam ihm ein letzter Gedanke. „Hast du zufällig eine Idee, wie wir den Einsamen Turm überhaupt finden sollen?"

Das Einhorn schmunzelte. „Mach dir darüber keine Gedanken. Selbst das Licht meidet diesen Ort."

39

Melradin sah sich um. Ein Nichts aus Fels und Geröll so weit das Auge reichte. Weißes, ursprungsloses Licht strich ziellos durch das tote Land wie einsame Nebelschwaden. Melradin schluckte. Mehr denn je wurde ihm bewusst, wie sehr sie auf sich allein gestellt waren. Dass es außer ihnen keinen mehr gab, der diese endlose Dunkelheit noch bekämpfen konnte. Und dass es im Grunde auch nichts mehr gab, wofür es sich noch lohnen würde, zu kämpfen.

Nein, Halt. Die Schwarze Invasion hatte Lethuriel zerstört. Die größte und schönste Welt von allen. Aber trotzdem versteckten sich in dieser finsteren Wüste noch unzählige kleine Lichter, die voll waren mit Leben und Schönheit. Und die nichts weiter tun konnten, als auf die drei merkwürdigen Gestalten zu hoffen, denen die letzte Chance, die Schwarze Invasion aufzuhalten, nun mal in die Hände gefallen war. Moment, vier. Melradin hatte Luna ganz vergessen, die Kröte. Vielleicht würde die sich ja noch als Wunderwaffe entpuppen. Ein leises Schmunzeln huschte bei dem Gedanken über seine Lippen. Er war nicht allein. Eine Drachin, ein brennendes Einhorn, eine Kröte. Das waren genau die richtigen Gefährten für diese Aufgabe.

Er kniete sich nieder. Den kahlen Stein aus der Nähe zu betrachten, war sonderbar. Da war nichts mehr, was ihn von dieser düsteren Realität trennte. Kein Schleier, keine unbestimmbare Entfernung. Er war ein Teil von ihr. Und er war ihr schutzlos ausgeliefert. Melradin strich mit einer Hand über den Boden. Es war ein kaltes Gefühl. Dieselbe Kälte, die auch in der Luft lag und Melradin frösteln ließ.

Er hörte, wie jemand auf ihn zu schritt.

„Ich weiß, was du gerade fühlst, glaub mir." Es war Flin. „Dieses Land hier ist schon so lange einsam und leer, dass die Traurigkeit in uns hineinsickert, wenn wir es betreten."

Melradin stand langsam auf. „War hier denn jemals etwas anderes?"

Flin zuckte die Schultern. „Es heißt, dass die Göttin Annea einst das Licht vom Himmel herab geholt haben soll und es dann in den Turm gesteckt hat." Er stemmte die Hände in die Hüften und ließ seinen Blick ein wenig durch das schwarze Nichts über ihren Köpfen wandern. „Na ja, also, ob es stimmt, weiß ich nicht. Aber da oben ist zumindest kein Licht mehr."

Melradin lächelte. „Aber wenn das Licht früher einmal da oben gewesen ist, gab es dann überhaupt irgendeine Welt?"

„Klar." Flin fing wieder seinen Blick auf. „Diese hier. Die größte und schönste Welt von allen." Er grinste angesichts Melradins verwirrter Miene. „Komm, lass uns zu den anderen gehen. Ich glaube, ich weiß jetzt, wohin wir müssen."

„Ja?" Melradin schritt Flin hinterher. „Wohin denn?"

„Nach Osten. Ich bin mir nicht hundertprozentig sicher, aber ich glaube, schon mal Osten und Einsamer Turm in einem Satz gehört zu haben. Yelldan hat es mal erwähnt. Ja, genau! Oder sind wir nach Osten geflohen? Ach, tut mir leid. Es ist schon so verdammt lange her. Aber ich bin mir wirklich fast sicher."

„Aha." Sie würden von nun an also einer vagen, über hundert Jahre alten Ahnung folgen. Er ließ seinen Blick in die ferne, endlos gleiche Schwärze gleiten.

Er war bisher zu sehr mit Annealaisa beschäftigt gewesen, dass ihm ein viel banaleres Problem noch gar nicht in den Sinn gekommen war. Wie fand man den Einsamen Turm? Bisher war er wohl davon ausgegangen, dass man ihn einfach fand und Schluss. Nun, dem war leider nicht so. Sie standen irgendwo im Schattenreich. Alles, was sie wussten, nein, vermuteten, war, dass sich dieser Turm im Osten befand.

„Und", kam Melradin ein Gedanke. „Wo genau ist Osten?"

Flin schmunzelte. „An dem Punkt arbeite ich auch gerade. Aber keine Sorge. Wir haben schließlich Luna dabei. Kröten haben dafür irgendwie einen siebten Sinn."

Evelyn tauchte hinter einem Felsen auf. Sie hatte sich in eine Drachin verwandelt und reckte den Hals nach ihnen. Ihr war die Anspannung anzusehen. Wahrscheinlich hatte sie, genau wie Melradin, das Bedürfnis, so schnell wie möglich wieder von diesem toten Land weg zu bekommen. Evelyn kniete sich vor sie hin, bereit, loszufliegen.

„Ja, Moment, ich muss noch was erledigen", sagte Flin. „Wo ist Luna?" Er suchte den Boden ab.

„Da oben." Melradin entdeckte das reglose Tier auf Evelyns Kopf.

„Ooh, hoho! Die Drachenherrscherin Luna überblickt ihr mächtiges Reich. Dass du das noch auf deine alten Tage erleben darfst, was, Kleine?"

Melradin sah Flin dabei zu, wie er zu Luna hinaufkletterte. Flins Verhalten hatte sich seit ihrem Aufbruch ins Schattenreich sehr verändert. Der Entschluss, endlich zu handeln, schien ein Ventil der Lebenskraft in Flin geöffnet zu haben.

„Wir brauchen kurz deine Hilfe, Luna", keuchte Flin, als er Evelyns Halsansatz erklommen hatte. „Was meinst du: In welcher Richtung liegt Osten?"

Bewegungslos starrte ihn die Kröte an.

„Da?" Er zeigte hinter sich. „Oder hier?"

Stumm sah Melradin dabei zu, wie Flin alle erdenklichen Himmelsrichtungen durchging, ohne dass Luna auch nur blinzelte.

„Jetzt komm schon, Luna-Schatz. Wenn wir nicht herausfinden, wo Osten liegt, haben wir ein riesiges Problem."

Melradin fluchte leise in sich hinein. Sie waren aufgeschmissen. Niemand wusste, wo der Einsame Turm zu finden war. Und der Einzige, der es hätte wissen können, fragte eine Kröte nach dem Weg. Melradin konnte nur beten, dass Flin nicht ganz so verrückt war, wie es momentan den Anschein hatte.

Die Kröte machte einen Hüpfer auf Flin zu. Der sammelte sie auf und hielt sie sich ans Ohr. Ein Strahlen trat auf sein Gesicht. „Na, also! Auf die Sinne einer Kröte ist doch Verlass!"

Melradin räusperte sich. „Hat sie was gesagt?" Er kletterte ebenfalls auf Evelyns Rücken.

„Sie hat gemeint, ihrem Gefühl nach müssten wir gar nicht nach Osten, sondern nach Süden. Dort befindet sich nämlich weit und breit der einzige Tümpel, den sie erschnüffeln kann."

„Aha." Melradin wartete vergebens auf eine Erklärung. „Und hat sie auch was über den Einsamen Turm gesagt?"

„Nein."

Stille.

„Aber im Einsamen Turm befindet sich das einzige Wasser des

Schattenreichs. Zumindest soweit ich weiß." Flin zuckte mit den Schultern. „Der Bottich, in dem Melgors Licht aufbewahrt wird. Noch nie von ihm gehört?"

Ah, natürlich. Melradin atmete erleichtert auf. Die Sache ergab tatsächlich Sinn. Der Legende nach befand sich Melgors Licht in einem Krug voll Wasser. Doaed hatte damals einen Teil des Wassers gestohlen und war damit im Schattenreich verschwunden. Der kleine Mann in Falmallondar hatte ihm davon erzählt. „Doch stimmt. Und wie sicher ist sich Luna?" Etwas unwohl schielte Melradin zu dem reglosen Tier in Flins Hand.

„Das fragen wir sie besser nicht, sonst ist sie wieder beleidigt." Flin grinste, als die Kröte in seiner Hand quakte. „Außerdem mag sie es nicht, wenn man über sie redet, als wäre sie nicht da", flüsterte er Melradin zu. „Aber ich denke, wir können ihrem Spürsinn vertrauen. Im schlimmsten Fall nehmen wir jetzt eben Kurs auf eine Pfütze irgendwo im Schattenreich. Auch wenn ich es mir nicht vorstellen kann, hier auf Wasser zu stoßen."

Da gab ihm Melradin allerdings recht. Also brachen sie auf. Nach Süden, was zufälligerweise einfach nur geradeaus war.

Sie waren noch einmal gelandet, als Melradin feststellen musste, dass er aus seinen Fehlern nicht gelernt hatte. Gemeinsam mit Flin wünschte er sich einen so dicken Mantel her, dass er sich kaum noch an Evelyn festhalten konnte. Und Flin fiel ein, dass Luna unbedingt etwas brauchte, worin sie hin und wieder ihr Beinchen mit ein wenig Wasser betupfen konnte.

Also dauerte es noch einmal eine Weile, bis sie wieder aufbruchbereit waren, sodass sie sich kurzerhand dazu entschlossen, wenn sie nun schon eine Pause einlegten, dann wenigstens auch gleich etwas zu essen. Denn ihre Reise hatte eine gute Sache an sich. Sie konnten jederzeit das Schattenreich verlassen, ohne wieder von vorne anfangen zu müssen. Es funktionierte ja wie bei den magischen Welten. Man tauchte immer dort auf, wo man die Welt verlassen hatte. Wenn sie also genug von düsterer, felsiger Wüstenlandschaft hatten, konnten sie einen kurzen Abstecher zum Rattennest machen und dort in der prallen Sonne einen Cocktail schlürfen. Eine äußerst praktische Sache, wie Melradin fand. Auch wenn ihre erste Pause sehr schweigsam verlief.

Die Rückkehr in das Schattenreich lauerte in ihren Gemütern wie ein Ungeheuer am Ende der Straße.

Es war bereits dunkel um das Rattennest, als sie sich wieder ins Schattenreich begaben und ihre Reise fortsetzten. Evelyn flog sehr schnell und die ewige Gleichheit unter ihnen zischte vorbei, wie sie es beim Reisen von Welt zu Welt gewohnt waren.

Flin verschüttete während des Flugs Lunas winziges Fußbad versehentlich über Melradins Mantel. Der eiskalte Wind peitschte ihnen erbarmungslos ins Gesicht, und obwohl sie sich von Kopf bis Fuß eingepackt hatten, froren sie erbärmlich. Keiner von ihnen sagte etwas. Entschlossen bissen sie die Zähne zusammen.

Melradin stellte fest, dass es doch etwas in der finsteren Wüste zu entdecken gab, wenn man genauer hinsah. Hier und da streckten sich seltsame Felsformationen aus den Schatten oder erhoben sich ganze Hügel. Der Anblick wurde sogar wahrhaftig schön, wenn sie ganz nah an einem Licht vorbei flogen. Meistens flogen sie zu hoch, um mehr zu erkennen als ein weißes Strahlen irgendwo zwischen den grauen Felsen, das aussah wie eine vom Himmel gestürzte Sternschnuppe. Das Licht sickerte an den Steinen vorbei und verlor sich schließlich in der Unendlichkeit als weißer Schleier, der allgegenwärtig schien und das Schattenreich ganz matt und scheinbar ursprungslos erfüllte.

Nur ein einziges Mal, als wieder ein helles Leuchten hinter einigen Felsen hervorlugte, ließ sich Evelyn dazu hinreißen, zum Tiefflug anzusetzen. Es war ein wundervoller Anblick. Wie eine kräftig strahlende Perle. Oder wie Engelsflügel, die sich über toten, schwarzen Stein streckten.

Doch solche Lichter tauchten nur sehr selten auf und schließlich, als sie alle schon Mühe hatten, die Augen offen zu halten und Evelyn mit letzter Kraft durch den pechschwarzen Himmel schwankte, war kein Einziges mehr zu sehen und der matte weiße Schleier ließ ganz allmählich von ihnen ab.

„Ich frage mich, wie Doaed und Yelldan es geschafft haben, mit dem ganzen Licht aus dem Einsamen Turm zu entkommen", murmelte Melradin schlaftrunken, als sie sich im Rattennest in ihre provisorisch eingerichteten Matten hatten fallen lassen. „Ich meine, das muss ja dermaßen hell gewesen sein."

Evelyn kicherte bei der Vorstellung. Sie hatte sich als Maus an sein

Kissen geschmiegt. „Eigentlich hast du recht. Damals muss es ja im Schattenreich ansonsten stockfinster gewesen sein."

Flin schmunzelte. „Ja, aber dasselbe Problem hatte der Wärter schon vorher. Würde er einfach so alles Licht in seinen Turm sperren, würde das Ding wahrscheinlich geradezu platzen vor Helligkeit. Deswegen bewahrt er es im Wasser auf. Das schluckt irgendwie das Leuchten. Und genauso haben es auch Doaed und Yelldan stehlen können."

Schläfriges Schweigen legte sich über sie. Jeder hing seinen eigenen Gedanken nach. Und nur das ferne Rauschen des Meeres leistete der Stille Gesellschaft.

„Sagt mal", meinte Melradin einige Zeit später, als die anderen schon längst eingeschlafen waren. „Wie konnten Doaed und Yelldan eigentlich einfach einen Teil von Melgors Licht mitnehmen? Ich dachte, dazu müsste man erstmal die Flamme der Welt löschen." Aber als er darauf nur einen einsamen Schnarcher von Flin zur Antwort bekam, zog auch er die Decke näher heran und schlummerte dahin.

Sie brachen früh wieder auf. Luna wies ihnen die Richtung und Evelyn flog, so schnell sie konnte, durch das pechschwarze Nichts, das über dem Schattenreich gähnte. Allerdings – es war ein schleichender Prozess, aber schließlich nicht mehr zu leugnen – wurde es immer dunkler und das matte ursprungslose Licht immer schwächer.

„Das ist gut! Wir sind dem Einsamen Turm wahrscheinlich schon ziemlich nah", schrie Flin über seine Schulter, nachdem Melradin ihm seine Beobachtung ins Ohr gebrüllt hatte. „Logischerweise hat sich keiner getraut, all zu nah am Feind sein Zelt aufzuschlagen. Also ist um den Turm so eine Art Schwarzes Loch."

Oder sie waren einfach bereits so weit abgedriftet, dass sie allmählich auch die allerletzten Lichter im entferntesten Winkel des Schattenreichs hinter sich ließen, dachte sich Melradin.

Schließlich kam das, was bereits als unvermeidlich vorherzusehen gewesen war. Der letzte Schimmer des Lichts ließ von ihnen ab und gab sie der pechschwarzen Finsternis preis. Evelyn wurde langsamer. Sie würden landen müssen. Ihr Ziel war nun in unmittelbarer Nähe, ob es nun eine Pfütze war oder tatsächlich der Einsame Turm.

Ganz langsam verloren sie an Höhe. Mit lautem Getöse spie Evelyn eine Feuersbrunst, um zu sehen, wie weit sie noch vom Grund entfernt waren. Beim Anblick der kahlen Felsen lief es Melradin kalt den Rücken hinab. Angst schnürte ihm die Kehle zu. Da irgendwo in der Finsternis wartete der Feind auf sie. Vermutlich beobachtete er sie bereits, während sie ihm blind in die Arme liefen. Diese elende Finsternis! Sie war so kalt und feindselig, als sei sie der lange Schatten des Einsamen Turms. Vorsichtig kletterten sie von Evelyns Rücken, als sie den Grund erreicht hatten.

„Nun", hörte Melradin Flin sagen. Er wagte kaum mehr, als zu flüstern. „Wir sind wahrscheinlich schon ganz nah dran. Vor uns liegt das Herz des Schattenreichs."

Melradins Blick huschte durch die Dunkelheit. So vollkommen blind zu sein, weckte in ihm Furcht. Sie mussten von hier verschwinden – wenigstens für den Augenblick. Ihre Ankunft war mit Sicherheit nicht unbemerkt geblieben.

Flin dachte offenbar dasselbe. „Ich schlage vor, wir ziehen uns kurz zurück und besorgen uns Fackeln und mal sehn, was sich sonst noch so finden lässt."

„Ja, du hast recht."

Es war anders, in eine Welt zu reisen, wenn man sich im Schattenreich befand. Die Realität glitt von einem ab, ohne jedoch komplett zu verschwinden. So als wäre sie plötzlich nur noch eine Kopie des Wirklichen. Ein Spiegelbild, durch das man sich zur nächsten Welt bewegte.

„Seht her", rief Flin, als sie das Rattennest nach etwas Brauchbarem durchsuchten. Er war für eine Weile verschwunden gewesen. Nun wirkte er aufgeregt, beinahe nervös. „Ich hatte es fast vergessen. Aber es lag noch dort, wo ich es einst versteckt hatte. Vor einer Ewigkeit."

„Was ist das?", fragte Evelyn, die sich in ein Mädchen verwandelt hatte, um sich bei der Suche nützlich zu machen.

Mit zittrigen Fingern machte sich Flin daran, das halb verweste Bündel zu öffnen. „Ein kleines Andenken an längst vergangene Tage." Er zog ein Schwert hervor. Es steckte in einer Scheide aus pechschwarzem Metall. „Ceyrilas", hauchte er und zog ganz langsam und mit bebender Hand das Schwert hervor. „Morgenstern."

Erstaunt trat Melradin näher. Die Klinge wirkte beinahe weiß und war von winzigen silbernen Adern durchzogen. „Es war mal heller", murmelte Flin und strich liebevoll über das Metall. „Die Klinge hat weiß geleuchtet, als Yelldan es im Schattenreich gegen den Wärter geführt hat."

„Das Schwert gehörte Yelldan?" Wie gebannt betrachtete Melradin die Waffe.

Flin nickte. „Das Schwert habe ich gefunden. Ihn nicht."

„Was meinst du?"

Flin winkte ab. „Das spielt jetzt keine Rolle mehr. Ceyrilas hat seinen neuen Besitzer gefunden." Er steckte die Klinge zurück in die Scheide und reichte sie Melradin.

„Aber ..." Perplex stolperte Melradin einen Schritt zurück.

„Wenn nicht du, wer dann, Melradin? Du bist unsere einzige Hoffnung. Du bist Yelldans Erbe."

Verblüfft sah Melradin in Flins todernstes Gesicht.

„Nimm es, Melradin", hörte er Evelyn sagen.

Melradin schluckte. Wenn nicht er, wer dann? Flin hatte recht. Er war der Falsche, keine Frage – ein Niemand, ein namenloser Magier ohne Vergangenheit. Aber er war nun der Einzige, der dieses Schwert in die Schlacht tragen konnte. Also hatte er der Richtige zu sein. Er musste sein Bestes geben.

Zögernd, ganz langsam streckte Melradin die Hand aus. Seine Finger umschlossen das kalte Metall.

Flin lächelte. „Ich bin gespannt, was sich der Wärter und Ceyrilas nach all den Jahren zu sagen haben."

Melradin zog das Schwert und wog es in der Hand. Surrend durchschnitt es die Luft. Es war erstaunlich leicht. Wärme durchschoss seine Hand. Yelldans Rachlust – sie brodelte in diesem Stück Metall.

Melradin erwiderte das Lächeln. „Der Wärter wird sich kurzfassen müssen, fürchte ich."

Das brennende Einhorn. Zögernd berührten Melradins Finger die weiße Haut unter den magischen, weit hinaufzüngelnden Flammen. Ihm stockte der Atem, so wundervoll war der Anblick. Es war kein Feuer aus Hitze und Qualm, das das Einhorn umgab. Es war ein Feuer aus rotem und weißem Licht, das lautlos wie zahllose umherschnörkelnde Bänder die Dunkelheit zurückdrängte. Tiefrote Flammen schmiegten sich um das Horn, erfüllt von dem Leuchten des Steins auf der Stirn, der kräftig hervortrat.

Das Einhorn – Flin – wieherte auffordernd. Melradin verstand. „Zeit für einen letzten Ritt." Er schwang sich auf den Rücken des Einhorns.

Sie brachen auf. Gemeinsam waren sie zurück ins Schattenreich gereist. Nun schritt das Einhorn durch die Finsternis. Evelyn begleitete sie als Drachin. Und Luna steckte in Melradins Hosentasche.

Absolute Stille umgab sie. Die leblose Wüstenlandschaft begleitete sie im Licht des Einhorns. Nichts rührte sich. Wachsam sah sich Melradin um. Bestimmt wurden sie beobachtet. Sie waren ja auch schwer zu übersehen. Sie waren das einsame Licht in endloser Finsternis. Gab es nur das geringste Leben dort draußen, hatte es sie längst entdeckt.

Annealaisa. Lauerte der gewaltige Drache bereits dort irgendwo in der Dunkelheit? Ein langer Schatten, der sich plötzlich auf sie legte, gefolgt von einer tödlichen Feuersbrunst. Melradin schauderte bei der Vorstellung und seine linke Hand griff nach dem Schwertknauf. Sein Blick wanderte ruhelos umher. Das Licht des Einhorns verriet jedoch nichts.

Allmählich zogen sie so eine Schneise durch die Finsternis. Annealaisa ließ sie gewähren. Nichts stellte sich ihnen in den Weg. Bis sie der Einsame Turm willkommen hieß.

Melradin wagte kaum zu atmen, als die Konturen eines düsteren, weit in den Himmel ragenden Turms stumm und geisterhaft aus der Dunkelheit hervortraten. Schwarzer Stein wurde von Metall umschlungen, das hier und da mächtige Krallen aus den Mauern ragen ließ. Pechschwarze Statuen mit riesigen Engelsflügeln und löwenartigen Köpfen thronten hoch oben auf Vorsprüngen, ehe der Rest des Turms von dem schwarzen Nichts über ihren Häuptern verschlungen wurde. Zumindest hoffte Melradin, dass es Statuen waren.

Sie hatten den Einsamen Turm tatsächlich gefunden.

Das Einhorn wurde langsamer. Rührte sich irgendetwas? Melradins Blick wanderte nervös umher. Noch immer schien alles wie ausgestorben. Der Einsame Turm machte seinem Namen alle Ehre. Das Einhorn schritt bis zu der Treppe, die hinauf zum Tor führte. Auch Evelyn blieb stehen. Melradin ließ sich von Flins Rücken gleiten. Es quakte empört aus seiner Hosentasche.

„Tschuldige, Luna", murmelte er. Seine Stimme zitterte vor Anspannung. Zögerlich trat er ein paar Schritte vor. Er sah sich um. Noch immer war nichts zu sehen, das sich in irgendeiner Weise rührte. Trotzdem war sich Melradin absolut sicher, dass jede einzelne ihrer Bewegungen genau beobachtet wurde. Er setzte einen Fuß auf die erste Stufe. Verdammt. Ihm war speiübel vor Angst. Melradin zog sein Schwert. Ceyrilas verströmte ein mattes Leuchten. Das Schwert schenkte ihm Kraft. Mit entschlossen zusammengebissenen Zähnen schritt er weiter voran. Er hörte, wie ihm das Einhorn folgte. Schritt für Schritt ging er die Treppe hinauf, den bedrohlich düsteren Turm vor Augen. Evelyn landete neben ihnen, als sie den Eingang erreicht hatten.

Melradin blickte nach vorne. Ein fetter Schakal glotzte sie an und streckte seine riesige Zunge heraus. Darunter war das Tor. Es wirkte unscheinbar. Nur ein Stück größer als Melradin. Die Flügel waren schwarz wie alles an diesem Ort. Und sie standen offen.

Mit wild pochendem Herzen sah sich Melradin ein letztes Mal um. Wurden sie in einen Hinterhalt gelockt? Er trat nichts ahnend in diesen Turm und plötzlich erwachte alles um sie herum zum Leben? Ihm blieb nichts anderes übrig, als es auszuprobieren.

Melradin ballte seine Hände zu Fäusten und schritt weiter. Evelyn schnaubte und spreizte ihre riesigen Flügel. Für einen Moment spielte er mit dem Gedanken, sie darum zu bitten, sich wieder in eine Maus zu verwandeln, um ihm da drin zur Seite stehen zu können. Aber er verwarf ihn wieder. Sie war dort, wo sie war, am stärksten.

Gemeinsam mit dem brennenden Einhorn trat Melradin unter dem Schakal hindurch in den Turm hinein. Ihre Schritte hallten laut durch das Gemäuer. Die Düsternis wurde vertrieben von Flins umherzüngelndem Licht. Sie blieben stehen. Kampfbereit hielt Melradin das Schwert vor sich.

Alles war still. Sie standen in einem großen, runden Saal. Kalter, grauer Steinboden umgab sie und Wände aus schwarzem Metall, das so seltsam gerillt war, dass es wie das Gerippe einer gigantischen Bestie wirkte. In der Mitte des Saals schlängelte sich eine Wendeltreppe zu einem bombastischen Thron hinauf. Mächtige Flügel spreizten sich zu beiden Seiten und bildeten einen Halbkreis um den Thron und etwas, das vor dem Thron auf einem Podest stand. Es war ein riesiger Krug. Ein schüchternes Schimmern lugte aus ihm hervor.

Melgors Licht.

Mit pochendem Herzen starrte Melradin zu dem Thron hinauf. Dort saß jemand. Eine Gestalt, versunken in einer grauen Kutte und mit einem weißen Bündel im Arm. Melradins Augen verengten sich. Oder waren es zwei Gestalten? War das weiße Bündel ein Kind?

Mit dem Einhorn an seiner Seite trat Melradin vor. Wieder Stille. Melradin spürte, wie sein gesamter Körper vor Anspannung bebte. Die Gestalt in der grauen Kutte, der Wärter, er rührte sich nicht.

Melradin fasste all seinen Mut zusammen. „Ich …" Seine Stimme zitterte. Er rang um Standhaftigkeit. Seine Hände ballten sich um den Schwertknauf. „Ich bin hier, um Melgors Licht zu löschen und das Schattenreich ein für alle Mal vom Übel des Wärters zu befreien." Seine Worte hallten durch das Gemäuer. „Sag mir, wo Annealaisa ist!"

Zu seiner Überraschung brach die Gestalt ihr Schweigen. „Oh, sieh mal, Kleine, wer da ist. Unser Abenteurer ist zurück."

Melradin runzelte die Stirn. Er kannte die Stimme.

Der Kopf der Gestalt hob sich. „Hallo, Melradin." Zerzauster grauer Bart lugte unter der Kutte hervor. Es war das Gesicht des Alten.

40

Fassungslos stand Melradin da, unfähig einen klaren Gedanken zu fassen. Wie gelähmt sah er zu dem alten Mann auf dem Thron.

„Guck mal, Alice. Dein Freund Melradin ist gekommen, um uns zu besuchen. Willst du ihm nicht Hallo sagen?"

Das Gesicht eines Mädchens lugte unter dem weißen Laken hervor. Mit großen Augen starrte Alice ins Leere.

„Es ist schön, dich wieder zu sehen, Melradin." Der Alte strahlte.

„W-wie ...", stotterte Melradin.

„Du bist überrascht, uns hier zu sehen, stimmt's? Das macht nichts. Ich hingegen habe dich erwartet. Hier." Der Alte bückte sich und hob etwas auf. Es war ein alter, ausgeleierter Schuh. „Ich hab den zweiten gefunden. Nur falls du den anderen verloren hast. Wenn du willst, können wir also gleich nach Hause. Es gibt noch so viele Welten, die ich dir zeigen möchte."

Melradin kämpfte um einen klaren Kopf. Was hatte das alles zu bedeuten? War das ein Zauber? Ein Trick des Wärters. Er hatte Melradins Sehnsucht entdeckt und zum Leben erweckt, um ihn in die Irre zu führen. Nein. Das war nicht der Alte. Das war ein Trugbild des Wärters. „Du kannst mich mit deinem Zauber nicht täuschen, Wärter. Sag mir, wo Annealaisa ist oder ich töte dich!"

Der Alte sah ihn einen Moment stumm an. „Dich täuscht niemand, Melradin. Jetzt nicht mehr. Ich habe dir einiges verschwiegen, doch das ist jetzt vorbei. Alles Übel ist jetzt vorbei. Durch dich, Melradin. Jetzt ist es nur noch eine Frage der Zeit, bis alles Licht wieder zu seinem Ursprung zurückgekehrt ist."

„Du irrst dich!" Wut brodelte in Melradin auf, die ihm neue Kraft verlieh. „Das Übel ist nicht vorbei. Noch nicht. Erst wenn ich dich getötet habe! Und danach deinen Drachen! Und wenn ich diesen Turm dem Erdboden gleichgemacht habe, dann ist endlich alles Übel vorbei!"

„Öffne deine Augen, Melradin! Du bist blind vor Hass!", erwiderte der Alte. Er setzte Alice neben sich und stand auf. „Ein so kurzes Leben hat genügt, um dich zu verblenden. Wen hasst du denn? Mich? Ich bin der Wärter, Melradin. Der Wärter, nicht der Herrscher. Und ich habe das zurückgeholt, was ich bewachen soll. Mehr nicht."

Mit aufgerissenen Augen starrte Melradin den Alten an. Dieses Gesicht, diese Mimik, die ihm so wohl vertraut war – das war nur eine Maske. Trotzdem erschütterte ihn jedes Wort, das mit dieser Maske gesprochen wurde. „Du hast so viel Schönheit zerstört! So viele Leben genommen!" Seine Stimme bebte vor Erregung. „Unzählige Welten hast du vernichtet! Ob ich dich hasse? Ja, mehr als alles andere. Und ich bin blind vor Rachsucht! Ich bin die Rache jedes noch so matten Schimmers im Schattenreich, der wegen dir erloschen ist!"

Das Einhorn an seiner Seite schnaubte kampfbereit. Melradin spürte, wie es ihn dazu drängte, den Thron hinauf zu rennen und dieses Trugbild mit einem Schwertstreich zum Schweigen zu bringen. Doch rührte er sich nicht von der Stelle. Etwas hielt ihn zurück.

„Ich habe genommen, was mir genommen wurde." Der Alte sprach mit unverändert ruhiger Stimme. „Ich habe Schönheit zerstört, die nicht hätte sein dürfen." Stufe für Stufe stieg er die Treppe hinab. „Es sind Dinge geschehen, die sich niemand von uns gewünscht hat. Und ich habe Schuld daran. Doch nicht nur ich. Es ist Anneas Wille, der das Licht an diesen Turm fesselt. Und es ist der Wille ihres Sohnes, diese Fesseln zu sprengen. Somit ist es deine Schuld, Melradin. Du hast den Samen gelegt, aus dem die Schwarze Invasion spross."

„Was meinst du damit!"

Der Alte grinste ihn schief an.

„Sprich, du Sack!" Melradin erhob sein Schwert. Ceyrilas' Schimmer umspielte seine entschlossene Miene.

„Melradin. Diesen Namen hast du dir damals selbst gegeben, als du zu mir zurückkamst. Davor war dein Name Yelldan."

Entsetzen schlug Melradin. „Du lügst!"

„Du warst es, der einen Teil des Lichts aus diesem Turm stahl. Und du warst es auch, der mir dieses Licht wieder zurückbrachte. Das war nicht dein Wille, aber ich hatte das in der Hand, was du am meisten begehrtest. Deine größte Liebe." Der Wärter sah zurück zum Thron, der sich riesig vor Alices winziger Gestalt aufbaute. Mit offenem Mund saß sie da und starrte ins Nichts.

„Doaed", flüsterte Melradin. Fassungslosigkeit packte ihn. Das Gesagte spann in seinen Gedanken Fäden, die noch verworren waren. Doch erahnte Melradin bereits eine Ordnung in diesem Durcheinander, die auf fürchterliche Weise Sinn ergab. Der Wärter und der Alte ein und dieselbe Person. War es möglich?

„Ich habe dir meinen Willen aufgezwungen", fuhr der Alte fort. „Ich habe dich gezwungen, mir Lethuriel auszuliefern. Und du hast dich mir gebeugt. Du brachtest mir den entscheidenden Schlüssel, der es mir ermöglichte, in Lethuriels Herz einzudringen."

„Nein!" Melradin ertrug es nicht länger. „Mein Name ist nicht Yelldan. Ich heiße Melradin und ich habe dich von der ersten Sekunde meines Lebens an bekämpft!"

„Das hast du, wohl wahr." Der Alte gluckste vergnügt. „Allerdings erst nachdem du mir das gegeben hattest, was ich brauchte. Du hattest es bei dir, als du als kleiner Junge in meiner Welt erwacht bist. Einen so kleinen und unscheinbaren Gegenstand – und doch so unfassbar wertvoll. Erinnerst du dich?"

Stumm sah Melradin einen Moment in das Gesicht mit dem zerzausten Bart. Dann traf ihn die Erkenntnis wie ein Schlag. Entsetzt riss er die Augen auf. „Die Blume", flüsterte er.

Der Alte nickte. „Das Licht verließ mich durch dich und kehrte durch dich wieder zu mir zurück. Dafür musste ich dich betrügen, so wie du mich betrogen hattest, als du dich gemeinsam mit Luna und dem Licht davongemacht hast. Damals hatte ich als Wärter versagt und musste für meine Torheit einen hohen Preis bezahlen. Doch das ist jetzt vorbei. Jetzt bist du hier, Melradin, und du trägst das letzte Teil, das die alte Ordnung wiederherstellt, bei dir. Alles wird wieder gut durch dich. Gib mir nur das Amulett, das du um deinen Hals trägst."

Der Alte streckte seine Hand aus. Reflexartig wich Melradin zurück. „Niemals! Lieber sterbe ich!"

„Melradin, du wurdest getäuscht. All die Welten da draußen – sie haben dich verblendet mit ihrem Glanz und ihrer Anmut. Sie haben dich verführt. Und jetzt kämpfst du für sie, im Glauben, für das Gute einzustehen. Aber das stimmt nicht. Diese Welten sind teuflisch. Sie widersetzen sich Anneas Willen. Und genau davor möchte ich dich bewahren. Der Kampf gegen Annea ist kein Spiel, Melradin. Er endet in der Verdammnis." Die Heiterkeit war aus dem Gesicht des Alten verschwunden. Plötzlich furchten sich die Falten viel tiefer. Die Haut wirkte zerfleddert und der Schatten des Hutes wurde düsterer.

Verdammnis. Der Wärter sprach von seinem eigenen Schicksal, hier in diesem toten Reich über das Licht zu wachen. In seinem Gesicht zeichneten sich die Jahre der Einsamkeit ab. Sie waren so zahlreich wie die Lichter im Schattenreich. Melradin wurde klar, wie unfassbar alt der Alte tatsächlich war. Er entdeckte die tief sitzende Verbitterung, die seither unter dem Lächeln verborgen gewesen war. Unsicher trat Melradin einen weiteren Schritt zurück. Erst jetzt bemerkte er, dass seine linke Hand das Amulett fest umklammert hielt.

„Gib mir das Amulett, Melradin. Und dieser ganze Albtraum hat ein Ende." Der Wärter trat näher, doch stellte sich das Einhorn wiehernd in den Weg. Scheinbar zum ersten Mal schenkte der Wärter dem Einhorn Beachtung. „Emon wieder vereint in meinem Turm. Anneas Herz nur eine Armlänge von mir entfernt auf der Stirn deiner Schöpfung. Du hast das vollbracht, was ich kaum noch zu hoffen gewagt hatte, Melradin."

Bewegungslos stand Melradin da. Noch immer drängte ihn etwas dazu, dem Wärter mit einem Streich den Kopf abzuschlagen. Doch wurde dieses Verlangen von etwas am Boden gehalten, das genauso stark war. Es war eine Sehnsucht, die mit dem bärtigen Gesicht verbunden war, das er erblickt hatte, als er erwacht war und sein Leben begonnen hatte.

„Gib mir das Amulett." Der Alte streckte seine Hand aus. „Bitte."

Etwas rührte sich am Eingang des Turms. Evelyns Schädel lugte durch das Tor. Vermutlich hatte sie die Ungewissheit nicht mehr ertragen, weshalb es so still war. Melradins verkrampftes Herz entspannte sich ein wenig bei ihrem Anblick. Sie brüllte erbost, als sie den Wärter entdeckte. Sie schmetterte ihren Rumpf gegen das Tor. Der Turm bebte und ein Teil der Wand über dem Tor stürzte ein.

„Gib es mir!", rief der Wärter über den Lärm hinweg.

Melradins Faust um das Amulett hatte sich gelockert. Nun schloss sie sich wieder fest. „Nein!"

Das brennende Einhorn wieherte. Die Flammen bündelten sich mit einem Mal zu einer einzigen Feuersäule und peitschten dem Wärter entgegen. Der Wärter hob eine Hand und schuf eine unsichtbare Barriere, die die Flammen zurückhielt. „Melradin! Ich bitte dich!"

„Keine Angst. Gleich ist es vorbei, alter Mann." Melradin erhob sein Schwert. Die Klinge leuchtete hell.

Ein zweites Mal wurde der Turm erschüttert. Ein weiterer Teil der Wand brach ein. Mit einem ohrenbetäubenden Brüllen betrat Evelyn den Saal.

„Ich flehe dich an! Gegen Anneas Willen gibt es keinen Sieg!", keuchte der Wärter mit vor Anstrengung verzerrtem Gesicht.

Melradin biss die Zähne zusammen. Er packte all seine Energie und preschte vor. Knurrend holte er aus. Vereint mit seinem Schrei donnerte die Klinge nieder. Doch sie erwischte nur einen Zipfel der Kutte. Mit einem Satz war der Wärter abgehoben und glitt auf wundersame Weise bis zum Thron hinauf.

Das Einhorn bäumte sich wiehernd auf. Seine Flammen leckten an dem gewaltigen Krug und den Flügeln des Throns, doch kamen sie nicht bis an den Wärter heran. Evelyn verschlang Alice und den Wärter mit einer Feuersbrunst, doch die Flammen schlängelten sich an den beiden vorbei, so als stünden sie in einer Glaskugel.

„Du lässt mir keine andere Wahl, Melradin!" Der Wärter streckte einen Arm aus. Eine Fontäne schoss aus dem Krug, gefolgt von einer breiten Lichtsäule, die sich wie eine Schlange um den Thron wandte.

Wieder bebte der Turm. Diesmal rammte jedoch keine Drachin das Tor. Es war wie ein Erdbeben. Melradin wankte und hielt sich nur mit Mühe auf den Beinen. Das Licht schlängelte sich immer höher und hatte bereits beinahe die Spitzen der Flügel erreicht, die sich neben dem Thron spreizten. Das Spiel aus Licht und Schatten verzerrte sie und ließ sie noch bedrohlicher wirken als zuvor.

Der Wärter hielt seinen Arm ausgestreckt. Seine Finger verkrampften sich und in seiner Miene spiegelte sich qualvolle Anstrengung. Auch er hatte sich in dem weißen Licht gewandelt. Der gutmütige Alte war verschwunden. Nun funkelten die Augen des Wärters pechschwarz. Die Kapuze der Kutte war von seinem Kopf gerutscht und die wenigen grauen Haare standen kreuz und quer von seiner Kopfhaut ab. Es war ein Anblick des Hasses und des Wahnsinns, der Melradin schmerzte, so fremd war er ihm.

Ein weiteres Mal peitschten die Flammen des Einhorns in Richtung des Wärters, doch sie prallten ab. Melradin wankte vorwärts und bekam gerade noch rechtzeitig das Geländer der Treppe zu fassen, um einen Sturz zu verhindern. Mit Ceyrilas in seiner Rechten, kämpfte er sich zum Thron hinauf. Als er den Wärter bereits vor sich sah, wurde der Aufstieg immer schwerer. Etwas zerrte an seinem Körper und wollte ihn wie tausend unsichtbare Hände zurückhalten. Es war die Barriere, die der Wärter erschaffen hatte. Mit zusammengebissenen Zähnen kämpfte Melradin dagegen an. Er lehnte sich mit seinem gesamten Gewicht dagegen und zwang seinen Fuß, auf die nächste Stufe zu steigen, doch er gehorchte ihm nicht. Als seine Kraft aufgebraucht war, schleuderte ihn der Druck zurück. Keuchend klammerte sich Melradin am Geländer fest.

Etwas geschah, das ihn davon abhielt, einen zweiten Anlauf zu nehmen. Alices kleiner, zierlicher Körper war von der Lichtsäule umschlungen worden. Ganz langsam wurde das Mädchen in die Höhe gezogen. Die nackten Füße verließen die Thronlehne. Alice gewann weiter an Höhe, bis sie ein ganzes Stück über dem Kopf des Wärters hing.

Melradin konnte Alices Gesicht sehen. Mit großen Augen starrte sie geradeaus. Die dünnen Arme hoben sich. Melradin klammerte sich fester an das Geländer, denn das Beben wurde heftiger. Das Bild, das nun das kleine Mädchen in dem weißen Gewand vor den gigantischen schwarzen Flügeln abgab, war atemberaubend. Es war gebieterisch und Furcht einflößend wie ein Racheengel. Das Licht verschlang das Mädchen, sodass nichts mehr von ihm zu sehen war. Dann erwachten die Flügel zum Leben. Sie wallten sich und wölbten sich noch weiter über den Thron. Sie wuchsen, bis sie beinahe den gesamten Saal überspannten. Die Lichtsäule wurde immer heller, bis sie so grell war, dass sie blendete und Melradin seine Augen bedecken musste.

Dann, so plötzlich, wie eine Kerze erlosch, verschluckten die Flügel das Licht und ein ohrenbetäubendes Brüllen donnerte durch den Turm. Der Thron zerbarst, als gewaltige Krallen auf ihm landeten. Melradin stolperte hastig zurück und wurde von dem Luftzug der Schwingen beinahe umgefegt. Ein flüchtiger Blick zurück bestätigte seine Vermutung: Alice und die Flügel des Throns hatten sich zu einer Bestie vereint, die so gewaltig war wie eine pechschwarze Gewitterfront. Sie hatten Annealaisa gefunden.

Hinter Alice verbargen sich also Doaed und die Bestie zugleich. Melradin spürte bei dieser Erkenntnis einen tiefen Stich im Herzen. Der Wärter hatte Doaeds inneres Licht misshandelt, um aus ihr den Schrecken Annealaisa zu erschaffen.

So schnell ihn seine Beine trugen, rannte Melradin in Deckung. Eine Feuersbrunst schoss durch den Turm und erfasste alles, was sich vor Annealaisas Rachen befand. Melradin machte sein Ziel aus und rannte weiter auf das helle Licht zu. Die magischen Flammen des Einhorns vertrieben tapfer den finsteren Schatten, dessen gewaltige Flügel sich über ihnen aufbäumten. Neben Annealaisas Schwingen wirkte der mächtige Anblick des Einhorns jedoch lediglich wie ein Schimmer. Ein einsames Leuchten in der Dunkelheit.

Das Einhorn galoppierte ihm entgegen. Mit einem Satz schwang sich Melradin auf dessen Rücken. Gerade noch rechtzeitig, um eine zweite, mörderische Feuersbrunst auf sich zurasen zu sehen.

Die Flammen des Einhorns reagierten sofort. Zu einem Feuer gebündelt, schossen sie dem brennenden Ballen entgegen. Die Explosion riss Melradin beinahe zu Boden. So fest er konnte, klammerte er sich an Flins Hals fest. Steine bröckelten von dem Loch, wo zuvor das Tor gewesen war.

Annealaisa brüllte und richtete sich zur vollen Größe auf. Der Turm bebte. Staub rieselte von der Decke.

„Raus hier!", hörte Melradin sich selbst schreien. Das Einhorn schlug den Weg zum Tor ein. Evelyn folgte ihnen. In Windeseile hatten sie den Turm verlassen. Hinter ihnen stürzten Steinbrocken in den Saal. Ein weiteres Mal rammte Annealaisa die Wände des Turms – wie ein Küken, das aus dem Ei schlüpfen wollte. Ein Teil der Decke stütze ein.

Melradin sah hinter sich. Riesige Steinbrocken donnerten unweit von ihnen entfernt in den Wüstenboden. Die Spitze des Turms, die nur noch sehr matt von Flins Licht erhellt wurde, war gesprengt worden. Annealaisas gewaltige Flügel ragten aus dem entstandenen Loch hervor. Sie war also hinaufgeflogen und wählte diesen Weg. So blieb wenigstens der Rumpf des Turms stehen.

Melradin hörte, wie weitere Brocken zu Boden stürzten. Annealaisa hatte sich befreit. Melradin hob sein Schwert. Ceyrilas sang, als es die Luft durchschnitt. Melradin beugte sich vor. „Halt dich bereit", sagte er zu Flin. Er ballte seine linke Hand. Annealaisas Schatten flog auf sie zu. Die Flammen des Einhorns züngelten sich wie elektrisiert steil in die Höhe.

Melradin holte tief Luft. „Jetzt!" Er stach mit der hell leuchtenden Klinge in Annealaisas Richtung und entlud seine Kraft. Eine blaue Welle schoss aus Ceyrilas' Spitze hervor und vereinte sich mit den Flammen des Einhorns. Gemeinsam preschten sie gegen das Feuer, das Annealaisa spie, doch waren sie viel stärker.

Annealaisa wurde von der Wucht der Explosion gegen den Turm geschleudert. Mit einem lauten Krach barst ein Teil der pechschwarzen Wand, begleitet von einem wutentbrannten Brüllen. Melradin sah, wie etwas Oranges auf die schwarze Bestie zuschoss. Es war Evelyn – sie flog so schnell wie ein Pfeil.

Annealaisa kämpfte sich aus dem Steingerümpel frei und riss dabei noch einen weiteren beträchtlichen Teil der Turmwand ein. Ihr riesiger Schwanz peitschte nach dem Angreifer, der sich in ihren Nacken gekrallt hatte. Doch bevor sie ihn erwischen konnte, hatte sich Evelyn bereits wieder abgestoßen und war in der Dunkelheit verschwunden.

Melradin nutzte die Gelegenheit. Das Einhorn galoppierte auf den Drachen zu, und noch während Annealaisa von Evelyn abgelenkt wurde, versenkte Melradin seine Klinge in den schwarzen Schuppenpanzer. Die Bestie brüllte auf, doch ihr Schwanz war für das Einhorn zu langsam. Ein riesiger Feuerballen schoss aus ihrem Rachen. Melradin hob sein Schwert und schickte den Flammen seine Kraft entgegen. Auch das Einhorn stemmte dagegen an.

Diesmal bekam Melradin die Explosion heftiger zu spüren. Annealaisas Feuer verschlang seine Magie und dehnte sich mit einem ohrenbetäubenden Knall zu einer gewaltigen Kugel aus. Hitze schlug Melradin entgegen, als sich die Feuersbrunst bis auf wenige Meter auf ihn zu wölbte.

Das Einhorn wieherte und bäumte sich auf. Wieder kam Evelyn aus dem Nichts geschossen und krallte sich in Annealaisas Nacken. Die schwarze Bestie brüllte wutentbrannt und versuchte Evelyn abzuschütteln. Die jedoch ließ nicht locker.

In Melradins Miene kehrte steinerne Entschlossenheit zurück. Er packte den Griff seines Schwertes fester und hob es vor sich. Das Einhorn sprengte los. Im Galopp stürmten sie auf das schwarze Monstrum zu.

Melradin bündelte all seine Energie. Er spürte die Magie in sich lodern, so stark wie nie zuvor. Es war eine Kraft, die von Ceyrilas' Klinge in seine Finger floss und sich wie Feuer in seiner Brust züngelte. An seiner Seite peitschte das Feuer des Einhorns. Gemeinsam brachten sie die Luft zum Flimmern und den Boden zum Erbeben, so rein war die Magie der beiden Zwillingsflammen, die sich nun zu einem einzigen Feuer vereint hatten.

Das Amulett, Emon, war wieder vereint.

Melradins Gesicht verzerrte sich vor Anstrengung. In seinen Augen flackerten Hass und bedingungslose Entschlossenheit. Die Magie brannte nun so heftig in ihm, dass er sie kaum noch im Zaum halten konnte. Sie bäumte sich in ihm auf wie eine Bestie, die sich mit aller Macht von ihren Ketten loszureißen versuchte.

Eisern hielt Melradin die Kraft noch einen Moment zurück. Gleich würde er die Kontrolle verlieren. Doch das spielte keine Rolle. Die Magie würde ihr Ziel finden, auch wenn sie ihn dabei verschlang. Melradin schrie. Er hielt Ceyrilas hoch erhoben. Annealaisa war nun direkt vor ihnen. Melradin ließ los – und die Magie riss sich frei. Gemeinsam mit den Flammen des Einhorns schoss Ceyrilas' Licht dem schwarzen Drachen entgegen.

Das Schattenreich wurde von einem weißen Schein erhellt. Alles um Melradin wurde von einem explodierenden grellen Leuchten verschluckt. Das Licht stürzte sich in alle Himmelsrichtungen wie ein Fluss, der den Damm durchbrach.

Doch bevor Melradin auch nur die Augen zukneifen konnte, wurde er vom Rücken des Einhorns gefegt. Wehrlos wurde sein Körper von der Druckwelle mitgerissen wie ein Blatt von einem Orkan. Der Knall war dumpf, so als hätte die Magie irgendetwas tief unter der Erde gesprengt. Oder zumindest nahm ihn Melradin dumpf wahr, als er haltlos durch die Luft flog und schließlich über den Wüstenboden schlitterte.

Als die Wucht endlich von ihm abließ, waren längst alle seine Sinne irgendwo zwischen den Felsen verloren gegangen. Bewusstlos lag Melradin da. Das Licht war mit dem Knall verschwunden und hatte absolute Schwärze hinterlassen. Zumindest beinahe absolut. Melradins Gesicht wurde von einem leisen Schimmer beleuchtet – ein schüchternes, weißes Licht. Es war Ceyrilas' Schein. Das Schwert lag nur ein Stück von Melradin entfernt im Staub.

Unvermittelt wurde die unheimliche Stille von einem lauten Getöse durchbrochen. Eine Feuersbrunst vertrieb die Dunkelheit. Die Erde erbebte, als Evelyn neben Melradin landete. Ihr riesiger Schädel senkte sich über seinen Körper und beschnüffelte ihn. Eine raue Drachenzunge leckte über Melradins Gesicht.

Melradin rührte sich. Evelyn schnaubte und drehte ihn mit ihrer Schnauze um. Ein lang gezogenes Stöhnen drang aus Melradins halb offenem Mund. Er blinzelte. Langsam klärte sich sein Blick. Er sah Evelyn in Ceyrilas' matten Schein. Große Drachenaugen hingen direkt über ihm und glotzten ihn an. Evelyns Atem stieg ihm in die Nase und er verzog das Gesicht. Er stank furchtbar nach Schwefel.

Ganz langsam setzte er sich auf. Dunkelheit umgab sie, die alles um sie auffraß und ihnen nur eine winzige Schimmer-Insel übrig ließ. Melradin griff nach dem Schwert. Das Leuchten wurde heller, als er es berührte. Ceyrilas. Morgenstern. Nachdenklich betrachtete er die weiße Klinge, die von feinen, silbernen Adern durchzogen war. War es denn schon Morgen? War die Nacht endlich vorbei?

Die Explosion war verdammt heftig gewesen. Das ganze Schattenreich war erschüttert worden. Doch Melradin lebte, zumindest soweit er das beurteilen konnte. Er war doch noch am Leben, oder? Wo war dann das brennende Einhorn? Und vor allem – wo war Annealaisa?

Dass Melradin sich noch rühren konnte, war zweifelsohne ein Wunder. Er fasste sich an die Brust. Das Amulett lag ihm warm auf der Haut, so als hätte man es für kurze Zeit über ein Feuer gehalten. Er hatte seine Kraft gespürt, als er die Magie heraufbeschworen hatte. Vermutlich war dieses Ding auch der Grund, weshalb er bei der Explosion nicht einfach zerfetzt worden war.

Ein Geräusch ließ ihn erschrocken aufhorchen. Ein Schnauben. Annealaisa? Melradins Herz begann aufgeregt schneller zu schlagen. Er hob Ceyrilas höher, doch sein Schimmern war zu schwach, als dass er irgendetwas in der Schwärze hätte erkennen können. Zumal das Monster, das er suchte, genauso pechschwarz war.

Angespannt lauschte er. Evelyn verharrte mucksmäuschenstill neben ihm. Da war irgendwas. Die Stille war nicht vollkommen. Es war ein seltsames Geräusch, das Melradin nicht zuordnen konnte und es war recht fern. Flügelschläge? Die Bestie war also noch am Leben. Melradin hatte es befürchtet.

Ein weiteres Geräusch ertönte. Diesmal war es eindeutig und ließ Melradin entsetzt auffahren. Ein lautes Wiehern. Das Einhorn lebte – und es war in Schwierigkeiten. Melradins Blick durchforstete angestrengt die Dunkelheit, doch konnte er nichts von dem Feuer des Einhorns entdecken.

Evelyn schnaubte. Er sollte aufsitzen. Melradin gehorchte – vielleicht hatte sie ja etwas entdeckt. Mit einem kräftigen Flügelschlag verließen sie den Wüstenboden. Zielsicher raste Evelyn durch die Schwärze. Melradin hielt sich mit der linken Hand an ihrem Hals fest, während seine rechte noch immer das Schwert erhoben hielt.

Tatsächlich entdeckte Melradin einen Schimmer in der Finsternis. Er war schwach wie eine heruntergebrannte Kerze. Evelyn flog direkt darauf zu. Doch plötzlich verschwand er. Melradin erschrak. War der letzte Funke Leben in dem Einhorn erloschen?

Ein weiteres Wiehern gab die Antwort. Das Einhorn lebte also noch, doch vermochte das Geräusch Melradin nicht zu beruhigen. Da war etwas alles andere als in Ordnung. Vermutlich befand sich Flin im Kampf.

Evelyn spie Feuer und bestätigte Melradins Befürchtungen. Annealaisas gewaltige Umrisse traten zum Vorschein. Ihr Schatten hatte das Leuchten des Einhorns unter sich begraben.

Wieder ein Wiehern. Es hörte sich furchtbar schmerzerfüllt und verzweifelt an. Der Schein des Einhorns wurde sichtbar. Sie hatten Annealaisa fast erreicht. Gleich würden sie direkt in ihre Flanke preschen. Melradin klammerte sich an Evelyns Hals fest.

Annealaisa hielt das Einhorn mit den Zähnen gepackt und hob es hoch. Einige wenige Flammen züngelten sich um den vor Schmerz verkrampften Körper, doch sie konnten sich nicht zur Wehr setzen. Ihre Kraft war sichtlich geschwunden.

Hass begann in Melradin zu brodeln und drückte gegen seine Brust. Auch wenn Annealaisa der Teufel höchstpersönlich war, sie konnte nicht unsterblich sein. Der schwarze Drache war sterblich! Und er würde sterben! Durch ihn, Melradin! Und wenn er ihn dafür in Tausend Stücke zerhacken musste!

Im Schein des Einhorns stürzte Evelyn in Annealaisas Nacken. Die Wucht brachte die schwarze Bestie aus dem Gleichgewicht und ließ sie zur Seite fallen. Mit Genugtuung sah Melradin, wie Annealaisa vom

Einhorn abließ. Der schwarze Drache war zwar nicht tot, aber deutlich geschwächt.

Annealaisa brüllte wutentbrannt. Ihr Schwanz peitschte nach ihnen, doch Evelyn war zu flink für sie. Sofort hatte sich die orange Drachin wieder abgestoßen und war mit Melradin in der Finsternis verschwunden. Eine Feuersbrunst schoss ihnen hinterher, verfehlte sie jedoch ebenfalls.

Evelyn flog eine Wende, sodass Annealaisa wieder in Melradins Gesichtsfeld trat. Die Bestie hatte sich wieder Flin zugewandt. Das Einhorn lag bewegungslos auf dem Boden. Sein Licht war nur noch ein schwaches Glühen. Mit halsbrecherischer Geschwindigkeit rasten sie auf Annealaisa zu. Melradin hielt sich so fest, wie er nur irgendwie konnte. Mit zusammengebissenen Zähnen lag er flach hinter Evelyns Halsansatz. Dennoch waren sie zu langsam. Annealaisa senkte ihren Schädel, um das Einhorn zu packen. Sie würde Flin töten. Melradin musste etwas unternehmen. Jetzt!

Mit einem Schrei streckte Melradin das Schwert aus. Ein blauer Strahl schoss aus dessen Spitze und traf Annealaisa am Schädel. Die Wucht der Magie schleuderte den Drachenkopf zurück, noch ehe er das Einhorn hatte packen können. Der schwarze Drache grollte.

Sofort setzte Evelyn nach und schoss mit einem entschlossenen Brüllen in Annealaisas Nacken. Der Aufprall war heftig und presste die gesamte Luft aus Melradins Lunge, doch er konnte sich auf Evelyns Rücken halten. Blutrünstig begann Evelyn, an dem schwarzen Schuppenpanzer zu reißen und zu zerren, konnte jedoch nicht verhindern, dass Annealaisa sich erneut über das Einhorn beugte.

Melradin überlegte nicht lange. Mit einem Satz sprang er von Evelyns Rücken auf Annealaisas Hals. Noch immer hielt er Ceyrilas' Knauf fest in seiner Rechten. Er brauchte eine günstige Stelle, einen wunden Punkt. Schnell! Der Schädel ...

Der schwarze Drache senkte seinen Kopf, sodass ihn Melradin leicht erreichen konnte. So schnell ihn seine Füße trugen, rannte er den Drachenhals hinab. Er musste Annealaisa davon abhalten, das Einhorn zu packen, musste sie wenigstens ablenken. Mit einem Hechtsprung hob Melradin das Schwert und rammte es in den Kopf der Bestie.

Annealaisas gesamter Körper erbebte vor Schmerz und ein tiefes Grollen ertönte. Doch es war zu spät. Die schwarze Bestie hob ihren

Kopf und schlaff ragte das Einhorn zwischen ihren Zähnen hervor. Das Feuer war erloschen.

„NEIN!"

Noch einmal rammte Melradin Ceyrilas in den Schuppenpanzer. Eine Flüssigkeit durchtränkte Melradins Kleidung. Sie war so schwarz und dickflüssig wie Öl. Annealaisas Blut. Es stammte von einer Wunde, ganz in Melradins Nähe. Also hatte ihre Magie tatsächlich Spuren hinterlassen.

Annealaisa begann, sich energisch zu schütteln und warf ihren Kopf hin und her. Eisern hielt sich Melradin fest und versuchte, Stück für Stück vorzurobben. Er musste zu dieser Wunde gelangen. Dort war der Drache am verletzlichsten. Doch solange die schwarze Bestie so energisch ihren Kopf hin und her warf, konnte Melradin unmöglich zustechen, ohne abzurutschen und in die Tiefe zu stürzen.

Annealaisas Versuche, Melradin abzuschütteln, wurden heftiger. Ohne Rücksicht auf eigene Schmerzen donnerte sie ihren Schädel gegen den Wüstenboden und wälzte ihn an den Felsen, so als litt sie unter fürchterlichem Jucken. Melradin gelang es jedoch, schnell genug auszuweichen. Geschickt schwang er sich vor und packte eines der großen, spitzen Hörner, die dem schwarzen Drachen aus der Stirn ragten. Annealaisa brüllte wutentbrannt und schmetterte ihren Schädel ein zweites Mal zu Boden.

Diesmal war es verdammt knapp. Melradin drückte sich an das Horn, doch war dessen Oberfläche rutschig, sodass er von der Wucht gefährlich herumgerissen wurde. Mit zusammengebissenen Zähnen presste er sich fester an das Horn. Annealaisa schleuderte ihren Kopf in die Höhe. Melradins Muskeln verkrampften sich. Er würde sich nicht mehr lang halten können.

„Evelyn!" Melradins Blick hastete durch die Düsternis, doch konnte er die Drachin Vlandorans nirgends entdecken. Panik packte ihn. Annealaisa schwang ihren Kopf hin und her, doch Melradin gab nicht auf. Mit der Kraft der Todesangst hielt er sich fest, das Schwert noch immer mit der rechten Hand umklammert. Er durfte es auf keinen Fall fallen lassen.

Sein Blick richtete sich wieder auf die klaffende Wunde an der Schläfe des Drachen. Wenn er nur schnell genug war, konnte er Ceyrilas vielleicht rechtzeitig in die wunde Stelle rammen, bevor er den

Halt verlor. Ein Sprung im rechten Augenblick. Wenn er Glück hatte, würde das Annealaisa den Rest geben – und ihm vielleicht einen Sturz in die Tiefe ersparen. Eine recht schlanke Hoffnung, das wusste Melradin. Doch er konnte keine andere finden, es war seine einzige Chance. Und selbst diese letzte Chance war gerade dabei, unaufhaltsam unter seinen schweißnassen Händen wegzurutschen. Er musste schnell handeln.

Die Wunde war nicht mehr als fünf Schritte von ihm entfernt. Das konnte er schaffen! Er musste nur seine Angst überwinden und den richtigen Zeitpunkt erkennen. Unermüdlich schüttelte Annealaisa ihren Schädel. Sie schien ihn zu spüren. Vielleicht war es die Präsenz des Schwertes, die sie spürte. Dieses Stück Metall, das unzertrennlich mit dem Schicksal ihres Todes verwoben war.

Melradin bereitete sich auf den Sprung vor. Sein Körper wehrte sich mit allen Mitteln. Er zitterte und seine Arme umklammerten krampfhaft das Horn. Irgendwie musste er es schaffen, sich zu überwinden. Einfach loslassen! Loslassen und springen! Melradins Zittern wurde heftiger. Er brachte es nicht fertig.

„EVELYN!"

Annealaisas markerschütterndes Brüllen donnerte wie zur Antwort durch die Finsternis. Ihr unbändiger Zorn vibrierte regelrecht in der Luft. Doch für diesen winzigen Moment hielt sie still.

Jetzt! Ohne einen Zweifel zu Wort kommen zu lassen, ließ Melradin los. Er riss das Schwert in die Höhe. Ceyrilas' Licht erstrahlte über seinem Kopf. Doch als er zur Wunde hechtete, bewegte Annealaisa ihren Kopf ruckartig zur Seite. Melradin wurde herumgeschleudert. Panisch versuchte er sich irgendwo festzuhalten, doch seine Hände griffen ins Leere.

Er fiel in die Tiefe und mit ihm Ceyrilas' einsamer Schimmer. In Melradins weit aufgerissenen Augen spiegelte sich der schwarze Drache. Seine Konturen waren schemenhaft und wirkten wie der Schatten eines gewaltigen Felsens; stumm und erhaben. Nur das schwache Glitzern der Augen verriet die Bestie, die von der Finsternis verschleiert wurde.

In Zeitlupe ging es abwärts. Melradins Blick fixierte Annealaisas Augen. Ihr großer Schädel mit den zahlreichen Hörnern war in der Finsternis lediglich zu erahnen. Wehmut durchfuhr Melradin als physischer

Schmerz. Es durfte nicht sein, dass Annealaisa triumphierte. Er musste sie mit sich in den Tod reißen! Doch bevor Melradin dazu kam, seinen letzten Zauber zu formen, wurde er ein zweites Mal herumgerissen.

Völlig überrumpelt schnappte Melradin nach Luft. Große orange Krallen hielten ihn gepackt. Evelyn hatte ihn gefangen. Melradin spürte einen Schwall der Erleichterung. Sie gewannen rasch an Höhe. Wie ein Pfeil schoss Evelyn durch die Finsternis – direkt auf Annealaisa zu.

Melradins Herz überschlug sich vor Anspannung. Ihm war eine zweite Chance geschenkt worden. Evelyn brüllte der schwarzen Bestie entgegen. Melradin spürte, wie ihr Drachenherz vor Entschlossenheit geradezu strotzte. Er war unbeschreiblich stolz auf sie.

Annealaisa spie Feuer. Eine Hitzewelle schlug Melradin entgegen, doch Evelyn entging der Feuersbrunst mit Leichtigkeit. Sie näherten sich Annealaisas Schädel nun von der anderen Seite. Noch ehe sich der schwarze Drache nach ihnen umsehen konnte, hatten sie ihn bereits erreicht.

Evelyn öffnete direkt über den schwarzen Schuppen ihre Klauen. Melradin überschlug sich und landete hart, doch er hatte Evelyns Vorhaben erahnt und vergeudete keine Sekunde. Sofort rappelte er sich auf. Er stand auf Annealaisas Schädel. Vor ihm klaffte die hässlich tiefe Wunde.

Annealaisa brüllte und wandte ihren Schädel hin und her. Offenbar war auch Evelyn zum Angriff übergegangen. Melradin verlor den Halt nicht. Blitzschnell hatte er reagiert und sich auf alle viere fallen lassen. Das Schwert rammte er in den Schädel. Nun klammerte er sich mit beiden Händen an dessen Knauf fest.

Annealaisa brüllte erneut. Mit aller Kraft wand die Bestie sich hin und her. Doch Ceyrilas steckte fest in ihrem Schädel und nichts konnte Melradin dazu bringen, den Schwertknauf loszulassen. Melradin biss die Zähne zusammen. Die Venen in seinen Armen traten deutlich hervor. Vor sich sah er die Wunde. Sie war vielleicht noch drei Schritte von ihm entfernt; eine scheinbar unüberbrückbare Strecke. Doch Melradin wusste, dass er es schaffen würde.

Er spannte seine Muskeln an und zog. Sein Gesicht verzerrte sich vor Anstrengung. Mit einem Schrei riss Melradin Ceyrilas los und rammte es ein Stück weiter erneut in Annealaisas Schädel. Melradin schnappte nach Luft. Die Anstrengung laugte ihn aus, doch er hatte sich auf dem

Drachenschädel halten können. Wieder riss Melradin Ceyrilas hervor und schmetterte es etwas versetzt in die schwarzen Schuppen.

Der schwarze Drache brüllte ohrenbetäubend. Sein gesamter Körper bebte unter dem Schmerz. Panisch wandte die Bestie ihren Kopf hin und her, doch ließ sich Melradin nicht abschütteln. Wieder ertönte ein Brüllen. Dieses Mal jedoch war es Melradin. Er zitterte vor Anstrengung von den Zehenspitzen bis zum Haaransatz. Annealaisas Schwung riss ihn hin und her. Seine Hände waren von Schweiß durchtränkt und doch so fest um den Schwertknauf verschlossen wie eiserne Ketten. Seine Gesichtszüge verzerrten sich und verwandelten sich in eine zähnefletschende, unmenschliche Grimasse, als er Ceyrilas ein weiteres Mal herausriss. Er hechtete so weit wie möglich nach vorne und zwang seine Arme, das Schwert zu heben.

Annealaisa riss ihren Schädel herum. Melradin schrie auf, als er über den schwarzen Schuppenpanzer schlitterte. Hart prallte er gegen eines der Hörner. Er versuchte verzweifelt sich festzuhalten, doch riss ihn die Wucht, mit der Annealaisa ihren Schädel herumschleuderte, mit sich. Der Abgrund raste auf ihn zu. Hilflos krallten sich seine Finger in die Schuppen. Er musste sofort zustechen! Mit aller Kraft hob er das Schwert ein zweites Mal und rammte es in Annealaisas Fleisch. Wimmernd und zitternd klammerte er sich fest. Er fiel nicht. Das Schwert steckte sicher im Drachenschädel und seine Hände hielten den Knauf fest umschlossen.

Völlig erschöpft lag Melradin der Länge nach da. Er spürte, wie sich eine zweite Flüssigkeit mit seinem Schweiß vermengte. Sie war glitschig und klebrig und er schmeckte sie salzig auf seinen Lippen. Annealaisas Blut. Melradin hob den Kopf. Ceyrilas' weißer Schein zeigte ihm die Wunde. Sie war kaum noch eine Armlänge von ihm entfernt. Er war genau in die richtige Richtung gerutscht.

Melradin hörte das Brüllen eines Drachen. Er erkannte Evelyns Stimme. Sie rang noch immer mit dem übermächtigen Feind, um ihm Zeit zu verschaffen und Annealaisa davon abzuhalten, ihren Schädel erneut gegen den Wüstenboden zu schleudern. Mit purer Willensstärke zog sich Melradin näher an das Schwert. Ein letztes Mal musste er es aus Annealaisas Fleisch reißen und in ihre verletzlichste Stelle rammen. Dann würde die schwarze Bestie sterben oder Melradin ein für alle Mal scheitern.

Annealaisa schmetterte ihren Schädel zur Seite und riss Melradin mit sich. Das verdammte Blut war so glitschig, dass es einen sicheren Halt unmöglich machte. Doch er hatte das Schwert nicht aus den Händen verloren. Erneut zog er sich näher. Er musste sich beeilen. Dies war seine Chance, alles zu beenden.

Mit einem Aufschrei riss er das Schwert empor. Melradin spürte, wie Ceyrilas' Kraft seinen Körper durchschoss und sich in seiner Brust bündelte. Emotionen brandeten in ihm auf wie brechende Staudämme. Wut und Verzweiflung, Trauer und Leid flammten gemeinsam in ihm auf und verbündeten sich zu einem einzigen gewaltigen Feuer des Hasses. Das weiße Schimmern der Klinge pulsierte und wurde zu einem kräftigen Leuchten, das den gesamten Schauplatz erhellte. Eiserne Entschlossenheit loderte in Melradins Blick und sein gellender Schrei hallte durch das Schattenreich, als er Ceyrilas in die Wunde schmetterte.

Ceyrilas' Licht wurde verschluckt. Melradin biss die Zähne zusammen und presste das Schwert mit aller Kraft noch fester in die Wunde hinein. Seine Hände umklammerten krampfhaft den Knauf, und selbst wenn er hätte loslassen wollen, hätte er es nicht gekonnt. Denn die Tausend Flammen des Feuers in seiner Brust schossen nun durch seine Arme. Das Amulett auf Melradins Brust glühte. Emons Magie war freigesetzt. Melradin hörte Annealaisas schmerzverzerrtes Brüllen. Doch es wirkte fern und unwirklich. Melradin vermochte nichts weiter zu tun, als auf den Schwertknauf zu starren und ihn noch fester in die Wunde zu drücken.

Erst als der Strom der flammenden Magie in seinen Armen abriss, ließ er los. Er rutschte von Annealaisas Schädel, ohne dass er etwas dagegen tun konnte. Emons Zauber war vollbracht. Er stürzte in die Tiefe.

41

Ein harter Schlag auf den Kopf klärte Melradins Sinne. Er blinzelte. Da war ein weißes Leuchten unweit von ihm entfernt. Ceyrilas, dämmerte es Melradin. Das Schwert lag, wie er selbst, auf dem Wüstenboden. Er war offenbar von Annealaisas Schädel gestürzt – und war irgendwie lebend hier unten angekommen.

Vorsichtig richtete sich Melradins auf. Staub rieselte an ihm herunter. Alles war still. Er schritt zu Ceyrilas und hob es auf. Der weiße Schimmer des Schwerts hielt tapfer die alles umfassende Dunkelheit fern – wie eine Glaskugel die Wassermassen am Grund des Meeres.

Melradin versuchte, etwas in der Düsternis auszumachen. Keine Spur von Evelyn, dem Turm, Annealaisa. Erschrocken wich er zurück, als er sich umdrehte. Sein Blick wurde erwidert von zwei großen, halb geschlossenen Augen. Sie gehörten zu einem gewaltigen Drachenschädel, der leblos vor ihm im Staub lag. Das war also der Grund für die Stille. Annealaisa war tot.

Mit offenem Mund stand Melradin einen Moment da. Er konnte es nicht glauben – sie hatten es tatsächlich geschafft! Die schwarze Bestie war tot!

Vorsichtig schritt Melradin näher. Der Anblick des gigantischen Kadavers im schwachen Licht des Schwerts ließ ihn frösteln. Selbst tot war Annealaisa Furcht einflößend. Zögerlich streckte Melradin die Hand aus. Seine Fingerspitzen berührten die kalten, schwarzen Schuppen. Blut floss an ihnen hinab.

Ganz allmählich begann es, Melradin zu dämmern. Der schwarze Schrecken war besiegt; der Fluch war endlich gebrochen. Er, Melradin, hatte den finsteren Drachen zur Strecke gebracht – und damit Melgors Licht gelöscht. Unbändige Erleichterung wollte wie Wogen über Melradin hereinbrechen, doch sie wurde von etwas zurückgehalten. Es war die Ahnung, nein, das Wissen, dass der Kampf hier noch nicht vorüber war. Melradin spürte es wie ein Drücken in seinem Herzen: Melgors Macht war noch nicht gebrochen.

Unwillkürlich fasste er sich an das Amulett. Emons Macht loderte nach wie vor, er konnte es fühlen. Seine Rachsucht war noch nicht gestillt. Melradin hörte Flügelschläge, ehe die Erde erbebte. Eine Drachin hatte sich zu ihm gesellt. Die orangen Schuppen glitzerten golden in Ceyrilas' Schein.

„Hey, Evelyn", krächzte Melradin. Die Drachin schnaubte. „Du warst spitze. Das war der Hammer, wie du mich gefangen hast." Evelyn senkte ihren Schädel und Melradin strich ihr über die Drachenwange. Er grinste sie schief an. Tiefe Dankbarkeit überkam ihn, dass er gemeinsam mit Evelyn bis hierhergekommen war. Er war hier nicht allein, auch wenn das brennende Einhorn, Emons zweite Hälfte, von ihnen gegangen war.

Dann verhärtete sich seine Miene jedoch wieder. Sie waren ihren Weg noch nicht bis zum Ende gegangen; sie durften keine Zeit verlieren. „Wir sollten los und den Wärter suchen. Ich denke, die Verhandlungsbasis hat sich grade ein wenig verändert."

Evelyn schnaubte und nickte hinter Melradin. Er wandte sich um und suchte die Dunkelheit ab. Da entdeckte er, was die Drachin meinte. Ein schwaches Leuchten hing irgendwo über ihnen im Nichts.

Melradin kniff die Augen zusammen und versuchte, etwas Genaueres zu erkennen. Das Leuchten stammte von Flammen, die sich allerdings kaum von der Schwärze abhoben. Sie wirkten geisterhaft wie Nebel und waren finster wie die Nacht. Und doch verströmten sie ein eigenartiges Licht, das Melradin zwar wahrnahm, aber kaum zu erfassen vermochte. Es durchfloss die Dunkelheit wie Tinte und man konnte nicht sagen, ob es diese tatsächlich erhellte. Oder war es deshalb sichtbar, weil es noch schwärzer war als die vollkommene Finsternis?

Im Schein dieser Flammen erkannte Melradin schattenhaft die Ruinen des Turms und darüber die Silhouette einer Gestalt. Sie schien von dem Feuer getragen zu werden wie von Tausenden Händen. Der Anblick war unabstreitbar gebieterisch. Es war ein schwebender Thron, bestehend aus Flammen, die finsterer waren als die Nacht.

Als Melradin zu der Gestalt aufsah, spürte er seinen Blick erwidert. Zorn packte ihn. Dort oben hatte der Wärter gesessen und tatenlos zugesehen, wie sein Drache getötet worden war. So als wäre das Ganze nicht mehr gewesen als ein unterhaltsames Schauspiel.

„Also, dann lass uns aufbrechen, Evelyn. Offenbar erwartet da ein alter Mann unser Kommen." Geschickt schwang sich Melradin auf Evelyns Rücken und kletterte zu ihrem Halsansatz. Die Drachin stieß sich ab und rauschte dem unheimlichen Schimmern entgegen.

Melradin versuchte, sich zu sammeln. Sein Blick war fest auf den Schatten der Gestalt gerichtet. Er spürte eine tiefe Erschöpfung in sich, eine Ausgelaugtheit, die bis in seine Seele hineinreichte. Doch war es kein Gefühl der Niederlage. Er hatte Annealaisa getötet, den größten und schrecklichsten Drachen aller Zeiten. Es war eine Erschöpfung, die Frieden brachte. Denn er würde nicht mehr als Wicht sterben, der im vollkommen hoffnungslosen Kampf gegen den Giganten gefallen war. Jetzt war er Melradin, der *legendäre* Drachentöter, Yelldans Inkarnation, die nur zu einem Zweck auferstanden war: Um diesen letzten Kampf zu führen und das Jahrhundert der Auflehnung gegen Melgor, mit einem vernichtenden Sieg zu vollenden.

Melradins Finger schlossen sich fest um Ceyrilas' Knauf. Der Wind schoss an ihnen vorbei. Gleich würde es soweit sein. Der Schatten, umgeben von finsteren Flammen, gewann immer mehr an Konturen. Der Wärter saß regungslos da und unternahm nichts, sie aufzuhalten.

Melradin spürte, wie Verunsicherung in ihm keimte. War diese schemenhafte Gestalt am Ende nur ein Trugbild – eine Falle? Weshalb sonst wartete sie so geduldig ab? Doch Melradin ließ es nicht zu, dass dieses Gefühl überhand nahm. Er steuerte mit Verbissenheit dagegen, spannte sich an und fegte alles andere aus seinen Gedanken als das, was er vor sich sah: den Wärter, getragen von schwarzen Flammen.

Er sammelte seine Kraft für einen Zauber. Evelyn schoss wie ein Pfeil auf die Spitze der Turmruine zu. Die Magie in Melradin bäumte sich auf, begleitet von Melradins grimmigem Schrei. Doch als bereits die ersten Flammen des geisterhaften Feuers an Evelyn leckten, verschwanden das Feuer und die Gestalt schlagartig. Zurück blieb nur Ceyrilas' Schimmer, der nun vollkommen verlassen über den Turmruinen schwebte.

Evelyn bremste ab und machte Anstalten zu wenden.

Melradins Blick hastete durch die Finsternis, doch war nichts von dem unheimlichen Schein zu entdecken. Der Wärter war von der

Schwärze verschluckt worden. „Du Feigling!", brüllte er. Hass brannte in seinen Adern. „Zeig dich!"

Düstere Flammen schossen aus dem Nichts nur wenige Meter vor Evelyns Schädel in die Höhe. In ihrer Mitte schwebte der Wärter. Er sah genauso aus wie damals, als Melradin ihn zum ersten Mal gesehen hatte. Graue Kutte, grauer, spitzer Hut und auf seinen Lippen befand sich dasselbe schräge Grinsen. Anders als beim letzten Mal stieß dieser Anblick bei Melradin jedoch auf abgrundtiefe Abscheu. Der Wärter hatte geglaubt, ihn benutzen zu können wie eine Marionette. Er hatte mit ihm gespielt. Doch das war jetzt vorbei. Das Spiel war unabstreitbar aus den Fugen geraten. Plötzlich war Melradin nicht mehr die ohnmächtige Marionette, sondern das Feuer, das sich verselbstständigt hatte.

Melradin hatte sich erschrocken geduckt und fester an den Drachenhals gedrückt, doch es kam nicht zum Aufprall. Die Flammen trugen den Wärter ebenso schnell durch die Finsternis, wie Evelyn ihm hinterher flog.

„Melradin." Der Wärter rief seinen Namen wie den eines guten Freundes. „Jetzt beruhig dich doch mal für einen Moment! Es gibt so viele Dinge, über die wir sprechen müssen. Ich hab dir so viel zu erzählen und zu erklären! Und ob du mir jetzt oder in fünf Minuten den Kopf abschlägst, ist doch egal." Der Alte lachte vergnügt und schürte damit Melradins Hass nur noch mehr. Er konnte ihnen problemlos davonfliegen? Also gut, was soll's – Melradins Zauber war allemal schnell genug. Er holte tief Luft und schwang Ceyrilas in die Luft. Mit einem Aufschrei entlud sich seine Magie.

Doch die düsteren Flammen schossen lediglich für einen Moment in die Höhe. Mehr geschah nicht, so als hätten sie Melradins Magie einfach absorbiert.

Der Alte gluckste. „Gegen die Macht der Göttin anzukämpfen ist zwecklos, Melradin. Glaub mir, ich wäre der Erste, der dir zur Seite stünde, wenn es nicht so wäre."

„Ich habe Anneas Tochter mit meinem Schwert getötet! Deine Göttin macht mir keine Angst!", rief Melradin. Seine Stimme klang fest, obwohl seine Selbstsicherheit bedrohlich ins Wanken geraten war. Wie konnte es sein, dass seine Zauber keine Wirkung zeigten?

Der Wärter nickte und wirkte mit einem Mal betrübt. „Damit hast du Lunas Tragödie endlich beendet. Unter dem Namen Doaed wurde sie zur Verräterin und als Annealaisa schließlich zur Geißel der Göttin. Ihr Leben war durch ihre Liebe zum Scheitern verurteilt gewesen. Und wie es das Schicksal wollte, war es schließlich auch ihre Liebe, die ihren Qualen ein Ende setzte und sie tötete. Es ist eine traurige Geschichte."

Doaed und Annealaisa entsprangen also ein und derselben Seele. Melradin hatte selbst gesehen, wie sich die kleine Alice zum schwarzen Drachen verwandelt hatte, doch hatte er sich bisher schlicht geweigert, die daraus resultierenden Schlüsse zu ziehen. Doaed, Luna oder wie man sie auch nannte. Sie war die Schöpferin des Schattenreichs, wie es Melradin liebte. Und jetzt sollte er sie getötet haben?

Energisch verdrängte Melradin diese Gedanken. Er hatte eine Bestie getötet und dabei hatte er keine Wahl gehabt. Schließlich war diese Bestie gleichzeitig Melgors Flamme.

„Es ist eine traurige Geschichte, ja!", schrie Melradin zurück. „Aber für dich, alter Mann! Deine Macht ist gebrochen! Melgors Flamme ist erloschen!"

Wieder schüttelte der Wärter den Kopf. Er machte eine Figur wie ein geduldiger Lehrer, der einen besonders dummen Schüler unterrichtete. Es bedurfte all seiner Beherrschung, dass Melradin nicht von seinem inneren Hass übermannte wurde. „Du irrst dich, Melradin. Melgors Flamme brennt weiter."

„Nein!", brüllte Melradin. Seine rechte Hand zerquetschte Ceyrilas' Knauf. „Ich habe den schwarzen Drachen getötet!"

„Das stimmt. Du hast einen Teil meiner Macht vernichtet. Doch war das Feuer, das in Annealaisa loderte, nicht Melgors Flamme. Du hast dich getäuscht."

Fassungslos starrte Melradin die Gestalt in dem finsteren Feuer an. Das war unmöglich. Melradin dachte an den langen, harten Weg, den er bis hierher hatte bestreiten müssen. All die Opfer und Strapazen, all die bitteren Verluste – umsonst? Unmöglich!

„Du lügst." Melradins Stimme klang hohl, vollkommen ausgelaugt.

„Nein, Melradin. Du hast Annealaisa besiegt. Aber Melgor kannst du nicht besiegen", sagte der Wärter. Es klang ehrlich mitleidig.

Melradin sackte in sich zusammen. Er zog seine Stirn kraus. Ceyrilas hing schlaff an Evelyns Rücken hinab. Er hatte es die ganze Zeit über gespürt. Es nun jedoch zu hören schmetterte ihn dennoch zu Boden:

Melgors Licht existierte nach wie vor. Sein Feuer war mit Annealaisas Tod nicht erloschen. Jetzt gab es keine Hoffnung mehr. Was auch immer Melgors Feuer war, er hatte unmöglich die Kraft, es zu löschen.

Melradin zitterte. Sein ganzer Körper bebte wie ein baufälliges Gebäude, das jeden Moment in sich zusammenfallen würde. Wieder einmal hatte man nur mit ihm gespielt. Er hatte einen Kampf geführt, der zu keiner Sekunde die Macht des Wärters ernsthaft gefährdet hatte. Stattdessen hatte er seine Kraft verschleudert – die wertvolle Magie, die nur für einen einzigen Zweck bestimmt gewesen war: Melgors Licht zu löschen. Diese Aufgabe war seine Bestimmung. Sie war der Grund, weshalb man ihm so viel Macht verliehen hatte. Und nun hatte er sich so leicht täuschen lassen wie ein Kind und hatte alle Trümpfe verspielt. Das brennende Einhorn war tot, das Zwillingsfeuer zerschlagen. Und er klammerte sich vollkommen entkräftet an den letzten Verbündeten, der ihm noch blieb. An ein Drachenmädchen aus Vlandoran, das er in seiner blinden Rachsucht mit ins Verderben gerissen hatte.

Dieses Drachenmädchen jedoch reagierte auf die niederschmetternden Neuigkeiten anders. Bisher war Evelyn geduldig im Kreis um die Turmruinen geflogen, die Flammenwand stets vor sich. Jetzt brüllte sie wutentbrannt und beschleunigte. Melradin war gezwungen, sich weiter vorzulehnen. Überrascht beobachtete er, wie viel Energie noch in der Drachin steckte.

Eine Feuersbrunst schoss dem Wärter entgegen und kollidierte mit der geisterhaften Flammenfront. Hitze schlug Melradin entgegen und das Licht der Explosion blendete ihn. Ein schmales, grimmiges Grinsen trat auf seine Lippen. Ihn konnte der Wärter vielleicht mit seinen giftigen Worten entwaffnen. Gegen den Kampfgeist seiner Drachin, der unter dem Schuppenpanzer loderte wie ein Inferno, verzichten sie jedoch wie ein Tropfen auf dem heißen Stein.

„Das ist Evelyn!", dachte Melradin stolz. Sie war die tapferste Drachin, die das Schattenreich je gesehen hatte. Melradin verdrängte das Zittern und hob Ceyrilas vor sich. Solange Evelyn kämpfte, würde er nicht von ihrer Seite weichen. Das war er nicht nur ihr schuldig, sondern auch sich selbst. Er war nicht bis hierhin gelangt, um nur von Worten in die Knie gezwungen zu werden. Er sah zum Wärter auf. Neue Entschlossenheit entflammte in seinem Blick. „Deine Zeit ist um, Wärter! Sag mir, wo Melgors Flamme ist!"

Der Alte lachte vergnügt. „Na, bei mir zu Hause, du Dummkopf. In unsrer Hütte! Zu schade, dass du das nicht mehr wissen wirst, wenn wir wieder nach Melgor gereist sind." Unvermittelt peitschten die schwarzen Flammen ihnen entgegen.

Evelyn reagierte blitzschnell. Wie ein Pfeil schoss sie hinauf, sodass sie das Geisterfeuer um ein Haar verfehlte. Melradin brauchte bei Weitem länger und konnte sich glücklich schätzen, dass er sich auf Evelyns Rücken hatte halten können. Evelyn legte ihre Flügel an und schnitt eine scharfe Rechtskurve. Melradins Haarpracht peitschte ihm in den Nacken. Evelyn stieß ihr mächtigstes Brüllen aus und preschte vor zum Angriff. Der Wärter thronte vor ihnen in der Dunkelheit. Das düstere Feuer hatte sich regelrecht zu einem Inferno aufgetürmt.

Ein kalter Schauer erfasste Melradins Herz bei diesem Anblick. Er, Melradin, kreuzte das Schwert mit dem Herrn der Finsternis. Seine Muskeln spannten sich an und er mobilisierte seine Kräfte für einen zweiten Zauber. Diesmal jedoch würde seine Magie nicht spurlos verpuffen.

Er spürte, wie sich Wärme in seiner Brust ausbreitete. Es war Energie, die sich in ihm bündelte. Sie schoss durch seinen Schwertarm und strömte durch das Amulett direkt in sein Herz. Er wurde erfüllt von Emons Magie. Ceyrilas' weißer Schimmer leuchtete auf. Die Klinge war der einsame Stern in der Finsternis. Doch es war kein Bild der Verzweiflung. Der einsame Stern war der Morgenstern. Mit seinem Licht war das Schicksal der Nacht besiegelt. Es war Yelldans Erbe, die Kraft der bedingungslosen Hoffnung. Sie entfaltete sich jetzt zu ihrer vollkommenen Größe.

Sie rasten auf die Flammenwand zu. Melradins Augen waren weit aufgerissen. „Doaed, steh mir bei!" Er hob Ceyrilas. Die Klinge erstrahlte über den Turmruinen. Die Magie in seiner Seele peitschte um sich und versuchte, sich loszureißen. Melradin biss die Zähne zusammen. Sein Gesicht verzerrte sich; sein Atem stockte.

Der entscheidende Moment kam. Mit einem Aufschrei der Erleichterung und zugleich der absoluten Entschlossenheit schoss Melradins Schwertarm nach vorne. Gepaart mit Evelyns Feuer schoss das magische Licht der finsteren Flammenfront entgegen. Es war blendend hell: ein Strahl von bezaubernd reinem Blau, umschlungen von weißen Schleiern.

Der Raum vibrierte, als die zwei Mächte kollidierten. Emons weißes Licht erstrahlte und verschluckte für einen kurzen Moment die gesamte Umgebung. Die Druckwelle erfasste Evelyn und riss sie mit sich. Melradin klammerte sich mit beiden Armen fest. Alles ging unheimlich schnell. Die Konturen des Schattenreichs wirbelten um Melradin herum. Der Wüstenboden kam immer näher; sie verloren rasch an Höhe. Melradin hörte Evelyns Brüllen. Mit kräftigen Flügelschlägen gewann sie die Kontrolle zurück. Melradin hustete und würgte. Er fühlte sich, als hätte ihn der Druck beinahe zerquetscht.

Die Drachin schoss wieder in die Schwärze hinauf. Melradin konnte die finsteren Flammen ausmachen, die sich nach wie vor wie Schatten der Dunkelheit in die Höhe schlängelten. Als sie näher kamen, entdeckte er auch die Silhouette einer Gestalt. Sie thronte noch immer auf der Spitze der Flammen. Der Wärter war also noch am Leben.

Verbitterung gesellte sich zu Melradins Schmerzen. Erschöpfung nagte an ihm. Gegen Annea gibt es keinen Sieg. Hatte der Wärter die Wahrheit gesagt? Wenn dies die Wahrheit war, konnte Melradin sie nicht ertragen. Dann würde er mit ihr zugrunde gehen.

Evelyn raste direkt auf den Wärter zu. Sie setzte zu einem neuen Angriff an. Melradin versuchte sich rasch zu sammeln, doch konnte er nicht verhindern, dass ihn die Angst packte. Er hatte kaum noch Kraft. Emons Macht – war sie gebrochen? Wenn dem so war, flogen sie in den sicheren Tod.

Melradin fasste nach dem Amulett. Es lag warm in seiner Hand. Seine Gedanken waren flehentlich: „Bitte, unser Kampf ist noch nicht vorüber. Lass mich nicht im Stich!"

Er musste von Emon wieder ablassen, um sich festzuhalten. Sein rechter Arm rebellierte, doch Melradin zwang sich, Ceyrilas zu heben. Die Klinge glühte in einem Weiß, das auf wundersame Weise blau durchsetzt war – wie von einem Hauch blauen Nebels.

Melradin war im Angesicht seines Feindes. Sie schossen auf die Spitze der Flammen zu. Der Wärter erwartete sie mit ausgestrecktem Arm. Melradin hörte sich schreien, Ceyrilas hoch erhoben. Das schwarze Feuer peitschte ihnen entgegen. Evelyn spie.

Eine Explosion erfüllte den Raum, der noch zwischen den Kämpfenden blieb. Doch Evelyns Flammen waren nicht stark genug. Das dunkle Inferno fraß sich durch die Feuersbrunst hindurch und schlug den Angreifern entgegen. Mit geballter Willenskraft hieb Melradin mit dem Schwert nach den schwarzen Flammen. Aber seine Magie war versiegt. Sie hatten der Macht des Wärters nichts mehr entgegenzusetzen.

Die finsteren Flammen verschlangen sie. Eiseskälte erfasste Melradin und drang so tief in ihn ein, dass er vor Schmerz gern laut geschrien hätte. Doch kein Ton drang aus seinem Mund. Evelyn brüllte; Melradin glaubte, dasselbe Entsetzen in ihrer Stimme zu hören.

Endlose Momente vergingen, in denen die Kälte seine Sinne zu rauben drohte. Die Pein war einfach unerträglich und er konnte nichts tun, um sie abzuschütteln. Sein Körper war wie gelähmt vor Schmerz. Seine Seele wollte aus seiner Haut entkommen und mit ihr alle physischen Schmerzen zurücklassen. Doch die Kälte hielt sie erbarmungslos gefesselt.

Dann plötzlich ließen die Flammen wieder von ihm ab. Melradin rang nach Luft. In seinen Ohren hallte das wahnsinnige Gelächter des Wärters. Das Geräusch war so tiefschwarz und hässlich, dass sich Melradin vor Hass beinahe übergeben musste. „Verstehst du jetzt? Melradin!"

Evelyn hatte kehrtgemacht und hielt sich nun an Ort und Stelle. Vor ihnen thronte der Wärter auf den Geisterflammen. Melradins Augen weiteten sich vor Entsetzen. Der Anblick des Alten hatte sich grundlegend verändert. Er hatte seinen Hut verloren und die wenigen grauen Haare auf seinem Kopf standen wild ab. Sein Gesicht war zu einer Grimasse des Hasses verzerrt, sein breites Grinsen glich einem Zähnefletschen und in seinen Augen funkelte der blanke Wahnsinn.

„Du Wicht!" Die Stimme des Wärters klang schrill und überschlug sich vor Aufregung. „Das ist die Macht der Göttin! Sie hält dein blutendes Herz in der Hand und zerquetscht es wie einen fauligen Apfel!" Er hielt einen Arm ausgestreckt; die langen, knochigen Finger verkrampften sich. Im Schatten der Flammen wirkte der Alte wie ein Dämon. Und genau das war er auch, wurde Melradin klar. Der Teufel schlüpfte aus seiner Verkleidung.

„Sie ist der Schmerz in dir. Das Geschwür deiner Seele. Der erbarmungslose Schmerz, der keine Zeit kennt und keinen Tod! Das ist Annea!" Die Stimme des Wärters versagte, so laut schrie er.

Die Flut an pechschwarzen Emotionen, die Melradin entgegenschlug, machte ihn sprachlos. Der Alte war zu einer Furie geworden, die jede Kontrolle über sich verloren hatte. Für einen Moment schwieg er und Melradin entdeckte, dass der Wärter zitterte. Vielleicht zerbrach er an seinem eigenen Hass, dachte Melradin, wurde jedoch sogleich enttäuscht.

„Was bist du für ein mickriger Witz, dass du glaubst, dich wehren zu können! Du bist ohnmächtig! Eine dreckige Made, die nichts begreift! Dein ärgster Feind wohnt in dir und du kannst nichts dagegen tun! Qualen, die dich zerfetzen und dich zertreten, wenn ihre Herrin es ihnen befiehlt! Das ist Anneas Macht!" Das Gesicht des Wärters war vor Hass und Wahnsinn völlig entstellt. Alles Menschliche schien aus seinen Zügen gewichen. „Knie nieder und bettle um Erbarmen!"

Melradin spürte, dass der kritische Moment erreicht war. Jetzt musste er handeln! Doch sein Kopf war wie leer gefegt. Noch immer war er von Entsetzen gepackt. Er wusste nicht, was er tun sollte.

„Knie nieder!" Der Wärter schwenkte seinen Arm, sodass die schwarzen Flammen wie ein mörderisches Lasso nach vorn peitschten.

Evelyn war bereits darauf gefasst: Mit einem einzigen kräftigen Flügelschlag katapultierte sie sich weit über des Wärters Kopf und ließ eine gewaltige Feuersbrunst aus ihrem Rachen schießen.

Melradin erwachte wie aus einer Trance. Die beiden Flammenfronten kollidierten, doch diesmal lag das Kräfteverhältnis anders. Anstatt Evelyns Feuer wie zuvor einfach zu verschlucken, wurden die finsteren Flammen sogar ein erhebliches Stück zurückgedrängt. Unerträgliche Hitze schlug Melradin entgegen. Nichtsdestotrotz feuerte er sie aus tiefstem Herzen an.

Als die roten Feuerschwaden in der Dunkelheit versiegten, erblickte Melradin den Wärter zwischen den hochzüngelnden Schattenflammen. Sein dämonischer Blick war so sehr von Hass zerfressen, dass es Melradin nicht minder entsetzte. Doch erstarrte er diesmal nicht, sondern zwang sich, zu handeln.

Wieder schossen die schwarzen Flammen in die Höhe. Evelyn war jedoch erneut schneller. Sie preschte durch die Finsternis und legte sich in eine mörderische Kurve. Melradin klammerte sich mit der linken Hand fest, während seine Rechte Ceyrilas kampfbereit erhoben hielt.

Evelyns Drachenfeuer ballte sich erneut dem Wärter entgegen. Doch damit war es nicht getan. Mit eiserner Entschlossenheit hielt Evelyn Kurs, direkt auf ihren Feind zu. Wieder prallten die Flammen aufeinander. Schwarz und Rot fraßen sich gegenseitig auf. Evelyns Kraft war atemberaubend. Die gewaltige Feuersäule, die aus ihrem Rachen schoss, hielt an und drängte so allmählich die finsteren Flammen zurück.

Melradin konnte es kaum glauben! Das vlandoranische Drachenmädchen brachte den Wärter in Bredouille! Doch das Kräftemessen war lange nicht entschieden. Das Tempo, mit dem sich die rote Flammenfront vorkämpfte, verlangsamte sich zusehends. Jetzt war er an der Reihe. Er musste es irgendwie schaffen, einen Zauber zu wirken.

Seine rechte Hand ballte sich um Ceyrilas' Knauf. Die Klinge glühte weiß, doch strömte keine Magie in seinen Arm. Gleichzeitig spürte Melradin auf seiner Brust nichts weiter als ein kühles Drücken. Emons Flamme schien erloschen. Melradin spürte Hilflosigkeit in sich aufkeimen, drängte sie aber rasch zurück. Er brauchte kein Stück Metall, um Magie zu wirken. Er würde genügend Kraft in sich selbst finden, in seinem eigenen, inneren Licht.

Er musste sich beeilen. Melradin spürte regelrecht, wie heftig Evelyn bereits mit der Erschöpfung kämpfte. Rücksichtslos überging er seine eigene Ausgelaugtheit und suchte nach dem Quell seiner Energien. Egal wie hoch der Preis war, er musste jetzt alles geben, was ihm noch zur Verfügung stand.

Er hob Ceyrilas aus zum Stoß; sein Gesicht verzerrte sich vor Anspannung und Schmerz. In seinen Augen spiegelte sich das Inferno wider. Er war der Drachenritter, der über dem peitschenden Flammenmeer thronte, die weiße Klinge hoch erhoben.

Unsägliche Qualen durchfuhren Melradin wie Nägel, die sich in seine Eingeweide bohrten. Er schrie auf, doch senkte er sein Schwert nicht. Schuld war nicht die mörderische Hitze, die ihm entgegenschlug. Der Schmerz kam von innen. Er blutete – er spürte es, ohne den Schmerz irgendeinem Körperteil zuordnen zu können. Er wusste nur, dass der Schmerz von innen kam, so als entstammte er direkt seiner Seele. Dieser letzte Zauber forderte sein Tribut.

Wieder schrie Melradin, dieses Mal so laut er konnte. Sein Schrei gellte durch das Schattenreich und übertönte selbst das Brausen des Feuers. Ceyrilas schoss von seinem Arm geführt nach vorne. Das weiße Licht löste sich von der Klinge und donnerte wie eine dritte Feuersäule in das Inferno.

Die schwarzen Flammen wurden von dem Licht weggefegt. Gerade noch rechtzeitig, denn Evelyns Kräfte versiegten im selben Augenblick. Melradins Magie kannte keine Hindernisse und preschte vor bis ins Herz des finsteren Feuers. Erst dann zersprengte sich die Kraft des Zaubers in alle Himmelsrichtungen. Blendend helles Licht vertrieb die Dunkelheit und gemeinsam mit einem ohrenbetäubenden Knall wurden Evelyn und Melradin von der Wucht der Explosion zurückgeschleudert.

Keuchend klammerte sich Melradin an den Hals der Drachin. Er rang nach Luft so sehr er konnte, doch das stillte sein Verlangen nicht. Für einen Moment glaubte er, ersticken zu müssen. Die schemenhaften Konturen des Schattenreichs rauschten an ihm vorbei. Hatte er den Halt verloren? Stürzte er? Er war unfähig einen klaren Gedanken zu fassen. Panik drohte ihn zu überwältigen.

Endlich erlangte Evelyn die Kontrolle zurück und das Durcheinander begann, sich zu klären. Melradins Atem beruhigte sich. Er befand sich noch immer auf dem Drachenhals, den er mit Armen und Beinen umschlang. Hoffentlich hatte er Evelyn nicht mit dem Schwert geschnitten, dachte Melradin. Denn wie durch ein Wunder hielt seine rechte Hand nach wie vor Ceyrilas' Knauf gepackt.

Er versuchte, sich aufzusetzen. Schmerz durchzuckte ihn, doch er achtete nicht darauf. Sein Blick schweifte durch die Düsternis. Die Konturen der Turmruine traten geisterhaft hervor. Die Schattenflammen züngelten sich lautlos um den schwarzen Stein. Melradin spürte Verbitterung. Er fühlte sich wie ausgehöhlt, so als habe man ihn von einem Teil seines Ichs getrennt. Diesen Teil hatte er für seinen Zauber hergegeben. Für seinen letzten Zauber.

Melradin war sich dessen nie bewusst gewesen, doch nun, da es fehlte, gab es für ihn keinen Zweifel. Die Magie war von ihm gegangen. Er hatte sein eigenes Licht in diesen Zauber gesteckt, um den Wärter zu besiegen. Doch dessen teuflisches Feuer brannte noch immer. Er war gescheitert. Nun konnte Melradin Evelyn nur noch mit seinem blanken Körper unterstützen. Er betete, dass in dem Drachenmädchen noch genug Kraft steckte.

Sie gewannen ein wenig an Höhe, sodass sie wieder ein Stück über den Turmruinen flogen. Melradins Blick durchkämmte die Finsternis. Vom Wärter war keine Spur. Ein winziger Hoffnungsschimmer leuchtete in Melradin auf. Hatte sein Zauber zwar das Schattenfeuer nicht gelöscht, doch den Wärter in den Tod gerissen?

Melradin wagte es nicht, sich auf diese Hoffnung einzulassen. Er würde es spüren, oder nicht? Der Gedanke, dass er den Tod des Wärters verpasste, kam Melradin absurd vor. Sein Feind musste noch am Leben sein. Bloß wo steckte er?

Evelyn umkreiste die brennenden Ruinen. So angestrengt Melradin auch suchte, es war nichts zu entdecken. Verunsicherung ergriff ihn. Er spürte, dass sie beobachtet wurden, während sie blind umherirrten. Er hob Ceyrilas ein Stück höher – zumindest der Illusion wegen. Das Ding in seiner Hand war zwar nur noch ein kaltes Stück Metall, das weiß leuchtete. Trotzdem fühlte er sich damit ein wenig besser. Sollte ihn der Wärter mit einem Angriff überraschen, konnten sich immerhin zwei Waffen kreuzen.

Sie flogen ein wenig näher zu den Flammen hin. Melradin fröstelte. Nichts lag ihm ferner, als sich dem schwarzen Feuer zu nähern. Allein die Erinnerung an die unsäglichen Schmerzen ließ sein Herz entsetzt schneller schlagen. Vermutlich wartete der Wärter nur darauf, dass sie in Reichweite kamen. Andererseits war dies gleichzeitig die einzige Möglichkeit, ihm den Rest zu geben. Wenn sie zu lang zögerten, würden sie ihre Chance vielleicht verpassen.

Mit der zunehmenden Angst fokussierten sich Melradins Sinne. Er sah die brennenden Ruinen vor sich. Er hörte Evelyns Schwingen. Er fühlte das Schwert in seiner Hand. Darum drehten sich seine Gedanken. Alles andere rückte in den Hintergrund.

Evelyn nahm Kurs auf die Flammenfront. Die Anspannung raubte Melradin beinahe den Atem. Er war hin und her gerissen, Evelyn zur Umkehr zu bewegen. „Das ist eine Falle, verdammt! Wir haben dem Wärter nichts mehr entgegenzusetzen!", dachte er.

Aber er schwieg. Möglicherweise waren diese Momente die logische Konsequenz seines Schicksals. Sieg oder Tod. Er war nun am Scheideweg angelangt. Ein Zurück gab es nicht. Gleichzeitig war ihm bewusst, dass dies nicht sein Mut war, der dem Wärter so eisern bis zum Schluss die Stirn bot. Er fühlte sich leer und ausgeblutet, gerade noch kräftig genug für den nächsten Atemzug. Es war der Mut der Drachin. Es war Evelyn, die in diesem Augenblick das einsame Licht in der Finsternis in die Höhe hielt.

Kurz vor dem schwarzen Feuer, zog Evelyn nach rechts und umkreiste den Flammenherd. Melradins linke Hand grub sich vor Anspannung in Evelyns Schuppen, seine rechte hielt Ceyrilas hoch erhoben. „Wärter!" Ceyrilas' Licht leuchtete hell auf. War Emons Magie vielleicht doch noch nicht gänzlich erloschen?

Die geisterhaften Flammen schossen in die Höhe. Melradin schreckte zurück und verlor dadurch beinahe den Halt, rappelte sich aber rasch wieder auf. Seine Augen waren weit aufgerissen. Wo war der Wärter? Das schwarze Feuer loderte so kräftig, dass es beinahe die gesamte Turmruine verschlang. Evelyn gewann etwas an Höhe.

Melradins Mut drohte angesichts des gewaltigen Infernos zu schwinden. Das war Wahnsinn! Evelyn dachte da offensichtlich anders. Ihr markerschütterndes Brüllen donnerte durch die Finsternis. Ein weiteres Mal schweifte sie in die Höhe, sodass sie sich nun ein gutes Stück oberhalb der Flammen befanden. Sie bremste ab und verharrte an Ort und Stelle.

Melradin packte Ceyrilas so fest er konnte, während ihm der Schweiß von der Stirn rann. Unter ihm klaffte der Höllenschlund. Gewaltige schwarze Flammensäulen peitschten um die Mauerreste, die aussahen wie das Gerippe eines gigantischen Ungeheuers. Melradin starrte entsetzt in die Tiefe. Die Konturen einer Gestalt tauchten dann und wann zwischen den Flammen auf. Ob sie flog oder auf einem Mauerrest stand, konnte Melradin nicht sagen. Erkannt hatte er sie jedoch sofort. Es war der Wärter, der die Hände hoch erhoben hatte und wie ein dämonischer Dirigent die Flammen befehligte.

Ein Schauer der Furcht durchfuhr Melradin. Dort stand sein Feind, unversehrt, und das tobende Chaos gehorchte seinem Willen. Das musste der Teufel höchstpersönlich sein. Die Erkenntnis traf Melradin wie ein Schlag.

War ihr Kampf also aussichtslos? Evelyn teilte seine Gedanken. Sie brüllte erneut und Melradin verstand es als Antwort. Es war dieselbe Antwort, die auch ihm in den Sinn gekommen war: Nein, ihr Kampf konnte unmöglich aussichtslos sein. Schließlich waren sie noch am Leben. So sah kein Kampf gegen etwas Göttliches aus. Annea, wer auch immer hinter diesem Namen stecken mochte – sie war nicht das, was der Wärter in ihr vermutete.

Melradins Entschlossenheit bäumte sich auf und sein Schrei gesellte sich zu Evelyns markerschütterndem Drachengrollen. „Wärter! Komm hoch und kämpfe!"

Für einen winzigen Moment glaubte Melradin, den Blick des Alten aufzufangen. Wie ein Hieb warf er ihn zurück. Ein pechschwarzes, wahnwitziges Grinsen tanzte vor Melradins innerem Auge. Das Bild legte sich wie Eis um seine Adern. Doch als er rasch wieder in die Tiefe schaute, war die Gestalt zwischen den Flammen verschwunden. Der Wärter war seinem Ruf gefolgt.

Evelyn riss sich zur Seite und brachte eilig mehr Abstand zwischen sie und das Feuer. Nicht einen Augenblick zu früh: Direkt hinter ihnen schossen die flammenden Fangarme hervor und streiften Evelyns Schwanz. Diese zog schlagartig nach rechts. Melradin wurde sofort klar, was sie vorhatte. Sie flog eine Wende und setzte selbst zum Angriff an. Melradins Finger gruben sich in Evelyns Schuppen. „Mach den Bastard fertig!"

Wie ein gewaltiges Monstrum wölbten sich die finsteren Feuerwogen. Melradin hielt Ceyrilas zum Angriff ausgestreckt. Die Klinge leuchtete hell, doch fühlte er nicht die Wärme der Magie, so sehr er den Knauf auch zerquetschte. Melradin spürte, wie das Amulett gegen seine Brust schlug. Wie sehr er das berauschende Gefühl herbeisehnte, als Emons Magie in seinen Geist gesprudelt war.

Doch tat sich nichts. In diesem finalen Angriff war das Amulett ein Talisman, mehr nicht. Es war wie sein eigenes inneres Licht völlig erschöpft.

Melradin verspürte Verbitterung und eine Furcht, die ihn zu übermannen drohte. Ihnen gegenüber stand seine tief verwurzelte Entschlossenheit, beflügelt von dem unbezwingbaren Kampfgeist seiner Gefährtin. Es war ein einfacher Grundsatz: Solange Evelyn bereit war, dem Wärter die Stirn zu bieten, war es auch Melradin. Und wenn er den alten Kauz mit dem bloßen Schwert niederstrecken musste.

Evelyn brüllte und auch Melradin schrie – zumindest fühlte es sich so an. Herauszuhören war nichts. Die Feuerfront wallte sich ihnen entgegen und die Flammen preschten hervor wie Wasser, das einen Damm durchbrach. Mit tosendem Rauschen donnerte Evelyns Feuersbrunst den Schattenflammen entgegen. Melradin duckte sich und versuchte sein Gesicht zu bedecken, so unerträglich war die Hitze. Evelyn kämpfte sich vorwärts. Das Feuer schoss ununterbrochen aus ihrem

Rachen. Die kollidierenden Flammen breiteten sich aus und bildeten Schirme, die miteinander rangen wie zwei formlose Giganten. Melradin schielte hinauf zum Zentrum des Flammenherds. Er wollte aufrecht sitzen und das Schwert erheben. Stattdessen saß er gekrümmt da und versuchte, sein Gesicht mit dem Mantel zu bedecken. Die Hitze war erbarmungslos.

Was er sah, ließ ihn dennoch erschaudern. Rote und schwarze Flammen verschmolzen ineinander wie Abertausende Arme, die sich auf Leben und Tod bekämpften. Es war wie das Spiegelbild der Hölle – gnadenloses Chaos in geballter, zügelloser Zerstörungskraft. Mörderische Hitze brandete wie die Wellen einer tosenden See über Melradin hinweg. Die Luft flimmerte und das Feuer mit seinen unzähligen Wölbungen erschien mit einem Mal wie die Gliedmaßen zahlloser dürrer Leiber, die sich in einem heillosen Durcheinander umherwälzten und sich gegenseitig niedertrampelten.

Melradin verdrängte sein Entsetzen. Er musste einen Weg finden, sich an dem Kampf zu beteiligen. Denn so tapfer Evelyn sich auch mit ihrer Feuersbrunst durch die finstere Flammenwand fraß, war das Kräfteverhältnis dennoch eindeutig. Das Schattenfeuer wölbte sich um Evelyns Flammen, die wie ein Schild den Feind zurückhielten. Doch war die pure Masse des düsteren Feuers überwältigend, sodass das Rot mehr und mehr vom Schwarz verschluckt wurde.

Melradin spürte, wie verzweifelt Evelyns Kampf war. Wahrscheinlich rang sie bereits mit der Erschöpfung. Das wäre ihre endgültige Niederlage, ihr Tod – wenn nicht noch Schlimmeres. Melradin musste irgendwas tun. Er zwang sich, sich aufzusetzen. Die Hitze peitschte in sein Gesicht, doch er hielt dem Schmerz für den Augenblick stand. Er presste die Beine gegen Evelyns Hals, sodass er die Hände freihatte. Mit beiden umfasste er Ceyrilas' Knauf. In der flimmernden Luft sah das weiße Leuchten der Klinge noch wundersamer aus. Die Strahlen schwenkten umher wie bei dem brennenden Einhorn. Wie die Feder eines Engels, schoss es Melradin durch den Kopf. Sie war vom Wind bis vor die Tore der Hölle getragen worden.

Für einen Moment schloss Melradin die Augen. Der Schweiß lief ihm in Sturzbächen die Stirn hinab. „Komm schon! Lass mich deine Macht spüren! Ein letztes Mal!" Seine Hände ballten sich um Ceyrilas' Knauf. Sein ganzer Körper verkrampfte sich und sein Gesicht verzerrte sich vor Anspannung. In Gedanken flehte er. Doch nichts geschah.

Er öffnete die Augen einen winzigen Spaltbreit – mehr ließ die Hitze nicht zu. Was er sah, war noch bedrohlicher, als er befürchtet hatte. Schwarze Flammen züngelten sich um die rote Feuerbrunst wie die Tentakel eines gigantischen Kraken.

Evelyn flog nicht mehr vorwärts, sondern hielt sich mehr oder weniger an Ort und Stelle. Ihr Angriff war in die Defensive gedrängt worden. Jetzt hatte sie alle Hände voll damit zu tun, die Schattenflammen fernzuhalten, die sonst über sie einbrechen würden, so wie Finsternis, die erlöschendes Licht verschluckte.

Melradin rang mit der Verzweiflung. Seine Ohnmacht brachte ihn fast um den Verstand. Die sichere Niederlage rückte unaufhaltsam näher. Wahrscheinlich war sie nur noch wenige Momente von ihnen entfernt. Seine linke Hand fasste an seine Brust. Auch das Amulett ließ ihn im Stich. In seiner Verbitterung riss er es sich vom Hals. Die Kette zersprang und nun hielt er das Schwert sowie das Amulett vor sich. „Magie, warum lässt du mich im Stich?"

Die brennende Hitze drohte Melradin die Sinne zu rauben, als er Emon und Ceyrilas über sein Haupt erhob. Es war sein letzter Hilfeschrei. „Annea!" Seine Stimme klang völlig fremd – heißer und doch so energisch, wie es nur Verzweiflung vermochte. „Annea!", schrie er noch einmal. „Sieh her! Ich gebe dir Emon zurück! Ich halte es in meiner Hand!" Melradin hatte keine Ahnung, ob es Sinn ergab, was er da schrie. Es war eine Art Eingebung, das Resultat seiner Verzweiflung. Er musste etwas tun – schreien. Und diese Worte fielen ihm ein. „Hier! Nimm es! Nimm das Scheißding!" Er fuchtelte mit dem Amulett herum.

In diesem Moment durchbrach eine schwarze Flamme Evelyns Barriere und schoss vor wie eine Peitsche. Blitzschnell riss Melradin Ceyrilas herum. Die Bewegung war mehr Reflex, als durchdacht. Er rechnete nicht damit, die Flamme damit an irgendetwas hindern zu können. Umso verblüffter war er, als das weiße Licht das düstere Feuer tatsächlich zurückschmetterte.

„Ha! Haha!", brüllte Melradin vor Erleichterung und schwenkte übermütig das Schwert.

Doch genau in diesem Augenblick brach Evelyns Widerstand zusammen. Die roten Flammen versiegten. Und die schwarze Flut brach über sie herein.

In Melradins Blick spiegelte sich schlagartig Entsetzen. Er hob Ceyrilas vor sich. Die Klinge leuchtete hell, doch er wusste, dass sie nicht mehr zu retten waren. Die Finsternis verschlang sie. Melradin hörte Evelyns schmerzverzerrtes Brüllen und einen winzigen Augenblick später durchfuhr auch ihn die wohlbekannte Kälte.

42

Melradin röchelte. Seine Augen waren vor Schmerz und Entsetzen weit aufgerissen. In seinen Pupillen spiegelte sich ein gebeugter, zerzauster Kauz, der ihn schief angrinste. Der Wärter.

Evelyns Brüllen war verstummt. Melradin hatte mit ansehen müssen, wie die vlandoranische Drachin verzweifelt mit den schwarzen Flammen gerungen hatte und wie diese ihm nach und nach das Leben ausgesaugt hatten. Melradin hatte geschrien und den Wärter angefleht. Doch dessen Wahnsinn war erbarmungslos geblieben. Melradin wagte nicht, daran zu denken, doch tief in seinem Innern loderte die Erkenntnis, dass er von nun an vollkommen auf sich allein gestellt war. Keiner seiner Mitstreiter war mehr übrig. Evelyn war tot.

„Endlich." Der Wärter fuhr sich durch seine schweißnassen Haare. Seine Hand zitterte dabei unkontrolliert. „Endlich hält der Kleine seine Fresse." Der Alte kam einen Schritt auf Melradin zu. Die schwarzen Flammen trugen ihn wie fester Boden. Der Anblick des Wärters war Furcht einflößend, doch hielt ihm Melradin stand. Der Mann schien während des Kampfes um unzählige Jahre gealtert. Seine Haut war knittrig und sein Gesicht wirkte zusammengeschrumpelt, so als hinge es lose auf den Wangenknochen.

Die Kälte, die Melradin umschloss, raubte ihm beinahe den Atem. Trotzdem war sie nicht so fürchterlich wie beim ersten Mal. Vielleicht wollte ihn der Wärter noch bei Bewusstsein halten. Oder es lag an Ceyrilas, das er immer noch fest in der rechten Hand hielt. Es hatte den Anschein, als wagten es die düsteren Flammen nicht, dem matten weißen Leuchten nahe zu kommen.

Der Wärter fixierte Melradin mit seinem Blick. Sein rechtes Augenlid zuckte. „Du Wurm. Unzählige Jahre verrotte ich hier!" Melradin schauderte. Der Alte war völlig wahnsinnig. „Ich! Und dann kommst du! Wie eine hässliche Warze, die nicht verschwinden will, so oft man sie auch aufkratzt. Du bist eine Plage. Du verschandelst meine Schöpfung. Aber jetzt ist das vorbei. Ich werde ein Messer nehmen und dich herausschneiden." Er trat noch dichter an Melradin heran und raunte die Worte mit weit aufgerissenen Augen. „Dann werde ich so lange in meinem Fleisch pulen, bis ich dich mitsamt den Wurzeln herausreißen kann. Aber das reicht mir nicht. Wenn ich mit dir fertig bin, hacke ich mir die Hand ab, die du verschandelt hast. Ich werde jeden einzelnen Fleck, den du berührt hast, aus mir herausschneiden und ins Feuer werfen. Und wenn ich dabei selber verblute. Ich werde dich vernichten, Yelldan, und so lange das Schattenreich brennen lassen, bis nichts mehr von dir übrig ist."

Der Wärter stand jetzt so dicht vor ihm, dass er seinen Atem auf dem Gesicht spürte. Wenn er es nur irgendwie schaffen würde, mit Ceyrilas zuzustechen. Doch die Schattenflammen hielten seine Arme fest wie Ketten. „Warum tust du das?", keuchte Melradin. Er hätte gern mehr gesagt, doch die Kälte ließ es nicht zu.

Anstatt zu antworten, packte der Wärter sein Gesicht. Die knochigen Finger bohrten sich in Melradins Wangen. „Lass das Schwert los."

Melradin versuchte, sich vom Feuer loszureißen. Mit aller Kraft stemmte er sich gegen seine Fesseln. Die mörderische Kälte bohrte sich wie Nägel tiefer in sein Fleisch. Er biss die Zähne zusammen und zog noch stärker.

„Lass das verdammte Schwert los!"

Melradin wimmerte mittlerweile vor Schmerz, doch er ließ nicht locker. Da war etwas in der Stimme des Wärters, das ihm Hoffnung gab. Etwas schien ihn aus dem Konzept gebracht zu haben.

Der Wärter ließ von seinem Gesicht ab. Mit einem wütenden Aufschrei riss er den Arm hinauf. Schwarzes Feuer schoss auf Melradin zu. Im selben Moment flammte Ceyrilas' Schein auf. Das kräftige Licht drängte das Feuer an Melradins Körper zurück, sodass sich die Fesseln lösten. Blitzschnell hob er die Klinge zum Parieren. Keine der Schattenflammen kam Melradin nahe. Das weiße Leuchten absorbierte sie – es verschluckte sie einfach.

„Jetzt reiß ich dir die Eingeweide raus!" Wieder schossen Flammen auf ihn zu, doch auch dieses Mal ließen sie sich mit einem einzigen Schwertstreich abwehren.

Für einen kurzen Moment stand Melradin bloß perplex da. Die Wandlung war zu plötzlich gekommen, als dass er sofort darauf hätte reagieren können. Er stand mit dem Schwert da; in seiner linken Hand hielt er noch immer das Amulett. Und es war warm. Melradin konnte es kaum fassen. Emons Flamme schien aus seiner Asche neu geboren. Von einer Sekunde auf die nächste war es fast, als habe sich das Blatt gewendet.

Etwas unbeholfen trat Melradin einen Schritt auf den Wärter zu. Auch wenn die Magie des Wärters plötzlich nicht mehr gegen Ceyrilas' Licht ankam, gab es noch eine heikle Angelegenheit. Noch immer stand Melradin auf nichts anderem als den Schattenflammen. Er hing irgendwo im Nichts. Ohne das Feuer würde er in den sicheren Tod stürzen.

Derselbe Gedanke kam wohl auch dem Wärter. „Wage es nicht!", zischte er mit hassverzerrter Miene. „Noch ein Schritt und ich lasse dich fallen!"

Melradin stand da, ungefähr noch vier Schritte vom Wärter entfernt. Das war zu weit für einen Sprung, oder? Zumindest zu weit für einen Überraschungsangriff.

„Jetzt lass das Schwert los."

Melradin zögerte. Wenn er Ceyrilas verlor, wäre seine Lage wieder genauso aussichtslos wie eben. Was er brauchte, war ein Zauber. Nichts was den Wärter umbrachte – eine kurze Ablenkung reichte schon.

„Lass es fallen!"

Das Amulett … Melradins Gedanken rasten. Vielleicht war wieder ein wenig Magie aus Emon zu gewinnen. Noch einen Moment wartete Melradin ab. Er hatte nur eine Chance. Er lockerte den Griff um Ceyrilas' Knauf und ließ die Klinge ein Stück hinabrutschen, so als wollte er sie tatsächlich fallen lassen. Gleichzeitig ballte sich seine linke Hand um das Amulett.

„Ha!" Mit einem Aufschrei schoss Melradins linke Hand nach vorne. Eine Druckwelle schleuderte den Wärter zurück. Melradin zögerte keine Sekunde: Sofort sprang er vor und riss Ceyrilas in die Höhe.

Der Wärter fing sich und fuhr herum. Sein Arm holte aus und Flammen schossen Melradin entgegen. Doch waren diese mit einem Hieb zerschlagen. Entsetzen spiegelte sich im Gesicht des Wärters, als Melradin ihn erreicht hatte.

Melradin setzte zum Schlag an. Ceyrilas rauschte auf den Alten zu. Bevor die Klinge den Wärter traf, verlor Melradin jedoch den Halt unter den Füßen. Die Flammen trugen ihn nicht mehr. Ceyrilas verfehlte sein Ziel, doch Melradin reagierte blitzschnell. Mit seiner Linken packte er den Alten und riss ihn mit sich.

Gemeinsam stürzten sie in die Tiefe. Mit aller Kraft versuchte sich der Wärter freizukämpfen, doch er hatte keinen Erfolg. Nichts hätte Melradin in diesem Moment dazu bringen können, loszulassen. Er war regelrecht von einem Blutrausch gepackt, der ihn vergessen ließ, dass auch er in den Tod stürzte. Alles, was er wollte, war diese Kreatur in seinen Händen, in Stücke zu reißen. Mit gefletschten Zähnen holte er mit Ceyrilas aus und rammte es dem Wärter in die Brust. Die Muskeln des Alten erschlafften. Dann kam der Aufprall.

Mit erbarmungsloser Wucht tauchten sie unter Wasser. Melradins gesamter Körper schrie vor Schmerz, doch er war zu perplex, um ihn ganz wahrzunehmen. Er sah sich um, während er gemeinsam mit dem Wärter tiefer sank. Sie waren in den Krug gestürzt, der Melgors Licht beherbergte.

Der Krug wirkte von innen noch größer als von außen. Die Wände waren durch das Wasser kaum zu erkennen und der Grund wurde von der Schwärze verschluckt, obwohl Ceyrilas ein kräftiges Leuchten verströmte. Es schien, als würde es endlos tief hinabgehen.

Melradin entdeckte ein zweites Licht. Es erschien inmitten der Finsternis wie ein einsamer Stern. War das Melgors Licht? Es wirkte so endlos weit entfernt. Wie verzaubert ließ sich Melradin treiben. Etwas drückte ihn sachte tiefer, so als zöge ihn das Licht magisch an. Der Wärter lag leblos in seinen Armen. Blut strömte aus seinem Körper. Er war tot, doch Melradin schenkte dieser Tatsache keine Beachtung. Sein Blick war auf das Licht fixiert, das allmählich größer und kräftiger wurde.

Nichts schien in diesem Moment mehr wichtig. Die Zeit floss vorbei, ohne von Melradin Notiz zu nehmen. Und er starrte nur auf das Licht. Es fühlte sich an wie die Heimkehr nach einer langen, verwirrenden Reise. Wie das Ende eines Traumes. Er war frei; seine Fesseln hatten sich gelöst. Zurück blieb schlichte Geborgenheit – der traumlose Schlaf.

Das Licht wallte sich wie Seidentücher im Wind. Melradin sah es mit großen Augen an. Er wurde stetig näher herangezogen, sodass die Konturen mehr und mehr hervortraten.

Schließlich erkannte Melradin eine Gestalt. Eine Frau. Ihre Haut und ihr Haar waren genauso weiß wie das Kleid, das sie trug. Tatsächlich schien sie gänzlich aus dem weißen Licht zu bestehen. Sie war das Licht. Sie kamen sich immer näher. Aber ob er sich bewegte oder die Frau, konnte Melradin nicht mehr beurteilen. Durch die vielen umherschlängelnden Tücher hatte es fast den Anschein, als eilte die Frau auf ihn zu. Ja, sie lief mit ausgestreckten Armen. Trotzdem kam sie nur langsam näher.

Sie sah ihm direkt in die Augen. Sie lächelte. Ganz allmählich glitten sie aufeinander zu, bis sie sich beinahe berührten. Das Licht der Frau und Ceyrilas' Schein verschmolzen ineinander. Der Arm der Frau streckte sich aus. Wie von selbst glitt der tote Körper des Wärters zu ihr hin. Dann kam sie noch näher. Melradin spürte ihre Wärme. Ihre Hand glitt durchs Wasser und strich über Melradins Schulter den Arm hinab. Melradin öffnete seine linke Hand. Darin lag das Amulett. Die Frau nahm es.

Für eine Weile verharrten sie so, nur eine Handbreit voneinander entfernt. Melradin starrte in die zauberhaften Augen der Frau, die zurücksah, ohne einmal den Blick abzuwenden. Sie sagten kein Wort und doch fühlte es sich für Melradin so an, als spreche die Frau zu ihm.

Schließlich wandte sie sich wieder ab und entfernte sich. In ihren Armen hielt sie den Wärter und um ihren Hals hing Emon. Ganz allmählich wurde das Licht wieder kleiner. Die Konturen schwanden und verschmolzen zu dem einsamen Stern. Doch auch dieser Stern wurde immer kleiner und sein Licht immer schwächer, bis er schlussendlich völlig verschwand.

Wieder sog etwas an Melradin und trieb ihn durchs Wasser – diesmal jedoch stärker. Rasch ging es aufwärts.

Melradin saß auf dem Wüstenboden. Er fröstelte; seine Kleider waren noch immer triefend nass. Er lehnte an etwas, das auf den ersten Blick aussah wie ein großer, seltsam geformter Fels. Tatsächlich jedoch waren diese merkwürdigen Wölbungen Schwingen und der kleine spitze Fels daneben ein Schädel mit Hörnern. Es war ein Drache.

Nachdem Melradin wieder zurück in die Turmruine gespült wor-

DER AUTOR

Claudius Proissl wurde am 24.07.1991 geboren und besucht zurzeit die 12. Klasse des Technischen Gymnasiums in Bietigheim-Bissingen. In seiner Freizeit beschäftigt er sich viel mit Mathe, hockt gerne lange vor dem PC und geht gern schwimmen.

Doch am liebsten verschlingt er Bücher und opfert den größten Teil seiner Freizeit fürs Austüfteln und Schreiben eigener Geschichten. Eine Leidenschaft, die ihn schon in der Grundschulzeit packte.

Seinen Roman *Melradin* hat Claudius mit 17 Jahren geschrieben.

CLAUDIUS PROISSL

Papierfresserchens MTM-Verlag

Die Bücher mit dem Drachen

Veronika Serwotka
Ewan - Schicksalswege
Taschenbuch
ISBN 978-3-86196-023-2, 16,90 Euro

Durch ein Portal gelangt der junge Ritter Sir Ewan von Thul in das wundersame Kanesill, in dem der heimtückische Dämon Exorios nach der Macht greift. Um das Land vor seinem Untergang zu bewahren gibt es nur eine Möglichkeit: Die Geister der vier Elemente in Ewans einzigartigem Schwert zu vereinen. Neben blutrünstiger Kreaturen und hinterlistigen Magiern muss sich der Ritter gegen den Mächtigsten aller Feinde wehren: sein eigenes Gewissen. Glücklicherweise stärken ihm seine Gefährten den Rücken und weichen bis zum bitteren Ende nicht von seiner Seite.

Laura Schmolke
Aragien - Das Vermächtnis der Armreife
Taschenbuch
ISBN: 978-3-86196-026-3, 11,90 Euro

Durch Zufall gelangen die 14-jährige Nici und ihr angeberischer Klassenkamerad Jo durch eine Falltür in eine magische Parallelwelt - nach Aragien.
Dort herrscht schon lange Krieg und nur eine alte Prophezeiung verspricht noch Hoffnung: Es werden Geschwister von der Erde kommen, die durch ihren Mut und durch ihre Liebe zueinander den Krieg in Aragien entscheiden werden.

Als Nici dann auch noch einen silbernen Armreif findet, der ihr magische Kräfte verleiht, gehen alle davon aus, dass Nici und Jo die lang erwarteten Geschwister sind, und ehe die beiden sich versehen, werden sie in den gefährlichen Kampf zwischen Gut und Böse hineingezogen.

Paula Belzig
Die Stimme des Windes
**Taschenbuch
ISBN: 978-3-86196-046-1, 12,90 Euro**

Vor vielen Jahren wurde die Krone aus Sternen vom Elfenvolk gestohlen und in einer Stadt über den Wolken versteckt. Doch die neue, nach Macht strebende Elfenkönigin will die zerstörerische, allmächtige Krone in ihren Besitz bringen, um endlich alle Menschenländer zu unterwerfen.

Nur eine Person im ganzen Königreich kann die Elfenkönigin zu der Krone führen: Jabal, die nichtsahnend in einem Menschendorf lebt. Sie ist die letzte vom Volk der Yerin, die über Wolken gehen und mit dem Wind sprechen können. Als eines Tages Soldaten der Elfenkönigin in ihrem Dorf auftauchen, begibt Jabal sich auf die Flucht und eine lange und gefährliche Reise beginnt ...

Alexandra Oswald (Hrsg.)
Die Krimizimmer(ei)
ISBN: 978-3-86196-044-7, 10,90 Euro

„Inspektor Papierfresserchen ermittelt: wilde Verfolgungsjagden, Mord, rätselhafte Diebstähle, vermisste Personen, Spionage, mysteriöse Schatten, kleine und große Detektive, Betrug, zwielichtige Gestalten und beunruhigende Geräusche in der Dunkelheit ...Krimis sind vor allem eines, und das weiß jeder seit Hitchcock, Tatort und Die Drei ???: nämlich spannend!

Für die erste Krimi-Anthologie des Papierfresserchens MTM-Verlags wurden 31 der eingereichten Kurz-Krimis ausgewählt, um besonders den Jüngeren eine prickelnde Lese-Gänsehaut zu bereiten. Hinein in die Krimizimmer(ei) mit ihren knarrenden Dielen, doppelten Böden und überraschenden Wendungen.

**Papierfresserchens MTM-Verlag
Heimholzer Straße 2, D- 88138 Sigmarszell
www.papierfresserchen.de**